Haute-Savane

JULIETTE BENZONI | *ŒUVRES*

CATHERINE :

CATHERINE : IL SUFFIT D'UN AMOUR... (2 tomes)	
BELLE CATHERINE	
CATHERINE DES GRANDS CHEMINS	
CATHERINE ET LE TEMPS D'AIMER	
PIÈGE POUR CATHERINE	
CATHERINE : LA DAME DE MONTSALVY	

MARIANNE :

MARIANNE, UNE ÉTOILE POUR NAPOLÉON - 1	*J'ai lu* 601****
MARIANNE, UNE ÉTOILE POUR NAPOLÉON - 2	*J'ai lu* 602****
MARIANNE ET L'INCONNU DE TOSCANE	*J'ai lu* 603****
MARIANNE, JASON DES QUATRE MERS	*J'ai lu* 604****
TOI, MARIANNE	*J'ai lu* 605****
MARIANNE, LES LAURIERS DE FLAMMES - 1	*J'ai lu* 606***
MARIANNE, LES LAURIERS DE FLAMMES - 2	*J'ai lu* 607***

LE GERFAUT DES BRUMES :

LE GERFAUT	*J'ai lu* 2206******
UN COLLIER POUR LE DIABLE	*J'ai lu* 2207******
LE TRÉSOR	*J'ai lu* 2208*****
HAUTE-SAVANE	*J'ai lu* 2209*****

Divers :

LES REINES TRAGIQUES	*J'ai lu* 730****
AVENTURIERS DU PASSÉ	*J'ai lu* 846****
PAR LE FER OU LE POISON	*J'ai lu* 884****
LE SANG, LA GLOIRE ET L'AMOUR	*J'ai lu* 798****
GRANDES DAMES ET PETITES VERTUS	
TROIS SEIGNEURS DE LA NUIT	
DE SAC ET DE CORDE	
DRAMES, DAMES ET DÉMONS	
UN AUSSI LONG CHEMIN	*J'ai lu* 1872****
DANS LE LIT DES ROIS	
LE ROMAN DES CHÂTEAUX DE FRANCE	

Juliette Benzoni

Le Gerfaut

****

Haute-Savane

Éditions J'ai lu

A précédemment paru sous le nº 1715.

PREMIÈRE PARTIE

LIBRE AMÉRIQUE

AU RENDEZ-VOUS DES SOUVENIRS

Le bateau vira gracieusement comme une mouette qui rase l'eau avant de se poser, gagna son mouillage à la courbe du fleuve et replia ses ailes. La chaîne fila dans l'écubier avec un froissement de métal. L'ancre plongea dans l'eau verte du Potomac avec une gerbe d'étincelles liquides. Tirant sur l'amarre comme un chien sur sa laisse, le *Gerfaut* s'immobilisa graduellement. Il fila ses câbles au milieu d'un brouhaha de toiles carguées et des cris de l'équipage qui, tel un peuple de singes, avait envahi haubans et huniers, le tout dominé par les beuglements du capitaine Malavoine qui tonnait ses ordres au porte-voix.

Debout sur la dunette auprès de son ami Tim Thocker qui sifflait joyeusement une vieille chanson à boire, Gilles de Tournemine regardait mollir puis descendre lentement les grandes voiles blanches à travers lesquelles jouaient les rayons du soleil à son déclin.

Malavoine reposa son instrument et se tourna vers lui :

– Nous sommes ancrés, monsieur. Quels sont vos ordres ?

– Faites mettre un canot à l'échelle, capitaine. M. Thocker descend à terre...

Tim glissa de la balustrade sur laquelle il était assis et poussa un soupir à regonfler les voiles.

– Tu tiens vraiment à m'envoyer en éclaireur ?

– Cela me paraît plus convenable. Tu es l'un des émissaires habituels du général Washington. Tu as, chez lui, tes grandes et tes petites entrées...

– Et toi, tu as été l'un de ses aides de camp...

– Peut-être, mais il y a six ans. Je préfère que tu m'annonces. Il est tard, déjà, et j'aurais l'air d'attendre une invitation à souper...

– Invitation qui est certaine... et dont je vais profiter seul.

– C'est mieux ainsi. Et puis... la soirée est belle. J'ai envie de rester à bord et de m'emplir les yeux de tout cela, ajouta-t-il en désignant le magnifique décor naturel au cœur duquel son navire venait de se poser.

Le fleuve, large de trois lieues à son embouchure, y était encore majestueux bien que beaucoup plus étroit, mais son flot plus vif disait assez que la région des rapides n'était plus très éloignée. La courbe qu'il formait entre Indian Head et Mount Vernon était cependant assez large encore pour que les plus gros vaisseaux de guerre puissent y évoluer. C'était comme un large croissant couleur d'émeraude sombre où se reflétait la végétation déjà dense bien que l'on ne fût qu'en avril. Mais le doux climat de Virginie était coutumier de ces printemps précoces et, un peu partout, dans les « fonds » qui trouaient l'épaisse fourrure de cèdres, de pins et de chênes, éclataient les fusées blanches ou roses des poiriers, des cerisiers, des pêchers et des amandiers.

– Toujours le rendez-vous des souvenirs? fit Tim mi-goguenard mi-attendri. En ce cas, je te laisse. A demain! Je reviendrai te chercher.

Et, assenant une bourrade dans les côtes de son ami, Tim, enfonçant son chapeau sur sa tête d'un coup de poing qui n'en améliora guère la forme, se dirigea d'un pas martial vers la coupée derrière laquelle il disparut bientôt. Un moment après, le canot traçait son sillage vers la rive où l'Américain savait pouvoir trouver un cheval à l'auberge du passeur qui tenait lieu de relais de poste et, froissant les herbes aquatiques, atteignait une petite grève sur laquelle Tim sauta avant de s'éloigner à grandes enjambées.

Quand il ne le vit plus, Gilles retourna sans plus tarder, et même avec une sorte de hâte, à ce que son ami appelait le « rendez-vous des souvenirs » car il s'agissait là des plus beaux, des plus nobles de toute sa vie passée.

Comme une horde de pirates, ils étaient montés à l'assaut de sa mémoire quand, la veille, au début de l'après-midi, l'étrave noire du *Gerfaut* couronnée de l'oiseau chasseur aux ailes déployées s'était présentée à l'entrée de la baie de Chesapeake. Le passage y était toujours un peu délicat vers la fin de l'hiver, entre Cap Henry et Cap Charles, car les eaux du golfe de Floride y jetaient des sables qui en rendaient l'entrée difficile aux vaisseaux de haut bord. Mais l'élégant voilier le franchit à l'endroit même où avait mouillé jadis, durant la grande bataille, le *Ville de Paris*, le gigantesque vaisseau de l'amiral de Grasse et Gilles eut l'impression d'entrer de nouveau, toutes voiles dehors, dans l'Histoire.

Il la retrouvait, à chaque instant plus présente, à mesure que son bateau traçait sa route dans la large baie. Il revoyait les grands huniers de la flotte française dorés par le soleil d'été, les peintures brillantes et les ors des hautes coques hérissées de canons qui barraient d'une chaîne prestigieuse les quatre lieues de mer du passage.

Bientôt, dans sa longue-vue qui fouillait la côte, ses collines piquées de pins maritimes et ses marais, il reconnut Yorktown où il lui parut que rien n'avait changé sinon le drapeau qui flottait sur la forteresse de la rivière York : la bannière aux treize étoiles y avait définitivement remplacé l'Union Jack. Et les canons du *Gerfaut* avaient salué d'une salve vigoureuse ce glorieux symbole de l'Indépendance américaine. Puis il avait demandé son canot et, seul, il était descendu à terre, portant sous son manteau un mystérieux paquet.

Parvenu au petit port, il avait eu quelque peine à se retrouver. Bien des choses avaient changé en six ans. Le visage de la paix est bien différent de celui de la guerre et l'herbe avait repoussé sur les champs ravagés par la mitraille. Les gens du pays s'étaient efforcés d'effacer les plus cruelles blessures de la campagne. En outre, ils avaient pris un soin pieux des morts qui reposaient dans leur terre libérée. Les tombes hâtives avaient été refaites, ornées de stèles blanches, ratissées, fleuries près des anciennes tranchées que la végétation duvetait. Seules les anciennes redoutes avaient été laissées intactes sur leurs escarpements et leurs canons, désormais muets, tendaient toujours vers le ciel leurs gueules inutiles.

Tournemine n'eut guère de peine à retrouver l'endroit où reposait son père. Le nom qui était le sien à présent s'étalait fièrement sur la pierre, ce nom qu'il entendait implanter dans la riche terre américaine pour en faire sortir un arbre aussi majestueux, aussi haut que les tours de La Hunaudaye.

Longuement, il avait prié pour l'âme de celui qui reposait là. Puis, ouvrant le paquet caché sous son manteau, il en avait tiré un bouquet de bruyères et de genêts séchés et un petit sac de terre prise au pied des remparts de La Hunaudaye. La terre, il l'avait répandue, mêlée à cette terre étrangère, les bruyères, il les avait posées doucement contre la stèle puis, oubliant Dieu, il avait adressé à l'âme errante une autre prière, une invocation fervente pour que sa protection s'étendît sur l'avenir, encore incertain, de son dernier descendant.

Plus tard, quand il aurait bâti sa maison sur les mille acres de terre virginienne dont la reconnaissance du Congrès américain lui faisait don sur les rives de la Roanoke River, il avait déjà décidé qu'il y construirait une chapelle digne de la puissance et de la splendeur passées des Tournemine pour y transporter le corps de son père afin qu'il y trouvât son dernier port et qu'il y dormît son dernier sommeil auprès des enfants et petits-enfants qu'il plairait peut-être à Dieu d'envoyer à ce fils de hasard reconnu à son heure dernière, en face de tout ce que l'armée française comptait de plus noble sur ce même champ de bataille de Yorktown (1).

Des enfants, Gilles savait qu'il en avait déjà un, élevé quelque part dans la vallée du Mohawk, au camp du chef iroquois Cornplanter, l'enfant qu'avait mis au monde avant de mourir la belle Sitapanoki, la princesse indienne qu'il avait aimée d'un amour si passionné au temps des combats pour l'Indépendance, et dont il n'avait appris l'existence que l'année précédente. Ce petit garçon, dont Tim lui avait dit qu'il était blond aux yeux clairs, ce petit garçon qu'il aimait déjà sans l'avoir vu, il était farouchement décidé à le reprendre, à l'élever à la fois en gentilhomme et en Américain, même si ses relations avec sa femme devaient s'en trouver encore un peu plus détériorées... Au point où elles en étaient, d'ailleurs, il semblait difficile que les choses pussent empirer.

Depuis la minute où il avait emporté Judith inconsciente, de la Folie Richelieu en flammes, Gilles avait l'impression de traîner après lui une créature sans âme, un bel automate auquel le corset

(1) Cf. *Le Gerfaut des brumes, Un collier pour le diable,* J'ai Lu, n°s 1186*** et 1187***.

de fer de l'éducation et des habitudes tenait lieu d'intelligence.

En reprenant conscience dans la berline de voyage qui les emmenait vers Lorient, lancée à travers la France enneigée de toute la vitesse de ses quatre chevaux, la jeune femme avait regardé autour d'elle avec la mine douloureuse de qui s'éveille d'un mauvais rêve. Sans rien dire, elle avait contemplé un moment le paysage glacé puis son regard las était revenu se poser sur celui dont elle ne pouvait plus douter, à présent, qu'il fût réellement son mari.

– Où allons-nous? demanda-t-elle seulement.

– A Lorient d'abord où nous attend mon bateau. Ensuite en Amérique... Comment vous sentez-vous?

– Bien, bien... je vous remercie. Un peu lasse seulement.

– Dans un moment nous allons nous arrêter pour relayer. Vous pourrez prendre un peu de repos, quelque nourriture...

– Oh! ce n'est pas la peine. Je n'ai besoin de rien...

Et s'enveloppant plus étroitement dans son ample pelisse de drap noir, doublée et ourlée de renard, Judith s'était rejetée dans son coin de voiture et, appuyant sa tête pâle aux coussins avec un petit soupir douloureux, elle avait fermé les yeux.

Dormait-elle ou faisait-elle semblant? Tout au long des quelque cent vingt-cinq lieues qui s'étendaient entre Paris et Lorient, elle avait ainsi tenu ses paupières obstinément closes. Aux étapes, elle descendait docilement, se laissait conduire dans une chambre d'auberge où la rejoignait sa femme de chambre. Au dernier moment, juste avant de quitter la rue de Clichy, Gilles avait en effet décidé d'emmener la camériste. C'était l'une des filles d'un paysan d'Aubervilliers chargé de famille. Elle semblait simple, honnête, sincèrement attachée à sa maîtresse et terrifiée à l'idée de se retrouver sur le pavé de Paris. Elle se nommait Fanchon et elle avait supplié qu'on voulût bien l'emmener avec Madame.

Le chevalier y avait consenti, à la condition expresse qu'elle soit prête en quelques instants et n'emportât que ses propres affaires car, en dehors du manteau dont on l'avait enveloppée et de sa robe, Gilles entendait que Judith n'emportât rien de cette maison dont le seul souvenir le brûlerait encore longtemps de honte et de colère.

Sûr de sa décision d'emmener son épouse au bout du monde avec lui, il avait pris la précaution de faire charger, dans la voiture de suite, une lourde malle contenant tout ce qui pouvait être nécessaire à une jeune femme. Mlle Marjon s'était chargée du choix et des achats, comme elle l'avait déjà fait avant le mariage de ses jeunes amis.

Devant l'attitude étrange de Judith, Gilles s'était félicité d'avoir emmené Fanchon. La jeune fille – elle n'avait guère que dix-huit ans – voyageait dans la voiture de suite avec le capitaine Malavoine qui professait pour tous les animaux non marins une défiance insurmontable mais, à l'étape, elle s'occupait de sa maîtresse avec un inlassable dévouement, la baignant, la couchant, lui montant ses repas et veillant sur elle comme une bonne nourrice sur un bébé.

Le premier soir, Gilles avait offert à sa femme de souper avec lui dans la salle d'une très confortable hôtellerie mais, toujours du même ton absent et doux, elle avait décliné l'invitation.

– Non, merci... Je préfère rester dans ma chambre. Je suis si lasse...

Il n'insistait pas, surpris d'une attitude si opposée à la nature, impérieuse et ardente, de la jeune femme. Il s'était attendu à des cris de fureur, à des reproches cinglants, à une défense forcenée de l'amour insensé – Gilles pensait excessif, stupide et avilissant – qu'elle portait au faux docteur Kernoa. Il pensait qu'à peine revenue à la conscience, Judith se jetterait sur lui, toutes griffes dehors, réclamant hautement son droit à la liberté et lui jetant à la tête ses turpitudes supposées... Mais rien de tout cela n'était venu. Pour la première fois de sa vie, Judith se montrait douce, soumise... et totalement détachée des contingences extérieures comme si tout ce qui lui arrivait ne la concernait pas vraiment. Jamais elle ne prononçait le nom de son époux, qu'elle appelait « monsieur », avec l'indifférence polie qu'elle eût réservée à n'importe quel compagnon de voyage.

La nuit, elle s'enfermait dans sa chambre avec Fanchon. Le jour, dans la berline, elle n'ouvrait jamais la bouche et dormait avec une application qui finit par agacer le jeune homme. Au relais du Mans, il céda sa place à Fanchon, enfourcha Merlin et rejoignit Pongo qui, haïssant toute espèce de voiture, faisait la route à cheval. Il n'en pouvait plus de cette longue claustration silencieuse avec le fantôme de son amour défunt.

Quand on fut arrivé à destination, Judith, à l'auberge de *l'Epée Royale,* poursuivit tout naturellement ce mode d'existence qui semblait lui convenir. Seule, la vue de la vieille Rozenn, l'ancienne nourrice de Gilles qu'elle connaissait bien, lui arracha un sourire et un mot gracieux. Elle embrassa même la Bretonne en l'assurant qu'elle était heureuse de l'avoir auprès d'elle. Mais elle n'eut, pour la famille Gauthier, qu'un regard glacé qui se chargea d'une curieuse expression de méfiance quand ses yeux noirs se posèrent sur le doux visage de Madalen. Et la timide révérence de la jeune fille n'obtint qu'un froid signe de tête.

Cette attitude distante impressionna désagréablement Anna Gauthier.

– Peut-être devrions-nous renoncer à vous suivre, monsieur le chevalier, dit-elle à Gilles. Quelque chose me dit que nous ne plaisons guère à Mme de Tournemine.

– Vous n'êtes pas à son service. Vous êtes mes amis et nous allons, ensemble, installer un domaine, bâtir une nouvelle vie. Elle a une femme de chambre que Rozenn surveillera. Et, là-bas, vous aurez votre maison. Il ne s'agit donc que de passer ensemble le temps du voyage.

Anna se rassura. Les contacts avec Judith se réduisirent, en effet, à peu de chose tant que dura la traversée de l'Atlantique. Le *Gerfaut* était un fin voilier, taillé pour la course et, en dépit d'un temps difficile, on ne mit qu'un peu plus de trois semaines pour franchir le grand océan et, ces trois semaines, la jeune Mme de Tournemine les passa tout entières dans la cabine très confortable qui avait été aménagée pour elle et qu'elle partageait avec Fanchon. Seule parmi les trois autres femmes qui se trouvaient à bord, Rozenn eut le droit de franchir le seuil de cette cabine afin d'aider une Fanchon quelque peu débordée à soigner sa maîtresse.

En effet, à peine le navire eut-il doublé l'île de Groix que Judith, malade à mourir, s'enfermait dans sa chambre pour n'en plus bouger, atteinte d'un féroce mal de mer qui allait lui tenir compagnie tout au long du voyage. Un mal de mer bien inattendu d'ailleurs chez cette fille des eaux, habituée depuis son jeune âge à la vie semi-aquatique naturelle à tout enfant normalement constitué de la Bretagne. Que la petite sirène que Gilles avait vue surgir, un soir de septembre, des eaux du Blavet, traduisît en nausées incoercibles la longue houle familière avait de quoi surprendre d'autant plus que Fanchon, la fille du cultivateur d'Aubervilliers qui n'avait jamais vu la mer, se montra, dès que l'on eut largué les amarres, aussi solidement amarinée qu'un vieux corsaire.

Tous les matins, Gilles allait frapper à la porte de sa femme pour prendre de ses nouvelles, mais celles que lui donnaient Rozenn ou Fanchon ne changeaient guère comme ne changeait guère l'odeur de caillé qui lui venait aux narines dès l'ouverture de la porte : l'état de Judith restait stationnaire.

La jeune femme refusait d'ailleurs obstinément de se laisser voir, ne fût-ce qu'un instant. Elle y mettait une opiniâtreté que le seul souci de son aspect extérieur n'expliquait pas. A son âge, un teint pâle, des yeux cernés et une mine défaite n'ont aucune chance d'effacer une beauté aussi achevée que la sienne et, durant les longues heures de veille nocturne qu'il aimait passer à la barre de son navire, suspendu entre le ciel noir et les vagues, Gilles tourna et retourna longuement dans son esprit les différentes données de ce problème qui se nommait Judith.

Depuis Paris, elle ne lui avait pas adressé vingt paroles : elle avait commencé par dormir puis elle était tombée malade avec tant d'à-propos que, sans le témoignage de Rozenn, Gilles n'eût rien cru de cette maladie. Il admettait volontiers qu'elle lui gardât quelque rancune de son enlèvement et, plus encore peut-être, de lui avoir ouvert si brutalement les yeux sur le compte de l'homme dont elle était tombée si aveuglément amoureuse, au point de l'avoir confondu, pendant des mois entiers, avec le malheureux docteur Kernoa qu'elle avait cependant vu tomber sous les coups de ses frères, Tudal et Morvan de Saint-Mélaine, au soir même de ses noces.

Cet amour, Tournemine le savait né sous hypnose, donc aussi peu naturel que possible, et il regrettait à présent la violence de la scène au cours de laquelle il avait démontré, sans aucune réfutation possible, à Judith l'indignité et l'imposture de son pseudo-mari (1). Cette révélation n'avait pu que piquer au vif l'amour-propre de l'orgueilleuse jeune femme et, se sentant humiliée, elle se refusait à tout contact avec celui qui en avait été l'instrument...

Ce que craignait le chevalier c'était que cette passion pour ce faux Kernoa fût plus forte que la raison, plus forte que l'orgueil de Judith. En ce cas, elle mettrait longtemps à guérir, si même elle guérissait un jour. Tout dépendait de la profondeur où avait pénétré le poison et si le mal était irrémédiable il n'y aurait jamais de paix, jamais d'accord possible entre eux : Gilles et Judith passeraient leur vie dos à dos, à se haïr...

Ce fut Rozenn qui, à sa manière abrupte, vint mettre fin, un soir, alors que l'on était à peu près à mi-chemin, à ces interrogations sans réponse. Elle vint le rejoindre dans la chambre des cartes où il s'était enfermé pour étudier les abords de la côte virginienne. Depuis le départ, il se passionnait, en effet, pour la navigation qu'il étudiait avec ardeur afin de combler les lacunes de ses connaissances nautiques.

– Je sais, dit-elle, pourquoi ta femme refuse de te voir.

Il leva les yeux sur elle et la contempla un instant, calme et rassurante, dans la lumière dansante des chandelles, les mains nouées sur son grand tablier blanc, semblable à quelque sereine divinité domestique sous le grand accent circonflexe de mousseline blanche semblable à un papillon posé sur la masse de ses cheveux gris tirés en chignon. Mais son visage, étoilé de rides gaies, ne souriait pas et,

(1) Cf. *Le Gerfaut des brumes, Le Trésor,* J'ai Lu nº 1509****.

pour Gilles qui la connaissait bien, il y avait de l'inquiétude et du chagrin dans ses yeux gris-bleu.

– Je crois que je le sais aussi, soupira le jeune homme. Elle m'en veut d'avoir mis fin à ses amours et me déteste en proportion. C'est assez naturel au fond...

– Sa raison est tout aussi naturelle mais ce n'est pas celle-là : elle a peur de toi.

– Peur de moi ? Je ne pense pas lui avoir jamais donné la moindre raison de me craindre. Qu'est-elle encore en train d'imaginer ? Que je médite de la jeter par-dessus bord pour venger mon honneur outragé quand nous serons assez loin des côtes ? En ce cas, cela devrait déjà être fait et, si j'avais dû la tuer, je l'aurais accompli il y a six mois. A présent, l'acte ne rimerait plus à rien et mettrait mon âme en péril.

– Sans doute, mais cela pourrait peut-être encore rimer à quelque chose. Peut-être ton honneur a-t-il été plus outragé encore que tu ne l'imagines.

– Que veux-tu dire ?

– Que ta femme est enceinte et que je ne vois pas pour toi la plus petite raison de t'en réjouir.

Il y eut un silence. Le visage de Gilles demeura impassible mais, entre ses doigts, le crayon se brisa net. Il en jeta les morceaux avec agacement, récupéra d'un geste nerveux un rouleau de cartes qu'une légère embardée du bateau venait de jeter à terre puis relevant sur Rozenn ses yeux clairs qui avaient le reflet froid d'un glacier sous la lune :

– Tu en es sûre ?

– On ne peut l'être davantage : dans sept mois Mme de Tournemine mettra au monde un enfant dont tu n'es pas le père.

Elle avait mis une sorte de sauvagerie dans ces dernières paroles et Gilles comprit ce qu'elle éprouvait. Outre que l'adultère avait toujours été une horreur pour son éthique personnelle, la vieille Bretonne ressentait farouchement l'humiliation qui en ressortait pour le garçon qu'elle avait élevé et qu'elle aimait autant que s'il eût été son propre enfant.

– Que vas-tu faire? lança-t-elle enfin d'une voix que les larmes rentrées enrouaient.

Appuyant ses deux coudes sur la table, Gilles massa doucement du bout des doigts ses yeux soudain très las avant de les enfermer un instant sous ses paumes. Ce fut de nouveau le silence, troublé seulement par le froissement de la mer contre la coque et le grincement léger des membrures du navire.

– Je n'en sais rien, dit-il en se levant brusquement pour faire quelques pas dans la chambre garnie d'armoires où s'empilaient les cartes. Et, honnêtement, je ne vois vraiment pas ce que je pourrais faire.

– Cela veut-il dire que tu vas « la » laisser mettre au monde son bâtard? Que tu lui donneras ton nom?

La violence du ton surprit Gilles. Il regarda sa nourrice comme s'il la voyait pour la première fois.

– Quel mot dans ta bouche! Ne suis-je pas moi-même un bâtard?

– Tu ne l'as été que parce que ton père ignorait ta naissance. Toi, tu es l'enfant d'un amour, pas celui d'un adultère. Ton père était de bonne race bretonne, ta mère aussi; mais l'enfant qui se prépare portera en lui le sang d'un ruffian sicilien. Tu n'as pas le droit de lui donner le nom que ton père t'a confié en mourant.

– Qui te dit que j'aie l'intention de le lui donner? Me prends-tu pour un sot?

– Non, mais pour un homme amoureux, c'est-à-dire capable des plus grosses sottises.

Arrêtant son va-et-vient, Gilles alla se poster près du hublot, tournant le dos à la vieille femme et contemplant les faibles éclats blancs que l'écume mettait à la crête des vagues noires.

– Amoureux! soupira-t-il au bout d'un moment. Je l'ai été certes. J'ai aimé Judith au-delà de tout ce que je croyais pouvoir aimer. Peut-être parce qu'elle a été mon premier amour. A présent, je ne sais plus. Sans doute sa beauté m'inspirera-t-elle encore le désir... mais l'amour?

– Tu n'es plus certain de tes sentiments, traduisit Rozenn qui ajouta tranquillement, et c'est depuis que tu as rencontré Madalen que tu as changé...

Cette fois, Tournemine se retourna et considéra sa nourrice avec une nuance d'amusement. Comme s'il avait jamais pu lui cacher quelque chose quand il était auprès d'elle... Les yeux de sa tendresse étaient les plus aigus qui soient.

– Tu sais cela aussi? murmura-t-il un peu gêné tout de même.

– Je sais qu'elle t'aime : cela crève les yeux. Mais toi, je n'étais pas sûre.

– Eh bien, tu l'es à présent... mais si tu veux bien, nous n'en parlerons plus jamais. D'autant que cela ne change rien aux données du problème posé par la grossesse de ma femme.

– Crois-tu?

A la manière d'une tempête d'été, le calme apparent de Rozenn éclata soudain en fureur.

– Chez nous, jadis, on jetait à la mer la femme adultère. Et, chez les Tournemine, on n'a jamais permis à celle qui manquait à l'honneur d'étaler au soleil le fruit de sa faute... en admettant qu'on lui permette de vivre encore...

– Mais on élevait assez facilement les bâtards du maître. Rozenn! Rozenn! Je ne te reconnais plus. Ma parole, tu es en train de me conseiller de jeter Judith par-dessus bord.

– Je sais bien que tu en es incapable, bougonna-t-elle, sa colère aussi subitement tombée qu'elle était montée. Pourtant, ce serait peut-être la meilleure chose que tu puisses jamais faire. Cette femme n'a jamais su que te faire du mal. Mieux vaudrait sans doute l'empêcher de continuer...

– Et encourir la colère de Dieu? Préfères-tu que je perde mon âme? Allons, ma Rozenn, ajouta-t-il en entourant de ses bras les épaules encore solides de la vieille femme, cela ne te ressemble pas de rêver la perte de ton prochain et tu vas me promettre de ne rien tenter qui puisse mettre en péril la vie de Judith... ou celle de son enfant.

– Parce que tu vas lui permettre de le garder?

– Je ne sais pas encore. Il faut me laisser le temps de réfléchir. Il n'y a pas dix minutes que tu m'as mis au courant... mais je n'achèterai jamais ma liberté au prix d'un crime.

– Tu feras ce que tu veux, fit Rozenn avec entêtement, mais ne viens jamais me demander de bercer dans mes bras le fils d'un ruffian.

– Je ne te demanderai jamais rien de semblable... encore que je sois bien certain que tu t'en tirerais à merveille.

– Comment?

– Je te connais, ma vieille nounou : tu n'as jamais su résister au sourire d'un enfant. Tu sais depuis trop longtemps qu'un bébé innocent ne peut être tenu responsable des crimes de ses parents.

– Peut-être... mais il peut parfaitement en hériter les tares et les vices. Je te laisse réfléchir, Gilles, mais songe avant de prendre une décision de quelle gravité elle sera pour l'avenir, le tien et celui des autres. Tu as une ennemie sur ce bateau et tu pourrais bien en avoir deux dans quelque temps; le début d'une coalition...

Rozenn sortit sur cette flèche du Parthe, laissant le chevalier à des réflexions qui n'avaient rien de réjouissant. Quelle étrange famille allait-il donc implanter aux rives de la Roanoke?

Rien de plus respectable, en apparence, que cet ancien combattant de la guerre américaine, que cet officier du roi de France venant s'établir en terre d'Amérique avec sa jeune femme, ses vieux serviteurs... et ses enfants. Mais en apparence seulement... Si l'on grattait un peu le beau vernis du bateau, on constatait que le noble couple, composé d'un bâtard et d'une sœur d'assassins, n'était pas loin de se haïr, que les enfants en question n'auraient entre eux aucun lien de parenté, l'un étant le fils du mari et d'une princesse indienne, l'autre le rejeton de la femme et d'un truand sicilien. Quant aux vieux serviteurs, s'ils étaient, eux, irréprochables, ils n'en amenaient pas moins avec eux une pure et belle jeune fille que le noble officier du roi désirait furieusement et dont il était en train de tomber éperdument amoureux. Jolie tribu en vérité!... Le pittoresque n'y manquait même pas puisque le plus fidèle de ces serviteurs était l'écuyer de Gilles : Pongo, ancien sorcier des Indiens Onondagas, jadis tiré des eaux de la Delaware et qui ne quittait pratiquement jamais Tournemine.

Incapable de demeurer plus longtemps enfermé dans la chambre des cartes trop étroite pour ses pensées et les battements désordonnés de son cœur, Gilles en sortit peu après Rozenn afin de retrouver l'âpre pureté de l'air marin. Escaladant quatre à quatre l'escalier de la dunette, il en délogea l'homme de barre, comme il lui arrivait bien souvent de le faire, et prit en main la course de son navire. C'était toujours une joie quasi animale pour lui que sentir le beau coursier des mers frémir entre ses mains et répondre aux moindres impulsions du gouvernail comme une bête bien dressée.

La nuit était noire, le ciel obscur et la mer assez

forte. Pendant un moment, Gilles s'accorda le temps de jouir intensément de sa communion avec son bateau. Entre ses mains, le *Gerfaut* avançait souplement, sans à-coups, sans souffrir dans les lames cependant creuses. Mais le poison qu'avait versé dans ses veines la dramatique nouvelle portée par Rozenn faisait son chemin malgré tout et, soudain, Gilles eut envie de faire demi-tour, de regagner la France, d'y assurer l'avenir de ceux qui s'étaient confiés à lui puisque, grâce au trésor des Tournemine, il était à présent un homme riche, puis de s'en aller, seul avec son navire et son équipage, courir les mers lointaines, devenir corsaire, pirate peut-être, refaire une autre fortune, user sa vie par tous les bouts jusqu'à l'excitation du dernier combat et jusqu'au saut final dans l'éternité inconnue...

L'impulsion fut si violente que son regard chercha les hommes de quart qui veillaient aux points stratégiques du navire, puis le porte-voix à l'aide duquel le capitaine Malavoine donnait ses ordres. Ce faisant, il aperçut Ménard, le second, qui arpentait le pont d'un pas régulier, de la misaine à l'artimon et retour. Il voulut l'appeler pour l'envoyer chercher le capitaine afin de le mettre au courant de sa décision, insensée d'ailleurs et parfaitement indigne d'un homme en pleine possession de son bon sens, quand, soudain, une nouvelle silhouette apparut sur le pont, venant des cabines où logeaient les femmes. Dans l'entrebâillement de la longue mante noire, il y eut l'éclair d'une robe blanche et, posée comme une fleur sur le capuchon rabattu dans le dos, une blondeur lumineuse qui fit battre plus vite le cœur du jeune homme : Madalen, sans doute, avait éprouvé le besoin de respirer un peu d'air pur avant de s'enfermer pour la nuit dans l'étroit placard qu'elle partageait avec sa mère.

Il la vit faire quelques pas sur le pont, saluée au

passage par Pongo qui rêvait aux étoiles puis par Pierre Ménard qui la suivit des yeux un moment, puis s'accouder à la rambarde en se tenant à l'un des haubans pour résister aux secousses du bateau. Et elle resta là un moment à regarder la mer.

La seule vue de la blonde enfant chassa brutalement, comme un coup de vent emporte les nuages, les fuligineuses rêveries de Tournemine et ses désirs de fuite jusqu'au fond de la mer de Chine. Revenir en France, remettre tout son monde à terre puis repartir seul, c'était renoncer à regarder vivre Madalen, c'était se priver du plaisir doux-amer de se déchirer en sachant parfaitement qu'elle ne serait jamais à lui. Or, elle avait pris dans sa vie une telle place que, ne plus la voir, ne plus l'entendre, revenait pour le jeune homme à renoncer à l'existence. Et puis il y avait plus grave : il n'avait pas le droit de manquer à la parole donnée à Pierre Gauthier, la nuit de la découverte du trésor, de veiller à jamais sur sa famille et de la garder toujours auprès de lui... Et le *Gerfaut* continua de creuser sa route vers les Etats-Unis sans que ses passagers soupçonnassent un seul instant que leur destin avait été à deux doigts de changer de cap.

Le vent fraîchit tout à coup et le navire fit une légère embardée, conséquence logique de la brève inattention de Gilles dont les yeux dévoraient l'ombre douce posée près des haubans. Il le redressa aisément, mais la secousse avait rompu le fil du rêve de Madalen qui avait dû se retenir à un filin. Furieux après lui-même, Gilles, occupé à corriger sa route, dut voir Pierre Ménard se précipiter vers la jeune fille et lui offrir son bras pour la ramener vers sa cabine.

Quand le jeune homme revint et escalada la dunette dans l'intention évidente de tancer le timonier maladroit, Gilles s'excusa et, bien entendu,

Ménard, reconnaissant le maître du bateau, lui rendit la politesse.

– Reprenez la barre, mon ami, fit le chevalier. Je ne suis décidément pas en forme cette nuit et je vais vous envoyer le pilote de quart...

Ces quelques mots lui coûtèrent car son impulsion profonde le poussait plutôt à aplatir la figure de ce garçon qui avait osé offrir son bras à Madalen. Mais le moyen de se comporter de la sorte quand on est pris par un sous-ordre en flagrant délit d'incapacité? Rageant et pestant, il regagna sa cabine dont il ouvrit la porte d'un coup de pied. Un léger cri fit écho au fracas du vantail tapant contre la muraille de bois.

– Oh! que vous m'avez fait peur, monsieur le chevalier! flûta une voix d'oiseau et Fanchon, qui attendait assise sur l'un des bancs fixés au mur, se leva. Elle avait l'air inquiet.

– Qu'est-ce que vous faites là, vous? aboya Gilles peu sensible aux soucis d'autrui.

La brutalité du ton ouvrit les vannes et Fanchon se mit à sangloter tandis qu'une véritable marée de larmes inondait son visage – un petit visage triangulaire éclairé par deux yeux bruns assez beaux et troué de deux attendrissantes fossettes... qui n'attendrirent d'ailleurs aucunement le jeune homme. Croisant les bras sur sa poitrine, il considéra la fille en larmes avec un léger dégoût.

– Voilà bien autre chose à présent! Pourquoi diable pleurez-vous, ma fille?

– C'est que j'ai... j'ai si peur, mon... monsieur le chevalier!

– Peur? Et de quoi? Nous avons eu un coup de vent mais il se calme déjà.

– Oh, ce n'est pas... la mer. C'est Ma... Madame!

– Madame? Qu'y a-t-il? Serait-elle plus mal? Allons! Parlez, bon sang! Vous êtes là à me regarder comme une oie...

– Non, elle ne va pas plus mal. Et même elle dort. Seulement elle parle, en dormant, et elle dit des choses terribles. Oh! j'ai peur, j'ai peur! Protégez-moi, monsieur le chevalier, j'ai si peur...

Avant qu'il ait pu l'en empêcher, Fanchon se jetait sur lui, glissait ses bras autour de son cou et s'y suspendait avec une force inattendue. Dans l'impétuosité de son élan, la grande cape sombre qui l'enveloppait glissa de ses épaules et tomba sur le parquet laissant paraître la blanche chemise de nuit dont la jeune fille était vêtue. Et Gilles, en posant ses mains sur Fanchon pour l'éloigner de lui et l'inviter à plus de retenue, sentit soudain, à travers le mince tissu, la chaleur et les formes élastiques d'un corps agréablement potelé. L'impression fut plutôt plaisante mais il s'en défendit noblement.

– Lâchez-moi, voyons! gronda-t-il avec une sévérité qu'il forçait un peu. Tout cela est ridicule! Pourquoi, diable, auriez-vous peur des cauchemars de votre maîtresse? Et, si cela est, vous n'avez qu'à la réveiller. Vous lui aurez au moins rendu service. Allons, lâchez-moi!

Il perdait ses paroles. Non seulement Fanchon n'en fit rien mais il parut à Gilles qu'elle resserrait encore son étreinte. Le visage enfoui contre l'épaule du jeune homme, elle balbutiait des phrases qui se voulaient peut-être explicatives mais dont il ne comprit pas un traître mot tandis que son corps se collait, comme une ventouse, à celui de Tournemine qui réagit avec une spontanéité due beaucoup plus à une abstinence de plusieurs semaines qu'au charme personnel de la jeune camériste. Encore que celui-ci ne fût pas à dédaigner.

Furieux mais tenté, il cessa de la repousser puisque aussi bien cela ne servait à rien. Et puis il avait horreur de brutaliser une femme. Fanchon, alors, se mit à ronronner comme une chatte satisfaite, oubliant, avec une remarquable promptitude, une terreur qui n'était peut-être pas aussi folle qu'elle le prétendait. Gilles en fut certain quand il la sentit bouger doucement contre lui, excitant sournoisement un désir qui n'en avait vraiment pas besoin.

La fille était fraîche et dégageait une vague senteur de girofle qui ne lui était sans doute pas naturelle mais que Gilles jugea agréable, comme était agréable, après tout, cette petite aventure inattendue dont il pensa qu'elle était tout juste ce dont ses nerfs surtendus avaient besoin.

Empoignant Fanchon aux hanches, il la jeta sur l'étroite couchette qui lui servait de lit et releva d'un coup l'ample chemise de nuit, découvrant un corps rose piqué d'agréables fossettes, des seins ronds comme des pommes reinettes... et des bas de soie bleue retenus par des jarretières roses à bouffettes de rubans qui lui donnèrent à penser sur les étranges effets de la peur chez les filles.

La tête de la jeune femme de chambre avait disparu sous un bouillonnement de batiste, laissant seulement exposée aux regards intéressés du jeune homme une nudité tellement appétissante que Gilles n'hésita plus à se mettre à table. Grimpant à son tour sur la couchette, il entreprit joyeusement de démontrer à sa visiteuse qu'il appréciait pleinement le cadeau.

Du coup, de chatte ronronnante, Fanchon se fit panthère, feulant littéralement sous sa batiste dont elle finit par se débarrasser pour coller sa bouche à celle de Gilles. Sa peur devait avoir la vie dure car, après le premier assaut, elle en provoqua un second, puis un troisième avec une science qui laissa son compagnon songeur sur le genre d'éducation que recevaient, apparemment, les filles de vignerons à Aubervilliers. Mais, pour ne pas être en reste, il honora Fanchon une quatrième fois avant de la renvoyer auprès de sa maîtresse.

Légèrement titubante, Fanchon alla ramasser sa

cape dont elle s'enveloppa jusqu'aux yeux puis demanda :

– Je reviens demain soir?

– Tu crois que tu auras encore peur?

– J'en suis sûre! Et encore plus que cette nuit...

Il se mit à rire puis, d'une claque sur les fesses, l'expédia vers la porte.

– Alors viens! C'était... très agréable...

Demeuré seul, il retourna se jeter sur son lit et s'endormit comme une souche, l'esprit allégé et le corps merveilleusement détendu. Mais, le lendemain, quand son regard croisa celui, idéalement pur et beau, de Madalen, il sentit un flot de sang lui monter au visage et, détournant la tête, s'éloigna vers le gaillard d'avant, incapable de soutenir plus longtemps ce regard-là dans lequel il croyait lire une interrogation teintée de reproche. Mais que pouvait savoir cette enfant des exigences physiques d'un homme jeune et vigoureux?

Presque chaque nuit, dès lors, Fanchon le rejoignit dans son lit. C'était une fille simple et sans complications. Elle aimait l'amour et le faisait bien, offrant à son maître des étreintes quasi muettes mais tonifiantes et qu'elle s'estimait très heureuse de pouvoir dispenser à un homme aussi beau.

Gilles, pour sa part, usait avec plaisir de ce corps accueillant mais découvrait, non sans une sorte d'effroi, que plus il possédait Fanchon plus il désirait Madalen. La camériste l'aidait sans doute à tromper la faim douloureuse qu'il avait de l'adorable sœur de Pierre mais ne l'apaisait pas. Et il savait que cette faim serait pour lui une longue, une inguérissable torture s'il ne parvenait jamais à l'assouvir. Oh! certes, il se le reprochait comme un sacrilège, ce désir trouble attaché à tant d'innocente pureté, mais il s'en absolvait en reprochant alors à Dieu d'avoir donné à un ange un corps trop visiblement fait pour l'amour et la volupté.

Quant à Judith, alourdie d'un fruit auquel il ne pouvait songer sans colère, il s'interdisait d'y penser jusqu'à ce que devînt enfin possible, entre eux, la définitive explication qui déciderait de leur vie, comme il s'interdisait de poser à Fanchon la plus anodine question concernant la vie de Mme Kernoa à la Folie Richelieu. Il pouvait faire sa maîtresse d'une servante agréablement tournée mais non s'abaisser à des confidences d'alcôve fleurant la cuisine... Et la nuit où la jeune femme, pensant lui faire plaisir, risqua une allusion à l'équivoque baron de Kernoa, il coupa court immédiatement à leurs fugitives amours, lui interdit d'évoquer jamais, sous son toit et même en pensée, le nom de Kernoa, sous peine de se voir immédiatement renvoyée en Europe puis, comme elle fondait en larmes, lui fit cadeau de quelques pièces d'or qui eurent le don d'éclaircir instantanément le paysage.

Fanchon, néanmoins, tenta de discuter :

– Pourquoi ne continuerions-nous pas ? fit-elle en reniflant ses larmes. Madame ne saura jamais rien et je jure sur la tombe de ma mère de ne plus jamais prononcer le nom qui... que monsieur le chevalier n'aime pas.

– De toute façon, il fallait que cela cesse avant la fin du voyage. L'Amérique est une terre vertueuse, voire puritaine. J'entends y installer une famille honorable et certainement pas les mœurs d'un sultan. Cela n'empêchera nullement que je ne garde de toi un charmant souvenir et que je n'essaie de te trouver un bon mari.

– J'aurais bien préféré que vous gardiez mes caresses, soupira Fanchon, mais puisque ce n'est pas possible, essayez seulement, s'il vous plaît, que le mari en question ne soit point trop laid...

Et sur une très protocolaire révérence qui rétablissait d'un seul coup les distances, elle quitta la cabine dont elle ne devait plus franchir le seuil, gardant seulement l'arrière-pensée qu'un jour, peut-être, son trop séduisant maître trouverait quelque plaisir à changer d'avis. Comment pourrait-il en être autrement dans un pays de sauvages où les femmes avaient la peau rouge et se parfumaient à la graisse d'ours? Cette dernière réflexion étant due tout entière à une distante mais attentive observation de Pongo, l'écuyer iroquois de Tournemine, pour lequel Fanchon éprouvait une aversion fortement mélangée de crainte.

Ainsi, le *Gerfaut* poursuivit sa route avec des fortunes diverses et, après quatre semaines d'une navigation somme toute assez satisfaisante pour la saison, l'élégant navire pénétrait, toutes voiles dehors, dans le port de New York élevé depuis environ deux années au rang de capitale fédérale des Etats-Unis de l'Amérique septentrionale.

Pour Judith, il était grand temps que l'on touchât terre. La jeune femme, dont l'estomac révulsé n'avait toléré aucune nourriture solide depuis de longs jours, était à peu près à bout de forces.

Gilles ne l'avait pas revue depuis qu'elle était montée à bord et, après les confidences de Rozenn, il ne s'était plus présenté à sa porte, se contentant de prendre de ses nouvelles auprès de sa vieille nourrice ou auprès de Fanchon. C'était, en effet, avec une Judith en pleine possession de ses moyens qu'il entendait discuter de leur avenir commun, et des dispositions qui pouvaient rendre supportable l'existence future de leur ménage. Il n'avait jamais aimé affronter un adversaire désarmé et la première chose à tenter était de lui faire retrouver ses forces.

Aussi, à peine les voiles carguées, se fit-il conduire à terre afin de s'y mettre en quête d'un logis convenable où il soit possible d'installer une malade; donc une maison particulière car les auberges, dans cette ville en pleine expansion, ne présentaient peut-être pas un confort extrême.

Comptant alors environ trente mille habitants, New York n'offrait qu'une ressemblance lointaine avec une ville européenne. Toute son activité était centrée sur le port qui grandissait à vue d'œil et sur les nombreuses voies fluviales qui y aboutissaient et servaient de moyen de pénétration avec l'arrière-pays. En dehors des quelques rues avoisinant le port, à la pointe de l'île de Manhattan, rues étroites et sales pour la plupart, le reste du paysage était résolument campagnard. Quelques belles demeures s'élevaient en face de marécages, de champs et de bois qui entouraient des fermes. Des magasins regorgeant de marchandises bordaient des rues sans pavés et souvent sans trottoirs. Des planches étaient jetées sur les fossés bordant les chemins et, pour ce qui constituait le centre nerveux de la ville, Broad Street ou Wall Street, la saleté qui y régnait était de nature à dégoûter les nez les plus délicats. Mais les alentours formaient une campagne agréable avec de petits étangs, de beaux arbres, des collines et, surtout, les rives du fleuve Hudson étaient d'une étonnante beauté. En fait, New York c'était un morceau de cette grande île de Manhattan traversée en écharpe par une ancienne voie indienne que l'on appelait Broadway, auquel il fallait ajouter les collines de Brooklyn, sorte de quartier résidentiel situé de l'autre côté de l'East River et que l'on atteignait au moyen des barques d'un passeur.

Tournemine connaissait déjà New York où il avait combattu aux côtés de La Fayette lorsque, avec une poignée d'hommes, tous deux (1) avaient monté un audacieux coup de main contre le Fort Constitution où s'était réfugié, après sa trahison de West Point, le

(1) Cf. *Un collier pour le diable.*

général traître Benedict Arnold. Mais, s'il reconnut aisément, au passage, le fort qui commandait la baie, il eut bien de la peine à reconnaître la ville elle-même. Elle poussait comme un champignon, quelque peu vénéneux d'ailleurs. Quant au port, l'un des meilleurs du monde, sans doute, au fond de sa profonde baie si bien défendue, il regorgeait tellement de navires de toutes sortes que le *Gerfaut* ne réussit pas à trouver place à quai. Il s'était contenté de se mettre au mouillage à l'abri d'une petite île couverte de noyers, Nutten's Island (1). Il n'était d'ailleurs pas le seul car aussi bien près de cet îlot que de son voisin, Bedloe's Island (2), nombreux étaient les bateaux qui avaient choisi, par force, cette solution.

Sans qu'il s'en doutât la chance attendait Gilles à terre. Lorsqu'il sauta de sa chaloupe sur ce qui était plutôt une cale qu'un véritable quai, au flanc est de Manhattan, la première personne qu'il aperçut, sortant d'une des nombreuses tavernes qui illustraient l'endroit, fut un homme de grande taille, habillé de daim vert et coiffé d'un bonnet de castor : son ami Tim Thocker en personne. Lequel d'ailleurs ne montra aucune surprise de la rencontre.

– A la Noël, tu m'as écrit que tu allais venir ici. Alors tous les matins, depuis que j'ai reçu ta lettre, je suis venu faire mon tour de port.

– Tous les matins? Quelle idée! Je t'avais dit que je comptais aller te voir chez toi...

– J'avais bien compris mais, pour le moment, chez moi, c'est ici.

– Comment ça, ici? Et Stillborough? Et miss Martha, la fille du Shipchandler de New Port, ta fiancée?

(1) Governor's Island de nos jours.
(2) Liberty Island... Là se touve la statue de la Liberté.

– Elle est toujours ma fiancée et le sera tant que je ne me serai pas établi solidement quelque part.

– Et ce quelque part c'est New York?

Tim haussa les épaules.

– Eh oui! Martha en a assez de New Port. Elle veut vivre dans une grande ville. Alors j'ai décidé de m'associer avec un certain Robert Bowne pour faire avec lui des affaires.

Gilles se mit à rire en désignant l'accoutrement de daim vert de son ami.

– Et tu fais des affaires habillé comme un coureur des bois?

– Bien sûr puisque nous nous occupons de fourrures. Il faut bien que quelqu'un aille les chercher en territoire indien, ces fourrures...

– Et ce quelqu'un c'est toi? J'ai compris. Alors, fini la politique? Tu ne sers plus de courrier au général Washington?

– Mais si... plus que jamais. Le général, vois-tu, est retiré sur ses terres, à Mount Vernon. Il cultive son jardin comme il dit. N'empêche que la politique l'intéresse toujours autant, même s'il prétend lui fermer sa porte. Il a des yeux et des oreilles dans les treize Etats... et moi je fais partie de ces yeux et de ces oreilles. Mais si on allait causer de tout ça autour d'un bol de punch? Il fait un vent du diable sur ce port...

C'est ainsi que Gilles avait repris contact avec l'Amérique. Avec Tim, naturellement, toutes les difficultés s'étaient aplanies comme par magie. En l'espace d'une heure, celui-ci avait avalé un seau d'eau bouillante et un boujaron de rhum, décidé d'accompagner lui-même Tournemine auprès de Washington et trouvé, pour y installer la maisonnée de son ami, une maison convenable et ce qu'il fallait pour en assurer le bon fonctionnement.

Située au milieu d'un jardin descendant en pente douce jusqu'à la rivière de Harlem, la maison était un manoir campagnard nommé Mount Morris, du nom de son bâtisseur, un certain colonel Morris qui l'avait bâtie en 1765 et qui, fidèle soutien du roi d'Angleterre, était reparti outre-Atlantique dès le début de la Révolution, abandonnant à un ménage d'anciens serviteurs le domaine où il avait espéré revenir rapidement mais que le traité de paix lui avait rendu désormais inaccessible.

Ne sachant trop que faire, Mrs Hunter et son mari, les gardiens, en avaient fait l'acquisition provisoire quand les biens anglais avaient été mis en vente et, en attendant de voir comment tournerait le vent, avaient pris le parti de louer Mount Morris, et leurs services par la même occasion, ce qui leur permettait de veiller au maintien en bon état de la propriété.

Ayant séjourné l'un comme l'autre au Canada pendant plusieurs années, les Hunter parlaient couramment le français, détail inappréciable aux yeux de Tournemine qui pouvait leur confier sa maisonnée durant l'absence qu'il projetait pour mener à bien son ambassade auprès de Washington, régulariser ses titres de propriété pour sa concession de la Roanoke River et se mettre à la recherche de son fils dans les camps indiens.

Ce fut donc dans cette agréable demeure que l'on apporta Judith, étendue sur un brancard porté par deux hommes de l'équipage. Pour Tournemine, c'était la première fois qu'il revoyait sa femme depuis le départ et il se félicita d'avoir remis à plus tard l'indispensable explication : l'aspect de la jeune femme aurait inspiré la pitié à son pire ennemi en admettant qu'elle en eût un autre qu'elle-même. Blême, émaciée et visiblement d'une affreuse maigreur, elle serrait contre sa poitrine ses petites mains qui ressemblaient à des griffes d'oiseau. De larges cernes bleus marquaient ses yeux sombres et les élargissaient encore, de telle sorte que le reste du visage disparaissait.

Quand elle apparut sur le pont du *Gerfaut*, à la lumière grise d'un matin de brume, et que Gilles rencontra le regard de ces yeux-là, il sentit son cœur se serrer. A quelle extrémité physique l'avait-il réduite, Seigneur! En surimpression sur cette pauvre image, il revoyait celle, insolente d'éclat, de la Reine de la Nuit et aussi le fantôme charmant et virginal qu'il avait rencontré à la lumière des chandelles, durant cette nuit où tous les morts paraissaient être sortis de leurs tombeaux (1). Quelque chose ressemblant à un remords s'insinua en lui. Ne l'avait-il amenée ici que pour y mourir?

Doucement, avec une infinie pitié, il prit l'une des mains si menues. Elle était froide et, pour la réchauffer, il la garda un instant dans les siennes tandis que son regard sévère s'en allait interroger Rozenn qui se tenait auprès du brancard, aussi lugubre sous sa mante noire que l'ange de la mort. La vieille femme dut deviner le soupçon terrible qui passait à cette minute par l'esprit du chevalier car elle haussa les épaules et bougonna :

– Un plancher stable, une bonne nourriture et du repos, et Madame se portera bientôt comme vous et moi.

– Je l'espère, dit Gilles.

Puis, comme Judith avait ouvert les yeux et posait sur lui un regard où il n'eut aucune peine à déceler une mortelle angoisse, il se pencha vers elle et, doucement, lui dit :

– Vos souffrances vont prendre fin, madame. Je vous ai trouvé ici une maison agréable, bien située et au bon air. Un médecin vous y attend pour vous aider à reprendre vos forces.

– Je n'ai pas besoin de médecin.

– Vous savez bien que si. Mais, avant de vous confier à lui, je veux que vous soyez en paix durant tout le temps que durera mon absence car je dois effectuer un voyage important.

– Vous... resterez longtemps absent?

– Je l'ignore. Sachez seulement que nul ne vous fera de mal en ce pays où, je l'espère, nous allons pouvoir nous installer... et cela quelle que soit la... nature du mal dont vous souffrez et dont nous parlerons à mon retour quand vous serez rétablie...

Une onde de sang – exploit dont on l'aurait bien crue incapable – monta aux joues de Judith mais elle ne dit rien, se contentant de refermer les paupières, indiquant par là qu'elle n'avait pas envie de poursuivre l'entretien, mais Gilles put voir les traits de son visage se détendre lentement tandis qu'on l'emportait.

Toujours grâce à Tim, décidément tout-puissant à New York, le *Gerfaut* put venir à quai où une place lui avait été trouvée à l'appontement d'un armateur. La malade fut donc descendue à terre sans difficulté et installée dans une voiture qui l'emporta rapidement jusqu'à sa nouvelle demeure. Mais tout le temps que dura le transfert de ses passagères, Gilles s'interdit de laisser son regard s'attarder sur Madalen. Elle n'était, elle ne pouvait être pour lui, que la sœur de son intendant, la fille de celle qui allait jouer, sur le nouveau domaine, le rôle de femme de charge et, à l'instant où, en compagnie de sa mère, de Rozenn et de Fanchon, la jeune fille posa le pied sur le sol américain, elle ne fut qu'une ombre enveloppée d'une mante sombre parmi d'autres ombres habillées pareillement. Et il ne vit pas le regard furtif, et désolé, dont la belle enfant l'accompagnait tandis qu'il s'en allait surveiller le débarquement de Merlin. Le beau pur-sang avait, de la mer, une telle horreur que l'opération se présentait délicate.

Ce fut seulement lorsque tout son monde fut bien casé à Mount Morris que Gilles revint à bord avec Tim Thocker cette fois et avec les hommes qui avaient aidé au déménagement. Il laissait les cinq femmes à la garde de Pierre Gauthier (auquel il avait remis les fonds nécessaires à un séjour assez long) et à celle de Pongo. New York, comme toutes les villes en plein développement, comme beaucoup de ports aussi, n'était pas une ville sûre. La corruption et la prostitution y fleurissaient abondamment, surtout dans un quartier que l'on appelait bizarrement Holy Land (1). Les maisons de débauche y côtoyaient les tavernes aux approches du port et les mauvais garçons de tout poil y pullulaient, mais le chevalier savait bien que, sous la protection de l'Indien, les habitantes du domaine Morris seraient parfaitement à l'abri.

Le soir même, le *Gerfaut* quittait avec la marée le port de New York pour faire voile vers le sud à destination de la baie de Chesapeake.

Une main se posant sur son épaule tira Tournemine de sa longue méditation.

– Ne me ferez-vous pas l'honneur de souper avec moi comme d'habitude, monsieur le chevalier, dit à son oreille la voix familière du capitaine Malavoine. La cloche a déjà tinté deux fois... Mais peut-être suis-je importun et n'avez-vous pas faim?

Gilles s'étira comme au sortir du sommeil et sourit à ce qu'il devinait être le rude visage barbu de son capitaine. La nuit, en effet, était complètement tombée, et choses et gens n'apparaissaient plus que sous forme d'ombres. Seules, quelques rares lumières piquaient comme des lucioles la

(1) *Terre sainte.*

fourrure épaisse des rivages, tandis que les feux arrière du navire laissaient couler sur l'eau noire une trace d'or. Mais englué dans ce que Tim appelait « le rendez-vous des souvenirs » Gilles n'avait pas vu s'éteindre le jour ni s'allumer les lumières des hommes.

– Je n'ai aucune raison de bouder votre table, capitaine, fit-il avec bonne humeur. Demain sera, je l'espère, un grand jour. Il convient de le fêter à l'avance en vidant ensemble une ou deux vieilles bouteilles. Et faites donc distribuer une tournée de rhum à l'équipage. Il l'a bien méritée et la nuit est encore fraîche...

Passant son bras sous celui de Malavoine, il disparut avec lui dans les entrailles du bateau.

LE MAÎTRE DE MOUNT VERNON

La cloche du navire sonnait, aussitôt suivie par le sifflet du maître d'équipage appelant le quart du matin, quand Tim escalada l'échelle de coupée et, sautant en voltige par-dessus la rambarde, atterrit sur le pont. Il se précipita vers la porte du château arrière et, tout en suivant le couloir menant à la cabine occupée par Gilles, se mit à siffler à pleins poumons pour s'annoncer.

Sous sa main vigoureuse, la porte s'envola plus qu'elle ne s'ouvrit, découvrant Tournemine aux prises avec ses ablutions matinales. Armé d'un rasoir, le chevalier était en train de gratter méthodiquement la mousse de savon qui lui couvrait les joues. L'entrée fracassante de Tim lui fit faire un léger faux mouvement. Il se coupa et se mit à jurer effroyablement en pêchant une serviette pour étancher le sang de la petite blessure.

– Tu as une façon d'entrer chez les gens! grogna-t-il quand il fut au bout de son répertoire cependant riche et fourni. Tu devrais essayer l'artillerie!

– Je suis plus efficace, rigola le coureur des bois, surtout quand il s'agit d'aller vite. Allez! Au trot, dépêche!... Le grand chef t'attend. Il t'a même envoyé sa voiture.

L'effet fut magique. L'idée que le grand Washington pût l'attendre, ne fût-ce qu'un instant de trop, plongea Gilles dans sa cuvette et, quelques minutes plus tard, vêtu d'un sévère habit bleu sombre et de linge neigeux, il rejoignait Tim dans la chaloupe collée au flanc du navire.

Une voiture attendait, en effet, sur l'étroit chemin tracé au bord du fleuve. C'était une sorte de calèche attelée de deux carrossiers anglais qui faisaient grand honneur, par leur allure, à la réputation d'homme de cheval du général Washington. La capote à soufflets de la voiture était rabattue car le temps, ce matin-là, était entièrement printanier. Un joyeux soleil irradiait les brumes matinales et dorait le grand fleuve. Le ciel était d'un bleu léger qui, tout à l'heure, deviendrait profond et dont les nuances adoucies faisaient ressortir le vert dense des vastes forêts d'alentour. Sur la rive du Maryland (1), la cloche d'une petite église blanche, perdue au milieu de vergers en fleurs, sonnait le glas, appelant les fidèles à quelque enterrement, mais ne parvenait cependant pas à assombrir la joie de ce beau matin calme.

Installé auprès de Tim dans la voiture, Gilles se laissa emporter à l'assaut de la colline aux vertes frondaisons au cœur desquelles se cachait Mount Vernon. A cet endroit, la vieille forêt venue du fond des âges conservait un aspect sauvage et primitif avec ses arbres qui n'avaient jamais connu la

(1) Le Potomac marque la limite du Maryland et de la Virginie.

cognée du bûcheron et ses fourrés si touffus que le soleil sans doute n'y pénétrait pas. La voiture roulait sous un tunnel vert habité de chants d'oiseaux, un tunnel au bord duquel apparut tout à coup une borne blanche.

– Nous sommes à présent sur le domaine du général, dit Tim. Cette borne en marque la limite.

– Important ce domaine?

– Plus de dix mille arpents (1).

– Fichtre!

On roula encore, en effet, durant deux ou trois miles avant d'atteindre la maisonnette du concierge qui, elle, marquait l'entrée du parc. A vrai dire, le chemin qui coulait à travers une région assez accidentée et fort belle ne parlait guère de culture car, aussi loin que le regard pouvait porter, la nature seule se laissait admirer.

Et puis, tout à coup, après que l'on eut passé un ruisseau et un ravin, la maison apparut, blanche, ravissante et majestueuse, posée comme un objet précieux sur le velours vert tendre d'une pelouse soignée dont les pentes douces rejoignaient paisiblement la ligne des arbres immenses...

Coiffée d'un amusant clocheton octogonal, surmonté lui-même du paratonnerre qui avait fait la gloire de Benjamin Franklin et garnie de petits carreaux où se reflétaient joyeusement les rayons du soleil, la résidence du grand homme n'avait que deux étages y compris les soupentes éclairées par de jolies lucarnes. Une blanche colonnade, dans la meilleure tradition des maisons du Sud, soutenait le grand porche où s'abritaient les fenêtres de façade et la porte simplement ornée d'un fronton triangulaire. Des bâtiments flanquaient, de chaque côté, l'élégant manoir : des écuries et des étables d'une part et de l'autre une grande serre et les bâtiments

(1) Environ 5000 hectares.

où l'on entreposait le tabac et où travaillaient les Noirs auprès d'une vaste basse-cour pleine de volailles. Au-delà s'apercevaient les huttes qui servaient d'habitation aux esclaves (il y en avait à peu près deux cents) et plus loin encore, d'autres étendues boisées qui achevaient le cadre de verdure de Mount Vernon.

Lorsque la voiture s'arrêta devant le porche, un majordome aussi noir que le cocher qui la conduisait vint ouvrir la portière et indiqua aux visiteurs que le général les attendait sur la terrasse. Et comme Gilles cherchait vainement, aux alentours, quelque chose ressemblant à une terrasse, Tim le prit par le bras et l'entraîna à travers la pelouse.

– Merci, Gédéon! Par ici, mon ami, la terrasse est de ce côté!

Dissimulée par les retombées somptueuses des grands arbres, une longue plate-forme étayée par des colonnes avait été construite au flanc du coteau dominant la courbe du Potomac. Le général Washington avait coutume de s'y rendre deux ou trois fois par jour afin d'y observer, à l'aide d'une longue-vue, les mouvements du fleuve.

C'était à cela qu'il s'occupait quand les deux hommes débouchèrent sur son observatoire. La lunette vissée à l'œil et la mine mécontente, sans faire plus attention aux arrivants que s'il ne les avait pas entendus venir, il scrutait le large croissant scintillant, magnifique et majestueux vu de cette hauteur, comme s'il avait personnellement quelque chose à lui reprocher et en marmottant des choses inintelligibles.

Pensant que son navire faisait les frais de la mauvaise humeur du grand chef, Tournemine s'approcha de la balustrade pour voir ce qu'il en était mais respira : une grande frégate portant encore toute sa voile était en train de venir au mouillage à quelques encablures du *Gerfaut* et, apparemment, elle n'était pas la bienvenue.

Brusquement, Washington haussa les épaules, se retourna, repliant d'un geste sec sa longue-vue, et fit face à ses visiteurs :

– Le dîner de tantôt risque de ne pas être aussi agréable que je l'aurais souhaité pour vous, mon cher chevalier, dit-il en tendant à Gilles une main que celui-ci serra avec respect. Aussi hâtons-nous d'aller prendre notre breakfast en toute tranquillité. Ensuite, je vous ferai visiter mes terres comme j'ai coutume de le faire chaque jour d'ailleurs.

Le tout comme s'ils s'étaient quittés la veille au soir et non six ans plus tôt...

– Je suis à vos ordres comme autrefois, général, dit Gilles, et très heureux d'avoir l'honneur de vous revoir ainsi que de l'accueil que vous voulez bien me faire.

Washington se mit à rire tout en reculant de trois pas pour considérer son visiteur de la tête aux pieds.

– Hum! Vous voilà devenu un véritable gentilhomme, à ce que l'on dirait? Il est vrai que vous aviez déjà l'étoffe pour tailler l'habit. Néanmoins, vous avez changé... Vieilli surtout! Quel âge avez-vous donc?

– Vingt-quatre ans à la Sainte-Anne prochaine!

– Vous en paraissez largement trente mais c'est normal; la guerre et les combats politiques ne rajeunissent pas les hommes.

– On ne le dirait pas en vous regardant, général, dit Gilles audacieusement. Vous n'avez pas changé. Au costume près, vous êtes tel que je vous ai vu la dernière fois quand j'ai quitté ce pays pour porter en France la nouvelle de la victoire...

Ce n'était pas là courtisanerie mais pure vérité. Sous les habits civils de drap foncé, simples et de coupe un peu désuète, qui avaient remplacé son uniforme fatigué, le général Washington gardait à cinquante-cinq ans une silhouette de jeune homme. Sa haute taille demeurait toujours aussi droite et, sous ses cheveux légèrement poudrés attachés sur la nuque par un ruban noir, son beau visage, à la fois affable et majestueux, n'avait pas pris une ride.

Le sincère compliment de Gilles le fit sourire.

– Autrement dit, fit-il avec bonne humeur, nous voilà enchantés l'un et l'autre! Allons nous restaurer, à présent. Nous aurons toute la journée pour causer de vos affaires avant que l'insupportable capitaine Beardsley ne nous tombe dessus avec ses sempiternelles réclamations...

Et, passant son bras sous celui de son visiteur, Washington l'entraîna vers la maison. Tim suivit en jouant avec une paire de grands chiens qui venaient d'accourir vers lui en donnant toutes les marques d'une affection débordante.

L'intérieur de Mount Vernon était simple : un vestibule, d'où partait un bel escalier, séparait deux pièces de réception : un salon appelé parloir et une salle à manger dans laquelle la table était mise. Et Tournemine remarqua avec amusement que les trois pièces, tout comme l'hôtel de l'ambassadeur Jefferson à Paris, étaient décorées par des bustes de grands hommes : Alexandre et César, naturellement, Charles XII de Suède et Frédéric II de Prusse (ce buste-là était un cadeau du modèle), le général anglais Marlborough et le prince Eugène.

En rentrant chez lui, Washington commença par accrocher sa longue-vue près de la porte puis entraîna ses hôtes vers un petit lavabo afin de procéder au lavage des mains après quoi l'on alla rejoindre Mme Washington qui attendait dans la salle à manger.

Du même âge que son mari, Martha Dandridge, épouse du général, était une petite femme plutôt ronde mais d'une extrême dignité et d'une aménité pleine de charme qui lui valait les suffrages unanimes de tous ceux qui passaient par Mount Vernon. A cinquante-cinq ans, elle était encore fraîche et de visage agréable, s'habillant avec une simplicité pleine de goût.

Le général et elle étaient mariés depuis vingt-neuf ans mais les deux enfants qu'elle avait eus lui venaient d'un premier mariage, contracté à vingt ans, avec le colonel Custis qui était l'un des plus riches propriétaires de Virginie et qui l'avait laissée veuve de bonne heure. Et Washington avait élevé les petits Custis avec autant de tendresse attentive que s'ils eussent été les siens car Martha était de ces femmes qui savent entretenir autour d'elles une atmosphère de bonheur paisible. Les soldats de son mari, pendant la guerre, ne s'y étaient pas trompés qui professaient pour elle une sorte de dévotion et l'avaient surnommée lady Washington.

L'accueil qu'elle fit au Français fut en tout point conforme à son caractère et, en prenant place à table, à sa droite, Tournemine aurait juré au bout de cinq minutes qu'il connaissait et affectionnait Martha Washington depuis des années.

– Nous apportez-vous des nouvelles de notre cher marquis de La Fayette? demanda le général tandis que circulaient autour de la table les gâteaux et le thé au miel dont se composait le petit déjeuner. Il y a des mois que je n'ai rien reçu de lui.

– Malheureusement non. Il y a même fort longtemps que je ne l'ai vu.

– Comment cela? Ne va-t-il donc jamais à la cour?

– Je pense que si... encore que la reine ne l'aime guère. Mais c'est plutôt moi qui n'ai vu la cour depuis bien des mois.

– C'est vrai, vous avez eu d'assez sérieux ennuis.

Je les ai appris par ce bon Tim. Ainsi vous voilà en disgrâce?

– En aucune façon, général. Je le suis si peu qu'à défaut de nouvelles du marquis, je vous apporte une lettre du comte de Vergennes que vous connaissez bien.

– Que je connaissais bien... par écrit tout au moins! C'est donc une sorte de testament qu'il m'envoie car j'ai appris hier, par un courrier rapide, la mort de M. de Vergennes. Il s'est éteint le 13 février, paraît-il.

Tournemine sentit une main glacée lui serrer le cœur : la maladie avait été plus vite encore qu'il ne le craignait. Et c'était le meilleur serviteur de Louis XVI qu'elle enlevait au royaume.

Vergennes appartenait à cette race, beaucoup trop rare et d'ailleurs en voie de disparition, des véritables hommes d'Etat, de ceux qui font passer sans jamais hésiter l'intérêt de la patrie avant le souci de leur fortune. Toujours, il avait suivi les impulsions de son intelligence, qui était grande, et de son cœur qui ne l'était pas moins. Ainsi, il n'avait pas hésité à épouser, au temps où il était ambassadeur à Constantinople, une jeune veuve sans naissance, Anna Testa, qu'il aimait depuis longtemps et sa carrière avait failli s'en trouver brisée mais, sous ses dehors de nonchalant ennui, Louis XV savait apprécier un homme et Vergennes avait pu poursuivre sa tâche au service du royaume.

A Versailles, on l'appréciait différemment. Le roi l'aimait et le soutenait avec une énergie rare chez lui lorsqu'il s'agissait de combattre les inimitiés de la reine, car Marie-Antoinette ne l'aimait pas et, au moment de la dramatique affaire du Collier, cette inimitié était presque devenue de la haine. Vergennes n'avait-il pas osé dire, avec sa franche honnêteté, qu'à son sens le cardinal de Rohan était innocent de ce vol crapuleux? Quant à la cour, beaucoup plus soucieuse d'embrasser les goûts de la reine que les amitiés du roi, elle ne déguisait qu'à peine ses dédains au gentilhomme bourguignon, croyant ainsi se venger, non sans sottise, d'une puissance qu'elle n'avait pu empêcher. Mais qu'allait-il advenir à présent d'un royaume dont Vergennes ne serait plus jamais le timonier?

– Vous semblez très ému, chevalier? fit la voix calme de Washington. Etiez-vous à ce point lié au comte de Vergennes?

Tournemine tressaillit et vit qu'autour de la table tous le regardaient. La dramatique nouvelle l'avait, en effet, pétrifié, figé comme une statue dans le geste de porter à ses lèvres sa tasse de thé. Il la reposa d'une main qui tremblait légèrement et adressa à son hôtesse un sourire d'excuse machinal.

– J'étais lié à lui, en effet, général... mais seulement par le respect et l'admiration que je lui portais. Le royaume de France vient de perdre son plus grand serviteur. Peut-être ne s'en rend-il pas vraiment compte...

Washington prit des noix dans un compotier et commença à les éplucher. Il adorait les noix et en mangeait presque à tous ses repas mais, en l'occurrence, le geste lui permettait de garder les yeux baissés sur ses doigts occupés.

– On m'a rapporté qu'en apprenant la nouvelle, le roi a pleuré... On m'a dit aussi qu'au jour des funérailles, une foule de pauvres gens qui s'était amassée au long des avenues de Versailles, attendant le char funèbre, s'est agenouillée sur son passage puis l'a suivi, sans un mot mais en versant des larmes jusqu'à la sépulture. Je crois que la France a senti l'importance de ce deuil...

– Je n'en espérais pas autant, de la part du peuple tout au moins car, en ce qui concerne le roi, je sais depuis longtemps quel grand cœur s'abrite sous son cordon bleu et quelle affection il porte à ceux qui le servent fidèlement. Sait-on qui remplacera M. de Vergennes aux Affaires extérieures?

Washington leva un sourcil.

– Sa Majesté la reine prônait M. de Saint-Priest mais le roi a préféré M. de Montmorin. Le connaissez-vous?

– En aucune façon...

C'était bien de Marie-Antoinette cette idée de proposer, pour remplacer Vergennes, un homme qui lui avait toujours été opposé, mais c'était un bon point pour Louis XVI d'avoir su résister et défendre par la même occasion l'œuvre de son ministre et ami, contre les volontés de sa Circé. Quant à Montmorin, tout dernièrement encore gouverneur de Bretagne, Tournemine savait seulement de lui qu'il avait été ambassadeur en Espagne au temps où lui-même exerçait ses talents à Aranjuez auprès de la future reine d'Espagne (1) mais ignorait tout de la ligne politique qu'il allait instaurer dans son nouveau poste. Et une inquiétude lui venait...

En effet, la lettre de Vergennes dont il sentait crisser le papier dans la poche intérieure de son habit faisait état, il le savait, des énormes dettes de guerre contractées par les Etats insurgés envers la France, dettes que, depuis la signature du traité de Paris, on ne semblait guère, outre-Atlantique, songer à rembourser. Or, ces millions engloutis dans la liberté d'un peuple grevaient lourdement non seulement le budget royal mais aussi celui de généreux particuliers tel celui de l'armateur Leray de Chaumont, Grand Maître des Eaux et Forêts de France et grand ami de Franklin cependant, ou ceux des souscripteurs de la société Rodrigue Hortalez. Les

(1) Cf. *Un collier pour le diable.*

Américains allaient-ils prendre prétexte de la mort de Vergennes pour éluder encore leurs paiements?

Le petit déjeuner s'achevait. Sur un signe imperceptible de son époux, Martha Washington se leva et alla rejoindre ses servantes en cuisine, tandis que son époux entraînait Gilles vers son cabinet de travail, laissant Tim faire de son temps ce qui lui conviendrait. Le coureur des bois n'hésita pas longtemps sur l'emploi de ce temps. Allant jusqu'à un râtelier d'armes disposé dans une petite pièce près de l'office, il y choisit un fusil, fourra quelques munitions dans ses vastes poches et, sifflant les chiens, prit, en habitué des lieux, la direction de la forêt.

Pendant ce temps, Gilles remettait à Washington, sur sa demande, la lettre du défunt ministre des Affaires étrangères français. Le général s'approchant d'une fenêtre la lut très soigneusement, réfléchit un instant, la relut puis la mettant dans une de ses poches revint à son hôte.

– Après le déjeuner du matin, dit-il aimablement, j'ai coutume de faire le tour de mes fermes. Me ferez-vous l'honneur de votre compagnie, chevalier? Nous chevaucherons jusqu'au dîner mais vous ne risquerez pas de gâter vos vêtements car le temps me paraît superbe.

– Mes vêtements comme moi-même sont à votre service, général, fit Gilles qui se demandait comment il allait pouvoir ramener sur le tapis le sujet des dettes de guerre puisque Washington ne semblait pas disposé à en parler.

Son visage était demeuré d'une parfaite impassibilité durant tout le temps de sa lecture et, celle-ci achevée, il n'avait fait aucun commentaire.

On amena deux très beaux chevaux dont la tenue faisait grand honneur à l'élevage de Mount Vernon et les deux hommes partirent au petit trot dans le joyeux soleil, déjà chaud, et contre les ardeurs éventuelles duquel le général avait glissé, dans ses fontes, une grande ombrelle.

Remettant à plus tard la visite des écuries, Washington emmena d'abord son hôte admirer les pâturages où s'ébattaient quelques-uns de ses produits. Mais ce dont il était peut-être le plus fier c'était un trio d'ânes, un mâle et deux femelles, qui occupaient à eux trois l'un des plus beaux endroits de l'élevage.

– Ces trois animaux, expliqua le gentilhomme virginien, sont des cadeaux de notre cher marquis de La Fayette. Je lui avais demandé de m'en envoyer afin de pouvoir faire des mulets qui sont des animaux de trait des plus intéressants. Nous n'en avons pas en Amérique. Les premiers produits doivent naître bientôt et j'en attends beaucoup car cet âne est sans doute le plus beau que j'aie jamais vu. Il est de race maltaise; aussi, ajouta-t-il sans rire, l'avons-nous baptisé le Chevalier de Malte.

– Superbe! fit Gilles qui se demandait intérieurement comment le bailli de Suffren, par exemple, ou les autres serviteurs de la religion prendraient le parrainage s'il leur arrivait de s'aventurer à Mount Vernon.

Après les chevaux et les ânes, Washington dirigea son compagnon vers celles de ses terres qui longeaient le Potomac et arrêta son cheval sur une éminence d'où l'on dominait la superbe vallée où s'étendait le grand fleuve. Là aussi, il avait quelque chose à montrer.

– Nous allons entreprendre très prochainement ici de grands travaux afin de canaliser les eaux du Potomac et de la rivière James pour les relier à celles de l'Ohio, du Mississippi et des Grands Lacs. Il est vital, pour la vie future des Etats-Unis, que soient établis des moyens de communication commodes entre nos Etats et ceux de l'Ouest. Ceux-ci sont placés pour ainsi dire sur un pivot. Il suffit du plus petit mouvement pour les faire tourner d'un côté ou de l'autre et si les Espagnols à leur droite ou les Anglais à leur gauche venaient à rechercher leur commerce et leur alliance, nous aurions à redouter une séparation complète.

– Ce qui ne sera pas puisque, ainsi que vous me faites l'honneur de me le dire, les travaux vont commencer, dit Gilles qui avait déjà entendu parler de cette histoire à l'ambassade américaine de Paris.

– Ils ont déjà commencé sur la rivière James. Nous avons ouvert des souscriptions auxquelles, d'ailleurs, s'est beaucoup intéressé notre La Fayette. Il sait que les jeunes Etats ne sont jamais riches et il fait tous ses efforts pour nous aider de son mieux. Ainsi les pêcheurs de l'île de Nantucket lui doivent un fort intéressant marché d'huile de baleine et nous ne doutons pas ici qu'il ne continue à œuvrer de son mieux dans l'intérêt d'un pays qui lui est cher.

Le chevalier ne répondit pas, préférant réfléchir avant de parler. Il n'aimait guère ce nouveau seau d'eau bénite adressé à l'universel La Fayette, pas plus que la petite phrase philosophique touchant les finances des jeunes Etats. Néanmoins, il ne pouvait pas laisser tomber cette occasion de ramener la conversation sur le chapitre des dettes américaines.

– On ne doute nullement, à Versailles, de l'attachement porté par M. de La Fayette à l'Amérique en général et à votre personne en particulier, général. Peut-être serait-il souhaitable, seulement, que ces attachements ne se substituassent pas entièrement à ceux qu'il doit à la France et à son roi.

– Cela ne saurait être, mon ami. Simplement, le marquis, en homme de cœur, laisse ses sentiments aller davantage vers celui des deux pays qui a le plus besoin d'aide. La France est prospère, le roi est riche...

– Non, général, coupa Tournemine avec une douceur destinée à tempérer la netteté froide du mot, le roi n'est pas riche et, si le royaume est encore prospère, il ne saurait plus l'être très longtemps – j'entends au niveau d'un certain nombre de ses habitants qui ont fait preuve d'une générosité peut-être au-dessus de leurs moyens – si certaines créances s'obstinaient à ne pas rentrer ou, tout au moins, n'étaient pas couvertes par des importations particulièrement intéressantes.

Il savait qu'en entrant ainsi dans le vif du sujet il contrevenait aux indications que lui avait données Vergennes dont toute la diplomatie, fort habile d'ailleurs, pouvait se résumer en une phrase qu'il aimait à répéter :

« La méthode la plus sûre pour faire réussir une négociation est d'entrer, autant qu'il est possible, dans le génie et l'inclination de ceux avec qui on négocie... » Mais il savait aussi que s'il abondait dans le sens de Washington et commençait à s'attendrir sur les difficultés financières des Etats-Unis, les créances françaises se trouveraient sinon enterrées joyeusement, du moins reportées aux calendes grecques.

Washington, qui avait rendu la main à son cheval et se dirigeait à présent, au pas, vers une grosse ferme dont les toits bosselaient l'horizon d'une grande prairie, eut un petit rire, où n'entrait pas beaucoup de joie.

– Dites-moi, mon ami : à qui vous-même, votre ministre et votre roi pensiez-vous avoir affaire en portant, ou en écrivant une telle lettre? dit-il en tirant à demi de sa poche le papier en question. C'est au Congrès qu'il faut adresser les réclamations. Pas à moi qui ne suis plus rien... qu'un simple citoyen.

– Un simple citoyen? Vous? Le libérateur!
– Quel grand mot! J'ai mené une guerre, en effet, et Dieu a bien voulu nous donner la victoire. Mais la guerre est finie et moi, depuis le 4 décembre 1783 où, à New York, j'ai pris congé de mes troupes, je ne suis plus, je le répète, qu'un citoyen des Etats-Unis parmi beaucoup d'autres: un planteur, un éleveur...
– Et vos troupes vous ont laissé partir ainsi? Elles vous adoraient à l'instar de Dieu le Père!
– Elles ne pouvaient guère faire autrement. D'ailleurs, il n'y a plus de troupes. L'armée est démobilisée en quasi-totalité. Savez-vous à combien d'hommes se montent actuellement ses effectifs? A soixante-dix hommes.
– Vous dites?
– Je dis soixante-dix, fit Washington avec sérénité: vingt-cinq qui ont pour tâche de garder les armes et les équipements à Fort Pitt et quarante-cinq pour garder West Point.
Tournemine se sentit tout à coup monter une grande chaleur.
– C'est effrayant... Et un peu ridicule.
– Pourquoi donc? Nous n'avons plus d'ennemis. Donc nous n'avons plus besoin d'armée. Mieux valait renvoyer chacun chez soi, là où le travail attendait. D'autant que nous n'avons pas pu payer tout le monde. Tant s'en est fallu!
– Je vois!
Ce qu'il voyait surtout, c'était une longue et tortueuse impasse dans laquelle étaient en train de s'engager paisiblement les créances françaises et, comme il n'avait du jeu subtil de la diplomatie que des notions plutôt rudimentaires, il déclara nettement son sentiment:
– Dois-je donc vous prier, général, de me rendre cette fameuse lettre afin que je puisse aller la lire à ces messieurs du Congrès? Il faut, en effet, que je

puisse envoyer à Versailles une réponse, quelle qu'elle soit.

– Il n'y a aucune raison pour que vous alliez lire mon courrier à ces... personnages brouillons qui d'ailleurs n'y comprendraient pas grand-chose...

Laissant son interlocuteur apprécier à sa juste valeur le temps léger qu'il avait pris avant d'appliquer un qualificatif aux membres du Congrès, Washington alla sans se presser vérifier le système de fermeture d'un pacage puis revint, au petit trot, rejoindre son jeune compagnon.

– Tout à l'heure, fit-il avec un mince sourire, je vous ai demandé à qui vous pensiez vous adresser en venant me porter les plaintes françaises. A présent, je vais vous poser une autre question. A votre avis, qu'est-ce que c'est que le Congrès?

– Mais... n'est-ce pas évident? La réunion harmonieuse des représentants des treize Etats dont se composent, à l'heure présente, les Etats-Unis de l'Amérique septentrionale dans le but d'assurer le gouvernement du nouvel Etat né de la victoire.

Brusquement, le général Washington partit d'un énorme éclat de rire, un rire qui contrastait violemment avec la majesté naturelle du grand homme et qui laissa Tournemine sans voix, se demandant quelle incongruité il avait bien pu émettre dans une définition somme toute assez classique. Le rire d'ailleurs cessa très vite, coupé net comme un robinet que l'on ferme. D'un seul coup, Washington avait repris tout son sérieux.

– Pardonnez-moi, mon garçon! Je n'avais nullement l'intention de me moquer de vous, dit-il en considérant la mine incertaine de son compagnon. C'est le mot réunion harmonieuse qui m'a mis en joie. Où diable avez-vous pris qu'un Congrès était une réunion harmonieuse?

– Ne l'est-elle pas puisqu'elle assemble ceux qui

portent avec eux les vœux et les espoirs d'un peuple?

– Non. Chez nous, en tout cas, elle ne l'est pas et vous venez sans vous en douter d'apporter l'explication à ce phénomène que constitue le Congrès. Vous avez dit : un peuple. Or, justement, les treize Etats qui se sont jetés dans la guerre libératrice ne constituent pas un peuple. Je dirais même qu'ils s'en éloignent de plus en plus...

– Est-ce possible?

– Malheureusement oui. Voyez-vous, les Etats semblent à présent aussi différents les uns des autres que l'étaient jadis Athènes de Sparte et Argos de Thèbes. Oh! certes, il y a un lien entre eux : les articles de Confédération acceptés par tous. Mais que prévoient ces articles? Un Congrès où chaque Etat disposera d'une voix et où l'opposition d'un seul Etat peut empêcher le vote d'une loi d'un intérêt général. Le Président du Congrès, le général Saint Clair, n'a pas la moindre puissance, aucune autorité légale et le pays n'a pas de chef. D'ailleurs, il n'existe aucune Cour de Justice capable de faire appliquer les décisions communes. L'autorité fédérale est aussi décriée à l'intérieur qu'à l'extérieur. L'an passé, dans le Massachusetts, nous avons eu un début de révolte qui a bien failli dégénérer en une guerre civile emmenée par un vétéran de Bunker Hill, un certain Samuel Shays. Et, si vous tenez vraiment à ce que je vous dise toute la vérité, apprenez ceci : l'anarchie et la désunion sont si grandes que l'on parle actuellement de partager l'Amérique en plusieurs Confédérations et même en treize Républiques indépendantes. Voilà où nous en sommes à quatre ans du traité de paix! Ce n'est pas tout que de gagner une guerre. Si l'on ne sait que faire de sa victoire, on a perdu son temps et les morts se sont sacrifiés pour rien...

La foudre tombant devant les sabots de son

cheval aurait moins stupéfié Gilles que cette soudaine, violente et rageuse sortie d'un homme qu'il considérait, à juste titre, comme l'un des esprits les plus grands et les mieux équilibrés de son temps. On était à cent lieues d'imaginer, en France, que les choses en fussent arrivées si vite à un tel état de détérioration.

– C'est effrayant! soupira-t-il. Si je comprends bien, le Congrès est incapable de payer la moindre dette de guerre?

– Incapable. Il a bien émis une sorte de monnaie que nous appelons le dollar continental, mais les gens ont plutôt tendance à s'en servir pour tapisser leurs cuisines.

– Mais, pourtant, cet immense pays devrait être riche...

– Il l'est... fabuleusement. Les dégâts de guerre sont minimes, les dépouilles à partager considérables. Il y a le domaine de la Couronne anglaise et toutes ces terres au-delà des monts Alleghanys que s'était jadis réservées l'Angleterre. Il y a les loyers que l'on payait jadis aux propriétaires ou à la Couronne. Il y a les biens des tories que nous avons pratiquement jetés à la mer... Seulement cela n'empêche que commerce et industrie périclitent et qu'un marchand de New York continue à se méfier comme de la peste d'un planteur du Sud incapable, selon lui, de comprendre quelque chose à ses problèmes personnels... les seuls qui l'intéressent.

Les deux hommes chevauchèrent un instant en silence. Gilles se sentait mal à l'aise dans son rôle de créancier. Pourtant, il ne pouvait s'empêcher de plaindre davantage les braves gens de France qui, par pure idéologie, avaient jeté leurs économies dans le creuset américain, que l'incroyable conglomérat d'égoïstes forcenés dont semblait être essentiellement composé le Congrès d'Annapolis. Et il ne parvenait pas à comprendre ce que faisaient de leur temps les grands hommes qui avaient voulu, avec tant d'énergie, que leur pays atteignît à la liberté. Au milieu de ce panier de crabes, à quoi donc s'occupaient les Franklin, les John Adams... et les Washington ?

– Que comptez-vous faire à présent ? demanda-t-il brusquement.

Washington tira sa montre, y jeta un coup d'œil et sourit.

– Rentrer dîner, mon ami. L'heure approche et je n'aime pas faire attendre Mme Washington. D'autant que nous avons très certainement d'autres invités. Le capitaine Beardsley a dû finir par arriver à Mount Vernon.

Le général était si paisible, tout à coup, si souriant qu'un léger doute se leva dans l'esprit du chevalier. Le grand homme ne venait-il pas de lui jouer – supérieurement d'ailleurs – une aimable comédie destinée à l'empêcher d'aller voir du côté d'Annapolis si l'herbe était plus verte ? Aussi se promit-il d'écouter, de toutes ses oreilles, ce qui se dirait tout à l'heure autour de la table du dîner... Peut-être, en écoutant les hôtes du général, réussirait-il à se faire une opinion plus conforme à l'image qu'il avait gardée de cet homme qui avait été son chef. Il était impossible que le Washington de son souvenir ne soit plus qu'un paisible éleveur regardant, navré mais sans lever le petit doigt, s'effriter le grand rêve de sa vie...

Or, bien avant que l'on en vînt à passer à table, quelque chose se produisit et fit comprendre à Tournemine que de grands événements devaient être en marche et que le destin des Etats-Unis et peut-être aussi le sien propre étaient loin d'être scellés.

Comme le général et lui revenaient tranquillement vers Mount Vernon au petit trot de leurs montures, ils aperçurent deux hommes qui se promenaient sous la colonnade de la maison. Cette vue parut émouvoir singulièrement le général. Il piqua des deux pour un bref galop, s'arrêta court au bas des marches, sauta à terre en voltige avec une légèreté que lui eût enviée plus d'un jeune lieutenant et se précipita littéralement vers l'un des deux hommes, un personnage grand et fort, presque obèse même, et qui abritait sous une large perruque blanche un visage dédaigneux dont la fermeté avait quelque chose d'agressif.

Gilles qui l'avait imité machinalement arriva devant la maison pour entendre Washington s'exclamer :

– Vous? Vous ici? Par quel étonnant hasard? Avez-vous été rappelé?

– Non. Personne ne sait que j'ai quitté Londres. Je n'ai fait ce long voyage que pour vous voir et arracher votre décision car le temps presse. Mais je repars avec la marée du soir.

Les yeux de l'inconnu froids et scrutateurs ne regardaient pas Washington tandis qu'il parlait mais s'attachaient à Tournemine avec une hostilité et une méfiance évidentes.

– Allons dans votre cabinet! fit-il nerveusement. Je vous l'ai dit, j'ai peu de temps et je souhaite vous parler en particulier.

– Naturellement. Permettez seulement que je vous présente l'un de mes anciens aides de camp : le chevalier de Tournemine, celui que l'on appelait ici le « Gerfaut ».

– Encore un de vos Français! fit l'autre en esquissant un sourire qui ressemblait beaucoup à la grimace d'un chien prêt à mordre. J'aurais de beaucoup préféré que nous soyons entre nous.

Gilles devint rouge brique.

– C'est le général Washington que je suis venu visiter, monsieur. Pas vous! Et le général est, je pense, assez grand pour me faire savoir si je suis importun. A présent, je suis prêt à me retirer si...

– N'en faites rien! coupa Washington qui se tourna avec sévérité vers le désagréable personnage. Je suis heureux de vous voir, mon ami, mais je souhaite que vous n'oubliiez pas que vous êtes ici chez moi et que j'ai le droit d'y recevoir qui bon me semble! A présent, passons dans mon cabinet... si toutefois M. de Tournemine veut bien y consentir et rejoindre, en attendant, Mme Washington au salon. Emmenez notre ami, Tim! ajouta-t-il, avisant le coureur des bois qui venait tout juste d'apparaître, venant des cuisines où il était allé déposer sa chasse.

– Qui est-ce? demanda Gilles avec humeur en désignant du menton l'homme à la perruque blanche qui suivait Washington à l'intérieur de la maison, suivi lui-même de son compagnon de tout à l'heure qui devait être un secrétaire.

– Voyons! C'est John Adams! répondit Tim. Un grand homme à sa façon qui a fait partie, avec Thomas Jefferson, de la commission chargée de rédiger la Déclaration d'Indépendance. C'est un ancien avocat et il est très éloquent... mais je crois qu'il n'aime guère les Français.

– Je l'avais deviné. Que fait-il à Londres à présent?

– Il y occupe le poste d'ambassadeur, ce qui lui allait comme un gant car il gardait de grandes sympathies à la cour de Saint James. Mais j'ai l'impression qu'à présent il n'aime pas plus les Anglais que les Français...

– Que vient-il faire alors?

– Je ne sais pas, fit Tim en se détournant pour lancer un caillou à l'un des chiens qui venait de reparaître. Il s'éloigna même de quelques pas et Gilles comprit qu'il n'avait pas envie d'être plus longuement questionné.

Sa curiosité allait d'ailleurs se trouver rapidement satisfaite à l'issue du dîner qui fut servi, comme d'habitude, à 3 heures. Cette fois, une douzaine de personnes avaient pris place autour de la table familiale et firent honneur au repas, simple mais abondant, composé en grande partie de poisson et de légumes. Après le dessert où l'on servit, avec les noix habituelles, des confitures de fraises faites par Martha Washington, le général, après avoir levé courtoisement son verre de madère à la santé du roi de France, allié et ami de l'Amérique, porta un autre toast.

– Mes amis, c'est à la nouvelle constitution des Etats-Unis que je veux boire à présent. Après en avoir mûrement réfléchi et sur les instances de mon ami John Adams ici présent, j'ai décidé d'abandonner de nouveau ma retraite champêtre et d'accepter de diriger la délégation de Virginie à la Convention Fédérale qui va se réunir sous peu à Philadelphie afin d'essayer, par tous les moyens, de sauvegarder l'Union. Puisse cette Convention adopter des propositions dignes d'un grand pays libre et trouver dans le peuple une disposition capable d'assurer le bonheur et la dignité des Etats-Unis!

Une ovation salua ces nobles paroles et tous les assistants se levèrent pour s'associer au toast. Alors, la voix profonde de John Adams se fit entendre par-dessus le tumulte des voix comme le bourdon d'une cathédrale domine les carillons des petites églises.

– Puisse la Convention faire de George Washington le premier Président des Etats-Unis d'Amérique!

Cette fois, ce fut du délire et la timide protestation de l'intéressé disparut dans le tumulte de l'enthousiasme. Un enthousiasme auquel Gilles se joignit sans la moindre arrière-pensée. Que pouvait-il arriver de mieux pour les relations franco-américaines à venir, pour le paiement des créances françaises et même pour Gilles lui-même puisqu'il était en Amérique pour y rester, que de voir George Washington, ce grand honnête homme, ce soldat, cet homme d'Etat atteindre à la magistrature suprême ?

Ce fut à Martha qu'il confia son sentiment :

– Je souhaite de tout mon cœur, madame, que vous deveniez prochainement la première dame de ce pays. Pour ma propre épouse comme pour toutes les autres femmes d'Amérique, il ne saurait y avoir meilleur ou plus aimable exemple à suivre.

Elle lui sourit gentiment.

– Etes-vous donc marié, chevalier ? En ce cas qu'avez-vous fait de Mme de Tournemine ? Elle vous attend en France, j'imagine ?

– Non. Elle est à New York où j'ai loué une maison. Sa santé n'est pas des meilleures et la mer l'a beaucoup éprouvée.

John Adams eut un petit rire désagréable.

– Les Françaises sont-elles donc saisies à leur tour par le démon de l'aventure pour suivre ainsi leurs époux à travers les océans ?

– Les Françaises, monsieur l'ambassadeur, ont coutume de suivre le sort de leurs époux et de se fixer là où il leur plaît de les conduire. Vous l'ignorez sans doute mais je suis venu ici pour y demeurer. Le Congrès des Etats-Unis, à la demande du général Washington, a bien voulu m'accorder une concession de mille acres de terres cultivables le long de la Roanoke River et mon intention est d'y construire une demeure pour y vivre avec ma famille.

L'ambassadeur leva un sourcil à la fois surpris et ironique.

– La Roanoke River ? Vraiment ?... Vous m'étonnez fort...

– Je ne vois pas pourquoi ?

– Parce que ces terres, qui jusqu'à la révolution relevaient de la Couronne britannique, ne peuvent en aucun cas être attribuées à un étranger. Vous devez faire erreur, monsieur.

Tout grand homme qu'il était, ce John Adams commençait à porter prodigieusement sur les nerfs du chevalier. Qu'il eût à peu près le même âge que le général Washington ne lui donnait pas pour autant le droit de le traiter en gamin irresponsable et Gilles s'apprêtait à le remettre vertement à sa place quand le maître de Mount Vernon intervint :

– L'erreur ne vient pas du chevalier, dit-il doucement, mais de moi...

Et comme le jeune homme le regardait sans comprendre, il ajouta avec une gêne visible.

– ... j'ai cru de bonne foi, l'an passé, que ces terres étaient disponibles. Malheureusement, j'ai appris, depuis, qu'il n'en est rien et j'ai regret à vous l'apprendre, mon ami, mais les actes de propriété que vous a remis Thomas Jefferson sont sans valeur puisque les terres de la Roanoke étaient déjà attribuées. Rassurez-vous, d'autre part, nous vous en donnerons d'autres... Ce n'est pas, Dieu merci, la place qui manque en Amérique.

– Et, conclut Adams avec un petit rire, si vous vous sentez l'âme d'un pionnier vous allez pouvoir exercer vos talents tout à votre aise dans des terres parfaitement vierges. On vous fera cadeau de mille acres dans le Nord-Ouest par exemple.

– Autrement dit : de terres indiennes qui ne vous appartiennent pas, coupa Gilles sèchement. Il est aisé de faire des présents avec le bien des autres. Au surplus, soyez rassuré, monsieur, je n'attends aucun cadeau du Congrès des Etats-Unis. Je l'ai servi librement et jamais – pas plus qu'à aucun de ceux de mes compatriotes qui sont venus verser leur sang pour votre liberté – il ne m'est venu à l'esprit de monnayer les dangers courus...

– Nous le savons parfaitement, dit chaleureusement Washington, inquiet de la tournure que prenait la conversation, et c'est non moins librement que nous comptions vous offrir des terres en témoignage de gratitude. Je vous demande d'oublier cette stupide affaire de la Roanoke. J'aurais dû penser que les terres à tabac seraient très vite reprises, mais nous étudierons ensemble ce qu'il est possible de vous attribuer.

– Ne vous mettez pas en peine, général. Je ne demande rien. Grâce à Dieu, je possède une assez belle fortune et je suis tout prêt à acheter n'importe quel domaine en Virginie ou au Maryland.

– Mais il n'y a pas de domaines disponibles ni à donner ni à acheter! En revanche, nous pensons diviser les territoires du Nord-Ouest en dix Etats que nous joindrons à l'Union dès que la densité de leur population le justifiera.

– Le malheur est que je n'ai nulle envie de contribuer à augmenter la densité de la population de terres désertes. En aucun cas Mme de Tournemine ne saurait s'accommoder d'une vie de défricheurs. Je refuse donc toute terre que vous voudriez m'attribuer... au cœur de tribus indiennes où les miens ne connaîtraient aucune sécurité... Je regrette seulement de constater que des pactes dûment signés puissent être si légèrement déclarés sans valeur!

– Oh! s'écria John Adams agacé, nous sommes encore libres de faire de nos terres ce que nous voulons.

– Grâce à qui? gronda Gilles tremblant de fureur. Il n'y a pas si longtemps que vos prétentions auraient fait éclater de rire le roi d'Angleterre.

Puis, se levant, il s'inclina devant la maîtresse de

maison qui, impuissante et navrée, avait suivi le développement de la querelle.

– Souffrez que je me retire, madame. Je n'oublierai jamais la grâce de votre accueil. Pas plus, ajouta-t-il en se tournant vers Washington, que je n'oublierai, général, le respect et l'affection que je vous porte depuis si longtemps. Je viens de comprendre que le temps n'est pas éloigné où le souvenir des services rendus par la France sera à charge à l'Amérique et qu'il vaut mieux pour les Français aller planter leur tente ailleurs. Cette nuit, mon bateau reprendra la mer.

– Tout cela est ridicule, Tournemine! intervint Washington. Où prétendez-vous aller?

– Sur des terres où la France peut encore se dire chez elle. Au lieu de cultiver du tabac en Virginie, je ferai pousser du coton en Louisiane où je n'aurai, je pense, aucune peine à acheter une terre... civilisée. Quant à la dette que vous pensiez avoir envers moi, je vous en tiens quitte bien volontiers.

– Non! s'écria Washington. C'est inadmissible. Nous vous devons mille acres de terre et, si vous ne voulez pas en accepter ailleurs qu'en Virginie, nous vous verserons le prix que celles de la Roanoke représentaient.

Tournemine qui, après avoir salué à la ronde, se dirigeait vers la porte qu'ouvrait déjà l'un des valets noirs, s'arrêta et se retourna.

– De l'argent? A moi? Je croyais qu'il n'y en avait pas pour les Français? Non, général, je n'en veux pas! Pas pour moi tout au moins : envoyez-le plutôt à M. Leray de Chaumont ou à M. de Beaumarchais. Cela viendra en déduction de tout ce que vous leur devez... et ne leur paierez sans doute jamais. Je souhaite longue vie à votre République, messieurs!

Et suivi de Tim qui, sur un signe de Washington, s'était lancé à sa poursuite comme un grand chien agité, Gilles de Tournemine quitta la salle à manger, laissant les dîneurs commenter diversement ce qui venait de se passer. L'écho des paroles sévères dont Washington tançait Adams ne lui parvint qu'à peine et ne le consola pas. Il comprenait trop bien qu'il était tombé comme un pavé dans la mare à grenouilles que constituait la politique d'une fédération à la recherche d'elle-même. Il comprenait aussi que l'on avait fermement espéré, en lui faisant cadeau de ces malheureux mille acres de terre, qu'il ne viendrait jamais les réclamer. Peut-être s'il était venu sous le nom de John Vaughan... et encore! Avec quelle hâte Jefferson lui avait-il conseillé d'abandonner une personnalité d'emprunt dont les agissements avaient choqué, si peu que ce soit, la morale puritaine. Et il devinait à présent que, s'il avait réclamé la nationalité américaine dont on lui avait également fait cadeau, il aurait eu toutes les peines du monde à l'obtenir. Allons! ces gens-là ne comprenaient que leur intérêt et s'entendaient comme personne, en dépit de la béate admiration de cet imbécile de La Fayette, à se débarrasser de leurs dettes et d'une reconnaissance devenue hors de saison!

– Mais enfin, où cours-tu ainsi? s'écria Tim en le rattrapant sous le péristyle. Tu ne prétends pas retourner à pied à ton bateau?

– Je ne refuse pas que l'on me prête un cheval ou que l'on m'y ramène en voiture.

– Ce qui vient de se passer est stupide. Pourquoi t'es-tu fâché? Ne pouvais-tu être un peu plus patient?

– Et me laisser ridiculiser par ce John Adams? Qu'il aille donc rechercher ses bons amis anglais puisqu'il les aime tant! Et je me demande vraiment ce que nous sommes tous venus faire ici... et pour quoi, pour qui mon père est mort à Yorktown!

– Ne sois pas amer. Adams n'aime pas la France,

c'est entendu, mais il ne représente que lui-même. Nous sommes nombreux ici à vous garder amitié et reconnaissance. Le général Washington le premier. En outre, il t'aime beaucoup et tu viens de te conduire à sa table...

– ... comme tu te serais conduit à la table du roi de France s'il t'avait fait ce que l'on vient de me faire. Non, Tim, je ne peux admettre ni les provocations d'Adams – et c'est uniquement par respect envers Mrs Washington que nous ne sommes pas en train de nous battre à l'heure qu'il est – ni l'espèce de tromperie dont j'ai été victime et tu le sais mieux que personne puisque c'est toi qui as rapporté les fameux papiers à Jefferson. Moi, je n'ai jamais rien demandé mais, du moment que l'on jugeait bon de m'offrir quelque chose, je n'admets pas qu'on me le reprenne avec cette désinvolture. Un acte officiel est un acte officiel.

– Je sais tout cela. Le malheur est que nous n'avons pas encore de véritable Etat américain. C'est la raison pour laquelle il faut, à tout prix, que Washington qui a toujours été le guide et le maître à penser devienne officiellement le Président. C'est à cela que moi... et d'autres travaillons depuis la fin de la guerre et nous espérons bien...

La main de Gilles se posa, affectueuse mais ferme, sur l'épaule du coureur des bois.

– Cela ne me concerne plus, Tim. Tu es toujours mon frère et tu le resteras toujours, mais je viens de rompre avec tous mes espoirs d'intégrer jamais mon nom et ma famille à la nation américaine. La page est tournée. Lorsque j'aurai accompli ici la tâche qui me reste je partirai sans me retourner.

– Pour la Louisiane ?

– Pour la Louisiane ou ailleurs. J'ai lancé la première idée qui m'est passée par la tête au plus fort de ma colère et de ma déception mais, après tout, cette idée-là en vaut une autre...

Tim hocha la tête et, tirant de sa poche un immense mouchoir à carreaux, y engloutit son nez et se moucha vigoureusement à plusieurs reprises, ce qui était sa manière à lui de cacher ses émotions.

– Je crois, moi, que tu as tort. Pourquoi ne t'associerais-tu pas avec moi? Le commerce des fourrures est le plus fructueux que je connaisse et personne ne t'empêche d'acheter des terres autour de New York. La ville enfle à une allure folle et bientôt le bout de marais le plus insalubre vaudra une fortune. Pourquoi tenir à ce point à la Virginie? Tu peux devenir un gentleman du Nord et l'un des hommes les plus riches de tout le pays. La spéculation vaut largement le tabac, crois-moi.

– Tu as sans doute raison mais je ne suis pas fait pour elle. Comme beaucoup de Bretons, je suis un homme de la terre, Tim. C'est d'elle que je veux vivre et puisque je ne peux m'installer dans celle où repose mon père, je préfère m'en aller.

Il y eut un silence que brisa le roulement de la voiture qui venait chercher Tournemine.

– Que vas-tu faire, à présent?

– Chercher le camp de Cornplanter et lui reprendre mon fils! Ensuite seulement je repartirai.

Tim se hissa aux côtés de son ami et, claquant des doigts, fit signe au cocher noir de se mettre en route.

– Alors, je vais avec toi...

– Quoi? Comme cela? Tu n'as pas fait tes adieux que je sache?

Tim haussa les épaules avec désinvolture.

– Aucune importance. On a l'habitude, ici, de me voir arriver et repartir sans tambour ni trompette. Et si tu tiens vraiment à visiter le camp de Cornplanter avec quelque chance d'en sortir vivant ou de n'être pas échangé contre un tonnelet d'eau-de-vie, tu as besoin de moi. D'abord, parce que je sais où le Planteur de Maïs a établi ses feux de cuisine et que toi tu l'ignores.

– Echangé contre un tonnelet d'eau-de-vie? Mais échangé avec qui?

– Avec qui? Mais avec les Anglais, mon fils. On les a peut-être jetés à la mer à New York mais ils sont encore solidement implantés dans le Nord-Ouest. Je t'expliquerai...

– Dans le Nord-Ouest? murmura Tournemine, accablé. Là où, si j'ai bien compris, Mr Adams me proposait une concession?

– Tout juste! fit Tim avec un grand sourire. Ce que c'est que les réputations, tout de même! Le cher homme pensait que le Gerfaut devait être capable de gagner sa petite guerre personnelle à lui tout seul. Tu as encore beaucoup à apprendre sur nous autres Américains.

LA LOI DU « PLANTEUR DE MAÏS »

Les deux hommes suivaient d'un pas rapide l'étroit sentier qui serpentait entre les arbres où, lorsqu'ils traversaient un endroit éclairé par la lune, leurs ombres s'allongeaient et s'étiraient comme des fantômes. Chaussés de mocassins, leurs pas ne faisaient aucun bruit. L'air était calme et froid avec le léger frémissement qui annonce l'aurore. Enfin, portée par un léger souffle de vent, l'odeur du feu de bois parvint jusqu'à eux.

– Nous ne sommes plus loin, souffla Tim. Reposons-nous un instant. Cette fin de nuit est diablement fraîche. Un bon coup de rhum serait le bienvenu.

Entassant au bord du chemin leurs havresacs et leurs couvertures, ils s'y adossèrent pour se protéger du vent frais et la gourde que Tim portait à sa ceinture passa de l'un à l'autre.

Depuis qu'ils avaient quitté Mount Vernon, ils n'avaient pas cessé de voyager. Le capitaine Malavoine les avait d'abord ramenés à New York où Gilles avait préféré ne pas s'arrêter, puis le *Gerfaut* avait remonté l'Hudson jusqu'à Albany, un gros bourg de 4 000 habitants où il avait jeté l'ancre pour une attente de longueur indéterminée car il lui était impossible de s'enfoncer plus loin dans les terres. Alors, reprenant l'équipement du coureur de prairies, Gilles et Tim avaient quitté le bord en direction du Nord-Ouest.

Il y avait à présent sept jours qu'ils avaient laissé Albany derrière eux. En bateau ou à cheval, ils avaient remonté le cours du Mohawk jusqu'au Fort Stanwix, là où le fleuve changeait de direction. Puis ils avaient traversé le lac Oneida avant de s'aventurer, en canoë cette fois, sur l'Oswego qui courait vers le lac Ontario. D'après les renseignements de Tim Thocker, c'était sur l'une des rives du fleuve que Cornplanter avait, depuis deux ou trois saisons, choisi de cultiver le maïs qui constituait la base de la nourriture de son peuple.

Ainsi que l'avait expliqué Tim, il n'était pas sans danger de s'aventurer au-delà de ce qui constituait alors l'Etat de New York car les Anglais étaient encore bel et bien implantés en Amérique. Sous la pression des chasseurs de fourrures canadiens et des tribus indiennes qui avaient été leurs alliés après avoir été ceux des Français tant qu'ils avaient tenu le Canada, le Gouvernement britannique était cyniquement revenu sur les engagements contresignés dans le traité de paix de 1783 et avait, s'appuyant sur ses solides implantations au Canada, refusé d'évacuer non seulement les forts établis le long du Saint-Laurent et des Grands Lacs mais encore ceux d'Oswegatchie, de Pointe-au-Fer et d'Oswego qui traçaient un arc de cercle menaçant autour d'Albany. Que les treize Etats qui avaient conquis leur liberté ne réussissent pas à s'entendre et à se fédérer en un gouvernement solide et tôt ou tard l'Anglais viendrait reprendre ce qu'il considérait comme ses droits...

La veille au soir, les deux amis avaient arrêté leur canoë à environ un mile et demi du village iroquois. Cachant leur embarcation dans une sorte de petite crique où la végétation particulièrement dense permettait de la dissimuler, ils avaient campé à la manière habituelle des coureurs des bois : sur de longues bandes d'écorce de bouleau attachées à une perche étendue sur deux fourches et glissant doucement jusqu'au sol. Puis, quand la nuit leur était apparue suffisamment avancée, ils s'étaient mis en marche par le sentier forestier qui longeait le fleuve. Mieux valait, en effet, observer ce qui se passait chez Cornplanter avant d'y faire irruption.

Le plus simple, avait préconisé Tim, serait encore d'essayer de voler l'enfant puis de s'enfuir à toutes jambes. N'oublie pas qu'il est le fils de Sitapanoki et que la tribu le considère comme un être quasi divin à cause de ses cheveux couleur de soleil.

– Je n'aime pas beaucoup ton idée. Cet enfant est mon fils et l'honneur commande que je le réclame les armes à la main. Je suis prêt à jouer ma vie contre celle de Cornplanter...

– J'ai bien peur que, chez les Iroquois, la chevalerie à la mode bretonne ne soit pas très appréciée. Cornplanter nous trucidera l'un et l'autre et offrira nos deux scalps au Grand Esprit. On sera peut-être obligés de se battre quand même mais, si nous le pouvons, essayons de limiter les dégâts.

Tournemine avait fini par se rendre aux saines raisons de son ami mais, à présent qu'il approchait du campement où vivait l'enfant, il ne pouvait se défendre d'une bizarre émotion qui accélérait les battements de son cœur.

Ils restèrent assis un assez long moment, écoutant les bruits d'alentour, attendant l'aube. La lune n'éclairait plus que faiblement les cimes des arbres. Puis la lueur blafarde qui décomposait les ombres disparut tandis que tout devenait plus noir. Quelque part devant eux, les deux hommes entendirent le cri enroué d'un coq puis, dans la même direction, un chien se mit à aboyer.

Dans sa tunique de daim, Gilles frissonna. Il avait froid et se frotta les mains l'une contre l'autre pour les réchauffer. Il se rendit compte alors que le jour se levait...

Pareil à de lentes volutes de fumée, un mince brouillard montait du fleuve avec la lumière faible et grise où se dissolvait la nuit. Gilles vit alors que leur chemin forestier débouchait dans une prairie dont ne les séparait plus qu'un mince rideau d'arbres. C'était dans cette prairie que s'élevait le village iroquois, un village qui n'évoquait plus guère les campements traditionnels des nomades.

Quelques huttes de branchages et de peaux d'élan se montraient encore ici et là, mais la plupart des cases étaient construites de rondins, comme les habitations des Blancs. Elles s'éparpillaient le long de la berge de l'Oswego, de part et d'autre d'une construction plus ambitieuse qui ressemblait à la fois à un fortin et à une église à cause de l'espèce de clocher à claire-voie qui la surmontait et au milieu duquel était suspendue une cloche.

– La demeure de Cornplanter, commenta Tim. L'enfant doit être là-dedans.

– Je ne vois pas comment on pourrait l'en sortir par surprise, fit Gilles mi-figue mi-raisin. En tout cas, une chose m'étonne : je ne vois aucun guetteur. Cornplanter est-il si sûr de lui qu'il néglige la sécurité de son domaine ?

– Qui pourrait-il craindre? Le Fort Oswego que tiennent les Habits Rouges, ses amis, n'est qu'à deux miles d'ici. En outre, les Six Nations iroquoises sont en paix et d'accord les unes avec les autres. L'année dernière les grands chefs, Sagoyewatha, Cornplanter et surtout le grand Mohawk Thayendanega, que l'on appelle aussi Joseph Brandt, qui vit au Canada et que tous considèrent comme le guide spirituel des nations, se sont réunis à l'embouchure de la Detroit River pour fumer le calumet et affirmer leur union et leur indépendance vis-à-vis du nouvel Etat américain dont ils ne veulent pas. Si les Anglais savent s'y prendre, les Etats-Unis resteront longtemps encore réduits à leur chiffre actuel, conclut Tim avec tristesse.

– Sagoyewatha *et* Cornplanter? murmura Gilles en appuyant intentionnellement sur le *et*. Le chef du clan des Loups a-t-il donc oublié que le Planteur de Maïs lui avait pris son épouse?

– Le chef du clan des Loups est un sage qui ne mettrait jamais en balance la sécurité de son peuple avec ses sentiments personnels. Refuser l'alliance des Six Nations c'était reprendre les guerres intestines. En outre, Sagoyewatha n'a jamais rendu Cornplanter responsable du départ de Sitapanoki. Il l'aimait et, parce qu'il l'aimait, il lui a toujours laissé une grande liberté. Peut-être aussi parce qu'il respectait en elle le sang du dernier Sagamore des Algonquins. Dès l'instant où elle a choisi un autre homme, Sagoyewatha estimait qu'elle était dans son droit. Et puis, à présent qu'elle est morte, une querelle n'aurait plus aucune signification...

– C'est, en effet, un grand sage, murmura Gilles évoquant la haute et calme figure du chef Seneca, son regard serein et sa parole empreinte d'une si grande noblesse. Les hommes de l'Ancien Monde auraient beaucoup à apprendre de cet homme en qui, pourtant, la plupart ne verraient qu'un sauvage...

Un froissement de branches dans les environs le fit taire, mais ce n'était qu'un jeune daim qui s'en revenait du fleuve où il était allé se désaltérer.

– Le soleil va bientôt se lever, chuchota Tim.

La brume, en effet, devint rose et il fit bientôt assez clair pour distinguer devant les cases une rangée de perches au bout desquelles pendaient un grand nombre de scalps. Une sorte d'aire en terre battue s'étendait entre les principaux groupes de maisons et celle qui devait abriter le chef. Au milieu se dressaient un tronc d'arbre évidé qui servait de tambour et un poteau peint de couleurs violentes. Un poteau où une forme humaine, affaissée dans ses liens, était attachée.

Gilles et Tim se regardèrent, inquiets. La présence d'un prisonnier au poteau de torture n'arrangeait pas leurs affaires. D'expérience personnelle, tous deux savaient parfaitement ce que cela signifiait : quand le soleil bondirait de l'Orient, le captif serait mis à mort plus ou moins lentement.

– Et par-dessus le marché, c'est un Blanc... marmotta Tim, résumant les pensées de son ami en même temps que les siennes. Si nous nous mêlons de cette affaire, nous pouvons dire adieu à nos projets de... récupération discrète de l'enfant. Seulement...

– Seulement tu ne te sens pas le courage d'entendre, d'un cœur serein, l'un de tes semblables hurler pendant des heures sous le couteau ou la flamme...

Repoussant son bonnet en peau de castor, Tim se gratta vigoureusement le crâne, ce qui était chez lui signe de grande perplexité.

– Il y a bien la ressource de le tuer, de loin, d'une balle bien ajustée pour lui éviter la torture, mais le résultat sera le même et nous serons découverts.

– Ne pouvons-nous essayer de le délivrer maintenant? On ne voit pas âme qui vive. Tout a l'air de dormir dans ce village.

– Si le prisonnier est d'importance, ils ont dû boire hier soir pour fêter sa capture, mais, si tu veux mon avis, je ne me fierais guère à ce village muet, à ces maisons qui ont l'air vide.

Aucun bruit, en effet, ne se faisait entendre. Rien ne bougeait. Les fenêtres des cases n'avaient pas de carreaux. Les unes étaient de simples trous noirs, les autres étaient bouchées par des feuilles de papier sur lesquelles une main assez habile avait peint des poissons, des oiseaux et des figures symboliques d'animaux.

– Que faisons-nous? demanda Tim.

– Avançons déjà jusqu'à la limite de la forêt. La broussaille d'arbres morts, de lianes, de ronces et de plantes est suffisamment dense pour nous dissimuler assez longtemps. De là, nous pouvons atteindre l'arrière des dernières maisons en nous cachant dans le maïs.

– ... et en attendant patiemment qu'une douzaine de diables rouges nous tombent dessus? Peut-être...

Il n'alla pas au bout de sa phrase. Le village, d'un seul coup, comme sur un mot d'ordre secret, venait de s'éveiller. Les portes en bois, en peau de cerf ou en simples branchages tressés, laissèrent jaillir toute une population qui se ruait joyeusement à cette fête de la mort qu'allait être le trépas interminable d'un prisonnier. Une immense clameur secoua le village tout entier tandis qu'hommes, femmes, vieillards et enfants se précipitaient vers l'aire de terre battue sur laquelle ils se réunirent, formant un large cercle autour du tambour et du poteau où l'homme attaché se redressait. Si inconfortable que fût sa situation, il avait dû finir par s'endormir et, à présent, il clignait des yeux terrifiés sachant bien que l'heure de souffrir était venue.

Tous ces gens qui l'entouraient ressemblaient à une horde de démons. Les hommes aux corps basanés, luisants de graisse, étaient nus à l'exception d'une sorte de petit tablier carré couvrant tout juste le pubis par-devant et le coccyx par-derrière. Le crâne rasé à l'exception d'une longue mèche noire partant du sommet de la tête et attachée par des liens de couleurs variées, ils avaient le visage peint de noir, de bleu et de rouge dont les dessins formaient des carrés, des ronds ou des losanges. Leurs pieds étaient chaussés de mocassins en peau fumée et leurs jambes enveloppées de longues guêtres d'étoffe rouge ou bleue. Les femmes portaient des espèces de chemises qui leur descendaient aux genoux mais presque toutes celles qui étaient jeunes avaient sur le dos, dans un sac dont les bouts se nouaient sur leurs fronts, un ou deux bébés.

Le ciel avait pris une teinte d'un rouge brillant et les fumées, qui sortaient des toits des cases derrière lesquelles l'Oswego roulait des eaux brunâtres et lisses comme un miroir, devenaient roses. Dans un instant le soleil allait inonder la scène tragique de ses rayons qui étaient porteurs de vie et, cependant, devaient donner le signal de la mort.

Le poing de Gilles se serra autour de son mousquet dont il venait de vérifier les charges. Il était bien décidé, s'il ne pouvait rien faire de mieux, à loger une balle dans la tête de ce corps maigre au visage mangé d'une barbe poivre et sel. C'était un homme déjà âgé et il tremblait visiblement devant le sort qui l'attendait, ce qui n'arrangeait pas son cas, les Iroquois s'ingéniant à étirer d'autant plus les supplices que la victime montrait plus de terreur. S'il leur arrivait de faire grâce, c'était justement à ceux qui, dans les tortures, étaient capables de montrer un courage extraordinaire.

Soudain, comme le soleil levant inondait toutes choses de sa clarté, les doubles portes de la maison du chef s'ouvrirent et, précédé de quelques guerriers, Kiontwogky, plus connu sous le sobriquet de Cornplanter ou encore de Handsome Lake (1), apparut tellement semblable au souvenir qu'en gardait Tournemine que le temps lui parut, brusquement, revenir en arrière.

Presque aussi grand que le Breton, le chef iroquois était d'une beauté extraordinaire, à la fois sauvage et sereine, ce qui lui avait valu le dernier de ses surnoms, mais son aspect était impressionnant. Un ample manteau pourpre drapait de façon quasi impériale un corps couleur de cuivre clair (2) dont les muscles formidables étaient soulignés par les nombreux ornements d'argent qu'il portait. Une sorte de couronne, d'argent ciselé elle aussi, serrait son crâne rasé du sommet duquel partait un étonnant bouquet de cheveux et de plumes multicolores. Les lobes de ses oreilles extraordinairement distendus soutenaient des chaînes d'argent, si longues qu'elles retombaient sur ses épaules, attachées dans des trous si larges qu'on aurait pu y passer un doigt. Tel qu'il était, Cornplanter pouvait avoir vingt-six ou vingt-sept ans.

La majesté de cet homme, dont Gilles n'ignorait ni la folle cruauté ni la haine dont il poursuivait ses demi-frères blancs, était telle que le Breton, fasciné, en oubliait presque de respirer. Quand Tim toucha doucement son bras, il tressaillit.

– L'enfant! souffla l'Américain. Regarde...

Occupé à détailler le masque parfait de son ennemi, Gilles n'avait pas remarqué qu'un enfant

(1) Beau Lac.
(2) Son père était un Blanc.

marchait à ses côtés, à demi dissimulé par les plis du manteau rouge et que la main de Cornplanter s'appuyait légèrement à son épaule. Mais à la vue de ce petit garçon qui devait avoir cinq ans son cœur se mit à battre la chamade tandis qu'une bouffée d'orgueil lui mettait le sang aux joues : jamais il n'avait vu un enfant plus beau. Il ressemblait à une statue d'or.

Retenues par un serre-tête brodé de couleurs vives, les longues mèches soyeuses de ses cheveux brillaient dans le soleil, tombant sur ses épaules dont la couleur se confondait presque avec elles. Dans le petit visage bronzé de l'enfant dont le profil, délicatement modelé, offrait une ressemblance certaine avec celui de Tournemine, les yeux, d'un azur pâle, n'avaient rien de commun avec ceux des autres bambins de la tribu.

Comme son père adoptif, le petit garçon était presque nu, mais des bracelets d'argent enserraient ses poignets et un petit tomahawk à sa taille était passé à sa ceinture. Il marchait avec une gravité un peu hautaine, visiblement très fier d'accompagner le chef pour une cérémonie. Et Gilles qui le dévorait des yeux luttait de toutes ses forces contre la folle envie qui le possédait de se jeter au milieu de ces gens, d'enlever son fils dans ses bras et de fuir avec lui jusqu'au fond des forêts.

C'était un sentiment étrange, à la fois primitif, brutal et d'une étonnante douceur et Gilles avait la sensation bizarre que de cette petite silhouette partaient d'invisibles prolongements, semblables à des lianes, qui venaient s'accrocher au plein de son cœur et s'y cramponnaient. Divinement heureux et affreusement jaloux de voir l'enfant si près de Cornplanter, il vivait à la fois le paradis et l'enfer, oubliant totalement le malheureux qu'il s'était juré de délivrer d'une manière ou d'une autre.

– C'est le plus bel enfant que j'aie jamais vu!

marmotta dans son dos Tim, sincère. Tu es heureux?

– Tu n'imagines pas à quel point...

– Je vois... Seulement il y a ce pauvre type, là-bas, qui ne doit pas l'être autant que toi. Qu'est-ce qu'on fait?

– Tout ce qu'on peut faire pour lui, c'est le tuer avant qu'il ne souffre trop. Mais les mousquets font du bruit. Ne pourrait-on essayer de trouver un arc et des flèches dans une de ces cabanes? Il ne doit plus y avoir un chat à l'intérieur. Si j'en juge à l'importance de la foule, tout le village est sur la place.

– On peut toujours essayer.

Le plus doucement qu'ils purent, les deux hommes quittèrent leur abri de buissons et de taillis et se mirent à ramper dans les herbes déjà hautes de la prairie puis dans le maïs en direction du village. A mesure qu'ils s'en approchaient le vacarme de cris et de chants rythmés par le roulement frénétique du tambour leur emplissait les oreilles en même temps que l'odeur du village montait à leurs narines. C'était une odeur un peu aigre mais qui n'était pas absolument déplaisante. Elle sentait les herbes marinées dans la graisse, la mousse et le feu de bois.

Soudain, un cri atroce domina le tumulte :

– Bon Dieu! jura Tournemine. Ils s'y mettent déjà.

Redressés sur les mains, le cou tendu, l'œil au ras des plantes, Tim et Gilles embrassèrent la scène. L'homme au poteau se tordait de souffrance et hurlait sans discontinuer tandis qu'une vieille femme lui appliquait sur le ventre un soc de charrue rougi au feu.

– Vite! gronda Gilles en courant vers la première case. Il faut trouver cet arc tout de suite, sinon je tire... Ecoute ces démons, ils rient des souffrances de ce malheureux...

Il allait franchir le seuil mais, brusquement, il s'arrêta horrifié : Cornplanter conduisait l'enfant vers l'homme attaché au poteau. Il tenait une torche allumée qu'il plaça dans la main du petit garçon, lui désignant la victime avec un sourire d'encouragement. L'enfant fit signe qu'il avait compris, et, souriant à son tour, marcha d'un pas ferme vers le malheureux. Alors, n'écoutant plus que sa fureur, Gilles fonça...

Courant comme un fou, renversant à coups de poing ceux qui gênaient son passage, il tomba comme la foudre près de l'enfant au moment où il approchait la flamme du corps sans défense, arracha la torche de sa petite main et l'écrasa furieusement sous son talon. Puis, tirant son couteau de chasse, il le plongea d'une main ferme dans le cœur du supplicié qui, atrocement brûlé, poussait de longues plaintes.

Un profond silence s'abattit sur l'assemblée. L'effet de surprise avait joué à plein en faveur du Français mais ne dura qu'un instant. Bientôt une clameur indignée emplissait la place. Une poignée de guerriers s'empara de Gilles, le maîtrisa et le traîna plus qu'elle ne le conduisit devant le chef. Celui-ci considéra son nouveau prisonnier avec le dédain amusé que l'on réserve en général aux simples d'esprit.

– J'imagine que tu es de la famille de cette loque sans courage que j'allais livrer aux femmes et aux enfants pour leur amusement. Il faut que ce soit cela car lui donner une mort rapide, c'est accepter de prendre sa place...

Il avait parlé anglais, langue qu'il maniait avec une grande aisance.

– Je n'ai jamais vu cet homme, fit Gilles tranquillement.

– Qu'avais-tu alors besoin de te mêler de son sort ?

– En dehors du fait qu'il était âgé et visiblement faible, son sort ne m'intéressait pas. En revanche, je refuse formellement que tu apprennes à cet enfant le déshonorant métier de bourreau, ajouta-t-il en désignant le petit garçon dont les grands yeux bleus, si semblables aux siens, le considéraient avec sévérité.

Ceux de Cornplanter se chargèrent de nuages.

– Comment oses-tu, misérable Visage Pâle, venir me dicter ce que je dois ou non apprendre à mon fils ?

– S'il était ton fils, je ne me mêlerais certainement pas de son éducation. Mais il n'est pas ton fils.

Brusquement, l'Iroquois arracha le tomahawk qui brillait à sa ceinture et le brandit furieusement au-dessus de la tête de l'insolent.

– Qui a osé te dire que Tikanti n'était pas mon fils ?

– Personne. Mais moi je le dis. Il ne peut pas être ton fils. Il est celui de Sitapanoki, la fille du dernier Sagamore des Algonquins que tu as volée à Sagoyewatha. Et il est aussi le mien.

Comme un seau d'huile jeté sur de l'eau bouillante, la surprise éteignit la colère de Cornplanter. Son bras armé retomba lentement à son côté.

– Ton fils...

– Mais oui. Allons, regarde-le... et regarde-moi ! Ne vois-tu pas qu'il me ressemble ? Regarde ses yeux !

Repoussant d'une bourrade ceux qui le maintenaient, il se pencha, prit dans sa main le menton de l'enfant qui, mécontent, se mit à cracher comme un petit chat en colère, et l'obligea à lever la tête.

– ... Allons ! Regarde bien !... Ils ne sont pas fréquents, chez les Iroquois, ceux qui ont des yeux de cette nuance.

Un long moment l'Indien considéra les deux visages dont les clairs rayons du soleil levant accentuaient la ressemblance. Au désenchantement qui se peignit sur sa figure, Gilles comprit qu'il était convaincu. Sa main, encore possessive malgré tout, vint se poser sur la tête de l'enfant qu'il appelait Tikanti (1), s'y attarda en une sorte de caresse qui surprit le chevalier, les Indiens n'étant guère réputés pour leur tendresse. Finalement, d'un geste maussade et d'un ordre brutalement aboyé, Cornplanter écarta ceux qui gardaient son prisonnier.

– Viens dans mon wigwam. Nous avons à parler... Tu es venu seul?

– Non. J'ai des compagnons. Ils sont restés dans la forêt pour y attendre, en paix, mon retour.

Tim, en effet, voyant Gilles foncer en aveugle sur le village, s'était bien gardé de le suivre. Mieux valait surveiller de l'extérieur ce qui allait se passer qu'offrir un prisonnier de plus, donc impuissant, à Cornplanter.

Le terme de wigwam, employé par le chef iroquois, était inexact et né sans doute de l'habitude car l'espèce de fortin, enfermant une cour et une grande case de rondins dans lequel il entraîna son hôte improvisé, ne ressemblait en rien à l'habituelle tente d'écorce ou de peau de cerf tendue sur des perches que construisaient les Anciens. L'intérieur, garni de couvertures tissées par les femmes, de peintures d'animaux symboliques et de fourrures, offrait même une certaine élégance. L'odeur d'herbes y était puissante, Cornplanter étant lui-même un habile medecine-man.

De la main, le chef indiqua une peau d'ours disposée près du foyer central. Une femme, sortie de l'ombre, vint jeter une poignée de brindilles sur le feu qui bondit joyeusement vers le trou pratiqué

(1) Etoile calme.

dans le toit de la case. Gilles entrevit un profil finement ciselé puis la femme recula vers l'obscurité dont elle était sortie, mais Cornplanter la rappela d'un geste impérieux, lui jeta quelques paroles, et le Breton vit soudain les deux grands lacs sombres où vivait son regard s'emplir de crainte et de ces reflets qui annoncent les larmes. Elle vint s'agenouiller sur la peau d'ours, considérant Gilles de ses grands yeux humides où la crainte se changea bientôt en angoisse. Elle murmura quelques paroles auxquelles Cornplanter répondit avec une étrange douceur. Alors, prestement relevée, elle alla prendre la main du chef, l'appliqua sur sa joue en un geste charmant de grâce et de tendresse puis, tournant le dos à l'étranger, elle disparut de nouveau.

– Nahena sert de mère à Tikanti depuis que Sitapanoki a rejoint ses ancêtres. Elle l'aime autant que s'il était né de sa propre chair, dit l'Indien tranquillement. Elle a dit qu'en effet il te ressemble... mais elle ne supporterait pas qu'un étranger puisse prétendre le lui enlever. Je l'ai, comme tu as pu le deviner, entièrement rassurée.

– Et je parle ta langue... mais tu as eu tort. Quelle autre raison aurais-je pu avoir de m'approcher de tes feux de campement, sinon celle de reprendre mon fils?

Un mince sourire, vite effacé, étira un instant les lèvres pleines du chef iroquois, mais Gilles ne se trompa pas sur sa signification. Les loups, s'il leur arrivait de sourire, devaient avoir celui-là.

– C'est bien ce que j'avais cru deviner. Mais nous en parlerons plus tard. Pour l'instant, je voudrais apprendre de toi certaines choses. D'abord, qui es-tu? Tu n'es pas de ce pays. Pourtant, il me semble t'avoir déjà vu...

– Tu m'as vu, en effet, quand tu es venu au camp de Sagoyewatha pour l'entraîner avec toi dans ton raid contre les colons de la vallée de Scoharie, que tu as exterminés jusqu'au dernier, sans son aide, peu après...

Cornplanter cracha par terre avec un maximum de mépris.

– Sagoyewatha est un lâche en dépit de l'habit rouge dont il aime à se parer. Sa sagesse tant vantée sert surtout à cacher sa peur des combats et ses guerriers vivent dans l'inaction.

– Les tiens ne plantent-ils pas le maïs si j'en crois ton nom?

– Les femmes plantent le maïs, corrigea Cornplanter avec hauteur, et si nos récoltes sont belles c'est que nos femmes sont habiles. Mais les armes de mes guerriers ne restent jamais longtemps veuves de sang. A présent, je me souviens de toi. Tu es ce prisonnier qui s'est enfui du camp de Sagoyewatha en enlevant Sitapanoki...

– Je suis cet homme-là, mais ta version des faits n'est pas la bonne et tu le sais bien : je me suis contenté de reprendre Sitapanoki, droguée et rendue impuissante par les soins du traître sorcier Face d'Ours, ton allié. Je l'ai reprise en faisant chavirer le canoë dans lequel tes braves l'emportaient pour te la livrer.

Une soudaine fureur gonfla le masque impérieux du chef iroquois et Tournemine eut soudain l'impression de se trouver en face d'un serpent prêt à frapper. Sa voix, soudain sifflante, accentua encore la ressemblance quand il jeta :

– C'est alors que tu l'as violée, n'est-ce pas?

Le haussement d'épaules dédaigneux fut à la mesure de la colère de l'autre.

– Pourquoi l'aurais-je fait? Sitapanoki n'était pas de celles que l'on viole. Elle était de celles qui se tuent si elles doivent subir une loi qu'elles n'ont pas choisie. Et elle était bien vivante, n'est-il pas vrai, lorsqu'elle est venue à toi? Volontairement d'ailleurs, comme elle était auparavant venue à moi. Je l'ai aimée... passionnément, et elle m'a aimé elle aussi...

– Pourquoi, en ce cas, coupa l'autre, a-t-elle choisi de me rejoindre alors que le grand chef blanc avait ordonné qu'elle fût ramenée à Sagoyewatha?

Le ton ironique n'enlevait rien à la hargne toujours latente dans la voix du chef.

– Que t'a-t-elle dit quand elle t'a rejoint? demanda le chevalier.

– Qu'elle était captive du grand chef blanc, que l'on voulait la ramener à son époux mais qu'elle choisissait, librement, de venir à moi parce qu'elle ne pouvait plus appartenir qu'au plus grand des guerriers des Six Nations. Il y a peu de place, dans tout cela, pour ce grand amour dont tu me parles...

Gilles ne répondit pas tout de suite. Il devinait que l'amour-propre du mâle était en jeu et qu'à cette minute il risquait peut-être de perdre l'enfant comme il avait jadis perdu la mère. Comment, sans l'offenser, faire admettre à Cornplanter que, si la belle Indienne avait choisi, alors, de se livrer à lui au lieu de retourner auprès de Sagoyewatha, son époux, c'était pour éviter de faire couler le sang? Elle s'était sacrifiée, puisqu'il ne lui était pas possible de vivre avec Gilles l'existence dont elle rêvait, sachant bien que Sagoyewatha, dans sa noblesse, s'inclinerait devant son choix quel qu'il fût sans faire parler les armes. Alors qu'il en eût été tout autrement si elle ne s'était pas rendue au désir de Cornplanter. Celui qui n'avait pas craint, à cette époque, d'oser une tentative d'enlèvement presque sous les yeux de son époux, n'aurait pas hésité une seconde à déclencher une guerre tribale pour s'emparer d'elle.

Par-dessus les flammes du foyer, il vit luire, entre les paupières mi-closes, les yeux de son ennemi.

Cornplanter ressemblait à présent à un chat sauvage, l'emblème même de son clan, guettant la proie sur laquelle il va fondre. Il eut alors un haussement d'épaules désabusé.

– Je t'ai dit qu'elle m'avait aimé, soupira-t-il, mais peut-être m'aimait-elle moins. Elle était fille de chef, femme de chef... et je n'étais, moi, qu'un soldat tenu à l'obéissance.

Le rire de gorge de Cornplanter sonna comme les trompettes du triomphe. La vanité satisfaite était en train de balayer la méfiance.

– Elle était la plus belle, il lui fallait le plus grand ! proclama-t-il vaniteusement. Comment pouvais-tu espérer la retenir, toi, un homme de rien ?

– Je ne suis pas un homme de rien, coupa sèchement Gilles. Dans mon pays, mon clan est l'un des plus nobles et, depuis la nuit des temps, nombreux sont les grands guerriers qu'il a produits.

– J'en suis heureux pour toi car il eût été singulièrement téméraire de venir proclamer ici que « mon » fils portait en lui un sang misérable. Quel est ton nom ? J'entends te donner la satisfaction de le faire résonner ici avant que je n'efface définitivement son porteur de la surface de la terre.

Le cœur de Gilles manqua un battement à cette paisible déclaration qui ressemblait si fort à une sentence de mort mais il ne sourcilla même pas. Et ce fut avec un aimable sourire qu'il demanda :

– As-tu oublié que je ne suis pas venu seul ?

– Je n'oublie jamais rien, mais tes amis n'auront aucune raison d'intervenir. Ils ont dû, de leur poste d'observation, constater que tu entrais en paix et librement dans cette demeure, n'est-ce pas ?

– En effet.

– Et ils sont, je suppose, décidés à attendre paisiblement que nos palabres s'achèvent. Chez nous, les Iroquois, la parole est lente et la décision plus lente encore. Cela laissera à mes Chats Sauvages tout le temps de repérer tes amis... et de les éliminer l'un après l'autre. Mais toi tu seras mort depuis longtemps.

Lentement, Gilles se releva, déployant sa longue silhouette, ce qui lui permit de dominer Cornplanter. Il n'avait pas cessé de sourire.

– Crois-tu que je me laisserai tuer en silence? Ma voix est aussi puissante que mes muscles...

– Ta mort sera si rapide que tu n'auras même pas le temps d'un appel... Nahena!

La jeune femme reparut et, sur un ordre, alla chercher un assez grand panier fait de fortes fibres tressées et dont le couvercle était solidement attaché. Avec une visible répugnance, elle vint le déposer entre les mains de son seigneur et maître. Celui-ci retroussa les babines comme un chien prêt à mordre.

– Tu ne m'as toujours pas dit ton nom.

– Qu'y a-t-il dans ce panier?

– Je te le dirai ensuite... si j'en ai le temps. Je veux savoir quel nom aurait porté Tikanti si je t'avais permis de l'emmener chez les Blancs. Car c'est bien pour cela que tu es venu, n'est-ce pas?

Tandis qu'il parlait Gilles observait le panier. Il y avait quelque chose dedans, quelque chose qui vivait et qui devait être sans doute l'un des nombreux serpents que l'on trouvait alors dans les forêts américaines : crotales, vipères à cornes ou autres dangereux ophidiens dont la morsure tuait instantanément. En sa qualité de sorcier, Cornplanter devait pouvoir manier sans danger pour lui-même les redoutables reptiles. S'il jetait le contenu du panier vers son ennemi celui-ci n'aurait guère la possibilité de se défendre.

Mais s'il réussissait à gagner quelques secondes, il parviendrait peut-être à sauver sa vie, momentanément tout au moins. Décidément, son élan de fureur indigne de tout à l'heure risquait de lui coûter cher et il aurait mieux fait d'écouter les sages conseils de Tim. Mais le moyen de rester de bois devant certains spectacles?

Il commença à reculer peu à peu, très légèrement, tandis que d'une voix volontairement emphatique, il récitait avec lenteur :

– Je me nomme Gilles de Tournemine, seigneur de La Hunaudaye en Pleven. Ma race est si ancienne que son origine se perd dans les étoiles. L'enfant que tu appelles Tikanti aurait reçu le nom d'Olivier...

Son regard couleur d'eau glacée plongeait dans celui de l'Indien, s'y accrochait, le fascinant quelque peu tandis que ses pieds reculaient doucement, doucement, et que sa main, posée sur sa ceinture, rampait vers la garde de son couteau. Et il avait une conscience aiguë de celle de Cornplanter qui, elle, se rapprochait du crochet fermant le panier. Sur le même ton incantatoire, il enchaîna sans respirer :

– ... qui est celui que portent tous les aînés de la famille. Quant à moi, dans ce pays même, les Indiens Oneida, tes frères, m'ont baptisé « le Gerfaut-implacable-qui-frappe-dans-le-brouillard » et...

Il cherchait ce qu'il allait pouvoir dire encore mais, au lieu d'ouvrir le crochet, les mains de l'Iroquois s'étaient remises à serrer le panier comme si, tout à coup, elles avaient peur de le laisser échapper. Encore incrédule, Cornplanter demanda :

– Tu es le fameux « Gerfaut », l'homme des coups de main dans les grandes forêts du Sud?

– Mais oui. Je suis flatté que cette réputation déjà vieille soit venue jusqu'à Cornplanter.

Lentement, celui-ci reposa le panier par terre et Gilles réprima furieusement un soupir de soulagement. Puis, se relevant, l'Iroquois considéra son ennemi d'un œil devenu grave où entrait une sorte de respect.

– Cela change l'aspect des choses, dit-il. On se débarrasse, comme d'un moustique importun, de l'insolent qui ose venir réclamer comme sien le fils du Planteur de Maïs. Mais quand cet insolent se révèle un guerrier aussi valeureux que toi, seul le combat peut trancher la question.

– Le combat? Songerais-tu à te mesurer à moi, Roi des Chats Sauvages?

– Vois-tu une autre solution? Je ne peux admettre l'idée de te laisser emmener l'enfant que je considère à la fois comme un don du Grand Esprit et comme mon fils, l'enfant que j'aime. Si tu veux le prendre, il te faudra d'abord prendre ma vie. Acceptes-tu que nous nous battions?

Gilles s'inclina gravement.

– Ce sera un honneur... un honneur que j'espérais car je n'imaginais pas que tu puisses, toi, le redoutable Cornplanter, te rendre sans combat à ma demande. J'accepte!

– Tu acceptes aussi que le combat se déroule de la façon que je choisirai?

De nouveau Gilles s'inclina.

– Tu es chez toi. J'accepterai donc ta loi... et les armes que tu choisiras.

Le sourire que lui offrit l'Indien était, cette fois, franchement ironique.

– Tu es bien généreux! Ne crains-tu pas que je ne choisisse des armes qui te sont peu familières?

– Toutes les armes me sont familières.

– Et... tous les éléments?

– Que veux-tu dire?

– Suis-moi!

Tous deux sortirent de la case, traversèrent la cour et franchirent le portail de bois brut, se retrouvant en face de tout le village qui, avec l'infinie patience des Indiens, n'avait pas bougé, attendant le résultat des palabres. De son pas majestueux, Cornplanter marcha jusqu'à l'Oswego dont les eaux rapides couraient vers le lac Ontario. Arrivé sur la berge, il les désigna d'un geste impérieux.

– Le fleuve est l'ami de l'Homme Rouge. Il rend sa terre féconde et il contribue à sa nourriture en lui donnant les poissons qui abondent dans ses eaux. C'est là que nous nous battrons et nos armes seront celles-ci...

D'une main il tira le couteau passé à sa ceinture, tendit l'autre à l'un de ses hommes qui y plaça une sorte de trident, une foëne avec laquelle les Iroquois embrochaient truites et saumons dans les torrents.

Un instant, il laissa son adversaire apprécier à son aise le choix qu'il venait de faire puis, souriant de nouveau, il articula :

– Toi dont l'emblème vole vers le soleil et peut le regarder en face, es-tu aussi à ton aise dans le royaume des eaux?

Gilles se mit à rire.

– Tous les Indiens sont poètes, je le savais depuis longtemps. Cette belle phrase me demande simplement si je sais nager. Sois sans crainte, je ne te décevrai pas. Je suis né de l'autre côté de la Grande Mer Salée, au bord même de cette Grande Mer et j'étais moins grand que Tikanti lorsque l'on m'a plongé pour la première fois dans ses eaux, souvent tumultueuses.

Si le chef iroquois fut déçu, il n'en montra rien. A son tour, il s'inclina, rejeta la foëne et posa une main presque amicale sur l'épaule du chevalier.

– Heureux seront donc ceux qui assisteront au combat. Il aura lieu lorsque le soleil commencera à décliner. Jusque-là, tu es mon hôte et tu partageras mon repas.

A l'annonce du spectacle de choix qui se préparait, le village éclata en acclamations enthousiastes. Les tambours résonnèrent, les guerriers rentrèrent chez eux pour préparer leurs ornements les plus fastueux afin d'être dignes d'être présents à ce combat au cours duquel leur chef vénéré allait jouer sa vie contre un homme dont la réputation était venue jusqu'à eux. Les femmes se hâtèrent d'entamer les préparatifs d'un repas de gala car il fallait marquer cet événement d'une grande fête, aucun des Iroquois ne doutant un seul instant de l'issue de la bataille : le chef triompherait comme il triomphait toujours et l'on célébrerait sa gloire longtemps, dans les temps à venir, autour des feux de campement.

Naturellement, ce fut dans la maison du chef que Nahena servit le repas des deux hommes : des poissons cuits sur des pierres brûlantes et une bouillie de maïs mêlée d'herbes. Tout le temps qu'ils mangèrent, Cornplanter et Gilles observèrent le silence car la nourriture est chose sacrée. Mais les choses se passèrent comme si deux frères étaient en train de partager le même plat. A une seule exception près : le petit fourneau de marne rouge emmanché d'un tuyau de bois du calumet demeura veuf de tabac puisqu'il ne pouvait être question de paix entre les deux hommes.

Après le repas, ils demeurèrent un moment à deviser calmement et Gilles apprit ainsi que l'homme attaché au poteau avait été un trafiquant, assez peu défendable d'ailleurs, qui tentait de s'approprier les plus belles fourrures des Indiens en leur offrant de l'eau de feu.

– L'homme devient pareil à une bête insensée quand il boit cette eau terrible, expliqua Cornplanter. J'ai besoin, moi, que mes guerriers demeurent des hommes sages et qu'ils gardent l'œil clair et la main prompte. Ce marchand malhonnête ne méritait pas le danger que tu as couru en venant le tuer sous mes yeux.

– Peut-être, mais je te rappelle qu'il y avait une autre raison à ma venue chez toi. Me laisseras-tu emmener en paix celui que tu appelles Tikanti et que j'appellerai, moi, Olivier de Tournemine, si je sors vainqueur du combat?

L'Iroquois eut un petit rire sans gaieté.

– Si tu sors vainqueur, je ne pourrai sans doute plus faire entendre ma voix. Alors tu pourras l'emmener en paix. A présent, il est temps, je crois, que nous nous préparions.

Toujours avec la même solennité, ils regagnèrent le bord du fleuve. Derrière les grands arbres de la forêt voisine, le soleil commençait à descendre et Gilles ne put s'empêcher de jeter un regard vers ces cimes illuminées. Tim avait dû rejoindre cet abri naturel et, sans doute, il n'avait cessé d'observer ce qui se passait depuis le sommet d'un de ces grands arbres qu'illuminait si chaleureusement le soleil déclinant. A son adresse, il fit, du bras, un grand geste qui était peut-être un adieu car Dieu seul pouvait dire lequel, de lui ou de son ennemi, sortirait vivant de ce beau fleuve dont les eaux fraîches se perdaient dans l'immensité du grand lac bleu.

En vérité, on ne pouvait rêver plus beau cadre pour mourir... En face de lui, Gilles voyait s'élargir l'estuaire de l'Oswego, les deux forts qui le gardaient sur lesquels l'Union Jack flottait toujours comme un arrogant défi. Au-delà, c'était le lac scintillant, piqué d'îles, sur les bords duquel bientôt afflueraient les tribus indiennes et les trafiquants venus d'Albany (dont Tim s'il était encore en vie). Le ciel par-dessus tout cela prenait des teintes d'hyacinthe et de tourmaline et le jeune homme pensa qu'il avait rarement contemplé plus beau spectacle. Malheureusement, le temps lui était compté. Il y avait cet homme qu'il allait affronter dans les courtes vaguelettes claires, cet homme qui avait toutes les raisons de le haïr... Il y avait cet enfant dont les yeux bleus si pareils aux siens le regardaient froidement depuis la rive, priant sans doute son dieu barbare pour qu'il eût le dessous.

Repoussant vigoureusement les pensées débilitantes, il commença à se déshabiller. Cornplanter en faisait autant et, bien qu'il fût à peu près nu, c'était presque aussi long à cause des nombreux ornements d'argent qu'il portait. Non loin d'eux, le village criait son enthousiasme et Gilles put voir Nahena qui, d'un geste de protection tendre, attirait l'enfant blond contre elle. Celle-là non plus ne devait pas prier pour sa victoire.

Nus comme au jour de leur naissance, les deux adversaires se tournèrent l'un vers l'autre. La peau de l'Indien avait la couleur patinée du vieux cuir, celle du Français une chaude teinte d'ivoire bruni mais, sur l'une comme sur l'autre, s'inscrivaient les cicatrices proclamant que ces hommes étaient des braves et qu'ils n'en étaient pas à leur premier face à face avec la mort.

Soudain, Cornplanter éleva ses deux mains ouvertes vers le soleil, en un geste d'offrande... celle de sa vie peut-être. De son côté Gilles murmura une rapide prière, la conclut d'un large signe de croix et attendit.

– Allons! cria le chef, et que le plus vaillant l'emporte!

– Non, que le plus heureux l'emporte! Nous sommes, je crois, égaux en courage et je n'ai pas de haine pour toi, Planteur de Maïs.

L'ébauche d'un sourire détendit le visage sévère de l'Iroquois. Puis, indiquant de la main le chemin, il alla prendre place à l'avant de l'un des canoës qui attendaient, montés par deux guerriers aux pagaies. Gilles prit place à l'avant de l'autre et les deux embarcations nagèrent vers le milieu du fleuve portant chacune à sa proue une statue de bronze de nuance différente que le soleil faisait briller.

Chacun des deux combattants s'appuyait sur un

trident et un long couteau iroquois était posé entre leurs pieds nus, sur le plat-bord du bateau.

Quand ils furent arrivés à l'endroit choisi, Cornplanter se baissa, plaça d'un geste vif le couteau entre ses dents puis, d'une brusque détente, plongea dans le fleuve comme une longue anguille de cuivre. Gilles suivit aussitôt sans même se donner un instant de réflexion. Immédiatement, les rameurs écartèrent leurs embarcations, délimitant entre eux un champ clos théorique.

La plongée de Gilles avait été profonde. Il piquait droit vers le lit du fleuve afin de juger des dimensions exactes de l'endroit où il évoluait. Il espérait trouver peut-être un rocher derrière lequel s'abriter pour observer son ennemi. L'eau, en effet, en dépit de sa teinte un peu brune, était claire et suffisamment transparente. Il aperçut Cornplanter à quelques mètres de lui. L'Iroquois avait eu la même idée et allait atteindre le fond avant lui. Dès qu'il se redresserait il pourrait lancer son trident en direction de son adversaire... Gilles le devança. Fonçant droit sur lui, il se retourna brusquement. Ses pieds, rassemblés comme par un ressort serré, se détendirent et allèrent frapper Cornplanter en plein creux de l'estomac. Puis, tandis que l'autre se pliait en deux, il frappa le sable du fond et remonta vers la surface pour reprendre haleine. Son ennemi serait obligé d'en faire autant pour retrouver l'air dont il venait de lui vider les poumons.

En effet, un instant après, il vit émerger la tête rasée de son ennemi et, plongeant aussitôt, il fonça sur lui, le trident en avant. Mais, peu habitué à combattre avec ce genre d'arme, il manqua son coup et la foëne alla se planter dans le bois du canoë auprès duquel le chef avait fait surface.

Réduit au seul couteau qu'il tenait entre ses dents et qu'il saisit aussitôt, il nagea vigoureusement pour rejoindre l'abri de l'autre canoë. Cornplanter était déjà à sa poursuite, armé de ce trident dont, malheureusement, il savait, lui, se servir à merveille.

Gilles se retourna, sentit son épaule éraflée par de l'écorce et comprit que l'ombre qui le surplombait était celle de son canoë. Il voulut passer de l'autre côté pour s'abriter derrière lui, mais Cornplanter arrivait, brassant l'eau furieusement. Le trident d'acier derrière lequel l'Iroquois avait mis toute sa force et tout son poids d'os et de muscles allait le toucher. Gilles roula sur lui-même et les pointes acérées, manquant sa gorge de trois pouces, allèrent, à leur tour, se planter dans l'embarcation qui se trouvait derrière le Français, mais celui-ci fonçait déjà sur son ennemi, la lame haute. Il n'avait pas à craindre que Cornplanter récupérât son trident car, dans la violence du coup porté au canoë, le manche s'était brisé net.

Il l'atteignit à l'épaule mais sa lame ne fit qu'érafler la peau de cuivre. Le sang, néanmoins, teinta l'eau. Il voulut redoubler mais l'Iroquois n'était pas homme à se laisser larder de coups sans rendre la pareille. Son couteau s'enfonça dans le bras de son adversaire qui gronda de douleur mais bloqua tout de même le poing qui allait frapper de nouveau. Au prix d'un effort surhumain, Gilles réussit à tordre le poignet si dangereusement armé. Cornplanter lâcha prise et le couteau descendit mollement vers les profondeurs du fleuve.

Mais, pour être désarmé, le chef n'était pas encore vaincu. Ses longs bras, durs et forts, encerclaient déjà le chevalier avec une force de taureau, l'obligeant à son tour à chasser l'air encore contenu dans ses poumons. Gilles se sentit étouffer et, presque en aveugle, frappa...

La lame s'enfonça dans le dos de Cornplanter qui, avec un hoquet, desserra son étreinte. D'une bourrade, Gilles l'éloigna de lui et remonta vivement à la surface que son cri de triomphe creva. Le ciel éclata au-dessus de lui dans la gloire rouge du soleil couchant et sa splendeur lumineuse lui entra d'un seul coup dans les yeux, en même temps qu'entrait dans ses oreilles la clameur furieuse des Indiens.

Mais il n'eut pas le temps de jouir de son triomphe. Tandis que les deux rameurs du canoë du chef tiraient celui-ci hors de l'eau, l'un de ceux qui montaient celui de Gilles plongeait à son tour, armé de son couteau. Le Français comprit alors qu'il allait mourir, qu'il allait lui falloir affronter l'un après l'autre tous les guerriers de la tribu. Il en tuerait un, puis un autre et peut-être un troisième mais la fatigue aurait finalement raison de ses forces et un quatrième adversaire, ou un cinquième le tuerait finalement.

Décidé néanmoins à vendre chèrement sa peau, il retourna au combat. Celui qui l'avait attaqué était un très jeune guerrier qui devait manquer encore d'expérience car Gilles en eut facilement raison et, bientôt, le cadavre du jeune présomptueux vint flotter à la surface, descendant tranquillement vers l'estuaire. Mais, déjà, un autre Indien se jetait à l'eau tandis qu'un canoë se détachait de la rive pour aller repêcher le mort et lui donner la sépulture traditionnelle sans laquelle son âme ne saurait trouver le chemin des grandes forêts célestes.

Ce combat-là risquait d'être beaucoup plus dangereux. Gilles, d'abord, commençait à sentir la fatigue et puis le nouvel adversaire, presque aussi grand que Cornplanter, semblait taillé dans le granit le plus dur. Une lueur cruelle brillait dans ses petits yeux noirs, ronds comme ceux d'une chouette.

Celui-là avait plongé sans autre arme que sa force sur laquelle il devait compter. Il commença par arracher le couteau de la main déjà moins ferme de Gilles, puis, avec la rapidité d'un chat sauvage qui attaque, il l'attrapa à la gorge. Ses doigts étaient aussi durs que des pinces de crabe et le Français lutta désespérément contre l'étau mortel sans que ses mains ne parvinssent à desserrer la prise. Il sentait déjà sa vie lui échapper quand, dans un sursaut ultime, il lança de toutes les forces qui lui restaient son genou dans le bas-ventre de son ennemi. L'autre beugla mais lâcha le cou de son prisonnier pour se tenir le ventre. A demi évanoui de douleur, il cherchait l'air. Gilles en profita pour en faire autant, cherchant des yeux celui qui allait à présent venir le rejoindre dans l'eau... mais rien ne vint.

Un étrange silence régnait sur la rive du fleuve tandis qu'il se hâtait de se hisser dans le canoë, vide à présent de ses rameurs. A demi suffoqué, les yeux pleurant, il aspira l'air plusieurs fois après s'être forcé à vomir l'eau qu'il avait avalée. Puis, rejetant ses cheveux trempés qui lui collaient au visage, il banda son bras blessé d'un morceau de chiffon et chercha une pagaie pour tenter de gagner l'autre rive quand une voix bien connue l'arrêta :

– Amène ton bateau jusqu'ici... et fais vite ! cria-t-elle en français.

Il comprit alors la raison de ce silence tellement soudain. Sorti on ne savait d'où, Tim Thocker avait profité de ce que tous les regards de la tribu étaient fixés sur le fleuve pour bondir sur Nahena et lui arracher l'enfant qu'il maintenait d'une main ferme contre lui. Son autre main tenait un pistolet et Gilles vit avec stupeur qu'il en menaçait la tête de Tikanti.

– Es-tu fou ? cria-t-il. Lâche-le ! Tu ne vas pas le tuer ?

– Certainement pas, mais il faut que ces gens le croient. Allons, arrive ! C'est ta seule chance d'en sortir vivant et avec ton fils.

Personne, en effet, n'osait bouger. Nahena, tombée à genoux, sanglotait en se tordant les mains;

Gilles comprit qu'il n'y avait en effet pas d'autre solution et se mit à pagayer comme un fou pour rejoindre le bord près de l'endroit où se trouvait Tim. Il put voir, chemin faisant, aborder l'autre canoë, celui qui ramenait Cornplanter que les deux rameurs, à présent, soulevaient et allaient déposer doucement sur l'herbe tandis qu'éclataient les cris et les sanglots hystériques des femmes. Il fallait faire vite, en effet. Si, le chef mort, les Indiens décidaient que la vie de l'enfant n'avait plus d'importance, Tim et lui-même seraient bientôt cloués au poteau dont il avait libéré le trafiquant.

Avant même que la pointe recourbée du bateau eût touché la terre, Tim, portant l'enfant sous son bras, avait sauté dedans non sans le déséquilibrer quelque peu.

– Nage! souffla-t-il. Fais vite! Il y a là-bas des flèches qui ne vont pas tarder à partir. Il faut atteindre l'autre côté...

Jetant un coup d'œil sur l'autre rive tout en pagayant furieusement, Gilles ricana :

– Il n'est pas beaucoup plus confortable, ton autre côté, regarde un peu ce qui nous y attend!...

En effet, une épaisse ligne rouge ornait à présent l'autre rive. Elle se composait des soldats d'une patrouille anglaise qui s'était arrêtée là, sans doute pour contempler le spectacle.

– Tant pis! j'aime mieux tomber entre leurs pattes que dans celles des petits frères rouges.

– On a une chance d'y tomber tout de même. Ne crois-tu pas que nos meilleurs ennemis se feront un plaisir de nous livrer aux héritiers de Cornplanter?

Il n'avait pas fini ces mots qu'une voix renforcée par un porte-voix de bronze leur ordonna de revenir.

– Que dit-il? demanda Gilles qui comprenait et

parlait assez bien la langue des Iroquois mais que sa longue immersion avait quelque peu assourdi.

– C'est la meilleure celle-là ! fit Tim. On nous dit que Cornplanter veut te parler.

– Il n'est donc pas mort ?

– On dirait que non. Regarde !

En effet, tous deux purent voir le corps du chef, étendu sur une civière indienne, et ce corps faisait un geste du bras, faible sans doute mais très net.

– Qu'est-ce qu'on fait ? reprit Tim.

Mais déjà Gilles faisait tourner la proue de son bateau.

– On retourne !... moi, tu vois, je préfère les Indiens aux Anglais. Et puis je ne me vois pas rentrer à Albany tout nu.

Le Planteur de Maïs vivait encore, en effet, et même possédait peut-être quelques chances de vivre de longues années grâce sans doute à son exceptionnelle constitution. Quand Gilles mit pied à terre, il le trouva étendu sur le ventre, livré aux mains expertes de Nahena qui disposait déjà sur sa blessure un épais cataplasme d'herbes. Son visage portait tous les stigmates de la souffrance et sa voix était faible et haletante mais encore nette quand il articula :

– Reprends tes armes... et emmène... mon fils en paix ! Tu as vaincu... mais je n'ai pas honte... d'avoir été vaincu par toi.

– Tes hommes me laisseront-ils emmener l'enfant ? Les flèches sont déjà prêtes à frapper.

– Aucune ne partira... Va !... je sais que tu en feras un homme. A présent... va-t'en ! Va-t'en vite !... Ne me laisse pas... le temps de me souvenir que vous n'êtes que deux !

Sans un mot, Gilles se précipita vers le fleuve, rafla au passage ses vêtements et ses armes restés sur la berge et sauta dans le bateau. Tim était en train d'y livrer un combat homérique contre l'enfant. Toutes griffes et toutes dents dehors, le petit se battait comme un chat en colère, crachant comme lui, mais sans dire un mot.

– Je m'habillerai plus tard, dit Gilles. Filons! Et ne me dis pas que tu ne peux pas faire tenir un enfant tranquille.

– Charge-t'en, grogna le coureur des bois. Et laisse-moi ramer... Après tout... c'est toi le père!

Sans répondre, Gilles enleva son fils dans ses bras et parvint à le maîtriser.

– Allons, fit-il dans la langue des Indiens, cesse de te débattre. Nous ne te voulons aucun mal.

C'était la première fois qu'il employait ce langage et la surprise détendit brusquement le petit.

– Tu parles... comme nous? dit-il enfin, dévisageant cet homme étrange de ses grands yeux couleur des lacs gelés. Qui donc es-tu?

– Je suis ton père!

Ce simple mot suffit à déchaîner de nouveau la fureur de l'enfant.

– Ce n'est pas vrai! Tu n'es pas mon père! Mon père est un roi! Mon père est le plus puissant chef de toutes les tribus et ma mère est...

Brusquement, il s'arrêta net et, comme tous les petits garçons du monde, il se mit à pleurer à gros sanglots tendant ses petits bras vers le village qui s'éloignait déjà.

– Mère! cria-t-il à travers ses larmes. Mère! Ne les laisse pas m'emmener! Mère! Viens! Viens!

Alors quelque chose se passa. Horrifié, Gilles vit soudain une forme humaine, qui jusque-là s'était tenue agenouillée dans l'herbe de la rive, qui se dressait et, soudain, se jetait dans le fleuve nageant désespérément vers le bateau.

– Nahena! souffla Gilles. Bon Dieu, elle va se noyer! Le courant de ce sacré fleuve est assez fort et c'est déjà assez difficile de le remonter à la pagaie.

– A qui le dis-tu! fit Tim qui, en effet, pagayait comme un forcené pour lutter contre le courant devenu curieusement rapide. Il doit y avoir une source par ici...

Mais Gilles n'écoutait pas. Serrant contre lui le petit garçon qui pleurait en appelant sa mère, il regardait avec une angoisse grandissante cette tête noire abandonnée sur l'immensité des eaux, cette tête noire où s'abritait une volonté prête au suprême sacrifice. Cette femme n'était pas la mère de Tikanti, pourtant son cœur se déchirait en le quittant comme celui d'une véritable mère...

En un éclair, Tournemine vit le petit sauvage blond enfermé dans le carcan des vêtements occidentaux, subissant une vie pour laquelle il n'était pas fait, regrettant indéfiniment la vie libre et les exploits du guerrier qu'il admirait avec, pour mère adoptive, une femme qui serait sans doute pour lui une marâtre. Judith, il en était certain, subirait l'enfant mais ne l'aimerait jamais et, peut-être, le lui ferait sentir...

A cet instant précis, il entendit Nahena pousser un cri d'agonie que l'eau étouffa. Elle avait nagé de toutes ses forces à s'en faire éclater le cœur. A présent, elle était à bout de souffle, elle allait couler... elle coulait...

Le sang de Gilles ne fit qu'un tour. La nuit venait. Dans un instant il serait trop tard.

– Retourne! cria-t-il à Tim.

Et, saisissant l'autre pagaie, il se mit à ramer avec fureur vers l'endroit où il avait vu Nahena disparaître. Alors, lâchant la pelle de bois, il plongea de nouveau, disparut sous la surface et eut, tout de suite, la chance d'apercevoir le corps inerte qui descendait doucement. D'une détente, il fut sur elle, lui passa une main sous chaque bras et nagea vigoureusement des jambes et des pieds pour regagner avec elle l'air respirable.

Il se rendit tout de suite compte que, si elle était complètement évanouie, elle n'avait guère eu le temps d'avaler beaucoup d'eau. A peine en surface, elle recommença à respirer par courtes aspirations haletantes et irrégulières.

« Il était temps! » songea-t-il en se dirigeant vers le village où, de nouveau, des femmes et quelques hommes se rassemblaient. En quelques minutes il l'atteignit, appelant à grands cris les femmes pour qu'elles l'aident à sortir Nahena de l'eau.

Quand il en sortit à son tour, il vit que Tim, l'enfant et le canoë étaient de nouveau accostés. Les femmes avaient étendu la désespérée sur une peau de cerf et s'occupaient à lui faire rendre l'eau qu'elle avait pu avaler. Puis une autre lui apporta un bol fumant et la fit boire. Au bout d'un instant, Nahena ouvrit les yeux, regarda les visages penchés sur elle et se mit à pleurer.

– Pourquoi est-ce que je vis encore? Tikanti! Il est parti. Il est parti pour toujours...

Mais déjà Gilles était allé prendre le petit garçon dans les bras de Tim. Un instant, il le serra contre lui et, l'embrassant avec une tendresse farouche :

– Adieu! murmura-t-il d'une voix que les larmes enrouaient. Adieu, mon petit...

Puis il vint le placer dans les bras de la jeune femme dont le visage, d'un seul coup, s'illumina d'un bonheur qui lui fit mal et, en même temps, le récompensa. Tikanti, qui ne serait jamais Olivier, s'était blotti contre elle avec cette tendre confiance des enfants. On sentait que cette place, de tout temps, avait été la sienne.

A travers les larmes de joie qui coulaient à présent sur son doux visage, Nahena regarda l'étranger avec une sorte d'adoration.

– Tu me le rends? C'est vrai? Tu ne l'emmènes plus?

– Non, Nahena... Je n'ai pas le droit de briser le cœur d'une mère. Il restera ton fils. Dis au Planteur de Maïs, ton vaillant époux, que j'enverrai des présents et de l'or pour que l'enfant et toi viviez dans l'opulence des seigneurs, mais dis-lui aussi que, si je lui demande de faire de cet enfant un brave, ce qui ne sera pas difficile, je lui demande aussi de ne pas lui apprendre à torturer ses frères blancs. C'est à ce prix, seulement, que je te le laisse.

– Je promets! fit une voix grave, et Cornplanter lui-même apparut porté sur une civière entre des guerriers tenant des torches allumées qui ramenèrent la lumière sur la rive où tombait la nuit. Veux-tu demeurer ce soir autour de mes feux de campement? Les ténèbres seront bientôt là. Et tu seras toujours reçu en ami, chaque fois qu'il te plaira de revenir.

– Non. Sois remercié pour l'hospitalité que tu m'offres mais je préfère repartir tout de suite. Un jour, peut-être, je reviendrai. Je prierai mon dieu pour que ta blessure guérisse rapidement... Tu es un grand chef! Tikanti a raison.

Il se détourna et, sans un regard pour le petit garçon que Nahena berçait dans ses bras à présent avec le bonheur peint sur sa figure, courut au canoë, désormais inutile, que Tim venait de tirer sur la berge du fleuve, y prit ses habits qu'il se hâta de revêtir, conscient tout à coup d'être nu et transi jusqu'au fond de l'âme. Puis, empoignant son mousquet et son sac, il se dirigea à grands pas vers la forêt, évitant soigneusement de jeter encore le moindre regard sur le village où il laissait un morceau de son cœur. Mais, avant qu'il se fût éloigné, la voix épuisée du Planteur de Maïs lui parvint, amplifiée, mais au prix de quel effort, par le cornet de bronze.

– Va en paix, fils de l'oiseau qui peut regarder le soleil! L'enfant apprendra de qui il est le fils.

Un instant, Gilles s'arrêta comme si une balle venait de le frapper puis, remontant son sac sur son épaule, il reprit son chemin suivi d'un Tim étrangement silencieux. Celui-ci avait clairement vu deux larmes couler sur la joue mal rasée de son ami, mais à la lueur rouge que dispensaient les feux du village il put voir aussi qu'un léger sourire, à présent, adoucissait le chagrin peint sur son visage.

Un long moment ils cheminèrent ainsi, l'un derrière l'autre, sans se dire un mot, suivant à l'abri des arbres la clarté diffuse qui venait du fleuve. Gilles s'efforçait de raisonner la peine amère qu'il éprouvait sans y parvenir. Se pouvait-il qu'en si peu d'instants un enfant dont, cependant, il n'avait pas eu un regard d'affection, pas un mot d'amitié, se fût introduit au plus sensible de son cœur? Le chagrin qu'il éprouvait n'avait rien de comparable aux peines d'amour. C'était quelque chose de plus fort et de plus grave : une douleur d'homme qui, pour Gilles, tournait la dernière page du temps de l'insouciante jeunesse. Il savait que jamais il ne pourrait oublier le petit sauvage aux yeux bleus qui n'avait pas accepté qu'il le gardât dans ses bras.

Ce soir-là, quand les deux compagnons eurent rejoint leur campement de la nuit précédente et rallumé le feu dont les cendres étaient encore chaudes, ce fut sans échanger une parole qu'ils mangèrent et se roulèrent dans leurs couvertures pour dormir. Il n'y avait, en effet, plus rien à dire...

LES COLLINES DE HARLEM

Quelques jours plus tard, le *Gerfaut* achevait, entre les mains de Gilles, sa descente de l'Hudson et approchait de New York. Sous son beaupré, esturgeons et marsouins bondissaient joyeusement tandis qu'au-dessus des mâts d'immenses vols de pigeons emplissaient le ciel d'un nuage gris et blanc.

De nombreux petits bateaux à voiles larges et courtes que leurs panses rebondies apparentaient à des poules affairées descendaient le courant presque bord à bord avec le fin voilier, transportant les légumes, le lait et les œufs qui, le lendemain, rempliraient les estomacs new-yorkais. Ici et là, quelques sloops d'Albany louvoyaient, chargés de bois de charpente ou de balles de fourrures. La plupart d'entre eux laissaient claquer, sous la douce brise de mai, un pavillon hollandais à la corne de son mât car, sur les quatre mille habitants dont se composait la petite ville en amont de New York, la grande majorité était faite de négociants hollandais retranchés là depuis plus d'un siècle, depuis que New Amsterdam était devenue New York et qu'un gouverneur anglais avait remplacé le fameux Peter Stuyvesant, l'homme à la jambe de bois.

La guerre récente n'ayant laissé que des traces vites effacées, le paysage était ravissant. Sauf aux endroits où se dressaient la muraille de grès rouge des Palisades et les pentes rocheuses des Highlands, les rives du grand fleuve étaient couvertes de fermes pimpantes entourées de champ de blé vert et de vastes vergers encore bien fleuris dont le parfum embaumait cette belle fin de journée ensoleillée.

– Par la barbe du Prophète, monsieur le chevalier, vous voilà devenu un excellent pilote! apprécia le capitaine Malavoine tandis que le joli bateau, après avoir doublé la pointe de Manhattan et remonté quelque peu l'East River, venait de se ranger devant la Old Slip avec une parfaite aisance. Bientôt vous n'aurez plus besoin de moi, ajouta-t-il avec une pointe de mélancolie.

– Un bon timonier est une chose, un bon capitaine en est une autre. Même si l'on a vu le jour les pieds dedans, on n'apprend pas la mer en quelques semaines, mon cher ami. Ce navire est votre navire autant que le mien et, lorsque je serai devenu planteur, vous aurez de nombreux voyages à faire pour moi. A moins que vous ne soyez las de guider le *Gerfaut*...

– C'est le meilleur bateau que j'aie jamais eu entre les mains. Marchez, monsieur le chevalier, s'il ne tient qu'à moi, je mourrai sur la dunette.

– J'espère pour ma part qu'avant d'en venir à cette extrémité vous y aurez fait fortune à mon service. A présent, je vais à terre. Faites donner double ration de rhum à l'équipage et envoyez-en une partie se dégourdir les jambes.

Laissant Tim veiller au déchargement de quelques ballots de fourrures qu'il avait récupérés, à Albany, chez son ami le négociant écossais John Askin, Gilles descendit en trois pas la planche de coupée et se retrouva sur le port. Le temps était si doux qu'il eut envie de marcher un peu avant de héler une voiture pour se faire conduire à Mount Morris.

L'activité du port de New York semblait se développer de jour en jour. Les bateaux y étaient nombreux : certains à l'ancre dans le port, d'autres amarrés à quai comme le *Gerfaut* lui-même. Leurs mâts, les drisses tendues de leur gréement, les vergues portant leurs voiles serrées se détachaient sur le bleu du ciel. Des mouettes tournoyaient par-dessus, guettant la nourriture qui pouvait tomber des navires. Des matelots s'affairaient à décharger plusieurs bateaux dont l'un, un négrier, déversait sur le quai le flot noir et exténué de sa pitoyable cargaison que l'on allait diriger sur un entrepôt afin de la rendre plus présentable pour la prochaine criée. D'autres esclaves noirs déjà habitués manœuvraient ballots, caisses et bourriches, soulevaient barriques et tonneaux pour charger des charrettes. Sur l'eau, une barque montée par deux rameurs noirs vêtus de vert amenait un homme dont la mise soignée et le ventre important disaient qu'il s'agissait sans doute d'un notable.

Calmement, comme un bourgeois rentrant chez lui, Gilles suivit un moment Pearl Street puis s'engagea dans Wall Street, alors centre administratif de la ville ainsi que quartier résidentiel grâce à quelques demeures de style géorgien étalant au soleil leurs façades à pilastres. Les autres, avec leurs briques rouges et leurs hauts pignons à la flamande, évoquaient plutôt la Hollande. Au fond apparaissait le clocher-porche de Trinity Church pointant pardessus les branches d'arbres dépassant des jardins.

A cette heure proche de la fin du jour, Wall Street offrait un aspect agréable avec quelques beaux équipages, de provenance anglaise pour la plupart, et la foule policée qui s'y promenait. Les hommes et les femmes, ceux tout au moins qui devaient appartenir à la bonne société, portaient des vêtements aussi élégants et bien coupés que ce que l'on pouvait admirer à Londres ou à Paris. Les femmes montraient d'amples jupes de satin ou de brocart et d'immenses chapeaux couverts de plumes, de fleurs ou de dentelles. Quant aux chevaux, ils étaient tous très beaux et fort bien soignés.

Un instant, Gilles caressa l'idée de s'implanter dans cette ville si vivante et, très certainement, promise à un grand avenir. Pourquoi, après tout, renoncer à quitter les Etats-Unis? Pourquoi ne pas écouter Tim, acheter une terre en bordure de Broadway, par exemple, en s'adressant à cet architecte français dont tout le monde parlait en Amérique, le major L'Enfant, ancien combattant de la guerre d'Indépendance et qui, actuellement, reconstruisait le City Hall, l'hôtel de ville de New York, et devant le chantier duquel, d'ailleurs, Tournemine venait de passer? Ensuite, il pourrait s'adonner conjointement au commerce des fourrures et au jeu passionnant de la spéculation.

Devant l'immeuble en construction, il y avait un attroupement mais Gilles s'en détourna avec dégoût : une femme aux vêtements déchirés était attachée au pilori qui, avec la potence et le poteau pour flageller les malfaiteurs, faisait partie de l'équipement de toute Maison de Ville normalement constituée. Quelle différence y avait-il donc, au fond, entre le City Hall de New York et la place de Grève à Paris? Ce pays qui se voulait libre semblait s'entendre, aussi bien que les vieilles monarchies européennes, à opprimer l'homme. Mieux peut-être, même : on ne voyait guère à Paris de cargaisons d'esclaves enchaînés débarquer sur les quais de la Seine. Il est vrai qu'à Nantes on en voyait assez fréquemment, mais ils ne faisaient guère qu'y toucher terre en route pour les îles Caraïbes, la Louisiane ou toute autre terre américaine. Allons, le monde, où que l'on aille, se valait...

Hélant enfin une voiture qui passait, Tournemine sauta dedans et ordonna au cocher de le conduire dans les collines de Harlem. Il était plus que temps d'aller voir comment se comportait sa maisonnée, même s'il n'en avait pas réellement envie ainsi que le lui avait fait sentir son soudain besoin de promenade à pied dans la ville de briques rouges et de pierres blanches, de bois et de poussière.

Par comparaison, surtout avec la scène de violence qu'il venait de contempler, la campagne lui parut singulièrement belle et pure. Il eut le temps d'en emplir ses yeux car le retour à Mount Morris représentait une course d'environ sept miles et demi et, sur son ordre, la voiture les accomplit au trot paisible d'un bon cheval. Lui évitant la poussière, il lui laissa tout le loisir de respirer les senteurs de foin et de chèvrefeuille qui, passé les dernières maisons de New York ville, remplaçaient avantageusement les odeurs de poisson mêlées à celles du malt de la grande brasserie de l'Hudson et à celles des tanneries de l'East River que l'on évitait difficilement dans la cité.

Il faisait presque nuit quand la voiture atteignit l'entrée de la propriété et s'engagea dans la longue allée bordée d'aulnes et de tilleuls qui remontait la colline et se divisait ensuite pour former un large cercle devant la maison. Un large cercle qui était, pour l'heure présente, plein d'attelages variés.

Sourcils froncés, Gilles considéra la belle demeure de briques roses où Washington avait vécu quelques jours durant la bataille des Hauts de Harlem, à laquelle la colonnade et le fronton blancs donnaient tant de majesté. Toutes les fenêtres, ouvertes à cause de la douceur de la température, laissaient échapper des flots de lumière et des bruits de conversation sur fond de musique douce.

– On dirait qu'il y a une fête, monsieur. Qu'est-ce que je fais? demanda le cocher qui avait jaugé à leur juste valeur les vêtements de marin que portait son client et qui, sans doute, ne lui semblaient pas de mise en une telle circonstance.

– Arrêtez-vous! grogna Gilles. Je descends.

Sautant à terre, il jeta à l'homme une pièce d'or. Celui-ci l'attrapa au vol, ravi de l'aubaine, tandis que Gilles se dirigeait vers la maison, sentant gonfler en lui une colère dont il s'efforça de se rendre maître en prenant plusieurs respirations profondes.

Au bas des marches du perron, David Hunter, le gardien-maître d'hôtel de la maison, aidait à descendre de voiture une dame dont le pied minuscule émergeait d'un énorme ballon de satin rose. La dame se comportait comme si elle eût été en porcelaine, accablant le serviteur et son compagnon, un homme magnifiquement habillé de soie crème sur un ravissant gilet bleu pâle, d'une foule de recommandations touchant la fragilité de sa robe et la délicatesse de ses souliers tandis que tous deux faisaient de louables efforts pour extraire de la portière, peut-être légèrement étroite, cette montgolfière couleur d'aurore.

Aucun des acteurs de cette petite scène ne prêta attention à Tournemine. Il escalada le perron et s'engouffra dans le vestibule où des serviteurs noirs armés de plateaux chargés de verres allaient et venaient. Des serviteurs qu'il n'avait jamais vus.

La première silhouette connue qu'il aperçut fut celle d'Anna Gauthier. Vêtue d'une sévère robe de soie noire avec bonnet et col de dentelles blanches, elle se tenait debout près de la porte de l'office, réglant silencieusement le service. Sans même un regard vers les salons pleins de monde, Gilles alla la rejoindre.

– Qu'est-ce que cela veut dire, Anna? demanda-t-il, maîtrisant difficilement la colère qui faisait trembler sa voix. Qui sont ces gens?

Elle poussa un léger cri en le reconnaissant et son regard s'emplit d'une joie où il devina du soulagement mais sa voix était douce et déférente en répondant :

– Ce sont les amis de Madame. Elle reçoit, ce soir.

– Elle reçoit? Vraiment?... Elle n'est plus mourante à ce que l'on dirait?

Anna eut un petit sourire triste.

– Il y a plus d'un mois que monsieur le chevalier nous a quittés. Bien des choses se sont passées... malheureusement!

– Malheureusement? Que voulez-vous dire? Et d'abord où sont les autres? Pierre, Pongo, Rozenn... et Madalen?

Le nom franchit ses lèvres avec une douceur dont il ne fut pas maître, reflet fidèle du bonheur qu'il éprouva soudain à le prononcer.

– Dans les communs. Madame a pris Madalen comme lingère et elle n'a rien à faire dans la maison, un soir de fête surtout. Pierre et Pongo sont à l'écurie. Madame pense qu'une jambe de bois n'est pas un spectacle pour des dames délicates et moins encore un Indien qui pourrait leur faire peur...

– Et Rozenn a laissé faire toutes ces folies? C'est insensé! Où est-elle?

Les yeux d'Anna s'emplirent de larmes. Baissant brusquement la tête, elle se tourna vers le mur pour tirer son mouchoir.

– Eh bien? Rozenn? insista Gilles saisi d'une angoisse soudaine.

– Monsieur... elle est morte! Voici près de trois semaines... On l'a trouvée dans le jardin, près de la rivière, la tête reposant sur une grosse pierre tachée de sang. Il avait plu. La terre était grasse, glissante... Elle a dû tomber. Oh! Monsieur, venez! Venez par ici... Suivez-moi.

Il était devenu tellement pâle tout à coup qu'Anna eut peur de le voir s'abattre à ses pieds. Saisissant son bras, elle l'entraîna, à travers l'office, vers une petite pièce servant de resserre à provisions et qui donnait directement sur le parc. Il se laissa conduire sans un mot, comme un enfant malheureux, accablé par le poids intolérable qui lui écrasait le cœur. Rozenn! Sa vieille Rozenn! Celle dont la chaleur, la tendresse avaient si bien su compenser la froideur rancunière de sa véritable mère. Elle avait su l'aimer, le protéger, lui le petit bâtard que l'on aurait montré du doigt, à qui on aurait peut-être jeté des pierres si deux puissances tutélaires n'avaient étendu au-dessus de lui leur tendre protection : l'abbé de Talouët et Rozenn...

Assis sur un sac de café dont l'odeur merveilleuse emplissait la resserre, il s'enfonçait avec une douloureuse volupté dans ses souvenirs d'enfance sur lesquels planait le visage courageux et gai de sa nourrice. Il ne voyait rien, il n'entendait rien que les sanglots du petit garçon qui pleurait au fond de sa poitrine... Lui ne pouvait pas pleurer, quelque envie qu'il en eût. A cette heure où il perdait l'un des rares êtres chers, le don bienfaisant des larmes lui était refusé comme si rien ne devait apaiser les craquements de terre desséchée de son cœur.

Une sensation brûlante à la main le ramena à la réalité. Anna, que sa figure couleur de pierre épouvantait, avait couru lui chercher une tasse de café sur laquelle elle avait refermé ses doigts, des doigts qu'elle guidait vers la bouche.

– Buvez, monsieur Gilles, ça vous fera du bien! Sainte Anne bénie! Vous avez l'air d'un fantôme.

Sainte Anne bénie! c'était l'invocation habituelle de bien des femmes de Bretagne. C'était aussi celle de Rozenn. Combien de fois l'avait-il entendu proférer, sur tous les tons d'ailleurs, la ferveur, la colère, la surprise, la joie... C'était bon de l'entendre encore!

Reconnaissant, il leva sur Anna un regard mort mais où quelque chose, cependant, se mettait à vivre. Une humidité qui devint une larme... une seule glissa lentement vers la commissure de ses lèvres et cependant le délivra de cette insidieuse envie de mourir qui lui était venue. Il venait de perdre coup sur coup son fils et celle qui lui servait de mère et il sentait en lui une infinie lassitude.

Machinalement, il avala le contenu de la tasse. Très fort, très parfumé et brûlant, le café traça en lui un ruisseau chaleureux qui portait la vie. Grâce à lui, il redevint perméable à ce qui l'entourait. Il vit, sentit, entendit de nouveau. Les plaintes du petit garçon s'éloignaient.

Anna vit un peu de couleur revenir sous la peau bronzée qui avait viré au gris et poussa un soupir de soulagement. Elle proposa quelque chose à manger qu'il refusa d'un geste.

– Où l'avez-vous enterrée? demanda-t-il d'une voix enrouée. Pas dans ce jardin étranger tout de même?

– Oh non! Il y a, dans les collines, pas loin d'ici, une petite chapelle catholique desservie par un vieux prêtre. Il y a un cimetière et l'abbé est breton, par chance. Rozenn doit s'y sentir un peu chez elle.

Il approuva de la tête. Son cerveau recommençait à travailler et posait déjà des questions. Comment Rozenn, habituée à courir les grèves, les rochers de sa Bretagne, avait-elle pu glisser sur cette berge en apparence inoffensive et, surtout, s'assommer sur une pierre? Elle était âgée, sans doute, mais Dieu sait qu'elle avait bon pied bon œil. Elle l'avait surabondamment prouvé durant la rude traversée de l'Atlantique...

La porte de la resserre, en s'ouvrant, laissa entrer une bouffée de musique, celle d'un menuet guilleret qui passa comme une râpe sur les nerfs tendus de Gilles. Coiffée d'un bonnet coquet tout ruisselant de rubans, la tête de Fanchon apparut.

– Madame Anna, fit-elle d'un ton de reproche, Madame vous fait dire qu'elle ne comprend pas que vous ayez abandonné votre poste et qu'elle exige...

Elle s'arrêta, les yeux soudain arrondis. Anna en

s'écartant venait de découvrir le chevalier toujours assis sur son sac mais qui, se relevant soudain, parut emplir la petite pièce de sa carrure.

Un sourire heureux épanouit le visage de la jeune fille.

– Oh! Monsieur le chevalier! s'écria-t-elle. Quel bonheur!

Il ne répondit pas à sa bienvenue. Sévère, formidable de fureur encore contenue, il ordonna :

– Allez me chercher votre maîtresse! Dites-lui que je l'attends ici...

– Mais, monsieur le chevalier, la soirée bat son plein. Madame est très accaparée et...

– Je vous ai dit d'aller me la chercher. Obéissez si vous ne voulez pas que j'y aille moi-même et d'une façon qui, je le crains, ferait mauvais effet auprès de ces amis sortis on ne sait d'où. Elle a fait diablement vite pour en réunir une telle collection.

– Oh, cela n'a pas été difficile. Il lui a suffi de répondre à une invitation de Mme Livingstone qui était venue faire une visite de bon voisinage. En une semaine, Madame avait tout New York à ses pieds, exactement comme...

Elle se mordit les lèvres, comprenant qu'elle allait dire une bêtise en rappelant le temps douteux de la Folie Richelieu, mais Gilles avait fort bien compris. Empoignant Fanchon par les épaules, il la fit tourner sur elle-même comme une toupie et la propulsa vers la porte en ordonnant :

– Je vous ai déjà dit d'aller chercher votre maîtresse et je n'ai que faire de vos considérations! Filez!

Fanchon disparut avec un gémissement de frayeur. Un instant plus tard la petite pièce aux senteurs de café, de vanille et de cannelle s'illuminait : Judith, robe de satin nacré gris très pâle et rose semée de perles, ses magnifiques cheveux roux relevés par des cordons de perles, venait de faire son entrée.

Il ne restait rien de la chose pâle, épuisée et si fragile que le *Gerfaut* avait posée, six semaines plus tôt, sur les quais de New York. Gilles vit devant lui une créature de lumière et de grâce. Sa beauté impérieuse la nimbait d'une insolente auréole et apportait avec elle toutes les élégances raffinées de Versailles.

Elle avait retrouvé tout l'éclat de la Reine de la Nuit, mais sur un registre différent. C'était le jour, dans les transparences laiteuses de l'aube, que Judith évoquait à présent quand le soleil d'or rouge se lève à l'horizon et il était bien facile de comprendre comment la jeune femme avait pu devenir, si vite, la coqueluche de New York : il lui avait suffi de paraître...

Curieusement, Tournemine ne fut pas sensible à cette beauté qu'il avait cependant si dévotement adorée jadis. Bien plus, elle le choqua comme une faute de goût. Détaillant froidement son épouse, de ses petits souliers de satin aux boucles brillantes de sa chevelure, il se contenta de déclarer :

– Vous avez dix minutes, madame, pour vider cette maison de la foule qui l'encombre.

La voix était tranchante et si chargée de dédain que Judith en rougit.

Rejetant la tête en arrière, elle rendit à Tournemine froideur pour froideur, dédain pour dédain puis, haussant les épaules :

– Quelle sottise! fit-elle du bout des lèvres. La meilleure société de New York est ici. Prétendez-vous continuer à vous conduire comme le rustre que vous étiez ou comme le reître que vous êtes devenu?

La gifle claqua sur sa joue qui s'empourpra et lui donna momentanément raison.

– J'entends me conduire, gronda Gilles, comme le

maître d'une maison en deuil. Il n'y a, si j'ai bien compris, que trois semaines écoulées depuis la mort de Rozenn...

Judith n'était pas de celles que l'on mate si facilement. Elle s'était contentée de porter sa main à sa joue endolorie mais n'avait rien perdu de sa superbe. Elle eut un petit rire qu'accompagna un nouveau mouvement de ses jolies épaules aussi nacrées que sa robe.

– Et alors? fit-elle avec hauteur. Depuis quand la mort d'une servante met-elle une maison en deuil?

– Rozenn n'a jamais été une servante à mes yeux. Elle m'a servi de mère. Je l'aimais et la respectais tout autant. Peut-être suis-je un rustre, en effet, comme il vous plaît à le rappeler et cela ne me déplaît pas à moi. Cela sent la terre et l'effort quotidien et, en tout état de cause, mieux vaut être un rustre qu'une putain. Je ne sais ce que penseraient vos brillants... et si récents amis s'ils savaient à quel genre d'activité se livrait celle que l'on appelait à Paris la Reine de la Nuit...

Sous l'insulte elle avait pâli et la trace des doigts de Gilles se marquait curieusement sur sa joue. Ses yeux se remplirent de larmes, mais aucune trace de pitié n'atténua la colère de Tournemine, colère à laquelle s'ajoutait une déception car, en emportant sa femme jusqu'en Amérique, il avait espéré sincèrement qu'elle accepterait de jouer le jeu avec honnêteté afin que tous deux puissent repartir à zéro en dépit du fâcheux souvenir que Judith portait en elle. Il s'apercevait qu'il n'en était rien et que le comportement de la jeune femme demeurait le même. Il avait, en face de lui, une ennemie bien décidée à lui faire payer, chèrement sans doute, la destruction de son lamentable roman avec le pseudo-docteur Kernoa...

Aussi, quand elle gémit :

– Comment pouvez-vous me traiter de la sorte? Si je suis réellement votre femme comme il vous plaît de le répéter sans cesse, traitez-moi comme telle.

– Alors agissez comme telle! riposta-t-il, et souvenez-vous de ce que vous étiez avant de devenir la tenancière d'un tripot. Dans aucune maison bretonne où l'on se respecte on n'oserait donner une fête trois semaines après le passage de la mort par crainte de la vengeance du trépassé à défaut du chagrin de sa perte. Avez-vous donc perdu votre grande peur des fantômes? ajouta-t-il, sarcastique.

Se signant précipitamment, elle le regarda avec horreur.

– Pour l'amour de Dieu, taisez-vous!

– Alors, obéissez! Je vous l'ai dit, j'entends que, dans dix minutes, cette foule encombrante ait vidé les lieux. Vous savez si bien vous évanouir avec grâce au milieu d'un salon. Cela ne sera pas difficile.

Tirant des dentelles de ses manches un minuscule mouchoir, Judith en tamponna ses yeux.

– Accordez-moi un peu plus de temps, je vous en prie. Songez que ces gens représentent la meilleure société de la ville. Il faut les ménager si vous voulez vous installer ici.

– Je n'ai pas l'intention de rester ici. Cette maison est louée. Je ne l'ai pas achetée. Dans quelques jours nous serons loin. En conséquence, l'importance de ces gens diminue d'instant en instant, n'est-ce pas? Alors, dix minutes. Pas une de plus sinon j'irai moi-même me charger de l'évacuation et quelque chose me dit que mes méthodes n'auraient pas votre agrément. Cela dit, vous êtes très belle ce soir, madame, et je vous en fais mon sincère compliment ainsi d'ailleurs que de votre si rapide rétablissement.

S'inclinant avec une parfaite galanterie, il ouvrit

la porte devant la jeune femme et reçut au passage le regard à la fois inquiet et surpris qu'elle lui décochait. Sans doute pensait-elle que cette absence de quelques semaines avait changé bien des choses dans ce garçon qui avait été jadis un si timide amoureux...

Il reçut aussi, en même temps, une bouffée de parfum qu'il ne lui connaissait pas, à la fois frais et sensuel. Il chatouilla délicieusement ses narines quand l'énorme jupe de satin frôla ses jambes.

– M'accompagnez-vous? demanda-t-elle avec une pointe d'anxiété.

– Certainement pas. Ma tenue n'est pas conforme aux élégances de ce soir et je n'ai aucune envie de connaître vos amis. Je ne reparaîtrai que lorsqu'il n'y aura plus personne.

– Vous restez ici alors?

– Pas davantage. Je vais rejoindre mes amis à la place qui selon vous nous convient le mieux à eux comme à moi : aux écuries!

Il attendit cependant quelques instants pour voir comment les choses allaient se passer, expédiant Anna à la porte des salons en mission d'information. Sans doute allait-on dans un instant entendre un grand brouhaha, puis on emporterait vraisemblablement Judith évanouie jusqu'à sa chambre...

Il n'y eut rien de tout cela qu'un grand silence soudain suivi de chuchotements contenus et des froissements de vêtements d'une foule qui s'en va tandis qu'au-dehors résonnaient les appels d'usage.

– Les gens de Mrs Livingstone... La voiture de Mr et Mrs Brevoort... Les gens de Mrs Van Cortland...

Trois minutes ne s'étaient pas écoulées qu'Anna reparaissait, un demi-sourire, qu'elle s'efforçait d'ailleurs de dissimuler, sur son visage toujours un peu austère.

– Eh bien? demanda Tournemine, madame est-elle convenablement évanouie?

– Pas du tout! Madame reçoit en pleurant à chaudes larmes les consolations de ses amis avant qu'ils ne se retirent.

– Les consolations? Que leur a-t-elle dit?

– Qu'elle venait d'apprendre la mort d'un de ses frères. C'est beaucoup plus efficace qu'un évanouissement car, en ce cas, les invités auraient attendu que leur hôtesse se sente mieux en continuant de vider la cave et les buffets.

– Vous ferez porter leur contenu aux indigents. Ils ne manquent pas du côté du port.

Satisfait, Gilles quitta la maison et, passant par-derrière afin d'éviter la foule des voitures, se dirigea vers les écuries de briques rouges et de bois qui s'étendaient sur l'un des côtés de la demeure, à l'opposé de ce qui était, avant la guerre, le quartier des esclaves.

L'obscurité, la douceur de la nuit et ses odeurs d'herbes fraîches lui parurent délicieuses après l'agitation, le bruit et les lumières de la fête. Il y retrouva le chagrin du petit garçon abandonné que la colère de tout à l'heure avait assourdi un instant. S'y joignait quelque chose qui ressemblait à un remords, celui d'avoir arraché sa vieille Rozenn à sa chère Bretagne, de l'avoir échouée sur cette terre étrangère juste le temps d'y mourir.

Sans son égoïsme, elle vivrait encore, assise au coin de quelque cheminée, les pieds dans la cendre chaude, tricotant interminablement gilets de laine et paires de bas en écoutant à la veillée les histoires des conteuses, les contant elle-même parfois... Bien sûr, depuis que Marie-Jeanne Goelo avait fermé sa petite maison de Kervignac pour s'en aller au couvent de Locmaria, abandonnant Rozenn avec une odieuse indifférence, la vieille femme s'était sentie très seule en dépit des amitiés qui s'étaient chargées d'elle. Elle avait accepté d'enthousiasme la proposition de son ancien poupon de s'en aller vivre en Amérique et Gilles, en l'emmenant, avait eu en vue principalement l'éducation de ce fils inconnu que lui gardaient les Indiens, mais il en venait à penser qu'en expatriant Rozenn il avait surtout obéi à un mouvement égoïste : c'était son enfance et la seule famille qui lui restât qu'il avait souhaité emmener avec lui...

A présent, aucun petit garçon ne viendrait plus se nicher dans le giron tendre de Rozenn mais peut-être, après tout, était-il mieux qu'il en fût ainsi puisque le fils de Sitapanoki ne serait jamais le dernier des Tournemine...

Avec le roulement de la dernière voiture, le silence prit peu à peu possession de Mount Morris. Gilles aspira deux ou trois fois, fortement, l'air frais de la nuit puis, essuyant avec rage les larmes qui coulaient encore sur ses joues, quitta l'abri de son arbre et prit résolument la direction des écuries.

Il trouva Pongo dans la stalle de Merlin et sentit son cœur s'alléger en retrouvant, ensemble, ceux qu'il considérait comme ses meilleurs amis. Avec des soins dévots, l'Indien lustrait la robe dorée du cheval qui, reconnaissant le pas de son maître, tourna la tête et hennit de joie, montrant ses grandes dents en une sorte de sourire qui trouva son reflet immédiat sur la figure de Pongo.

– Maître enfin revenu ! s'écria-t-il avec, lui aussi, une note de soulagement dans la voix. Pongo bien heureux...

Les deux hommes se serrèrent la main tandis que Gilles remarquait :

– Cela veut dire que tu ne l'as guère été durant mon absence...

– Ni heureux ni malheureux mais les choses sont allées tout de travers. Difficile pour Pongo obéir à une femme.

– Sois sans crainte, cela ne se produira plus. J'ai, pour commencer, jeté dehors tous ces gens dont ma femme avait rempli la maison. Ils n'ont que faire chez moi et moi je n'ai que faire d'eux.

L'amertume qui vibrait dans la voix de Tournemine n'échappa pas à l'ancien sorcier des Onondagas. Il connaissait son maître par cœur et ne se trompait jamais quand il s'agissait de ses états d'âme.

– Visite au grand chef blanc pas satisfaisante?

– Pas du tout! La concession sur la Roanoke River n'était qu'une illusion, un rêve. On m'avait donné, à ce qu'il paraît, des terres non disponibles. Oh! on m'en a offert d'autres... très loin à l'Ouest, là...

– ... où il est difficile de garder scalp sur la tête. Dommage! Et... l'enfant?

Brièvement, Gilles raconta ce qui s'était passé au camp des rives de l'Oswego. Machinalement, et peut-être pour se donner le courage d'évoquer ces heures qui lui demeuraient cruelles, il caressait doucement la tête soyeuse de Merlin dont les grands yeux le regardaient avec quelque chose qui ressemblait à de la tendresse.

– Je n'ai pas eu le courage de briser le cœur de cette femme, Nahena, dit-il en conclusion. Peut-être ai-je eu tort...

La main de Pongo se posa, fermement, sur son épaule.

– Non, dit-il gravement. Toi avoir eu raison. Mauvais arracher enfant à ceux qu'il pense être sa famille...

– A présent, je pense réellement que j'ai eu raison, à présent que Rozenn n'est plus ici pour s'occuper de lui. C'était pour cela que je l'avais amenée de France. Et maintenant...

Au prix d'un violent effort, il retint les larmes qui lui venaient encore. Pongo vit se crisper le poing qu'il avait noué dans la crinière du cheval tandis qu'il jetait, avec rage :

– Quel accident stupide! Idiot! En dépit de son âge, Rozenn savait encore courir dans les rochers, marcher dans la vase, étendre du linge sur le bord d'une rivière sans tomber dedans. Et ici, à cause d'un peu de boue...

– Boue y être pour rien! coupa Pongo. Et pierre pas davantage... tout au moins celle où vieille femme reposait.

– Que veux-tu dire?

– Pas accident. Meurtre!

– Quoi?

Le mot fit peser tout à coup sur l'écurie silencieuse son poids d'horreur. A la lumière de la lanterne qui éclairait la stalle Gilles considéra, incrédule encore, le visage de bronze de son ami. Jamais il ne lui était apparu si sombre. Il crut y lire aussi une nuance de pitié.

– Pongo! murmura-t-il avec une angoisse presque suppliante. Te rends-tu compte de ce que tu viens de dire? Un... meurtre? Cela voudrait dire que...

– Vieille femme a été tuée, oui.

– Mais enfin, c'est insensé. Qui aurait pu faire ça? Et pourquoi l'aurait-on tuée?

L'Indien hocha la tête.

– Qui? Pourquoi? Pongo pas savoir. Mais avec quoi, Pongo savoir.

– Eh bien, dis-le!

Pour toute réponse, Pongo fit le geste de faire tournoyer quelque chose au-dessus de sa tête. La démonstration était claire et Gilles saisit tout de suite.

– Une fronde?

– Pongo ignorer nom dans ta langue. Cela sert à lancer pierres.

– C'est bien cela. Mais si tu ignores qui est l'assassin, comment sais-tu avec quoi il a frappé?

– Viens! Pongo te montrer...

Décrochant une des lanternes de l'écurie, qu'il

aveugla d'ailleurs avant de sortir pour que la lumière ne soit pas remarquée de la maison, l'Indien entraîna Gilles au-dehors. La nuit était assez claire pour pouvoir traverser le parc sans autre éclairage et les deux hommes descendirent le très long chemin menant jusqu'à la rivière de Harlem, passant du jardin proprement dit à une succession de prairies en pente douce.

– Qu'allait faire Rozenn à la rivière, le sais-tu? Laver du linge? Se promener?

– Promener peut-être mais pas laver linge. Rien trouvé. A dû descendre très tôt, le matin. Etait encore chaude quand on a trouvé...

– Qui l'a trouvée?

– Filles descendues pour laver linge, justement... Tiens! Voici endroit.

Les deux hommes étaient arrivés au bord de l'eau. Une sorte de petit lavoir composé de ces caisses en bois dans lesquelles s'agenouillent les lavandières y était installé. Libérant la lumière de sa lanterne, Pongo montra à Gilles une grosse pierre plate qui se trouvait ancrée dans le chemin suivant la rivière.

– Regarde, dit-il en s'agenouillant auprès d'elle pour mieux expliquer. Pierre toute plate. Si vieille femme tombée sur elle vieille femme se briser le crâne.

– En effet. N'est-ce pas ce qui s'est passé?

– Non. Vieille femme blessée là, fit-il indiquant sur sa propre tête le haut de la nuque, à l'endroit du cervelet. Elle traînée sur pierre où, bien sûr, sang couler. Mais sang couler aussi là, ajouta-t-il en désignant un endroit de la prairie situé de l'autre côté du chemin à environ deux mètres de la pierre.

– Tu veux dire, fit Gilles, qu'on l'a tuée là et qu'ensuite on l'a traînée ici de manière que sa tête repose sur la pierre.

Pongo approuva de la tête puis reprit :

– Herbe relevée, sang effacé à l'endroit crime mais Pongo bien remarquer faibles traces et petit peu de sang resté sur herbe. Aucun doute!

Il y eut un silence. Accablé, Gilles essayait de mettre de l'ordre dans ses pensées car toutes choses, d'un seul coup, étaient devenues bizarres, anormales autour de lui. Comme le disait Pongo sa démonstration ne laissait place à aucun doute sur la façon dont Rozenn était morte. Quelqu'un l'avait tuée. Mais alors qui pouvait être ce quelqu'un? Quel ennemi cette bonne créature avait-elle pu se faire en un si court laps de temps? A moins que ce ne fût le crime d'un rôdeur mais alors dans quel but? Rozenn n'avait jamais un sou vaillant sur elle et elle n'était plus à l'âge où une femme se voit exposée aux entreprises masculines. Une erreur? C'était absolument improbable. Et puis que faisait-elle au petit jour sur le bord de la rivière, à un bon demi-mile de la maison?

Incapable, dans l'état actuel de la question, de lui trouver une réponse convenable, Gilles la posa tout naturellement à Pongo dont la sagacité venait de se révéler si brillamment. L'assassin, en maquillant son crime en accident, avait fait preuve d'une totale ignorance de l'espèce de génie des Indiens quand il s'agissait de relever une piste.

– As-tu, lui dit-il, une idée de celui qui a pu commettre ce meurtre abominable? Un rôdeur? L'un des domestiques avec qui Rozenn aurait pu avoir une prise de bec? Elle n'avait pas sa langue dans sa poche ni d'ailleurs ses yeux. Elle avait pu surprendre un voleur qui l'aurait attirée ici sous un prétexte quelconque?

Pongo hocha la tête.

– Moi pas savoir. Savoir seulement une chose : meurtrier être femme.

– Une... femme? souffla Gilles, abasourdi. Mais qu'est-ce qui te le fait dire?

L'ancien sorcier tendit le bras vers un bouquet d'arbres qui se trouvait à quelque distance, au flanc de la colline.

– Cherché et trouvé traces là, derrière arbres. Pas celles d'un homme. Trop petites. Et puis... trouvé aussi ça... accroché à buisson.

A la lumière de la lanterne, Tournemine vit, au creux de la main brune, un tout petit fragment de dentelle. Il le prit, le tourna et le retourna avec une répugnance extrême, envahi qu'il était d'une horreur proche de la panique. Cette dentelle, fine et délicate, avait dû coûter trop cher pour la bourse d'une servante... L'idée qui lui vint alors était si atroce qu'il la repoussa loin de lui avec rage.

Fourrant le léger vestige dans sa poche, il grogna :

– Rentrons, à présent. J'ai eu, pour ce soir, mon compte d'émotion. Demain, j'essayerai de savoir à qui appartient ce bout de dentelle. Mais merci à toi, ami Pongo! Grâce à cela je découvrirai la meurtrière de Rozenn et je lui ferai payer son crime, oui, sur ma vie, elle le paiera, fût-elle ma...

Il s'arrêta, n'osant formuler, même dans ce lieu obscur et solitaire et pour les seules oreilles de Pongo, le soupçon abominable qui lui venait.

En silence, les deux hommes reprirent le chemin de la maison mais, tandis qu'ils gravissaient lentement la douce pente de la colline que Mount Morris couronnait si gracieusement, l'esprit de Gilles travaillait à toute vitesse. Le merveilleux enregistreur qu'était sa mémoire lui montrait Rozenn debout dans la chambre des cartes du *Gerfaut*, visage pétrifié de vieux bois que la lumière des chandelles creusait d'ombres sinistres, Rozenn, les bras croisés, réclamant, telle une prêtresse des temps de ténèbres, un châtiment exemplaire pour

Judith, coupable de porter au grand jour le nom de Tournemine et, dans l'ombre de ses entrailles, le fruit de ses amours avec un misérable.

– Chez nous, jadis, on jetait à la mer la femme adultère et chez les Tournemine on n'a jamais permis à celle qui manquait à l'honneur d'étaler au soleil le fruit de sa faute... en admettant qu'on voulût bien lui permettre de vivre encore!

L'évocation fut si nette qu'il crut entendre, dans le vent nocturne qui se levait, la voix âpre, si dure, de la vieille Bretonne. Se pouvait-il qu'elle eût, en dépit de sa défense, tenté quelque chose contre Judith, que celle-ci s'en fût aperçue et eût décidé de se débarrasser, en simulant un accident, d'une compagne dangereuse?

Comme lui-même – encore qu'ils fussent alors séparés par l'abîme infranchissable qui éloignait un bâtard d'une damoiselle – Judith de Saint-Mélaine avait connu une enfance misérable, dans le lugubre manoir du Frêne. Elevée entre deux garçons retournés pratiquement à l'état de brutes, elle avait poussé un peu n'importe comment, à la manière d'un rameau sauvage jusqu'à son entrée au couvent de Notre-Dame de la Joie à Hennebont. Elle avait couru les champs, les bois, grimpant aux arbres et peut-être bien que ces deux fauves nommés Tudal et Morvan lui avaient appris le maniement d'une fronde... En remontant vers la maison dont le fronton et la colonnade, d'un blanc neigeux, dessinaient dans la nuit le fantôme d'un temple grec, Gilles se sentit l'âme lourde et le corps plus las que s'il avait, pendant huit jours, ramé aux galères car peu à peu s'ancrait en lui une semi-conviction : Tudal et Morvan avaient été des misérables, des assassins; se pouvait-il que Judith partageât quelque peu un atavisme venu on ne savait d'où? Cela était difficile à croire lorsque l'on évoquait la mort misérable mais si digne, si noble et si pudique de son père mais qui pouvait dire avec certitude quelles étranges obscurités pouvait transmettre un sang venu de la nuit des temps? Lui-même, en qui vivait celui, féroce, des seigneurs forbans de La Hunaudaye, n'était pas toujours maître absolu de certaines impulsions dont la violence lui paraissait curieusement étrangère.

Devant les marches, Pongo et Gilles se séparèrent, l'Indien préférant de beaucoup regagner l'écurie où il avait sa chambre plutôt que suivre son maître dans la maison où, d'ailleurs, seules les femmes avaient droit de cité. Sous le péristyle, Tournemine trouva Hunter qui l'attendait.

– Monsieur le chevalier compte-t-il ressortir ou bien pouvons-nous fermer la maison? demanda-t-il avec respect.

– Vous pouvez fermer. Mais, dites-moi, mon ami, je n'ai pas vu Mrs Hunter. N'est-elle pas ici?

– Non, monsieur. Elle s'est absentée pour quelques jours afin de se rendre à Carmel auprès de sa sœur qui vient d'avoir un septième enfant. Madame lui a gracieusement accordé la permission d'aller s'occuper un moment des six autres puisque Mrs Gauthier, qui s'entend fort bien aux choses de la maison, pouvait la remplacer.

– C'est donc parfait ainsi. Bonsoir, Hunter. Je vous verrai demain afin que nous examinions ensemble les livres de comptes puisque Mrs Hunter n'est pas là.

– Aux ordres de monsieur le chevalier. Je souhaite une bonne nuit à Monsieur. Mrs Gauthier m'a chargé de lui dire que sa chambre est prête.

Anna, en effet, l'attendait en haut de l'escalier, armée d'un chandelier. Sans un mot, elle le précéda jusqu'à une grande chambre située à l'un des angles de la maison, s'assura d'un coup d'œil que tout y était en ordre puis, déposant le chandelier sur une table qui avait peut-être servi de bureau au général

Washington, elle esquissa une révérence et se dirigea vers la porte. Mais, avant qu'elle ne l'eût franchie, Gilles l'arrêta.

– Un mot encore, Anna. Quelle chambre occupe ma femme ?

– Celle qui se trouve au bout de cette galerie... tout juste à l'opposé de celle-ci.

– C'est elle qui en a décidé ainsi ? Je veux dire en ce qui concerne mon logement ?

Visiblement gênée, Anna Gauthier détourna les yeux mais ne put se dispenser de répondre :

– Ce sont ses ordres.

– Parfait. En ce cas, veuillez aller lui dire qu'elle se dispose à me recevoir. Puisque sa santé est redevenue si florissante il n'y a aucune raison pour que nous fassions euh... dirai-je, continent à part ?

Anna devint toute rouge. Ce que sous-entendait l'arrogant message dont on la chargeait la choquait et la mettait mal à l'aise, mais Gilles entendait imposer à Judith un dressage quasi public et il n'ignorait pas qu'elle se sentirait humiliée par une mise en demeure sentant à ce point son Louis XIV. Mais Anna n'était pas de celles qui discutent un ordre, si étrange soit-il, et elle se contenta d'un : « Bien, monsieur... » essentiellement passif.

– Au fait, Anna, où logez-vous ? Au second étage ?

– Non. Mrs Hunter qui a pris Madalen en amitié nous héberge dans sa maison, ma fille et moi. C'est...

– Beaucoup plus agréable, je n'en doute pas un instant, fit Gilles avec un bon sourire. Eh bien, bonne nuit, Anna. Allez vous reposer...

Demeuré seul, il se déshabilla et procéda à sa toilette. Anna, qui décidément n'oubliait rien, avait fait remplir d'eau chaude la baignoire de cuivre qui occupait la plus grande place dans le cabinet de toilette voisin de sa chambre. Cette attention, qu'il n'avait pas demandée, le fit sourire : il devait conserver sur lui suffisamment de fumet indien pour offusquer les narines d'une honnête femme. Il constata, d'ailleurs, en entrant dans l'eau, que, pour plus de sûreté, Anna avait déversé une bonne ration d'essence de rose, odeur qu'il détestait sur un homme bien qu'elle lui rappelât agréablement le corps savoureux d'Anne de Balbi.

Il ne s'attarda donc pas dans ce bain trop féminin, en combattit vigoureusement l'odeur à l'aide d'un savon de Marseille et d'un cigare de La Havane qu'il alluma dès qu'il fut sorti de l'eau. Pour faire bonne mesure, il s'aspergea généreusement de « l'eau admirable » de Jean-Marie Farina, le parfumeur de Cologne, et, pour l'haleine, il s'octroya généreusement un plein gobelet de rhum dont la flamme liquide coula en lui comme un fleuve vivifiant, réchauffant un peu son cœur glacé. L'odeur du tabac fin emplissait l'atmosphère, donnant à cette chambre inconnue la chaleur et l'intimité qui lui manquaient en dépit des efforts d'Anna.

Ainsi réconforté, Gilles hésita un instant sur la tenue qui convenait pour aborder une épouse dont il n'avait pas de peine à deviner qu'elle allait se montrer rétive. Il opta finalement pour le plus simple appareil qu'il se contenta de draper dans une somptueuse robe de chambre de velours noir gansée d'or, négligeant même de reposer le pansement de son bras, blessé dans le combat contre Cornplanter. L'entaille était bien refermée et cicatrisait convenablement. Puis, glissant ses pieds dans des pantoufles, il brossa soigneusement ses épais cheveux blonds qu'il noua sur la nuque dans un ruban de soie noire et, ainsi équipé, prit une chandelle et quitta sa chambre. Il avait eu soin de transférer, de la poche de son habit à celle de sa robe de chambre, le petit fragment de dentelle...

La galerie était obscure à présent, à l'exception d'un rai de lumière qui brillait doucement sous la porte qui se trouvait juste à l'autre bout. Tournemine se dirigea vers elle, frappa un coup bref et, sans attendre la réponse, entra.

Encore vêtue de sa robe de bal, Judith, assise devant sa table à coiffer, livrait sa magnifique chevelure rousse aux soins de Fanchon. Celle-ci, armée de deux brosses, les passait et les repassait dans les longues mèches couleur de caramel chaud qui devenaient d'instant en instant plus brillantes.

L'entrée du maître ne dérangea en rien ce tableau intime. Les yeux sur son ouvrage, les mains noyées dans le flot d'or rouge qu'elle animait d'une vie propre, Fanchon ne tourna pas la tête, mais Gilles put voir ses lèvres trembler sous la contrainte qu'elle s'imposait. Judith ne bougea pas davantage, se contentant de déclarer, un sourire moqueur entrouvrant ses belles lèvres :

– Comme vous le voyez, je suis encore à ma toilette. Veuillez donc, mon cher, revenir plus tard... beaucoup plus tard car ma toilette est une longue cérémonie. A moins que vous ne vous sentiez pas la patience d'attendre et préfériez aller dormir, ce qui serait normal pour un homme qui vient de voyager...

– Vous devriez savoir que je n'ai aucune patience, Judith. Quand il s'agit de vous, tout au moins. Sortez, Fanchon!

Cette fois, la jeune fille osa le regarder et il put voir que ses yeux étaient pleins de larmes. D'une voix à peine audible, elle balbutia :

– Mais, monsieur, je dois finir mon travail.

– Exactement! intervint Judith d'une voix tranchante. J'ai besoin des services de ma camériste...

– Il fut un temps où vous vous en passiez parfaitement. Au surplus, je la remplacerai. Si votre mémoire ne vous faisait pas toujours si lamentablement défaut, vous vous souviendriez de mes talents de camériste. Donnez-moi cela, Fanchon, et sortez si vous ne voulez pas que je vous mette à la porte moi-même.

Les mains de la jeune fille étaient glacées quand il leur prit la brosse mais elle obéit sans plus protester et se dirigea vers la porte, tête basse, dans une étrange attitude vaincue, après lui avoir jeté au passage un regard lourd de reproches.

Assise, très droite, sur son tabouret, Judith n'avait pas bougé quand son mari s'était emparé de sa chevelure mais celui-ci pouvait voir, dans le cadre du miroir ovale cerclé d'or, que ses yeux étincelaient comme des diamants noirs. Tandis qu'à son tour il brossait et rebrossait les longues mèches luisantes, elle serrait les dents et les lèvres, crispant l'une contre l'autre ses mains nouées sur ses genoux.

Le silence était total, dans la chambre. L'on n'entendait guère que le léger crépitement de la chevelure qui se chargeait d'électricité. Gilles avait d'abord pensé interroger immédiatement Judith sur sa version de la mort de Rozenn mais, à manier cette crinière de soie et de flamme, il découvrait un plaisir sensuel auquel il s'attardait, laissant ses pensées errer sur ce qui allait suivre. Il était venu ici, ce soir, sous l'aspect d'un mari mais plus pour humilier Judith et lui faire sentir sa férule que pour la soumettre au devoir conjugal. A présent, il savait qu'aucune force humaine ou diabolique ne pourrait l'empêcher de posséder cette déesse qui était sa femme, dût-il la violer pour assouvir le brûlant désir qu'il sentait monter...

Mais quand, lâchant les brosses, ses doigts s'attaquèrent aux agrafes qui fermaient la robe dans le dos, Judith bondit de son siège comme si une guêpe l'avait piquée et chercha refuge derrière une grande bergère.

– Allez-vous-en! grinça-t-elle entre ses dents serrées. Sortez d'ici! Vous n'êtes pas mon mari et je ne suis pas votre femme.

– Ah non! Vous n'allez pas me parler encore de votre pseudo-Kernoa. Etes-vous sotte au point de n'avoir pas compris...

– J'ai tout compris mais si je dis que je ne suis pas votre femme c'est que je ne veux plus l'être, plus jamais, vous entendez! Que m'importe à moi s'il était bandit, truand ou n'importe quoi d'autre. Je l'aime, vous m'entendez? Je l'aime et vous je ne vous aime plus... en admettant même que je vous aie jamais aimé. Je n'ai que faire de votre amour...

– Où avez-vous pris que je vous aime encore? Moi non plus je ne vous aime plus, ma chère, mettez bien cela dans votre jolie tête. Seulement ni vous ni moi ne pouvons défaire ce qui a été fait par Dieu : vous êtes ma femme... et il se trouve que je vous désire.

De cette acerbe sortie, Judith n'avait retenu qu'une chose qui paraissait la surprendre au-delà de toutes choses.

– Vous ne m'aimez plus?

– Eh non! Vous savez, d'expérience, que ce sont des choses qui arrivent. Il n'y a pas si longtemps ma mort faisait de vous une veuve éplorée allant même jusqu'au régicide tant vous étiez altérée de vengeance.

– Mais... comment est-ce possible?

Il y avait tant de naïve vanité dans cette question que Gilles éclata de rire.

– De la plus simple des façons. Je ne vous aime plus parce que j'en aime une autre.

– Qui? Votre précieuse comtesse de Balbi, j'imagine?

Gilles pensa, à part lui, que toute la femme tenait dans ces quelques mots. Judith clamait sur tous les tons qu'elle ne l'aimait plus, mais cela ne l'empêchait pas d'exprimer une acrimonie qui ressemblait bigrement à de la jalousie dès qu'il s'agissait d'une rivale éventuelle.

– Permettez-moi de vous dire, respectueusement, que cela ne vous regarde pas. Comme vous le voyez, nous sommes à deux de jeu et les sentiments sont égaux de part et d'autre... à ceci près que vous êtes enceinte de votre amant et qu'il me serait difficile de vous rejoindre sur ce terrain. J'ajoute qu'en dépit du corset dont on vous serre impitoyablement, votre taille est moins fine. Votre grossesse commence à se voir et il est grand temps que je m'occupe de vous, sinon les gens finiront par jaser.

– Vous occuper de moi? Qu'allez-vous me faire? s'écria-t-elle en portant, d'un geste instinctif, ses mains à la hauteur de son ventre cependant encore bien protégé par la cage d'osier de ses « paniers ».

– Vous faire? Moi? Mais rien du tout, ma chère... Sinon coucher avec vous tant que la chose est encore possible... et agréable.

– Jamais, vous entendez? Jamais! Je vous interdis de me toucher.

– C'est ce que nous allons voir...

Allant tranquillement à la porte, il la ferma soigneusement à clé, fourra ladite clé dans sa poche puis, d'un geste si rapide qu'un prestidigitateur le lui eût envié, il arracha sa robe de chambre. L'apparition de son corps nu arracha un petit cri à Judith mais la sidéra tellement qu'elle resta sans réaction. Déjà Gilles avait bondi sur elle, envoyant valser la bergère qui lui servait de refuge et qui roula sur le tapis avec un grondement sourd.

Ce fut seulement quand il la saisit qu'elle réagit, et, dès lors, livra une défense d'autant plus désespérée qu'elle se savait par trop inférieure. Griffant, mordant, feulant, elle se battit comme une chatte en fureur tandis que, morceau après morceau, il lui arrachait sa magnifique robe nacrée, faisant rouler sur le parquet les perles qui la garnissaient. La robe partit en trois morceaux, puis les jupons, les paniers d'osier dont il coupa prestement les liens à l'aide d'un petit couteau trouvé sur la toilette, le corset dont les lacets subirent le même sort, le tout en maintenant d'une seule main la jeune femme à demi folle de fureur. Les petites mains de Judith, ses dents ne semblaient pas pouvoir trouver une prise suffisante sur ces muscles durs comme de la pierre et elle avait l'impression de lutter contre une statue.

Le dernier voile, une ravissante chemise de linon brodé, s'envola enfin sans que Judith cessât de cracher et de mordre. Les épaules de Gilles le brûlaient tant elles étaient zébrées de coups de griffes. Furieux d'avoir eu tant de mal à en venir à bout, il la traîna jusqu'à l'une des colonnes d'acajou qui soutenaient le grand baldaquin de mousseline au-dessus du lit, arracha l'une des embrasses des rideaux en passant et lia les poignets de Judith derrière la colonne puis, lui ouvrant les jambes d'un coup de genou il entra en elle avec tant de violence qu'il la souleva de terre, lui arrachant une longue plainte vite couverte par son propre râle. Le plaisir déferla en lui avec la violence d'une cataracte et le laissa haletant, le cœur cognant comme un battant de cloche. Alors il s'écarta, la regarda.

Elle ressemblait à quelque jeune chrétienne liée au poteau de supplice, attendant les fauves. La masse somptueuse de ses cheveux ruisselait sur son visage, cachant en partie son corps dont la beauté le frappa. Les prémices de la maternité avaient épanoui ses seins qui, légèrement alourdis, ressemblaient à de beaux fruits. La taille était moins fine, bien sûr, mais le ventre, déjà doucement arrondi, avait des reflets de nacre. Et que ses longues cuisses couronnées d'or frisé avaient donc de grâce!

Retrouvant au fond de son cœur un reflet de

l'ancienne tendresse, il éprouva une légère honte de l'avoir ainsi brutalisée, mais la défense furieuse qu'elle lui avait opposée méritait au moins une leçon. S'approchant d'elle de nouveau, il releva le flot de ses cheveux, découvrant son visage inondé de larmes et, doucement, posa sa bouche sur celle de la jeune femme tout en l'entourant de ses bras.

Comme si Judith n'avait attendu que cette caresse, elle s'amollit tout à coup et Gilles comprit qu'elle s'était évanouie en la sentant glisser contre la colonne. Se hâtant alors de la délivrer de ses liens il la souleva de terre, l'étendit sur le lit et posa son oreille contre le cœur de la jeune femme. Il battait régulièrement, peut-être un peu trop vite, mais il fut rassuré. Ce n'était qu'une faiblesse passagère. Alors, se glissant contre elle, il se mit à lui tapoter les joues puis, quand il l'entendit soupirer et vit battre ses longs cils dorés, il commença, très doucement, à la caresser.

Grâce à Sitapanoki et à l'ardente comtesse de Balfi, il avait du corps féminin et de ses zones érogènes une connaissance parfaite que décuplait son instinct. A cette femme dont les yeux demeuraient obstinément clos encore qu'il fût absolument certain qu'elle était attentive à chacun de ses gestes, il prodigua un flot de savantes caresses. Ses doigts, ses lèvres étaient partout, des douces collines des seins aux ombres tendres du ventre, des lèvres gonflées aux aisselles soyeuses et Judith, peu à peu, se mit à vivre, à vibrer. Son souffle, léger d'abord, devint haletant, coupé de petites plaintes heureuses qu'il amena lentement, patiemment, jusqu'à un grand cri de joie animale. Le bel instrument d'amour qu'était Judith avait répondu merveilleusement au concerto voluptueux qu'il venait de jouer sur lui.

Naturellement, au spectacle de ce corps ravissant

auquel le plaisir imposait, sur ce lit dévasté, des poses impudiques et charmantes, continuellement changeantes, son propre désir renaissait mais à présent que Judith reposait, inerte entre ses bras, il s'efforçait de le contenir encore pour lui laisser le temps de se remettre quand, soudain, il la sentit bouger contre lui. Une main douce s'empara de lui, l'attira et ce fut Judith elle-même qui, toujours sans ouvrir les yeux, le guida en elle, s'empara de sa bouche qu'elle mordit tandis que son bassin commençait une danse frénétique.

Le plaisir explosa en eux au même instant mais le râle heureux de la jeune femme se changea soudain en un cri aigu.

– Oh! J'ai mal! J'ai mal!...

Inquiet, Gilles sauta vivement à bas du lit, approcha une chandelle. Sur le drap blanc, une tache de sang était apparue, puis une autre...

Enfilant sa robe de chambre, il remit rapidement un peu d'ordre dans la pièce qui semblait avoir récemment subi un ouragan puis se jeta dans la galerie pour appeler Fanchon d'abord, les autres servantes ensuite et envoyer Hunter chercher un médecin. Mais il n'eut pas loin à aller. A peine sortait-il de la chambre qu'il se heurta à Fanchon qui était demeurée là, dans l'obscurité, assise sur une chaise contre la porte de la chambre.

Elle était si pâle qu'il ne la reconnut pas tout de suite. Levant sur lui des yeux d'hallucinée, elle murmura :

– Pourquoi ne m'avez-vous pas dit que vous l'aimiez?... J'étais là... j'ai tout entendu. Et moi qui étais persuadée que vous la détestiez, que...

– Je ne vois pas en quoi mes sentiments peuvent vous intéresser, Fanchon, mais, en ce qui vous concerne, apprenez ceci : j'ai horreur des caméristes qui écoutent aux portes.

– Vous avez horreur de moi? Vous ne le disiez pas sur le bateau!

– Je croyais que nous étions convenus, une bonne fois pour toutes, qu'il ne s'était rien passé sur le bateau, rien d'important en tout cas? A présent, courez réveiller Mrs Gauthier et une ou deux filles de cuisine. Je crains que votre maîtresse ne nous prépare une fausse couche. Moi, je vais envoyer Hunter chercher un médecin.

Refusant d'en entendre davantage, il courut jusqu'à sa chambre, s'y habilla sommairement, dégringola l'escalier et alla tirer la corde de la cloche qui appelait les serviteurs en cas de besoin et, dans la journée, réglait la vie de la propriété.

Quelques instants plus tard, le galop d'un cheval traversait le parc emportant Hunter qui s'en allait chercher le médecin tandis qu'Anna, en bonnet et robe de chambre, accourait et se précipitait dans la chambre de Judith. Elle en ressortit presque aussitôt et barra le chemin à Gilles qui revenait voir comment tournaient les choses.

– Non, monsieur Gilles. Ce qui se passe ici c'est, à présent, l'affaire des femmes. Soyez sans crainte, je m'y entends comme s'y entendait Rozenn et bien des femmes de notre pays.

Rozenn! Un instant, la folie d'amour avait éloigné son ombre mais elle revenait bien vite et reviendrait ainsi tant que sa meurtrière ne serait pas démasquée et punie... A moins qu'elle ne se soit déjà chargée de la punition en poussant Gilles à brutaliser Judith, chassant peut-être cet enfant dont elle refusait la naissance avec horreur, comme une insulte au nom des Tournemine?

Quand l'aurore vint barbouiller de rose les fenêtres de sa chambre où la lumière ne s'était pas éteinte de la nuit, Judith perdit le fruit de ses amours malsaines...

Le silence qui enveloppait la maison n'était pas celui des choses mortes ni celui qui s'installe la nuit, habité par le bruit des choses, le craquement des parquets, la plainte d'un vieux meuble. Celui-là était fait d'une foule de petits bruits quotidiens soigneusement étouffés. C'était comme si la bâtisse tout entière s'était enveloppée de coton tout autour de la chambre aux volets clos, aux rideaux tirés où Judith reposait à présent après sa dure épreuve. Les pas glissaient à peine, les voix n'étaient que chuchotements afin que rien ne vînt troubler le sommeil de la jeune femme à laquelle le docteur Higgins, un vieil ami des Hunter qui habitait au village de New Harlem, près de l'église, avait fait absorber un opiat léger. La plupart des fenêtres étaient fermées en dépit de la douceur de ce matin de juin déjà estival.

Seules celles de Gilles étaient ouvertes, sur la façade tout au moins, et laissaient entrer le chant des oiseaux, la clarté du jour et les odeurs du jardin. Il s'y était enfermé après le petit déjeuner, qu'il avait pris dans la salle à manger, servi par un valet noir qui semblait se déplacer sur un nuage tant il était silencieux. Même les couvercles d'argent de la vaisselle avaient momentanément perdu leur sonorité.

Cela donnait à la maison une atmosphère étrange. Hormis ceux d'Anna et ceux de Pongo, les regards qu'il rencontrait étaient fuyants, obliques. Une sorte de réprobation muette pesait sur lui. Il était, de toute évidence, l'empêcheur de danser en rond et peut-être Fanchon avait-elle renseigné les servantes sur la raison directe de la fausse couche de leur maîtresse. Pour la plupart de ces gens, d'ailleurs, il était un inconnu puisqu'il n'avait fait que déposer Judith et les autres femmes avant de reprendre la mer en direction de la Virginie.

Il n'y attachait d'ailleurs que peu d'importance. Dès que Judith serait à nouveau sur pied, lui et son entourage quitteraient New York pour le Sud, tournant la proue du *Gerfaut* vers le golfe du Mexique et La Nouvelle-Orléans. Le navire était prêt à prendre la mer à chaque instant et le capitaine Malavoine n'attendait que ses ordres pour mettre la voile.

Allumant une pipe, il se mit à marcher de long en large. Sur une commode, le petit morceau de dentelle qui n'avait pas encore livré son secret reposait, énigmatique. Il s'en faudrait de quelques jours avant qu'il puisse pénétrer dans les appartements de sa femme pour fourrager parmi ses dentelles.

Agacé, il finit par lui tourner le dos, alla jusqu'à la fenêtre et y resta un moment, les bras croisés sur sa poitrine vêtue de batiste blanche, tirant sur le petit fourneau de terre et contemplant les frondaisons du parc au-dessus desquelles s'étendait un ciel couleur turquoise. Ce jardin était beau, ce pays aussi mais Gilles savait à présent qu'il ne pourrait jamais lui donner son cœur et qu'une bonne part de ce cœur resterait toujours attaché à la mer sauvage, aux landes arides piquées d'ajoncs et griffées de vent de sa Bretagne natale. Certes, il se voulait planteur de terres neuves, défricheur de grands espaces et pour sa vocation la terre bretonne était trop petite, mais il savait qu'un jour il y retournerait, ne fût-ce que pour mourir...

Comme une réponse à cette évocation soudain, il aperçut Pierre Gauthier qui remontait l'allée principale en compagnie d'un jeune homme inconnu et son humeur noire s'envola. Il aimait ce garçon courageux, net et loyal comme l'épée d'un chevalier de la Table Ronde, et il souhaitait de tout son cœur parvenir à en faire un homme heureux, en dépit de son infirmité.

L'Amérique semblait réussir au jeune homme. Le soleil, passant à travers les branches, jouait sur ses cheveux blonds soigneusement coiffés et sur son visage rond, resplendissant de santé, tandis qu'il cheminait doucement en bavardant au côté d'un autre garçon à peu près du même âge que lui, étayant sur deux solides gourdins apportés du pays sa marche hésitante.

Chez un sculpteur de proues de navire, à Lorient, Tournemine avait fait exécuter une jambe en bois léger et résistant, terminée par une sorte d'entonnoir doublé de peau et molletonné dans lequel s'emboîtait la cuisse du jeune homme. Le travail avait été exécuté à la perfection et, en dehors de la raideur d'une de ses jambes, Pierre pouvait paraître normal, portant comme tout le monde des bas et des chaussures. Il s'en était montré profondément reconnaissant, d'autant plus que cet arrangement, en lui redonnant un certain équilibre, lui permettait de monter à cheval.

Quand les deux garçons furent assez près de la maison, Gilles se pencha à la fenêtre.

– Pierre! appela-t-il.

Le jeune homme leva la tête et sa figure s'illumina.

– Ah! Monsieur Gilles! Quelle joie de vous revoir! Justement, je venais vous demander un instant d'entretien.

– Alors, attends-moi. Je descends. Par ce temps, on est mieux au jardin que dans la maison.

Heureux tout à coup sans trop savoir pourquoi – à moins que ce ne fût parce que Pierre était le frère bien-aimé de Madalen – à la manière d'un gamin qui va retrouver un camarade, Tournemine dégringola l'escalier quatre à quatre et s'élança dans la lumière chaude du jardin.

Il arriva juste à temps pour voir s'éloigner en direction des communs le jeune homme qui l'instant précédent causait si joyeusement avec Pierre.

– Est-ce que je l'ai fait fuir? demanda-t-il. Qui est-ce?

– C'est Ned Billing, le neveu de Mrs Hunter. Il est clerc chez un notaire de Murray Street et c'est un gentil garçon. Mais c'est vrai, aussi, qu'il a préféré s'éloigner.

– Pourquoi donc?

– Parce qu'il m'a chargé d'une ambassade, à la fois auprès de vous qui êtes notre maître à tous et auprès de ma mère. Il est très amoureux de Madalen et voudrait l'épouser, avec votre permission, bien sûr.

Quelque chose se noua dans la gorge de Gilles et, pour la première fois de sa vie, il éprouva un sentiment qui ressemblait à de la panique. Il avait été si heureux que la jeune fille et les siens tinssent essentiellement à le suivre au bout du monde qu'il en avait remercié Dieu, comme d'une faveur insigne, sans que l'idée l'effleurât un seul instant que la beauté de Madalen pût faire d'autres victimes que lui. Et c'était pourtant ce qui venait de se passer : ce jeune clerc de notaire avait vu et avait été vaincu.

Il se sentit si malheureux tout à coup qu'il eut juste la force de répondre :

– Je n'ai pas de permission à donner, Pierre. Madalen est ta sœur. C'est toi le chef de famille et si tu souhaites ce mariage...

– Je n'en sais rien. Je crois bien que je ne le souhaiterai que s'il vous agrée à vous-même.

Il y avait tant de confiante amitié dans ces quelques mots que Gilles, en dépit de la douleur sourde qui lui vrillait le cœur, ne put s'empêcher de rire.

– Nous discourons dans le vide, mon ami Pierre.

En fait, il n'y a qu'une seule personne, en dehors de ta mère, qui ait voix au chapitre, c'est l'intéressée elle-même. Que dit Madalen?

– Madalen ne dit rien encore puisqu'elle ne sait rien. Ned est tellement amoureux que c'est tout juste s'il ose la regarder. Alors, de là à lui parler, vous pensez! Je crois qu'elle le trouve gentil, mais l'aime-t-elle? C'est chose bien difficile à déchiffrer qu'un cœur de jeune fille.

– Alors, c'est par là que tu dois commencer. Interroge ta sœur.

– Vous croyez?

De toute évidence, la suggestion n'emballait pas Pierre ainsi qu'en témoignait sa mine incertaine. Il faisait une telle tête que Tournemine de nouveau se mit à rire.

– Est-ce donc si difficile? Préviens ta mère, elle l'interrogera!

– Ma mère est comme moi. Elle n'acceptera ce mariage que si vous, notre maître, l'agréez de bon cœur.

– Autrement dit : s'il vous plaisait à tous trois et qu'il me déplût, vous refuseriez ce Ned Billing?

– Exactement.

– Mais, mon pauvre ami, comment veux-tu que je te donne un sentiment quelconque? Je ne le connais pas, moi, ce garçon. Je viens de l'apercevoir pour la première fois. Qu'il soit le neveu de Mrs Hunter et clerc de notaire sont de bonnes choses mais, je te le répète, c'est à Madalen de décider. Il s'agit de sa vie... de son bonheur.

Ce mot-là eut quelque peine à passer. Qu'un autre pût venir et aisément enlever celle à laquelle il s'interdisait de penser, cette simple idée lui était intolérable mais il ne se sentait pas le droit de répondre autre chose que ce qu'il avait répondu. Son seul espoir résidait dans le cœur même de la jeune fille : si elle n'aimait pas ce garçon, elle refuserait. Mais, à tout prendre, peut-être serait-ce mieux ainsi. Ne vaudrait-il pas mieux trancher dans le vif, laisser Madalen bien mariée à New York plutôt que de l'entraîner à sa suite sous le ciel peut-être un peu trop grisant de La Nouvelle-Orléans où les tentations pouvaient devenir insupportables? Mais renoncer à la voir, à respirer cette fleur à peine éclose dans sa divine pureté, n'était-ce pas se condamner à d'infinis regrets?

Le soupir que poussa Pierre le tira de ses pensées douces-amères.

– Vous pensez donc qu'il me faut parler à Madalen? fit-il avec un manque d'enthousiasme qui frappa Tournemine.

– Naturellement. Est-ce qu'à toi ce mariage déplairait?

– En tant que mariage, non. Je vous l'ai dit, monsieur Gilles, Ned est un bon garçon, travailleur et convenable. Il a une bonne situation et je crois qu'auprès de lui Madalen pourrait être heureuse mais...

– Mais?

– Oh! c'est mon égoïsme qui se plaint. Si Madalen épouse Ned, nous allons être séparés, forcément. Vous n'avez pas l'intention, n'est-ce pas, de rester à New York? Nous allons bien en Virginie?

– Non. Nous n'allons plus en Virginie et même nous ne resterons pas aux Etats-Unis où je me suis rendu compte que l'on ne souhaitait guère notre présence. C'est en Louisiane que je pense planter ma tente. Mais, Pierre, si Madalen choisissait d'épouser ce Ned, je suis tout prêt à vous rendre votre liberté à tous les trois. Je n'oublie pas que je vous dois ma fortune et, si vous désirez, ta mère et toi, vous installer ici, je veillerai à ce que vous puissiez y vivre dignement. Quant à Madalen, je la doterai et...

– Pas un mot de plus, je vous en supplie, monsieur Gilles! fit Pierre dont les yeux bleus s'emplissaient de larmes. Ma mère, ma sœur feront ce qu'elles voudront mais moi jamais je ne vous quitterai. C'est la raison pour laquelle je n'ai pas très envie de plaider la cause de Ned auprès de ma sœur. Si elle l'accepte, si elle l'aime cela signifiera notre séparation. Alors... si toutefois la chose ne vous ennuyait pas trop, j'aurais voulu vous demander d'interroger Madalen à ma place. Vous serez un ambassadeur plus impartial que moi.

– Crois-tu? Je n'ai pas la moindre envie de te voir malheureux, dit Gilles, sincère, car il se voyait mal demandant la main de celle qu'il aimait pour un homme qu'il n'avait jamais vu.

Pierre haussa les épaules avec résignation.

– Tôt ou tard nous serons séparés. Il faudra bien que Madalen se marie et, si vous n'étiez pas venu, elle serait à l'heure présente dans un couvent pour filles pauvres. Donc il faudra bien se résigner, mais aujourd'hui j'aimerais mieux que vous lui parliez.

– Et ta mère? N'est-ce pas son rôle?

– Normalement oui, mais croyez-vous que ma mère aura envie de se séparer de l'un de ses enfants? Si vous consentez à me rendre ce service, votre intervention lui évitera des craintes, des angoisses peut-être... ou, tout au moins, elle les retardera.

– Tu as réponse à tout, dit Tournemine en posant affectueusement sa main sur l'épaule du jeune homme. Je verrai Madalen. Sais-tu où je peux la trouver à cette heure?

– Dans la lingerie, sans doute. En dehors de l'église où elle va chaque matin entendre la messe et des repas qu'elle prend à la cuisine avec nous, elle y passe le plus clair de la journée. Il y a toujours beaucoup de travail car Fanchon est très exigeante pour le linge de Madame.

Gilles fronça les sourcils. Il n'aimait pas beaucoup

cela et si Fanchon, s'appuyant peut-être sur leurs relations récentes, y puisait l'autorisation de tout régenter dans la maison, elle n'allait pas tarder à déchanter. Lui-même avait commis une erreur en se laissant aller au plaisir facile qu'elle représentait et il était plus que temps de remettre, une bonne fois pour toutes, la jeune personne en place.

– Je vais voir Madalen de ce pas, confia-t-il à Pierre, un peu honteux de cacher sous le prétexte d'un service le désir ardent qu'il avait d'approcher la jeune fille.

Et sans écouter la réponse du jeune homme, il tourna les talons et fila vers la maison.

La lingerie, ainsi que le lui apprit une petite servante noire qui transportait un pot de chocolat fumant, se trouvait au second étage, sous l'une des pentes du toit. Elle y recevait le jour par une lucarne sous laquelle Madalen était assise, un petit tambour à broder entre les doigts.

Le tableau qu'elle offrait était si joli, lorsque Gilles ouvrit la porte de la petite pièce, qu'il s'accorda le plaisir de le contempler un instant, depuis le seuil. Vêtue d'une ample robe de toile azurée dont le décolleté assez bas s'habillait d'une pudique guimpe de mousseline assortie à ses manchettes, un petit bonnet de même tissu perché sur la masse soyeuse de ses cheveux couleur d'or pâle, la jeune fille travaillait avec application, penchant sur son ouvrage un délicieux profil encore enfantin et les longues paupières douces dont Gilles savait bien quels magnifiques yeux bleu sombre, presque violets, elles abritaient. Elle mettait tant d'ardeur à sa broderie qu'un petit bout de langue rose apparaissait. Un frais parfum de linge blanchi sur le pré et de sachets d'herbes qui, dans les armoires ouvertes, reposaient entre les piles de draps emplissait la pièce et semblait émaner de Madalen elle-même.

La porte s'était ouverte sans bruit et n'avait pas

dérangé la jeune fille, mais quand Gilles se décida à pénétrer dans la lingerie elle tressaillit, comme un dormeur que l'on éveille, tourna la tête vers lui et, reconnaissant le visiteur, rougit brusquement. Elle voulut se lever mais la surprise l'avait rendue maladroite et le tambour à broder échappa de ses mains.

– Bonjour, Madalen, dit Gilles en se penchant pour ramasser le fragile ustensile qu'il rendit à sa propriétaire. Je crains bien de vous avoir effrayée. Pardonnez-moi, j'aurais dû frapper.

– Oh! je n'ai pas eu peur du tout, sourit-elle en chassant les petits brins de soie qui s'attachaient à son tablier blanc. Simplement, je crois que je rêvais. J'ai été surprise. Auriez-vous besoin de moi, monsieur le chevalier? Me voici à vos ordres.

« Je voudrais tant être aux siens! » songea Gilles ému par la douceur de cette voix fraîche et qui, oubliant momentanément la raison de sa présence, s'emplissait les yeux de l'adorable image qu'elle offrait. « Que ne donnerais-je pas pour la tenir un instant dans mes bras, baiser cette jolie bouche, ces beaux yeux de biche inquiète? Je voudrais pouvoir l'adorer à genoux et il faut que je lui demande si elle veut entrer dans le lit d'un clerc de notaire. Quelle absurdité! »

S'apercevant qu'elle attendait une réponse et le regardait avec surprise, il lui sourit.

– Je n'aurai jamais d'ordres à vous donner, Madalen, et, si je suis venu jusqu'à vous, c'est pour vous poser une question. Mais d'abord asseyez-vous. Je voudrais que nous parlions un peu, vous et moi...

– Parler avec moi qui ne suis qu'une paysanne ignorante? Mais de quoi, grand Dieu?

– De quelque chose de très important. De vous, par exemple.

– De moi? Mais...

Il sentit qu'elle allait s'affoler, lui prit la main et

l'obligea doucement à se rasseoir. Puis, lâchant cette main qu'il aurait bien voulu garder entre les siennes, il alla se percher une jambe passée sur le coin de la table à repasser.

– N'ayez pas peur. Je ne vous veux aucun mal, bien au contraire, et, avant d'en venir à ce qui m'amène, je tiens à ce que vous sachiez que je ne souhaite rien d'autre que votre bonheur.

Loin de la rassurer, ce préambule parut, au contraire, l'inquiéter davantage.

– Mon bonheur? Mais je suis heureuse ici...

– Vous voulez dire que vous aimez l'Amérique?

– Je crois que oui. C'est un beau pays et les gens me paraissent aimables. Et puis tous ces Noirs sont si serviables, si doux...

– C'est vrai. Pourtant, ils ne sont rien que des esclaves. Ainsi vous aimez l'Amérique... et les Américains?

– Mais... oui. Pourquoi me demander tout cela, monsieur le chevalier?

– Cessez de m'appeler ainsi. Les titres de noblesse ne signifient rien en Amérique. Dites comme votre frère : monsieur Gilles, coupa le jeune homme nerveusement.

– Oh! je n'oserai jamais! s'exclama la jeune fille. Mais elle était devenue toute rose et ses yeux brillaient comme des étoiles. Sa beauté serra le cœur de Gilles qui décida de brusquer les choses. S'il continuait à se perdre dans les circonlocutions, il ne pourrait bientôt plus résister à cette folle envie qui lui prenait de l'embrasser et la vie deviendrait impossible.

– Madalen, dit-il brusquement, que pensez-vous de Ned Billing?

Les étoiles bleues s'éteignirent. Madalen baissa la tête, reprit machinalement son ouvrage comme si elle souhaitait que l'entretien en restât là mais elle ne pouvait se dispenser de répondre.

– Pourquoi me le demander? fit-elle, les yeux sur son ouvrage.

– Parce qu'il désire vous épouser. Que faut-il lui répondre?

Les yeux couleur de nuit d'été se relevèrent soudain, pleins d'une stupeur mêlée d'horreur.

– Et c'est vous qui vous êtes chargé de me poser la question?

Gilles n'osa pas analyser ce qu'il pouvait y avoir de colère et d'indignation dans la voix de la jeune fille, de peur sans doute d'y trouver, pour lui-même, un espoir trop caressant.

– Pourquoi non? dit-il doucement. D'après votre frère, vous ne sauriez vous passer de ma permission. J'ai voulu simplifier les choses afin que vous sachiez à quoi vous en tenir et ne consulter, en cette affaire, que vous-même.

– Ce qui veut dire que tout le monde serait d'accord si j'acceptais : vous-même, Pierre et ma mère?

– Exactement... mais à la seule condition que vous désiriez vous-même ce mariage. Ce que j'ai voulu vous faire entendre, Madalen, c'est que vous êtes libre, entièrement libre de disposer de votre vie comme vous le désirez. Rien ne vous oblige à suivre le destin des miens. A présent, répondez-moi. Voulez-vous épouser Ned Billing?

Il espérait de tout son cœur, de toutes ses forces, que la tête blonde allait s'agiter négativement, que la belle enfant allait dire, comme elle l'avait fait tout à l'heure, qu'elle était parfaitement heureuse comme elle était et n'avait aucune envie de changer son sort pour celui de Mrs Ned Billing. Mais, détournant les yeux, Madalen recommença à dessiner, de son aiguille, une branche de pommier en soie blanche.

– Je vous remercie de vous être ainsi chargé de mon bonheur, monsieur le chevalier, mais vous comprendrez aisément que je ne puisse répondre aussi rapidement. Je réfléchirai...

– Longtemps? ne put-il s'empêcher de lui demander car il envisageait déjà avec horreur une suite de jours incertains.

– Je ne sais pas. Ce mariage représente un grand changement d'habitudes mais je crois que Mrs Hunter m'aime bien. Elle m'aiderait sûrement. Et puis, il faut que je revoie Ned. Jusqu'à présent je ne l'avais jamais regardé comme un époux possible...

Elle parlait, elle parlait à présent et Gilles ne savait comment arrêter ce flot de paroles en forme de projets qui lui griffait le cœur. Il prit le parti de fuir. Se dirigeant vers la porte, il dit seulement :

– C'est à vous de peser le pour et le contre, Madalen. Mais... ne faites pas trop attendre votre réponse à ce pauvre garçon. Ce serait cruel. Songez qu'il vous aime... ajouta-t-il, pensant surtout à lui-même.

En dépit de sa résolution, il n'arrivait pas à franchir cette sacrée porte, à s'éloigner d'une présence qui lui était si douce et, au lieu de sortir, il fit quelques pas dans la pièce, regardant le contenu des grandes armoires de bois fruitier, les paniers où attendait le linge fraîchement lavé, le fourneau sur lequel reposaient les fers à repasser... C'était le moment ou jamais d'essayer de résoudre le problème qui lui tenait le plus à cœur avec son impossible amour. Tirant de sa poche le petit fragment de dentelle trouvé dans le parc, il revint vers Madalen qui le suivait des yeux.

– Tout le linge de la maison vous passe entre les mains, n'est-ce pas? demanda-t-il, retrouvant le ton impersonnel qui recreusait entre eux la distance.

– Tout le linge personnel, en effet, monsieur Gilles, répondit-elle en rougissant car la réponse impliquait son linge à lui aussi bien que celui de sa femme.

– En ce cas, sauriez-vous dire d'où provient ce morceau de dentelle? reprit-il en lui mettant dans la main le fragile vestige qu'elle ne regarda qu'à peine d'ailleurs.

– Oh! oui, je peux le dire! s'écria-t-elle. Il provient de l'un des jupons de Madame. J'en étais assez en peine lorsque, après le lavage, je me suis aperçue qu'il manquait car, bien qu'il ne soit pas grand, il l'est tout de même trop pour permettre une réparation convenable. A présent, je vais pouvoir réparer. Voyez plutôt.

Elle alla prendre, dans l'une des armoires, un volumineux jupon de batiste fine orné de trois volants de dentelle et montra à Gilles l'accroc qui déparait le volant inférieur.

– Regardez! ajouta-t-elle en rapprochant le morceau de dentelle de la déchirure, c'est bien cela, n'est-ce pas?

– En effet, c'est bien cela.

– Puis-je demander où vous l'avez trouvé? Madame est très difficile pour son linge et je crains qu'elle ou Fanchon ne remarquent la réparation.

– Je l'ai trouvé dans le parc. Madame avait dû s'accrocher à un buisson, répondit-il distraitement, tout son esprit occupé par l'horreur de ce que signifiait cet innocent fragment de fanfreluche, mais la réflexion qui vint à Madalen le ramena sur terre.

– Dans le parc? Je ne me souviens pas d'avoir jamais vu Madame s'y promener, à pied tout au moins, car elle monte volontiers à cheval ou bien sort en voiture.

– Eh bien, il faut croire qu'elle s'y est promenée au moins une fois. Ce bout de dentelle ne s'y est pas trouvé par l'opération du Saint-Esprit.

– Mais où l'a-t-on trouvé exactement?

– Cela a-t-il vraiment beaucoup d'importance? Oubliez-le, Madalen... et songez seulement à donner prompte réponse à ceux qui attendent de vous une décision.

Il sortit sans regarder en arrière, descendit aux écuries et y chercha Pongo dont il savait bien qu'il ne s'en éloignait jamais beaucoup.

– Selle-moi Merlin et prends mon cheval pour toi, ordonna-t-il. J'en ai assez de piétiner dans cette maison. Allons galoper un peu dans la campagne. Ah! Et puis, en rentrant, tu transporteras tes affaires dans la maison. Il y a près de ma chambre un petit cabinet où tu seras très bien...

– Mais, Madame a dit...

Il s'approcha de l'Indien au point de se trouver nez à nez avec lui.

– Ecoute-moi bien, Pongo! Je ne veux plus entendre parler de ce qui plaît ou déplaît à ma femme. Je suis le maître ici et elle est la première à me devoir obéissance. Il n'y a aucune raison pour que je change quoi que ce soit à mes habitudes pour lui plaire.

Pongo eut un sourire sceptique qui découvrit ses grandes dents de lapin.

– Langage bizarre pour jeune mari amoureux... dit-il.

– Amoureux? J'ai aimé Judith, en effet, mais à présent, je crois bien qu'il ne reste rien de cet amour. A moins que, comme dit le poète, l'amour et la haine ne soient même chose! Va chercher Merlin.

Pongo obéit avec enthousiasme. Quelques minutes plus tard, tous deux galopaient à travers le parc, se dirigeant vers le bac qui leur ferait franchir la rivière de Harlem.

Dans la lingerie, sous le toit de la maison, Madalen pleurait toutes les larmes de son corps.

Ce soir-là, après une longue chevauchée à travers le Bronx et les rives de l'East River, Gilles ne rentra chez lui que le temps d'échanger ses vêtements couverts de poussière contre une tenue plus élégante puis, remontant à cheval, il descendit en ville avec la ferme intention de noyer dans le rhum les problèmes que lui posait sa tribu de femmes. De même que tout à l'heure, il avait éprouvé le besoin irrésistible de se retrouver botte à botte avec son fidèle Pongo à travers la campagne américaine, de même il avait envie, ce soir, d'une compagnie exclusivement masculine. Au diable, pour quelques heures, les femmes, leurs détours, leurs mièvreries, leur rouerie et leurs humeurs étranges...

Les hommes, il savait par Tim où les trouver. Il avait le choix entre le *Coffee House* d'Oswego Market et la *Fraunces Tavern* qui se trouvait à l'angle du quai et de Broad Street et qui était devenue en peu de temps le point de ralliement préféré des notabilités new-yorkaises. Il y avait bien aussi le *Kennedy's* mais comme on y dansait, les femmes s'y montraient aussi nombreuses que les hommes.

Tournemine opta pour la Taverne pour plusieurs raisons. D'abord parce que Tim Thocker, selon ce qu'il lui avait confié, ne manquait jamais d'y aller manger un ou deux homards grillés entre deux voyages en pays indien et d'y vider quelques pots de Vieux Martinique, le meilleur selon lui que l'on pût trouver à New York. Ensuite parce que, servant plus ou moins de bourse maritime, la Taverne était l'endroit où arrivaient le plus directement les nouvelles, enfin parce que, s'il était décidé à prendre une de ces cuites qui font date dans la mémoire d'un homme de bien, Gilles entendait s'abreuver avec élégance, au milieu de gens de bonne compagnie et non s'encanailler dans un bouge du port ou dans un cabaret de trappeurs parfumé à l'odeur des tanneries voisines.

Tout récemment *Fraunces Tavern* était entrée dans l'Histoire quand, en 1783, après le départ du corps expéditionnaire de Rochambeau et de la flotte de l'amiral de Grasse, George Washington et De Witt Clinton y avaient organisé le banquet de la victoire et célébré, du même coup, les adieux du général virginien à son armée. On parlerait encore longtemps, à la veillée, du fabuleux menu, et plus encore du nombre impressionnant de bouteilles qu'avait servies Samuel Fraunces, alias « Black Sam », un Noir Antillais d'allégeance française, ainsi que l'indiquait son nom, impressionnant personnage pour lequel Washington professait une sorte de respect (1).

Il y avait un quart de siècle environ, en 1762, que Sam le Français avait racheté la jolie maison de brique, de style géorgien, qu'avait bâtie quelque quarante années plus tôt le huguenot français Hugues de Lancey pour y installer ses fourneaux et l'espèce de génie qu'il savait déployer dès qu'il s'agissait de réunir des hommes autour d'une table.

Lorsque Gilles y entra, il y avait beaucoup de monde et l'on y menait grand tapage. Dans la grande salle du rez-de-chaussée, des hommes, bien vêtus pour la plupart, buvaient des punchs au beurre, assis par groupes à de larges tables, en décortiquant des coquillages que trois jeunes Noirs ne cessaient d'ouvrir, et en absorbant de larges tranches de jambon de Virginie. Par les portes largement ouvertes de la cuisine arrivaient les effluves que dispensaient la vaste cheminée et ses rôtissoires où grillaient pièces de bœuf, poulets, dindons

(1) Black Sam allait devenir prochainement le premier maître d'hôtel du premier Président des Etats-Unis.

ou encore les fameux homards aux épices qui avaient fait la réputation de Black Sam.

Celui-ci, magnifiquement vêtu de soie vert pomme, présidait aux évolutions d'une armée de servantes, de valets et de marmitons et veillait, d'un œil averti, au bon déroulement du service comme à l'entière satisfaction de ses clients dont il accueillait lui-même les plus huppés pour les guider soit à travers la salle dont les vieilles boiseries de pin avaient pris la couleur chaude et brillante du sirop d'érable, soit vers l'un ou l'autre des salons particuliers de l'établissement.

L'entrée de Gilles et de ses six pieds de nonchalante élégance ne lui échappa pas et, bien qu'il n'eût jamais vu le jeune homme, il vint au-devant de lui avec toutes les marques d'une politesse qu'il avait su rendre célèbre.

– Ce m'est un honneur, monsieur le chevalier, d'accueillir dans ma modeste maison un hôte d'une telle qualité, dit-il en s'inclinant juste ce qu'il fallait, mais j'ose me permettre d'affirmer que, cet honneur, je l'espérais...

Tournemine leva les sourcils.

– Vous me connaissez?

– New York n'est pas encore une si grande ville et les visiteurs de marque y sont très vite repérés, décrits et appréciés, diversement d'ailleurs. J'ai eu l'avantage de remarquer monsieur le chevalier quand, hier, il a quitté son navire et je me suis permis d'interroger Mr Timothée Thocker qui est un ancien client. Voilà pourquoi j'ai la joie de souhaiter, sans erreur, une respectueuse bienvenue à Monsieur.

La voix de Black Sam était un velours sombre où chatoyaient les douces inflexions antillaises. Gilles sourit, s'inclina légèrement.

– Alors, à votre tour, soyez remercié de cet

accueil. J'espérais justement trouver chez vous M. Thocker? N'y est-il pas?

Comme pour s'assurer qu'il ne se trompait pas, Samuel fit du regard le tour de la salle.

– Je ne l'ai pas encore vu ce soir. Monsieur le chevalier souhaite-t-il souper?

– Je préférerais attendre un peu au cas où mon ami se montrerait. Je n'aime guère souper seul. Mais on m'a dit que vous aviez un salon de jeu?

– En effet. Monsieur John Waddell y tient, pour le moment, la banque du pharaon. Si vous désirez jouer un moment, je préviendrai Mr Thocker. C'est par ici...

Le salon de jeu se trouvait au premier étage. C'était une pièce de belles dimensions habillée de boiseries claires dans le goût français. Il y avait presque autant de monde que dans la taverne proprement dite. Quelques hommes, debout, observaient les tables des joueurs de whist qui officiaient dans le plus grand silence ainsi que l'exigeait la règle du jeu, mais la plus grande partie se pressait autour de la grande table du pharaon. Elle offrait un spectacle beaucoup plus fascinant grâce aux pièces d'or, d'argent, et aux billets qui s'y amoncelaient, en piles régulières ou en petits tas désordonnés, devant la plupart des joueurs.

Le banquier était un homme lourdement charpenté, aux sourcils épais et aux yeux noirs. Un tic léger déformait par instants un visage qui, sans ce défaut, eût été assez beau. Ses mains qui sortaient de manchettes de mousseline plissée d'un blanc immaculé étaient osseuses mais soignées. Elles maniaient les cartes avec une dextérité qui annonçait une longue habitude tandis que le regard acéré de John Waddell passait sur chacun des joueurs assis de chaque côté de lui.

Appelant d'un geste l'un des garçons préposés au service, Gilles lui commanda un premier punch puis, son verre entre les doigts, s'approcha de la table. Aucune place ne s'y trouvait libre et il dut se contenter de regarder. D'ailleurs, aux yeux anxieux des joueurs et au silence qui régnait, il comprit que la partie engagée était importante. On n'entendait que le léger bruit métallique des pièces, la respiration un peu haletante des joueurs et le froissement mat des cartes.

Un homme, surtout, attira l'attention de Gilles à cause de l'ardeur extrême que reflétait son visage. Si jamais la passion du jeu avait été inscrite sur une figure humaine c'était bien sur celle-là.

Vêtu avec une irréprochable élégance d'une redingote de drap fin de coupe anglaise, le jeune homme – car il n'avait guère plus de vingt ans – était d'une beauté presque féminine. Cela tenait essentiellement à la délicatesse de sa peau couleur d'ivoire, à la finesse de ses cheveux bruns, soyeux et bouclés, et à la longueur invraisemblable des cils qui ombrageaient ses yeux noisette car ses mâchoires bien dessinées avaient de la fermeté et ses lèvres minces un pli déterminé qui frisait l'obstination. Mince et nerveux, le beau jeune homme tranchait par sa grâce nonchalante sur son entourage d'Américains de sang anglais ou hollandais aussi vigoureusement charpentés que hauts en couleur.

La chance, apparemment, ne lui souriait pas. Les pièces d'or glissaient les unes après les autres de ses doigts d'une finesse tout aristocratique, diminuant d'autant les piles, à vrai dire peu épaisses, qui demeuraient devant lui sur la table.

Avec une parfaite impassibilité apparente, il regardait fondre sa fortune tandis que gonflait celle du banquier. Seul le très léger tremblement de ses mains trahissait sa nervosité intérieure.

Soudain, il poussa d'un seul coup sur le tapis ce qui lui restait, regarda les cartes que l'on venait de lui servir puis les deux dix que venait de retourner le banquier. Alors, vidant le verre posé auprès de lui, il se leva avec un haussement d'épaules agacé.

– Décidément je ne suis pas en veine, dit-il en français.

En même temps, son regard accrochait celui de Gilles qui n'avait pas cessé de l'observer.

– Voulez-vous ma place, monsieur? dit-il en souriant. Elle ne vaut rien mais peut-être en tirerez-vous quelque chose.

– Essayons toujours, répondit Tournemine en lui rendant son sourire.

– Oh! Vous êtes français? Etes-vous aussi de ceux qui ont combattu pour ce sacré pays et qui ont choisi d'y rester ensuite?

– J'ai combattu ici, en effet, mais je n'y suis pas resté. En fait, je n'y suis revenu que depuis peu. Vous permettez? Nous allons voir si cette place est aussi mauvaise que vous l'affirmez.

S'installant sur la chaise laissée libre par le jeune homme, il tira vingt dollars de sa poche et les jeta sur le tapis. L'instant suivant, il en avait gagné cent dont la vue arrondit brusquement les grands yeux noisette du jeune homme.

– Vous voyez? dit-il seulement en rejouant la totalité de la somme qui quintupla rapidement.

– Sur ma parole! s'écria le jeune homme. Vous êtes un heureux gaillard, monsieur. Quel est votre secret...?

– Aucun, si ce n'est que je joue seulement pour m'amuser. Mais, peut-être, vous-même ne croyez-vous pas assez à votre chance?

– Elle me traite si mal, fit le jeune homme avec une grimace comique.

Gilles joua encore trois coups et gagna ses trois coups. Une véritable petite fortune en or et en billets s'amoncelait à présent devant lui et lui valait les regards envieux des autres pontes. Il allait peut-être jouer encore quand il aperçut la tête rousse de Tim qui surgissait par-dessus celles des spectateurs, de l'autre côté de la table, et ses grands bras qui lui faisaient signe.

– Je crois que je vais m'en tenir là, dit-il en faisant glisser dans ses poches la petite colline sonore. Vous rendrai-je votre place, monsieur? Ou bien pensez-vous qu'elle n'est pas encore suffisamment exorcisée?

– Je la reprendrai avec enthousiasme... malheureusement je n'ai plus un liard. A moins que...

Il s'arrêta. Une subite rougeur envahit son beau visage tandis que la flamme passionnée de tout à l'heure s'allumait de nouveau dans son regard.

– A moins que je ne vous prête quelque argent? C'est cela, n'est-ce pas? acheva Gilles qui le voyait venir.

– Pas exactement, monsieur, je me nomme Jacques de Ferronnet. A l'exception d'un oncle vieux garçon et de quelques cousines à des degrés divers disséminées un peu partout, je n'ai plus de famille mais je possède, à Saint-Domingue, une plantation d'indigo et de coton. Je vous vends cette plantation cinq mille dollars! Acceptez-vous?

– Disons que vous me la gagez cinq mille dollars! Tenez, monsieur, voici la somme...

Et Gilles revida ses poches sur la table tandis que, fiévreusement, le jeune Ferronnet griffonnait une reconnaissance de dette garantie par ses terres de Saint-Domingue. Puis, tandis que le joueur, les joues en feu, retournait à sa passion, il fourra le papier dans sa poche et alla rejoindre Tim. Tous deux regagnèrent la Taverne et prirent place à la table que leur indiqua Black Sam. Ils commandèrent des huîtres, des homards, du porc rôti au miel et de la bière. L'intermède du jeu avait distrait Gilles de ses idées mélancoliques et avait éteint quelque peu sa décision de s'imbiber de rhum jusqu'à totale inconscience. Il découvrait que sa longue chevauchée lui avait ouvert largement l'appétit et, tout en écoutant Tim égrener pour lui les dernières nouvelles du port de New York et des comptoirs d'Albany, il attaqua vigoureusement ses huîtres au piment, déplorant seulement que les goûts américains portassent davantage sur la bière que sur les merveilleux vins français. On avait, depuis la guerre, quelque peine à s'en procurer.

Tim pour sa part bavardait joyeusement. Ses affaires prospéraient et il ne doutait pas d'être bientôt à même de faire construire, sur les collines de Brooklyn ou sur celles de Harlem, la belle maison qui déciderait peut-être miss Martha Carpenter, son éternelle fiancée, à délaisser enfin sa boutique de shipchandler des quais de New Port (1). Et, bien entendu, il ne cessait d'adjurer son ami de se décider à prendre sa part de la future opulence new-yorkaise.

– Qu'as-tu besoin de t'occuper de politique? Laisse le Congrès à ses démêlés! Si Washington devient un jour Président, tu sais très bien que ta situation sera tout de même privilégiée. Tu es riche, tu le seras plus encore.

– Je n'en doute pas, mais, vois-tu, Tim, je suis Breton et mes compatriotes sont célèbres pour leur entêtement. On m'avait donné une terre sur la rivière Roanoke, on me l'a reprise; c'est une chose que je ne peux admettre et je ne veux pas vivre dans un pays qui renie sa parole avec une telle facilité. Cela dit, je ne vois aucun inconvénient, bien au contraire, à placer de l'argent dans tes affaires. Le trafic des fourrures m'intéresse et je te suivrai aveuglément en toutes choses, même si tu décides d'investir mes bénéfices dans des placements immobiliers ici. Mes enfants, si j'en ai un jour, m'en seront reconnaissants mais ne me parle plus de

(1) *Un collier pour le diable.*

m'installer aux Etats-Unis. Je vais en Louisiane où je te tiendrai lieu de correspondant pour tes propres affaires. La Nouvelle-Orléans, elle aussi, est une ville intéressante...

Mais il était écrit quelque part que les Tournemine n'iraient pas à La Nouvelle-Orléans.

Les deux amis avaient tout juste achevé de transformer leurs huîtres en une montagne d'écailles vides quand le jeune Ferronnet apparut dans la salle, cherchant visiblement quelqu'un. Les ayant repérés, il alla vers eux d'une démarche tellement légère qu'elle en était aérienne. Ses yeux clairs étincelaient d'une joie qui renseigna Gilles beaucoup plus que des paroles.

– On dirait que vous avez gagné? lui dit-il avec bonne humeur. Voulez-vous prendre place à notre table et souper avec nous?

– Avec joie mais à la seule condition que vous serez l'un et l'autre mes invités. J'ai, en effet, gagné, monsieur, et plus que je n'osais espérer. Grâce à vous, je vais pouvoir figurer dignement dans la société parisienne et, peut-être, à Versailles.

– J'en suis heureux. Prenez place, s'il vous plaît. Je vous présente mon ami Tim Thocker... homme d'affaires new-yorkais. Tim, voici monsieur de Ferronnet, planteur à Saint-Domingue. Oh! à propos...

Fouillant sa poche, il en tira le papier que le jeune homme avait griffonné si fiévreusement sur la table de jeu.

– Voilà votre bien. Vous voyez que vous auriez fait une grande folie en vendant votre terre à ce prix ridicule. C'était déjà un gage plus que suffisant.

Mais, au lieu de déchirer le papier, Jacques de Ferronnet le posa simplement sur la table. Son visage joyeux était devenu extrêmement sérieux.

– Vous êtes très généreux, monsieur, mais je vous avais dit que je vendais ma plantation d'indigo.

C'est vous qui aviez prononcé le mot de gage. Je ne l'entendais pas ainsi et la vente subsiste.

– C'est ridicule, voyons! Vous n'allez pas abandonner pour cinq mille dollars une terre de...

– De 480 carreaux (1) en indigo, en coton et en cultures vivrières avec l'habitation, les installations d'exploitation et le cheptel, tant animal qu'humain, qui se monte à une vingtaine de mules et à deux cents esclaves de bonne race. Relisez ce papier, que d'ailleurs nous régulariserons demain auprès du notaire de mon ami Samuel Wainwright chez qui je demeure, et vous verrez que le terme vente y figure en toutes lettres.

– Cela n'a pas de sens. Déchirez ce papier, monsieur, rendez-moi mes cinq mille dollars et buvons ensemble à notre agréable rencontre.

– Monsieur, dit posément le jeune homme, j'ai quitté Saint-Domingue sans esprit de retour. Mes terres sont aux mains d'un gérant, Simon Legros, qui est un homme fort entendu et qui leur fait rendre le maximum. Vous avez donc tout intérêt à accepter le marché tel qu'il a été posé. Point n'est besoin pour vous d'aller vivre là-bas car nombreux sont les propriétaires de plantations qui vivent en France, se contentant de faire percevoir leurs revenus par leurs hommes d'affaires...

– Là n'est pas la question. Je suis en Amérique avec l'intention d'exploiter une terre et si j'acceptais la vôtre je m'en occuperais personnellement, mais je crains que vous ne poussiez un peu loin le respect de l'engagement que vous aviez pris et qui, je le répète, n'était pris qu'envers vous-même.

– Nullement! Et à moins que vous n'ayez fort besoin de votre argent, je désire que les choses restent en l'état. Vous verrez, ajouta-t-il d'un ton tout différent où entrait une imperceptible nostal-

(1) Le « carreau » équivaut à 1 hectare 13.

gie, je crois que vous aimerez *Haute-Savane.* C'est un endroit magnifique.

– *Haute-Savane*? répéta Gilles séduit tout à coup par ce nom qui parlait à son imagination.

– C'est le nom de la plantation. L'herbe bleue y pousse à profusion. La maison est l'une des plus jolies de l'île et la mer la plus bleue du monde, forme, avec l'île de la Tortue, son horizon... Mais elle s'adosse à des montagnes couvertes d'une végétation luxuriante. Oui, c'est un très bel endroit... où il doit être possible d'être heureux.

– Pourquoi, alors, vous en séparer? N'y étiez-vous pas heureux?

Le gentilhomme de Saint-Domingue eut un petit sourire triste qui n'étira sa bouche que d'un seul côté.

– J'ignore, monsieur, s'il est au monde un endroit où je sois capable d'être heureux. Je suis, voyez-vous, un garçon bizarre qui souhaite toujours ce qu'il n'a pas. Voilà des années que je désire voir l'Amérique mais, tant que mes parents ont vécu, il ne pouvait en être question. Mon père considérait que j'étais attaché, ma vie durant, à nos terres et il ne m'a même pas accordé le voyage en Europe que font, pour polir leurs manières, la plupart des fils de planteur. Je suis venu ici et, déjà, je ne m'y plais plus. Les gens y sont rudes et je désire plus que toute chose aller vivre en France, voir la cour...

– Et si vous découvrez que vous ne vous y plaisez pas? Vous serez heureux alors de revenir à Saint-Domingue...

– Non! Non, jamais!

Il avait presque crié ces derniers mots et, dans son regard changeant, Tournemine discerna une angoisse qui ressemblait à de la peur et n'insista pas. Au surplus, l'idée de se rendre à Saint-Domingue, la plus riche des îles Caraïbes, si riche qu'on la comparait aux Indes, commençait à lui sourire mais cette affaire, si vite traitée, lui paraissait un peu trop bonne et, d'instinct, il se méfiait des trop bonnes affaires. Se tournant vers Tim qui n'avait pas soufflé mot depuis qu'il avait salué Ferronnet, il demanda :

– Qu'en penses-tu?

– Qu'une plantation d'indigo à Saint-Domingue, et une plantation qui marche, est une riche affaire... et que je ne comprends pas pourquoi monsieur tient si fort à s'en débarrasser.

Il avait parlé anglais mais cette langue ne présentait aucune difficulté pour le jeune homme qui rougit brusquement.

– Je ne cherche pas à m'en débarrasser, monsieur. Quand le chevalier ira là-bas, il verra que *Haute-Savane* vaut au moins dix fois le prix payé et si je parais mettre quelque insistance à la lui céder c'est parce que, sans l'avoir jamais vu jusqu'à ce jour, je le crois capable d'être, pour la plantation, le maître dont elle a besoin, le maître que je ne saurais jamais être. Je n'en ai ni les capacités physiques et morales... ni le goût.

– Je croyais, reprit Gilles, que vous aviez là-bas un gérant efficace.

– En effet. Trop peut-être! Simon Legros dirige parfaitement *Haute-Savane,* sur le plan du rendement tout au moins, mais il n'a que trop tendance à se prendre pour le maître... et je n'ai pas l'encolure qu'il faudrait pour être le sien, lui imposer ma loi.

Il y eut un silence que meubla l'arrivée des homards fumants accompagnés de nouveaux pots de bière. Pendant un moment, les trois hommes mangèrent en silence, Gilles assez distraitement. Son appétit de tout à l'heure était un peu tombé et il réfléchissait à sa manière qui consistait, le plus souvent, à écouter les échos éveillés en lui par les propos de ses interlocuteurs.

Il découvrit ainsi peu à peu qu'il n'avait jamais eu réellement envie d'aller planter du coton en Louisiane, qu'il s'était, au fond, accroché à la première idée qui s'était présentée lorsqu'on lui avait infligé le camouflet de la Roanoke River. Comment le Breton qu'il était n'avait-il pas songé à Saint-Domingue, la perle de l'Atlantique, la reine des Caraïbes, l'île pareille à quelque fabuleuse corne d'abondance déversant continuellement en France, non seulement l'indigo et le coton mais aussi le sucre, le rhum, le café, le tabac? Saint-Domingue pour laquelle à Nantes, à Saint-Malo et à Lorient on armait tant de navires? Sur le fond brillant de son imagination, les images succédaient aux images et, avant que ses compagnons n'eussent achevé de récurer les rouges carapaces, Gilles avait finalement découvert en lui un vif désir de devenir le maître de ce domaine que l'on appelait *Haute-Savane*.

Reculant sa chaise, il appela Black Sam d'un léger claquement de doigts auquel l'hôtelier répondit avec empressement.

– En cherchant bien, lui dit-il avec un sourire, ne se trouverait-il pas une seule bouteille de champagne dans la maison de Samuel le Français?

Le Noir sourit, découvrant une éblouissante dentition.

– Si, bien sûr, mais il ne m'en reste actuellement que cinq et...

– Et vous entendez les vendre à prix d'or. Apportez-en une et ne vous préoccupez pas du prix.

Quand le vin doré, que les convives des autres tables considéraient avec respect, moussa dans les flûtes de cristal apportées avec dévotion par une jeune servante, Gilles en offrit une à chacun des deux hommes puis, levant la sienne, dit :

– J'accepte le marché, monsieur de Ferronnet... mais à la condition de vous payer un complément pour la propriété de votre plantation. Il ne me convient pas d'acheter à bas prix ce qui, selon vous, vaut cinquante mille dollars.

Alors qu'il s'apprêtait à tremper ses lèvres dans le vin chatoyant, le gentilhomme dominicain s'arrêta et reposa son verre.

– Ou le marché restera ce qu'il était, monsieur, ou c'est moi qui ne l'accepterai plus car j'aurais peut-être alors conscience de vous voler. Il y a tout de même un risque et je n'ai pas le droit de vous le cacher.

– Vous m'intéressez de plus en plus! s'écria Gilles avec un large sourire.

– Ne riez pas. *Haute-Savane* est un bouquet de roses mais toutes les roses ont des épines et l'épine qu'elle renferme est de taille. Elle s'appelle Simon Legros... et, si vous voulez tout savoir, au risque de passer pour un lâche à vos yeux, c'est pour éviter d'être assassiné que je suis parti avec tant d'empressement. Je ne voulais pas vous dire tout cela, ajouta-t-il tristement, mais vous m'inspirez une sympathie telle qu'il me serait un vif remords s'il vous arrivait malheur. A présent, je vous ai tout dit... et vous pouvez encore changer d'avis.

– Certainement pas! Vous m'avez inspiré le désir d'être le maître de ce domaine où pousse l'herbe bleue et ce désir est plus vif que jamais. J'ajoute que j'entends y être le « seul » maître, si cela répond aux questions que vous posez. Buvons à présent, monsieur de Ferronnet! J'aurai plaisir, plus tard, à vous donner des nouvelles du sieur Simon Legros.

Cette fois, le jeune homme vida son verre avec enthousiasme et même le tendit pour une nouvelle rasade.

– Ne le mésestimez pas. Il est intelligent, doué d'une force obscure et redoutable. C'est un fauve doublé d'un serpent car, si les bruits que l'on chuchote sont réels, Olympe, sa maîtresse, serait la plus dangereuse sorcière de l'île et Dieu sait qu'elle n'en manque pas! Il faudra vous garder de l'un comme de l'autre.

– Merci de l'avis, mais un fauve se dompte et un serpent s'écrase.

– Je l'espère de tout mon cœur. Encore un conseil : si vous êtes accompagné d'une famille, il serait peut-être sage de la laisser quelques jours au Cap-Français tandis que vous irez prendre possession du domaine. Les méthodes de gouvernement de Simon peuvent être pénibles à contempler pour des femmes ou pour des enfants.

– S'il est de ces brutes qui martyrisent les esclaves, votre Legros n'aura à attendre de moi ni patience ni pitié : il se soumettra ou je l'abattrai.

– C'est bien ce que je pensais. Vous êtes l'homme qu'il faut là-bas. Moi je... je n'ai jamais eu un tel courage. Je bois à votre réussite et à la paix de *Haute-Savane*...

Ferronnet vida son verre une seconde fois.

Contrairement à ce qu'il avait décidé en allant passer sa soirée à *Fraunces Tavern*, Gilles demeura sobre. Il avait l'esprit net et le pied ferme quand il rentra, tard dans la nuit, à Mount Morris.

A l'exception de deux points lumineux, la maison était plongée dans l'obscurité. Une lampe brûlait dans le vestibule où quelque serviteur devait attendre son retour et, au premier, une veilleuse laissait filtrer sa lueur entre les interstices des rideaux tirés devant les fenêtres de Judith.

Tandis qu'il remontait l'allée centrale au trot de son cheval, Gilles gardait les yeux fixés sur cette faible lumière qui, là-haut, éclairait le sommeil de sa femme. Car elle était sa femme pour l'éternité cette créature dont il était à peu près certain, à présent, qu'elle avait tué Rozenn...

Qu'allait-il en faire? S'il n'avait écouté que son chagrin et son dégoût, il l'eût étranglée, mais il y avait en lui une voix secrète, faible, bien sûr, mais impérieuse, une voix qui disait qu'il n'avait pas le droit de faire justice lui-même et que, peut-être, au fond de ce désir ardent de venger sa vieille nourrice, se trouvait celui de retrouver sa liberté. Et, libre, il savait parfaitement bien qu'il n'eût toléré aucun Ned Billing entre lui et Madalen.

Alors? Parce qu'un jour, dans l'église Saint-Louis de Versailles, il avait juré à cette femme amour, appui, protection contre tout ce qui pouvait la menacer, il laisserait à Dieu le soin de la justice? Bien sûr, Judith allait le suivre dans une aventure qui pouvait être dangereuse et il faudrait bien qu'elle en prît sa part, mais le châtiment serait-il suffisant?... En vérité, mieux valait peut-être laisser Dieu décider... momentanément tout au moins...

Fort de cette résolution, il repoussa loin de lui l'image de sa femme et les ombres trop noires qu'il lui découvrait. Il repoussa de même celle, trop captivante, de la blonde Madalen. Il fallait, dès à présent, commencer à essayer de n'y plus penser et d'ailleurs qui pouvait dire si, devenue Mrs Ned Billing, elle ne perdrait pas, à ses yeux, un peu de son charme. Elle ne serait plus la petite fille un peu mystérieuse, la fée dont la lumière éclairait si doucement la petite maison de La Hunaudaye. Elle deviendrait une bourgeoise new-yorkaise qu'il serait peut-être facile d'oublier, de repousser dans un coin obscur de son cœur où quelque chose de neuf et d'exaltant était en train de se faire une place : un grand domaine qui portait le beau nom de *Haute-Savane.*

Cette terre au cœur d'une île enchantée, gardée par un dragon féroce nommé Simon Legros, comme une Andromède enchaînée à son rocher, Tournemine découvrait qu'il la désirait comme si elle eût été femme. Oui, il l'aimait déjà, ce domaine où l'herbe bleue poussait entre le bleu de la mer et le bleu du ciel car, à travers elle, se rejoignaient l'antique passion de la terre qui habitait tout Breton de bonne race et le goût de l'aventure qui en habitait les trois quarts. Aussi, après avoir sommairement renseigné Pongo sur la nouvelle direction que venait de prendre leur destin commun, Gilles s'endormit-il d'un sommeil peuplé de rêves d'où, pour une fois, les femmes étaient totalement absentes.

Il les retrouva au matin quand, descendant pour prendre son petit déjeuner avant d'aller rejoindre Ferronnet chez le notaire, il croisa, dans la galerie, Mrs Hunter qui sortait de la chambre de Judith en compagnie de Madalen. Entre elles deux, les femmes portaient une grande corbeille pleine de linge sale.

Ignorant le retour de la housekeeper de Mount Morris, Tournemine la salua courtoisement, s'enquit de la santé de sa sœur, de celle du nouveau-né puis l'informa de sa décision de quitter New York avant la fin du mois et de ne pas reconduire la location de la propriété au-delà de cette fin. L'aimable femme parut déçue.

– Quoi? Si tôt? Nous espérions, mon mari et moi, que monsieur le chevalier prendrait goût à cette belle maison et s'y installerait définitivement. Madame semble s'y plaire tellement...

– Il n'a jamais été question, Mrs Hunter, que nous restions à New York et j'avais été, je crois, très net sur ce point : il s'agissait d'une location temporaire. Quant à ma femme, j'espère qu'elle se plaira tout autant là où je l'emmène. Je viens d'acheter une plantation dans l'île de Saint-Domingue. A propos, puisque vous sortez de chez elle, vous me direz peut-être comment elle se porte, ce matin!

– Oh! il lui faut encore un peu de repos, bien sûr, mais je crois qu'étant donné ce qu'elle a subi hier, pauvre agneau, elle se porte aussi bien qu'il est possible. La nuit a été bonne.

– Parfait. Voulez-vous la saluer pour moi et lui dire que j'aurai l'honneur de lui rendre visite à mon retour ? Je descends en ville où j'ai rendez-vous.

Et, se refusant la joie de regarder Madalen dont les grands yeux doux, pleins de tristesse, le suivirent longtemps, il descendit l'escalier et alla rejoindre Pongo qui l'attendait dans la salle à manger.

Deux heures plus tard, les contrats qui lui assuraient la propriété absolue de la plantation dénommée *Haute-Savane* étaient signés par-devant maître Edwards, notaire, en son étude de Wall Street et les deux propriétaires, l'ancien et le nouveau, flanqués du capitaine Malavoine et de Tim Thocker qui avaient servi de témoins, sanctifiaient leur accord autour d'un dernier pot vidé chez Black Sam puis, au seuil de la taverne, se serraient la main et se séparaient sans espoir de se revoir jamais. Le gentilhomme de Saint-Domingue gagna le port où il comptait embarquer sur un navire nantais, le *Comte de Noe*, capitaine Raffin, à destination des côtes françaises.

Gilles, laissant Tim et Malavoine, qui s'étaient liés d'une vive amitié, achever la journée ensemble dans une taverne de trafiquants, reprit le chemin de Mount Morris. Il était temps pour lui de mettre au courant celle qui portait son nom. Mais, avant de rentrer, il entendait accomplir certain pèlerinage.

– Tu connais le chemin de la chapelle auprès de laquelle est enterrée ma vieille Rozenn ? demanda-t-il à Pongo qui avait repris tout naturellement ses fonctions d'escorteur habituel.

Oui, Pongo connaissait ce chemin, comme il connaissait d'ailleurs les collines de Harlem aussi parfaitement que s'il y était né et, bientôt, délaissant la grande route, les deux cavaliers s'engagèrent dans un petit chemin sablé qui s'enfonçait à travers un petit bois.

C'était le plus joli bois que Gilles eût jamais vu. Une paix profonde y régnait. Il descendait jusqu'à la rivière et se composait surtout d'aulnes et de bouleaux et aussi de saules aux approches de l'eau qui diffusait sur toutes choses une lumière argentée.

La chapelle s'élevait dans une vaste clairière que le soleil inondait. C'était une petite chapelle blanche, faite de planches de pins et surmontée d'un clocheton dans lequel pendait une cloche. Quelques tombes poussaient aux alentours, si fleuries qu'elles ressemblaient à autant de bouquets arrangés autour d'une croix, et une extraordinaire impression de paix se dégageait de ce petit champ de repos perdu au cœur d'un monde en pleine gestation.

Comme ils allaient déboucher dans la clairière, Gilles vit qu'elle n'était pas déserte. Une robe de femme errait entre les tombes, une robe bleu pâle rayée de blanc qu'il croyait bien reconnaître ainsi que le bonnet de mousseline tuyautée qui mettait une auréole transparente autour d'une tête blonde.

Sautant à terre, il lança la bride de Merlin à Pongo.

– Attends-moi ici! lui dit-il en s'élançant vers la chapelle près de laquelle Madalen s'était arrêtée.

Gilles vit qu'elle tenait entre ses mains un petit bouquet de giroflées pourpres qu'elle déposa en s'agenouillant auprès d'une croix dont la blancheur disait la nouveauté. Pour ne pas troubler son recueillement, il s'avança très doucement sur l'herbe bien taillée et bien entretenue de la clairière.

Il resta là longtemps, debout, à quelques pas derrière la jeune fille, priant lui-même mais avec peut-être plus de distraction que s'il eût été seul, car son regard revenait bien souvent à la gracieuse silhouette. Il ne voyait pas le visage de Madalen qu'elle avait caché dans ses mains pour mieux prier sans doute, mais, au bout d'un moment, il comprit, au léger mouvement de ses épaules courbées, qu'elle pleurait. Alors, n'y tenant plus, il s'approcha, posa sa main sur l'une de ces douces épaules qui tressaillirent à son contact.

– Pourquoi pleurez-vous, Madalen? demanda-t-il doucement.

Toujours à genoux, elle releva vers lui un visage brillant de larmes. Dans le soleil, les yeux couleur de pensée sauvage étincelèrent comme des fleurs sous la rosée du matin.

– Je pleure parce qu'il faut que j'épouse Ned Billing et que je ne l'aime pas. Je suis venue demander à Rozenn de m'aider. Elle était bonne et je crois qu'elle m'aimait bien.

En dépit de la gravité du lieu, la joie soudaine qu'il éprouva arracha un sourire au jeune homme.

– Pourquoi, en cë cas, faudrait-il que vous épousiez ce garçon? Avez-vous si mal compris mes paroles, hier? Vous deviez consulter uniquement votre cœur et...

– Ce n'était pas cela! s'écria-t-elle en se relevant brusquement. J'ai très bien compris que vous souhaitiez ce mariage, que vous vouliez vous débarrasser de moi avant de vous éloigner. Sinon pourquoi vous seriez-vous chargé de cette demande? C'était à ma mère qu'il appartenait de me parler.

– Mais je le sais bien, Madalen. Si j'ai accepté... cette corvée, c'était uniquement pour aider Pierre qui ne s'en sentait pas le cœur. Pourquoi, mon Dieu, voudrais-je me débarrasser de vous?

– Parce que vous savez bien que je vous aime et que vous ne voulez pas de moi auprès de votre femme!

Elle était hors d'elle et les mots, emportés par le

chagrin et la colère, avaient jailli plus vite qu'elle ne l'aurait voulu, trop vite pour qu'elle pût les retenir. Leur écho la dégrisa. Gilles vit son regard s'affoler tandis qu'elle appuyait, avec horreur, ses deux mains sur sa bouche et reculait, s'éloignant de lui. Il la rejoignit en deux pas, saisit, presque de force, ses mains tremblantes entre les siennes et les y garda. Un bonheur, enivrant comme un vin trop fort, l'inondait. Le monde entier disparaissait autour de lui, le monde et tous ceux qui le peuplaient. Il n'y avait plus de réel, de vivant, que cette enfant qui venait de crier son amour, que ces deux grands yeux pleins de désolation, que ces douces lèvres roses qui tremblaient. Il sentait la jeune fille frissonner contre lui comme un jeune saule dans le vent.

– Madalen... murmura-t-il et sa voix était celle de l'extase. Madalen... mon amour... Vous m'aimez?... C'est vrai?...

– Rien n'a jamais été plus vrai... Je crois que je vous aimais avant de vous voir, à travers tout ce que grand-père disait de vous. Et puis vous êtes venu...

Elle parlait, elle aussi, d'une voix qui n'était pas la sienne et qui paraissait venir de très loin, infiniment douce et tendre, et Gilles pensa que l'ange de l'Annonciation devait avoir eu cette voix pour apprendre à Marie qu'elle enfanterait d'un dieu. Quelque chose d'immatériel et de rayonnant, une sorte de cercle magique les entourait, lui et Madalen, les séparant de la réalité et les enfermant dans le monde merveilleux de l'amour.

– Si tu savais comme je t'aime moi aussi! murmura Gilles, les lèvres sur les doigts de la jeune fille. Depuis que je t'ai vue, là-bas, à la Hunaudaye, tu es devenue ma lumière, mon doux et torturant espoir. Oh! non, je ne veux pas t'éloigner de moi. Au contraire, je voudrais t'avoir toujours auprès de moi, toute à moi...

Emporté par la passion, il la prit dans ses bras, se pencha sur elle. Son parfum était celui, discret et frais, d'une fleur de printemps, mais il monta à la tête de Gilles comme le plus brûlant aphrodisiaque. Avec une ardeur d'affamé, il s'empara de la bouche rose qui s'entrouvrait, montrant ses petites dents brillantes. Il la sentit fondre sous ses lèvres habiles, s'entrouvrir, s'abandonner tandis que se fermaient les soyeuses paupières ourlées de cils épais, et s'enivra d'elle durant une longue minute. C'est alors que sa main, qui avait pris le menton de la jeune fille pour l'élever vers lui, glissa sans qu'il en eût réellement conscience.

Le résultat fut foudroyant. Avec un cri de colère, Madalen s'arracha de ses bras et, trébuchant sur les mottes d'herbe, s'éloigna de lui, cherchant refuge contre le mur de la chapelle.

– Non... Pas ça! cria-t-elle d'une voix étranglée par les sanglots. Ce n'est pas vrai... Vous ne m'aimez pas! Vous me désirez et c'est tout! Ce... ce n'est pas ça l'amour ou, si c'est ça, je n'en veux pas!

Elle pleurait à présent, montrant son visage ruisselant de larmes sous la masse soyeuse de ses cheveux défaits que son bonnet, en tombant, avait libérés. Ils roulaient sur ses épaules jusqu'à ce sein que Gilles avait osé caresser et sur lequel Madalen crispait sa main tremblante comme si elle eût voulu l'arracher. Interdit et désolé, Gilles regardait cette jeune furie sans plus oser l'approcher.

– Pardonne-moi, Madalen, je t'en supplie! Pardonne-moi! Ce n'est pas ma faute! C'est celle de mon amour trop longtemps contenu. Je t'aime! Je te jure que je t'aime...

– Ce n'est pas vrai! Vous n'aimez que votre femme. Fanchon avait raison.

– Fanchon? Que vient-elle faire ici?

– Bien plus que vous ne croyez. C'est une brave fille. Elle a voulu me mettre en garde contre vous, contre vos caresses. Elle m'a tout dit.

– Tout quoi ?

– Ça ne vous regarde pas... Je vous déteste !

La colère emporta d'une poussée les remords de Gilles. Bondissant sur la jeune fille qui, adossée au mur, ne pouvait plus reculer, il lui saisit le bras.

– Je veux savoir, Madalen. Tu en as trop dit. Quand on accuse quelqu'un, on va jusqu'au bout de ses accusations. Qu'est-ce que t'a dit Fanchon ?

– Tout, vous dis-je, tout... Que vous ne pouviez voir une fille sans avoir envie d'elle, qu'elle avait été votre maîtresse sur le bateau et aussi...

– Et aussi quoi ? gronda-t-il, les dents serrées.

– Ce qui s'est passé... l'autre nuit... dans la chambre de votre femme. Comment... comment vous lui aviez fait l'amour.

« La garce ! pensa Gilles, fou de rage. Elle va me le payer. En rentrant, je la flanque dehors... »

Il lâcha Madalen et la regarda un instant sangloter sans retenue appuyée à l'église, la tête sur ses bras repliés. S'efforçant de retrouver son calme, il prit une longue respiration. Sa voix était froide et unie quand il reprit :

– Fort bien ! En ce cas, Madalen, je vais essayer de vous expliquer ce qu'est un homme car vous ne semblez pas en avoir la plus petite idée. Ce n'est pas un pur esprit, ainsi que vous semblez l'imaginer. Il y a l'esprit, oui, mais il y a aussi le corps et le cœur. Et si le cœur ne bat jamais que pour un seul être, le corps, lui, peut répondre à bien des sollicitations car il a des besoins, des exigences même. C'est pourquoi l'amour payé de retour, l'amour absolu, total, qui fond en un seul être deux esprits, deux cœurs et deux corps, même si vous ne voulez pas voir cette facette ardente qu'il présente, c'est pourquoi l'amour est la chose la plus merveilleuse qui soit au monde... (Il laissa passer un court silence puis reprit, plus bas :) Au cours de la traversée, Fanchon, une nuit, est venue dans ma cabine et j'ai accepté ce qu'elle m'offrait. Quant à Judith, elle est ma femme et je peux exercer sur elle les droits que m'a donnés le mariage. Je l'ai aimée ardemment jusqu'à ce que je vous rencontre mais à présent, c'est vous que j'aime, vous que je ne peux m'empêcher d'aimer, de tout mon être, vous entendez? Tout mon être, et je n'ai aucune honte à vous avouer que je vous désire autant que je vous aime.

Elle avait cessé de pleurer. Avec des gestes fébriles, maladroits, elle relevait ses cheveux, les emprisonnait de nouveau sous leur légère prison.

– Je ne vous crois pas. Il faut que je m'éloigne de vous, que je cesse de vous aimer. Dieu me punit parce que vous êtes un homme marié, mais je sais comment nous séparer. Je vais dire à ma mère que je veux bien épouser Ned Billing.

Un nuage rouge passa sur le cerveau de Gilles, réveillant toutes les violences que portait en lui le sang des Tournemine. L'obstination butée de cette fille adorable le rendait fou. Perdant toute mesure, il cria :

– Le prendriez-vous pour un pur esprit, par hasard? Que croyez-vous qu'il vous fera, Ned Billing, au soir de vos noces? Il vous ôtera vos vêtements, votre belle robe blanche. Il vous mettra nue, caressera tout votre corps. Il se couchera sur vous nu lui aussi, il...

Terrorisée, elle plaqua ses mains sur ses oreilles et se mit à courir à travers les tombes, cherchant à échapper à cette voix impitoyable qui la déflorait.

– Taisez-vous! Taisez-vous! Je ne veux rien savoir de tout cela! Vous êtes un monstre...

– Non. Je le répète, je suis un homme, un homme qui t'aime à en mourir. Et retiens bien ceci, Madalen : si tu épouses Ned Billing, je le tuerai.

Il la vit courir à travers la prairie, atteindre la lisière du bois où Pongo attendait avec les chevaux, passer auprès de l'Indien qui la regardait s'enfuir avec stupeur et disparaître enfin sous le couvert des arbres. Demeuré seul, Gilles revint, lentement, vers la tombe de Rozenn, plia le genou et se pencha jusqu'à ce que ses lèvres touchent le tertre fleuri sous lequel reposait celle qu'il aimait plus que sa mère.

– Pardonne-moi, ma Rozenn! Toi qui savais si bien me comprendre...

Il était sûr du pardon. Rozenn savait que le sang de son nourrisson n'était pas celui d'un oison et elle n'avait jamais été ennemie d'une certaine violence. Gilles était sûr qu'elle avait joui pleinement de la scène dont le petit cimetière venait d'être le théâtre et, en se relevant, il lui sembla l'entendre rire dans la brise qui venait de la rivière.

A grands pas, il rejoignit Pongo qui, détournant vertueusement les yeux en le voyant approcher, se contenta de lui tendre la bride de Merlin sans rien dire. Gilles, du coup, passa sur lui le reste de sa colère.

– Ne fais donc pas cette mine hypocrite! grogna-t-il. Tu as tout entendu. Nous avons crié assez fort. Que ferais-tu d'une fille qui, après t'avoir avoué son amour, te traiterait de satyre?

– Moi lui expliquer elle avoir tout à fait raison, fit Pongo impavide. Elle crier beaucoup d'abord mais ensuite roucouler comme tourterelle! Joli petit bois bien agréable pour apprendre l'amour à fille prude.

Interloqué, Gilles regarda son ami, se demandant s'il plaisantait, mais Pongo digne et droit sur son cheval ne donnait pas le moindre signe d'humour. Alors, brusquement, le jeune homme éclata de rire et son rire retentit joyeusement sous les branches du petit bois qui découpaient de capricieux morceaux d'azur dans le ciel.

– Tu as raison, dit-il, j'essayerai de m'en souvenir la prochaine fois. A présent, rentrons à la maison. J'ai une exécution à faire.

Et, piquant des deux, il partit au galop sur la pente qui menait à Mount Morris.

Ce fut Anna Gauthier qui lui ouvrit la porte de Judith. Fanchon était allée jusque chez les Hunter pour emprunter quelque chose à Mrs Hunter. Gilles remit donc à un peu plus tard son entretien avec elle et alla voir sa femme.

Assise dans son lit, étayée par de nombreux oreillers garnis de dentelles sur lesquels s'étalait la masse somptueuse de sa chevelure rousse, Judith buvait une tasse de lait. Ses bras minces et son long cou gracieux sortaient d'un incroyable fouillis de soie blanche et de rubans verts. Encore très pâle, avec de larges cernes qui agrandissaient ses yeux sombres, elle semblait très fragile et un peu perdue dans l'immensité blanche de son grand lit dont le baldaquin neigeux était soutenu par de minces colonnes d'acajou que Gilles ne revit pas sans un vague sentiment de gêne en dépit des sentiments peu amènes que lui inspirait sa femme.

– Comment vous sentez-vous? demanda-t-il après l'avoir protocolairement saluée.

Il s'attendait à une riposte cinglante, à une vigoureuse rebuffade, à de la colère aussi après le traitement qu'il lui avait fait subir mais, à son extrême surprise, Judith eut un léger sourire.

– Mieux, je vous remercie. On m'a soignée avec beaucoup de compétence et de dévouement, dit-elle avec un regard vers la porte qu'Anna refermait doucement au même instant. Bientôt tout ceci ne sera plus... qu'un mauvais souvenir.

Une forte odeur de pharmacie régnait dans la chambre et Gilles se prit à regretter de tout son cœur de ne pas se trouver en mer dans le vent âpre et salé. Il se força au sourire et n'obtint qu'une grimace incertaine.

– Je vous remercie de votre mansuétude, fit-il avec un rien d'ironie.

– Mansuétude? Mais... pourquoi?

– J'ai conscience d'avoir à vous offrir quelques excuses pour la façon... légèrement brutale dont je me suis conduit avec vous. Je crains d'être responsable de l'accident qui vient d'arriver.

En dépit de sa pâleur, Judith rougit et, baissant les yeux, se mit à rouler et à dérouler une boucle de ses cheveux autour de son index.

– Vous auriez pu faire mille fois pis sans que je sois en droit d'articuler le moindre reproche, dit-elle d'une voix sourde. Je pense qu'à présent les choses sont plus nettes entre nous et qu'il est bon qu'il en soit ainsi.

Il ne trouva rien à répondre sur le moment, abasourdi par le changement extraordinaire qui, en si peu de temps, s'était produit chez la jeune femme. Où était l'arrogante Judith qui s'était dressée devant lui, étincelante d'orgueil et de beauté, à son retour d'Oswego? Où était la chatte sauvage en furie, toutes griffes dehors, qu'il avait affrontée et forcée dans cette même chambre comme un soudard dans une ville prise d'assaut? Le traumatisme subi par la jeune femme l'avait-il transformée à ce point... ou bien tout ceci n'était-il que comédie? Une ruse de guerre, peut-être, pour endormir sa méfiance et apaiser ses soupçons, si d'aventure il lui en était venu à propos de Rozenn?

Tandis que son esprit continuait à s'interroger, il s'entendit demander :

– Pensez-vous réellement que tout soit, entre nous, pour le mieux dans le meilleur des mondes?

Cette fois, elle releva la tête et planta dans les

siens ses yeux sombres, calmes comme un lac nocturne.

– Depuis deux jours, j'ai beaucoup réfléchi au sens de tout cela. Peut-être parce qu'un instant j'ai vu la mort s'approcher de moi une fois de plus par le chemin du sang qui fuyait mon corps, j'ai pris cet accident comme un avertissement du ciel. Que nous le voulions ou non, nous sommes liés l'un à l'autre et rien ne peut nous délier. Il nous faut vivre ensemble ici...

– Pas ici! Je venais vous apprendre que nous quitterons New York dès que vous serez rétablie pour gagner l'île de Saint-Domingue où je viens d'acquérir une plantation d'indigo. En espérant que cela ne contrarierait pas trop vos projets, ajouta-t-il légèrement sarcastique.

Elle eut un petit rire triste.

– Mes projets? Je ne vois pas bien ce qu'ils pourraient être en dehors des vôtres. Va pour Saint-Domingue! J'ai souvent entendu dire que c'était un fort beau pays. Je pense que, d'ici une semaine, je serai capable de vous suivre.

– Je vous remercie de votre compréhension, Judith, dit-il courbant légèrement sa haute taille en un salut désinvolte. En échange, je vous promets que ce qui s'est passé l'autre nuit ne se renouvellera plus.

Il y eut un silence que troubla seulement le cri d'une hirondelle quittant l'abri du toit pour filer vers le ciel. Gilles observait sa femme qui avait recommencé à enrouler la mèche rousse autour de son doigt. Comme elle ne disait plus rien, il s'apprêtait à lui souhaiter le bonsoir quand, brusquement, elle releva ses paupières révélant un regard étincelant comme un double diamant noir.

– Une telle promesse n'a aucun sens, murmura-t-elle. Je ne vous en demande pas tant. Bonsoir, mon ami.

Et, refermant les yeux avec un petit soupir, elle tourna la tête vers la fenêtre dans l'attitude de quelqu'un qui s'apprête à dormir. Lentement, Gilles quitta la chambre, passablement désorienté. Après avoir refermé la porte derrière lui, il resta là un moment, cherchant à comprendre ce qui s'était passé dans l'esprit de Judith. Etait-elle sincère ou bien jouait-elle un nouveau rôle : celui de l'épouse repentante et résignée? Mais le dernier regard qu'elle lui avait lancé n'évoquait en rien la douceur et la résignation et, avec une telle femme, tellement imprévisible, tellement sujette aux volte-face de ses caprices, on pouvait s'attendre à tout. Il la savait sûre de sa beauté et de son charme. En outre, l'autre soir, il lui avait laissé voir, comme un imbécile, quel empire cette beauté pouvait encore avoir sur ses sens. Peut-être Judith songeait-elle à l'asservir de nouveau pour mieux se jouer de lui quand elle serait encore une fois certaine de son pouvoir? Cela pouvait faire partie d'un obscur plan de vengeance dont l'exécution avait commencé avec la mort de Rozenn...

En attendant mieux, Gilles se promit de surveiller étroitement les agissements de sa femme et son propre comportement. Si Judith découvrait un jour sa passion pour Madalen, la jeune fille serait peut-être en danger, non par jalousie, mais pour atteindre Gilles au plus sensible...

Le retour d'Anna le tira de ses réflexions et lui rappela qu'il avait encore quelque chose à faire et qu'il avait d'ailleurs totalement oublié d'avertir Judith de son intention de renvoyer sa femme de chambre.

– Voulez-vous être assez bonne, lui dit-il, pour aller me chercher Fanchon et lui dire que je l'attends immédiatement dans la bibliothèque?

– Bien sûr, monsieur Gilles, j'y vais tout de suite.

Dix minutes plus tard, Fanchon venait gratter à la porte de la bibliothèque et, après en avoir reçu la permission, entrait dans la grande pièce inondée de soleil où Tournemine l'attendait. Il se tenait debout, les bras croisés, auprès d'une table sur laquelle étaient posées une bourse et une lettre.

– Monsieur le chevalier m'a demandée? fit-elle avec un sourire en esquissant une petite révérence désinvolte. Mais son sourire s'effaça devant le regard glacé qui l'accueillait.

– Je vous ai demandée, oui. Pour vous dire que vous ne faites plus partie de ma maison.

– Que je...

Il ne lui laissa pas le temps de l'interrompre davantage.

– Ce soir, un bateau français, le *Comte de Noe*, quitte New York pour Nantes. Voici vos gages pour une année auxquels j'ai joint le prix de votre passage et une lettre pour le capitaine Raffin qui commande le navire. Allez faire vos paquets! Dans un quart d'heure, Hunter vous conduira au port.

Elle était devenue aussi blanche que son tablier et, dans le décolleté de sa robe, on pouvait voir sa gorge battre spasmodiquement sous le coup de l'émotion.

– Vous... me chassez? articula-t-elle enfin. Ce n'est pas vrai?

– Je vous chasse, en effet.

– Mais on ne chasse pas quelqu'un sans raison. Qu'est-ce que j'ai fait?

– Il se trouve que j'ai eu l'occasion d'apprendre quelle bonne opinion vous avez de moi et aussi que, non contente d'écouter aux portes, il vous plaît de clabauder sur ce qui se passe dans la chambre de votre maîtresse. Je ne veux plus de vous! Allez-vous-en!

A mesure qu'il parlait, il pouvait suivre sur le visage de la jeune femme les progrès d'une colère folle. Cette figure, normalement rose et fraîche, semblait s'infiltrer de fiel et, de blanche, devenait jaune. Au lieu de se courber sous la sentence qui la frappait, Fanchon parut se redresser, se gonfler comme un serpent prêt à mordre.

– Je ne partirai pas. Vous n'avez pas le droit. Pas après ce qu'il y a eu entre nous...

– Il n'y a jamais rien eu entre nous. Vous rêvez, ma fille.

– Madame ne me laissera pas partir.

– Je ne vous conseille pas d'aller réclamer sa protection si vous ne voulez pas que je lui apprenne comment vous traitez ses secrets d'alcôve. Je vous ai donné un quart d'heure pour vous préparer à partir et je vous signale qu'il y a déjà cinq minutes de passées.

– C'est cette petite garce, n'est-ce pas? C'est cette sainte nitouche de Madalen qui vous a fait ces contes à dormir debout et vous, vous l'avez crue parce qu'elle est amoureuse de vous...

Excédé par cette scène déplaisante, Gilles se dirigea vers la porte.

– Puisque vous ne voulez pas sortir d'ici, c'est moi qui m'en vais, mais, dans dix minutes, Hunter et Pongo viendront vous mettre en voiture de gré ou de force, prête ou pas!

– Soit! Je m'en vais! Mais ne croyez pas que vous serez si facilement débarrassé de moi. Moi aussi je vous aime... et nous nous reverrons.

Elle s'élança hors de la pièce, après avoir raflé au passage la bourse et la lettre, se précipita vers sa chambre où elle entassa dans son sac la plus grande partie de ses affaires, enfermant le reste dans un grand mouchoir qu'elle noua aux quatre coins. Ses mains tremblaient d'énervement et de rage et elle ne songeait même pas à essuyer les larmes qui coulaient sans arrêt sur sa figure. L'humiliation que Gilles venait de lui faire subir la brûlait comme un fer rouge et sa haine lui remontait dans la gorge avec un goût de fiel.

Comment aurait-elle pu supposer que cette petite sotte, avec ses airs de madone, irait raconter toutes chaudes à son maître les confidences, peut-être imprudentes, qu'elle, Fanchon, lui avait faites dans l'espoir de l'en dégoûter? Comme si on pouvait dégoûter une fille amoureuse en lui racontant les exploits amoureux de l'homme qu'elle aime! Fanchon se serait battue de s'être montrée aussi stupide... Sa première idée avait été bien meilleure quand elle avait profité de l'absence de Gilles pour tenter d'empoisonner Madalen parce qu'elle s'était aperçue de l'intérêt passionné que lui portait le chevalier. Malheureusement, cette vieille folle de Rozenn l'avait surprise et elle avait dû la supprimer pour éviter d'être dénoncée, mais elle avait pris bien soin d'arracher un morceau du plus beau jupon de Judith pour l'abandonner près de l'endroit où l'on trouverait la vieille femme. De Judith qu'elle entendait supprimer elle aussi, à son heure... une heure qui viendrait tôt ou tard...

Dans la cervelle, pas très solide, de Fanchon, l'amour qu'elle avait conçu pour Gilles, après s'être donnée à lui, avait fait d'étranges ravages, creusé d'étranges galeries... Elle en était venue à penser qu'en supprimant ces femmes qui se dressaient entre elle et celui qui ne voulait plus être son amant, elle l'amènerait à s'attacher uniquement à elle, à revenir au plaisir qu'elle avait si bien su lui donner. Et elle avait trouvé tout naturel de mettre en pratique certaines leçons, certains conseils que lui avaient dispensés les hommes avec qui elle avait vécu à la Folie Richelieu.

A cause de cette maudite Madalen, tous ses plans s'en allaient à vau-l'eau. Momentanément tout au moins, car elle refusait de s'avouer vaincue, de renoncer pour toujours au seul homme qui ait jamais su mettre dans son sang une telle folie. Non, elle ne rentrerait pas en France. Elle ne se laisserait pas embarquer, comme du bétail ou comme une voleuse, pour être rejetée quelques semaines plus tard sur un quai de Nantes et retourner à la misère ou à la prostitution. L'homme qu'elle voulait ferait voile bientôt pour Saint-Domingue? Eh bien, elle aussi irait à Saint-Domingue et elle n'aurait pas de cesse qu'elle n'ait mené à bien ce qu'elle considérait à présent comme une vengeance sacrée. Les joies de l'amour viendraient ensuite, d'elles-mêmes...

Aussi, quand la voiture que conduisait David Hunter déboucha sur le quai de l'East River, Fanchon lui demanda-t-elle de l'arrêter là et de la laisser descendre.

– Je suis bien assez grande pour prendre un bateau toute seule, lui dit-elle d'une petite voix mouillée par les larmes. Et puis cela me gêne terriblement que l'on m'amène au *Comte de Noe* comme un paquet dont on veut se débarrasser. Je vous en prie, monsieur Hunter, laissez-moi ici. C'est... c'est une question de dignité.

L'Américain haussa les épaules mais retint ses chevaux. Il savait très bien qu'il ne réussirait jamais à comprendre tout à fait ces Français avec leurs histoires toujours si compliquées. Et puis il avait un peu pitié de cette pauvre fille qui avait pleuré comme une fontaine tout le long du chemin. Après tout, on lui avait ordonné de la mener au port, il l'avait menée au port. Pour le reste, elle pouvait se débrouiller comme elle l'entendrait...

– Dans ce cas, miss, vous voici arrivée, dit-il en se penchant pour ouvrir la portière. Je vous souhaite un heureux voyage...

– Merci, monsieur Hunter. Soyez sans crainte, il sera heureux...

Debout sur le quai, ses bagages à ses pieds, elle le regarda faire tourner ses chevaux et s'éloigner dans

Broad Street et dans un nuage de poussière tout à la fois. Après quoi, avisant non loin d'elle l'enseigne d'une des nombreuses auberges installées sur le port, elle ramassa son sac, son baluchon et, tournant résolument le dos aux navires rangés le long du quai, elle se dirigea d'un pied léger vers le refuge qu'elle s'était choisi.

Durant le trajet en voiture, un plan audacieux avait germé dans sa cervelle, un plan qu'elle avait quelques jours pour réaliser : le maître-coq du *Gerfaut* était amoureux d'elle et elle savait qu'elle n'aurait guère de peine, en échange de quelques heures d'amour, à obtenir de lui ce qu'elle désirait. S'il voulait qu'elle devienne sa maîtresse, il faudrait bien que ce nigaud la laisse embarquer clandestinement quand le navire mettrait le cap sur les Antilles... Et là-bas, il serait peut-être plus facile encore de mettre ses projets à exécution...

Pendant ce temps, à Mount Morris, Gilles s'accordait la douceur d'une soirée paisible. Le départ de Fanchon lui avait causé une sorte de soulagement, un peu égoïste sans doute, car, même si la fille ne s'était pas livrée à ce débordement de confidences infâmes auprès de l'innocente Madalen, il lui devenait pénible, à lui-même, de vivre au contact perpétuel d'une femme qui, en dépit de ce qu'elle avait promis, ne cessait d'espionner ses faits et gestes et de brandir comme un javelot le souvenir de leurs fugitives relations.

Ce soir, tout était bien, aussi bien tout au moins qu'on pouvait l'espérer d'une maison où une femme en avait tué une autre. Bientôt, ce serait le départ et tous partiraient car Pierre, tout à l'heure, était venu dire, tout heureux, que sa sœur avait décliné la demande de Ned Billing, au grand désappointement de Mrs Hunter.

En compagnie de Pongo, Gilles, après le souper,

s'en alla fumer sa pipe dans le parc embrasé par les derniers rayons du soleil. L'air était merveilleusement pur et d'une transparence de cristal. A pas tranquilles, les deux hommes allèrent s'asseoir sous le grand magnolia dont les fleurs embaumaient le soir. Sans dire un mot, simplement satisfaits d'être ensemble, ils restèrent là jusqu'à ce que la nuit eût allumé toutes ses étoiles.

DEUXIÈME PARTIE

UNE ILE SOUS-LE-VENT

MOÏSE

Le *Gerfaut* n'était plus qu'à deux cents milles des débouquements des îles Turques, passage obligatoire à travers les Lucayes (1) pour atteindre Saint-Domingue, lorsque la présence de Fanchon dans la cale aux provisions du navire fut découverte par un jeune matelot que le capitaine Malavoine avait envoyé lui chercher une bouteille de rhum.

La jeune femme gisait inanimée au milieu de l'espace laissé libre entre les tonneaux et les sacs, là où l'avait jetée le violent ouragan qui venait de secouer le navire au passage du Tropique du Cancer. On était alors au milieu du mois de juillet, c'est-à-dire que l'on avait atteint « l'hivernage », la saison des pluies, la mauvaise saison qui faisait régner tempêtes et brouillards sur le golfe du Mexique et la mer Caraïbe.

Fanchon était dans un état de saleté pénible. Elle avait au front une écorchure couronnant une bosse qui enflait à vue d'œil et, quand on la ramassa pour la ramener sur le pont, elle sortit de son évanouissement en poussant un grand cri puis perdit connaissance de nouveau. On s'aperçut alors qu'elle avait également un bras cassé.

Il n'y avait rien d'autre à faire que l'installer dans une couchette et la remettre aux soins des femmes qui s'empressèrent autour d'elle, oubliant un ins-

(1) Les Bahamas.

tant leur surprise et leur curiosité naturelles pour ne songer qu'à soulager sa souffrance.

Aidées de Judith elle-même qui, cette fois, avait magnifiquement supporté le voyage, Anna et Madalen déshabillèrent la passagère clandestine, la lavèrent autant qu'il était possible et la revêtirent d'une chemise de nuit propre avant de la confier aux soins du capitaine Malavoine que les longues années passées en mer avaient pourvu de certaines connaissances médicales. Il étira le bras blessé, non sans arracher à sa patiente d'affreux hurlements, posa des attelles et banda le tout fortement.

– Cela ira bien jusqu'à ce que nous soyons au Cap-Français, confia-t-il à Judith qui supervisait l'opération. Il y a de vrais médecins là-bas et même un hôpital. Votre femme de chambre pourra recevoir alors tous les soins nécessaires.

Judith considérait Fanchon d'un air rêveur. Elle avait été extrêmement contrariée lorsque Gilles lui avait appris qu'il avait renvoyé, sans même l'en avertir, une femme dont elle aimait les services et à laquelle elle s'était attachée. L'explication qu'on lui avait fournie l'avait choquée, sans doute, car aucune femme n'aime apprendre que ses secrets d'alcôve courent les cuisines mais elle ne s'en était pas sentie autrement offensée, sachant bien que la plupart des domestiques aiment à épier leurs maîtres et à discuter entre eux leurs faits et gestes. Elle avait même vu, dans l'espionnage auquel s'était livrée Fanchon, une marque d'intérêt et même d'attachement et, n'imaginant pas un instant que sa camériste pût être jalouse d'elle, Judith avait plaint celle-ci qui s'était vu chasser ignominieusement pour s'être sans doute indignée du traitement brutal infligé par le maître à une femme enceinte.

Depuis l'effroyable aventure vécue près du château de Trecesson au soir de ses noces avec le docteur Kernoa, Judith avait gardé des hommes une crainte et une méfiance instinctives. Il avait fallu toute la puissance magnétique de Cagliostro pour éloigner d'elle les cauchemars étouffants et les terreurs nocturnes qui la minaient mais, quand la guérison était enfin venue, Judith avait décidé de ne plus écouter que ses impulsions personnelles, bonnes ou mauvaises : aller vers qui lui plaisait, frapper qui l'offensait sans s'encombrer autrement de considérations philosophiques, morales ou religieuses. Ainsi, Fanchon ayant été l'un des éléments majeurs d'une existence qu'elle avait aimée, elle avait regretté d'en être séparée par ce qu'elle estimait être une autorité arbitraire. D'autant qu'elle n'avait, à son sens, pas gagné au change, la sévère et silencieuse Anna Gauthier n'étant pas, et de loin, aussi amusante que Fanchon, toujours gaie, toujours prête à rire et qui, véritable soubrette de comédie, offrait un bien séduisant mélange de servante adroite, de bouffon et de confidente. Quant à Madalen, Judith avait tout de suite détesté, d'instinct, cette fille trop belle, trop douce, trop silencieuse elle aussi, dont elle n'avait jamais entendu le rire.

La réapparition quasi miraculeuse de sa camériste lui fit donc l'effet d'un cadeau du ciel et, quand le capitaine eut achevé son ouvrage, elle le remercia puis s'établit au chevet de la blessée après en avoir renvoyé les autres femmes. Aussi, quand Fanchon sortit de son troisième évanouissement sous l'effet d'un flacon de sels d'ammoniac promené sous ses narines, fut-ce le visage de sa maîtresse qu'elle vit le premier en ouvrant les yeux, des yeux qui, instantanément, s'emplirent de larmes.

– Madame !... Oh Madame ! C'est bien vous qui êtes là ? Oh ! merci mon Dieu ! J'ai bien cru... que je ne reverrais jamais ni vous ni le soleil.

Elle essaya de se redresser mais son bras blessé

l'en empêcha et elle retomba sur son oreiller avec un gémissement de douleur.

– Restez tranquille, Fanchon, vous êtes en sûreté. Mais quelle folie de vous cacher ainsi dans cette cale sans air, sans lumière et par cette chaleur! Vous pouviez étouffer.

– Je sais, madame, je sais, mais... mais il fallait que je vous revoie, que je vous dise... Monsieur le chevalier m'a chassée sans même me laisser le temps de me disculper, sans me permettre de revoir Madame... C'était pas possible que je reparte ainsi! Et puis, pour aller où? Depuis que je vis avec vous, je me suis attachée. Oh! j'ai bien souffert mais je serais prête à souffrir encore cent fois plus. Et dire que tout cela n'aura servi à rien, à rien...

Et Fanchon se mit à pleurer comme une fontaine. Apitoyée, Judith lui offrit son mouchoir qu'elle trempa instantanément.

– Pourquoi cela n'aura-t-il servi à rien?

– Mais... mais parce que monsieur le chevalier va me renvoyer à coup sûr! Dès que nous serons à terre, il m'embarquera sur quelque navire. Mais cela ne se serait pas passé si j'avais pu tenir jusqu'au bout sans qu'on me découvre. Là-bas, je me serais bien arrangée pour revoir Madame, lui parler...

– Voyons, Fanchon, calmez-vous! Vous vous faites un mal affreux et vous préjugez, sans le savoir, de ce que sera la réaction de mon époux.

– Non. Non, je sais... Il me déteste... et tout cela à cause de cette fille, qui elle aussi me déteste.

Judith dressa l'oreille et fronça le sourcil.

– Cette fille? Qui donc?

– Cette petite sotte, cette Madalen qui n'a rien compris à ce que je lui disais. Je sais qu'elle est amoureuse du maître et j'ai voulu lui faire comprendre qu'elle perdait son temps... que Monsieur n'aimait et n'aimerait jamais que Madame. Cela, bien sûr, n'a pas dû lui plaire et elle est allée raconter je ne sais quoi...

Elle aurait pu continuer à parler ainsi pendant longtemps, Judith ne l'écoutait plus. Les paroles de sa femme de chambre venaient d'ouvrir devant elle un horizon inattendu. Elle se souvint tout à coup de ce que Gilles lui avait jeté au visage, quand elle avait proclamé l'amour qu'elle gardait envers et contre tout à cet homme dont elle ne savait même plus de quel nom elle devait l'appeler. Il avait dit : « Je ne vous aime plus, ma chère. Mettez bien cela dans votre jolie tête... » Et, sur le moment, elle ne l'avait pas cru, y voyant une simple et naturelle riposte dictée par l'orgueil masculin. Mais, à présent, ces quelques mots prenaient un poids, une importance inquiétante.

Pour qu'il ne l'aimât plus, et la chose était récente, il fallait qu'il en aimât une autre. L'instinct de Judith lui souffla que cette autre était cette ravissante fille blonde, déterrée au fond de la Bretagne et emmenée, Dieu seul savait pourquoi, au bout du monde.

Plus elle y songeait et plus la jeune femme se persuadait qu'elle avait trouvé le mot de l'énigme. N'était-il pas révélateur que, sur une simple délation de cette fille, Gilles eût jeté dehors Fanchon sans même accepter de l'entendre ? Il fallait qu'il en fît un cas extrême et, de là à déduire qu'il s'en était épris, il n'y avait qu'un pas. Judith le franchit sans hésiter...

Derrière ses paupières mi-closes, Fanchon qui avait cessé de parler suivait sur le visage de sa maîtresse les progrès du doute qu'elle venait de jeter mais, quand Judith se leva pour sortir, elle se remit à pleurnicher :

– Par pitié, ma chère dame, ne laissez pas monsieur le chevalier me renvoyer ! J'en mourrais... Ce n'est pas de ma faute si je me suis attachée si fort à vous...

– Soyez en repos, Fanchon. On ne vous renverra pas une seconde fois. Vous êtes à moi et j'entends en faire une question de principe.

Lorsqu'elle eut quitté l'étroite cabine, Fanchon se retrouva seule aux prises avec les démons de la fièvre qui montait et les élancements de son bras et de sa tête, mais elle se sentait étrangement heureuse et bénissait le sort qui l'avait fait découvrir dans des conditions aussi lamentables. A moins d'accepter de passer pour le plus barbare tyran, le beau chevalier au profil d'oiseau de proie, aux yeux de glace bleue, ne pourrait plus l'éloigner de lui. Les perspectives qui s'ouvraient à présent devant elle la payaient largement de ce qu'elle avait souffert dans cet affreux entrepont. Et c'est en les caressant avec la tendresse de l'espoir qu'elle réussit à trouver le sommeil et s'endormit.

Quand Judith prit pied sur le pont, encore luisant des balayages furieux de la récente tempête, elle vit que tout l'équipage était réuni au pied du gaillard d'arrière sur lequel Gilles se tenait, flanqué du capitaine Malavoine et de Pierre Ménard, le second. La mer était apaisée, le soleil revenu et le navire, poussé par un bon vent, courait grand largue vers le chapelet d'îles qui se dessinait à l'horizon, mais sur le *Gerfaut* le silence était aussi total que durant les offices religieux. Seuls, le cri des mouettes et la chanson du vent dans les haubans se faisaient entendre.

En voyant apparaître sa femme, Tournemine lui jeta un rapide coup d'œil puis, d'une voix forte, lança de nouveau la question qu'il venait vraisemblablement de poser :

– Alors? Personne ne peut me dire comment cette femme a pu prendre passage à bord?

Les hommes s'entre-regardèrent, hochant la tête

avec des grimaces diverses, mais aucune voix ne s'éleva.

– J'ai peine à croire, reprit le chevalier, que personne ne l'ait aidée. Ou bien, ce bateau était-il si mal gardé durant le temps qu'il a passé devant New York ? Va-t-il falloir que je punisse au hasard pour que le coupable se désigne ?

Comme le silence menaçait de s'éterniser, Pierre Ménard se pencha vers Tournemine et, après s'être raclé la gorge, murmura :

– Pardonnez-moi, monsieur, mais elle a dû embarquer durant le temps que nous étions à quai. En dépit des lanternes de vigie, il fait noir la nuit. Une femme jeune, souple et vêtue de sombre a pu sans se faire remarquer se glisser dans le bateau...

Le regard que Gilles tourna vers lui était plein d'orage et de soupçon.

– Vous êtes bien certain, monsieur Ménard, de n'être point à l'origine de cette aventure ? Vous me semblez savoir parfaitement comment les choses se sont passées.

Le jeune homme devint rouge brique mais ce fut l'indignation qui se peignit sur sa figure.

– Oh ! monsieur de Tournemine ! s'écria-t-il offusqué. Comment pouvez-vous supposer que je puisse, moi, m'intéresser assez à une femme de chambre pour l'introduire subrepticement sur le navire que j'ai l'honneur de commander en second ? Mes aspirations sont tout de même plus hautes.

Gilles haussa les épaules et lui tourna le dos. Ce jeune crétin, il ne l'ignorait pas, était entiché de noblesse, y avait des prétentions et s'efforçait de se faire appeler Ménard de Saint-Symphorien, ce qui avait le don d'agacer prodigieusement le capitaine Malavoine qui se donnait un mal fou pour ne jamais prononcer son nom correctement, l'appelant Benard ou Panard quand ce n'était pas M. de Saint-Truc ou Saint-Machin.

Mais au fond tout cela était bien innocent et Gilles n'y voyait guère d'inconvénients. En revanche, il n'aimait pas du tout les regards langoureux dont le jeune homme couvrait Madalen chaque fois qu'il l'apercevait. Madalen dont les beaux yeux ne se tournaient plus jamais vers lui, Madalen qui le fuyait presque ostensiblement, Madalen qui ne lui adressait plus jamais la parole, sinon pour le saluer.

D'autre part, elle s'attardait volontiers auprès de Ménard quand elle venait respirer sur le pont et Tournemine, exaspéré, n'eût pas été fâché de découvrir, avec l'aventure de Fanchon, un prétexte valable pour obliger le jeune homme à mettre sac à terre. Apparemment, ce n'était pas encore pour cette fois, mais Gilles s'en consola en pensant que l'arrivée n'était plus éloignée et qu'une fois à Saint-Domingue Madalen n'aurait plus guère l'occasion de voyager à bord du *Gerfaut* qui d'ailleurs serait souvent en mer pour le service de la plantation.

Comme l'équipage attendait toujours sans que personne soufflât mot, Judith s'approcha de son époux.

– Je voudrais vous parler de cette malheureuse affaire, dit-elle. Je ne crois pas que vous tiriez quoi que ce soit de ces hommes car ils n'ont pas l'air d'être plus au courant que vous et moi...

– Comme vous voudrez. Capitaine, veuillez disperser l'équipage ! Après tout, le cas n'est pas pendable et il est possible que cette fille ait agi seule. Je vous écoute, madame, ajouta-t-il en offrant son bras à la jeune femme pour faire quelques pas.

Tous deux remontèrent jusqu'à la rambarde arrière et s'immobilisèrent près des lanternes de poupe. De là ils pouvaient embrasser du regard l'ensemble du bateau où l'équipage retournait à son travail ou à son repos, mais le vent, assez vif, gonfla comme un ballon la robe d'indienne fleurie que portait Judith et elle dut resserrer autour de sa tête l'écharpe de mousseline blanche qu'elle y avait enroulée.

– Voulez-vous que nous rentrions? proposa Gilles. Ce vent vous dérange.

– Avez-vous oublié que je suis aussi bretonne que vous-même? fit-elle avec un sourire. J'aime le vent, surtout ici. Il aide à supporter cette chaleur collante. (Puis, changeant de ton :) Gilles, qu'allez-vous faire de Fanchon?

– Que voulez-vous que j'en fasse? Quand nous serons au Cap-Français, nous la ferons porter à l'hôpital afin qu'elle y reçoive des soins plus éclairés que ceux prodigués par Malavoine puis, une fois guérie, nous l'embarquerons à bord d'un bon navire à destination de la France. Grâce à Dieu, ils ne manquent pas car le trafic est intense entre Saint-Domingue, qui est la plus riche des colonies de la Couronne, et la métropole.

– La rembarquer après tout ce qu'elle vient de subir et ce qu'elle subit encore? N'est-ce pas exagérément cruel pour une faute somme toute fort mince? Je ne sais, fit-elle avec un sourire, où vous espérez trouver des domestiques qui n'épient pas les faits et gestes de leurs maîtres et n'en discutent pas entre eux? Voyez-vous, nous n'apprécions pas les choses de la même façon et j'aurais plutôt tendance, moi, à châtier un délateur. C'est manquer à l'esprit de corps que s'en aller répéter au maître ce qui se dit à l'office ou à la cuisine.

Choqué d'entendre Judith assimiler Madalen à une quelconque servante, Gilles ouvrait la bouche pour une riposte peut-être un peu trop vive mais se contint et la referma. Judith ignorait le nom de celle qui l'avait informé et il eût été stupide sinon dangereux de l'éclairer sur ce point. En outre, il reconnaissait volontiers, en lui-même, que si son amour n'eût été en cause, il n'eût jamais chassé Fanchon pour une faute aussi mince et qu'en tout état de cause, c'était Judith qui avait raison.

– Allons! soupira-t-il. Dites-moi ce que vous souhaitez que je fasse.

– Laissez-la-moi, je vous en prie. Je n'ai pas combattu votre décision quand vous l'avez prise, à New York, mais je ne vous ai pas caché que cela me gênait et aussi me peinait, d'être obligée de renoncer aux services de Fanchon. Je sais bien que vous ne l'aimez pas, qu'elle vous déplaît...

– Pourquoi, diable, voulez-vous qu'elle me déplaise? Dois-je vous rappeler que je n'ai fait aucune difficulté pour l'emmener quand nous avons quitté la France?

Judith eut un petit haussement d'épaules désabusé et tourna légèrement la tête, laissant son époux apprécier à sa juste valeur la finesse de son profil découpé sur l'indigo du ciel. Il put voir alors que ses lèvres tremblaient légèrement.

– Il ne peut guère en être autrement. Cette pauvre fille ne peut que vous rappeler le lieu où elle a commencé son service auprès de moi... et ceux qui l'habitaient. Mais je vous supplie de croire que mon attachement pour elle n'est pas fait de souvenirs tissés en commun. Fanchon est gaie, courageuse, adroite. Elle connaît mes goûts, mes... manies si vous voulez et je l'aime bien. Et puis...

– Et puis?

Tournant brusquement la tête, Judith leva sur son époux son magnifique regard sombre.

– Elle est tout ce qui me reste de la France et de Paris dans ce voyage vers tant de terres inconnues. Je crains... de n'avoir pas tout à fait l'âme d'un découvreur et d'avoir besoin de sentir près de moi quelqu'un avec qui parler du pays.

Quelque chose s'émut dans le cœur fermé de Gilles. Qu'elle était belle, mon Dieu, à cet instant, avec les larmes retenues qui faisaient étinceler ses yeux, avec ses belles lèvres tremblantes, avec ce teint délicatement doré que lui avaient rendu le soleil et la mer! Un instant, il revit sa petite sirène des rivières bretonnes et pensa que la vie était stupide. Il l'avait tant aimée et il n'y avait pas si longtemps! Pourquoi fallait-il qu'il y eût, à présent, tant d'obstacles entre eux? Le fantôme du faux docteur Kernoa, celui, torturant, de Madalen et plus puissant encore que les autres qui étaient ceux de vivants, l'ombre chère de Rozenn? Pourquoi fallait-il qu'à cette heure où tous deux pouvaient enfin vivre ensemble, après tant de traverses, il n'éprouvât plus pour cette adorable créature qu'une méfiance chargée de rancune... et un désir qui, lui, ne mourrait sans doute qu'avec eux-mêmes. Les choses eussent-elles été différentes, ce voyage vers les Indes Occidentales et leurs mirages aux couleurs d'un ciel ensoleillé eût été le plus merveilleux des voyages de noces, un plongeon dans un infini fait de tendresse et de passion païenne. Pourquoi fallait-il qu'arrivassent toujours trop tard les choses que nous désirons le plus?

Il tressaillit en sentant se poser, tiède et douce sur la sienne, la petite main de Judith.

– Gilles, supplia-t-elle tout bas, laissez-moi au moins cela! Laissez-moi Fanchon...

Il ne put s'empêcher de prendre cette main, de la porter rapidement à ses lèvres avant de la laisser retomber.

– Gardez-la, j'y consens. Mais qu'elle veille à sa langue désormais. Je ne tolérerai pas un second manquement.

En employant le ton du maître, il venait d'effacer l'espèce d'émotion qui avait plané un instant entre eux. Judith se redressa, resserra son voile où le vent entrait et, se détournant, se dirigea vers l'escalier.

– Je vous remercie, dit-elle froidement. Je veillerai moi-même à ce que l'incident ne se produise plus. On ne vous rapportera plus rien des paroles de Fanchon.

Mécontent, tout à coup, sans trop savoir pourquoi car la présence de Fanchon, après tout, lui était indifférente, mais peut-être était-ce parce qu'il avait cru déceler une vague menace dans les dernières paroles de Judith, Gilles rejoignit son refuge habituel, la chambre des cartes, et s'y plongea dans l'un des livres qu'il y avait entassés. C'était *L'Art de l'indigotier* par Beauvais-Raseau, qu'un libraire de New York avait réussi à lui procurer, et il s'efforça de concentrer son esprit sur les modalités de culture de l'herbe bleue qu'il étudiait assidûment depuis le départ. Mais sans le moindre succès. Les périodes de plantation, les modes d'irrigation, les maladies qui pouvaient atteindre la précieuse plante avaient momentanément perdu leur intérêt. Le retour tellement inattendu de Fanchon le tourmentait plus qu'il ne voulait l'admettre et plus encore peut-être l'attachement de Judith à ce souvenir vivant d'un autrefois détestable.

Il fut presque heureux du brusque coup de vent qui, couchant le navire, renversant son encrier en jetant à terre livres et papiers, lui fournit un prétexte valable pour interrompre son travail. En effet, le *Gerfaut* venait de rencontrer un nouveau grain et plongeait dedans. Quittant le réduit des cartes, Gilles enfila un caban de toile cirée et alla rejoindre le capitaine Malavoine sur la dunette.

Bien peu de temps s'était écoulé depuis qu'il était descendu, pourtant le ciel, si bleu encore tout à l'heure, était à présent d'un vilain gris fer grâce à d'énormes nuages courant follement d'un bout à l'autre de l'horizon. Le navire traçait sa route à travers de profondes vagues couleur de mercure crêtées d'écume blanche où plongeaient spasmodiquement son beaupré et l'élégante figure de proue aux ailes déployées cependant que, dans les vergues, l'équipage aux pieds nus exécutait de prodigieux numéros de funambules pour carguer les voiles.

Gilles fonça dans la violence du vent, le laissant balayer les vagues fumées de son cerveau et jouissant pleinement de la tempête comme il en avait joui si souvent au temps de son enfance avec la belle inconscience de l'extrême jeunesse. Le bateau semblait seul au milieu de cette bouillonnante immensité marine fouaillée par l'ouragan, seul parmi les hauts paquets d'écume qui s'abattaient sur lui et paraissaient constamment sur le point de l'engloutir mais Gilles n'éprouvait pas la moindre frayeur. Il pouvait tourner le dos à ces grandes déferlantes qui suivaient le *Gerfaut* avec la calme certitude qu'il leur résisterait.

Et puis, dominant le fracas des lames et les hurlements du vent, il y avait les mugissements du capitaine Malavoine. Arrimé à sa dunette de ses deux larges pieds, un porte-voix rivé à ses lèvres violacées, le vieux loup de mer semblait régner sur les éléments déchaînés, semblable à quelque Neptune rouquin.

Quand Gilles atterrit auprès de lui, il lui dédia un large sourire satisfait d'où le chevalier conclut que le marin, sûr de son bateau, jouissait au moins autant que lui de ce coup de tabac.

– Tout à l'heure c'était le coup de semonce, lança-t-il. Maintenant on est en plein dedans. L'ennui, c'est qu'on va perdre du temps : le vent nous détourne.

– Rien ne nous presse, capitaine. J'espère seulement que les dames supportent bien la chose.

– Elles sont bretonnes, monsieur. Ce sont des filles de la mer. Quant à la Parisienne, je lui ai donné assez d'opium pour qu'elle ne se réveille pas avant quelques heures, même si le plafond de la cabine devait lui tomber dessus. D'ailleurs, cette période ne devrait pas durer.

– Jusqu'à quand, à votre avis?

Malavoine haussa les épaules.

– Demain matin au plus tard. Sous les tropiques les tempêtes sont violentes mais relativement courtes.

Avant l'aube, en effet, le vent tomba, la mer se calma et quand les premières lueurs éclairèrent l'immensité atlantique elle apparut comme un lac infini, lisse et brillant comme un satin couleur aile-de-pigeon. Le souffle de brise était si faible que, portant toute sa toile, le *Gerfaut* n'avançait qu'à très faible allure. Mais le jour, en se levant, révéla une présence : la mer n'était pas absolument vide car, à bâbord du *Gerfaut*, un autre navire était apparu au vent du français. D'abord assez éloigné, chaque souffle d'air le rapprochait et, bientôt, la longue-vue du capitaine Malavoine put en préciser les caractéristiques.

– Un brigantin italien, grogna celui-ci, mais je jurerais à son accastillage qu'il a séjourné dans quelque chantier anglais. Ce qui ne l'empêche pas de naviguer sous pavillon espagnol...

Gilles, qui avait saisi lui aussi une lunette et la réglait sur le nouveau venu, fronça les sourcils avec une grimace de dégoût.

– Sentez-vous cette odeur? Je devrais dire cette puanteur qui nous arrive à chaque souffle d'air?

En effet, d'abominables effluves empestaient l'air marin depuis quelques instants, renforcés par la chaleur qui commençait à monter. La puanteur était un affreux complexe de crasse, de sueur, de matières fécales et d'urine qui soulevait le cœur. Malavoine haussa des épaules fatalistes.

– Un négrier, chevalier, faisant route vraisemblablement vers la Floride, Saint-Augustin ou Fernandina. Après quelques voyages entre l'Afrique et l'Amérique aucun récurage ne peut plus venir à bout de l'odeur charriée par ces enfers flottants. Songez que dans l'entrepont de celui-ci, comme dans celui de ses confrères, s'entassent cinq ou six cents corps noirs – suivant la sagesse ou l'appétit du skipper – serrés les uns contre les autres comme harengs en caque. Et notre espagnol est en fin de voyage. Il a son plein de fumet.

– Cinq ou six cents, dites-vous? murmura Gilles, les yeux sur le bateau où il pouvait apercevoir, à présent, de vagues silhouettes s'agitant sur le pont. C'est impossible. Pas dans si peu d'espace.

– Quand vous serez installé à Saint-Domingue depuis quelque temps et que vous aurez vu débarquer quelques-unes de ces pitoyables cargaisons, vous verrez qu'il n'y a guère de limite à l'avidité des négriers. Rien ne l'égale sinon leur cruauté et j'ajouterai leur stupidité. Tout au moins celle de la plupart d'entre eux car les navires raisonnablement chargés et à peu près salubres amènent à bon port des cargaisons intactes. Les autres laissent parfois aux poissons jusqu'à la moitié de leurs esclaves. Ignoriez-vous donc, ajouta-t-il, voyant se crisper le visage du jeune homme, qu'en achetant cette plantation d'indigo et de coton vous alliez pénétrer en plein dans le monde de la traite?

Fasciné par le bateau espagnol, Gilles ne répondit que par un mouvement de tête négatif. Là-bas, posé sur l'eau calme et brillante, avec la blancheur de ses voiles, le négrier était enveloppé comme une mariée au jour de ses noces. Mais la puanteur qui émanait de lui augmentait d'instant en instant. Il était semblable à quelque beau fruit dont seule l'écorce est intacte mais recouvre le sournois travail des vers et la pourriture.

Voyant les ailes de son nez se pincer, Malavoine appela d'un geste un matelot qui lui apporta un petit seau empli de vinaigre dans lequel trempaient quelques chiffons, en prit un et l'offrit à Gilles.

– Tenez! Mettez-le sous votre nez.

Mais d'un geste plein de colère, le chevalier repoussa le chiffon à l'odeur piquante.

– Faites-les porter aux dames. Elles doivent être toutes à moitié évanouies dans leurs cabines...

Comme pour lui donner raison, Anna et Madalen apparurent à cet instant même, vertes comme des olives et se soutenant à peine. Pierre Ménard et deux matelots s'empressèrent auprès d'elles, mais ni Gilles ni le capitaine ne bougèrent. Toute leur attention tendue vers le négrier où les détails se précisaient petit à petit, ils n'avaient rien vu. Quelque chose en effet était en train de s'y passer...

En approchant, ils pouvaient constater que la blanche image de pureté n'était qu'une illusion due à l'éloignement et aux clairs rayons du soleil matinal et que de nombreuses taches s'y montraient : voiles endommagées, haubans effilochés, éclats de bois et, par les dalots, les sinistres bavures pourpres du sang fraîchement coagulé. Mais le drame qui avait dû se jouer à bord du navire de traite n'était pas terminé ou, tout au moins, si le premier acte était achevé, le second commençait, plus tragique encore s'il était possible.

Avec horreur, Gilles vit les vergues du bateau se charger d'un horrible fruit noir agité d'un reste de vie atroce et spasmodique : un pendu, puis un autre... et un troisième encore. En même temps, les fouets à longues mèches entraient en danse sur des corps nus appliqués contre les mâts par les poignets attachés trop haut.

– Il a dû y avoir une révolte à bord, commenta le capitaine Malavoine. Voilà le châtiment.

Dans le calme du matin, les hurlements des suppliciés et les claquements des lanières de bœuf tressées couvraient le cri rauque des oiseaux de mer. Et soudain, ce fut pire encore.

Figés à leurs places, tant l'horreur exerce de fascination, les hommes du *Gerfaut* purent voir distinctement – car on était maintenant assez près – la masse noire des esclaves enchaînés et gardés par des marins armés de mousquets. Avec des grondements de colére, ils tiraient sur leurs chaînes tandis que, deux par deux, les hommes d'équipage empoignaient quelques-uns de leurs compagnons qui gisaient sur le pont pieds et mains liés et les jetaient par-dessus bord.

Aux plaintes de ces malheureux, à leurs contorsions pour échapper à un sort affreux, il était évident qu'il ne s'agissait pas de cadavres mais bien d'êtres vivants, et ces plaintes devinrent des hurlements quand le sinistre triangle gris d'un aileron de requin, puis un autre, fendirent l'eau si calme de ce beau matin.

– C'est monstrueux! gronda Gilles. Nous n'allons pas regarder ce massacre en nous croisant les bras. Un canot à la mer et six hommes armés de mousquets et de sabres avec moi! cria-t-il.

Il voulut s'élancer vers la chaloupe mais le capitaine Malavoine s'interposa.

– Je vous en prie! Nous ne pouvons rien faire. Ceci n'est que l'expression, lamentable je vous l'accorde, de la loi normale sur la route de la traite. Toute révolte à bord d'un navire doit être punie.

– Pas ainsi! C'est un massacre!

– Songez que ces hommes en ont peut-être tué d'autres...

– Et alors? Peut-on reprocher à ces malheureux d'essayer de retrouver leur liberté ou, tout au moins, de préférer mourir en combattant plutôt que sous le fouet d'un surveillant?

– Ils ont pris le risque. Ils paient à présent.

Admettez tout de même qu'avec vos idées il n'y aurait plus de commerce possible.

– Vous avez sans doute raison, capitaine, mais je ne crois pas avoir tort. Est-ce prêt?

Bousculés par Pongo, six marins armés avaient en effet mis une chaloupe à la mer. Armé lui aussi, Gilles sauta dedans. Penché sur le bordage, le capitaine l'adjurait encore :

– Bon Dieu! Mais que prétendez-vous faire?

– Essayer de sauver quelques-uns de ces malheureux.

– Mais ils vont vous tirer dessus là-haut. Vous voulez vous faire tuer pour ça?

– Ça? Ce sont des créatures de Dieu comme vous et moi. Quant à me faire tuer, puis-je vous rappeler que vous avez des canons... et suggérer que vous les fassiez mettre en batterie? Vous voyez bien qu'à présent ce sont des femmes qu'ils jettent aux requins.

En effet, deux de ces pauvres créatures venaient de rejoindre leurs compagnons dans l'abominable bouillonnement rouge qui clapotait sous la coupée de l'espagnol. Debout dans le canot, Gilles épaula son mousquet, tira sur l'un des deux requins.

Mais ses faits et gestes n'avaient pas été sans attirer l'attention de ceux de la *Santa Engracia* tout occupés qu'ils fussent de leur tuerie. Le porte-voix du capitaine entra en action.

– De quoi vous mêlez-vous, señor? Allez à vos affaires et laissez-nous aux nôtres.

Il avait parlé en espagnol mais, depuis son long séjour aux Gardes du Corps de Sa Majesté Très Catholique, Gilles s'était familiarisé avec cette langue.

– Vous appelez cela des affaires? J'ai l'impression que vous êtes en train de faire perdre de l'argent à votre armateur. Quant à moi, j'ai le droit de chasser le requin quand et où il me plaît.

– Allez le chasser ailleurs. Qui êtes-vous d'ailleurs? Un de ces maudits Français...

– Vous n'êtes guère aimable avec vos alliés, capitaine. Quant à ce que je suis...

Une sorte de vrombissement lui coupa la parole. Le porte-voix du capitaine Malavoine était en train de mugir.

– Je crois que ce que nous sommes est écrit en clair à la pomme du maître-mât... ou bien avez-vous besoin de lunettes, señor capitano?

Instinctivement, Gilles se retourna et étouffa une exclamation de stupeur. Sinistrement insolent, le pavillon noir timbré d'une tête de mort et de deux tibias croisés s'agitait dans la brise molle à l'endroit où auraient dû normalement s'étaler les fleurs de lys de France, mais le chevalier n'eut guère le loisir de se demander d'où Malavoine l'avait sorti car l'Espagnol éructait :

– Un pirate! Et ça vient vous faire la morale! Otez-vous de là, monsieur le chasseur de requins, ou je vous envoie par le fond. Des mousquets sont braqués sur vous...

– Tirez si cela vous chante! cria Gilles qui venait de tuer un nouveau squale – malheureusement les sinistres ailerons étaient de plus en plus nombreux, les voraces arrivant en bande à la curée.

– Nous aurons alors l'honneur de vous envoyer par le fond, mugit Malavoine. Ou bien n'avez-vous pas remarqué nos sabords ouverts et nos canonniers, prêts à tirer?

En effet, les canons du *Gerfaut* montraient leurs gueules d'autant plus menaçantes que, debout à côté de chacun d'eux, les servants des pièces se tenaient armés de torches dont les flammes s'effilochaient sous la brise.

– Allez vous faire foutre! hurla, en excellent français cette fois, le maître de la *Santa Engracia* dont les bouches à feu étaient beaucoup moins nombreuses que celles du pseudo-pirate. Mais je n'en ai pas fini avec cette racaille et vous ne m'en empêcherez pas! Il me reste le plat de résistance.

Deux de ses hommes venaient d'ériger, debout sur la coupée, une superbe fille noire. Entièrement nue à l'exception du collier de fer qui enserrait son cou et qu'une chaîne reliait à ses mains ramenées derrière son dos et du boulet rivé à ses chevilles, elle avait, sous cet attirail barbare, tant de souplesse et de grâce que Gilles crut voir une panthère captive. Son visage aux traits volontaires n'était que mépris et elle ne disait pas un mot.

– Vous êtes fou, hurla Gilles. Vous n'allez pas tuer cette femme. Je vous l'achète cent pièces d'or!

– Vous m'en offririez mille que je dirais non. C'est elle qui a fomenté la révolte en profitant de ce que je lui avais accordé quelques faveurs. Dix de mes hommes sont morts à cause d'elle... Allez, vous autres...

Avant que Tournemine ait pu ajouter un seul mot, la brillante silhouette d'ébène polie avait été précipitée, telle une sombre flèche, en plein milieu des eaux tumultueuses sous lesquelles, entraînée par le poids rivé à ses pieds, elle disparut instantanément.

Un gigantesque hurlement se fit alors entendre.

– Yamina... Yamina!

Les hommes de la chaloupe, pétrifiés de stupeur, virent alors bondir un nègre gigantesque. D'une traction désespérée des énormes muscles de sa poitrine, il arracha les chaînes de fer qui entravaient ses poignets, puis sautant comme un chat sur la rambarde il plongea sans hésiter à la suite de la fille.

– Nagez, vous autres! ordonna Gilles qui avait rechargé son mousquet et tirait au milieu des requins, aidé par Pongo et deux autres marins.

Allons, approchez! Je veux essayer de sauver ces deux-là...

– On va se retourner, monsieur, hasarda l'un des rameurs. Ces sales bêtes font une vraie tempête.

– Ne vous occupez pas de ça! Plus vite! gronda Gilles qui venait de jeter son mousquet vide et qui, penché sur le plat-bord, frappait à présent à coups de sabre, essayant de dégager l'endroit où la fille et le géant avaient disparu. L'eau, autour de la chaloupe, était rouge de sang mais se calmait, les bêtes piquant sans doute dans les profondeurs pour achever leur repas. D'immondes débris remontaient ici et là, vite happés par une gueule vorace. Il était impossible d'y voir quelque chose, impossible aussi d'imaginer qu'il pût y avoir, là-dessous, un seul être humain encore vivant...

Un éclat de rire sardonique lui fit lever la tête. Il put voir alors le capitaine de la *Santa Engracia* et jugea qu'il n'était guère impressionnant. C'était un petit homme au teint hâlé, offrant au soleil de ce matin de mort une de ces longues figures comme aimait à en peindre El Greco et des membres grêles perdus dans la splendeur d'une veste de satin rouge brodée d'or. Ses cheveux noirs, plats et lustrés, luisaient comme un lac sous la lune et sa bouche aux longues lèvres sinueuses surmontée d'une moustache en crocs s'entrouvrait sur des dents éblouissantes. Des pierreries brillaient à ses doigts et à la garde de son sabre.

– Je crains que vous ne rentriez bredouille de votre chasse, mon cher monsieur, cria-t-il à Gilles. Ces animaux ne se laissent guère capturer...

– Si nous étions à terre, hurla le Breton furieux, j'aurais un vif plaisir à vous couper les oreilles. Au moins vous ne diriez pas que je rentre bredouille. Mais, à la réflexion, vous n'êtes pas de ces taureaux assez braves pour qu'on demande leurs oreilles...

– Espérez un peu! Si Dieu le veut, nous nous

reverrons peut-être un jour. Don Esteban Cordoba de Quesada vous salue bien! Et vous promet qu'un jour nous nous retrouverons...

Un peu de vent se levait et la *Santa Engracia* semblait décidée à poursuivre sa route. Furieux, Gilles caressa un instant l'envie d'ordonner qu'une bordée fût lâchée sur ce misérable mais songea que les premières victimes, s'il envoyait le négrier par le fond, seraient les malheureux enfermés sous le pont du bateau. Il allait donner l'ordre de retourner au navire quand Pongo murmura :

– Regarde! Là! Quelque chose bouge!

Sur l'arrière du canot, en effet, à quelques encablures et à mi-chemin de la coque brune et or du *Gerfaut*, quelque chose venait d'apparaître à la surface de la mer, un long corps noir qu'une vague déroba, puis un bras raidi en un tragique et inconscient appel. Déjà, entraînée par la voix autoritaire du chevalier, la chaloupe volait sur l'eau. C'est qu'en effet le danger des requins n'était pas encore tout à fait écarté : de nouveaux ailerons faisaient route vers une nouvelle proie. Mais déjà le canot arrivait.

– C'est grand Noir, dit Pongo tellement penché hors du bateau qu'il menaçait à chaque instant de plonger. Lui vivre encore mais lui blessé...

C'était le géant, en effet. Il remuait encore faiblement, s'efforçant visiblement de se maintenir à la surface de l'eau, mais il s'affaiblissait d'instant en instant. Des traces de sang apparaissaient autour de lui, ce sang qui savait si bien attirer les squales.

– Il faut le hisser à bord pendant qu'il est encore temps, ordonna Gilles.

Unissant leurs efforts à ceux de deux vigoureux rameurs, Pongo et lui réussirent à tirer hors de l'eau le corps inerte qui s'étala au fond du bateau comme un linge mouillé et y occupa une bonne partie de l'espace libre. L'homme était vraiment très grand, bâti en conséquence, et les rameurs le considérèrent avec une sorte de crainte superstitieuse. L'un d'eux osa même dire :

– Me demande si c'est bien prudent de récupérer un tel bonhomme. On aurait p't' être aussi bien fait d' laisser les requins finir leur ouvrage...

Le Noir portait, en effet, à la cuisse, une assez large déchirure par laquelle le sang ne cessait de couler. Arrachant sa chemise, Gilles la jeta à Pongo qui cherchait désespérément un moyen d'arrêter ce sang.

– Fais-en un tampon et applique-le bien serré sur la blessure. Au bateau, vous autres! Et si quelqu'un se sent le courage de regarder les requins dévorer un autre homme sous ses yeux, il n'a qu'à rejeter lui-même cet homme à la mer... mais en sachant bien que je l'enverrai immédiatement l'y rejoindre...

Quelques instants plus tard, tandis que la *Santa Engracia* s'éloignait sous le vent qui semblait prendre un peu plus de force, le rescapé qui avait complètement perdu connaissance était étalé aux pieds du capitaine Malavoine. Celui-ci le contempla avec une stupeur admirative.

– Encore jamais vu de spécimen humain de cette envergure, déclara-t-il au bout d'un instant d'examen. C'est le géant Atlas que vous avez pêché là, chevalier. Il ferait une fortune au marché du Cap-Français, de Port-au-Prince ou de n'importe quelle ville des Caraïbes. Votre Espagnol est un rude imbécile de s'en être privé, sans parler de la fille enchaînée qui était bougrement belle.

– Ce malheureux ne lui a pas demandé son avis puisqu'il s'est jeté lui-même à la mer. En attendant, il faut le soigner et essayer de le sauver. Si vous voulez bien examiner sa blessure on le portera ensuite dans un hamac...

– D'accord, mais faudra essayer de raccommoder

ça! bougonna le capitaine, touchant les tronçons de chaînes brisées qui pendaient aux poignets de l'homme. Encore qu'il ait l'air de savoir comment s'en débarrasser...

– Non seulement on ne va pas les raccommoder mais on va lui ôter cet abominable attirail de carcans et de fers. Un homme capable de se jeter dans des eaux infestées pour tenter de sauver la femme qu'il aime – car seule la passion a pu inspirer un tel geste – cet homme-là, dis-je, mérite amplement d'être libre...

– Je suis assez d'accord avec vous sur le principe. Mais s'il démolit le bateau...

– Il ne me paraît guère en état de le faire. Je reconnais pourtant qu'il faudra le surveiller et ne pas s'en approcher sans armes tant qu'on n'en saura pas plus sur ses réactions.

– Pongo s'en charger! déclara l'Indien qui, agenouillé auprès de l'homme, était en train d'ôter le pansement de fortune qu'il avait composé avec la chemise de Gilles pour permettre au capitaine d'examiner la blessure.

Celle-ci ne saignait presque plus mais le Noir devait avoir perdu beaucoup de sang car sa peau, d'une ébène si profonde et si luisante tout à l'heure, en dépit des marques encore mal cicatrisées que le fouet avait laissées sur le dos, avait pris une curieuse teinte grisâtre. Le capitaine hocha la tête.

– Il a de la veine. L'artère n'a pas l'air atteinte. On va cautériser tout ça. Faites chauffer la poix.

Mais Pongo s'interposa :

– Capitaine vouloir brûler blessure?

– Naturellement. C'est la seule façon d'être sûr que le sang ne coulera plus...

– Peut-être mais brûlure mauvaise. Faire dégâts plus graves que blessure, parfois. Chez nous jamais faire ça.

– Il faut tout de même bien mettre quelque chose, grogna Malavoine vexé.

– Herbes trempées dans vin ou dans huile. Pongo avoir herbes dans sac-médecine.

Le dialogue fut interrompu par des coups violents frappés à la porte menant aux cabines. On entendit la voix de Judith qui exigeait qu'on lui ouvrît. Le capitaine Malavoine se gratta la tête.

– Dois-je ouvrir à votre femme, monsieur le chevalier? demanda-t-il.

– Pourquoi? Vous l'aviez enfermée?

– J'avais enfermé toutes les dames. Je pensais que ce qui vient de se passer sur la *Santa Engracia* n'était pas un spectacle pour elles. Grâce au ciel, Mme de Tournemine n'a pas la vue sur bâbord.

– Vous avez eu tout à fait raison mais à présent vous pouvez lui ouvrir.

– C'est que... cet homme non plus n'est pas un spectacle pour une dame étant donné son absence totale de costume.

Gilles se mit à rire.

– Le moindre morceau de toile à voile fera l'affaire et ne gênera pas Pongo pendant qu'il appliquera ses herbes.

L'instant suivant, Judith, robe de toile rose et blanc, un grand chapeau de paille retenu par une écharpe rose posé avec élégance sur ses cheveux, faisait irruption sur le pont, se plaignant violemment d'avoir dû étouffer durant tout ce temps. Pour la faire taire, Gilles, en quelques mots, la mit au courant de ce qui venait de se passer, désignant, pour finir, la *Santa Engracia* qui avait repris sa route vers la Floride et recréait, dans le lointain, l'image de pure beauté qu'elle avait offerte à l'aube.

– Il s'éloigne à présent et nous aussi avons repris notre route. N'en veuillez pas au capitaine Malavoine qui a seulement voulu préserver votre sensibilité. A présent, je vous conseille de regagner votre cabine jusqu'à ce que nous ayons installé ce malheureux dans un hamac.

Le regard que lui lança la jeune femme appartenait tout entier à l'ancienne Judith, fière et toujours prête au défi.

– Me croyez-vous faite du même bois que votre précieuse Madalen qui gît actuellement sur sa couchette, à demi inconsciente, pendant que sa mère lui tape dans les mains et lui fait respirer des sels? Je ne crains pas, moi, la vue d'un blessé ni même d'un mort et la puanteur de votre négrier ne m'aurait pas fléchie. Dois-je vous rappeler – ou bien suis-je dans l'erreur? – que *Haute-Savane* est une plantation, que sur cette plantation vivent quelque deux cents esclaves. Il va bien falloir que je m'habitue à rencontrer des nègres, morts ou vivants, malades ou sains. Autant commencer tout de suite. Laissez-moi passer!

Il s'écarta pour lui livrer passage et retint de justesse une riposte peut-être maladroite. Mais c'était la première fois que sa femme, parlant de Madalen, employait ce ton acrimonieux. Où avait-elle pu prendre, sinon auprès de Fanchon, que la jeune fille lui était « précieuse »? Il se promit en conséquence de veiller au grain sérieusement... Cependant, de son pas léger et dansant, Judith allait rejoindre Pongo, s'agenouillait auprès de lui sans souci de souiller sa robe fraîche et lui ôtait des mains le tampon de charpie avec lequel il s'apprêtait à procéder à un nettoyage de la plaie avec un peu d'huile de noix.

– Allez préparer votre emplâtre, Pongo, lui conseilla-t-elle, je suffirai pour ceci. Ensuite, si l'un de ces messieurs voulait bien nous apporter du vin, du rhum ou n'importe quoi d'autre, nous pourrions essayer de ranimer ce pauvre homme...

Lentement, Pongo se releva sans quitter des yeux

la jeune femme agenouillée. Puis, se détournant, il envoya la fin de son regard à Gilles, y ajouta un demi-sourire et murmura en passant auprès de lui :

– Peut-être « Fleur de Feu » pouvoir être bonne squaw et pas seulement paquet encombrant!... Qu'en penses-tu?

Haussant les épaules, Gilles s'en alla aider sa femme qui avait achevé sa tâche et à laquelle le capitaine tendait une gourde de rhum. Il souleva les lourdes épaules tandis que Judith approchait le goulot des lèvres violettes. Le liquide ambré coula dessus puis à l'intérieur et, comme par magie, le rescapé revint à la vie. Toussant, crachant d'abord puis lampant avidement, il avala une bonne moitié du contenu de la gourde avant d'ouvrir de gros yeux liquides dont le blanc se veinait de rouge.

Mais, ce que reflétèrent ces yeux-là, ce fut l'image rose et or de Judith, son visage attentif qu'éclaira un sourire en constatant que le blessé revenait à la vie, et l'homme cessa de boire pour contempler.

– Assez bu, maintenant, dit la jeune femme en rendant le récipient au capitaine. Il faudrait, je crois, lui donner à manger.

Elle se relevait, secouait sa jupe rose, s'éloignait. Le Noir, visiblement fasciné, tenta un effort pour se relever. Mais il avait perdu trop de sang et l'effort fut au-dessus de ses forces si impressionnantes, pourtant, tout à l'heure. Il se laissa retomber sur le pont avec un gémissement de douleur et n'opposa aucune résistance quand Pongo et trois hommes d'équipage l'emportèrent pour l'installer plus confortablement. Gilles suivit. Ce géant, sans doute encore entièrement sauvage qui avait voulu mourir pour une femme, l'intriguait et d'une certaine façon l'attirait, et quand on l'eut installé sur un lit improvisé fait de deux paillasses, d'un drap, d'une couverture et d'un oreiller – aucun hamac n'était assez grand pour contenir cette immense carcasse – il tenta d'entrer en contact avec lui.

– J'espère que tu retrouveras bientôt la santé, dit-il. Tu n'as rien à craindre sur ce bateau où il n'y a que des hommes libres. Nous te soignerons du mieux que nous pourrons.

L'homme avait refermé les yeux et son visage immobile semblait taillé dans le basalte sans que rien ne pût laisser voir qu'il avait compris ce qu'on venait de lui dire. Tournemine répéta alors ces quelques mots en anglais puis en espagnol sans obtenir plus de résultat.

– J'ai bien peur, dit le capitaine Malavoine qui était descendu lui aussi, que vous ne perdiez votre temps. Cet homme ne doit comprendre aucune langue connue des chrétiens. Vu sa taille, ce garçon peut être un Congo, un Bambara du Niger ou un Arada de la Côte des Esclaves. De toute façon, il doit venir tout droit d'un quelconque village perdu dans la brousse où l'on ne pratique guère le langage des Blancs. Peut-être aurions-nous une chance avec l'arabe.

Et, sous l'œil un peu surpris de Gilles, Malavoine répéta ses paroles dans la langue du Prophète puis, pour faire bonne mesure en portugais, mais l'homme ne réagit pas davantage.

– Lui besoin dormir! intervint Pongo. Moi donner ce qu'il faut.

Laissant l'Indien à la tâche qu'il s'était lui-même donnée, Tournemine et le capitaine remontèrent sur le pont et firent quelques pas ensemble. Le vent s'était levé et le navire, portant à présent toute sa voile, avait repris sa course vers le sud dans le soyeux froissement des vagues sur sa coque.

Gilles laissa un instant la brise caresser son visage avec la joie de celui qui s'éveille et retrouve la lumière après un cauchemar. Il était heureux d'avoir pu sauver ce Noir auquel mentalement il avait déjà donné le nom de Moïse puisqu'il n'était pas possible de converser avec lui et d'apprendre son véritable nom. Il voyait là une sorte de signe du ciel à la veille du jour où lui, combattant de la Liberté, il allait entrer en possession d'une plantation sur laquelle peinaient, et souffraient sans doute, quelque deux cents esclaves, frères de couleur du géant.

Et quand le capitaine Malavoine lui demanda :

– Qu'allez-vous en faire ? Vous n'allez pas, j'imagine, le ramener en Afrique ? Une fois à Saint-Domingue, il vous faudra bien prendre une décision : le vendre ou le garder.

Gilles répondit tout naturellement :

– Pourquoi ne le laisserais-je pas, tout simplement, vivre sa vie comme il l'entendrait ?

– Mais tout simplement parce que, là-bas, ce ne sera pas possible. Il existe des affranchis, en effet, mais ce sont des gens qui ont déjà reçu une éducation, une instruction. Ce malheureux qui sort tout juste de sa brousse, qui ne parle aucune langue convenable, tentera n'importe quel marchand de « bois d'ébène » dès qu'il aura posé le pied sur le quai du Cap-Français. Si vous ne voulez pas le vendre, il faudra que vous le gardiez pour vous-même. A *Haute-Savane* d'ailleurs vous aurez certainement l'emploi de ce géant.

– Peut-être n'aura-t-il pas envie de travailler sur une plantation ? Je n'aime pas l'idée de lui faire payer son sauvetage en l'obligeant à travailler pour moi. Après tout, peut-être vous chargerai-je de le ramener sur la terre d'Afrique au cours de l'un des voyages que vous ferez pour moi ? ajouta-t-il en souriant, jouissant malignement de l'indignation qui peu à peu colorait en rouge sombre le visage tanné de son capitaine.

Il attendait l'explosion et elle ne manqua pas.

– Monsieur le chevalier, s'écria Malavoine, j'ai

pour vous beaucoup de respect bien que je sois de beaucoup votre aîné. Si vous le permettez, j'ajouterai que j'ai aussi de l'affection pour vous. J'aurais aimé avoir un fils qui vous ressemble... Mais si vous avez l'intention de vous faire planteur avec ces belles théories humanitaires qui sentent leur Jean-Jacques Rousseau d'une lieue, je vous dis tout de suite que vous courez à la catastrophe. Vous feriez beaucoup mieux de vous contenter de toucher les revenus de votre plantation puis de retourner en Bretagne, d'y acheter un domaine et de vous consacrer au bonheur de vos paysans qui, eux, y comprendront peut-être quelque chose. Ce qui d'ailleurs n'est pas certain... Mais aller parler de liberté à ces pauvres brutes qui ne sont, la plupart du temps, que de grands enfants, c'est de la folie pure. Traitez-les bien, j'en demeure d'accord, mais ne vous avisez pas de leur lire la fameuse Déclaration des Droits de l'Homme que viennent de nous pondre les Américains et qui n'a, selon moi, pas fini de faire des dégâts. Non seulement vos Noirs vous prendront pour un fou mais encore ils ne verront aucun inconvénient à vous massacrer joyeusement...

Essoufflé d'avoir tant parlé, lui qui était plutôt laconique normalement, Malavoine prit une profonde respiration puis chercha la bouteille de rhum qui n'était jamais bien loin de lui et s'en octroya une large rasade.

Gilles le regarda faire.

– Dites-moi, capitaine, fit-il au bout d'un moment, pour un homme si attaché à la discipline des foules vous réservez parfois de curieuses surprises, même à ceux qui vous connaissent bien. Pouvez-vous me dire d'où vous sortez cet étonnant pavillon noir qui a fleuri si inopinément à la pomme de notre mât... et que d'ailleurs il serait peut-être temps de faire redescendre?

En effet, on avait totalement oublié l'étamine

noire aux funèbres ornements qui claquait toujours insolemment contre le ciel.

Malavoine éclata de rire et appela un gabier pour qu'il amenât l'insolite pavillon et le lui rendît.

– Je l'ai sorti de mon coffre. Je ne voyage jamais sans lui et vous n'imaginez pas les services qu'il peut rendre. Prenez aujourd'hui : votre intervention contre un navire allié pouvait mettre le cabinet de Versailles et le ministre de la Marine dans l'embarras. Ce don Machin pouvait se plaindre, faire rechercher l'insolent Français. Mais qui donc, dans ces parages où la flibuste a écrit ses lettres de noblesse, irait chercher noise à un innocent pirate? On est habitués...

UN MÉDECIN PAS COMME LES AUTRES

Ce fut le 15 juillet 1787 vers 9 heures du matin que l'île de Saint-Domingue apparut comme un cap, par le travers bâbord, aux gens du *Gerfaut*. On était alors à environ quarante milles, mais les approches de l'ancienne Hispaniola défendues par des chapelets d'îles et de récifs plus ou moins visibles n'étaient pas si faciles et ce fut seulement le surlendemain, au coucher du soleil que, présentant sa proue ailée à l'entrée de la passe du Cap-Français, le capitaine Malavoine fit tirer le canon pour appeler le pilote. Qui d'ailleurs ne vint pas.

– Doit être occupé avec un autre baille! ronchonna Malavoine. Et puis on n'est jamais très pressé dans ce pays. Ce sera pour demain. On va tirer des bordées au large en attendant...

– Vous ne pouvez pas entrer seul? demanda Tournemine contrarié de ce retard car il avait hâte de pouvoir confier son géant noir aux soins d'un médecin éclairé.

En effet, en dépit des soins constants de Pongo qui ne le quittait guère, la jambe de celui que tous nommaient à présent Moïse ne s'arrangeait pas. Un corps étranger, esquille d'os ou Dieu sait quoi, devait y être enfoui car, si la blessure semblait se refermer normalement, la jambe enflait et prenait une assez vilaine couleur livide. La fièvre n'avait pas cessé de monter et il était visible que l'homme souffrait malgré les calmants que lui administrait généreusement Pongo. Et Gilles craignait que cet état de choses ne débouchât sur une dramatique amputation.

Le capitaine haussa les épaules sans trop de ménagements.

– C'est impossible, voyons! La nuit, sous les tropiques, vous tombe dessus comme une couverture. Dans dix minutes, elle sera là, mais même de jour je ne tenterais pas l'aventure bien que je sois déjà venu ici deux fois. Il faut connaître parfaitement la passe pour ne pas se jeter sur quelque écueil caché, éviter la corne du Grand Mouton et les récifs qui vont jusqu'aux îles du carénage. Mais surtout il y a la Trompeuse. Une qui n'a pas volé son nom, croyez-moi, car il faut qu'il fasse bien mauvais temps pour que la mer la signale en brisant dessus. Maintenant, si vous tenez absolument à éventrer votre bateau sur un foutu rocher ça vous regarde...

Cette nuit-là, Gilles ne se coucha pas. Incapable de demeurer dans l'étroit espace confiné de sa couchette, il contempla interminablement ces terres inconnues où il allait pénétrer dans quelques heures avec sa foi, son courage et son désir profond de s'y attacher. Comment dormir au seuil d'un Nouveau Monde, surtout quand on est breton et que l'on porte en soi les rêves de générations d'amoureux de l'aventure?

Il retrouvait, intactes, les émotions qui avaient été les siennes quand, gamin de seize ans accroché passionnément au bastingage du *Duc de Bourgogne*, il regardait sortir de la brume les côtes américaines où un peuple combattait pour le droit d'exister par lui-même. Il s'était senti alors l'âme de Jacques Cartier devant les bouches du Saint-Laurent. Cette nuit, il se sentait un peu avoir celle de Christophe Colomb quand, en 1492 et après tant de jours de mer, il avait enfin approché, la prenant d'ailleurs pour les Indes, de cette grande île montagneuse que les Indiens Arawaks, ses premiers occupants, nommaient alors « Ayti », ce qui signifie Terre Haute et Sauvage (1).

Mais le Génois aux ordres d'Isabelle la Catholique portait avec lui ce qu'il croyait être la civilisation et qui n'était, en fait, que la plus sombre barbarie. Pour les innocentes peuplades de l'île, les bienfaits de ce héros s'étaient traduits par l'esclavage, le travail le plus abrutissant afin d'extraire l'or dont le besoin animait ces hommes à la peau pâle, la déportation et, pour finir, l'anéantissement quasi total de la race.

Ce génocide avait été si rapide, si atroce qu'il avait excité la pitié d'un jeune prêtre espagnol, Bartolomé de Las Casas, fils d'un des compagnons de Colomb établi dans l'île. Pour sauver ce qu'il pouvait rester de ces malheureux Indiens, Bartolomé avait fait tout ce qu'il pouvait, suggérant d'employer une autre main-d'œuvre, bien adaptée au climat tropical, et dont l'aide pourrait retenir ce peuple sur le chemin de sa destruction. Pourquoi ne pas faire venir quelques Africains?

(1) L'ancienne partie française de l'île a, d'ailleurs, avec l'indépendance, retrouvé l'ancien nom puisque c'est de nos jours Haïti, la partie espagnole étant la République dominicaine.

Mais Bartolomé n'avait rien sauvé. Les Arawaks avaient continué de mourir à la tâche ou sous le fouet. En revanche, son idée avait fait fortune et, depuis trois siècles, en ce dernier quart de celui que l'on voulait l'ère des Lumières, des navires chargés de désespoir et de puanteur sillonnaient l'Atlantique déversant sur les îles à sucre, les Caraïbes entières, le Mexique, la Floride et enfin l'Amérique des flots de cet or dont la sueur et le sang arrosaient généreusement ces terres fertiles produisant pour les maîtres l'opulence la plus extrême, la plus folle richesse, sans pour autant éveiller la reconnaissance ou la simple compassion. En 1517, un premier contingent de 4 000 nègres de Guinée arrivait à ce qui allait devenir Saint-Domingue. Beaucoup d'autres suivirent.

Pourtant, l'or des mines s'épuisant, les Espagnols cherchèrent d'autres sources. De Cuba et d'Hispaniola, sa voisine, partirent les conquistadores qui s'en allaient asservir le Mexique, le Pérou, mais les flots d'or qu'ils drainaient attiraient sur eux, comme mouches sur un pot de miel, corsaires, flibustiers, Frères de la Côte, basés à Saint-Christophe puis à la Tortue séparée d'Hispaniola par un mince bras de mer.

La grande île d'Ayti se vidait, retournait au désert. Il n'y avait plus d'Indiens et les Espagnols n'étaient plus que quelques-uns. Alors les flibustiers passèrent le bras de mer, se firent d'abord boucaniers puis, petit à petit, s'installèrent, devinrent colons, planteurs. La plupart étaient français et un premier gouverneur, Bertrand d'Ogeron, leur fut donné. L'Espagne, bien sûr, protesta mais la paix de Ryswick, en 1697, céda définitivement à la France le tiers oriental de l'île rebaptisée San Domingo, le reste demeurant acquis à l'Espagne. L'appellation francisée Saint-Domingue fut alors attribuée généralement à toute l'île. Les plantations se développèrent et les navires négriers vinrent, de plus en plus nombreux, mouiller en rade du Cap-Français, la grande cité du Nord, ou de Port-au-Prince, celle de l'Ouest, pour apporter la main-d'œuvre nécessaire aux grandes cultures de Saint-Domingue : la canne à sucre, l'indigo, le coton et le café. D'énormes fortunes s'édifièrent avec l'intense trafic commercial établi entre l'Afrique, la métropole et l'île qui devint la plus riche des colonies de la Couronne.

Tout cela, Gilles l'avait appris de fraîche date, un peu par Jacques de Ferronnet, beaucoup par les livres qu'il avait embarqués. Pourtant, plus il contemplait la ligne noire des montagnes – les mornes ainsi qu'il convenait de les appeler ici – profilées sur les sombres profondeurs du ciel étoilé, plus il sentait que lui échappait le savoir purement livresque. Il se savait au seuil d'une connaissance qu'il ne pourrait tirer que de lui-même, de sa propre expérience, de ses peines parfois. Il allait devoir apprendre à aimer, non seulement le domaine qui était sien et qu'il aimait déjà, mais aussi cette terre tout entière. A ce prix seulement son amour lui serait rendu et l'île, peut-être, s'ouvrirait à lui comme une femme consentante, le laissant approcher les secrets redoutables cachés au fond de ses forêts denses, repaires des vieux dieux africains qu'avaient, sans en avoir conscience, apportés avec eux les navires négriers. Des dieux qui, s'ils ne daignaient pas défendre ou protéger leur peuple, s'entendaient singulièrement parfois à le venger.

– Cette terre n'est pas comme les autres, avait murmuré le gentilhomme de Saint-Domingue de cette voix feutrée qu'empruntent ceux qui craignent d'être entendus. La mort s'y cache sous d'innocentes apparences mais ne résout rien. Chez nous, il arrive que les morts soient encore vivants...

Et comme Gilles, intrigué, tentait de lui faire préciser ces étranges paroles, Ferronnet s'était secoué comme quelqu'un qui s'éveille d'un mauvais rêve, avait avalé d'un trait son verre de rhum puis retrouvant un sourire, un peu pâle peut-être, avait avoué :

– Si je me mets à vous raconter tous les contes de bonnes femmes qui courent les mornes, nous en avons pour des jours et des jours. Sachez seulement que les esclaves ont une religion sur laquelle les prêtres catholiques se cassent les dents et perdent le peu de latin qu'ils savent. Il est vrai que leur imagination ne va pas toujours très loin, mais quelques-uns ont pu s'apercevoir à leurs dépens qu'il n'était pas bon de combattre ouvertement les dieux du Vaudou.

– Les dieux du Vaudou? Qu'est-ce que cela?

– Je ne saurais vous le dire au juste. Un culte animiste étrange, fortement mélangé de sorcellerie d'ailleurs. N'essayez pas d'en savoir davantage. Tenez-vous-en écarté autant que vous le pourrez et s'il vous arrive d'entendre, dans les lointaines profondeurs de la nuit, battre les tambours de brousse, gardez-vous bien d'aller voir ce qui se passe. Mon père a toujours agi ainsi et s'en est fort bien trouvé. Suivez son exemple...

Mais le Breton profondément chrétien qui sommeillait toujours au fond de Gilles renâclait.

– Un culte païen! En vérité, comment les chrétiens ont-ils pu le tolérer et continuent-ils à l'admettre?

– Mais parce qu'ils n'y peuvent rien. D'autant que le Vaudou a les idées larges et ne voit aucun inconvénient à joindre le Christ à ses autres dieux. Voyez-vous, chevalier, je suis aussi croyant que vous pouvez l'être, mais je crois plus sage de ne pas approfondir ce qui ne me regarde pas. Le Vaudou aide les esclaves à supporter leur misère et, pour la santé du corps et de l'esprit, il est préférable de ne pas y toucher, tout simplement. Quant à vous, j'ai seulement voulu vous informer pour vous éviter, étant dans l'ignorance, des erreurs regrettables pour vous-même ou pour les vôtres...

Il était temps, pour le voyageur, d'aller faire ses adieux à ses amis américains et Gilles n'avait pas réussi à en savoir davantage mais, à présent, tandis que le *Gerfaut* tirait paresseusement ses bordées au large de l'île les paroles du jeune homme lui revenaient avec les senteurs de vanille et de poivre que le vent de la nuit apportait jusqu'à ses narines comme une sorte de bienvenue, ajoutant au désir ardent qu'il éprouvait d'approcher enfin cette terre magicienne qui ressemblait sans doute à Circé mais qu'il ne craignait pas.

Les heures s'écoulèrent rapides, cernées par la cloche du bord qui piquait les quarts de veille. La nuit s'acheva. Gilles vit la mer passer du noir au gris avec la première et pâle annonce de l'aurore. Alors, il regagna sa cabine pour faire toilette. Lui qui se souciait assez peu de son apparence, il voulait être beau pour cette première communion avec sa nouvelle terre. Il entendait la saluer comme il eût salué la reine.

Et ce fut sous son meilleur uniforme d'officier aux Gardes du Corps de Sa Majesté qu'il reparut au soleil des tropiques. L'habit bleu fumée à revers et col écarlates, généreusement galonné d'argent, les culottes de daim blanc disparaissant dans les hautes bottes vernies éclatèrent triomphalement au milieu de la stupeur admirative de l'équipage.

Sourcils haut levés, les poings aux hanches, le capitaine Malavoine, momentanément privé de voix, le regarda un instant se pavaner sur le pont avant de s'exclamer :

– Sang dieu! Monsieur le chevalier! Allez-vous au bal ou bien pensez-vous visiter, dès l'arrivée, le gouverneur de Saint-Domingue?

– Nullement, capitaine. Mais je pense qu'il est

courtois de saluer comme il convient la terre qui va nous accueillir. Cela représente un petit effort par la chaleur qu'il fera tout à l'heure mais vous m'obligeriez en faisant hisser le grand pavois et en l'arborant pour vous-même, ainsi que pour l'équipage. Naturellement, nous saluerons du canon, en franchissant la passe.

Les yeux de Malavoine s'arrondirent encore.

– Vous voulez que je m'habille?

– Mais oui. Vous, monsieur Ménard... de Saint-Symphorien et tout l'équipage. D'ailleurs, voyez plutôt...

Pongo, à son tour, venait de faire son apparition. Voyant son maître faire toilette, il avait jugé bon d'en faire autant et à entendre les acclamations de l'équipage qui le saluèrent, il avait pleinement réussi.

Superbe sous son habit de daim blanc – tunique et pantalon – frangé et brodé de rouge et de noir, son visage de bronze auréolé de la traditionnelle coiffure de plumes d'aigle, il était impressionnant et hiératique comme une idole barbare, tellement même qu'il galvanisa Malavoine. Empoignant son « gueuloir » de bronze, il se rua sur sa dunette, beuglant à pleins poumons :

– Parés à hisser le grand pavois!... et à cavaler ensuite endosser les costumes de fête! Surveillez ça, monsieur Ménard, et puis allez vous aussi vous habiller!

Jamais ordre ne fut exécuté avec plus de célérité par un équipage qui, connaissant Gilles, devinait sans peine que la fête ne serait pas uniquement extérieure et que les premières heures à terre seraient joyeuses. En un rien de temps, le *Gerfaut* se couvrit de toutes ses flammes et de tous ses pavillons disposés protocolairement d'un mât à l'autre selon l'ordre rituel. A la pointe du beaupré claquaient les fleurs de lys de France que l'on retrouvait au maître-mât et à la poupe cependant qu'au mât de misaine le pavillon de Tournemine, écartelé d'azur et d'or, dansait gaiement. Et ce fut paré comme une jolie fille un jour de fête que le navire aux ordres d'un capitaine en grande tenue bleu marine et rouge s'approcha de nouveau de la passe et appela le pilote.

Cette fois, il apparut en un rien de temps. Alerté sans doute par le fort de la pointe de Limonade qui avait dû surveiller les allures du nouveau venu et par l'appel de la veille, il rangea son bateau contre la coque du *Gerfaut* quelques minutes à peine après que fut retombée la fumée du canon d'appel.

Le pilote était natif de Marseille. C'était un petit homme brun comme une châtaigne, vif comme la poudre, bavard comme une pie... et sale comme un peigne. Une énorme ceinture rouge drapait sa taille et reliait l'une à l'autre une culotte rayée rouge et gris et une chemise autrefois blanche mais dont les manches, roulées au-dessus des coudes, montraient des avant-bras qui avaient l'air sculptés dans un vieil olivier et abondamment poilus. Une barbe de prophète à plusieurs pointes et un tricorne aux galons d'or effilochés complétaient cet étrange accoutrement que le capitaine Malavoine considéra d'un œil sévère.

– Vous êtes vraiment le pilote? demanda-t-il, pensant à part lui que ce bonhomme ressemblait bien plus à un flibustier de la grande époque qu'à un honnête conducteur de navires.

L'autre prit la chose avec bonne humeur.

– Et qui donc vous croyez que je suis, peuchère? Le fantôme de Barbe-Noire? Bien sûr que je suis le pilote de cette sacrée bon Dieu de passe pour cette sacrée bon Dieu d'île! Et le meilleur qu'il y ait jamais eu, pour sûr! Vingt-cinq ans de métier! Moi qui vous cause, j'ai rentré au port M. le comte d'Estaing quand il est devenu gouverneur des îles

Sous-le-Vent en 63. Et puis M. le prince de Rohan et puis M. le marquis d'Argout et puis...

– Bon, bon! Ça va! Je vous crois. Si vous nous défilez comme ça toutes vos relations depuis vingt-cinq ans, on sera encore là demain matin, bougonna Malavoine. Venez prendre la barre et qu'on n'en parle plus.

Tout en suivant Malavoine à travers le pont briqué à blanc du *Gerfaut* dont les cuivres étincelaient sous le soleil, le pilote se mit à siffler d'admiration.

– Une sacrée belle baille, votre rafiot, cap'taine! Et drôlement entretenue! Mais dites donc, j'vous ai encore jamais vu? Qui vous êtes? D'où que vous venez?...

– Si vous permettez, mon brave, je dirai tout ça aux autorités du port, si toutefois vous consentez à nous y mener.

– On y va! On y va!

Puis, apercevant tout à coup les six pieds de splendeur de Tournemine qui se tenait sur la dunette toujours flanqué des plumes d'aigle de Pongo, il se figea dans une sorte de garde-à-vous.

– Bonne Mère! fit-il entre haut et bas. Vous pouviez pas dire tout de suite que vous ameniez un grand personnage? Qui c'est ce seigneur? Pas un nouveau gouverneur tout de même? On en change toutes les cinq minutes.

– Non, rassurez-vous. Le chevalier de Tournemine, officier des Gardes du Corps de Sa Majesté, vient seulement prendre possession d'une plantation d'indigo qu'il vient d'acheter ici. Ce bateau est à lui et je vous conseille d'en prendre bien soin car vous aurez certainement l'occasion de le rentrer encore plus d'une fois.

– N'ayez crainte! On va vous montrer ce qu'on sait faire.

Après avoir salué Gilles amusé avec autant de

considération que s'il eût été le roi et Judith qui venait d'apparaître – robe de mousseline azurée et immense capeline garnie de bouillonnés de même nuance – avec un enthousiasme qui rendait pleine justice à sa beauté, le pilote Boniface s'empara de la barre avec toute l'autorité un brin solennelle d'un grand prêtre qui va officier. Il n'eut aucune peine à démontrer qu'il ne se vantait pas en s'annonçant comme le meilleur pilote de toutes les Antilles grandes ou petites. Avec une grâce infinie, le *Gerfaut* vint au vent et, poussé par ses trois mille mètres carrés de toile s'engagea avec une extraordinaire sûreté dans la dangereuse passe tandis que ses canons tonnaient leur premier salut à Saint-Domingue...

La baie du Cap-Français dessinait une courbe profonde où l'interminable blancheur de la plage bordée de palmiers tranchait vigoureusement entre la glace bleu-vert de la mer et le sombre massif montagneux, d'un vert dense, qui la dominait. Au fond de cette baie, au pied de ces montagnes, la ville s'étalait, blanche, rose, jaune, bleue, semblable à un gros joyau sur le velours sombre de l'écrin, à un bouquet de fleurs au milieu du feuillage.

Elle avait, de loin, un charme languide contrastant avec la puissance sauvage des mornes qui, au-dessus d'elle, s'élevaient si haut que leurs sommets se perdaient dans les nuages blancs mais, à mesure que le navire, sous la main habile de Boniface, pénétrait plus profondément dans la rade, évitant récifs et écueils cachés avec la sûreté d'une longue habitude, l'impression de paresseux paradis se dissipait car la rade, elle, grouillait d'activité.

Vaisseaux marchands, cotres, sloops et brigantins parsemaient la baie autour d'un imposant vaisseau de ligne que du premier coup d'œil Tournemine crut bien reconnaître. C'était en effet le *Diadème* qui avait jadis fait partie de la flotte du chevalier de

Ternay transportant le corps expéditionnaire du comte de Rochambeau qui s'en allait à la rescousse des Insurgents américains.

La présence du puissant navire parut de bon augure au maître du *Gerfaut*. Il y vit comme un clin d'œil du destin, une présence connue en face de l'inconnu et ce fut avec enthousiasme qu'il fit tirer une seconde salve à laquelle répondirent courtoisement le Fort Français et le Fort de Limonade tandis que le bateau poursuivait son chemin, à allure réduite, au milieu d'une infinité d'embarcations, les unes à voile, les autres à rames qui faisaient la navette entre la ville et les bateaux, transportant marchandises et passagers. Quelques-unes qui, sans doute, n'avaient rien à faire se portèrent au-devant du nouveau venu.

Boniface désigna un sloop assez finement gréé qui approchait à vive allure.

– Vous allez avoir une visite. Le chirurgien-major vient voir si vous ne transportez pas de « bois d'ébène ».

– Aurions-nous, par hasard, l'allure d'un négrier? protesta Gilles, offusqué. Sentons-nous si mauvais?

– Faut pas vous offenser pour si peu, monseigneur. Le bonhomme fait seulement son travail, peuchère! C'est la règle. Et puisque vous n'avez pas de nègres à bord, vous le lui direz tout bonnement... Y mettra pas en doute la parole d'un seigneur comme vous. D'autant qu'en général on n'a pas de belles dames sur ces sales rafiots.

– J'en ai un seul et il est gravement blessé. Il a besoin d'être promptement soigné. C'est un vrai médecin votre chirurgien-major?

Le pilote allongea une lèvre aussi dubitative que ridée.

– J' saurais point vous dire. Faut d'ailleurs pas

être grand clerc pour « parfumer » une cargaison qu'on s'apprête à débarquer.

– Parfumer?

– Ça veut dire passer au vinaigre. Après ça, on descend les nègres à terre et on les enferme dans les baraquements que vous voyez là-bas, à la Faussette, à l'entrée de la rivière Galiffet, pour leur redonner un petit air de neuf avant la vente. Dame! sont pas souvent très frais après des jours et des jours d'entrepont. Alors z'ont besoin d'un petit coup de cirage et de chiffon. Mais, pour c'qui est du vôtre, vaut mieux le déclarer au major. Sont d'une drôle de susceptibilité là-dessus... des fois qu'on entrerait des nègres en fraude et qu'les autorités toucheraient pas leur p'tit pourcentage.

– Telle est bien mon intention! fit Gilles froidement.

Le chirurgien-major, long personnage lymphatique dont le teint jaune et les poches plombées des yeux annonçaient une santé délabrée, se montra plein de révérence envers le maître de ce navire, signe indubitable d'une belle fortune, mais tint, ainsi que l'avait annoncé Boniface, à voir Moïse que quatre hommes amenèrent avec d'infinies précautions et installèrent momentanément sur le tillac à l'abri d'une toile tendue.

Vêtu d'une chemise blanche que les femmes lui avaient confectionnée à la hâte afin qu'il ne fût pas confondu avec un esclave, le gigantesque Noir était visiblement très malade. Presque inconscient, il tressautait faiblement par instants sur le matelas de sa couche chaque fois que sa jambe enflée bougeait si peu que ce soit et, même sur cette peau noire, les rouges prodromes de la mort étaient visibles. Même pour un ignorant total ce membre déformé, joint au pouls battant la chamade et au front brûlant, n'annonçait rien de bon. Le diagnostic du fonctionnaire du service de Santé fut immédiat.

– Ça ne sent pas encore mauvais mais la gangrène n'est sûrement pas loin. Il faut amputer... et encore. La blessure originelle est très haute. Qu'est-ce qui lui a fait ça?

– Peu importe. Pouvez-vous le soigner?

La mine scandalisée de l'homme inspira brusquement à Gilles l'envie de le gifler.

– Qui? Moi?... Mais, monsieur, je ne soigne pas les esclaves.

– Ce n'est pas un esclave.

– Qu'il soit ce qu'il veut, c'est un Noir... et puis je n'ai jamais procédé à une amputation... tout au moins aussi haut, et la dernière remonte à plus de dix ans, ajouta-t-il pour tenter de corriger la mauvaise impression qu'il pouvait lire sans peine sur le visage de Tournemine.

– C'est bien. Dans ce cas, nous allons le conduire à terre. Je sais qu'il y a au moins deux hôpitaux dans cette ville.

– Sans doute, mais je vous conseille d'éviter le déplacement. L'hôpital de la Charité aussi bien que celui de la Providence sont réservés aux militaires, aux marins et aux étrangers de passage... et aussi aux indigents, mais de race blanche. En outre, nous avons atteint la mauvaise saison et les hôpitaux sont pleins de gens atteints de dysenterie, d'angines, de fluxions de poitrine sans compter les rougeoles, les cas de variole et autres saletés. Par extraordinaire, nous n'avons encore enregistré aucun cas de fièvre jaune mais...

– Enfin, coupa Tournemine agacé, ne me dites pas que personne ne soigne les Noirs dans cette île où ils sont plus nombreux que les Blancs?

– On les soigne quand il y a de la place... et quand ils sont libres. Les esclaves sont, en principe, soignés sur les plantations qui les emploient. Ils ont leurs remèdes de bonne femme, leurs grigris, leurs sorciers. Il y a bien, au Cap, un médecin blanc, le docteur Durand, qui a ouvert une petite maison de santé pour les esclaves, mais nous avons dû mettre sa maison en quarantaine à cause de trois cas de choléra qui y sont soignés... Je comprends que cela vous ennuie, monsieur, ajouta-t-il devant la mine sombre de Tournemine, et que vous soyez désireux de remettre cet homme en état. C'est une magnifique « Pièce d'Inde (1) » qui, en bonne santé, vaudrait une petite fortune et...

– Je vous ai déjà dit qu'il n'était pas un esclave! hurla Gilles, trop content de l'occasion offerte de se mettre en colère. Donc pas question de vente ou de prix! Quant à trouver quelqu'un qui me le soigne, soyez certain que je vais m'en occuper moi-même de ce pas. Serviteur, monsieur. Capitaine Malavoine, je veux le canot, des hommes et un brancard. J'emmène Moïse.

Puis, se tournant vers sa femme :

– Lorsque j'aurai trouvé un médecin et qu'il aura donné ses soins à ce malheureux, je le ramènerai à bord pour qu'il examine votre Fanchon. Attendez-moi donc!

– Mais... n'allons-nous pas à terre? Pourquoi ne pas nous rendre directement à la plantation? Une fois chez nous...

– La plantation se trouve à une dizaine de lieues, ma chère amie, et Moïse a besoin de soins d'urgence. En outre, avant de faire connaissance avec *Haute-Savane* je dois voir le notaire pour qu'il enregistre ici les actes passés à New York. Mais si vous en avez assez du bateau, peut-être pourrions-nous nous installer quelques jours dans le meilleur hôtel de cette ville. Il doit bien y en avoir...

Le chirurgien-major que Gilles avait complète-

(1) On appelait ainsi les esclaves les mieux bâtis.

ment oublié après l'avoir malmené toussota pour demander la parole et murmura :

– Si je peux me permettre... il vaudrait bien mieux que madame restât sur le bateau. Il est certainement beaucoup plus confortable que le meilleur hôtel qui ne vaut pas grand-chose. Autant dire rien, même. Les planteurs de la région ont, en général, une maison de ville, ici. Ou bien ils descendent chez des amis quand ils viennent au Cap pour leurs affaires.

– Comme nous ne connaissons strictement personne, l'affaire est réglée. Merci de votre avis, monsieur. A présent, je vais à terre. Capitaine, je vous confie ces dames. Pongo, tu viens avec moi.

Quelques minutes plus tard, à la suite du sloop du service de Santé, le canot du *Gerfaut* faisait force rames vers la ville et, l'ayant atteinte, ses occupants plongeaient dans un indescriptible chaos de bruits, de couleurs et d'agitation. En effet, les distractions n'étant pas si nombreuses, une bonne partie des habitants du Cap s'était portée à la rencontre des nouveaux arrivants. L'élégance de ce joli navire arrivé sous grand pavois et en saluant du canon, la prestance de ses occupants que plus d'une longue-vue avait détaillés de loin intriguaient tous ces gens. Ils couraient le long du môle et envahissaient les appontements en un stupéfiant tourbillon de couleurs voyantes qui se détachaient joyeusement sur la blancheur des bâtiments bordant le port et sur la verdure dense qui jaillissait un peu partout dans la ville.

La majorité de cette foule était noire, café au lait ou vaguement olivâtre suivant le degré de mélange de sang. Les Blancs étaient surtout représentés par les soldats en habit blanc à revers bleus et quelques paysans vêtus de toile grossière et coiffés de chapeaux de paille. Les Noirs étaient vêtus de guenilles, lorsqu'il s'agissait d'esclaves, ou de cotonnades aux teintes vives avec des fichus bariolés de bleu, de blanc ou de rouge sur la tête. Les enfants, eux, allaient tout nus, exhibant de petits ventres ronds et des têtes semblables à des toisons d'agneaux noirs.

Sur la terrasse, abritée par une véranda, d'une belle maison, des officiers et des fonctionnaires portant chemises à jabot de dentelles, culottes de soie et habits à pans carrés largement ouverts, buvaient des punchs glacés en contemplant le spectacle et saluaient les dames, vêtues de mousselines et coiffées de grands chapeaux qui passaient en voiture ou bien à pied suivies d'une ou deux servantes en jupons rayés et madras superbement drapés.

Comme Gilles, qui ne prêtait guère attention à la curiosité qu'il suscitait, veillait à ce que ses marins emportassent Moïse aussi doucement que possible, un officier en superbe tenue rouge et or précédé de deux soldats qui, sans trop de douceur, ouvraient la foule devant lui, arriva jusqu'au canot et salua courtoisement le nouveau venu.

– Monsieur le Comte de La Luzerne, gouverneur des îles Sous-le-Vent, me charge, monsieur, de vous souhaiter la bienvenue. Je suis le baron de Rendières, son aide de camp...

– Très heureux! Chevalier de Tournemine de La Hunaudaye, fit Gilles en lui rendant son salut.

– Officier, à ce que je vois, aux Gardes du Corps de Sa Majesté? Nous sommes très honorés et je suis chargé, par M. le Gouverneur, de vous dire qu'il serait heureux de vous recevoir sur l'heure. Vous apportez, sans doute, des lettres de Versailles et M. le Gouverneur...

– N'en dites pas plus, baron! Il est inutile que je vous laisse vous fourvoyer davantage. Je n'ai aucune lettre de Versailles pour qui que ce soit. L'un des planteurs de cette île, M. Jacques de Ferronnet, m'a vendu sa terre de *Haute-Savane* et je viens tout simplement, en compagnie de mon épouse, Mme de Tournemine, et de quelques serviteurs, en prendre possession. Si j'ai, pour aborder Saint-Domingue, revêtu cet uniforme et fait hisser le grand pavois sur mon bateau, c'est pour l'unique raison que je désirais saluer comme il convient le pays qui devient le mien. Rien de plus! Veuillez donc remercier M. le gouverneur de sa sollicitude et lui dire que j'aurai l'honneur, s'il le veut bien, d'aller lui présenter mes devoirs dès que j'en aurai terminé avec une affaire urgente.

– Mais... que ne venez-vous dès à présent? Je crois avoir dit que M. le gouverneur vous attendait?

– Alors, veuillez lui transmettre mes regrets mais j'ai là un blessé, en fort mauvais état, et qui a besoin de soins urgents.

L'air étonné de l'aide de camp fit place à un air franchement scandalisé.

– Voulez-vous dire que vous prétendez faire attendre le gouverneur... à cause d'un nègre?

– Mes paroles auraient-elles prêté à confusion? Je croyais pourtant avoir été fort clair. Cet homme va mourir si on ne le soigne pas rapidement et, si vous le permettez, j'estime qu'en face de la mort la couleur de la peau ne signifie plus grand-chose. En revanche, si vous voulez bien m'indiquer le chemin de l'hôpital de la Charité...

Le baron haussa des épaules dédaigneuses.

– Les hôpitaux sont pleins, en cette saison, chevalier, et je crains que vous n'ayez du mal à y trouver de la place, surtout pour un Noir...

– Alors, indiquez-moi l'adresse d'un médecin compétent. Il faut vraisemblablement amputer cet homme et je ne peux tout de même pas le faire moi-même et sur une place publique. Quant à l'emmener jusqu'à ma plantation, c'est impossible. J'ignore d'ailleurs s'il s'y trouve un médecin.

Pris tout entier par sa discussion avec l'employé du gouverneur, Gilles n'avait pas prêté attention à un homme, assez singulier, qui s'était approché du brancard que les marins venaient d'ôter du canot et de déposer à terre en attendant que l'on prît une décision.

A première vue c'était, sous un vieux chapeau de paille effrangé dont le fond troué dressait quelques brins vers le ciel, un étonnant assemblage de barbe et de cheveux dont on ne savait pas très bien si la couleur dominante était le blond ou le gris. Une chemise de matelot rayée et passablement sale s'étalait sous la barbe et, plus bas encore, un pantalon de coutil trop court et troué à deux ou trois endroits laissait voir des mollets nerveux terminés par de grands pieds nus couverts de poussière. Le tout dégageait une puissante odeur de rhum.

D'une main négligente, l'homme avait soulevé la toile qui couvrait Moïse après avoir, d'un grognement féroce, incité au respect le matelot qui prétendait l'en empêcher. On put le voir se pencher sur le malade aux prises avec tous les démons de la fièvre et faire courir sur le membre atteint de longs doigts minces d'une étonnante légèreté. Puis il se redressa.

– Si vous amputez cet homme, monsieur, vous en ferez, pour la vie, un malheureux infirme...

La voix teintée d'un solide accent irlandais était éraillée mais pas vulgaire.

Lâchant Rendières occupé à lui expliquer qu'il aurait toutes les peines du monde à trouver un médecin qui consentît à prendre le blessé en charge, Gilles se tourna vers lui, considérant avec une surprise mêlée d'agacement cet interlocuteur dépenaillé qu'on pouvait, à ses effluves, reconnaître pour un ivrogne patenté sans risque de se tromper.

– Et si on ne l'ampute pas, il meurt. C'est l'avis du chirurgien-major qui vient de venir visiter mon bateau. C'est aussi celui du capitaine dudit bateau...

– Ce n'est pas le mien, dit l'homme tranquillement.

Sous l'ombre du chapeau et d'un buisson de sourcils, Tournemine rencontra le regard de deux yeux verts semblables à de jeunes pousses au printemps. En dépit de l'aspect peu engageant du personnage, ce regard lui fit éprouver une agréable impression de fraîcheur venant après la splendeur légèrement compassée de l'aide de camp.

– Puis-je, sans vous offenser, demander si cet avis est autorisé? dit-il courtoisement.

– Peut-être... et peut-être aussi que vous n'avez pas le choix. A part ce brave type de docteur Durand qui est aux prises avec le choléra, personne ne soignera votre esclave...

– Ce n'est pas un esclave et je ne vois pas pourquoi, si j'y mets le prix, on me refuserait des soins. Mon or, lui, n'a pas la peau noire.

– C'est exact et je serais enchanté de faire sa connaissance car, depuis quelque temps, nous ne nous saluons même plus. Quant aux médecins d'ici, vous en trouverez peut-être un qui se laissera tenter mais il amputera et cet homme, j'en jurerais, en mourra aussi sûrement que si on laisse faire la gangrène. De toute façon, vous n'avez rien à perdre. Même si je n'en ai pas l'air, je suis médecin... et pas plus mauvais qu'un autre.

Une tempête de rires et de quolibets salua cette déclaration qui semblait être la chose la plus drôle entendue depuis longtemps sur le port du Cap. M. de Rendières se contenta, pour sa part, de hausser ses épaulettes d'or.

– Ne vous laissez pas circonvenir par cet homme, chevalier! C'est le pire ivrogne qui ait jamais traîné les bouges du port. On l'appelle « L'Eponge ».

– Jamais dit que je n'étais pas un ivrogne, admit l'autre dignement. Chacun prend son plaisir où il le trouve. Mais ça n'a jamais voulu dire que je ne sois pas aussi médecin. Alors, monsieur, vous vous décidez? Si on ne fait pas quelque chose votre nègre sera mort dans un ou deux jours.

– Que proposez-vous de faire?

– Ouvrir cette jambe et voir ce qu'il y a dedans.

– Quelle folie! s'écria Rendières. Et où pensez-vous faire cette belle opération, bonhomme? Sur une table de taverne entre un verre de rhum et des détritus de poisson?

L'étrange médecin haussa ses épaules osseuses qui bosselaient son tricot crasseux.

– Sur le bateau. Il a l'air beaucoup plus propre que n'importe quelle baraque de ce putain de port. L'eau est unie comme de la soie et il n'y aura pas de tempête avant ce soir...

Pour toute réponse, Gilles se tourna vers Pongo qui, sans un mot, avait suivi la scène.

– Comme dit cet homme nous n'avons pas le choix. Qu'en dis-tu?

– Chez nous, plus grands sorciers être souvent les plus sales!

– Alors, rembarquons!

Puis, se tournant vers l'aide de camp :

– ... Je cours la chance, monsieur. Croyez-moi tout à fait votre serviteur... et celui de M. le gouverneur. Venez-vous, docteur... euh?...

– Liam Finnegan, monsieur! Attendez-moi seulement un instant.

Avant que Gilles ait pu lui répondre, il avait pris sa course vers une ruelle encaissée entre deux cabanes aux toits de palmes qui étaient des cabarets, y entra en trombe et en ressortit presque aussitôt, serrant sous son bras un sac de cuir noir, puis revint vers la chaloupe dans laquelle il sauta. Il s'installa au fond, près du blessé dont il prit le pouls, puis relevant sur Gilles qui l'observait avec curiosité les petites feuilles vertes de son regard :

– Cette blessure, fit-il en désignant la longue déchirure dont les lèvres boursouflaient, comment se l'est-il faite ?

Brièvement, Tournemine raconta la rencontre avec la *Santa Engracia* et le drame dont il avait été le témoin. Finnegan l'écouta sans mot dire, la tête dans les épaules, courbant le dos comme si la malédiction transportée par le négrier pouvait peser encore sur cette matinée ensoleillée. Ce fut seulement quand on atteignit l'échelle de coupée qu'il se redressa.

– Tout homme qui attente à la liberté de son semblable est maudit de Dieu ! grogna-t-il. Le malheur c'est qu'il est impossible de faire admettre à la plus grande partie de la race blanche que la race noire lui est semblable... Allons-y, maintenant.

Une fois à bord, il examina d'un vif coup d'œil le pont étincelant de propreté, réclama une table en bois lavée au savon noir et installée sous un tendelet de toile pour protéger le blessé des rayons du soleil. Puis, au capitaine Malavoine qui accourait, quelque peu surpris d'un retour aussi prompt, il réclama de l'eau bouillie, de la charpie, une pleine gourde de rhum et quatre de ses matelots les plus vigoureux pour maintenir le patient immobile sur la table quand il inciserait sa jambe.

Puis, arrachant sa chemise qui révéla un torse maigre mais musclé, il entreprit, à l'aide d'un savon et d'un seau d'eau, de se laver soigneusement, principalement les bras et les mains. Enfin, ouvrant le petit sac de cuir il en tira divers instruments de chirurgie dont l'acier impeccable étincela au soleil.

Il en choisit quelques-uns, les passa dans la casserole d'eau bouillante que lui apportait le mousse puis, sur son pouce, éprouva le fil d'un scalpel à manche court.

Pendant ce temps, on avait étendu Moïse, pratiquement assommé par une rasade de rhum à laquelle Finnegan avait joint une petite pilule noire, sur la table aux quatre coins de laquelle se tenaient quatre des plus vigoureux marins du *Gerfaut*. Pour plus de sûreté, une sangle placée au milieu du corps l'amarrait solidement à la table.

Avec une curiosité étonnée, Gilles avait suivi tous les agissements de l'étrange médecin. Il n'en avait encore jamais vu se livrer à une telle débauche d'ablutions et de nettoyage et ne put s'empêcher d'en faire la remarque. L'homme qu'il avait pêché sur le port était si sale que cette soudaine passion pour l'eau et le savon avait quelque chose de confondant.

Au milieu de la broussaille, encore dégoulinante d'eau de sa chevelure et de sa barbe, l'œil vert de Finnegan pétilla d'ironie.

– Comme d'ordinaire je n'ai rien d'autre à faire que traîner au soleil et boire du rhum quand j'ai un peu d'argent, je ne vois pas pour quoi ou pour qui je me laverais, dit-il. Mais j'ai remarqué que la propreté minutieuse donnait de bons résultats en matière de chirurgie. Pour les malades, tout au moins, car pour moi, cela m'a valu d'être chassé de la faculté de médecine de Dublin : j'avais traité de cochon et d'assassin un professeur qui opérait une femme après avoir disséqué un cadavre en cours magistral sans avoir stationné un instant devant une cuvette...

– Mais comment êtes-vous venu jusqu'ici? Et pourquoi y restez-vous?

– Comment je suis venu jusqu'ici? Avec l'amiral Rodney, à bord du *Formidable*. Nous nous sommes séparés... euh à l'amiable après la bataille des Saintes qui a vu la défaite de votre grand chef, l'amiral de Grasse. Un point de protocole sur lequel nous n'étions pas d'accord. J'ai débarqué à la Guadeloupe et j'ai entrepris de visiter les îles en voyageur libre. Et si j'y reste, c'est tout bêtement parce que cela me plaît. Irons-nous, à présent, ouvrir cette jambe? Je crois que le malade est prêt...

Tout était prêt, en effet, grâce à Pongo qui avait appliqué, à la lettre, les instructions du médecin. Moïse ne gémissait plus mais respirait fortement en faisant entendre un petit ronflement.

D'un doigt, Finnegan releva l'une de ses paupières puis son œil, soudain aussi acéré que la lame qu'il tenait en main, fit le tour des quatre hommes.

– Il dort mais il peut bouger dans son sommeil sous la morsure de l'acier. Rassemblez vos forces, garçons, et maintenez-le-moi solidement.

Quatre paires de mains s'emparèrent simultanément des bras et des jambes du géant tandis que le médecin, se penchant sur son patient, pratiquait une première et longue incision. Si profond semblait être le sommeil où était plongé Moïse qu'il ne frémit qu'à peine lorsque la lame entama sa chair.

Fasciné, Gilles suivait du regard le jeu précis et rapide des longs doigts qui, sans hâte excessive cependant, ouvraient cette jambe, écartant les faisceaux de muscles, épongeant le sang à mesure qu'il suintait. Soudain, une odeur infecte s'échappa du corps que les hommes en sueur maintenaient avec plus de peine à présent et emplit un instant l'espace couvert par la toile de tente tandis qu'un flux verdâtre s'écoulait hors de l'incision, vite épongé par Pongo qui, à demi nu lui aussi, s'était mis au service du chirurgien et obéissait instantanément aux ordres que celui-ci donnait machinalement.

Il épongea longtemps, la réserve d'infection semblant inépuisable dans cette jambe noire. Enfin, le flux nauséabond se teinta de rouge puis ne fut plus que rouge et enfin s'arrêta tandis qu'au bout d'une pince, Finnegan brandissait une balle de plomb...

– Cet homme était blessé avant d'entrer dans l'eau, commenta-t-il tranquillement. Ce n'est pas un requin, j'imagine, qui lui a tiré dessus avec un pistolet. Il est même à peu près certain qu'il avait reçu cette blessure un jour ou deux avant son plongeon, probablement au cours de la révolte. La déchirure que vous avez soignée – et très bien soignée à ce que l'on dirait – l'a dissimulée. Je suppose, d'ailleurs, qu'elle a été causée par la rencontre d'une roche sous-marine et non par un requin. Ce genre de bestiaux ne se contente pas souvent d'un si modeste prélèvement...

Tout en parlant, Finnegan installait un drain, recousait autour les lèvres de sa longue incision initiale avec des soins de bonne ménagère puis, enfin, enveloppait le membre à présent totalement inerte dans un drap propre déchiré en larges bandes.

– Emportez-le dans sa couchette et laissez-le dormir, dit-il enfin en se détournant de la table comme si elle et son occupant avaient soudain perdu tout intérêt. Il va dormir un bout de temps grâce à la pilule d'opium que je lui ai fait avaler tout à l'heure. Ensuite, je pense que tout ira bien.

Saisissant le flacon de rhum dont il avait fait avaler une partie à Moïse, il le vida jusqu'à la dernière goutte, se torcha la barbe du revers de sa main et soupira :

– Si vous allez à votre plantation, le mieux serait de laisser ce Noir à bord. Les blessures cicatrisent toujours beaucoup mieux près de la mer. A présent, si vous voulez bien me ramener au port...

Il était en train de s'introduire de nouveau dans son tricot rayé quand Gilles l'arrêta.

– Moïse n'était pas le seul malade à bord. J'ai encore quelqu'un à vous montrer. La femme de chambre de ma femme s'est cassé un bras pendant une tempête. Le capitaine Malavoine lui a donné des soins mais j'aimerais l'avis d'un médecin... très compétent.

Finnegan accepta le compliment d'un sourire amer et suivit Gilles dans l'escalier qui menait aux cabines. Leur double entrée fit lever Judith qui se tenait assise sur le pied de l'étroite couchette où Fanchon reposait. Son ample robe tenait presque tout l'espace libre et, avec un sourire d'excuses, elle se retira, non sans avoir gratifié d'un coup d'œil surpris celui qu'on lui présentait comme un excellent médecin.

Celui-ci, visiblement ébloui, ne put s'empêcher de suivre du regard le nuage bleu et parfumé de sa robe sans même songer à regarder sa patiente éventuelle et s'en excusa.

– Mme de Tournemine est sans doute l'une des plus belles dames qu'il m'ait été donné de contempler, dit-il. En outre, il y a fort longtemps que je n'ai eu la joie de voir une femme rousse. En Irlande, beaucoup de nos femmes le sont...

– Elle n'est pas irlandaise mais bretonne, comme presque tous ici. Nous sommes donc cousins germains.

Le bras de Fanchon, parfaitement soigné par Malavoine, au dire de Finnegan, ne présentait aucun problème. La jeune femme avait d'ailleurs retrouvé une mine satisfaisante et le docteur se contenta de lui prescrire la consommation de fruits frais et de fromages de chèvre que l'on trouvait facilement dans l'île et qui aideraient à la recalcification de son bras.

– Dans quelques jours, conclut-il, tout votre monde pourra vous rejoindre à *Haute-Savane* et y achever sa convalescence.

– Vous connaissez le domaine? demanda Gilles surpris de l'aisance avec laquelle l'Irlandais avait mentionné le nom de cette terre encore inconnue pour lui-même.

– J'y suis allé une fois ou deux du temps du vieux M. de Ferronnet. Il était tombé de cheval presque à mes pieds, un matin de vente d'esclaves, en arrivant un peu trop vite à la Criée. Je l'ai réparé de mon mieux et il m'avait un peu adopté... en tant que médecin tout au moins. J'avoue que je l'aimais assez : il avait le meilleur rhum de toute l'île.

La voix traînante à l'accent irlandais parut à Gilles avoir traîné plus encore que d'habitude, comme si Liam Finnegan avait éprouvé le besoin d'en rajouter mais, de même que Moïse avait, par son héroïsme passionné, conquis son intérêt, cette boule de poils hirsutes aux mains de miracle qui semblait traîner derrière elle un univers d'amertume et de désenchantement l'attirait plus qu'il ne l'aurait peut-être souhaité.

– N'y a-t-il vraiment que le rhum qui, pour vous, présente quelque intérêt sur cette terre?

– Pourquoi pas? Il apporte la chaleur, l'oubli, une douce euphorie...

– Et d'affreux maux de tête quand on en abuse. Vous êtes un homme de valeur. Pourquoi vous détruire ainsi à plaisir? Car vous n'ignorez pas, n'est-ce pas, que vous êtes en train de vous détruire?

Il vit la colère flamber dans les yeux verts du médecin et crut, un instant, qu'il allait se jeter sur lui. Bien qu'il fût un peu moins grand que lui, Finnegan, s'il eût été moins maigre, eût sans doute été d'une force redoutable et, instinctivement, il banda ses muscles, attendant le choc. Mais l'Irlandais se calma aussi vite qu'il s'était emporté.

– Qu'est-ce que ça peut bien vous foutre? dit-il avec insolence. J'ai soigné votre nègre, j'ai examiné votre bonne femme, alors bonsoir! Donnez-moi, au choix, un tonnelet de rhum ou deux ou trois pièces d'argent et nous serons quittes.

– Pourquoi ne pas venir avec nous à *Haute-Savane*? Il n'y a certainement pas de médecin là-haut et je suis prêt à payer très cher vos services.

Pour la première fois depuis qu'il l'avait rencontré, Gilles entendit rire Finnegan et vit briller, dans la broussaille de sa barbe, ses solides dents blanches.

– Qu'y a-t-il de si drôle dans ma proposition?

– Que moi j'aille vivre là-haut, sur le même méridien que Simon Legros? Non, mon cher monsieur. Je tiens trop à ma peau si mal entretenue qu'elle soit.

– Qu'aurait-elle à craindre de lui?

Finnegan ne répondit pas tout de suite. Pendant un moment qui parut à Gilles une éternité, il considéra son interlocuteur, le jaugeant visiblement à son poids exact de muscles, d'énergie et d'intelligence.

– Vous ne le connaissez pas, n'est-ce pas? Vous ne l'avez jamais vu?

– Comment l'aurais-je pu? Il y a deux mois seulement, j'ignorais encore que j'allais acheter *Haute-Savane* et planter ma tente à Saint-Domingue. Je comptais acheter en Louisiane.

– Vous auriez sans doute mieux fait. Si encore vous étiez seul. Mais il y a des femmes blanches avec vous et la vôtre est singulièrement belle.

– Que voulez-vous dire, à la fin? Expliquez-vous. Ce n'est tout de même pas le diable, votre Simon Legros?

– Pas le diable en personne, non... mais une assez bonne imitation. Je me bornerai à vous dire ceci, monsieur de Tournemine : Simon sème la terreur là-haut. Il martyrise les Noirs qu'il utilise jusqu'à épuisement total. Personne ne renouvelle son cheptel aussi souvent que lui. Mais, qui plus est, il ne tolère aucun Blanc dans ce qu'il prend petit à petit l'habitude de considérer comme son empire. Le jeune Jacques de Ferronnet ne s'y est pas trompé qui a préféré prendre la poudre d'escampette après la mort... peut-être un tout petit peu trop rapide et rapprochée, de son père et de sa mère. Si j'étais vous, je mettrais rapidement *Haute-Savane* en vente et je reprendrais à la fois la mer et mes projets en Louisiane.

– Seulement, vous n'êtes pas moi, fit Gilles avec une douceur qui n'excluait pas une inébranlable fermeté. J'ai combattu avec La Fayette, Washington et Rochambeau, docteur. J'ai combattu, en Espagne et en France, des ennemis au moins aussi redoutables que ce Legros parce qu'ils étaient beaucoup plus haut placés et beaucoup plus cachés et, même dans mon enfance, je n'ai jamais eu peur de Croquemitaine. Mais je m'étonne que les autorités de cette île n'aient pas mis bon ordre à un tel état de choses. Après tout, Legros n'est que l'intendant d'une plantation. On pouvait le châtier, il me semble?...

– On pouvait, en effet, mais on ne l'a pas fait. Dans cette île, monsieur, où les propriétaires de plantations vivent souvent une partie ou même la totalité de l'année en France, les intendants sont une puissance avec laquelle il faut compter. Notre homme... ou plutôt le vôtre, n'est pas si mal en cour, que ce soit auprès du gouverneur ou même de l'intendant général, M. de Barbé Marbois. Il a l'art des présents judicieux et, si vous entrez en lutte contre lui, vous pourriez vous en apercevoir. Entre un nouveau venu, un inconnu... qui commence d'ailleurs par refuser de se rendre au Palais parce qu'il entend soigner un nègre, et un homme déférent, respectueux de la hiérarchie et capable de rendre certains services, je crains que l'on n'hésite pas beaucoup. Quant à moi, je n'hésite pas du tout : merci de vouloir vous charger de ma rédemption en m'offrant un poste honorable, mais j'aime mieux marcher pieds nus que pourrir à un croc de boucher dans le hangar aux pénitences de Simon Legros. Puis-je à présent espérer que vous me ferez ramener à terre?

Sans répondre, Gilles fouilla dans sa poche, en tira sa bourse bien remplie et, sans même en examiner le contenu, la mit dans la main du médecin qui la fixa incontinent à la ficelle où s'attachait son pantalon.

– Comme vous voudrez, docteur, dit-il enfin. Vous pouvez repartir, le canot vous attend. Je vous remercie encore de vos soins. Reviendrez-vous voir vos malades?

– Pour la femme, c'est inutile. Pour le Noir, je reviendrai demain matin. Peut-être aurez-vous réfléchi et changé d'avis...

– Je ne crois pas. Je vous dis donc au revoir car demain vous ne me reverrez pas. Je compte monter, dès l'aube, à *Haute-Savane*...

Sans rien ajouter, Liam Finnegan s'inclina, suivi de son hôte, et remonta sur le pont. Il se dirigeait vers la coupée au bas de laquelle l'attendait le canot quand il croisa soudain Anna Gauthier et sa fille qui, après avoir contemplé un moment le mouvement si coloré du port, revenaient vers l'arrière du navire où le repas du milieu du jour n'allait pas tarder à être sonné.

Elles causaient entre elles et ne prêtèrent aucune attention à cet homme qui pouvait être aussi bien un ouvrier du port qu'un vagabond et, sans le regarder, passèrent auprès de lui à le toucher et s'éloignèrent.

Gilles vit alors Finnegan se figer sur place puis lentement, lentement, se détourner pour suivre des yeux les deux femmes. Et ce fut seulement quand elles eurent disparu que, semblable à un homme qui sort d'un songe, il reprit son chemin mais d'un pas beaucoup plus lent, presque hésitant.

Il venait de commencer à descendre l'échelle de corde pendant au flanc du navire quand, brusquement, il releva la tête, chercha Tournemine qui, planté près du grand mât, mains au dos et jambes écartées, l'observait.

– Si vous aviez encore besoin de moi, cria-t-il, cherchez l'échoppe de M. Tsing-Tcha (1), l'apothicaire chinois du marché aux Herbes. C'est là que j'habite.

– Même si ce besoin se situe à *Haute-Savane*? persifla Gilles.

– Même. Quand un fou rencontre encore plus fou que lui, il se doit à lui-même de lui venir en aide. Je vous souhaite bonne chance, monsieur le chevalier...

– Bonne chance à vous aussi, docteur Finnegan.

Le soleil au zénith brûlait la mer et la terre. Les bruits du port peu à peu s'engourdirent, laissant la parole au clapotis léger des vagues contre les coques des navires à l'ancre.

LE PREMIER JOUR

Il était écrit quelque part qu'en dépit de sa hâte à faire connaissance avec son nouveau domaine, Gilles de Tournemine serait obligé de retarder son départ. En effet, lorsqu'il se présenta, au début de l'après-midi, devant la belle maison ocre aux balcons à l'espagnole qui abritait, rue Dauphine, l'étude et la vie familiale de maître Maublanc,

(1) « Thé Vert ».

notaire de la famille Ferronnet, afin de régulariser avec lui les actes passés à New York chez maître Hawkins, il ne put obtenir d'être reçu par le tabellion. Un grand nègre à la mine importante, vêtu d'une livrée de soie bleue et portant perruque, lui apprit que « Missié Notai'e » était au fond de son lit avec la fièvre, une grosse angine, et l'interdiction absolue de bouger comme de recevoir.

Néanmoins, averti de la présence de ce visiteur de marque et surtout du but de sa visite, il fit ouvrir devant lui un petit salon jaune dans lequel un superbe ara bleu semblait résider à demeure au milieu d'une abondance de fleurs, et lui dépêcha sa femme. C'est ainsi que Gilles put voir de près, pour la première fois, une de ces fameuses créoles qui, en Europe, alimentaient assez fréquemment les conversations masculines.

Celle-là n'était plus de la toute première jeunesse mais l'âge mûr, atteint dans une vie essentiellement paresseuse et abritée d'un soleil trop ardent, l'avait dotée de formes moelleuses et d'une peau encore fraîche, d'une délicate couleur ivoirine que le généreux décolleté de son « déshabillé (1) » en mousseline des Indes révélait avec abondance. Des branches de jasmin piquées dans des cheveux couleur d'acajou coiffés « en négligé » lui donnaient, en outre, beaucoup plus l'air, selon l'éthique personnelle de Gilles, d'une dame de petite vertu que d'une épouse de notaire telle que le modèle s'en perpétuait en France. Mais les nombreux bijoux d'or, chaînes, bracelets, bagues et colliers qui tintinnabulaient sur elle faisaient grand honneur à la fortune de son mari.

– Ah! monsieur le chevalier, quel dommage, en vérité! Quel affreux manque de chance que mon époux ait pris cette malencontreuse maladie! Nous

(1) Robe ample et légère fort à la mode aux Iles.

vous attendions avec tant d'impatience depuis que M. de Ferronnet a écrit pour nous annoncer la vente de ses terres! Il l'a fait en termes si flatteurs pour vous que nous brûlions de vous accueillir. Il est si agréable d'avoir de nouveaux « habitants » de qualité! Les propriétaires de plantations n'ont que trop tendance à demeurer en France et à nous abandonner à nos maigres ressources...

– Je suis là pour rester, madame, et, puisque j'ai l'honneur de vous saluer présentement, je regrette moins de ne pas rencontrer maître Maublanc.

– D'autant que vous n'attendrez pas très longtemps. Mon mari m'a chargée de vous dire qu'il s'efforcera de vous recevoir après-demain en fin d'après-midi, quel que soit l'état de sa santé. Vous devez avoir hâte, naturellement, de vous rendre chez vous...?

– Naturellement. Je pense d'ailleurs m'y rendre dès demain pour un premier contact, laissant ma femme et la plupart de mes gens sur mon bateau.

– Dès demain? Quelle hâte! Pourquoi ne pas demeurer ici quelque temps? Nous serions heureux de vous recevoir pour faire plus ample connaissance. Cette maison est si grande! Ce n'est pas la place qui manque et...

– Madame, madame! Je vous sais un gré infini d'une si gracieuse invitation qui ne pourrait que vous déranger... inutilement d'ailleurs car, si nous souhaitons demeurer quelques jours ici, notre bateau est suffisamment confortable. Quant à moi, comme vous le disiez si justement, j'ai grande hâte de connaître *Haute-Savane* et c'est pourquoi demain...

La dame battit des paupières et agita ses petites mains grassouillettes dont les bracelets tintèrent comme un carillon miniature.

– Oh! que cela m'ennuie de vous contrarier ainsi, dès notre première rencontre, soupira-t-elle de sa voix légèrement zézayante. Mon époux pense qu'il est préférable que vous attendiez d'avoir en main vos actes parfaitement signés et contresignés. Voyez-vous... le gérant de votre plantation, un homme extraordinairement dévoué à ses maîtres, ne peut qu'éprouver un grand chagrin de s'en séparer. C'est... un homme difficile.

– Je sais. Ce n'est pas la première fois que j'entends parler du sieur Simon Legros. M. de Ferronnet m'a prévenu...

– Peut-être un peu trop, alors ? M. Legros est dur, brutal même, mais c'est un grand honnête homme, et d'un dévouement !... L'arrivée d'un nouveau maître ne l'enchante pas, bien sûr, et tel que nous le connaissons il ne laissera personne franchir le seuil de l' « habitation Ferronnet » sans être bien certain qu'il en est le légitime propriétaire. Il faut donc, sinon la présence de maître Maublanc lui-même, au moins les papiers bien en règle. Ne vous offensez pas. Plus tard vous découvrirez combien un serviteur aussi fidèle est chose précieuse...

– Nous verrons cela à l'usage, madame. Eh bien, ajouta-t-il, s'efforçant de dissimuler sa déconvenue sous un sourire courtois, j'attendrai donc le rendez-vous de maître Maublanc à qui vous voudrez bien transmettre mes vœux de prompt rétablissement...

Eulalie Maublanc battit des mains comme une petite fille à qui l'on vient de promettre une robe neuve.

– Que c'est bien d'être si raisonnable ! Que je suis heureuse ! Nous allons nous voir, j'espère. Mais que je suis donc sotte et malapprise ! Je vous tiens debout ici, par cette chaleur, sans vous offrir le moindre rafraîchissement ! Fifi-Belle, Fifi-Belle ! Apporte des rafraîchissements tout de suite, paresseuse ! Asseyez-vous donc, chevalier ! Prendrez-vous une orangeade, une raisinade, un punch ?... Je ne vous propose pas de tafia, ce serait indigne de vous.

Une petite Négresse, coquettement vêtue d'un jupon de soie rouge sous une candale (1) blanche brodée de petites fleurs, un « mouchoir-tête » drapé autour de sa tête ronde et de grands anneaux de cuivre aux oreilles, venait d'entrer, portant un plateau chargé de verres qu'elle vint offrir à Tournemine cependant que Mme Maublanc ondulait jusqu'à un sofa où elle s'étendit à moitié, repoussant la mousseline de sa robe pour faire, à son visiteur, place à son côté.

– Venez vous asseoir là et causons un instant. Ce sera une charité envers une pauvre jeune femme très seule. Je m'ennuie tant!... Vous, vous arrivez de France, vous ne pouvez pas savoir. Ici, c'est le bout du monde... et vous, vous venez de France. De Paris et peut-être même de Versailles? On dit que vous êtes officier aux Gardes du Corps?

Pensant que les on-dit semblaient aller à bonne allure, Gilles, ne sachant trop comment se débarrasser de cette femme envahissante, prit au hasard un verre qui se révéla être une boisson douceâtre qu'il eût jugée infecte si elle n'eût été convenablement glacée et posa une fesse sur le bout du sofa, ne tenant nullement, vu le peu de place qu'on lui laissait, à approcher de trop près cette femme dont le lourd parfum de jasmin commençait à l'entêter. D'où il était, sa haute taille lui faisait déjà dominer suffisamment le large décolleté dont le contenu lui paraissait tout à coup singulièrement houleux. Mais il ne put éviter une main trop douce et légèrement moite qui se posa sur la sienne.

– Allons, méchant, ne vous faites pas prier! Parlez-moi de Versailles. Vous connaissez la reine?

– J'ai déjà eu l'honneur d'approcher Sa Majesté,

(1) Jupe ample et courte que l'on portait retroussée plus ou moins sur un jupon.

mais cet honneur remonte à plusieurs mois et je ne saurais vous donner de nouvelles fraîches de Versailles. Avant de m'embarquer, j'ai séjourné assez longtemps en Bretagne, ma contrée natale, et je viens actuellement de New York.

– Eh bien! parlez-moi de la reine. Est-elle aussi belle qu'on le dit? Et qui est son amant, en ce moment?

Il bénit hypocritement la phrase grossière et maladroite qui lui permettait de monter quelque peu sur ses grands chevaux... et de se relever dignement. En effet, faute de pouvoir l'attirer à elle, la dame avait entrepris de faire elle-même le chemin et se rapprochait dangereusement.

– Madame, dit-il gravement, j'ai peine à croire qu'une personne de votre qualité puisse prêter sa délicate oreille à de tels ragots. J'ai, personnellement, beaucoup de dévotion pour Sa Majesté le roi, un couple des plus unis. Je vous prie de me permettre de prendre congé... à regret comme bien vous l'imaginez, mais je dois me rendre à présent à l'Intendance.

Le soupir qui s'échappa de la poitrine d'Eulalie aurait suffi à gonfler une montgolfière.

– Oh! déjà? Nous nous sommes à peine vus. Mais vous reviendrez, n'est-ce pas?

– Certainement, madame. Après-demain...

Il eut droit à un nouveau soupir, plus gros encore que le premier si possible. Alors, se demandant si la dame n'allait pas lui sauter au cou, il se hâta de baiser la main grassouillette qui lui parut encore plus moite et battit en retraite vers la porte que lui ouvrit la négrillonne. Un instant plus tard, il foulait de nouveau le pavé poussiéreux des larges rues tirées au cordeau du Cap-Français avec l'impression réconfortante d'avoir échappé à un piège.

La chaleur était accablante, mais il eut tout de même l'impression de respirer mieux que dans la fraîche demeure du notaire. Cette mauvaise impression tenait sans doute à l'accueil, un rien trop affectueux, d'Eulalie Maublanc et peut-être au ton louangeur qu'elle employait pour parler de Simon Legros. Le notaire, lui, était sans doute un très brave homme que Gilles était tenté de plaindre d'être lié à ce genre de femme.

S'il n'eût écouté que son tempérament combatif, il eût exigé ses papiers tout de suite (après tout n'importe quel clerc devait pouvoir les lui donner) ou bien il eût laissé entendre qu'il s'en passerait bien pour aller prendre possession de son domaine, mais il s'efforça à quelque patience. Etant nouveau venu, il lui paraissait normal de faire quelques concessions aux manies et coutumes locales et de commencer à s'habituer dès à présent au rythme de vie, forcément ralenti, d'une ville tropicale. Ici, vraisemblablement, le temps ne comptait pas et une attente de deux jours de plus ou de moins ne devait avoir aucune espèce d'importance...

Ayant, de ce fait, du temps devant lui, il s'accorda le loisir d'une promenade à pied à travers cette ville dont il importait qu'elle lui devînt rapidement familière. Pour sa visite au notaire il avait, naturellement, changé de vêtements, troquant son fastueux mais pesant uniforme contre l'une de ces tenues de planteur qu'il avait fait faire à New York dans un coutil blanc à la fois léger et solide : habit à pans carrés et à boutons d'or largement ouvert sur une chemise de fine batiste et une cravate simplement nouée, la culotte assortie disparaissant dans des bottes souples. Un chapeau de paille fine cavalièrement retroussé sur le côté et une canne à pommeau d'or complétaient cette tenue aussi élégante qu'agréable. Mais si Tournemine, en se mettant à la mode du pays, pensait passer inaperçu, il se trompait. En dépit de ses trente-sept rues tracées d'est en ouest et des dix-neuf qui les croisaient, en dépit d'un arrière-pays truffé de plantations diverses, le Cap était en fait une assez petite ville où chacun se connaissait et de nombreuses paires d'yeux suivirent la promenade de cet étranger de si haute mine – aussi bien au propre qu'au figuré.

Insoucieux de tous ces regards, il trouva plaisir à plonger dans la foule bruyante et violemment colorée qui, sous les branches ardentes des flamboyants ou les grappes bleues des jacarandas, semblait mener une kermesse permanente. Les Noirs étaient la majorité, mais tous n'étaient pas, tant s'en faut, en guenilles. Les esclaves « de maison » presque tous nés dans l'île et ayant reçu une certaine éducation étalaient des cotonnades claires, fleuries ou rayées, blanches, bleues, rouges et jaunes principalement, de hauts bonnets de mousseline, de gaze ou de foulard pour les femmes. Les affranchis, Noirs ou mulâtres, ne se distinguaient des Blancs que par la couleur de la peau et un goût plus prononcé pour les teintes vives. Certains affichaient même un luxe extrême dans le choix des tissus de leurs vêtements et dans leurs bijoux. Auprès de ces hommes et de ces femmes dont le mélange des sangs avait souvent affiné les traits jusqu'à produire d'extraordinaires beautés, les nègres fraîchement débarqués, les « bozales », offraient un contraste frappant, celui de la sauvagerie et de la misère côtoyant l'aisance et la civilisation.

L'exotique beauté des femmes rencontrées attira souvent le regard de Tournemine. Il croisa des Noires qui ressemblaient à des idoles dédaigneuses sculptées dans l'ébène la plus lisse, des mulâtresses dorées comme des fruits mûrs qui promenaient avec elle une sensualité à fleur de peau. Il salua des femmes blanches qu'à leur élégance, peut-être un peu en retard sur les modes de Versailles mais compensée par le gracieux laisser-aller antillais, il reconnut pour des dames de la société. Coiffées de grands chapeaux penchés sur de hauts bonnets de dentelle où s'emprisonnaient leurs chevelures, ou encore de gazes scintillantes, vêtues de blanc éclatant ou de couleurs tendres empruntées à toutes les nuances de l'arc-en-ciel, elles passaient nonchalantes au trot de calèches découvertes ou balancées au pas rythmé de quatre solides porteurs noirs dans de légers palanquins d'acajou garnis de rubans de soie claire dont les grands rideaux de mousseline couleur d'aurore, d'azur ou de neige, se gonflaient sous le vent léger comme les voiles de minuscules navires.

Séduit un peu plus à chaque pas, Gilles erra dans des ruelles étroites au sol en terre battue (seules quelques rues principales étaient pavées) bordées de charmantes maisons à un seul étage, mais dont les balcons couverts étaient autant de dentelles de fer peintes en blanc, en bleu ou en ocre. Les murs étaient passés au lait de chaux ou bien peints en jaune clair avec le tour des fenêtres blanc. De hautes palmes et des foisonnements de plantes grimpantes débordaient de tous les murs de jardin et de beaucoup de balcons.

Il rêva sur de charmantes places ombragées où chantaient de petites fontaines, s'attarda dans l'élégant cours Villeverd qui était l'artère la plus huppée de cette ville coloniale que sa grâce et son raffinement, sa vie joyeuse aussi, avaient fait surnommer « le petit Paris ». Un Paris infiniment plus gai, moins boueux et beaucoup plus ensoleillé que son modèle européen.

Dans la rue de la Joaillerie, il pénétra dans une boutique fraîche, fleurant la cannelle, acheta pour Judith un étonnant collier, sorte de haut carcan d'or ciselé comme une dentelle et garni d'une diaprure de perles fines, une belle croix d'or pour Anna et, pour Madalen, un mignon bracelet de petites perles alternant avec de minces folioles d'or. Quand il quitta la boutique, salué très bas par le bijoutier, celui-ci n'imagina pas un instant que seul le bracelet avait quelque importance aux yeux de son fastueux client et que croix et carcan n'avaient été que des alibis.

Ses présents bien rangés au fond de ses vastes poches, Gilles remontait les trois marches qui, de la boutique en contrebas, rejoignaient la chaussée quand une négrillonne qui pouvait avoir une dizaine d'années se jeta littéralement dans ses jambes en frétillant comme un petit chien, manquant de les jeter par terre tous les deux.

– Où cours-tu si vite? demanda-t-il en la remettant d'aplomb sur ses pieds nus qui dépassaient d'un vaste cotillon de soie jaune retroussé sur un jupon brodé.

La gamine leva vers lui une petite figure ronde comme une sombre lune fendue par un large sourire neigeux.

– Toi vini' acheter zolies choses, missié? Toi 'iche! Toi géné'eux?

– Tu es bien curieuse! Qu'est-ce que ça peut te faire?

– Oh! à moi, 'ien, mais là-bas, zolie ma'ame veut voi' toi...

Là-bas, c'était, posé à l'ombre d'un gigantesque flamboyant, un grand palanquin dont les rideaux de soie jaune, soigneusement tirés, étaient garnis de crépines d'or.

– Il y a là-bas une dame qui veut me voir? Pourquoi? Elle ne me connaît pas.

– Li vu, li ma' qué (1)!

Un peu méfiant car le palanquin au repos était gardé par quatre Noirs dont les pectoraux luisants avaient quelque chose d'inquiétant, Gilles hésitait.

(1) Elle t'a vu. elle t'a remarqué.

Comme pour l'encourager, la négrillonne cligna de l'œil et chuchota, la mine complice :

– Si li missié li aimer l'amou', li content...

Franchement amusé cette fois, il frictionna du bout des doigts la tête crépue de la gamine. Si c'était là le style des dames de petite vertu locale, il avait au moins le mérite de l'originalité et aussi celui de se présenter à point nommé. Par cette lourde chaleur, faire l'amour devait être merveilleusement rafraîchissant et tonifiant.

Jetant une piécette à la négrillonne qui l'attrapa avec une agilité de singe, il se dirigea résolument vers le palanquin. Comme il se penchait pour écarter l'un des rideaux, une longue main couleur de bronze clair chargée de lourdes bagues en surgit comme un aspic, saisit sa main et l'attira à l'intérieur avec une force étonnante chez une femme. Le rideau retomba sur lui et Gilles se retrouva à genoux au milieu d'une collection de coussins de satin jaune sur lesquels une femme était étendue.

Dans le clair-obscur du palanquin fermé, il vit qu'à l'exception d'un barbare collier d'esclave en or massif auquel pendait comme une goutte de sang une larme de rubis, elle était entièrement nue. Elle avait dû rejeter l'ample robe de soie noire repoussée dans un coin et, tapie parmi ses coussins dorés, elle observait son visiteur à travers les cils invraisemblablement longs qui abritaient des yeux couleur d'ambre semblables à ceux des chats. La coupe triangulaire du visage aux traits fins accusait cette ressemblance. Seule la bouche lourdement ourlée et l'énorme auréole de cheveux noirs aux frisures serrées qui la coiffait accusaient la négritude chez cette créature dont la beauté sauvage était celle d'une panthère...

Sans un sourire, sans un mot, mais sans cesser de le fixer de ses étranges prunelles, la femme attira Gilles sur son corps dont les seins pointus, fermes comme un marbre chaud, ne plièrent pas sous son poids. Un parfum inconnu, à la fois poivré et sucré, monta aux narines du chevalier tandis que les longs doigts de la femme s'aventuraient sur lui, mais il n'avait aucun besoin d'être excité à l'amour. Cette belle mulâtresse irradiait une intense sensualité et il fallait un seul coup d'œil pour avoir envie d'elle.

Ils firent l'amour en silence et se séparèrent sans avoir échangé une seule parole. La fille accepta la pièce d'or que Gilles lui offrait puis le poussa doucement dehors. A ce moment seulement il la vit sourire, d'un énigmatique sourire dont il ne parvint pas à démêler la signification.

A peine eut-il mis pied à terre que les porteurs soulevaient le palanquin qui s'éloigna paisiblement et disparut dans l'une des rues qui menaient au port. Gilles le suivit de loin sans aucune pensée d'observer où il se rendait, d'ailleurs. Simplement, c'était son chemin à lui aussi pour regagner son bateau, mais il se sentait extraordinairement bien, le corps dispos et l'esprit clair, amusé d'ailleurs par le fait que, dans cet étonnant pays, on pouvait faire l'amour dans la rue sans que personne s'en souciât. Il est vrai qu'en quittant l'inconnue au corps de bronze, il avait été surpris de constater qu'il n'y avait presque plus personne dans ces rues.

L'explication lui en fut fournie quand il déboucha sur le port, ou tout au moins s'efforça d'y déboucher et de gagner l'appontement où l'attendait le canot du *Gerfaut*. Toute la ville était là, ou peu s'en fallait, comme elle avait été là ce matin. Cette fois, il s'agissait de voir partir le vaisseau de la Marine Royale. Le *Diadème* allait reprendre la mer et, sur le môle, un groupe brillant de personnages officiels agitait mouchoirs et écharpes en direction des chaloupes qui ramenaient à bord le commandant et son état-major. Toutes les fenêtres donnant sur le port étaient garnies de femmes en robes claires dont certaines pleuraient tandis que sonnaient les fifres et battaient les tambours du régiment d'infanterie de la milice rangé en bon ordre devant les magasins du quai Saint-Louis. Apparemment, ceux qui partaient laissaient des regrets.

Non sans peine, Tournemine parvint à s'insinuer dans l'inextricable fouillis d'hommes, de femmes, d'enfants, de chiens, de moutons et même de porcs enchevêtrés aux chariots transportant les tonneaux de mélasse ou de sucre qui allaient prendre bientôt le chemin de la métropole car, depuis le début du mois, les récoltes de canne à sucre allaient leur train. Tout cela donnait une odeur qui n'avait rien de paradisiaque, encore aggravée par la pesanteur du temps et les nuages qui accouraient, annonçant l'orage, quotidien en cette saison. Et ce fut avec un soupir de soulagement que Gilles sauta dans la chaloupe et se fit ramener à bord.

Ce fut pour y essuyer une scène de ménage.

Debout à la coupée, Judith l'attendait, boudeuse et l'œil plus sombre que jamais.

– Puis-je savoir combien de temps vous allez encore nous garder ici, comme si nous étions une cargaison suspecte, soumise à quarantaine? Pourquoi n'allons-nous pas à terre?

– Je ne vois aucun inconvénient à ce que vous y alliez, mais accompagnée, bien sûr. Une dame de qualité ne se promène pas seule dans une ville comme le Cap-Français. Je ne peux guère vous conseiller d'emmener Fanchon. Son bras immobilisé s'accommoderait mal du contact de la foule, mais vous pouvez descendre avec Mme Gauthier et sa fille qui souhaitent sans doute elles aussi mettre pied à terre. Le lieutenant Ménard pourrait vous escorter...

– Ne tournez donc pas autour du pot. Pourquoi ne descendrais-je pas avec vous? Vous auriez pu m'emmener tout à l'heure au lieu de filer à l'anglaise pendant la sieste...

Mis de bonne humeur par sa petite aventure en dépit de la déconvenue essuyée chez le notaire, Gilles se mit à rire.

– Je vous ai dit, à déjeuner, que je devais voir le notaire. Je ne pouvais pas vous y emmener. Nous aurions eu l'air d'un couple de boutiquiers.

– Et vous avez passé tout ce temps-là chez le notaire? riposta Judith acerbe. J'ai peine à le croire car un message est venu tout à l'heure m'apporter une invitation instante, de la part de Mme Maublanc, à prendre logis chez elle durant le temps que nous resterons ici.

Cette fois, la belle humeur de Gilles disparut. Il n'aimait pas l'indiscrétion et l'insistance de cette femme était déplaisante. Installe-t-on des gens chez soi lorsqu'on a un malade à la maison?

– C'est ridicule! Cette Mme Maublanc est folle. Son mari a une angine. Avez-vous envie d'attraper son mal et de rester couchée huit jours chez un notaire? Allons, Judith, ne faites pas cette tête. Je vous emmènerai à terre demain puisque je ne pourrai prendre possession de mes papiers qu'après-demain.

– Cela ne me dit pas ce que vous avez fait après votre visite au notaire.

Il la regarda sans songer à dissimuler sa stupeur.

– Me feriez-vous l'honneur de surveiller mes faits et gestes et d'être jalouse?

– Moi, jalouse? Quelle sottise! Simplement je ne veux pas être traitée comme tous ces gens que vous avez emmenés et à qui vous pouvez imposer d'aller ou de rester là où il vous plaît et quand il vous plaît. Je suis votre femme.

– Personne n'a jamais dit le contraire. Et tenez, ceci vous prouvera, j'espère, que je ne vous ai pas oubliée durant cette première prise de contact avec le Cap.

Tirant de sa poche le plus grand des trois écrins qu'elle contenait, il l'offrit à la jeune femme interdite. Elle rougit brusquement.

– Pour moi?

– Mais, bien sûr! Comme vous l'avez si bien rappelé, vous êtes ma femme... et vous n'êtes guère riche en bijoux. Il est temps de remédier à cet état de choses si vous voulez tenir votre rang dans la société.

Avec une joie enfantine, elle ouvrit la boîte gainée de soie, en tira le joyau qu'elle fit jouer au bout de ses doigts.

– Que c'est joli! Et comme il va bien aller avec la robe blanche que je mettrai ce soir. Merci, Gilles, vous êtes un amour! Grâce à vous, je compte bien être la plus élégante, ce soir, au souper du gouverneur...

Toute à son plaisir, elle virevolta comme si elle allait se mettre à danser, sans cesser de contempler le collier posé sur sa main. Gilles l'arrêta.

– Qu'avez-vous dit? Le souper du gouverneur?

– Oh! c'est vrai, vous n'êtes pas au courant. C'est que le messager n'est venu qu'il y a une heure : M. le gouverneur des Iles Sous-le-Vent nous invite à souper ce soir dans ce beau palais que vous voyez là-bas, sur la colline.

– Oh non! gémit Gilles qui n'avait aucune envie de retourner à terre ce soir. Et vous avez accepté?

– Le moyen de faire autrement? Le messager est parti sans demander de réponse. Evidemment, cela ressemble davantage à un ordre qu'à une invitation normale, mais il serait peut-être bon de faire oublier votre désinvolture de ce matin. Une voiture nous attendra sur le quai à 9 heures.

– Allons! grogna-t-il, je vois qu'il n'y a pas moyen

d'y échapper. A présent, vous feriez mieux de rentrer. Le ciel devient noir et le vent se lève.

Comme pour lui donner raison, une pluie diluvienne s'abattit brusquement sur eux, noyant d'un seul coup le port plein de bateaux, la rade où le *Diadème*, esclave de la marée qui l'avait obligé à partir, louvoyait en attendant la fin de l'orage et l'île tout entière dont les contours devinrent curieusement irréels.

Laissant Judith regagner sa cabine, Gilles descendit voir comment allait Moïse et trouva Pongo auprès de lui. Le géant noir ronflait avec une ardeur réjouissante. Sa peau, grise ce matin, retrouvait sa belle teinte couleur de châtaigne foncée et, en posant doucement sa main sur le front où perlaient des gouttes de sueur, Gilles constata que sa température était normale compte tenu de la chaleur ambiante. Le changement survenu dans son état était aussi étonnant que spectaculaire.

– Je commence à croire que cet Irlandais est une espèce de génie, fit-il.

Pongo haussa les épaules.

– Pas étonnant lui chassé de son école. Mauvais être génie au milieu ignorants! Beaucoup de gens mourir encore avant ignorance et paresse devenir savoir. Géant noir avoir de la chance...

– Il n'a toujours pas parlé.

– Dans sommeil, oui, mais langue inconnue.

L'orage dura une bonne heure mais, en se retirant, laissa un paysage bien lavé où toutes choses, dégoulinantes de gouttelettes, scintillaient sous les rayons déclinants du soleil et une chaleur moins pesante. Il faisait presque frais lorsque Gilles et Judith rejoignirent, sur le quai Saint-Louis, la voiture officielle qui les attendait. La nuit était tombée brusquement mais une lune magnifique et ronde se levait et déversait sa lumière argentée sur la ville où s'allumaient des centaines de petites lumières pareilles à des lucioles.

Au flanc de la montagne dominant la mer, la résidence du gouverneur brillait comme un phare, éclairant les jardins touffus et chargés de senteurs diverses qui l'assaillaient.

Cette ancienne maison de Jésuites, abandonnée par eux lorsque l'Ordre avait été dissous en 1762, avait été adoptée comme résidence officielle par le comte d'Estaing lorsqu'en 1763 il avait été nommé gouverneur des Iles Sous-le-Vent. Ami du faste, le nouveau représentant du roi avait entrepris, dans la vieille demeure, des travaux considérables, redessinant les jardins et meublant les pièces avec un luxe qui avait laissé pantois ses administrés, mais M. d'Estaing, dont la garde-robe était imposante, ne comportant pas moins de cent chemises et presque autant d'habits, et qui apportait avec lui une fabuleuse argenterie, était décidé à mener grand train pour impressionner les colons dont la plupart, il faut bien le dire, vivaient dans des conditions de confort assez moyennes.

Il n'avait réussi qu'à s'attirer une opposition virulente, ses administrés ne se gênant pas pour dire qu'il dilapidait là un peu excessivement les deniers de l'Etat, et quand, excédé, il avait quitté l'île trois ans plus tard, son successeur, le prince Rohan avait jugé préférable de s'installer à Port-au-Prince. Depuis, la résidence était revenue au Cap et les gouverneurs qui s'étaient succédé avaient trouvé quelque plaisir à habiter cette superbe demeure d'où l'on découvrait un admirable panorama et où l'on était rafraîchi par une légère brise changeant agréablement de la lourde chaleur de la ville.

Mais les salons aux boiseries dorées, les meubles aux soieries précieuses et les fleurs qui éclataient un peu partout ne sauvèrent pas les Tournemine de l'ennui d'une soirée mortelle. En effet, bien qu'il ne fût installé que depuis l'année précédente, le comte de La Luzerne, lieutenant général des Armées du Roi, ne se plaisait guère à Saint-Domingue dont il assimilait mal l'atmosphère sensuelle et indolente. C'était avant tout un soldat et un marin, un de ces Normands froids et courtois, quelque peu puritains, dont la race s'est si bien acclimatée à l'Angleterre, et il portait avec quelque hauteur ce prénom de César qu'il avait d'ailleurs en commun avec ses deux frères, l'évêque de Langres et le chevalier de Malte qui avait représenté la France outre-Atlantique au moment des premiers soulèvements des Insurgents. Lettré, au surplus, il partageait son admiration entre son oncle Malesherbes dont il prônait les idées généreuses sur l'attribution d'un état civil aux Protestants, et les grands hommes de la Grèce Antique.

Visiblement, La Luzerne accomplissait une courtoise corvée en recevant ce nouveau venu dont il n'avait guère apprécié le peu d'empressement à se rendre auprès de lui et qui n'offrait plus guère d'intérêt dès l'instant où il n'était pas chargé de mission auprès de lui. Seule, la beauté de Judith rayonnante dans une robe de soie blanche discrètement brodée d'or, son long cou serti dans le haut collier offert par Gilles, mit quelque lumière sur un repas essentiellement protocolaire, servi dans une vaste salle à manger où les serviteurs étaient beaucoup plus nombreux que les convives, chacun d'entre eux ayant, debout, derrière sa chaise, un valet noir en livrée bleu et or dévoué à son seul service. Seule femme avec Judith, Mme de La Luzerne était parfaitement incolore.

La conversation consista surtout en un long monologue du gouverneur touchant les guerres de la Grèce Antique. Il travaillait alors à une traduction de la *Retraite des Dix Mille* et n'en épargna aucun détail à ses hôtes plus ou moins accablés.

Cette longue période de silence forcé permit à Gilles de se rendre compte de l'évidente admiration que sa femme suscitait chez le baron de Rendières. Le fringant aide de camp couvrait la jeune femme d'œillades assassines quand il ne laissait pas ses regards évaluateurs s'attarder impudemment sur la courbe de ses épaules nues ou sur les rondeurs de sa gorge.

« Un de ces jours, pensa Gilles agacé, il faudra que je lui administre un ou deux coups d'épée pour lui apprendre à vivre. Ce faquin la déshabille des yeux comme si c'était une esclave sur le marché. »

Aussi quand, le repas achevé, Rendières, qui s'était littéralement rué pour offrir une tasse de café à Judith, resta planté devant elle la mine avantageuse, Gilles, laissant là Mme de La Luzerne qui entamait une conférence sur la dégradation de l'Eglise dans les îles et ne s'aperçut d'ailleurs pas de son éclipse, alla rejoindre sa femme. A la légère grimace du baron en le voyant paraître, il comprit qu'il n'était pas le bienvenu, mais Rendières dut faire contre mauvaise fortune bon cœur. Le moyen de chercher noise à un mari de cette encolure?

– Mme de Tournemine me dit que vous comptez vous installer tout de suite sur votre plantation? J'espère qu'elle se trompe?

– Et pourquoi se tromperait-elle?

– Vous n'allez pas, à peine arrivé, priver le Cap de la plus jolie femme qu'on y ait vue depuis longtemps? Ce ne serait pas amical. En outre, la saison n'est guère agréable pour vivre à la campagne...

– Baron, nous ne sommes pas venus à Saint-Domingue pour y mener une intense vie mondaine mais bien pour y faire pousser de l'indigo et du coton. Mme de Tournemine ne m'a jamais laissé entendre que ce programme lui déplût en quoi que ce soit.

– Parce qu'elle ignore encore l'isolement d'une plantation. Ici au moins, on vit. Nous avons agréable société, théâtres, concerts. Nous avons les bals du gouverneur et ceux de l'intendant général...

– Au fait, fit Gilles rompant les chiens sans plus de façon, j'espérais en venant ici y rencontrer justement M. de Barbé-Marbois. J'avais certaines questions d'ordre économique à lui poser...

Le sourire, un peu jauni, de Rendières reprit de son éclat.

– M. l'intendant général se trouve à Port-au-Prince pour quelques jours. Vous voyez bien qu'il vous faut rester...

– Pourquoi rester? *Haute-Savane* n'est qu'à dix lieues environ du Cap... et j'ai de bons chevaux. Madame, je suis navré de vous arracher à si agréable compagnie, ajouta-t-il en offrant son bras à Judith, mais je souhaiterais prendre congé. Il me semble que le temps se couvre de nouveau et je préfère rentrer à bord...

Ignorant la mine offensée de l'aide de camp qu'il crut bien entendre marmonner quelque chose qui ressemblait à « ours mal léché », il entraîna la jeune femme, un peu surprise de cette précipitation, alla avec elle saluer leurs hôtes et quitta le palais du gouverneur.

– N'allons-nous pas être taxés d'une hâte quelque peu discourtoise? demanda Judith tandis que la voiture redescendait vers la ville par une agréable route bordée d'acajous en fleurs.

– Teniez-vous réellement à vous laisser faire la cour par ce fat insolent pendant une heure ou deux de plus? Personnellement, je ne tenais pas à achever la soirée en lui appliquant quelques soufflets pour lui apprendre comment il convient de regarder une honnête femme...

Il y eut un petit silence puis, soudain, Judith se

mit à rire d'un rire peut-être un petit peu tremblant.

– Ma parole, ceci ressemble assez à une scène de jalousie.

A son tour, il se mit à rire.

– Jalousie? Voilà un mot que l'on n'emploie guère dans notre monde lorsqu'il s'agit d'un couple marié. Cela implique l'amour et l'amour est du dernier bourgeois dans un ménage, vous le savez bien. Non. Je tiens simplement à ce que l'on vous respecte. Vous portez mon nom, il me semble.

– Je crois que, si je pouvais encore garder quelque illusion sur les sentiments que vous me portez, ces illusions cesseraient de vivre à l'instant. On ne saurait dire plus clairement à une femme qu'on ne l'aime pas.... ou qu'on ne l'aime plus...

– Cela a-t-il vraiment quelque importance pour vous? Vous ne m'avez pas non plus laissé ignorer qu'un autre avait pris dans votre cœur la place que je croyais mienne. Alors, que venez-vous me parler de mes sentiments?

Elle se tut un long moment et il n'osa pas la regarder. Elle était, à ses côtés, une ombre blanche, soyeuse et parfumée, une présence dont il connaissait le charme et la féminité et, cependant, il se sentait curieusement indifférent en dépit du mouvement d'humeur de tout à l'heure. Non, il n'était pas jaloux de Judith. Il en était certain, aussi certain que de l'impossibilité où il eût été de se contenir si les regards déshabilleurs de Rendières s'étaient promenés sur Madalen. Là, très certainement, il aurait vu rouge et l'ennuyeux souper se fût sans doute terminé par un duel...

Il sentit, soudain, une main légère et douce se poser sur la sienne.

– Gilles, murmura Judith, avez-vous songé que c'est la première fois que nous sortons ensemble?

C'est la première fois que nous apparaissons aux yeux du monde comme un couple?

– En effet mais ce n'est pas, j'imagine, la dernière. Il faut nous habituer à vivre côte à côte, à faire ensemble des visites, à recevoir, et j'en suis heureux.

– Vraiment? Etes-vous sincère?

– Pourquoi ne le serais-je pas? Vous êtes très belle, Judith, et n'importe quel homme de goût ne peut qu'être fier de vous avoir pour compagne.

Elle eut le même rire triste que tout à l'heure en contemplant, sur le fond clair de la nuit, l'arrogant profil de son mari.

– Satisfaction purement esthétique, si je comprends bien? Suis-je donc condamnée à n'être pour vous qu'un... objet décoratif? Ai-je perdu tout pouvoir de vous émouvoir?

Cette fois, il se tourna vers elle et la perfection de sa beauté le frappa comme une balle. Elle était émue et cette émotion lui allait bien. Ses yeux étincelaient comme des diamants noirs et ses belles lèvres humides tremblaient légèrement tandis que, dans leur nid de dentelles, ses seins palpitaient doucement. Un instant le blond fantôme de Madalen disparut. Epouvanté, Gilles retrouva intact l'un de ces élans de passion sauvage que Judith lui inspirait jadis. Il allait la prendre dans ses bras, la dévorer de baisers, la couvrir de caresses pour la joie violente de voir ses yeux pâlir et de l'entendre crier dans la volupté.

Déjà il se penchait vers elle, vers cette bouche tendre, vers cette gorge offerte quand, entre leurs deux corps qui s'appelaient, une ombre se glissa, celle de Rozenn lâchement abattue, de Rozenn qui dormait à présent son dernier sommeil loin de la terre bretonne parce qu'un matin, à l'aube, cette affolante sirène qui portait son nom l'avait tuée, avec une pierre, comme une bête que l'on chasse.

Cette femme était une meurtrière. Il la savait dangereusement habile pour prendre un homme dans ses filets. C'était une parfaite comédienne et cet instant d'émotion qu'elle lui offrait n'était sans doute qu'une scène artistement jouée...

Le charme dangereux qui venait de le tenir un instant captif s'évanouit. Gilles se redressa.

– Ne vous ai-je pas démontré... un peu trop énergiquement peut-être que j'étais toujours sensible à votre beauté ?

– Comme vous pourriez l'être à celle de n'importe quelle autre femme, sans doute ?

– Vous n'êtes pas n'importe quelle autre femme...

– Pas d'hypocrisie, je vous prie. Mieux vaut la vérité que les faux-semblants. Vous me désirez, rien de plus...

Le ton montait et il pouvait voir, à présent, la colère enflammer les yeux de Judith. Gilles sourit.

– C'est déjà beaucoup, il me semble ? Bien des femmes ne peuvent pas en dire autant. Pourquoi nierais-je que je vous désire violemment parfois ? Votre corps est de ceux auxquels un homme normal ne saurait résister.

La voiture avait atteint le cours Villeverd et prenait de la vitesse. Un vent léger et plus frais enveloppait les deux jeunes gens; pourtant Judith, comme si elle avait trop chaud, avait déployé son éventail et l'agitait sur un rythme nerveux. C'était, au bout de ses doigts, comme un papillon scintillant. Elle se mordit les lèvres et détourna la tête.

– Quelle suffisance, en vérité ! gronda-t-elle entre ses dents. Il ne vous vient pas à l'idée que je pourrais refuser ce rôle de femme de harem que vous m'offrez si généreusement ? Je suppose, tout de même, que l'on connaît, ici, l'usage des serrures et des verrous...

Brusquement, Gilles saisit le poignet qui agitait

l'éventail et, prenant, de son autre main, le menton de sa femme, obligea Judith à le regarder.

– Je ne vous en conseille pas l'usage, ma chère! J'entends que vous vous comportiez dans ma maison comme doit se comporter une épouse normale. J'entends tirer de vous une famille. Je veux des fils, des filles. Aussi, sachez-le bien, aucune porte si solide soit-elle, aucun verrou si bien tiré qu'il soit, ne m'empêcheront de vous rejoindre lorsque j'aurai envie de vous. A présent, ravalez donc la fureur qui fait si magnifiquement briller vos yeux noirs car nous arrivons et je ne pense pas que vous souhaitiez me faire une scène en pleine rue.

La voiture tournait, en effet, le coin du quai et venait s'arrêter à l'amorce de la digue, à l'endroit où le canot devait venir reprendre les Tournemine pour les ramener à bord. Baisant rapidement le poignet qu'il tenait toujours, en manière d'apaisement, Gilles prit dans sa poche un sifflet de quartier-maître et en tira trois coups courts et deux coups longs pour appeler la chaloupe. La distance était faible. En effet, à quelques encablures de là, le *Gerfaut* toutes lanternes allumées reflétait son élégante silhouette dans l'eau calme du port.

Sautant à terre, Gilles offrit sa main à sa femme pour l'aider à mettre pied à terre, mais, repoussant dédaigneusement cette main, la jeune femme descendit sans son secours. Le nuage blanc de sa robe glissa rapidement jusqu'à l'amorce de l'escalier où l'on allait venir les prendre tandis que la voiture envoyée par le gouverneur faisait demi-tour et rebroussait chemin.

A l'exception d'une ou deux tavernes d'où s'échappaient des rires et des chansons, le port semblait dormir entre ses vieux forts à la Vauban dont les murs gris s'argentaient sous la lune. Hormis sur le *Gerfaut* où le canot débordait, tout était tranquille.

Devinant qu'il valait mieux laisser Judith à sa solitude, Gilles fit quelques pas vers une pyramide de tonneaux disposée près d'une cabane de douaniers. Et, soudain, ce fut l'attaque... et le cri de Judith qui, s'étant retournée machinalement pour voir ce que faisait Gilles, avait, en un éclair, compris ce qui se passait.

– Attention, Gilles!

Surgis de derrière les tonneaux dont l'un, violemment poussé, s'abattit sur le sol et roula devant eux, sept ou huit hommes s'élancèrent vers Tournemine, brandissant des bâtons et des machettes, ces redoutables sabres d'abattis, effilés comme des rasoirs qui servent à couper les cannes à sucre. C'étaient presque tous des Noirs, nus jusqu'à la ceinture, montrant leurs dents blanches dans des grimaces féroces. Presque, car deux Blancs commandaient l'assaut mais ils étaient masqués afin que nul ne pût les reconnaître.

Seul en face de cette horde, Gilles battit en retraite et alla s'adosser à une pile de bois. L'épée qu'il avait au côté n'était qu'une arme de parade et ne pouvait guère lui être utile contre les sabres de ses assaillants, mais, par chance, une longue gaffe traînait sur le quai. Il s'en saisit et commença à frapper de tous côtés, un peu au hasard, renseigné seulement ici ou là par un cri de douleur sur la portée de ses coups. Eût-il été seul qu'il ne se serait pas autrement inquiété car il se savait assez fort pour tenir tête à la bande jusqu'à l'arrivée de ses marins, mais là-bas, trois autres hommes venaient d'apparaître, maîtrisaient Judith et s'efforçaient, en dépit de ses cris, de l'entraîner, et Gilles ne voyait pas comment secourir sa femme.

Un coup de feu claqua, puis un autre tandis qu'une voiture précédée de deux porteurs de lanterne débouchait sur le lieu du combat. L'un des hommes qui tenaient Judith s'écroula.

– Tenez bon, monsieur! cria une voix d'homme. Mes serviteurs et moi venons à votre rescousse...

– Occupez-vous de ma femme. Moi, je peux tenir, répondit-il tandis que, sous sa terrible gaffe, craquait le crâne d'un de ses assaillants.

Mais ceux qui montaient le canot avaient vu ce qui se passait et faisaient force rames. Deux marins bondirent en voltige sur l'escalier du môle et se jetèrent sur ceux qui essayaient d'entraîner Judith vers une ruelle obscure. Malheureusement, l'un d'eux tomba, frappé d'un coup de couteau, et l'autre eût peut-être eu le même sort si le pistolet de l'homme à la voiture n'avait craché de nouveau. Jugeant alors la partie perdue, celui qui restait lâcha Judith et, avec un juron, se jeta dans l'ombre dense de la ruelle où il disparut, bientôt suivi par les deux hommes masqués qui préférèrent s'enfuir, abandonnant leur troupe, à présent réduite à quatre Noirs.

Ceux-ci se virent perdus. Les coups de feu avaient réveillé le port. Des portes et des volets s'ouvraient. Le poste de la milice, situé à peu près au milieu du quai, lâchait ses hommes qui accouraient en bouclant leurs baudriers. Les assaillants restants choisirent la fuite. Impossible vers la ville où la rue du Gouvernement et la rue de Penthièvre s'animaient, elle l'était encore vers la mer et, lâchant leurs armes, les Noirs s'élancèrent sur le môle, coururent jusqu'au bout et, de là, plongèrent dans l'eau noire sans que personne ait pu les en empêcher. Seuls demeurèrent sur place un blessé et un mort qui gisait dans son sang, la tête ouverte d'un coup de gaffe.

De la voiture, une dame s'était élancée vers Judith qui, terrorisée, était en train de s'évanouir sur l'un des « cabrouets » servant à transporter les marchandises entre les magasins et les bateaux, cependant que son mari rejoignait Gilles auprès de sa pile de bois.

– Ma reconnaissance vous est acquise, monsieur, haleta celui-ci en jetant la gaffe dont il venait de faire un si rude usage, mais, en vérité, je ne sais comment vous remercier. Sans votre intervention, je crois bien que nous étions perdus, ma femme et moi.

L'inconnu haussa les épaules avec désinvolture. C'était un homme d'une quarantaine d'années, grand et solidement bâti, avec un visage plein dont l'expression affable et les yeux bleus pleins de naturelle gaieté annonçaient un joyeux vivant mais sans exclure une certaine énergie qui devait aller éventuellement jusqu'à la dureté. Irréprochablement habillé de soie grise brodée d'argent, il ne portait pas de perruque, s'étant contenté de resserrer dans un ruban de soie noire noué sur la nuque ses cheveux poivre et sel qui semblaient d'ailleurs avoir quelque peine à rester attachés.

– Vous vous défendiez assez bien, il me semble, fit-il en riant, et vous auriez sans doute tenu jusqu'à l'arrivée de ces marins. Les vôtres, sans doute? ajouta-t-il en voyant le chef de nage du bateau s'approcher d'eux, le bonnet à la main.

– Les miens, en effet. Je me nomme Gilles de Tournemine et nous rejoignions notre bateau que vous voyez là, ma femme et moi, après un souper chez le gouverneur lorsque nous avons été attaqués. Me ferez-vous l'honneur de me dire à qui je dois tant?

– Vous ne me devez rien du tout, sinon la revanche en cas de besoin. Mon nom est Gérald Aupeyre-Amindit, baron de La Vallée. Je suis planteur de café sur la côte nord, vers le Gros Morne. C'est la chance qui a voulu que, rentrant du théâtre, j'aie voulu passer par ici afin de voir si un navire sur lequel j'ai des intérêts et que l'on a signalé avant l'orage de ce soir est entré au port ou, tout au moins, en rade. Mais, j'y pense, vous pouvez peut-être me renseigner? Avez-vous vu entrer un gros brigantin nommé le *Marquis Noir*?

– Je n'ai vu entrer aucun bateau après l'orage, tout au moins jusqu'à ce que je quitte mon bord vers neuf heures. Qu'y a-t-il, Germain? ajouta Gilles à l'adresse de l'homme qui s'était approché.

– C'est Petit-Louis, monsieur. Il a pris un mauvais coup de couteau. Faudrait s'en occuper.

– Qu'à cela ne tienne, dit La Vallée. Portez-le dans ma voiture, on va le conduire à l'hôpital de la Charité.

– Vous êtes l'amabilité même et j'espère que vous ne m'en voudrez pas si je vous dis que je n'ai guère confiance en cet hôpital. En revanche, si vous pouviez me dire où se trouve le marché aux Herbes et la boutique d'un Chinois nommé Tsing-Tcha?...

Il n'aurait jamais cru produire un tel effet. Pris d'une quinte de toux, le baron jeta vers le groupe formé par sa femme, Judith et une grosse négresse qui était accourue en renfort, un regard affolé. Puis, rassuré, car, apparemment, ces dames ne lui prêtaient aucune attention :

– Parlez plus bas, s'il vous plaît! Naturellement, je connais Tsing-Tcha... comme tous les hommes de l'île. Ce vieux forban vend des drogues géniales et, surtout, certains aphrodisiaques grâce auxquels un eunuque pourrait repeupler un désert. Malheureusement, nos femmes aussi le connaissent... de réputation tout au moins et n'aiment guère que l'on prononce son nom devant elles. Mais, dites-moi, croyez-vous que ce soit de ça qu'ait besoin votre blessé?

Gilles n'avait pu s'empêcher de rire.

– Non, bien sûr, mais si vous vouliez bien indiquer le chemin à Germain, j'en serais heureux tout de même. Germain, allez chez ce Chinois et ramenez-moi le docteur Finnegan.

Mais Germain n'eut même pas le temps de prendre la direction que lui indiquait La Vallée. Il s'élançait déjà quand un autre marin vint dire que l'homme venait de mourir et, ramenés à la pénible réalité, Tournemine et son compagnon ne purent que constater qu'en effet il n'y avait plus rien à faire.

– Emportez-le au bateau, ordonna le chevalier. Demain, nous irons chercher un prêtre et nous l'immergerons dans la rade. Ramenez-le maintenant, puis revenez nous chercher Mme de Tournemine et moi. Oui, sergent, je suis à vous...

Ces derniers mots s'adressaient au chef de l'escouade de la milice qui, pour la forme plus que pour autre chose et uniquement d'ailleurs parce qu'il s'agissait visiblement de notables, venait poser quelques questions. Tournemine lui retraça rapidement ce qui s'était passé, ajoutant qu'arrivé le matin même il ne comprenait pas pourquoi on l'avait attaqué, à moins qu'il ne s'agît de gens qui en voulaient à sa bourse.

– J'ai peine à le croire car deux hommes blancs, masqués, commandaient cette troupe et se sont enfuis quand les choses ont mal tourné pour eux, ajouta-t-il.

– Nous avons un prisonnier. Un blessé. Mais il peut encore parler et vivre suffisamment pour être pendu.

Assis par terre au milieu des soldats qui le gardaient, l'homme, un Noir à la peau très sombre, geignait doucement en comprimant sa cuisse qu'un coup de gaffe avait déchirée. Il roulait de gros yeux blancs d'où coulait un flot incessant de larmes et semblait ne rien comprendre aux questions que lui posaient les miliciens.

– Il ne doit pas y avoir longtemps qu'il est arrivé

d'Afrique, dit La Vallée. A première vue, je dirais que c'est un Agoua de la Côte-de-l'Or ou un Mina...

– Je vous admire de vous y connaître ainsi. Pour moi, un Noir est un Noir, plus ou moins foncé, voilà tout !

– J'ai fait un peu de traite avant mon mariage et je connais bien la côte africaine. Je peux essayer de l'interroger.

Il se mit à parler rapidement dans une langue assez gutturale, lançant les mots comme des aboiements. Les larmes de l'esclave cessèrent comme par enchantement tandis qu'une lueur qui ressemblait à de l'espoir montait de ses yeux désolés. Il répondait avec un empressement touchant.

– C'est bien ce que je pensais, dit le baron planteur. Il est arrivé ici il y a environ un mois. L'homme qui l'a acheté, avec sa femme enceinte, est un Blanc impitoyable qui, si j'ai bien compris, l'a emmené sur une plantation d'herbe bleue qui doit être à une certaine distance. Ce soir, un peu avant le coucher du soleil, lui et son « commandeur » ont pris quelques-uns des plus forts parmi les nouveaux arrivés et les ont menacés des pires sévices s'ils n'accomplissaient pas la besogne pour laquelle on les emmenait. Celui-là, le maître a menacé de faire déchirer sa femme par ses chiens. On les a entassés dans une carriole et on les a amenés ici. Il faisait nuit. Celui qui les menait s'est arrêté en arrivant au port pour causer avec un Noir qui avait, paraît-il, un beau costume en soie et des cheveux blancs qui devaient être une perruque. On les a postés et vous savez la suite. Il semble bien que nous soyons en présence d'un guet-apens bien conditionné. En prenant des « bozales » tout frais émoulus de leur savane, ces gens ne craignaient pas d'être dénoncés en cas d'échec. Avez-vous donc déjà un ennemi à

Saint-Domingue? C'est étrange si vous n'êtes que de passage?

– Connaissez-vous, dans la région du Limbé, une plantation d'indigo que l'on appelle *Haute-Savane*? J'en suis le nouveau propriétaire...

– Vous êtes... Oh! Alors, tout s'explique! Ce démon de Simon Legros n'a certainement aucune raison de souhaiter vous voir arriver vivant là-haut. C'est un homme redoutable, savez-vous? Il est probable qu'il a été avisé de votre arrivée dès l'instant où vous avez jeté l'ancre. Vous allez avoir du mal avec lui, et je ne saurais trop vous conseiller de laisser votre épouse en ville jusqu'à ce que vous ayez mis le personnage au pas. Mais allons donc rejoindre ces dames...

– Un instant, je vous prie...

Les miliciens, en effet, s'apprêtaient à emmener leur prisonnier qui avait recommencé à pleurer. Tournemine les arrêta.

– Libérez cet homme, sergent. D'après ce que vient de m'apprendre M. de La Vallée ici présent, il appartient à ma plantation, donc à moi. Mes hommes s'occuperont de lui.

Une pièce d'or glissée dans la main du militaire acheva de dissiper les scrupules qui pouvaient lui rester et l'esclave fut libéré. Sur l'ordre de La Vallée, il alla s'asseoir sur l'escalier du môle pour attendre d'être emmené lui aussi au bateau tandis que le chevalier et son nouvel ami rejoignaient la voiture dans laquelle les deux dames étaient assises, bavardant comme de vieilles amies, le malaise de Judith semblant tout à fait dissipé.

Mme de La Vallée était une très jolie femme blonde, élégante et mince. Ses yeux étaient les plus bleus qu'il fût possible de voir et elle avait un charmant sourire. Elle savait déjà tout de la jeune Mme de Tournemine et celle-ci savait tout de sa nouvelle amie. Elles avaient déjà arrangé entre elles que Judith s'installerait pour quelque temps dans la maison que les La Vallée possédaient sur le cours Villeverd et qui leur servait de pied-à-terre quand ils venaient au Cap pour affaires ou pour leur plaisir, leur plantation de *Trois Rivières* étant encore plus éloignée de la grand-ville que ne l'était *Haute-Savane*. Eux-mêmes étaient là pour quelques jours afin que Gérald pût surveiller l'arrivée du bateau qu'il attendait et le départ pour Nantes d'une partie de sa récolte de café.

– Il vaut mieux laisser votre mari procéder sans vous à votre installation, assura Denyse de La Vallée. Avec ce Simon Legros, il peut se passer des choses déplaisantes qui ne sauraient être vues par une dame. Pendant ce temps je vous ferai visiter le Cap et je vous ferai connaître la bonne société. Vous y serez reçue à bras ouverts. Je vous emmènerai aussi au théâtre, nous ferons le tour des boutiques. Il y en a de ravissantes et...

– ... et ce pauvre chevalier va se retrouver ruiné avant d'avoir rentré sa première récolte! fit La Vallée en riant.

Gilles s'efforçait de prendre sa part de la conversation mais n'y parvenait pas. Son esprit cherchait à mettre bout à bout tous les faits de cette étrange journée. Qui avait pu l'épier et faire prévenir Simon Legros de son arrivée? En dehors du gouverneur et de son entourage qui étaient forcément exclus, il n'y avait que deux possibilités : le notaire si malade... ou la fille aux yeux de chat qui l'avait si ardemment initié aux plaisirs pervers des amours antillaises? Mais lequel des deux?...

LA MAISON DE L'HERBE BLEUE

S'il n'avait eu l'œil si vert et un accent irlandais si traînant, jamais Gilles n'aurait reconnu l'homme qui, au petit matin, escaladait allégrement son échelle de coupée. Apparemment Liam Finnegan avait fait, de sa bourse, un meilleur usage que de la transformer en un océan de rhum.

Vêtu d'un habit de nankin (1) et d'une chemise de toile blanche, rasé, peigné sinon parfumé à autre chose qu'à sa boisson favorite dont l'arôme se faisait toujours sentir, l'Irlandais montrait un visage taillé à coups de serpe dont certaines rides profondes disaient les souffrances passées et accusaient plus que ses trente-huit ans, mais aussi une bouche sensible qui avait gardé curieusement sa fraîcheur de jeunesse. Sa silhouette maigre et même dégingandée retrouvait une certaine élégance dans ces vêtements convenables et Gilles lui en fit compliment.

– Avez-vous décidé, tout compte fait, de ressusciter le docteur Finnegan?

– Peut-être... mais je suis surpris de vous rencontrer. Ne m'aviez-vous pas dit que je n'aurais pas cet honneur?

– Les hommes proposent et Dieu dispose, fit vertueusement Gilles qui ne put s'empêcher de remarquer une légère déception dans la voix de l'Irlandais. (Ces grands frais de toilette avaient-ils pour fin dernière l'approche de certaines dames du bateau en l'absence du seigneur de ces lieux?) J'espère, ajouta-t-il, que ma présence ne vous gêne pas?

– Me gêner? Pourquoi, grands dieux? Je suis, au

(1) Toile de coton, généralement jaune et fabriquée initialement à Nankin.

contraire, très content de vous rencontrer. Je désirais vous parler.

Une mer de candeur et de sérénité habitait le regard de Finnegan et Gilles regretta, *in petto*, ses soupçons.

– Eh bien, allons donc voir votre blessé, nous parlerons en même temps. Je devrais d'ailleurs dire vos blessés car il y en a un de plus depuis hier.

– Encore un? Avez-vous l'intention de transformer ce joli bateau en lazaret? Ou bien avez-vous soutenu un siège?

– C'est presque cela. J'ai été attaqué cette nuit alors que je revenais, en compagnie de Mme de Tournemine, de souper chez le gouverneur.

Tandis que Finnegan, manches retroussées, déroulait le vaste pansement qui entourait la jambe de Moïse, Gilles raconta l'attaque du quai Saint-Louis et comment il avait ramené à bord l'unique prisonnier resté entre les mains de la milice, qu'il avait d'ailleurs remis incontinent entre celles de Pongo en attendant la venue du docteur.

Celui-ci ne répondit pas tout de suite. La mine inspirée, il reniflait soigneusement les compresses qu'il venait d'ôter d'une blessure qui, d'ailleurs, parlait d'elle-même. Nette, rose, elle se refermait de façon très satisfaisante, montrant des lèvres impeccablement rapprochées entre les sutures faites avec des brins de corde à fouet. Satisfait, d'ailleurs, il rejeta les linges un peu tachés puis, tirant de sa poche un pot, il prit dedans la valeur d'une noix d'une pommade à l'odeur désagréable et, sous l'œil intéressé de Pongo qui revenait avec un bol de café au lait pour son malade, il se mit à la tartiner sur la blessure.

– Quoi ça? demanda l'Indien.

– Quelque chose de très précieux, cher confrère. Un baume que mon ami Tsing-Tcha compose avec divers ingrédients, mais surtout la résine tirée d'une plante d'ici que les Indiens Arawaks nommaient guayacan. Cela donne d'excellents résultats dans un tas de cas. Taillé comme il l'est, ce gaillard devrait être debout dans un ou deux jours. Il a d'ailleurs l'air de se trouver très bien avec vous.

Moïse, en effet, offrait l'image même de la sérénité. Son regard, clair à présent, avait perdu toute expression de souffrance ou de fureur et, en acceptant le bol que lui offrait Pongo, il eut un bref sourire que l'Indien lui rendit et Gilles eut l'impression soudaine que quelque chose d'impalpable et de solide pourtant s'était tissé entre ces deux hommes nés aux antipodes l'un de l'autre, qui, de couleur différente, ne pouvaient se comprendre par la voie des paroles et pourtant s'entendaient.

– Parlons de vous, à présent, dit Finnegan qui, après avoir rabattu ses manches, commençait à ranger sa trousse. Je vais tout de suite lever un de vos doutes sur l'affaire d'hier. Maître Maublanc était peut-être trop malade pour vous recevoir mais, hier soir, chez Lallie-Fleurie, la putain quarteronne qui est sa maîtresse et qui donnait à souper à quelques officiers de garnison, il a fort bien tenu sa partie à la bouteille et au lit. Lallie, qui est une amie, m'a même appelé à la fin de la nuit pour recoudre une de ses filles qu'il avait mise à mal. Il est vrai qu'en fin d'après-midi, Maublanc avait envoyé Césaire, son valet à tout faire, chez Tsing-Tcha pour être sûr d'être en forme...

A mesure qu'il parlait, tout s'éclairait dans l'esprit de Gilles. C'était le notaire qui avait prévenu Legros, c'était lui encore qui avait envoyé son valet attendre la troupe destinée à l'assassiner à son arrivée au Cap. Les deux hommes étaient de mèche! De là ce retard apporté à lui remettre les papiers définitifs. Inutile de les donner à un homme qui, selon le notaire, n'avait plus beaucoup de temps à vivre... Ensuite, on ne se serait pas donné beaucoup de peine pour chercher les héritiers de la plantation dont Legros deviendrait le maître *de jure* après l'avoir été *de facto*. Et le tout sans bourse délier...

– Si j'étais vous, fit la voix traînante du médecin, je boirais quelque chose de frais et j'essayerais de me détendre. Vous êtes si rouge que je crains de vous voir éclater... Qu'avez-vous en tête?

– Vous devriez vous en douter. Je vais de ce pas chez ce notaire du diable pour lui administrer la correction qu'il mérite, après quoi, papiers ou pas, je vais chez moi, vous entendez? Je vais à *Haute-Savane,* hurla-t-il, furieux. On s'est assez moqué de moi, ici. A présent, c'est à moi de rire. Quant à ce Legros dont on me rebat les oreilles, j'en aurai fini avec lui avant ce soir. Pongo! Va dire au capitaine Malavoine qu'il arme dix hommes et Pierre Ménard et qu'il m'envoie le tout devant la maison de maître Maublanc, rue Dauphine, dans une heure. Puis prépare-moi un sac pour trois ou quatre jours et prépare-toi toi-même! Docteur, nous nous reverrons bientôt. On va vous montrer l'autre malade...

– Un instant, si vous le permettez.

– Quoi encore?

– Votre proposition de devenir le médecin de votre plantation tient-elle toujours? Je suis prêt à l'accepter.

– Tiens donc! Simon Legros aurait perdu de son pouvoir maléfique à vos yeux?

– Nullement, bien au contraire. Mais ce qui va se passer là-haut risque d'être intéressant et vous savez combien j'aime m'instruire...

– En ce cas, je suis d'accord. Neuf cents livres par trimestre, logé et nourri. L'êtes-vous aussi?

– Nourri... et abreuvé?

– Autant que vous voudrez à condition que votre pied reste ferme et votre main sûre.

– Soyez tranquille. Un Irlandais qui ne saurait pas

boire ne serait pas un véritable Irlandais. Je vous rejoindrai, moi aussi, devant la maison du notaire.

Laissant Finnegan s'occuper de l'esclave noir ramené la veille, Gilles remonta sur le pont. Mais ce fut pour y trouver l'équipage rangé en bon ordre devant un corps cousu dans une toile à voile. Un prêtre en surplis, flanqué d'un enfant de chœur et d'un encensoir, était en train de prendre pied sur le tillac. L'heure était venue de rendre les derniers devoirs à Petit-Louis, le marin courageux qui s'était fait tuer la veille en défendant Judith, et Gilles, en face de ce fuseau de toile qui attendait d'être confié à la mer, pensa que le compte de Simon Legros s'alourdissait singulièrement, que l'entente entre lui-même et le gérant de *Haute-Savane* n'était plus possible et que seule la mort pouvait trancher le débat. Peut-être la meilleure solution serait-elle de tirer à vue sans entamer la discussion...

L'une après l'autre, les quatre femmes qui habitaient le bateau apparurent, la tête couverte d'un voile sombre, et vinrent prendre place à la gauche du corps où elles s'agenouillèrent.

C'était la première fois que Fanchon reparaissait sous le soleil et Gilles n'y fit aucune attention. La camériste suivait Judith comme son ombre, une ombre visiblement inquiète de l'accueil qu'il pouvait lui réserver, mais le chevalier était décidé à ignorer cette fille jusqu'à ce que ses intempérances de langue lui donnent l'occasion de s'en débarrasser définitivement. Il ne vit donc pas le regard mi-implorant mi-angoissé dont elle le gratifiait. Lui-même regardait Madalen sagement agenouillée auprès de sa mère, mains jointes et yeux baissés. Depuis que le navire avait jeté l'ancre, la jeune fille avait passé de longues heures, accoudée au bordage, contemplant l'étonnant décor, si nouveau pour elle et, surtout, cet océan bleu, si bleu qu'il était difficile de croire que ses vagues indigo fussent l'aboutissement des profondes lames vertes ou grises dont les embruns furieux fouettaient si souvent la terre bretonne. Elle semblait rechercher surtout la compagnie du capitaine Malavoine et Gilles, furieux, avait bien dû constater qu'elle s'esquivait, avec une excuse timide, chaque fois qu'il avait essayé de s'approcher d'elle.

Là encore, elle n'avait pas eu un regard pour lui et Gilles savait bien qu'elle le fuyait systématiquement, voyant en lui une assez bonne imitation du diable. Pourtant, elle l'aimait, elle le lui avait dit mais, apparemment, cet amour-là n'était pas disposé à toutes les concessions, à tous les abandons et, bien souvent depuis le départ, Tournemine avait maudit la présence d'Anna Gauthier, toujours dressée comme un rempart entre sa fille et l'amour qu'il lui vouait. Mais peut-être, après tout, valait-il mieux qu'il en fût ainsi. S'il n'y avait eu que Pierre, qui vivait totalement avec l'équipage, heureux comme un Breton peut l'être sur la mer, Gilles savait bien qu'aucune force humaine ne l'eût retenu d'entrer un soir dans la cabine de Madalen. Le diable seul savait ce qu'il se fût passé alors entre lui et une fille pour laquelle les aspirations normales d'un corps humain étaient autant de péchés mortels.

A la minute présente, agenouillée dans sa simple robe de toile bleue au décolleté pudiquement caché par un fichu blanc, elle trouvait le moyen d'être plus désirable encore que la fille au palanquin dans sa nudité totale et ce fut assez distraitement que Gilles écouta les prières du prêtre tant son regard trouvait de joie à caresser la douce forme agenouillée. Et pas un instant il n'eut conscience du regard chargé de haine dont Fanchon enveloppait Madalen...

L'office s'achevait et les nuages de l'encens s'élevaient. Le corps fut descendu dans un canot où attendait le boulet de canon que l'on allait amarrer à ses pieds. Six marins et Pierre Ménard l'accompagnèrent et le petit bateau, déhalant, gagna la sortie du port tandis que le prêtre faisait tomber sur lui sa dernière bénédiction.

Silencieusement, les assistants se dispersèrent. Les femmes reprirent le chemin dc leurs cabines mais Gilles retint Judith.

– Je n'ai pas l'intention d'attendre plus longtemps pour prendre possession de ce qui m'appartient, lui dit-il. Je vais de ce pas chez le notaire, l'obliger à me donner mes papiers puis avec une dizaine d'hommes je me rendrai à la plantation. Il est temps que ce Simon Legros apprenne qui est le maître à *Haute-Savane*...

– Dans ce cas je vais avec vous!

– Non seulement je n'y tiens pas mais je vous le défends. Les La Vallée vous attendent, vous allez vous rendre chez eux avec votre femme de chambre. Mme Gauthier et sa fille resteront à bord avec les blessés, à la garde du capitaine Malavoine. J'espère que tout se passera bien là-haut mais, au cas où il m'arriverait malheur, n'oubliez pas que vous êtes ma femme et que tous mes biens sont vôtres. Il vous resterait seulement à demander justice au gouverneur, au cas où vous souhaiteriez me venger. A présent, souhaitez-moi bonne chance pour ma prise de possession d'une terre qui semble décidée à se défendre plus vigoureusement qu'une forteresse.

Prenant la main de la jeune femme, il la porta à ses lèvres, posa sur le poignet un rapide baiser puis, se détournant, se disposa à rejoindre sa cabine pour y prendre ses armes et aussi pour y rédiger un rapide testament qu'il comptait confier au capitaine Malavoine. Il atteignait l'escalier quand la voix de Judith le rappela :

– Gilles!

– Oui, ma chère...

Sous l'ombre légère de la dentelle noire dont la jeune femme avait couvert sa tête pour la triste cérémonie, il crut voir ses yeux briller de l'éclat assourdi de larmes contenues.

– Prenez soin de vous, je vous en prie. Revenez-moi vivant... au moins pour l'amour de Dieu!

Il lui offrit un sourire en coin chargé de scepticisme et d'ironie.

– Soyez certaine que je ferai de mon mieux et pas seulement pour l'amour de Dieu. Disons... pour celui de *Haute-Savane* elle-même.

Rapidement, il rédigea le document qui faisait de sa femme sa légataire universelle mais assurait largement la vie de la famille Gauthier, de Pongo et du capitaine Malavoine. Pendant ce temps le *Gerfaut* effectuait les manœuvres qui allaient permettre la mise à terre des trois chevaux, Merlin et deux compagnons, qui avaient effectué le voyage le plus commodément du monde dans une écurie aérée et rembourrée, aménagée sur le modèle des bateaux-écuries de la Marine Royale.

Une demi-heure plus tard, armé d'un sabre d'abordage, de deux pistolets et d'une carabine disposée sur la selle de Merlin, Tournemine escorté de Pongo prenait pied sur le quai au moment précis où le canon annonçait l'entrée d'un navire dans le port. C'était un grand brigantin qui semblait avoir quelque peu souffert d'une longue traversée.

Sous le ciel qui se chargeait de nuages, le vent soufflant du nord-est envoya sur ceux qui se précipitaient au port et sur les soldats qui allaient garder l'accès des môles, l'affreuse odeur dont Gilles savait bien à présent qu'il ne l'oublierait plus jamais. C'était un négrier qui venait, avec une lenteur majestueuse que le chevalier ne put s'empêcher de trouver sinistre, prendre son mouillage. Les conversations courant autour de lui le renseignèrent. C'était le *Marquis noir*...

Apparemment le cher Gérald Aupeyre-Amindit, baron de La Vallée, qui « avait fait un peu de traite » avant son mariage, n'avait pas tout à fait renoncé aux fastueux profits du « bois d'ébène »... et il allait falloir apprendre à s'assimiler la mentalité de ceux qui, de cette île enchanteresse, avaient fait tout à la fois un paradis et un bagne. Mais La Vallée était sympathique, amical et lui avait sauvé la vie ainsi que celle de Judith.

Haussant les épaules, il sauta en selle, fit volter un Merlin fou de joie de se dégourdir enfin les jambes et, suivi de Pongo, se dirigea au petit trot vers la rue Dauphine. Le temps lui semblait largement venu de régler ses comptes avec un malade imaginaire dont la santé morale était certainement beaucoup plus compromise que la santé physique.

Lorsque Césaire, le valet noir, toujours aussi magnifique sous sa soie bleue et sa perruque neigeuse, lui ouvrit la porte aux cuivres étincelants, Tournemine, décidé à abréger toute discussion et à réduire à rien les formalités d'entrée, lui envoya son poing en pleine figure puis le regarda s'étaler lourdement sur le dallage noir et blanc du vestibule.

Cette chute accompagnée d'un affreux beuglement fit accourir un quarteron piaillant de jeunes négresses vêtues de couleurs tendres qui s'abattirent, comme une volée de papillons, sur la grande carcasse étalée là, avec des gémissements qui donnaient la mesure exacte de leur affolement. Le grand Césaire, de toute évidence, était le coq superbe et estimé de cette jolie basse-cour.

Sans plus s'occuper de sa victime, Gilles se mit à la recherche du notaire et n'eut aucune peine à le retrouver dans une sorte de jardin d'hiver vitré donnant sur l'arrière de la maison et un fouillis de roses et de jasmin. En compagnie de son opulente épouse, il était en train d'y prendre un copieux petit déjeuner. L'air embaumait le café, le chocolat et les brioches chaudes, et maître Désiré Maublanc, confortablement accommodé dans un grand fauteuil de rotin garni de coussins, était en train d'étaler de la confiture de goyave sur une large tranche de brioche tout en bavardant avec son épouse qui, visiblement encore dans l'appareil d'une beauté que l'on vient d'arracher au sommeil, occupait un fauteuil semblable où son corps plantureux mal caché par un léger flot de dentelles outrageusement transparent semblait calé pour l'éternité.

En dépit de sa nuit chaude, le notaire paraissait frais comme un gardon. C'était un petit homme râblé dont le teint olivâtre et les lèvres épaisses dénonçaient quelques gouttes de sang noir. Sous des sourcils en accent circonflexe, il montrait des petits yeux bruns, vifs et ronds comme ceux d'une chouette, cependant que sa chemise de batiste fine garnie de dentelles, ouverte jusqu'à la taille, montrait les replis graisseux d'un ventre confortable. Que cet homme-là eût été capable de mettre une fille à mal suffisamment pour qu'on dût faire appel aux lumières de Finnegan plongea Gilles dans un abîme de réflexions. Il ressemblait beaucoup plus à un eunuque qu'à un foudre de guerre en dentelles...

Sur son perchoir doré l'ara bleu dominait la scène.

L'entrée tumultueuse de Tournemine et son apparition soudaine sous un arceau de laurier rose figea le geste du notaire. Il resta là un instant, sa tartine d'une main, sa cuillère de confiture de l'autre.

– Mais qui... qui êtes-vous?...

Eulalie, elle, avait instantanément reconnu le visiteur et s'extrayait de ses coussins sans souci de sa tenue sommaire pour minauder :

– Monsieur de Tournemine, comme c'est aimable

à vous!... Pas plus tard qu'il y a un instant, je parlais de vous, je disais que...

Le regard glacé de Gilles ne l'effleura qu'à peine et revint se planter dans les yeux de son époux qui marquaient un certain affolement.

– ... qu'il était grand dommage que la bande d'assassins que votre ami Legros a lancée sur moi et sur ma femme ait manqué son coup? Que voulez-vous, on ne peut pas toujours gagner... A présent, monsieur le notaire, ayez donc la bonté de me remettre sur l'heure mes actes de propriété dûment régularisés...

– Mais cela ne peut se faire si vite! s'écria l'autre d'une voix de fausset qui trahissait sa peur. Je vous avais prié de revenir demain afin que...

– ... que vous ayez le temps, peut-être, de faire sauter mon bateau, par exemple?

Tirant sa montre, Gilles vérifia qu'elle donnait bien la même heure que l'élégante pendule de bronze doré posée sur une console.

– Vous avez exactement cinq minutes pour vous exécuter, Maublanc! A 8 h 25 exactement, je vous transforme en passoire si je n'ai pas mes papiers.

Et, remettant sa montre dans sa poche, il prit l'un de ses pistolets qu'il arma tranquillement, détournant du bout du canon l'impétueuse Eulalie qui tentait de se jeter sur lui.

– Prenez garde, belle dame. Mon pistolet est des plus sensibles et pourrait bien partir tout seul. Allons, Maublanc, passez devant et menez-moi à votre cabinet. Pendant ce temps mon écuyer que voici veillera à ce que votre femme ne fasse rien d'inconsidéré.

L'aspect de Pongo qui lui offrait une horrible grimace fit pousser des cris épouvantés à la dame.

– Mon Dieu, qu'est-ce que cela? Qu'est-ce que c'est que cet homme?

– Un Iroquois, chère dame... et un grand sorcier. Si j'étais vous je mettrais un châle ou quelque chose d'un peu moins transparent en son honneur.

– Vous ne voulez pas dire qu'il pourrait me... me violer?

Ce fut Pongo qui se chargea de la réponse.

– Moi homme de goût! Moi jamais violer baleine!

– Tu n'es vraiment pas galant, dit Gilles en riant. En avant, cher tabellion! Vous avez déjà perdu une minute...

L'effet fut magique. Trente secondes plus tard, dans son cabinet dont les jalousies n'avaient pas encore été relevées, maître Maublanc contresignait fiévreusement le contenu d'une chemise qui se trouvait d'ailleurs seule sur la table de travail.

Debout devant lui, Gilles, son pistolet toujours à la main, le regardait faire, attendant son tour de parapher les pièces officielles. Une vague pitié dont il n'aurait jamais pu dire d'où il la tirait lui venait pour ce gros homme suant la peur autant que la sueur.

– Comment avez-vous pu, vous, un homme de loi, vous faire le complice d'un bandit comme ce Legros? demanda-t-il au bout d'un moment.

Surpris par l'aménité du ton, Maublanc resta un instant la plume en l'air. Il regarda son étrange client d'un air de doute puis son regard inquiet fila vers la porte comme s'il craignait d'être entendu. Enfin, il lâcha un gros soupir et murmura entre ses dents :

– Vous venez d'arriver ici, monsieur, et vous venez de France où les choses sont ce qu'elles paraissent être... ou à peu près. Ici, les choses ne sont pas toujours fidèles à leurs apparences... et tel notable, riche et considéré, par exemple, peut s'y trouver plus misérablement asservi que n'importe quel esclave...

Il sabla ses écritures, trempa de nouveau la longue plume d'oie dans l'encre mais, au lieu de l'offrir à Tournemine, la garda un instant dans l'encrier. Il semblait livrer une sorte de combat intérieur contre les paroles qu'il brûlait de prononcer.

– ... Ecoutez, monsieur de Tournemine, vous me semblez un homme de bien et je ne peux vous reprocher la brutalité de vos réactions en face de ce qui vous est arrivé.

– Vous êtes bien bon.

– Je vous en prie, laissez-moi parler. C'est déjà assez difficile mais je voudrais que vous entendiez raison. Vous êtes très légitimement propriétaire de *Haute-Savane*... pourtant, je vous supplie d'y renoncer.

– Comment? Vous voulez que...

– Que vous acceptiez une proposition de vente convenable. Je vous rachète la plantation au nom de Simon Legros. Ce serait, croyez-moi, infiniment plus sage. Vous êtes jeune, vous êtes noble, vous êtes riche et beau. Vous avez une jeune femme dont on dit déjà qu'elle est de la plus rare beauté. N'allez pas perdre tout cela dans le creuset d'enfer que représente cette plantation, la plus belle de l'île peut-être, celle où il ferait sans doute très bon vivre si elle n'était au pouvoir...

– ... d'un homme qu'il est grand temps d'éliminer. Et c'est ce que je vais faire sans perdre un instant, croyez-moi.

– Vous ne m'avez pas laissé achever ma phrase. J'allais dire : qui est au pouvoir des dieux vaudou et sur laquelle pèse la pire malédiction. Le jeune Ferronnet a agi très sagement en fuyant après la mort de ses parents. Damballa, le dieu-serpent, et ses horribles maléfices règnent là-haut et Simon Legros est, par personne interposée, son dévoué serviteur.

Sa voix, feutrée de terreur, était à peine audible, pourtant, non seulement il ne réussit pas à communiquer sa peur à Tournemine mais soudain la pièce s'emplit d'un énorme fou rire qui jeta Gilles assis sur une chaise, littéralement plié en deux.

– Un dieu-serpent, à présent! s'écria-t-il quand il réussit enfin à calmer son hilarité. Il ne nous manquait plus que ça! Et, naturellement, il sue le maléfice comme un toit percé un jour de pluie. Non mais, pour qui me prenez-vous?

Sa gaieté venait de faire place à une froide colère. Empoignant le notaire par sa chemise, il l'obligea à se lever et se mit à le secouer avec tant d'énergie que ladite chemise n'y résista pas.

– ...Je commence à en avoir assez de toutes ces fariboles. Ma parole, c'est une conspiration! J'admets que mon arrivée ne fasse plaisir à personne ici et à votre Legros moins qu'à tout autre, mais, sachez-le, une bonne fois pour toutes, je ne suis pas un gamin qu'on fait fuir avec des histoires de sorcières et de revenants. Vous avez compris? Alors parlons de choses sérieuses, donnez-moi cette plume et finissons-en. J'ai à faire.

Aussi brutalement qu'il l'avait empoigné, il laissa retomber Maublanc qui resta un instant sans réactions dans son fauteuil, reprenant son souffle. Sans un mot, il tendit la plume, indiquant de l'autre main les endroits où Tournemine devait apposer sa signature...

Ce fut quand le maître de *Haute-Savane* jeta enfin la plume qu'il reprit :

– Vous ne me croyez pas, chevalier, et vous avez tort. Que savez-vous au juste de Simon Legros?...

– Que c'est une brute et très vraisemblablement un assassin car on m'a dit que M. et Mme de Ferronnet ne sont pas morts d'une mort absolument naturelle, qu'il est un bourreau pour les esclaves et une terreur pour ceux qui lui déplaisent.

Enfin, qu'il a pour maîtresse une certaine Olympe qui passe pour sorcière...

– Qui est une sorcière et de la pire espèce! Qui tombe en son pouvoir, mort ou vivant, ne s'en échappe pas car tous les démons de la nuit, des forêts et des abîmes lui obéissent. Ne plaisantez pas avec cela, monsieur, c'est un danger réel et la folie guette ceux dont l'esprit est assez faible pour se laisser envahir par l'horreur.

– Mon esprit à moi est des plus solides. Mais que venez-vous de dire? Mort ou vivant? Qu'entendez-vous par là?

– Que sur cette terre les morts peuvent reparaître... que M. de Ferronnet a bien été assassiné, en effet, et a été très chrétiennement enterré. Pourtant j'en sais qui l'ont vu, de leurs yeux vu, travailler comme un esclave sur la terre d'une vieille négresse dans un coin perdu du Gros Morne...

Interloqué, Gilles regarda le notaire comme s'il devenait fou mais il n'y avait sur lui aucune trace de démence. Cet homme croyait chacun des mots qu'il prononçait et sa terreur n'était pas feinte. Le chevalier comprit que sa mise en garde était sincère. D'une manière ou d'une autre Legros et sa sorcière le tenaient en leur pouvoir et il était, à présent, au-delà de tout raisonnement même simpliste. Il eut pitié de lui et cessa de le brutaliser même en paroles.

– Les morts qui reviennent sont de tous les pays, mon pauvre Maublanc. Saint-Domingue n'a pas apporté la mode des revenants...

– Ce ne sont pas des revenants, c'est-à-dire des esprits, des fantômes. Ce sont des cadavres sortis de leur tombe et rendus à une sorte de vie purement végétative par d'infernales pratiques. Et moi qui ne crois pas aux revenants, chevalier, je vous jure que je crois aux zombis car c'est ainsi qu'on appelle ces malheureux privés du repos de la tombe... N'allez pas là-haut, monsieur. Vous y perdrez la vie et peut-être aussi votre âme.

Alors, ouvrant sa chemise, Gilles sortit la croix d'argent, cadeau d'adieu de son parrain, l'abbé de Talhouet, qui pendait sur sa poitrine.

– Mon âme n'a rien à craindre, notaire. Je combattrai votre Legros avec mes armes terrestres et les maléfices de sa sorcière avec cela! Etes-vous chrétien?

L'autre haussa ses lourdes épaules.

– Autant qu'on peut l'être ici. Nous n'avons guère de prêtres et ils ne valent pas cher. Dieu paraît si loin de nous...

Un violent coup de tonnerre lui coupa la parole, roulant longuement sur la ville, précédant de peu un éclair verdâtre et les trombes d'eau que le ciel crevé laissait échapper... Gilles referma tranquillement sa chemise.

– Pas si loin que ça! On dirait, ma parole, qu'il vous a répondu. Quant à moi, sur le nom que je porte je vous jure que je vais nettoyer mon domaine de ses prétendus maléfices, par le fer et le feu s'il le faut. A bientôt, cher notaire. Allez donc continuer votre déjeuner. Vous en avez le plus grand besoin...

Raflant les papiers qui le mettaient définitivement en possession de sa plantation et le trousseau de clefs que Maublanc y joignait, Gilles les enferma dans la poche intérieure de son habit, remit à sa ceinture son pistolet, qu'il avait posé sur le bureau, et, se coiffant de son chapeau, il appela Pongo et quitta la maison au milieu des chuchotements effarés des petites servantes qui, tapies derrière les portes, le regardaient passer. Césaire, lui, avait disparu et demeura invisible.

Sous le balcon à l'espagnole où ils avaient attaché leurs chevaux, lui et Pongo trouvèrent Liam Finnegan, Pierre Ménard et seulement trois hommes d'équipage, dont Germain.

– Vous en avez demandé dix, monsieur, expliqua le second du *Gerfaut*, mais nous n'avions plus qu'un seul cheval à l'écurie du bateau et je n'ai réussi à en acheter que quatre. J'ai pensé qu'il était inutile que les autres viennent à moins que vous ne souhaitiez qu'ils fassent dix lieues à pied...

– Certainement pas et vous avez bien fait. A présent, messieurs, en selle. Vous connaissez le chemin, je crois, docteur?

– Par cœur. Ce n'est d'ailleurs pas très difficile. Vos terres se trouvent sur le Limbé, adossées au Morne Rouge, non loin de la mer et de Port-Margot. N'importe qui vous aurait indiqué le chemin.

Sous la pluie qui roulait de petits torrents dans le caniveau au centre de la rue, la petite troupe se mit en marche. Les éclairs succédaient aux éclairs et le tonnerre semblait rouler autour de Cap-Français comme un chariot d'enfer lancé à fond de train. Les rues étaient vides. Seuls, quelques mendiants, mal abrités sous les flamboyants pleurant leurs fleurs pourpres avec l'eau du ciel ou sous les balcons, demeuraient là, subissant stoïquement le déluge. Le gris du ciel semblait installé là pour l'éternité...

Bientôt, les dernières maisons de la ville furent dépassées.

Au-delà, la campagne était magnifique. La plaine d'abord où les « jardins à sucre » et les plantations de coton se succédaient, entourant de vastes « habitations » basses, blanchies à la chaux le plus souvent et qui, avec leurs dépendances, leurs ateliers, leurs moulins à sucre ou leurs égreneuses formaient autant de minuscules villages posés aux intersections des canaux d'irrigation. En dépit de l'orage, des esclaves noirs travaillaient sur ces terres, le dos rond sous l'averse, coupant les grandes cannes feuillues qui s'abattaient avec un bruit de soie froissée, les emportant vers les moulins. Puis ce furent des prairies où le bétail lui aussi subissait stoïquement la douche et enfin des collines couvertes d'épaisses forêts où le cèdre et l'acajou voisinaient avec le latanier, l'oranger et le bananier.

En dépit du temps affreux qui brouillait toutes choses comme un lavis trop mouillé, Gilles pensait, tout en chevauchant le chapeau sur le nez, qu'il n'avait jamais vu terre évoquant mieux que celle-ci le paradis terrestre. Ses entrailles fécondes faisaient jaillir à foison d'inestimables richesses capables de contenter des multitudes. Pourquoi fallait-il que ce fût au seul bénéfice de quelques-uns? De quelques-uns dont il allait faire partie intégrante sans accepter jamais, du moins il l'espérait, d'être des leurs, car le goût profond de la liberté qu'il portait en lui depuis son enfance s'insurgeait, tout naturellement, contre la féroce exploitation de l'homme par l'homme telle qu'elle existait ici.

Il abordait ce métier si nouveau de planteur – mais le planteur n'était-il pas la forme agrandie du paysan qu'il avait été? – avec un esprit neuf, un cœur généreux et des yeux qui voulaient voir clair. Aussi les diverses mises en garde qui avaient jalonné son chemin vers *Haute-Savane* ne parvenaient-elles pas à entamer son courage, non plus que sa confiance en son étoile. Legros n'était qu'un homme de chair et de sang et le jeu mortel de la guerre lui avait appris combien pouvaient être fragiles les hommes de chair et de sang. Quant aux malédictions, aux sortilèges rampant dans les brumes du soir, il comptait les affronter sereinement grâce à sa foi en Dieu. Et si son atavisme breton, essentiellement tourné vers l'étrange et le fantastique, donnait une involontaire adhésion à cette bizarre histoire de morts-vivants, son courage naturel et son refus farouche de toute forme de terreur quelle qu'elle soit lui faisaient envisager sereinement un combat avec l'impossible.

Satan, il le savait, car dans sa vie bien courte

encore il l'avait plusieurs fois rencontré, pouvait se cacher sous bien des visages. Gilles lui avait vu l'extérieur austère et la bigoterie féroce des moines de l'Inquisition espagnole, l'impitoyable sauvagerie d'un Tudal de Saint-Mélaine, les appétits lubriques d'une future reine d'Espagne et même le visage placide, le goût subtil et les manières policées d'un frère de roi. Qu'il ait ici l'aspect d'un bourreau blanc ou de sorciers noirs était de peu d'importance. Le combat resterait le même et, avec l'aide de Dieu, lui, Tournemine, saurait le tourner à son avantage. Peut-être, après tout, ses meilleures armes seraient-elles la bonté, la miséricorde et la générosité envers ces malheureux êtres déracinés et asservis dans d'affreuses conditions et qui, en faisant appel à leur sombre magie pour lutter contre un sort cruel, ne faisaient, après tout, que se défendre et se venger...

La pluie, devenue torrentielle, interrompit le cours de ses pensées. Une boue lourde collait aux sabots des chevaux et le moindre ruisseau se gonflait d'eau bouillante qui dévalait des pentes et rendait son franchissement plus difficile. Quand on atteignit le Limbé, il fallut renoncer momentanément à franchir la rivière devenue un gros torrent qui eût mis les chevaux en difficulté.

– Nous ne sommes plus bien loin, dit Finnegan. Arrêtons-nous un instant et buvons quelque chose en attendant que la pluie cesse.

– Etes-vous certain qu'elle va cesser? Je me suis laissé dire qu'en cette saison elle pouvait durer plusieurs jours.

– Sans doute mais aujourd'hui elle ne devrait pas durer. Ce n'était qu'un très gros orage.

Au coude de la rivière s'élevait un ajoupa (1) à

(1) Sorte de cabane de bois ou de pierre.

moitié ruiné qui avait servi jadis à quelque boucanier et devait servir encore si l'on en croyait les traces d'un grand feu encore visibles. La petite troupe s'y arrêta à l'abri de ce qui restait du toit. On mangea des bananes cueillies sur place et on but une bonne rasade aux gourdes de rhum pendues aux selles de Tournemine et de Pierre Ménard. La chaleur de l'alcool permit à chacun d'oublier qu'il était trempé comme un barbet.

Et puis, brusquement, la pluie s'arrêta comme l'avait annoncé le docteur. A la manière d'un rideau qui se lève, le ciel tout à coup dévoila l'ardent soleil qui, d'un seul coup, incendia la terre, ramenant la grande chaleur du milieu du jour. La rivière s'apaisa peu à peu, les flaques d'eau se mirent à fumer au creux des ornières et s'évaporèrent lentement. Les hommes eurent trop chaud sous leurs casaques de toile mouillées et les chapeaux, dégouttant d'eau l'instant précédent, redevinrent des parasols. Sur le ciel redevenu bleu, les mornes velus d'épaisses forêts reparurent nettement dessinés. Le paysage retrouva soudain tout son charme.

En bon ordre, la petite troupe franchit la rivière bordée de bambous et de cocotiers tandis qu'apparaissait une troupe de filles noires aux jupons haut troussés qui portaient sur leurs têtes de larges corbeilles de linge. Une grosse négresse ventrue les dirigeait et, sans un regard vers les cavaliers, elles déballèrent leur ouvrage et se mirent à laver le linge en le frappant à grands éclats sur de larges pierres plates. Liam Finnegan désigna, en amont du gué, un gros cocotier penché au-dessus de l'eau et une pierre blanche dressée auprès de son pied.

– Cela marque la limite de votre part de la rivière, dit-il à Gilles. Tout ce qui est à notre gauche appartient à *Haute-Savane*. Derrière cette haie, vous allez pouvoir contempler vos premiers champs d'herbe bleue...

En effet, des barrières de bois doublées de haies de bambous épousaient à présent le côté gauche du chemin. Gilles s'approcha, écarta les branches bruissantes et découvrit sagement alignés en longues files tirées au cordeau de petits arbustes dont les feuilles pennées étaient d'un joli vert tendre, agrémentées de cônes de fleurs roses. Une haie de citronniers, recoupée de canaux d'irrigation, séparait ce champ des autres cultures de la plantation.

– Ce n'est pas de l'herbe et elle n'est pas bleue, fit Gilles qui, en dépit de ce qu'il avait pu lire, pensait que la teinte indigo apparaissait tout de même quelque peu sur la plante.

Finnegan se mit à rire.

– Ici, tout ce qui n'est pas arbre est herbe, même la canne à sucre, je crois bien. Quant à ce bleu magnifique auquel vous pensez, il apparaît pendant le trempage des feuilles. Ne me dites pas que vous êtes déçu.

– Vous ne le croiriez pas et vous auriez raison. Ce que j'aime moins, c'est ceci...

« Ceci », c'était la vingtaine d'esclaves noirs, des femmes et des vieillards pour la plupart qui, vêtus de haillons sales, arrachaient les mauvaises herbes sous la surveillance de deux mulâtres armés de fouets à longues lanières. Leurs yeux vifs allaient de l'un à l'autre des misérables travailleurs, enregistrant la moindre défaillance, le plus petit ralentissement. Le fouet alors s'envolait au bout d'un bras musclé et s'abattait cruellement sur un dos, autour d'une paire de jambes...

Avec horreur, Gilles vit que ces gens étaient maigres à faire peur et devaient faire appel à tout ce qui pouvait leur rester d'énergie pour continuer leur labeur.

– Je croyais, gronda Gilles, que le Code Noir ordonnait au planteur de nourrir convenablement ses esclaves ou de leur laisser du temps libre pour cultiver de petits lopins de terre...

– C'est écrit, en effet, sur le papier... mais pas dans la cervelle de certains planteurs et surtout pas dans celle de Simon Legros. Son système, à lui, c'est d'épuiser graduellement son cheptel et de le remplacer en partie à chacune des arrivées des navires négriers. Les esclaves, ici, sont à peine nourris. Ceux-ci en tout cas n'en ont plus pour longtemps mais le navire qui vient d'entrer amènera les remplaçants. Hé là! Mais que faites-vous?

La question était inutile. Ecartant la haie de bambous, Tournemine venait de sauter dans le champ. L'un des surveillants occupé à cingler furieusement le dos décharné d'une vieille femme qui venait de s'abattre sur l'un des arbustes était tout proche de lui. En un clin d'œil, le chevalier lui eut arraché le fouet meurtrier et d'un magistral coup de poing l'avait envoyé mordre la poussière.

Etourdi par la violence du coup, l'homme resta étendu un instant mais, déjà, son compagnon accourait, le fouet haut, prêt à l'abattre sur l'imprudent qui osait s'interposer entre eux et leur sinistre justice. Froidement, alors, Gilles tira son pistolet, le braqua dans la direction de l'homme qui arrivait sur lui.

– Jette-ça! ordonna-t-il. Sinon, je te loge une balle entre les deux yeux.

Le surveillant s'arrêta net, exactement comme si la balle annoncée l'avait touché. Le fouet tomba de son poing. Pendant ce temps, l'autre se secouait, cherchant à retrouver ses esprits pour se relever.

– De quoi vous vous mêlez? grogna-t-il. Attendez un peu que le patron apprenne qu'un foutu étranger a osé...

– Le patron, c'est moi! Je suis le nouveau maître de cette plantation et vous allez apprendre rapidement que je suis un maître qui entend être obéi. Comment vous appelez-vous?

Les deux hommes se regardèrent. Celui qui était debout vint aider celui qui était à terre à se relever mais le pistolet était toujours braqué sur eux et Gilles vit la peur passer dans leurs yeux.

– Moi, c'est Labroche, lui c'est Tonton... vous êtes vraiment le nouveau patron?

– Il n'y a aucun doute là-dessus, fit la voix traînante de Finnegan qui avait lui aussi franchi la haie. Vous avez devant vous le chevalier de Tournemine et il est, le plus régulièrement du monde, le maître de *Haute-Savane*. Alors, je vous conseille d'obéir.

Celui qui s'appelait Labroche haussa les épaules et remonta la ceinture de son pantalon.

– On demande pas mieux mais on voit pas pourquoi le maître a frappé Tonton. On ne fait rien d'autre que notre boulot, tout juste comme m'sieur Legros, le gérant, l'ordonne. Ce sont tous des bourriques, ces moricauds. Y connaissent que le fouet...

– Dites que vous, vous ne connaissez que ça! Ces malheureux tiennent à peine debout. Jetez donc un coup d'œil à cette femme, docteur... Il faut la soigner.

Finnegan n'eut besoin que d'un instant d'examen.

– C'est inutile! Elle est morte. Le cœur a lâché.

– Alors, vous deux, vous allez ramener cette équipe à ses cases, les faire reposer et leur donner à manger. Vous entendez? A manger et tout de suite!

– Et le désherbage, alors? osa Labroche avec insolence. Qui c'est qui va le faire? Nous?

– Pourquoi pas? Ça pourrait parfaitement venir si mes ordres ne sont pas exécutés à la lettre! Allez! Ramenez ces vieux et ces femmes! Demain vous mettrez au désherbage une équipe plus solide. Et plus question de les faire marcher à coups de fouet, vous entendez? Allons, faites-leur arrêter ce travail...

Car, dans leur terreur constante, les esclaves, en dépit de l'intérêt que représentait pour eux la scène qui venait de se dérouler, n'avaient pas interrompu un instant leur ouvrage. Ceux qui venaient après la vieille femme abattue avaient simplement enjambé son corps. Mais ils se figèrent tous, aussi immobiles que des statues, au coup de sifflet du surveillant. Et il fallut un autre ordre pour qu'ils se missent en marche vers leur cantonnement, emportant à plusieurs la dépouille de leur compagne.

Les fouets qu'il avait ramassés entre les mains, Gilles regarda le lamentable cortège conduit par ses deux surveillants disparaître derrière le rideau de citronniers vers les quartiers habités. Puis tendant les longues tresses de cuir à Pongo, il lui dit :

– Emporte ça! On brûlera ces horreurs. J'entends n'avoir que des serviteurs bien traités.

– J'espère, dit Finnegan, que vous n'avez pas dans l'idée un affranchissement massif de tous vos esclaves? Ce serait une folie car beaucoup ne sont pas prêts à accepter une totale liberté. Ce sont, pour la plupart, des enfants craintifs mais d'autres sont de vrais sauvages, des brutes affamées de vengeance et qui peuvent être sanguinaires.

– Chacun sera traité selon ses mérites et ses capacités. Croyez-moi, je saurai châtier qui mettra en danger l'ordre et la tranquillité de la plantation. J'achèterai même d'autres esclaves si les besoins de la culture l'exigent mais ils ne connaîtront ni le fouet ni la torture. En contrepartie, j'abattrai sans pitié les brutes dangereuses. N'est-il pas possible de n'avoir que des travailleurs conscients?

– Si. Il existe un statut que les planteurs emploient pour ceux de leurs esclaves particulièrement intelligents et dévoués. C'est une semi-liberté qui leur permet de vivre à leur guise pourvu qu'ils restent attachés à la plantation. On les appelle les « libres de savane ». L'affranchissement, lui, leur permet d'aller où ils veulent et de bâtir leur vie comme ils l'entendent. Les surveillants et leur « commandeur » qui est leur chef sont en général des « libres de savane » et comme tous les êtres mineurs ils abusent de leur pouvoir.

– J'étudierai tout cela à loisir. A présent, il est temps d'aller voir à quoi ressemble le sieur Legros. Je pense que l'habitation n'est plus très loin?

– Après le tournant que fait le chemin, là-bas, vous serez presque devant le portail d'entrée. Attendez-vous à une surprise : la maison que l'on appelait jusqu'à présent l'« habitation Ferronnet » est l'une des rares très belles maisons de l'île. Le vieux Ferronnet avait un peu la nostalgie de son pays d'Anjou et il a fait reconstruire sa demeure avec une certaine élégance. Le comte d'Estaing lui avait prêté l'architecte qui a travaillé pour lui à la Résidence. Cela n'a pas été une bonne idée car le pauvre Ferronnet y a perdu la vie. Il n'y a peut-être pas, d'ailleurs, que Simon Legros qui serait prêt à tuer pour posséder ce petit palais...

Ce rappel à l'ancien propriétaire ramena dans l'esprit de Gilles les confidences terrifiées du notaire et il raconta à l'Irlandais l'étrange histoire qu'il venait d'apprendre. Finnegan appartenant, selon lui, à la catégorie des sceptiques, il s'attendait à l'entendre rire. Or, tout au contraire, il le vit pâlir et même se couvrir d'un rapide signe de croix.

– Ne me dites pas que vous croyez à ces contes de bonne femme! Pas vous?

Finnegan tourna vers lui deux prunelles éteintes qui ressemblaient à deux cailloux verts.

– Pourquoi pas moi? Je suis Irlandais, ne l'oubliez pas. Ici tout est possible, même l'invraisemblable... En tout cas, il faudra éclaircir cette histoire coûte que coûte, car elle est très grave. Jusqu'à présent, que je sache, ces pratiques n'ont eu pour victimes que des Noirs ou des rares « petits Blancs (1) », jamais un « grand Blanc ». Si cela est prouvé, Legros mourra sur la roue et sa sorcière pourrait bien voir se rallumer pour elle les flammes d'un très médiéval bûcher... Tenez, voici l'entrée!...

Stupéfait, Gilles se crut un instant ramené en France par quelque tour de magie. Devant lui, haut perchés sur des piliers élégamment taillés, des lions de pierre gardaient une majestueuse allée de grands chênes au bout de laquelle sur une colline s'étalait une longue maison rose pâle entourée de vérandas à arcades supportées par d'élégants pieds-droits. Un grand toit dont les ardoises fines brillaient d'un éclat bleuté sous le soleil coiffait l'unique étage dont les hautes fenêtres s'ornaient de balcons de fer forgé travaillés comme des dentelles.

Ce n'était pas un château, tout juste un manoir mais d'un charme si prenant que Gilles sentit que son cœur lui échappait pour s'en aller vers cette douce maison. Une joie profonde l'envahit en même temps qu'une sorte de timidité. Il était là, au bord de la longue allée ombreuse, comme un Hébreu de la grande époque au bord de la Terre Promise. Il en emplissait ses yeux sans réussir à se résoudre d'y entrer.

– Beau wigwam! commenta la voix tranquille de Pongo. Dommage lui habité par bêtes puantes!

Tournant vers lui un visage étincelant de joie, Gilles s'écria :

– Nous allons les chasser, Pongo! Nous allons les chasser tout de suite même. En avant!

(1) Petits paysans, petits commerçants et petits fonctionnaires de l'île.

Et, arrachant son chapeau qu'il agita frénétiquement, le nouveau maître de *Haute-Savane,* hurlant comme un Comanche, lança son cheval au grand galop dans le dense et frais tunnel que formaient les grands chênes. Les autres s'élancèrent derrière lui et bientôt toute la troupe débouchait au grand soleil, auprès d'un grand bassin circulaire où pleurait une fontaine et juste devant un large escalier montant vers un perron arrondi.

Des clématites, des roses et des jasmins s'accrochaient aux colonnes plates de la véranda et, tout autour de la maison, dans le jardin laissé à l'abandon, la folle végétation tropicale foisonnait en une liberté déchaînée. Orangers, bananiers, figuiers, lauriers blancs ou rouges se mêlaient à la neige rose des cacaoyers et aux lianes fleuries des vanilliers. Des plantes aux fleurs énormes, aux feuilles géantes dont Gilles aurait été incapable de dire le nom, poussaient au petit bonheur au pied des cocotiers, des palmiers à huile, des dattiers, des flamboyants ou des lataniers dont les troncs bien droits et lisses filaient vers le ciel pour y éclater en étonnants bouquets de palmes en éventail dont les feuilles pointues frappaient le ciel d'une sorte de feu d'artifice.

Tout, ici, proclamait l'exubérance de la vie, et pourtant tout semblait mort. La maison aux volets clos était muette sous le chant des oiseaux. Elle avait, dans sa solitude, quelque chose de farouche et d'hostile et, en dépit de ses fleurs, de sa grâce, suintait une tristesse profonde venue peut-être de ce qu'aucun être humain ne s'y montrait.

Finnegan fronça les sourcils.

– Qu'est-ce que cela veut dire ? Autant les champs semblent en ordre parfait, autant l'habitation paraît abandonnée...

– On a dû la fermer quand Jacques de Ferronnet

est parti, fit Gilles. Pensiez-vous que Legros aurait eu l'audace de s'y installer?...

– Mais il a eu cette audace, soyez-en bien persuadé, et avec l'intention bien arrêtée d'y rester. Je l'ai su.

– C'est possible, mais il a dû plier bagage quand il a su que la plantation était vendue. Où habite-t-il normalement?

– Près de la rivière, assez loin des cases des esclaves. Mais qu'il ne soit plus là n'explique pas tout. Cette maison avait des esclaves domestiques. Une dizaine au moins. Où est la grosse Celina qui régentait tout dans la maison? Où est le vieux Saladin qui était le frère de lait du vieux M. de Ferronnet. Où sont Zélie et Zébulon et Charlot et Gustin et Thisbé... et les autres?

– Où voulez-vous qu'ils soient? Dans les enclos, sans doute, à travailler la terre... Legros n'a pas dû les laisser inoccupés.

– Certainement pas. Legros est infâme, mais il connaît la valeur de serviteurs tels que ceux-là. Celina est peut-être la meilleure cuisinière de l'île et le vieux Saladin pourrait servir chez un roi...

– Alors il les a vendus. S'ils sont tels que vous le dites il a dû en tirer un bon prix. A présent, nous pourrions peut-être entrer? Venez, messieurs, j'espère tout de même qu'il reste, dans cette maison, de quoi nous rafraîchir et nous recevoir. Il nous faudra sans doute faire nos lits nous-mêmes, mais c'est de peu d'importance...

Tirant de sa poche le jeu de clefs que lui avait remis le notaire, Gilles escalada le perron et s'approcha de la belle porte d'acajou ouvragée, douce comme du satin sombre, dont les cuivres brillaient superbement, preuve évidente qu'on les avait dans un temps encore proche, entretenus avec amour.

Elle s'ouvrit sans un grincement sur un grand vestibule assombri par les volets clos et dallé de marbre blanc à bouchons étoilés noirs. Un vestibule qui, à l'exception d'un bel escalier à rampe de fer forgé, était totalement, absolument, dramatiquement vide. Il n'y avait plus ni un meuble ni un tableau et par une double porte ouverte sur la gauche, un vide tout semblable se montrait. Apparemment, la maison était déménagée de fond en comble...

UN TAMBOUR DANS LA NUIT....

Les bottes des sept hommes résonnaient sinistrement sur le parquet d'acajou de la grande « salle de compagnie(1) » qui tenait à elle toute seule près de la moitié du rez-de-chaussée. A mesure que les trois marins, Germain, Lafleur et Moulin repliaient les grands contrevents de bois, à mesure que la grande lumière de midi chassait l'obscurité, la désolation tragique de cette magnifique pièce éclatait dans toute sa misère. Il n'y avait plus, sur les murs à panneaux tendus de soie jaune soleil, que les traces grises encadrant les zones plus claires des tableaux, des glaces ou des tapisseries. Plus de lustres au plafond sinon, sous l'emplacement qu'ils avaient occupé, un fragile éclat blanc prouvant qu'ils avaient été du plus beau cristal de roche.

Finnegan, comme il avait égrené la litanie des serviteurs disparus, entreprit celle des meubles envolés.

– C'est à n'y pas croire! Il y avait ici, près de cette fenêtre, un clavecin en vernis Martin dont Mme de Ferronnet touchait joliment. Près de cette cheminée une chaise longue à la duchesse et le grand fauteuil

(1) La pièce servait à la fois de salon et de salle à manger. C'est en quelque sorte l'ancêtre du living-room.

où son époux s'asseyait pour fumer les longs cigares de La Havane qu'il affectionnait en lisant la gazette de l'île, ce que les Noirs appellent « le papier qui parle »... Sous ces deux panneaux, il y avait des consoles jumelles, là, une superbe commode signée Riesener. Là, une grande glace, là, des portraits de famille dans des cadres ovales. Il y avait aussi des tapis de Yunnan et d'autres venus de France. Où tout cela a-t-il pu passer?...

– Où voulez-vous que ce soit passé? Le sieur Legros a dû se servir à moins qu'il n'ait tout vendu, comme il a dû vendre les serviteurs. Je commence à comprendre pourquoi il tenait si fort à ce que je n'arrive pas jusqu'ici...

– Le jeune Ferronnet jouait beaucoup. Etes-vous certain que la maison vous a été vendue meublée?

Tirant de sa poche les actes remis par Maublanc, Gilles haussa les épaules.

– Lisez vous-même! Il doit y avoir là à peu près tout ce que vous venez de décrire. Allons visiter le reste de la maison... par pur acquit de conscience d'ailleurs car je jurerais bien que tout est dans le même état.

En effet, la grande chambre qui avait été celle des maîtres était aussi nue que la salle de compagnie. En revanche, la bibliothèque réservait une surprise. Elle avait conservé tous ses rayonnages et les rayonnages avaient conservé tous leurs livres. Sans doute celui qui s'était chargé du déménagement ne prisait-il guère la lecture... Mais tout le reste du mobilier avait disparu et l'impression était étrange de voir, sagement rangées dans leurs cadres d'acajou relevé de filets de cuivre, ces longues files de vieilles reliures aux tons amortis littéralement abandonnées au milieu d'un désert.

Une autre pièce qui avait peut-être été un boudoir s'ouvrait près de la chambre ainsi qu'une salle de bains, veuve de tous ses ustensiles, et un office placé près de la porte arrière où ne demeuraient que des placards vides. Le premier étage était dans le même état : plus un lit, plus un meuble, plus un bibelot...

– Heureusement femmes pas venues, remarqua Pongo. Quoi nous en faire dans maison vide ?

– On se le demande, en effet, grogna Gilles. Je n'ai jamais vu un déménagement aussi soigneusement fait. On n'a même pas laissé la poussière...

C'était cela, en effet, le plus étrange. La maison était vide mais elle était d'une absolue propreté et, visiblement, elle avait été récemment balayée. Cet air de propreté lui donnait une apparence froide, hostile même, que n'eût pas eue une demeure à poussière et toiles d'araignées proclamant que nul n'y avait vécu depuis longtemps. C'était comme si, au moment de passer aux mains d'un étranger, « l'habitation » avait choisi d'enlever tous ses souvenirs et de les mettre à l'abri de ses yeux, de ses mains impures.

On finit tout de même par trouver quelque chose. Sur les deux marches qui, à l'arrière de la maison, surélevaient la porte de service donnant sur une sorte de cour, limitée par des buissons de lauriers et au fond de laquelle se trouvait le bâtiment des cuisines, construit en bois et en pierre, Lafleur, l'un des marins, ramassa deux petits morceaux de bois brûlé liés par un fil rouge et les tendit en riant à Ménard.

– Ça doit être le cadeau du déménageur. C'est pour qu'on dise pas qu'il a rien laissé du tout...

Mais déjà Finnegan lui avait arraché sa trouvaille et courait l'enterrer aussi loin que possible de la maison derrière les cuisines. Gilles vit que, chemin faisant, il enflammait les minces brindilles pour achever de les consumer.

– Qu'est-ce qui vous a pris ? demanda-t-il quand le

docteur, dégoulinant de sueur, revint vers lui. Ça a une signification quelconque, ce brimborion?

– Je crois bien. Ce n'est pas, tant s'en faut, une bienvenue. Ce qui m'étonne, c'est que nous n'en ayons pas trouvé sur le perron.

– Il y en avait tout de même un, dit Germain qui venait de faire le tour de la maison par l'extérieur et qui revenait avec un objet identique au bout des doigts.

Comme il l'avait fait la première fois, Finnegan le lui arracha et lui fit subir le même sort.

– Mais enfin! s'impatienta Gilles. Qu'est-ce que ça veut dire?

– C'est le signe d'une malédiction des morts. La maison vous refuse et, si vous osez vous y installer, elle périra par le feu.

Sous la poussée de colère qui lui monta à la tête, Tournemine devint rouge brique.

– Et vous prenez ces enfantillages au sérieux? Vous, un homme de science?

– Je vous ai déjà dit qu'ici l'impossible devenait possible mais je vous accorde, pour cette fois, qu'il n'y a là rien de surnaturel. Simplement un avertissement disposé par une main très humaine mais dont il faut tout de même tenir compte.

– Tenir compte? Autrement dit, renoncer à vivre dans cette maison? N'y comptez pas. Quand je vais en avoir fini avec le sieur Legros, je retournerai au Cap pour y acheter de quoi remeubler l'habitation de fond en comble. Et nous verrons bien si quelqu'un osera y mettre le feu. A présent, montrez-moi l'endroit où se terre l'étrange gérant de mes terres. Il n'a pas l'air très pressé de venir rendre ses devoirs, celui-là... Préparez vos armes, messieurs. Il se peut qu'on nous ait tendu une embuscade quelque part et que nous ayons à en faire usage, mais ne tirez que sur mon ordre. Montrez-moi le reste de la propriété, docteur!

– Si vous avez l'intention de tout voir, il faut reprendre les chevaux. C'est plutôt vaste.

Sur la droite de la maison, à demi dissimulés par de grands pins et des massifs de lauriers, s'étendaient de longs bâtiments.

– Ce sont les écuries, les étables et les quartiers des domestiques de la maison, expliqua Finnegan. Les cases et les parcs des esclaves des champs sont sur la gauche, cachés par ces grands cactus-raquettes, ces sisals et ces cierges épineux. De ce côté-là on a employé la nature pour défendre la maison et comme les cases sont en contrebas, on ne les voit pas à moins de monter au premier étage.

Les cases destinées aux esclaves cultivateurs délimitaient un vaste espace carré divisé en petits jardins et planté de ce que l'on appelait les « vivres-pays » : des ignames, des concombres, des bananiers, des gros pois farineux aussi, mais seuls les bananiers semblaient y prospérer car, sous le proconsulat de Legros, ces petits jardins, qui étaient en principe attribués à chaque famille d'esclaves ou à chaque esclave pour en tirer leur nourriture, ne pouvaient être cultivés que le dimanche. C'était le seul jour de repos pour ces travailleurs forcés de la terre et les jardins étaient dans un état déplorable, les malheureux étant trop épuisés à la fin de chaque semaine pour trouver la force de cultiver encore cette terre sur laquelle ils ne cessaient de déverser sueur et sang. Les murs étaient faits de bois mêlé d'un crépi de terre et de cendres de bagasses, les toits de feuilles de latanier dont beaucoup montraient des trous. Le gros orage de tout à l'heure avait dû y entrer comme chez lui. En outre, une haute palissade enfermait ce quartier des esclaves, une palissade faite de troncs d'arbres et dont un autre tronc d'arbre barrait la porte pendant la nuit.

En face de cette porte les logements des surveillants et commandeurs cernaient un autre emplacement, de terre battue celui-là, qui devait servir au rassemblement des esclaves et aux châtiments si l'on en jugeait le gros poteau armé de fers multiples planté en son milieu. D'autres fers pendaient à un arbre, le seul qui poussât dans cette cour. Il était assez semblable à un grand poirier portant des fruits ronds et rouges qui paraissaient appétissants. Pourtant, Liam Finnegan le considéra avec horreur et comme Pongo, dans sa passion pour les plantes et le jardinage s'en approchait, il l'en écarta d'un cri.

– Surtout n'approchez pas de ça! On l'appelle l'arbre de mort, ou l'arbre-poison...

– Fruits mauvais?

– Non. C'est même extraordinaire : les fruits sont la seule chose qui soit bonne sur ce végétal du diable. C'est un mancenillier et il sécrète une résine qui brûle et qui empoisonne. Attachez un homme sous un mancenillier et il mourra dans d'affreuses souffrances. Pour le planter ici, Legros a dû sacrifier bien des malheureux...

Comme il achevait de parler, la file des esclaves que Gilles avait ordonné de ramener arrivait sur le terre-plein sous la conduite des surveillants désarmés. Le chevalier poussa son cheval jusqu'à ceux-ci.

– Où est ce Legros? Je veux le voir immédiatement.

Celui qui s'appelait Tonton haussa des épaules craintives en le regardant par en dessous. Selon lui, la main du maître était beaucoup trop proche de la crosse d'un pistolet.

– J'en sais rien, M'sieur! J' vous jure. M. Legros c'est le maître... je veux dire que c'était l' maître. Y nous tient pas au courant de c' qui fait... Pas vrai, Labroche?

– Sûr! Nous, on n'est que les surveillants...

– Tout à fait exact, intervint une voix aimable. M. Legros n'a pas pour habitude de renseigner ses meneurs d'esclaves. Mais j'aurai plaisir à vous renseigner, messieurs.

Vêtu de grosse toile bise mais chaussé de bottes solides, la lanière d'un fouet passée autour du cou, un petit homme brun venait d'apparaître sur le perron de la grande case des surveillants et descendait, sans se presser, vers le groupe des cavaliers. A première vue, il ressemblait à une taupe couleur de tabac à priser tant il était velu et il fallait qu'il fût tout proche pour distinguer ses traits.

– Qui est celui-là ? demanda Gilles entre ses dents à Finnegan.

– José Calvès, autrement dit le Maringouin. C'est le « commandeur » des surveillants et l'âme damnée de Legros. Aussi teigneux et acharné que les bestioles dont il porte le surnom. (1)

Quand il fut tout près, Gilles vit qu'il avait des yeux couleur de granit et des dents gâtées, ce qui ne contribua pas à le lui rendre follement sympathique, pas plus que la politesse huileuse du personnage qui, devinant bien à qui il avait affaire, se présentait avec une rhétorique des plus fleuries.

– Si j'ai bien compris, fit Tournemine coupant court sèchement aux phrases du Maringouin, vous êtes, après le gérant, le personnage le plus important de l'exploitation ?

– J'ai cet honneur et je ne m'en suis jamais plus réjoui qu'aujourd'hui puisque je vais avoir celui de vous servir.

– Monsieur Calvès, je n'aime ni les phrases ni les phraseurs. J'ai, pour l'heure présente, deux questions à vous poser. La première est celle-ci : où est Simon Legros ?

(1) Le maringouin est un moustique des pays tropicaux.

– Absent pour le moment, monsieur le chevalier. C'est la malchance! Il est parti hier matin pour Kenscoff... de l'autre côté de l'île. M. le comte de Kenscoff, qui apprécie particulièrement ses grandes connaissances en matière de culture, l'a fait demander pour une maladie qui vient de se mettre à ses champs de coton. Comme je le disais à l'instant, c'est la malchance. *Por dios!* S'il avait pu deviner que le nouveau maître arrivait, ce pauvre Simon! Il serait plutôt allé au-devant de vous à pied! Il a été si heureux quand maître Maublanc lui a appris la vente de *Haute-Savane*. C'est que, c'est une lourde charge...

– Vraiment? Si heureux que cela...?

– Plus encore, monsieur peut me croire...

Non seulement l'homme mentait mais ses mensonges semblaient lui procurer un plaisir pervers. Il les débitait avec un sourire béat qui donnait à Gilles l'envie furieuse de le cravacher. Mais il était ici en territoire ennemi et la prudence s'imposait. Il y avait, à *Haute-Savane,* dix surveillants, y compris Calvès... sans compter les esclaves dont on ne pouvait encore savoir si quelques-uns n'étaient pas acquis à ces bandits. Ces gens, en outre, avaient des armes.

– Nous l'attendrons! Faites-lui donc tenir un message afin qu'il revienne au plus vite. Il ne faut surtout pas différer trop longtemps cette grande joie qu'il se promet de notre rencontre. Il serait capable d'en pleurer et moi aussi. Ce serait déplorable.

– Je... je vais le faire tout de suite, bredouilla Calvès légèrement désarçonné par l'ironie glacée de son interlocuteur. Et... et la deuxième question?

– Encore plus simple : où sont passés les meubles de la maison, les tableaux, les tapis et tout le reste?

Les yeux couleur de pierre se parèrent d'une tendre couleur d'innocence.

– Vous avez vu? C'est affreux, n'est-ce pas? Nous avons été volés, monsieur le chevalier. En une seule nuit tout a disparu. Personne n'imaginait que l'événement pourrait se produire : la maison étant inhabitée, alors on l'avait fermée soigneusement pour attendre le retour du maître et puis, un matin, on l'a retrouvée ouverte de partout... la porte, les portes-fenêtres de la véranda, même les fenêtres comme si le dieu du vent était entré et avait tout emporté.

– Tiens donc! Quelle verve lyrique tout à coup! Et vous n'avez pas la moindre idée, bien sûr, de celui qui a pu déménager à ce point une maison de cette importance?

– Celui? Ceux, monsieur le chevalier! Il fallait une troupe pour accomplir un tel exploit en une seule nuit. Ce sont sûrement les « marrons » du Gros Morne ou du Morne Rouge...

– ... qui se sont découvert tout à coup un besoin urgent de vivre dans des meubles Louis XV avec des portraits de famille accrochés aux arbres...?

Se penchant brusquement sur sa selle, Tournemine empoigna le Maringouin par sa veste de forte toile et, sans effort apparent, le décolla de terre pour l'amener presque à sa hauteur.

– Voilà un quart d'heure, Calvès, que vous vous moquez de moi et j'ai horreur de ça! Je ne vous conseille pas de continuer ce jeu car vous ne me connaissez pas. Je peux aussi bien vous faire sauter la tête d'un coup de pistolet que vous confier aux soins de mon écuyer Pongo, ici présent. Les Iroquois sont encore plus forts que vous quand il s'agit de faire endurer à un homme une éternité de souffrance. A présent, écoutez ceci : je saurai bien retrouver ce qui m'a été volé et aussi les serviteurs de l'habitation que votre ami Legros a probablement vendus. Quant à vous, vous allez d'abord vous arranger pour faire porter dans la maison tout ce dont nous avons besoin pour nous y installer provisoirement...

Aussi brusquement qu'il l'avait saisi, il le lâcha et l'homme alla rouler dans la poussière. Une lueur de haine brilla brièvement dans ses yeux et sa main chercha, instinctivement, sous sa veste, une crosse de pistolet mais déjà Pongo était sur lui, dirigeant sur sa gorge la pointe d'un poignard.

– Toi donner ça... doucement, conseilla-t-il. Tout doucement.

Calvès lui remit son pistolet et Pongo consentit alors à le laisser se relever...

– Si je peux me permettre, fit-il en s'époussetant vaguement, on aura du mal à trouver ce qu'il faut mais, pour trois ou quatre jours, le mieux serait... peut-être que ces messieurs s'installent dans la maison de M. Legros, près de la rivière. Elle n'est pas grande mais vous y seriez mieux que sur de la paille jetée dans une maison vide. Et puis Désirée, la fille noire qui s'en occupe, prendrait soin de vous. Elle fait assez bien la cuisine...

Il parlait, parlait, semblant oublier totalement ce qui venait de se passer et uniquement soucieux, en apparence, de se comporter en bon serviteur.

– Qu'en pensez-vous? demanda Gilles en se tournant vers ses compagnons.

– Ça me paraît une assez bonne solution, dit Pierre Ménard. Il commence à se faire tard.

Le soleil, en effet, tapait moins dur et, sur la mer que l'on apercevait au loin, ses rayons moins verticaux dessinaient plus nettement les bateaux et les îles.

– Et puis, souffla Pongo, maison plus petite plus facile à défendre...

Visiblement, l'Indien n'accordait aucune confiance à cet homme velu qui semblait le dégoûter considérablement et son sens aigu du danger le rendait sensible à l'atmosphère bizarre qui régnait sur la plantation.

– Bien! dit Gilles. Nous ferons ainsi mais pour le moment je désire faire le tour du domaine. Aussi, monsieur Calvès, prenez une quelconque monture et guidez-nous. Je veux tout voir.

Dompté, en apparence tout au moins, le « commandeur » acquiesça.

– Si vous voulez bien m'attendre un instant...

Il ne lui fallut qu'à peine une minute pour revenir monté sur une mule solide.

– Que voulez-vous voir d'abord?

– L'installation de préparation de l'indigo, l'égreneuse à coton puis les champs. Ah! pendant que j'y pense : je ne veux pas demain revoir ces deux instruments de mort, ajouta-t-il désignant de sa cravache le poteau d'abord, le mancenillier ensuite. Enlevez l'un, brûlez l'autre mais que le soleil ne les revoie pas...

La visite dura longtemps et ne put d'ailleurs se faire complètement mais Gilles n'eut aucune peine à se convaincre de l'importance de cette terre qu'une soirée de jeu à *Fraunces Tavern* avait faite sienne. Derrière les logis des surveillants se trouvaient les « moulins à indigo » composés chacun de quatre cuves de pierre disposées en étages; la première servant de réservoir, la seconde de trempoir où s'opérait la fermentation des plantes, la troisième qui était la batterie, l'endroit où la bouillie bleue était battue, pendant des heures, par les esclaves les plus solides et la quatrième enfin, de reposoir où l'indigo s'égouttait avant d'être mis à sécher dans de petits sacs de toile.

Un instant, Gilles regarda travailler les hommes qui, aux batteries, frappaient l'indigo au moyen de longues perches terminées par une sorte de boîte. C'était un travail très dur et les esclaves, les mieux en forme qu'il ait vus jusqu'à présent, semblaient peiner durement. Se souvenant alors de ses lectures, il se tourna vers Calvès.

– Comment se fait-il que vous en soyez encore, ici, à cette technique périmée? La propriété est riche. Il est grand temps d'installer un moulin, mû par un mulet, qui battra l'indigo à la place des hommes. Leur énergie sera mieux employée aux cultures vivrières.

– C'est une grosse dépense et M. Legros...

– Jusqu'à ce que je vous en parle, je ne veux plus entendre parler de ce personnage. Voyons les champs...

On partit, visitant d'abord les champs de coton qui s'étendaient en direction de la mer et où la récolte battait son plein alors que, côté indigo, la plupart des plants n'étaient pas encore mûrs. Gilles vit là une grande partie de ses esclaves : hommes, femmes et même enfants au-dessus de dix ans, tous en guenilles, tous coltinant sur leurs dos, car l'heure venait de rentrer aux ateliers, les sacs de neige douce qu'ils amenaient aux cabrouets pour qu'ils soient conduits à l'égreneuse. La saison des pluies ne faisait que commencer et il fallait se hâter, aussi le travail était-il rude.

Cette fois, Gilles n'intervint pas, se réservant de régler cette question dès le lendemain matin. Il se contenta de jeter à Calvès :

– Vos sous-ordres vous diront sans doute tout à l'heure que j'interdis l'usage du fouet. C'est une arme cruelle et lâche.

Les yeux du Maringouin s'arrondirent.

– Plus de fouet? Mais comment pensez-vous les faire marcher?

– Vous le verrez bien. Je prétends, moi, que des travailleurs bien traités et bien nourris travailleront beaucoup mieux et rapporteront plus. Nous réglerons cela demain matin.

– Au fait, intervint Liam Finnegan, avez-vous des malades?

– Oui... je crois. Il y en a toujours trois ou quatre dans la case d'isolement. Mais pas grand-chose, hein? Je vous connais, docteur Finnegan : n'allez pas imaginer qu'on cache ici des cas de peste ou de fièvre jaune...

– Vous allez tout de même nous les montrer, dit Tournemine. Ensuite, j'irai voir de quelle façon vous nourrissez votre monde puisque l'heure est venue pour eux de rentrer à leurs cases.

On remonta vers les bâtiments d'exploitation et les cases qui faisaient comme une grosse tache grise sur le vert joyeux des collines. La saleté qui régnait là à l'état endémique, comme sur la personne même du « commandeur », avait frappé Tournemine. Il était grand temps de passer les bâtiments au lait de chaux... et les hommes au savon. Tout ça devait être plein de vermine. Comment garder des êtres humains en bonne santé si on n'assainissait pas leurs logements? Et Gilles se promit, dès le lendemain, de visiter les cases où vivait cette humanité qui désormais dépendait de lui.

Toujours guidée par le Maringouin, la petite troupe se dirigea vers une case assez grande mais dont le toit menaçait ruine et qui se trouvait en arrière du mancenillier que Gilles avait condamné.

– Voilà l'endroit où nous mettons les malades, dit-il en ouvrant d'un coup de pied une porte en lattes.

– Curieux hôpital! grogna Finnegan en pénétrant à l'intérieur, suivi de Gilles et de Pongo.

Si endurci que fût Tournemine, il sentit son estomac se révolter à l'odeur qui vint à sa rencontre et le médecin, lui-même, eut une grimace de dégoût. Engourdis comme des serpents dans leur nid, cinq Noirs remuèrent faiblement à leur entrée, levant sur eux des yeux pleins de détresse. Leur regard permit à Finnegan de constater que trois d'entre eux en étaient aux derniers stades de la dysenterie et que, pour eux, la mort n'était plus qu'une question d'heures. Les deux autres ne paraissaient pas aussi bas bien qu'ils ne fissent pas la moindre tentative pour lever la tête quand le médecin se pencha pour les examiner.

– Ces deux-là peuvent être sauvés à condition d'être isolés immédiatement. Depuis combien de temps ces hommes n'ont-ils pas eu de soins?

La question déplut visiblement à Calvès.

– Depuis vous, on n'a pas repris de médecin. M. Legros, ajouta-t-il avec un regard inquiet en direction de Tournemine, dit qu'un certain pourcentage de pertes par maladie est inévitable...

– Je sais, dit Finnegan. Legros achète des esclaves de second choix et les use jusqu'à la corde. Un médecin, des soins, ça augmenterait le coût. Cet imbécile ne comprendra jamais que des travailleurs en bon état rapportent beaucoup plus et finalement coûtent moins cher.

– Tout le monde a le droit de penser comme il veut, dit le Maringouin aigrement, et si...

– En voilà assez! coupa brutalement Tournemine. Y a-t-il ici un bâtiment, en bon état j'entends, et pas avec un toit crevé, qui puisse servir d'infirmerie?

– L'un des entrepôts est vide pour le moment mais...

– Il fera l'affaire en attendant qu'on construise une sorte de petit hôpital.

– Un hôpital? Pour ça...

Le fouet du commandeur désignait le tas misérable des malades. Gilles le lui arracha.

– Pour ça, oui! Faites mettre des paillasses dans l'entrepôt, faites-y transporter les malades et obéissez aux ordres du docteur Finnegan. Quant aux mourants...

– Je vais apaiser leurs souffrances avec de

l'opium. La mort les prendra cette nuit et ils ne la verront pas venir. Demain, on brûlera cette infamie que vous appelez une case avec ce qu'il y a dedans.

Durant une heure, le médecin, aidé de Pongo, déploya une activité dévorante et parvint à installer assez convenablement ses malades et même à obtenir qu'on leur confectionnât un potage de légumes. Pendant ce temps, Gilles, Ménard et les trois marins obligeaient Calvès et ses surveillants à une distribution de manioc et de viande séchée car la distribution de vivres hebdomadaire à laquelle le Code Noir obligeait les planteurs datait alors de cinq jours, mais comme elle avait dû être beaucoup plus parcimonieuse que ne le prescrivait le code (à savoir deux pots et demi de farine de manioc, deux livres de viande salée et trois livres de poisson par tête, le reste de la nourriture devant être fourni par les jardins individuels), il n'y avait strictement rien à manger dans l'enclos à l'exception de quelques bananes et d'une poignée d'ignames.

Toutes ces opérations prirent du temps et, quand la nuit tomba, il n'en restait plus assez pour visiter le reste de la propriété et le second enclos à esclaves qui, pour éviter une trop grande concentration de nègres au voisinage de l'habitation, se trouvait presque aux limites de la plantation vers le Morne Rouge.

Visiblement soulagé, Calvès conduisit ses incommodes visiteurs vers la rivière au bord de laquelle s'élevait la maison de Simon Legros.

Située sur une courbe du Limbé, non loin de son confluent avec la Marmelade, et abritée par des lataniers et des jacarandas bleus, c'était une maison basse, construite en bois et en torchis et blanchie à la chaux. Un bâtiment trapu qui devait contenir les dépendances se montrait sur l'arrière et une petite véranda en faisait le tour.

Le cadre était charmant et la maison l'eût été aussi si d'épais volets de bois plein, percés de fentes visiblement destinées à laisser passer des armes, n'étaient repliés contre les piliers de la véranda. De toute évidence, Simon Legros entendait dormir tranquille et ne pas se laisser surprendre.

L'arrivée de la troupe attira sur le seuil une femme noire qui élevait une lanterne. C'était une grande fille à la peau très foncée dont le visage immobile semblait taillé dans du basalte. Une candale blanche retroussée sur un jupon rouge fendu sur le côté pour montrer, jusqu'à la cuisse, une jambe nerveuse de pur-sang, s'attachait à sa taille sous un caraco décolleté si bas et lacé si largement qu'il ne cachait qu'à peine des seins en poire qui bougeaient à chacun de ses mouvements. De grands anneaux de cuivre pendaient à ses oreilles sous le madras blanc qui drapait sa tête.

– Désirée, dit Calvès, voici le nouveau maître. Il habitera ici jusqu'au retour de Simon. Les hommes qui l'accompagnent sont ses serviteurs. Veille à bien les servir.

Avec une grâce aisée, elle s'inclina très bas puis se releva et, tout aussi souplement, précéda les nouveaux venus à l'intérieur de la maison où, à leur surprise, ils virent qu'un souper était préparé sur une grande table en bois de campêche qui tenait le centre de la « salle de compagnie » sur laquelle ouvraient trois chambres et une sorte d'office dont la cloison ne s'élevait pas jusqu'au plafond. Le reste de l'ameublement était simple : de légères chaises de rotin, une sorte de canapé de même matière garni de coussins rouges et un râtelier d'armes sur lequel aucun fusil, curieusement, ne reposait. Une grosse lampe à huile pendue au plafond éclairait la table et les plats qui y étaient disposés.

Le regard de Gilles alla du râtelier vide à des

traces, encore visibles, de pattes de chiens qui apparaissaient sur le plancher de la maison.

– Legros est-il parti soutenir un siège? dit-il négligemment. Je vois ici un râtelier sans armes et des traces de chiens sans chiens...

Désirée, à qui s'adressait la question, détourna la tête sans répondre mais pas assez vite pour que Gilles n'ait eu le temps de lire la peur dans son regard. Elle disparut dans l'office et ce fut Calvès qui répondit avec un gros rire :

– La route est longue jusqu'à Kenscoff et pas toujours sûre avec les « marrons (1) » qui courent les mornes et les forêts. M. Legros ne se sépare jamais de ses chiens. Ils reniflent le mauvais nègre à une lieue. Et, bien sûr, il a emmené son fusil. Personne n'aurait l'idée de se promener sans armes dans ce sacré pays.

– Son fusil? Si j'en crois les marques laissées sur ce mur il est parti avec tout son arsenal. Il faudra que je lui demande comment il fait pour tirer avec cinq fusils à la fois. Eh bien, mais... il me reste à vous remercier des soins que vous avez pris de nous. Demain, dès le jour levé, je serai aux bâtiments d'exploitation. J'espère que, d'ici là, vous aurez exécuté mes ordres.

Le Maringouin se retira en assurant que tout serait fait comme on le lui avait indiqué et disparut dans la nuit sans faire plus de bruit qu'un chat.

– Pongo pas aimer vilain bonhomme, déclara l'Indien qui le regardait partir. Puis, plus bas et pour le seul usage de Gilles : Pas aimer non plus dernier coup d'œil à fille noire... Chose pas claire se tramer ici!

– Si tu crois que je n'en ai pas pleinement conscience? J'ai bien idée qu'on nous prépare ici quelque chose mais quoi? Si nous soupions, messieurs?

(1) On appelait « marrons » les esclaves en fuite qui avaient pris le maquis et formaient des bandes parfois redoutables.

ajouta-t-il plus haut en s'adressant à ses compagnons qui visitaient avec curiosité les quelques pièces de la maison à l'exception du seul Finnegan. Celui-ci avait tout de suite repéré les bouteilles de vin rafraîchies à la rivière que la servante avait déposées depuis peu sur la table et, après avoir arraché le bouchon d'un coup de dents, buvait avidement à la régalade.

Il y eut un instant de flottement, les trois matelots protestant de l'inconvenance qu'il y avait pour eux à prendre place à la même table que Tournemine, mais celui-ci balaya leurs timides objections.

– Aucune illusion, mes amis, nous sommes ici en état de guerre. Où prenez-vous que, dans une tranchée, l'on fasse des cérémonies ? Prenez place. D'ailleurs le couvert est mis pour sept, ce qui signifie que le sieur Calvès a fait passer des ordres tandis que nous visitions la plantation. Et puis voici le premier plat que l'on nous apporte.

En effet, Désirée venait d'apparaître hors de l'office portant à deux mains, avec d'infinies précautions, un grand plat dans lequel fumait un appétissant ragoût de poulet, d'ignames et de patates douces qu'elle déposa au milieu des fruits, des fromages et des compotes déjà placés sur la table.

Les regards des marins suivaient ses mouvements avec une avidité qui frappa Tournemine car elle s'adressait beaucoup plus à la fille elle-même qu'à la nourriture qu'elle apportait. Il ne put s'empêcher de sourire, appréciant lui aussi à sa juste valeur la sauvage sensualité qui émanait de Désirée et des mouvements doux de ses seins qui menaçaient à chaque instant d'apparaître hors de leur légère prison de cotonnade tandis qu'elle remplissait les assiettes sans regarder qui que ce soit. Au léger tremblement des poings de Germain, sagement posés sur la table tandis que son bras gauche frôlait la hanche de la Noire, il devina que les mains de son premier maître devaient le démanger...

Le silence avait quelque chose de pesant. On n'entendait que le bruit de la grande cuillère sur la faïence du plat et des assiettes et les respirations un peu fortes des hommes. Mais, comme Gilles après un signe de croix et une phrase d'oraison allait donner le signal du repas en attaquant lui-même, Pongo s'interposa :

– Attends! dit-il seulement.

Puis, appelant Désirée d'un signe, il plongea la cuillère dans la sauce et la lui tendit.

– Mange! ordonna-t-il.

Elle refusa d'un mouvement de tête, voulut repartir vers son office mais il la maintint fermement par le bras.

– Nous pas manger si toi pas goûter cuisine. Nous pas connaître toi. Savoir seulement toi servante vilain homme...

Quelque chose se troubla dans le regard de Désirée tandis qu'il faisait le tour de ces rudes visages devenus tout à coup aussi immobiles que s'ils étaient taillés dans le bois puis revenait à celui, franchement menaçant, de Pongo. Mais, ce ne fut qu'un instant. Elle esquissa une moue vaguement méprisante, prit la cuillère pleine et avala le contenu. Puis se détournant avec un haussement d'épaules, elle regagna son office.

Sa disparition, bien qu'on la sentît toujours présente derrière la cloison de bois, détendit l'atmosphère.

– Alors? demanda Pierre Ménard. On peut y aller?

Mais Gilles ne s'était pas encore décidé à toucher au plat. Interrogeant Pongo du regard et aussi Finnegan qui se penchait sur son assiette pour renifler le contenu, il finit par repousser la sienne.

– Si vous m'en croyez nous nous contenterons ce soir de fromage et de fruits. Cette femme a hésité avant de faire ce que Pongo lui demandait.

– Mais elle l'a fait, dit Germain visiblement encore sous le charme. Donc il n'y a pas de poison...

Finnegan reposa la bouteille qu'il venait de vider.

– Non, mais il peut y avoir autre chose et je vote aussi pour que nous laissions de côté ce plat, si odorant soit-il. Holà! Désirée, venez donc ôter tout cela et donner des assiettes propres.

Mais personne ne répondit. Aucun bruit ne se faisait plus entendre de l'autre côté de la cloison.

– Elle a dû filer par la fenêtre, fit Gilles en se levant brusquement et en se précipitant vers l'office.

La fenêtre en était fermée et, tout d'abord, il ne vit personne. Il y avait là une sorte de buffet, des étagères supportant des pots, des bocaux, des grappes d'oignons et de fruits secs. Il y avait aussi une table et ce fut en contournant cette table qu'il trouva Désirée : couchée en chien de fusil sur le plancher, la tête sur son coude replié, elle dormait d'un sommeil si profond qu'elle n'eut aucun réflexe quand, se penchant sur elle, Tournemine se pencha pour l'éveiller.

– Venez voir, vous autres! appela-t-il. On dirait qu'en l'obligeant à goûter son ragoût, Pongo nous a rendu un grand service.

S'agenouillant auprès de Désirée, Liam Finnegan retroussa l'une des paupières et lui tâta le pouls. Puis, se relevant :

– Et elle n'en a mangé qu'une cuillerée! soupira-t-il. Si nous avions absorbé les généreuses rations qu'on nous a servies nous aurions sans doute dormi assez longtemps et assez profondément pour ne nous réveiller que dans l'éternité. On aurait pu nous découper en morceaux à la manière des Chinois sans que nous bougions seulement le petit doigt.

– Une drogue pour nous endormir, dit Gilles. Pourquoi pas un poison, directement?

– Celui qui a donné ces ordres devait avoir une idée bien précise. Quelque chose me dit que nous allons avoir de la visite et qu'il importait qu'on nous trouve endormis et non morts...

Beaucoup plus tard, Tournemine se souviendrait du vide menaçant, du silence pesant qui suivit les derniers mots du docteur et qui semblait attendre quelque chose, quelque chose qui vint au bout d'un instant.

Quelque part vers la montagne, un tambour se fit entendre et commença à rouler dans la nuit sur un rythme irrégulier. Un autre lui répondit, beaucoup plus proche de la rivière.

Finnegan jura entre ses dents.

– Les maudits tambours de brousse! J'aurais dû étudier leur langage quand j'en avais la possibilité. A présent mon ignorance risque de nous coûter la vie.

– Un langage? Voulez-vous dire que ces roulements irréguliers signifient quelque chose?

– Je crois bien, et quelque chose de très précis même. Ces peaux de vaches qui résonnent ainsi sous la main des hommes parlent aussi clairement que vous et moi. Ecoutez comme elles se répondent...

C'était, en effet, comme deux voix grondantes qui dialoguaient à travers la nuit et l'effet produit, dans l'immense silence des campagnes, était assez terrifiant.

– Qu'est-ce... qu'est-ce qu'on va faire? chuchota Moulin, qui était le plus jeune des trois marins.

– Préparer nos armes... et puis faire ce qu'on attend de nous, dit Tournemine. Ce ragoût devait nous endormir, eh bien, faisons semblant de dormir profondément mais en nous tenant prêts à toute éventualité. Comme dit le docteur, nous allons sans doute avoir de la visite. Commençons par vider le plat et les assiettes.

On jeta le tout dans un seau disposé dans l'office à l'usage des ordures ménagères mais on remit les assiettes et le plat vides sur la table où chacun reprit sa place après avoir soigneusement vérifié les amorces des pistolets et des mousquets tout en avalant à la hâte un peu de pain et de fromage que l'on fit passer avec une bonne rasade.

Sur la peau tendue des tambours, les battements avaient atteint un crescendo sauvage puis s'arrêtèrent brusquement. Leur message était terminé. Alors, dans le silence revenu, on put entendre nettement le grincement des essieux d'une charrette qui approchait.

En dépit de son courage, Gilles sentit un désagréable frisson lui courir le long de l'échine. Etait-ce la charrette-fantôme de la Mort, le funèbre char de l'Ankou dont les récits terrifiants avaient hanté sa jeunesse et hantaient toujours les landes bretonnes, qui s'approchait ainsi de lui dans cette terre du bout du monde? Il se signa rapidement et vit que l'Irlandais, ce frère de race devenu un peu pâle, en faisait autant.

– Messieurs, dit-il, il est temps de prendre position. Que personne ne bouge avant que j'en donne le signal... mais que Dieu vous garde! Moi, je peux seulement vous remercier du fond du cœur de m'avoir servi jusqu'ici...

Tout le monde, avec un bel ensemble, s'abattit sur la table au milieu des verres et des assiettes, sauf Gilles qui se laissa choir à terre près de sa chaise et Pongo qui choisit d'aller s'abattre sur le canapé situé non loin de la porte. Mais, dans leurs mains que tous cachaient, il y avait d'une part un couteau et de l'autre un pistolet tout armé. Et puis on attendit...

Pas longtemps. Le grincement de la charrette s'approcha de la maison, s'en éloigna un peu puis s'arrêta. Il y eut des bruits de voix étouffées répondant à des gémissements, puis celui de portes en bois que l'on ouvrait. Les gémissements s'assourdirent, éclatèrent en cris affreux puis cessèrent brusquement.

– Ça se passe dans la grange qui est derrière la maison, souffla Gilles. Attention! Ça vient vers nous maintenant.

Des pieds bottés firent crier les planches de la véranda puis entrèrent dans le champ de vision de Gilles qui s'était placé de façon à pouvoir surveiller l'entrée. Il compta quatre pieds, releva une paupière et reconnut Labroche et Tonton. Le premier éclata d'un gros rire.

– On dirait que ça a marché! Regarde un peu, Tonton, ça roupille comme des anges! Même le beau monsieur qui parlait si haut tout à l'heure. Il a bonne mine maintenant, aplati par terre comme une loque... Espèce de sale Blanc!... Tiens, attrape...

Son pied botté de gros cuir et de poussière partit en direction de Tournemine mais n'arriva pas à destination. Celui-ci le saisit au vol et, déséquilibrant l'homme, l'envoya à terre tandis que Pongo, sautant sur l'autre d'un bond de tigre, le terrassait et lui appuyait son couteau sur la gorge. Vivement relevé, Gilles pointa son pistolet sur Labroche.

– Ficelez-moi ça comme il faut, vous autres, ordonna-t-il à ses hommes. Mais laissez-lui l'usage de ses jambes. Autant pour l'autre, Pongo.

Un instant plus tard, les deux surveillants réduits à l'impuissance étaient assis côte à côte sur le canapé devant lequel Gilles vint se planter.

– Je crois qu'il est temps, à présent, que vous m'expliquiez la comédie qui se joue ici. Pourquoi voulait-on nous endormir? Et qu'est-ce que vous veniez faire, tous les deux? Nous abattre sans risque?

Labroche voulut crâner.

– Allez vous faire foutre!... Nous, on a rien à vous dire. On exécute les ordres qu'on nous donne et puis c'est tout.

– C'est le propre des bons serviteurs. Mais j'ai moi aussi un excellent serviteur qui exécute à la lettre tous mes ordres. Pongo, veux-tu expliquer à ces messieurs ce que tu vas leur faire s'ils ne se décident pas très vite à nous raconter leur petite histoire?

Instantanément, le genou de l'Indien vint cogner contre l'estomac de Labroche tandis que, lui empoignant sa chevelure d'une main, il lui tirait férocement la tête en arrière et, de l'autre, approchait d'un de ses yeux la pointe de son couteau.

– Quoi d'abord? demanda-t-il placidement. Le scalp ou les yeux?

– Le... scalp? Qu'est... qu'est-ce que c'est? bafouilla sa victime.

– Cela consiste, expliqua aimablement Tournemine, à découper la peau tout autour du crâne et à arracher le cuir chevelu d'un seul coup. Quant aux yeux, cela s'explique de soi-même... Avez-vous une préférence?...

– Arrêtez! s'écria Tonton qui, voyant ce que l'on s'apprêtait à faire à son compagnon, anticipait aisément son propre sort. On va parler!

– ... à une condition, râla Labroche. Vous... vous nous laisserez partir quand... quand vous saurez tout.

– On verra ça. Pour l'instant, vous n'êtes guère en état de poser des conditions...

Encore lointaine mais menaçante, une clameur se fit entendre, jaillie de poitrines si nombreuses qu'il était impossible de les évaluer. En même temps, une détonation éclata et, par-dessus les haies et les arbres qui délimitaient les champs d'indigo, une longue flamme jaillit et bondit vers le ciel comme si elle voulait lécher la nuit...

– Regardez, monsieur! On a fait sauter quelque chose dans les bâtiments d'exploitation. Ça flambe, là-haut... et on dirait même que le feu se propage diablement vite... dit Pierre Ménard qui, à une fenêtre, examinait les environs.

Vivement, Gilles revint à Tonton.

– Tu parles, et vite sinon je te fais sauter la tête pendant que Pongo va découper ton copain en lanières. Qu'est-ce que cette détonation? Et cette clameur? Et cet incendie?

– On va parler mais vite, vite... et puis après vous nous laisserez partir. Tout ce qui se passe là-haut, ce sont les esclaves. Legros a ordonné qu'on les lâche dès que vous serez arrivé ici. Ils sont en train de brûler les bâtiments en attendant que ceux du Morne Rouge les rejoignent.

– Où sont les surveillants?

– Tout le monde est parti, surtout le Maringouin. S'agit pas de se faire prendre par ces brutes déchaînées.

– Où est Legros?

– Ça, j'en sais rien. Je le jure. Il est parti ce matin. On sait pas où. Il a une cache quelque part mais seul le Maringouin la connaît.

– Alors et vous? Pourquoi n'êtes-vous pas partis? Qu'est-ce que vous êtes venus faire ici?

– D'abord voir si Désirée avait fait son travail... et puis apporter ce qui doit attirer les révoltés jusqu'ici. On devait aussi vous arroser de rhum et casser des bouteilles pour que les négros croient que vous vous étiez saoulés après avoir fait...

– Fait quoi?

– Ce... ce qu'il y a dans le bâtiment d'à côté. C'est là que Legros infligeait les... punitions les plus sévères. On y a amené deux Noirs... en disant que c'était sur votre ordre parce que vous étiez installé ici et que vous vouliez rire un peu...

– Pongo! Tu me surveilles ça! Docteur! Avec moi!

Courant jusqu'aux bâtiments qu'ils avaient pris d'abord pour des granges, Gilles et Finnegan s'y précipitèrent. Mais le spectacle que leur fit découvrir la lanterne que tenait le docteur leur arracha un double cri d'horreur. Etroitement bâillonnés, deux Noirs, un homme et une femme, tordus par une épouvantable souffrance, pendaient dans l'obscurité, accrochés au mur par des crocs de boucher enfoncés sous leurs côtes. En outre, tous deux avaient subi le supplice du feu. La femme n'avait plus de chair sur les jambes et le corps de l'homme n'était plus qu'une plaie. Pourtant tous deux vivaient encore, d'une atroce vie convulsée qui demeurait accrochée à eux comme une bête malfaisante.

– Mon Dieu! gémit Gilles révulsé d'horreur. Pareille chose peut-elle exister sous votre ciel?

Par deux fois, son pistolet aboya miséricordieusement puis, plié en deux, il vomit, l'estomac tordu par une irrépressible nausée. Finnegan, plus endurci, ne vomit pas mais son visage vert et sa respiration lourde disaient assez son malaise.

– Vous avez fait la seule chose à faire! dit-il d'une voix blanche. A présent, il faut ôter de là ces deux malheureux, essayer de les cacher. Avant dix minutes la horde sera là et j'ai peur que nous ne soyons pas de force. Essayons, au moins, de limiter les dégâts... mais le piège a été bien tendu.

– C'est de la folie! gronda Gilles entre ses dents qu'il serrait farouchement tout en aidant le médecin à décrocher les deux cadavres encore chauds. Lâcher des hommes à ce point réduits au désespoir, poussés à la plus aveugle fureur, c'est signer l'arrêt de mort de la plantation. Rien ne va rester... que des cendres. Regardez là-haut. L'incendie gagne.

– Mais il gagne dans notre direction, pas dans celle de la maison. Je viens seulement de comprendre le plan de Legros. Il savait ce qu'il faisait en la déménageant de la cave au grenier, en la rendant totalement inhabitable et en vous obligeant à vous installer chez lui. Bien sûr, il condamne sa propre maison mais il s'en moque si l'habitation reste entière. Il va laisser les esclaves... parmi lesquels il doit avoir trois ou quatre meneurs, faire le vilain travail, brûler sa maison, vous massacrer et puis il reviendra avec ses armes, ses hommes et il abattra sans pitié tout ce qui restera, y compris ses meneurs sans doute. Il ne lui restera plus qu'à remettre tout en état après vous avoir fait de superbes funérailles et à s'installer définitivement.

– Mais c'est diabolique. Le risque est énorme.

– Pas tellement. Qu'importe à Legros une récolte perdue, des installations détruites s'il demeure seul maître de *Haute-Savane*. Il n'aura même aucun compte à rendre au gouverneur ou à l'Intendant général : le malheur aura voulu que, profitant de son absence, une révolte éclate et que vous en soyez la victime.

Tout en parlant, les deux hommes avaient transporté les corps au dehors. Interrogeant du regard l'horizon, Gilles vit que l'incendie, en effet, se propageait à tous les bâtiments d'exploitation, aux cases, y compris ceux qui flambaient comme des torches. Des voix surgissaient de l'épaisse fumée rouge dont le vent apportait l'odeur âcre. C'était comme un grondement rauque et sourd, en basse profonde qui, d'instant en instant, gagnait en puissance. Sur l'écran de flammes, ses yeux perçants pouvaient distinguer un moutonnement de têtes noires d'où surgissaient des bras armés de machettes, de piques et d'outils de culture momentanément promus au rang d'armes de guerre.

– Nous n'avons pas le temps de les enterrer, dit-il. Le mieux est de les jeter à la rivière. Puis nous récupérerons les autres et nous fuirons. La route qui va vers le Cap n'est pas loin, de l'autre côté de l'eau.

Quelques instants plus tard, les deux corps torturés, confiés à la paix du flot noir et miroitant du Limbé, s'en allaient doucement vers la mer proche.

– Allons chercher les autres et filons, dit Gilles. Il n'y a pas de honte à vouloir sortir vivant d'un...

Il n'acheva pas sa phrase. Sur l'autre rive, juste en face de la maison, l'épaisseur des arbres s'animait, se trouait de points lumineux qui étaient autant de torches. La forêt qui coulait du morne jusqu'à la route était en train de prendre vie...

– Trop tard! dit Finnegan. Ceux de l'enclos le plus éloigné bien guidés par leurs meneurs ont dû passer la rivière en amont pour prendre la maison à revers et interdire toute fuite. Rentrons vite et essayons de nous défendre.

Ils revinrent en courant vers la maison dont ils fermèrent en hâte les épais volets de bois aux ouvertures desquels les armes allaient pouvoir prendre place.

– Prions le ciel pour qu'ils n'aient pas d'armes à feu, fit Tournemine. C'est notre seule supériorité.

– Legros n'a certainement pas été assez fou pour en laisser à la disposition d'esclaves révoltés. D'autant que ceux qui entraînent ces malheureux doivent être certains de nous trouver endormis. Quant à notre supériorité... elle ne durera que le temps que dureront les munitions.

En rentrant dans la maison, le regard de Gilles se posa sur chacun de ses compagnons tour à tour.

– Nous sommes pris au piège, mes amis, et je

vous demande infiniment pardon de vous avoir attirés avec moi dans cette nasse car nous n'avons guère de chances d'en sortir vivants. Dans quelques instants, la masse des esclaves révoltés qui sont en train de brûler les installations de la plantation sera ici. Nous ne pouvons même pas fuir par la rivière car l'autre berge est déjà occupée. Ecoutez!

Un tambour venait de se remettre à battre, terriblement proche à présent, scandant une sorte de longue plainte grondante qui semblait la voix même des arbres. Les mains qui le frappaient ne devaient être séparées de la maison que par la largeur du Limbé. Mais il n'y avait pas à se tromper, même pour un non-initié, sur la signification exacte du message propagé par la peau tendue : c'était l'appel à la ruée pure et simple, une sorte d'hallali qui passa comme une râpe sur les nerfs tendus des hommes de la maison.

– Je... je vois des torches qui approchent de l'eau... chevrota le jeune Moulin en faisant d'héroïques efforts pour raffermir sa voix.

– Alors, prépare-toi à tirer, dit Gilles en posant sur l'épaule du jeune homme une main apaisante. Mais ne le fais que si tu vois quelqu'un approcher de trop près et après m'en avoir averti. Courage! On viendra peut-être à notre secours.

– Qui ça? grogna Finnegan. Ceux des autres plantations? Lenormand ou Guillotin? Ils doivent avoir bien assez à faire avec le maintien de l'ordre sur leurs propres terres. Une révolte quelque part c'est toujours un danger pour les voisins.

– Mais, dit Pierre Ménard, il y a bien un fort à Port-Margot tout près d'ici? Qui dit fort dit soldats. La lueur de l'incendie doit se voir à une bonne lieue en mer.

– En effet. Il y a là une trentaine d'hommes et un capitaine mais, en admettant même qu'ils ne soient pas complètement saouls à cette heure, ils se garderont bien de venir voir, en pleine nuit, ce qui se passe par ici. Outre qu'ils sont là pour garder le fort, ils ne sont pas fous. Demain matin, sans doute, on déléguera quelques hommes pour ramasser les morceaux.

– Eh bien, soupira Gilles, je vois que nous ne pouvons compter que sur nous-mêmes. Messieurs, prenez place chacun à une fenêtre et que Dieu nous vienne en aide...

Avec un hurlement de terreur, Labroche et Tonton venaient de se dresser sur leurs pieds.

– Pas nous! Laissez-nous fuir! On vous en supplie! Laissez-nous filer! On peut peut-être encore se sauver. Mais s'ils nous prennent vivants, ils nous feront...

– Quoi? coupa Gilles froidement. Ce que vous avez fait à ces malheureux que nous avons trouvés à côté? Non. Vous resterez ici et ne comptez pas sur nous pour faire l'aumône d'une balle de miséricorde ou d'un coup de couteau. Nous gardons cela pour nous, quand plus rien d'autre ne sera possible.

– Non! hurla Tonton presque fou de peur. Je ne veux pas...

Ses yeux étaient exorbités et ses cheveux presque droits sur sa tête. Gilles se détourna de lui avec dégoût tandis que Pongo, d'un maître coup de poing, l'envoyait sur le plancher oublier momentanément sa terreur mais Labroche, profitant de ce que l'attention se détournait de lui, se rua vers la porte qu'il ouvrit d'un coup de tête et s'élança au-dehors tout en faisant des efforts désespérés pour se libérer des liens qui entravaient ses bras.

Gilles bondit derrière lui pour le rattraper mais s'arrêta au seuil et, vivement, referma la porte en se signant précipitamment car, au moment précis où le surveillant sautait les marches de la véranda, la horde noire venait de surgir de la nuit avec ses torches, vociférante et déjà lancée sur la maison solitaire.

La vue de cet homme aux bras liés, seul au milieu de l'espace vide ménagé devant la maison, les arrêta net. Et un silence soudain s'établit...

Derrière sa meurtrière, Gilles vit les porteurs de torches dessiner un grand demi-cercle comme autour d'une arène. Entre chacun d'eux apparaissaient des hommes maigres et terribles, dont les yeux flambaient presque autant que les nœuds résineux aux poings de leurs compagnons, des femmes dont certaines avaient, dans leurs mains, des quartiers de viande saignante dans lesquels elles mordaient voracement. Ces révoltés avaient dû abattre quelques animaux pour apaiser leur faim. Certains hommes avaient des bouteilles de tafia où ils buvaient à longs traits. D'autres étaient déjà franchement ivres.

– Je n'aurais jamais cru qu'il y avait autant d'esclaves sur cette terre, souffla Finnegan avec une sorte d'accablement. Ils sont une multitude. Jamais nous n'en viendrons à bout...

Le silence était si profond à présent que l'on pouvait entendre le crépitement des torches et la respiration haletante, terrifiée, de Labroche, acculé à la maison au centre de ce demi-cercle de flammes.

– Que font-ils? gronda Gilles. Pourquoi n'attaquent-ils pas?

– Parce qu'ils ont tout leur temps, dit Finnegan. Ils savent bien que nous ne pourrons pas leur échapper et puisqu'une première victime se jette sur eux, ils vont commencer par elle. C'est terrible à dire mais ce misérable nous accorde un sursis qui peut être précieux. Tout dépend du temps qu'ils vont mettre à le faire mourir...

– Vous voulez dire qu'il va nous falloir assister à...

– A la mort de Labroche? Oui. Et ne vous avisez pas d'abréger cette mort d'une balle bien ajustée. Ce serait le signal du massacre pour nous autres.

– Ne me demandez pas ça.

– Pourtant je vous le demande... au nom de tous ceux qui sont ici. Songez que si nous étions encore vivants au lever du jour, il y aurait peut-être une chance de voir arriver des soldats. La nuit est une sorcière féroce sur cette terre, mais le jour la fait toujours rentrer dans son trou. Cet homme est un bourreau, et de la pire espèce. Si le souvenir des deux malheureux que nous avons confiés à la rivière ne vous suffit pas, bouchez-vous les oreilles et fermez les yeux.

Mais Gilles savait bien qu'il ne pourrait pas ne pas regarder car il existe une fascination de l'horreur comme d'ailleurs de la peur. Labroche adossé à cette maison dont il n'avait même pas le réflexe d'essayer de remonter l'escalier ne bougeait plus. Les yeux dilatés, il regarda comme du fond d'un cauchemar quatre hommes sortir du cercle et venir à lui. Ce fut seulement quand leurs mains s'emparèrent de lui qu'il secoua le charme et se mit à hurler.

Ce qui suivit fut de l'ordre de ces choses affreuses qui peuvent hanter pendant longtemps les cauchemars des hommes. Tandis que quatre hommes dépouillaient Labroche de ses vêtements, d'autres, sous la direction d'un grand Noir vêtu d'une draperie blanche qui devait être un drap déjà abondamment maculé, entassaient du bois et des brindilles puis plantaient en terre quatre piquets aux quatre coins de ce bûcher improvisé sur lequel on coucha le surveillant, toujours hurlant, en prenant soin d'attacher ses poignets et ses chevilles aux piquets. Une femme qui portait une petite jarre sur sa tête sortit de la foule et vint en verser le contenu sur le corps. Ce devait être de l'huile car la peau café au lait de Labroche se mit à briller.

– Eux veulent cuire lui, déclara Pongo qui suivait d'un œil parfaitement impavide ces préparatifs qui révulsaient son maître. Huile empêcher rôti brûler!...

Suffoqué, Gilles regarda l'Indien avec stupeur. Il y avait comme cela des moments où le sang iroquois reparaissait. Pour lui ce genre de réjouissances était tout à fait naturel dès l'instant qu'il s'agissait d'un ennemi.

– Tu en parles comme s'il s'agissait d'une recette de cuisine, reprocha-t-il.

– C'est recette de cuisine!... cuisine rituelle car, si ennemi mort bravement, chair bonne à manger pour renforcer courage des guerriers. Mais là mauvaise cuisine. Homme lâche. Lui crier! ajouta-t-il en crachant par terre avec dégoût.

En effet, des torches avaient été enfoncées dans le bas du tas de bois et les flammes avaient jailli et léchaient à présent le corps huilé d'où partaient d'insoutenables hurlements. En dépit de son courage, Gilles détourna la tête.

– Toi pas cacher visage! reprocha Pongo rudement. Seule, femme peut cacher visage. Toi homme et homme qui as supporté beaucoup de choses. Toi peux supporter ça!

– Le supporterais-tu, si j'étais à la place de cet homme?

– Toi jamais à cette place. Pongo te tuer avant parce que... Pongo t'aimer. Mais cet homme pas mériter pitié parce que lui pas avoir eu pitié des autres!

Silencieusement, Gilles chercha la main de son ami et la serra.

– Tu m'es cher aussi, Pongo. Quand l'heure sera venue, je serai heureux de mourir avec toi.

Et, curieusement réconforté, il reporta froidement son regard sur l'affreux spectacle aussi bien éclairé à présent qu'une scène de théâtre. La lune, en effet, s'était levée et bien qu'elle ne fût encore qu'un globe rougeâtre sur la cime des arbres, elle apportait un supplément de lumière tragique. Mais les spectateurs involontaires de cette scène de cauchemar n'avaient pas encore atteint le fond de l'horreur.

Labroche vivait toujours quand on trancha les liens qui le maintenaient sur le brasier dont on le tira avec une gaffe. Puis l'homme au drap blanc, s'agenouillant auprès de ce corps qui n'avait plus guère figure humaine, lui ouvrit la poitrine d'un coup de machette et, plongeant sa main dans l'ouverture, en arracha le cœur qu'il jeta à des chiens qui étaient apparus, attirés par l'odeur affreuse.

Labroche avait fini de souffrir mais ses bourreaux n'en avaient pas fini avec lui. Rapidement maniée par l'homme au drap blanc, la grande lame triangulaire débita son corps en morceaux que l'on distribua, cérémonieusement, à une vingtaine d'hommes et de femmes qui semblaient ne se soutenir qu'à peine et dont les corps portaient des traces de sévices nombreux. Ils s'en emparèrent et mordirent dedans avec une affreuse avidité.

– Sans doute les dernières victimes de cette brute, commenta Finnegan d'une voix enrouée qu'il s'efforçait d'éclaircir. La justice de ces malheureux est redoutable mais souvent exacte.

Gilles épongea la sueur qui coulait de son front et lui brouillait la vue. A présent que les cris inhumains avaient cessé, l'abominable spectacle lui semblait plus supportable.

– Il me semble que nous sommes en train de contempler l'enfer, murmura-t-il. Que font les autres? ajouta-t-il en se tournant vers les trois marins qui surveillaient la rivière et n'avaient rien vu de ce qui venait de se passer. Pour ne rien entendre non plus, le jeune Moulin avait déchiré un coussin et bourré ses oreilles avec des tortillons de tissu.

– Personne ne bouge, répondit Germain. Ils sont visiblement là pour interdire toute fuite. Avec toutes ces torches et cette lune ils doivent nous voir aussi clairement qu'en plein jour et je vois là des flèches, des arcs, des haches. Ils ont l'air d'attendre un signal.

– Ça va être notre tour, à présent, soupira Gilles. Il nous reste à défendre chèrement notre peau. Ne vous laissez pas prendre vivants, en tout cas. A aucun prix...

Le signal, pourtant, ne vint pas tout de suite. A présent, quelques hommes couraient vers la resserre où Tournemine et Finnegan avaient trouvé les corps, preuve qu'ils étaient exactement renseignés, et en ressortaient au bout d'un instant les mains vides naturellement. Il y eut alors une sorte de flottement, d'indécision. Gilles vit les yeux de cette foule interroger la maison muette et close.

– Bon Dieu! jura-t-il. Si seulement j'avais le moyen de me faire comprendre d'eux...

Son regard tomba sur Tonton qui gisait toujours à terre mais qui avait depuis longtemps retrouvé ses esprits et, l'empoignant par ses liens, il le remit debout.

– Tu es l'un des surveillants, toi, tu dois bien comprendre les langues africaines.

Les gros yeux ronds s'affolèrent.

– Moi?... Oh non! oh non! non! Moi... je parle pas... je comprends pas. Y avait que le Maringouin et... et M. Legros, bien sûr. Je... je vous en supplie... n'y allez pas...

– Qu'est-ce que ça peut te faire? Il y a peut-être là une occasion. Ils hésitent et ce serait bien le diable si, dans toute cette foule, il n'y en avait pas au moins la moitié qui comprennent le français.

– Je ne vois pas très bien où ils auraient pu l'apprendre, grogna Finnegan. Je vous rappelle que Legros renouvelait fréquemment son cheptel. La plupart des esclaves qui sont ici n'ont pas quitté l'Afrique depuis plus d'une année. Ce n'est pas en grattant la terre sous le fouet qu'ils ont pu s'initier à la langue de Voltaire.

– Tant pis! Je vais tout de même prendre le risque. Il y a sans doute ici ceux qui m'ont vu, cet après-midi, arracher son fouet à Labroche. Ils peuvent me reconnaître.

– N'y comptez pas trop! Vous l'avez vu, ils n'avaient même pas cessé de travailler à ce moment-là...

– Ecoutez, Finnegan! S'il n'y a qu'une seule chance de parlementer, il faut la prendre. Je vais sortir seul...

– Non, coupa Pongo. Pas seul! Je vais aussi...

– Si tu veux. Tu me couvriras. Mais il faut le faire. Ces gens cherchent le nouveau maître et ils ne savent sûrement pas combien nous sommes ici. Si je ne réussis pas, vous aurez toujours la ressource de m'abattre avant qu'on... ne me fasse cuire et peut-être, d'ailleurs, oublieront-ils de visiter la maison...

– N'y comptez pas! Quand ils vous auront tué, ils y mettront le feu...

Au dehors, les palabres semblaient prendre fin. Le grand Noir à la draperie blanche s'avançait, seul, vers la maison et s'arrêtait à peu près au milieu du terre-plein. Levant les deux bras vers le ciel chargé des fumées de l'incendie, il entama une sorte de mélopée incantatoire qui, tout incompréhensible qu'elle fût, n'était pas sans grandeur. La voix profonde de l'homme avait des résonnances sombres qui rappelaient les battements sourds des tambours de tout à l'heure. Etiré vers la nuit qu'il semblait conjurer, il ressemblait à une longue flèche blanche et noire plantée comme une menace en face de cette maison. Car il n'y avait pas à se tromper sur les accents grondants de sa prière. Il était en train d'offrir leurs futures victimes à des dieux sanguinaires.

Néanmoins, Gilles sortit...

Afin que ceux qu'il affrontait fussent bien certains qu'il était sans armes, il avait ôté son habit et même sa chemise. Son apparition soudaine, en haut des marches de bois, figea la foule. L'homme aux incantations lui-même se tut et demeura là, les bras toujours tendus vers le ciel, mais oubliant son adjuration vengeresse pour regarder cet homme blanc, aussi grand que lui mais qui n'évoquait en rien l'image habituelle du planteur détesté.

Sa peau bronzée où la vaillance se lisait dans la trace des anciennes blessures avait cette couleur de cuir de ceux qui sont habitués de longue date aux intempéries et au grand soleil, mais l'éclat froid des prunelles couleur d'acier et la clarté des cheveux qui couronnaient un visage fier et beau au profil arrogant, le fait aussi que le nouveau venu se présentait nu, à l'exception de sa culotte collante et de ses bottes de cheval, apportaient une note étrange, déroutante pour cette foule misérable habituée aux maîtres gras bardés de fouets et de pistolets. Et tous le regardaient si avidement que nul ne remarqua, dans l'ombre de la véranda, la silhouette sombre de Pongo, dépouillé lui aussi de ses vêtements mais armé jusqu'aux dents.

Le silence total apprit à Gilles qu'il venait de marquer un point mais il sentit qu'il fallait le briser lui-même et non en laisser l'initiative aux révoltés.

– Certains d'entre vous doivent pouvoir comprendre mes paroles et les transmettre aux autres, dit-il, employant toute la puissance de sa voix dans l'espoir d'atteindre les derniers rangs si lointains fussent-ils. Je suis votre nouveau maître et je suis venu vous demander de déposer les armes car je ne vous veux aucun mal, bien au contraire. Je sais combien vous avez souffert sur cette terre qui devient la mienne. Je sais combien vous y êtes maltraités, mal nourris, ravalés par la cruauté de ceux qui vous commandent à une condition plus misérable que celle des bêtes qui sont au moins libres de se chercher elles-mêmes leur nourriture. Je ne veux plus de cela, plus jamais! Par le Dieu que je sers, je le jure...

» Ce soir, vous avez fait justice, votre justice, et personne ne vous punira pour cela. Lorsque reviendra Simon Legros, c'est à ma justice qu'il devra répondre de ses crimes dont le plus grave a été commis ce soir car c'est lui qui, par la voix de ses meneurs, vous a conduits à la révolte. Vous pouvez me tuer et il espère bien, là où il est, que c'est ce que vous allez faire car je suis le maître de *Haute-Savane* et je suis celui qui l'empêche d'en devenir le possesseur. Mais soyez-en sûrs, après ma mort il reviendra. Il reviendra avec des hommes, des armes... et la loi pour lui. Et vous serez châtiés, vous serez massacrés jusqu'au dernier. Que lui importe? Il achètera d'autres esclaves qu'il mènera encore plus durement.

» Moi, je vous offre de vous en sortir sans mal. Vous lutterez avec moi contre cet homme quand il reviendra... et ensuite nous remettrons cette plantation en état, mais votre vie y sera toute différente de ce qu'elle était. Chacun de vous y vivra avec dignité, en « libres de savane » pour commencer. L'affranchissement récompensera les meilleurs...

Jamais encore Gilles n'avait prononcé si long discours et jamais non plus il n'aurait cru y être amené. Cette nuit, en face de ces centaines de paires d'yeux, il avait l'impression déprimante d'exhorter des fauves au cœur d'une forêt sauvage et qu'aucune de ses paroles, clamées cependant de toute sa conviction et de tout son cœur, ne portait. Se pouvait-il vraiment qu'aucun de ces hommes massés sous la lumière rouge des torches ne comprît son langage?

Il achevait, cherchant son souffle et aussi ce qu'il pourrait encore dire quand, du cœur même de la foule, une voix rauque, hargneuse, proféra quelques paroles incompréhensibles. L'homme à la draperie blanche, qui s'était tenu aussi immobile qu'une statue durant tout le temps que Tournemine avait parlé, se détourna légèrement pour chercher du regard celui qui venait de parler. Gilles comprit qu'il hésitait. Celui-là peut-être entendait le français...

Il allait reprendre, pour lui seul, mais d'autres voix, à présent, faisaient écho à la première et d'autres encore. Ce fut comme un crescendo de haine et de fureur qui enfla, enfla...

– Recule! conseilla Pongo à mi-voix. Il faut rentrer. Ils vont attaquer...

– Ce n'est pas encore certain...

– Moi dire que si... Bien connaître foules sauvages quand colère gronde. Rouges ou noires... même chose! Vite!

En effet, une machette lancée d'une main singulièrement vigoureuse arrivait sur eux en sifflant et se planta, avec une menaçante vibration, dans le montant de la véranda. L'heure n'était plus aux discours. Seule, la voix des armes pouvait encore se faire entendre. Vivement, Gilles bondit à l'intérieur et, refermant la porte derrière lui, saisit son fusil et alla reprendre son poste.

– Vous êtes un homme courageux, grogna Finnegan, mais c'était de la folie. Autant raisonner la tempête... A présent à la grâce de Dieu! J'espère seulement qu'au paradis on connaît l'usage du rhum.

Un énorme hurlement emplit la nuit. Les tambours recommencèrent à battre sur un rythme enragé et la terre trembla sous des centaines de pieds. La horde se lançait sur la maison. C'était comme une marée roulant depuis la colline.

– Que font ceux de la rivière? demanda Gilles.

– Ils... ils traversent, monsieur, souffla Ménard, la gorge sèche.

– Tirez alors à votre gré...

Une première rafale habilement ajustée coucha quatre des hommes qui couraient, en tête de la foule, vers la maison mais cela n'arrêta pas ceux qui suivaient. Ils sautèrent par-dessus les corps inertes.

– Nous allons être submergés, cria Gilles.

– Non, rectifia Finnegan. Nous allons être brûlés.

En effet, c'étaient les hommes armés de torches qui menaient l'assaut. Arrivés à six ou sept mètres, ils se contentèrent de lancer leurs torches puis s'enfuirent pour échapper aux balles.

A ce moment, quelque chose qui tenait du miracle se produisit. Une voix se fit entendre, une voix énorme, immense, qui semblait sortir des entrailles mêmes de la terre ou bien du sommet des arbres. Une voix aussi puissante qu'un bourdon de cathédrale qui criait sur la campagne dans une langue sans doute africaine et la foule, surprise, vaguement terrifiée aussi, s'arrêta net. Et même recula, abandonnant sur le sable, comme la vague qui se retire, des cadavres semblables à de gros galets noirs, refluant vers ses positions précédentes.

– Qu'est-ce que c'est que ça? chevrota Moulin. Qu'est-ce que cette voix? Celle de Dieu?

– Si elle nous sauve je dirai volontiers que c'est celle de Dieu, dit Gilles. Regardez! Ouvrez un volet! Cela en vaut la peine...

Un homme venait en effet d'apparaître dans le

demi-cercle laissé libre par la foule, un Noir gigantesque dont la puissante musculature luisait sous la lumière et s'étalait dans toute sa magnificence animale car cet homme ne portait qu'un simple pagne de lin blanc... et un large pansement qui ceignait sa cuisse. Cet homme, c'était Moïse et c'était sa voix qui venait de se faire entendre, amplifiée par le « gueuloir » de bronze qu'il avait dû emprunter au capitaine Malavoine.

Planté comme un chêne devant la maison, jambes écartées, sans autre arme que sa stature exceptionnelle et sa profonde voix de basse, c'était lui à présent qui haranguait la foule, la foule qui le regardait avec une sorte de terreur superstitieuse et qui semblait se courber sous sa parole comme l'herbe des champs sous la fureur de l'orage.

– Et moi qui le croyais muet! murmura Gilles. Comment est-il venu jusqu'ici? C'est un miracle... un vrai miracle! J'aimerais bien savoir ce qu'il leur dit...

– Il dit, Seigneur, que tu es bon et juste, que tu es un Blanc comme jamais encore il n'en a rencontré, que tu l'as sauvé de la mer, des requins et du négrier, que tu as failli te battre pour lui, que tu l'as soigné comme un frère... Il dit que tu es un envoyé des dieux et que leur malédiction s'attacherait à qui te ferait mourir...

C'était, cette fois, Désirée, qui venait de reparaître, sortant de son office et de son sommeil. Elle vint vers Gilles, plia le genou devant lui et, prenant sa main, y posa sa bouche.

– Pardonne-moi, Seigneur! Je ne savais pas... et il fallait que j'obéisse.

– Tu n'avais aucune raison de ne pas obéir. Relève-toi, Désirée. A l'avenir c'est moi, ou plutôt ma femme, que tu serviras...

– Si elle te ressemble, ce sera une joie...

– Vous croyez qu'il va en venir à bout? dit

Finnegan qui observait avec attention la scène, grandiose d'ailleurs, dont ils étaient spectateurs. Il y a là-dedans des meneurs qui ne doivent pas se laisser facilement convaincre... Et puis votre rescapé est un parfait inconnu pour eux.

– Peut-être, dit Désirée. Mais il parle comme eux et comme parlent les grands chefs, là-bas, en Afrique. Il a pour lui la puissance venue des ancêtres.

Pourtant, comme l'avait prévu Finnegan, les mêmes voix furieuses que tout à l'heure se faisaient de nouveau entendre, cherchant à rompre l'enchantement dont le géant noir tenait cette foule prisonnière. Si leur influence l'emportait, Moïse, lui aussi, serait balayé, si grande que soit sa force. Les esclaves du premier rang qui s'étaient courbés sous cette voix de bronze relevaient déjà la tête. On pouvait deviner leur incertitude, leur hésitation. Dans un instant, peut-être, le miracle qui avait laissé entrevoir le salut serait réduit à rien et une victime de plus serait offerte en holocauste...

Et puis, tout à coup, le silence revint. La foule, comme jadis la mer devant le peuple hébreu, s'ouvrait, se séparait pour laisser, entre ses rangs serrés, une trouée qu'éclairèrent deux jeunes filles en robes blanches portant chacune une chandelle allumée. Derrière elles marchait majestueusement une imposante femme noire, grande et forte, vêtue d'une longue robe rouge et portant sur sa tête un haut diadème barbare fait de plumes noires et rouges qui la grandissait encore. Elle s'appuyait sur une haute canne d'ébène, assez semblable à une crosse d'évêque mais dont le motif terminal représentait un serpent dressé sur sa queue. Et la femme rouge s'avança. Et la foule devant elle s'inclina...

Tournemine n'eut pas le temps de questionner Désirée. Finnegan déjà l'avait reconnue.

– Mais c'est Celina! s'écria-t-il. Je m'étais toujours douté qu'elle était une « mamaloï».

– Qu'est-ce qu'une « mamaloï »? demanda le chevalier.

– Une prêtresse des dieux vaudou.

– Célina est la plus grande, dit doucement Désirée. Il n'y a pas, dans l'île, un esclave qui ne s'incline devant elle. Si elle vient vers le maître, il est sauvé.

– Mais où était-elle? Si je me souviens de ce qu'a dit le docteur, elle était la cuisinière de l'habitation?

– Elle était cachée. Elle s'est enfuie quand Legros a vendu les esclaves domestiques. Il n'avait pas le droit de la vendre car elle est une « libre de savane ». Il n'avait pas le droit, non plus, de vendre le vieux Saladin et pourtant il l'a fait... et Saladin s'est pendu...

Laissant planer sur la foule, définitivement matée cette fois, le regard impérieux de ses yeux couleur de chocolat, Celina était arrivée auprès de Moïse sur l'épaule duquel elle posa une main véritablement souveraine puis elle prononça d'une voix forte quelques paroles rapides qui eurent un étrange effet : la foule si calme et silencieuse redevint soudain houleuse, avec de loin en loin d'étranges tourbillons puis, comme un volcan qui crache des scories, elle expulsa quatre groupes d'hommes au milieu desquels se débattait un Noir que ses compagnons vinrent jeter aux pieds de la mamaloï...

Ce qui suivit fut hallucinant de rapidité. Celina prononça un seul mot et sa sonorité avait à peine fini de résonner que quatre sabres d'abattis avaient tourbillonné et s'étaient abattus. Quatre têtes avaient roulé sur le sable qui devint aussi rouge que la robe de la prêtresse. Mais Celina ne les regarda même pas. C'était vers la maison qu'elle se tournait à présent.

– Viens, dit Désirée en prenant la main de Gilles. Elle t'attend...

Elle le conduisit jusqu'à la porte puis le laissa sortir seul. Lentement, il descendit vers les deux Noirs qui le regardaient venir mais, seul, Moïse plia le genou quand il les rejoignit.

– Demain, dit gravement Celina, je m'inclinerai devant toi et je redeviendrai ta servante. Ce soir, tu dois accepter, pour ton bien, de marcher à mes côtés pour rentrer chez toi.

– Tu m'as sauvé, dit Gilles. Comment pourrais-je refuser? Ce sera un honneur pour moi, Celina.

Elle eut un sourire qui découvrit de larges et solides dents blanches.

– Tu sais mon nom? Qui te l'a dit?...

– Le docteur Finnegan qui était avec moi et cinq autres de mes amis dans cette maison.

– Alors, dit tranquillement Moïse, il faut les faire sortir et avec eux tout ce qui t'appartient dans cette maison car elle va être brûlée. Les quelques torches qu'on a lancées ne l'ont pas enflammée car le toit est en pierre.

Tournemine regarda le géant noir avec une surprise amusée.

– Tu parles donc ma langue? Je te croyais muet...

– Je ne te connaissais pas quand tu m'as recueilli. C'était un avantage que je voulais garder.

– Comment es-tu venu?

– Je te le dirai tout à l'heure, si tu le permets. Pour l'instant il faut faire sortir les autres.

– Viens! dit Celina. Il est temps pour toi de quitter ces lieux maudits. Pourtant, je voudrais de toi une promesse.

– Laquelle?

– Oublieras-tu ce qui s'est passé ici cette nuit? Tout ce qui s'est passé?

– Tu veux savoir si ces malheureux recevront un châtiment? Je leur ai promis tout à l'heure qu'il n'y en aurait pas. Tu as toi-même fait justice. Il n'y a rien à ajouter.

– Alors, marchons! Ta maison t'attend. Elle est vide mais intacte et tu y seras mieux que dans la demeure d'un bourreau.

Côte à côte, toujours précédés des deux fillettes porteuses de chandelles, ils marchèrent vers la foule qui, comme tout à l'heure, s'ouvrit devant eux. Pongo et Moïse qui s'étaient donné une sorte d'accolade et les autres suivaient avec les armes et les chevaux que l'on était allé chercher aux écuries...

Suivis par des centaines de paires d'yeux où luisait à présent quelque chose qui ressemblait à l'espoir, Gilles et Celina remontèrent à travers champs vers les bâtiments réduits en braises encore fumantes. Aucun d'eux ne parlait.

Mais soudain une grande lumière s'éleva avec le crépitement du feu. A l'épaulement de la colline, le petit cortège s'arrêta, se retourna : la maison de Legros flambait comme une torche mais derrière cette énorme torche, on pouvait apercevoir, sur l'autre rive du Limbé, le cheminement des multiples petites lumières de ceux qui en avaient assuré la garde et qui, à présent, se retiraient aussi calmement que s'ils avaient assisté à une fête.

– Sais-tu où est Legros? demanda Gilles à Celina.

Elle secoua sa tête emplumée.

– Non. Chez Olympe, peut-être. Je sais qu'elle a une maison au Cap-Français. J'ai dû me cacher lorsque je me suis enfuie car il est un démon servi par un démon femelle encore plus fort que lui. Je ne pouvais pas l'atteindre. J'ai préféré l'oublier. Pourquoi ne pas en faire autant?

– Crois-tu qu'il se laissera oublier? Non. Son coup a manqué. Cela ne veut pas dire qu'il n'essayera plus d'attenter à ma vie ou à celle des miens. Je veux le trouver... et dormir en paix.

– J'essayerai de savoir...

Vers l'orient, le ciel commençait à s'éclaircir. La nuit terrible était achevée. Dans quelques instants, les rayons du soleil levant allaient éclairer des ruines et les traces profondes de l'incendie dont les ravages étaient grands. Mais quand, mené par Celina, Gilles atteignit le rideau de cactus et de lataniers qui protégeait la grande maison, la voûte céleste se dora de tous les feux de l'aurore et sa lumière vint caresser les murs de l'habitation, vide encore comme une coquille dont elle avait la teinte nacrée mais qui, dès ce jour, allait renaître à une vie nouvelle.

TROISIÈME PARTIE

LE SABLIER DU TEMPS

BAL CHEZ LE GOUVERNEUR

L'écho des violons traversa la pelouse pour venir à la rencontre de Gilles et de Judith et, avant même qu'ils eussent contourné la délicate architecture de la roseraie, ils purent voir briller les innombrables bougies qui éclairaient les salons de la résidence. Jamais le vieux palais des Jésuites remis au goût du jour par un gouverneur un peu trop fastueux n'avait paru plus beau. Sa blancheur éclatait dans la nuit comme la fleur de quelque magnolia géant.

Pourtant, malgré la musique et la douceur embaumée de la nuit (la saison des pluies venait de prendre fin), malgré le chatoiement des robes de bal et l'éclat des bijoux que l'on pouvait apercevoir par les hautes fenêtres largement ouvertes, malgré la grâce légère du menuet, ce tableau enchanteur parut bizarrement à Gilles dépourvu de toute gaieté.

Pour ce bal d'adieu, donné par M. de La Luzerne avant son départ pour la France où il allait reprendre le portefeuille de la Marine auquel venait de renoncer le maréchal de Castries, il y avait là, réunie dans les vastes salons, toute la fleur de Saint-Domingue, une manière de civilisation peut-être si l'on acceptait de ne pas trop approfondir car la plupart de ces gens pratiquaient la manière de vivre la plus arrogante et la plus injuste qui soit. Sous la splendeur de la fleur, Tournemine avait appris à voir, depuis trois mois, le cheminement dramatique des racines, nourries de chair humaine. Et cette fête, tout à coup, lui fit l'effet d'un bal d'ombres car un tel état de choses, à si peu de distance de cette Amérique où venait de naître le beau mot de Liberté, ne pouvait durer éternellement et ces gens, peut-être, dansaient devant leur tombe ouverte.

En approchant des salons illuminés, il put observer les esclaves, vêtus de superbes livrées, perruques blanches en tête, qui évoluaient parmi les invités, portant des plateaux chargés de flûtes de champagne ou de verres de vin de France amenés à grands frais. Et il eut, tout à coup, l'impression étrange qu'eux seuls étaient réels, qu'eux seuls représentaient la réalité de l'avenir.

Mais comme, pour l'heure présente, il faisait encore partie de cette civilisation décadente, il s'efforça de secouer son humeur noire et, intérieurement, s'admonesta. Que lui prenait-il tout à coup et d'où lui venaient ces idées pessimistes? Tout n'allait-il pas à merveille chez lui où *Haute-Savane*, débarrassée de l'horreur, repartait vigoureusement vers une plus grande prospérité?

Non, tout compte fait, tout n'allait pas à merveille, ne fût-ce qu'au niveau de ses relations avec l'élément féminin de la maison. Et les pensées sombres qui l'envahissaient venaient peut-être de cette espèce de pressentiment qui l'habitait depuis la révolte mais beaucoup plus certainement encore depuis la scène qui l'avait opposé à Judith juste avant de partir pour la résidence mais qui couvait depuis des heures.

Ce matin-là, alors qu'en compagnie de Zébulon, son valet de chambre, il choisissait les vêtements qu'il comptait endosser pour le bal et au cours des deux journées que les Tournemine devaient passer au Cap, il avait retrouvé, au fond de la poche d'un de ses habits, deux petits paquets qu'il avait oubliés : la croix et le bracelet achetés pour Anna et Madalen le jour de leur arrivée dans l'île. Il avait eu tellement à faire durant les trois mois qui venaient de s'écouler qu'il n'y avait plus songé. Le travail était tel que c'était tout juste si la pensée de son amour pour la jeune fille l'avait occupé un moment ici ou là...

Décidé à ne pas différer plus longtemps la remise de ses présents, il avait remis le tout dans sa poche et s'était lancé à la recherche des deux femmes.

La famille Gauthier vivait dans un petit pavillon situé au bout du parc, près de la lisière des champs de coton, et qui était, naguère encore, le domaine privé de Jacques de Ferronnet. Gilles l'avait fait remettre en état et aménager pour que trois personnes pussent y vivre à l'aise.

Sachant qu'Anna et Madalen avaient coutume de se rendre chaque matin à une petite chapelle située sur le bord du Limbé à mi-chemin de Port-Margot pour y entendre la messe, et que cette heure était celle où elles revenaient, il se dirigea vers la petite maison blanche à laquelle un énorme flamboyant donnait un cadre somptueux, mais il en était à peu près à mi-chemin quand il rencontra Pierre qui, à cheval, remontait vers l'habitation. Le jeune homme semblait à la fois soucieux et pressé mais il s'arrêta tout de même pour saluer Tournemine.

– Tu as ta tête des mauvais jours, Pierre. Qu'est-ce qui ne va pas? demanda celui-ci.

– Ma mère n'est pas bien, ce matin. Je vais chercher le docteur Finnegan.

– Rien de grave, j'espère?

– Je ne pense pas. Quand elle s'est levée, ce matin, elle ne s'est pas sentie bien et s'est recouchée, laissant Madalen aller seule à la messe après lui avoir donné un peu de thé. Elle pensait qu'en prolongeant son repos son état s'améliorerait mais elle ne cesse de vomir et je préfère aller chercher le docteur.

– Tu as raison. Va vite!

Il faillit ajouter « Je te suis... » mais se retint car, si le moment était vraiment mal choisi pour aller offrir un bijou, ce que Pierre venait de dire lui avait fait battre le cœur un peu plus vite. Madalen était allée seule à la petite église et cela signifiait qu'il était possible de la rencontrer. L'envie d'aller au-devant d'elle s'était faite irrésistible et Gilles ne faisait aucun effort pour lui résister : il y avait si longtemps qu'il n'avait eu l'occasion d'être seul, un instant, avec celle qu'il aimait...

Pierre disparut derrière un grand coupe-vent de roseaux frissonnants et Gilles continua doucement le chemin qui menait à la rivière et à la chapelle. Bientôt, il aperçut Madalen. Assise sur un âne gris qui ne lui servait guère que pour ce chemin un peu long qui la menait vers la maison de Dieu, elle remontait lentement vers la maison sous les arbres pourpres. Elle avait laissé la bride sur le cou de sa monture et contemplait rêveusement une mince branche de jasmin qu'elle portait de temps en temps à ses narines. Vêtue d'une ample robe d'indienne de ce bleu tendre qu'elle affectionnait, un léger bonnet de mousseline blanche tremblant sur la soie argentée de ses cheveux blonds relevés sur le front en une lourde masse d'où s'échappait, frissonnant contre son cou, une longue boucle douce, elle était ravissante et claire comme un matin de printemps.

En découvrant Gilles debout au milieu de son chemin, elle tressaillit et devint très rouge mais retint son âne. Son regard bleu s'affola, cherchant visiblement une issue, un trou par où fuir le péril qui la menaçait. Mais il ne lui laissa pas le temps de trouver cette issue providentielle et, s'avançant vivement vers elle, il saisit l'âne par la bride.

– Il n'y a pas d'autre chemin, Madalen, dit-il en riant. Ni d'autre moyen de rentrer chez vous...

Elle détourna la tête, lui refusant la rencontre de son regard.

– Je n'en cherche pas, monsieur le chevalier, je vous l'assure.

Il nota au passage qu'elle en était revenue à l'appellation cérémonieuse dont il l'avait cependant priée de ne plus se servir mais n'en fit pas la remarque. Il n'avait encore jamais rencontré de fille aussi difficile à manier.

– C'est très laid, vous savez, de mentir en revenant de la messe, dit-il.

Mais, comme il la voyait déjà prête à pleurer, il changea de ton.

– Madalen, fit-il doucement. Avez-vous si peur de moi ?

– Mais je n'ai pas peur...

– Alors pourquoi me fuyez-vous ? Ne me pardonnerez-vous jamais ce qui s'est passé dans le petit cimetière de Harlem ? Allons, ayez au moins le courage de me regarder...

Le regard qu'elle ramena sur lui était si craintif qu'il eut pitié d'elle mais déjà, comme si la vue du jeune homme lui était insupportable, elle le détournait et murmurait :

– Ce n'est pas à vous que j'ai à pardonner : c'est à moi... Je n'aurais jamais dû vous avouer que... que...

Elle butait sur le mot comme elle butait sur l'idée même de l'Amour dans sa plénitude. Il acheva pour elle :

– Que vous m'aimiez ? Mais ce n'est pas un crime, Madalen.

– Si, c'en est un car vous appartenez à une autre. Vous êtes marié et je n'ai pas le droit de vous aimer...

– Le droit, le droit ! Le cœur seul a des droits. Il n'est pas responsable de ses impulsions et vous n'y pouvez rien. Ce n'est pas votre faute et ce n'est pas non plus la mienne si je n'aime plus ma femme... qui d'ailleurs ne m'aime plus.

– Cela ne change rien au fait qu'elle est votre femme devant Dieu et les hommes. Rien n'est possible entre nous... monsieur Gilles, rien! La sagesse serait sans doute que je m'en aille mais je ne peux partir seule et les miens sont heureux ici...

– Vous avez vraiment envie de partir? Dites-moi la vérité, Madalen, vous avez vraiment envie de vous éloigner de moi?

Elle secoua désespérément la tête et il vit des larmes rouler sur sa joue.

– Non... non! Vous savez bien que non! Je vous en prie, n'essayez plus de me voir seule, n'essayez plus de me rencontrer comme vous venez de le faire. C'est cruel... A moins que vous n'ayez quelque chose d'important à me dire.

– Je vous dis que je vous aime et vous pensez, apparemment, que ce n'est pas important? fit-il amèrement. Eh bien... ce matin, j'ai retrouvé deux petits objets que j'avais achetés pour votre mère et pour vous au jour de notre arrivée ici. Des présents de bienvenue, en quelque sorte. Je les avais un peu oubliés à cause de tout ce que nous avons vécu depuis et je venais chez vous pour les apporter quand j'ai rencontré Pierre. Tenez! le plus petit est pour votre mère, l'autre pour vous...

En dépit de sa piété extrême et de son austère façon de regarder la vie, Madalen n'en était pas moins une véritable fille d'Eve et elle ne résista pas à l'attrait de ce petit paquet enveloppé de soie. Un instant plus tard, le joli cercle de feuilles d'or et de petites perles brillait au soleil au bout de ses doigts tremblants.

– Ce n'est pas possible! murmura-t-elle. Ce ne peut pas être pour moi? C'est beaucoup trop joli... Je ne peux pas le porter.

Mais son regard bleu était plein d'étoiles et Gilles comprit qu'elle était heureuse.

– Rien n'est trop joli pour vous, Madalen, dit-il avec une tendresse dont il ne fut pas le maître. Bientôt, quand nous en aurons fini avec les travaux de la plantation et de la maison, nous donnerons une grande fête. Vous pourrez alors porter votre bracelet et moi je serai heureux d'avoir un peu contribué à vous faire encore plus belle...

Gilles ne devait jamais savoir ce que lui aurait répondu une Madalen devenue toute rose et dont les yeux, tout à coup, avaient pour lui tant de douceur car à cet instant précis, Judith, montée sur sa jument blanche, sortit brusquement de derrière la haie de citronniers qui abritait le chemin. Sanglée dans une amazone vert sombre sur laquelle croulait librement la masse flamboyante de ses cheveux, elle était, superbement, l'image de l'orgueil offensé. Du haut de sa monture, elle laissa tomber sur le couple son regard étincelant de colère.

– Les paysans se retrouvent toujours! lança-t-elle avec le maximum de mépris. Qui se ressemble s'assemble. Si ceci – et du bout de sa cravache elle désigna le bracelet – est le prix de votre vertu, ma fille, votre séducteur ne l'estime pas très haut. Les belles mulâtresses du Cap donneraient tout juste une nuit pour ça. Vous devriez réviser vos prix...

Et, avant que Gilles ait pu lui répondre, elle avait touché, du bout du mince jonc de cuir cerclé d'or, la croupe de son cheval qui l'emporta au galop vers la maison.

Madalen était devenue pâle jusqu'aux lèvres. Comme s'il la brûlait à présent, elle jeta le bracelet à Gilles et éclata en sanglots. Elle aussi fit repartir son âne à vive allure sans rien vouloir entendre des excuses et des consolations que lui prodiguait Gilles. Il tenta de la poursuivre. Mais, voyant apparaître à travers les arbres Pierre qui revenait en compagnie de Liam Finnegan, il s'arrêta, jugeant avec quelque raison qu'il devait être ridicule à courir ainsi derrière un âne. Puis, par un détour, il regagna lui aussi la maison, décidé à faire sentir à Judith le poids de son indignation pour l'injure qu'elle venait d'infliger à une innocente, mais quand il arriva devant la porte de sa femme, celle-ci refusa de s'ouvrir.

– Madame fait dire à Monsieur qu'elle ne veut être dérangée à aucun prix, lui dit Fanchon qui apparut à cet instant, à moitié cachée par une brassée de satins et de mousselines. Elle est en retard dans ses préparatifs.

– Alors, dites-lui qu'elle essaie de rattraper ce retard, fit Gilles sèchement. Nous partons dans une heure. Pas une minute de plus car j'ai affaire au Cap chez maître Maublanc.

En effet, depuis la dramatique nuit qu'avait vécue *Haute-Savane,* le notaire s'était transformé subitement en un collaborateur aussi obligeant qu'efficace. Quand il avait été certain qu'on n'avait plus guère à craindre un retour de Simon Legros disparu aussi radicalement de la surface de l'île que si la terre s'était ouverte sous ses pas, Maublanc s'était mis au service de Tournemine avec un empressement où semblait entrer une grosse part de soulagement. Il devait y avoir entre ces deux-là un ou plusieurs cadavres et le tabellion n'était pas fâché de voir son complice hors de combat. Le nouveau maître de *Haute-Savane,* avait, en effet, dès le lendemain de la rébellion, porté une plainte d'incitation à la révolte, de tentative d'assassinat par personne interposée et de grave contravention envers le Code Noir. Le gouverneur La Luzerne avait fait placarder dans les villes et les villages un avis de recherches touchant le sieur Legros. Si celui-ci osait reparaître, il avait toutes les chances de finir sur l'échafaud, éventualité qui semblait remplir d'aise son ancien associé. Et Maublanc, depuis, faisait pour son nouveau client de la bonne besogne.

C'était grâce à lui que *Haute-Savane* avait été remeublée. Il avait accompagné Gilles à Port-au-Prince pour l'aider à acquérir les principales pièces d'une grande vente de meubles et d'objets de toute sorte qui avait eu lieu à la suite de la mort d'un des magistrats de la ville, disparu sans laisser d'héritiers. Dans la même succession, Tournemine avait trouvé à acheter une maison, petite mais agréable, située sur le cours Villeverd et qui servait de pied-à-terre au défunt lorsqu'il venait au Cap.

C'était lui, encore, qui avait négocié le rachat, dans les diverses habitations où ils avaient été vendus, des esclaves domestiques de l'ancienne habitation Ferronnet. Ainsi, les jumeaux Zélie et Zébulon, l'imposant Charlot qui avait été quelque peu maître d'hôtel et le couple Justin et Thisbé, cette dernière étant d'ailleurs la fille de Celina, avaient fait retour à la maisonnée.

Justin et Thisbé formaient un couple déjà mûr. La séparation (car l'un avait été vendu à l'indigoterie Hecquet-Léger au Terrier-Rouge et l'autre à la sucrerie Foache à Jean-Rabel, c'est-à-dire aux deux bouts de la grande région cultivée du Nord) leur avait été fort pénible. Gilles de Tournemine, ému par leur joie à se retrouver, les avait affranchis sur l'heure et leur avait confié comme serviteurs libres et dûment appointés sa nouvelle maison du Cap où tous deux faisaient merveille.

C'était dans cette maison que se rendaient, ce jour-là, les Tournemine pour s'y préparer au bal du gouverneur. Mais si Gilles avait espéré pouvoir s'expliquer avec Judith durant le trajet, il dut déchanter; la jeune femme avait décidé de faire la route à cheval. Il décida donc d'en faire autant, laissant la voiture à Fanchon, à Zébulon et aux bagages.

Courtoisement, lui et Merlin laissèrent la tête du petit cortège à Judith et à sa jument Viviane, une jolie bête qui coquetait quelque peu avec l'étalon du chevalier, et tout le voyage se passa à regarder voltiger d'épaisses nattes rousses sur le dos de Judith et la queue blanche de Viviane, sans que les deux époux échangeassent une seule parole. Mme de Tournemine n'avait même pas honoré son mari d'un regard quand, au moment du départ, il lui avait tenu l'étrier pour l'aider à se mettre en selle.

Il en fut de même à l'arrivée. A peine dans le jardin de la maison, Judith se laissa glisser à terre, jeta ses rênes à un négrillon que Thisbé avait adopté et, ramassant la longue traîne de son amazone, escalada l'escalier du perron et entra dans le vestibule garni de plantes géantes sans rien perdre de son allure de reine offensée. Avec un soupir, Gilles la regarda disparaître dans l'escalier qui menait à sa chambre, Fanchon trottant sur ses talons avec le sac aux parfums et le coffret à bijoux. La soirée promettait d'être agréable si, avant que tous deux ne fassent leur entrée dans les salons du gouverneur, il n'avait pas réussi à crever l'abcès qui enflait dangereusement. Connaissant les réactions souvent violentes de sa femme, il ne tenait nullement à se faire traiter de paysan devant la fine fleur de la société dominicaine. Si orage il devait y avoir, il fallait qu'il éclate avant que l'on ne parte.

Dans cette intention, il hâta sa toilette et, quelques minutes avant l'heure fixée pour le départ, s'en alla frapper à la porte de sa femme.

– Etes-vous prête, Judith? J'ai à vous parler.

Personne ne répondit mais comme il crut distinguer, de l'autre côté de la porte, le chuchotement de deux voix, il appuya sur la poignée et entra sans autre préavis.

– Je ne vous ai pas autorisé à entrer, cria Judith,

dissimulée alors par un grand paravent de soie peinte.

– Tant pis. Vous n'aviez qu'à répondre quand je vous ai posé la question. Fanchon, faites-moi la grâce de sortir. Je viens de dire que j'ai à parler à votre maîtresse.

– Vous ne manquez pas d'audace! fit Judith avec un mouvement si violent que le paravent s'abattit sur le tapis avec un bruit mat.

A la vue de sa femme, Gilles retint un juron tandis qu'une bouffée de colère difficilement contenue empourprait son visage hâlé : la Judith qui lui faisait face, levant avec arrogance sa tête fine couronnée d'or rouge, était semblable, exactement, à ce qu'elle était lorsqu'il l'avait retrouvée rue de Clichy, attirant les hommes dans sa maison de jeu par l'éclat et la perfection de sa beauté. La robe qu'elle portait, toute de dentelles noires, était l'exacte reproduction de celle que Gilles lui avait vue au cours de cette soirée où il avait bien cru devenir fou. Comme ce soir-là, l'énorme jupe arrêtée juste à ras du sol faisait valoir l'extrême finesse de sa taille, et ses épaules, sa gorge éblouissantes surgissaient au-dessus de cette mousse noire et mate comme de blanches orchidées au-dessus de la terre sombre.

– Vous ne manquez pas d'audace vous non plus, gronda-t-il. Je croyais vous avoir emmenée de Paris sans autre vêtement qu'un grand manteau? Apparemment, vous aviez aussi emporté votre défroque de femme entretenue!

Il éprouva le cruel et amer plaisir de la voir pâlir mais sur son long cou mince la tête de Judith demeura toujours aussi fièrement levée, son regard noir toujours aussi impérieux.

– Il est toujours facile, pour une bonne couturière, de recopier une toilette dès l'instant qu'on peut la décrire assez soigneusement et j'avais, à New York, une excellente couturière, dit-elle avec une tranquillité inattendue. J'avoue que j'aimais cette robe et que je ne pensais pas qu'un homme tel que vous pût porter une attention quelconque à des chiffons. Il n'y avait alors, dans ma pensée, aucune intention blessante envers vous mais j'avoue que, ce soir, il en va tout autrement. Dès l'instant où mon époux réserve ses faveurs à une servante, il est grand temps pour moi de faire choix d'un amant et de le faire au grand jour.

– Madalen n'est ni une servante ni ma maîtresse.

– Cette seconde éventualité ne saurait tarder. J'aimerais d'ailleurs savoir quelle est sa place exacte dans notre maison. A New York, elle était lingère. Ici, grâce à Zélie qui est une lingère hors de pair, elle n'a plus grand-chose à faire. Mais d'après ce que j'ai pu voir ce matin, j'imagine que vous la destinez au rôle agréable de concubine, faute de pouvoir, comme les musulmans ou les Chinois, prendre une seconde épouse?

– Nous devons notre fortune à son grand-père. La moindre des choses est que je me charge d'elle comme du reste de sa famille et, dans ces conditions, je ne vois aucune raison de la traiter en servante, ni même de lui attribuer une quelconque fonction. Dites-vous que si les Gauthier travaillent ici, c'est parce qu'ils le veulent bien. Mais, apparemment, il y a des choses que vous ne comprendrez jamais...

Brusquement, les grands yeux de diamant noir s'embuèrent.

– Que puis-je comprendre quand l'homme dont je porte le nom ne franchit pas une seule fois, en trois mois, le seuil de ma porte? Je sais que, depuis ces trois mois, vous avez abattu un énorme travail et que vous tombiez de sommeil dans votre assiette au souper. Je pense à présent qu'il s'agissait d'une comédie et que vous trouviez ailleurs ce que vous ne venez plus chercher auprès de moi...

L'inflexion, presque douloureuse, de sa voix, surprit Gilles et le gêna mais sans lui donner le moins du monde mauvaise conscience car, en effet, il avait, avec Pongo, Moïse et Pierre Gauthier travaillé plus dur que ses esclaves et, chaque soir, il ne songeait qu'à retrouver son lit sur lequel, le plus souvent, il se laissait tomber sans même avoir le courage de passer par la salle de bains. Simplement, lorsqu'il était allé à la vente de Port-au-Prince, il avait passé quelques heures en compagnie d'une superbe quarteronne qui lui avait fait connaître certains des raffinements de l'amour à la mode du pays. Mais en dehors de cela, sa vie avait été celle d'un moine.

– N'y voyez pas offense, dit-il. Je vous donne ma parole qu'aucune femme de notre maisonnée n'a reçu mes hommages et vous avez eu parfaitement raison de mettre mon abstention sur le compte de la fatigue. Mais, si vous le voulez bien, nous reviendrons sur ce sujet au retour du bal. Vous avez tout juste le temps de changer de robe.

Le léger affaiblissement qu'avait marqué Judith ne résista pas à cet ordre.

– Il n'en est pas question. Je regrette pour vos souvenirs mais je n'en ai pas de plus élégante. En outre, je ne crois pas que vous soyez, aujourd'hui, en état de faire valoir une quelconque autorité maritale.

Et, prenant sur un fauteuil une immense et légère cape faite de même dentelle, elle la drapa sur ses épaules et sortit de sa chambre, laissant Gilles libre de la suivre ou de rester. Il suivit...

Au seuil des salons, après les saluts de l'entrée, le couple se sépara. Immédiatement entourée d'une cour d'officiers et de notables, Judith s'éloigna au bras d'un capitaine de vaisseau bleu et rouge qui la dominait de toute la tête et semblait s'émerveiller de sa chance d'avoir été choisi. Gilles la vit s'avancer dans la foule, sereine, riant et badinant, répondant avec grâce et esprit aux compliments qui fusaient vers elle.

– Vous faites une mine affreuse! fit, derrière lui, une voix cordiale. Ne me dites pas que vous êtes de ces maris bourgeois qui boudent dès que leur femme remporte un succès? Ceux-là méritent tout au plus d'épouser un laideron...

Le baron de La Vallée faisait ainsi son apparition et Gilles serra chaleureusement cette main amicale. Depuis qu'il habitait Saint-Domingue, il avait appris à apprécier le caractère solide, joyeux et essentiellement judicieux du planteur de café-négrier et les quelques visites qu'il avait pu faire, soit dans la maison du Cap, soit à la plantation des *Trois-Rivières,* comptaient parmi les bons moments passés dans l'île.

Il accepta la flûte de champagne que Gérald venait de pêcher sur un plateau qui passait et trempa ses lèvres dedans, ce qui lui évita de répondre tout de suite. Mais La Vallée qui suivait du regard Judith et son cavalier engagés à présent dans les figures compliquées du menuet revint à la charge.

– Mme de Tournemine est d'une insoutenable beauté, ce soir! Et quelle grâce divine! Si vous êtes un peu jaloux, vous avez là de bien valables raisons...

– Je ne suis pas jaloux, coupa Gilles qui se croyait sincère et ne s'expliquait pas cette espèce de pincement qu'il éprouvait et qui le rendait mal à l'aise. Pas plus que vous... et je ne vois pas Mme de La Vallée auprès de vous. C'est peut-être imprudent de ne pas mieux veiller sur une aussi jolie femme?...

La Vallée partit d'un de ces rires homériques et irrésistibles qui en faisaient le plus souvent un compagnon essentiellement tonique et réconfortant.

– Pas le moins du monde. Depuis qu'elle a découvert les joies du whist, ma femme méprise cordialement la danse et j'éprouve au contraire un certain plaisir à voir ses danseurs habituels se morfondre en attendant qu'elle daigne se souvenir d'eux... ce qui n'arrive pas souvent car elle est réellement passionnée par les cartes où elle est d'ailleurs d'une jolie force. Non, si Denyse devait s'intéresser à un autre homme, ce ne pourrait être qu'à un joueur extraordinaire. J'avoue que, lors de notre dernier voyage en France, j'ai éprouvé quelques inquiétudes du fait d'un prince chérifien, grand amateur de chevaux et de cartes, fort beau de surcroît, qu'elle avait rencontré chez Mme de Polignac et qui lui montrait une admiration... un peu envahissante. J'ai même craint qu'il ne la fasse enlever et j'ai préféré l'enlever moi-même : nous avons pris le bateau plus vite que prévu. Ici, je suis tranquille...

Il s'interrompit. L'intendant général de Saint-Domingue venait droit sur eux.

– Je vous cherchais, monsieur de La Vallée, dit-il froidement. On m'a rapporté qu'un navire vous appartenant, chargé de café jusqu'aux écoutilles, a quitté discrètement le Môle Saint-Nicolas, il y a deux nuits, à destination de la Nouvelle-Angleterre? Est-ce vrai?

Jamais les yeux de La Vallée n'avaient été d'un bleu si candide. Son aimable figure se voila d'une douloureuse tristesse.

– Comment puis-je répondre à une telle question, monsieur l'Intendant? Mes navires vous sont connus : je n'ai que deux transports pour mon café : le *Trois-Rivières* qui a dû toucher Nantes voici une semaine et le *Fleur de Mai* qui est au carénage. On m'aura encore calomnié.

Le marquis de Barbé-Marbois aurait pu parfaitement passer pour un Anglais tant par son physique qui était celui d'un homme du Nord, mince, élégant et froid, que par son humour glacé. Il considéra, avec un sourire en coin, le chef-d'œuvre d'innocence bafouée que représentait le visage de son interlocuteur.

– Il semble que l'on vous calomnie beaucoup ces derniers temps... vous et certains autres, d'ailleurs. Vous n'imaginez pas combien de fois, dans un mois, j'entends dire qu'un navire a quitté l'île pour une tout autre destination que la France...

– J'imagine très bien au contraire, dit la Vallée soudain très net. Nous sommes nombreux à souhaiter que Versailles imagine aussi de temps en temps. Le régime de l'Exclusif n'est plus supportable depuis la révolution américaine dans laquelle l'île a joué un rôle stratégique en affaiblissant la force navale anglaise. Il n'est plus supportable que l'activité de près d'un millier de sucreries, de deux mille caféières et de trois mille cinq cents indigoteries n'aient droit à d'autre débouché que notre métropole. A présent que la paix est revenue nous pourrions élargir sans peine notre marché aux jeunes Etats-Unis. Je sais que M. de Vergennes était assez favorable à une révision de notre charte et que...

– M. de Vergennes est mort, coupa doucement de Barbé-Marbois, et il semblerait que le nouveau ministre des Affaires extérieures ne soit guère favorable à des changements, quels qu'ils soient. D'autant que l'île n'est pas de son département mais de celui de la Marine. Le maréchal de Castries était, lui aussi, un homme ouvert aux idées... intelligentes. Malheureusement, il a démissionné et vous n'ignorez pas que M. de La Luzerne est, pour sa part, solidement accroché à l'Exclusif. En fait, c'est lui qui m'a prié de faire quelque peu la chasse aux contrebandiers, afin sans doute de faire meilleure figure en arrivant à Versailles. Ce n'est pas facile de succéder au maréchal!...

– Si je comprends bien, intervint Gilles qui avait écouté attentivement la conversation des deux hommes, l'île n'a guère de chance en ce moment. La mort de Vergennes, le départ de M. de Castries! Au fait, pourquoi quitte-t-il son poste?

– Il ne peut guère faire autrement. La guerre entre lui et le ministre des Finances Calonne est devenue inexpiable. Ce dernier accuse presque ouvertement le maréchal du déficit financier de la France, ce qui est faux. Depuis des années, le maréchal s'efforce de faire comprendre au roi quelle est la bonne pente pour l'intérêt du royaume, une pente qui ne passe pas par la diminution du budget d'une marine qui a si fort contribué au relèvement de la France dans le monde. Mais il se heurte à la reine... et il est las de jouer les Cassandre. En outre, sa santé n'est pas des meilleures. J'admets volontiers que nous le regretterons...

La reine! Encore elle! Quand donc Marie-Antoinette se lasserait-elle de creuser sous ses pieds et ceux du roi un abîme capable de les engloutir et dont, enfermée qu'elle était dans sa petite coterie et les mièvreries de Trianon, elle ne soupçonnait même pas la première petite faille? Apparemment, le drame du Collier non seulement ne lui avait rien appris mais n'avait fait qu'exacerber son orgueil et la pousser à s'affirmer plus que jamais comme l'égérie du royaume.

– Nous, plus que tout autre! soupira La Vallée. Je me demande si le gouvernement consentira, un jour, à nous considérer comme des interlocuteurs valables et comme des associés parvenus à l'âge adulte. Comment ne comprend-il pas que l'Exclusif qui inonde la France de produits excédentaires lui porte préjudice autant qu'à nous-mêmes? Si nous pouvions commercer directement avec d'autres états...

– Je ne doute pas que vos finances ne s'en trouveraient considérablement augmentées, coupa l'Intendant général avec son curieux sourire narquois, mais, en toute justice, monsieur de La Vallée, n'oublieriez-vous pas d'en reverser son honnête part au Trésor? Vous pleurez misère. Pourtant la plus grande partie des planteurs de l'île est scandaleusement riche. Et le roi ne l'est pas. Etes-vous toujours à la recherche de votre gérant, monsieur de Tournemine? ajouta-t-il, rompant les chiens en se tournant carrément vers Gilles pour indiquer à La Vallée que, pour le moment, le sujet était clos.

– C'est une question que j'allais vous poser, monsieur l'Intendant général. Les services du gouverneur n'ont-ils trouvé aucune trace?...

– Aucune et je crois qu'il serait difficile d'en trouver... même si l'on cherchait vraiment. Vous n'imaginez pas comme il est facile à un homme de disparaître à Saint-Domingue. Il y a les mornes déserts où gîtent les « marrons », il y a les îles sauvages qui nous entourent : la Gonave, ou mieux encore la Tortue où, bien que le temps des flibustiers soit révolu, aucun détachement un tant soit peu sensé ne s'aventurerait car on ne sait trop ce qu'elles renferment. Enfin, il y a San Domingo, la partie orientale de l'île qui est au roi d'Espagne... et qui accueille volontiers ceux qui ne sont pas contents de nous. Non, en vérité, monsieur, à moins qu'il ne se manifeste de nouveau, nous n'avons guère de chances de retrouver Legros. Messieurs, je vous souhaite une agréable soirée et... monsieur de La Vallée, veillez donc de plus près à ce que vos navires ne fassent pas trop l'école buissonnière.

Le marquis s'éloigna, saluant les dames, échangeant avec les hommes un salut, quelques paroles aimables. Gilles suivit des yeux son élégante silhouette puis revint à son ami.

– Comment avez-vous fait? demanda-t-il en souriant. Je suis persuadé que vous avez vraiment envoyé ce chargement de café. Pourtant vos navires sont bien là où vous les avez annoncés. Etes-vous sorcier?

– Même pas! La chose est des plus simples mais il faut avoir des accointances sérieuses en dehors d'ici. La *Fleur de Mai* a une jumelle, exactement semblable, et qui porte le même nom mais il n'y en a jamais qu'une en mer. Pendant ce temps l'autre est en carénage ou au repos. Quand il s'agit de la *Fleur de Mai* numéro deux elle n'apparaît guère à Saint-Domingue que le temps de charger. Entre deux voyages, je la cache dans certaine baie de Cuba. A votre service d'ailleurs, si le commerce clandestin avec la Nouvelle-Angleterre vous tente...

Gilles se mit à rire.

– Je ne dis pas non. Nous verrons plus tard. Merci de l'offre en tout cas... Que faisons-nous à présent?

– Ma foi, je crois que je vais danser. J'aperçois là-bas la jolie petite Le Normand qui me sourit. J'adore, à la faveur de la danse, plonger mes regards dans son décolleté. Elle a les plus jolis seins du monde et je ne désespère pas de l'emmener contempler les étoiles tout à l'heure! Il commence à faire une damnée chaleur ici...

C'était exactement l'avis de Gilles. Les parfums des fleurs, ceux des danseurs et la densité de la foule qui emplissait les salons en rendaient l'atmosphère de plus en plus pénible en dépit des baies vitrées largement ouvertes sur la nuit. Il ne comprenait pas pourquoi ces gens tenaient tellement à s'agiter par cette chaleur qui faisait couler les maquillages et dessinait de larges plaques de sueur sur la soie des vêtements.

Il chercha Judith dans la foule des danseurs et ne l'aperçut pas. Pensant qu'elle était peut-être allée rejoindre son amie Denyse dans le salon de jeu ou bien en train de se rafraîchir à l'un des buffets, il ne s'en inquiéta pas.

Il allait néanmoins se lancer courageusement à sa recherche ne fût-ce que pour ne pas rester seul, planté comme un piquet dans son coin de la salle, quand il vit venir à lui Mme Maublanc qu'il avait remarquée jusqu'à présent comme tenant sa belle place parmi les danseuses les plus acharnées en dépit d'atours aussi peu conformes que possible au climat tropical.

Eulalie traînait après elle une énorme bulle de satin rose saumon qui la faisait ressembler assez exactement à un lever de lune rousse. Sa taille, qui était loin d'avoir la minceur de celle de Judith ou de Denyse de La Vallée, s'étranglait dans l'impitoyable corset baleiné qui avait pour effet de remonter vers le haut ce qu'il resserrait vers le bas. Sa gorge, déjà opulente, avait doublé de volume et menaçait à chaque instant de s'évader de sa prison de brillant satin. Elle avait visiblement très chaud et, sous la haute coiffure poudrée où s'étageait un jardin constellé d'oiseaux, son visage rose vif, d'où le maquillage avait disparu, brillait, en pleine liquéfaction.

La voyant foncer sur lui avec la décision d'une frégate lancée à l'abordage et peu désireux d'un contact plus étroit avec l'imposante notairesse, Gilles recula vivement sous l'abri d'une plante verte qui se trouvait opportunément placée près d'une porte-fenêtre et, de là, passa sans peine sur la terrasse qu'il se hâta de traverser pour gagner les escaliers descendant vers les jardins. Il atteignait l'ombre protectrice d'un gigantesque oranger quand le ballon rose qu'il fuyait se campa au seuil de la salle de danse, agitant un éventail frénétique et fouillant la terrasse d'un regard inquisiteur. Doucement, il recula d'un pas, comme s'il craignait d'être encore trop visible, puis d'un autre. A travers le lacis noir des branches et des feuilles, la terrasse éclairée, la femme en robe rose ne furent plus qu'un puzzle auquel manquaient des pièces...

Il était à présent dans une allée de lauriers-roses et de frangipaniers qui filait droit vers une pelouse sur laquelle s'étalaient majestueusement les branches d'un énorme fromager. Contrairement à la roseraie, cette partie du jardin n'avait d'autre lumière que celle des étoiles et de rares quinquets. Il y faisait calme et doux. La chanson des violons s'éloignait en même temps que Gilles et il trouva ce calme, cette fraîcheur embaumée de la nuit délicieux après la fournaise du bal. A ses pieds, la ville et ses lumières s'étendaient et puis, plus loin, le bleu profond de la mer...

N'ayant aucune envie de retourner au milieu de la foule, il continua sa promenade lentement, paisiblement, foulant sans bruit le sable muet, regrettant seulement qu'il ne soit pas séant d'emporter sa pipe dans le monde. C'eût été tellement agréable d'accompagner sa flânerie de la familière odeur du tabac!

Un léger bruit de voix, suivi d'un éclat de rire féminin, l'arrêta. Sur sa droite s'ouvrait une petite allée vaguement indiquée par le reflet d'un lampion rose caché dans les profondeurs d'un berceau de vigne. La lumière, très faible, était celle d'une veilleuse : tout juste suffisante pour éviter les chutes mais gardant à la nuit son mystère.

Il allait s'éloigner discrètement quand le rire féminin se fit entendre de nouveau : un rire doux comme un roucoulement de colombe, un rire qu'il crut bien reconnaître. Avançant d'un pas dans la petite allée couverte, il aperçut vaguement auprès de deux jambes très masculines, chaussées de bas de soie blanche et de souliers à boucle d'or, la masse noire d'une robe de femme.

Il n'hésita qu'un instant. Emporté par une soudaine bouffée de colère, il franchit en trois sauts l'espace qui le séparait du couple. Ce fut pour découvrir que son oreille, exercée à la sûre école des Indiens, ne l'avait pas trompé : c'était bien sa femme qui était là, à demi couchée sur un banc garni de coussins entre les bras du baron de Rendières qui l'embrassait voracement tandis qu'une de ses mains caressait un sein arrogant échappé à sa prison de dentelle noire.

Il ne fallut qu'un instant à Tournemine pour séparer le couple. Empoignant Rendières par le col de son habit, il l'arracha de sa femme comme le jardinier arrache une liane parasite et l'envoya rouler sur le sable. Mais, chose étrange, Judith ne réagit aucunement, ne fit pas le moindre geste pour voiler sa poitrine nue et demeura étendue sur ses coussins, un sourire insolent aux lèvres.

– Que suis-je censée faire à présent ? M'évanouir, peut-être, après avoir gémi « Ciel ! mon époux ?... » N'y comptez pas. Vous n'avez, après tout, que ce que vous méritez...

Il la saisit par un bras, l'obligea à se redresser.

– Rajustez-vous ! On peut venir. Mais je commence à croire...

Il ne put aller au bout de sa phrase. Rendières s'était relevé et, bien qu'encore un peu étourdi, se jetait sur lui, visiblement fou furieux.

– Misérable butor ! Vous allez me rendre raison et sur l'heure.

D'une bourrade qui faillit bien renvoyer l'aide de camp du gouverneur là d'où il venait, Tournemine repoussa son assaillant.

– Vous rendre raison ? Vous rêvez, monsieur. C'est vous, il me semble, qui me devez réparation.

Dois-je vous rappeler que la dame sur laquelle vous osiez porter la main est ma femme? J'ai peu de goût pour une ramure de cerf sur une tête d'homme.

– Qu'importe! Battons-nous!

Rendières venait de tirer la légère épée de parade qu'il portait au côté et que Gilles repoussa dédaigneusement.

– Avec ça? C'est vous qui rêvez, baron! Quand je me bats, moi, j'emploie des armes véritables car je n'entends pas me contenter d'une égratignure. J'entends vous donner une leçon qui vous fera réfléchir un moment, sinon une leçon définitive. Quant à se battre ici, il n'en est pas question. Nous sommes chez le gouverneur. Il ne nous le pardonnerait ni à l'un ni à l'autre et je ne veux pas jeter de sang sur sa soirée d'adieu. Retournons dans les salons, vous choisirez vos témoins, je choisirai les miens et ils régleront les modalités de la rencontre comme ils l'entendront. Vous venez, madame? ajouta-t-il à l'adresse de Judith qui était, entre-temps, redevenue parfaitement convenable.

– Comme vous voudrez, glapit Rendières, mais c'est à moi de choisir les armes car c'est moi que vous avez frappé et je veux le pistolet. Vous entendez? Je veux me battre au pistolet!

– Pourquoi? fit Gilles narquois. Vous ne savez pas vous servir d'un sabre ou d'une épée? Mais, personnellement, je n'y vois aucun inconvénient. Vous pourriez choisir aussi bien l'épée à deux mains, la lance, le fléau d'armes ou la hache d'abordage que je n'en serais pas autrement troublé. Prenons donc le pistolet. Cela me vaudra le plaisir de vous abattre d'une balle à l'heure et dans le lieu que choisiront nos témoins... mais pas plus tard que le lever du soleil. Je suis un homme très occupé. A vous revoir, monsieur.

Et, offrant courtoisement son bras à sa femme qui y posa une main tout de même un peu tremblante, il regagna avec elle les salons où il se mit à la recherche de La Vallée qu'il mit au courant de ce qu'il attendait de lui sans entrer toutefois dans les détails. La Vallée haussa un sourcil.

– Peste! Un duel déjà? Et il n'y a pas beaucoup plus d'une heure que vous êtes ici? Vous ne perdez pas de temps, dites-moi?

– En effet, approuva Gilles gravement en glissant un regard vers Judith. Nous sommes une famille où l'on ne perd jamais de temps. Pouvez-vous me trouver un second témoin?

– Comment donc! Il y a mon beau-frère, Henri de Sélune. Je le cherche et nous nous mettons à votre service. Restez-vous ici?

– Non. Nous rentrons. Vous me trouverez chez moi. Excusez-nous auprès de Mme de La Vallée.

Dix minutes plus tard, dans leur voiture découverte, Judith et Gilles redescendaient vers la ville dans un silence total qui contrastait bizarrement avec la vie exubérante que la nuit déchaînait sur le Cap, à présent que la saison des pluies était achevée. Les rues étaient encore plus animées que dans la journée. On se pressait dans les cabarets, les auberges, les bals de plein vent que menaient les Noirs pour qui la danse était l'expression même de la vie et la meilleure façon de prier les dieux. Les théâtres étaient éclairés, des réceptions allumaient les fenêtres de nombreuses maisons de courtisanes, et, dans les rues, les habits formaient un étonnant kaléidoscope de couleurs vives. Même les magasins de la rue des Capitaines ou de la rue de la Joaillerie étaient encore ouverts afin de faire face aux désirs des joueurs heureux. Quant aux filles publiques, elles faisaient visiblement des affaires d'or.

Toute cette gaieté, toute cette agitation accentuaient le morne silence de ce couple dont plus d'un regard envieux suivait la course et qui, pourtant, semblait composé de deux étrangers, de deux êtres entre lesquels n'existait aucune communication. Ce fut seulement quand la voiture s'arrêta devant le perron éclairé de la maison que Gilles, offrant la main à sa femme pour l'aider à descendre, lui dit :

– Lorsque La Vallée m'aura communiqué les conditions de la rencontre, j'irai vous rejoindre. Veuillez m'attendre...

Elle répondit d'une simple inclinaison de tête puis, ramassant ses amples jupes qu'un léger vent soulevait comme un nuage noir, elle remonta chez elle.

Une demi-heure plus tard, Gilles raccompagnait à leur voiture Gérald de La Vallée et son beau-frère Henri de Sélune, en uniforme de Royal-Vaisseaux, qui étaient venus lui faire connaître les conditions du duel. Le lieu de la rencontre était une petite prairie qui se situait derrière le Fort Picolet. Le moment : une demi-heure avant le lever du soleil afin qu'à l'aube les officiers qui allaient assister les duellistes pussent regagner leurs postes. L'arme choisie était le pistolet... mais le procès-verbal de la rencontre n'avait pas mentionné la cause véritable du duel afin de laisser à l'abri l'honneur de Judith. Le prétexte en était un démenti suivi d'une altercation.

Quand la voiture se fut éloignée, Gilles indiqua à Justin de fermer la maison puis gagna sa chambre et monta la flamme de la veilleuse disposée auprès du grand lit à baldaquin. Il prit ses pistolets dans une boîte d'acajou posée sur une commode. C'étaient d'anciens serviteurs déjà et il leur faisait entière confiance car il savait les avoir bien en main. Il vit qu'ils étaient amorcés mais vérifia la détente avant d'y enfoncer les balles. Puis il les remit en place et referma la boîte qu'il caressa un instant d'une main presque affectueuse.

Rendières, il le savait, était un excellent tireur,

mais il n'était pas très inquiet sur son propre sort car, depuis la Guerre de l'indépendance, il n'avait jamais cessé de s'entraîner presque quotidiennement afin de garder l'acuité de son œil et la précision de sa main. Il savait pouvoir, même à cheval, atteindre n'importe quel but à portée de son arme...

Ces précautions prises, il alla s'asseoir un moment dans un fauteuil, la tête dans ses mains, goûtant à sa valeur le silence profond qui enveloppait la maison où tout le monde, hormis lui et Judith, devait dormir car, dès son retour, il avait envoyé Zébulon se coucher. Sur l'écran noir de ses paumes, la scène du jardin se retraça, irritante comme une piqûre d'insecte que l'on a grattée. Il revit Judith renversée, le buste nu et les yeux clos entre les bras de cet insupportable fat de Rendières et chercha à comprendre. Il n'avait pas pris au sérieux, tout à l'heure, sa menace de se donner à un autre homme et il avait eu tort. Fût-il arrivé quelques minutes plus tard qu'il eût sans doute trouvé sa femme en train d'assouvir le désir de son amoureux... et peut-être le sien propre. Curieusement, il n'éprouvait aucune colère contre elle. C'était à lui-même qu'il en voulait. A lui qui, absorbé par l'amour insensé qu'il portait à une enfant de dix-huit ans, autant que par le doute terrible qu'il traînait depuis la mort de Rozenn, avait laissé seule en butte à tous les désirs, à toutes les tentations d'une île où la volupté avait droit de cité autant qu'à Cythère et se levait pour appeler à tous les coins de rues, une femme en pleine jeunesse et pleine beauté. Une femme qui aimait l'amour et qui, frustrée, était peut-être en train de devenir une nymphomane...

Lentement, il ôta son habit de soie blanche qu'il jeta sur une chaise, se déshabilla entièrement puis se glissa dans une ample robe chinoise noir et or qu'il avait trouvée chez Tsing-Tcha, le savant et industrieux ami de Liam Finnegan. Puis, allant jusqu'à un cabaret de salon placé dans un coin de sa chambre, il y prit un verre, un flacon d'épais rhum noir et s'en versa une rasade sérieuse qu'il avala d'un trait.

Demain, il mourrait peut-être car le plus habile tireur ne peut rien contre les arrêts du destin. Mais, n'ayant aucune affaire à mettre en ordre car ses dispositions en cas de mort subite étaient prises depuis longtemps, il n'avait pas envie de s'attarder plus longuement à ressasser des pensées amères ou déprimantes. La seule façon d'attendre convenablement l'heure d'aller offrir sa poitrine aux balles de Rendières, c'était, sinon dormir, ce qui était exclu car il n'avait pas sommeil, de goûter longuement, voluptueusement à la douceur d'un corps de femme. Et aucune femme n'était plus belle que Judith...

Quittant sa chambre par la haute porte-fenêtre, il traversa la terrasse, couverte de chèvrefeuille et de roses grimpantes, qui unissait, comme un trait d'union, son appartement à celui de sa femme, atteignit la fenêtre de Judith et, sans frapper, ouvrit doucement le vantail transparent.

La grande chambre blanche n'était éclairée, elle aussi, que par une veilleuse qui diffusait une lumière nacrée sur les tentures de soie neigeuse. Judith, elle-même, était debout au milieu de cette chambre, vêtue d'un ample peignoir de mousseline qui embuait son corps plus qu'il ne l'habillait. Son opulente chevelure rousse, dénouée sur ses épaules, l'auréolait d'or roux. Ses larges yeux noirs avaient l'expression craintive et suppliante d'une bête qui attend le coup de grâce.

Un moment, tous deux restèrent debout, face à face, avec entre eux la largeur du tapis chinois. Comme chaque fois qu'il se trouvait seul en face d'elle, la beauté de sa femme serra le cœur de Gilles incapable de comprendre quelque chose à la complexité contradictoire de ses sentiments. Il avait vu rouge, tout à l'heure, quand il l'avait trouvée avec Rendières. S'il l'avait trouvée en train de faire l'amour avec lui, peut-être l'eût-il tuée... Il l'avait tant aimée et elle était si belle ! Se pouvait-il qu'elle eût encore sur lui quelque empire dépassant le simple désir ?

Il vit soudain qu'en dépit de la douceur de cette belle nuit, elle tremblait.

– Viens ! dit-il seulement en lui ouvrant les bras.

Elle s'y jeta après avoir, d'un souple mouvement d'épaules, abandonné derrière elle la blanche mousseline de sa robe. De ses longues cuisses douces à sa bouche humide dont l'haleine embaumait le girofle, il l'eut contre lui. Ses mains se refermèrent sur son échine soyeuse comme celle d'une jeune pouliche cependant que celles de la jeune femme, impatientes, ouvraient sa dalmatique chinoise pour mieux épouser son corps. Son baiser, incroyablement avide, lui donna le vertige mais, sentant des larmes glisser contre ses lèvres, il comprit qu'elle pleurait.

Les larmes devinrent sanglots, presque convulsifs. La tension nerveuse tordait contre le sien le corps de la jeune femme. Il l'emporta sur le lit, s'étendit contre elle et chercha à l'apaiser par ses caresses.

– Je ne veux pas... répétait-elle. Je ne veux pas que tu te battes !... Pas pour moi ! Pas pour une putain !

– Tais-toi ! ordonna-t-il durement. Je t'interdis de dire ces mots !

Elle eut un rire désespéré.

– Pourquoi ? Parce que je ne me fais pas payer ? Mais je suis comme n'importe laquelle des esclaves noires qui travaillent pour toi. J'ai besoin d'amour, j'ai besoin d'un homme. Pourquoi me laisses-tu toujours seule? Pourquoi ne viens-tu jamais vers moi? Parce que tu aimes cette fille?...

– Ne dis pas de sottises. Tu es ma femme et je n'ai jamais cessé de te désirer.

– Mais tu ne m'aimes pas... mais tu ne m'aimes plus. Mon Dieu, je voudrais mourir.

Les sanglots reprirent de plus belle. Dans la clarté rose de la veilleuse, le corps charmant se tordait offrant à la lumière tantôt ses seins durcis, tantôt son ventre ombré d'or rouge. La jeune femme était au bord de la crise de nerfs. Alors, brutalement, Gilles la maîtrisa, s'étendit sur elle, entra en elle...

Judith eut un cri rauque mais, miraculeusement, se détendit, s'abandonna et se laissa emporter sur la vague brûlante qui déferlait... divinement miséricordieuse...

LA MENACE

Le gris froid de l'aube se teinta de rose, éclairant le satin uni de la mer, nacré comme une gorge de pigeon. Une légère brise se leva, gaufrant le satin et agitant, là-haut, contre le ciel changeant, les grandes palmes noires des cocotiers. L'odeur âcre de la poudre se dissipa, laissant revenir les parfums de la terre humide et de la mer encore endormie. Calmement, Gilles tendit son pistolet à La Vallée qui le rejoignait en courant puis remit son habit. Là-bas, au bout du champ qu'abritaient les murs du vieux fort à la Vauban, un groupe d'uniformes entourait sa récente victime, un groupe d'où partaient des gémissements.

– Jamais vu un coup comme celui-là, haleta La Vallée un peu essoufflé. Vous lui avez fait éclater le pistolet dans la main... Il en a pour un moment avant de pouvoir tenir une arme...

– Ou caresser une femme! lança Tournemine sarcastique. C'est très bien ainsi. Je pense qu'il n'a pas envie de continuer. A moins qu'il ne sache tirer des deux mains...

– Bien peu d'hommes savent tirer des deux mains.

– Moi, je sais. Vous n'avez pas idée des acrobaties auxquelles vous oblige la guerre contre les Indiens. Eh bien, puisque cette affaire est réglée, nous pourrions peut-être aller déjeuner? Je meurs de faim. Pas vous?

– Bien sûr que si. Mais venez au moins signer le procès-verbal... et prendre courtoisement des nouvelles de votre adversaire. Cela se fait entre gentilshommes... et puis, ajouta La Vallée en riant, c'est toujours un spectacle réjouissant que de contempler les grimaces d'un homme à qui l'on vient de régler son compte.

Les dernières formalités furent vivement accomplies. Gilles se pencha un instant sur un Rendières blanc comme sa chemise, étendu sur l'herbe tachée de sang tandis que le chirurgien de marine que ses témoins avaient amené bandait sa main, ou ce qu'il en restait.

– J'espère, monsieur, que ceci vous servira de leçon, fit Gilles mi-figue mi-raisin. Je me tiens, pour ma part, pour satisfait et vous souhaite un prompt rétablissement... et un excellent voyage vers la France puisque vous repartez avec M. de La Luzerne. Serviteur, messieurs! ajouta-t-il en saluant à la ronde.

Puis, glissant son bras sous celui de son ami, il regagna le bouquet d'arbres où l'on avait laissé les chevaux, suivi d'Henri de Sélune devenu tout à coup presque affectueux, en dépit de son naturel glacial, pour un homme capable de se servir d'un pistolet avec cette maestria.

– J'ai grande envie de demander au nouveau gouverneur, M. de Vincent, de vous faire nommer instructeur général des jeunes officiers, s'écria-t-il. En vérité, j'en connais beaucoup qui demanderont à se mettre à votre école...

– Pour l'amour du ciel, ménagez ma modestie, cher monsieur! Mes petits talents doivent demeurer cachés et à la seule disposition de mes ennemis. A présent, allons boire un bon café au *Brûlot Mercadier.* Je n'en ai jamais bu de meilleur.

– Je crois bien, dit Gérald. C'est moi qui le fournis à Mercadier.

Sur la terrasse abritée d'une pergola chargée de vigne qui dominait le port, les trois hommes firent un copieux repas arrosé de plusieurs tasses de ce café-brûlot qui avait fait la réputation de Mercadier grâce à la générosité et à la puissance du rhum qu'il y faisait flamber. Gilles se sentait merveilleusement bien dans sa peau, par ce glorieux matin. Rien de tel que d'avoir regardé un instant la mort en face pour apprécier intensément les senteurs et le goût de la vie. La nuit d'amour vécue dans les bras de Judith lui avait offert une assez bonne imitation de ce que pouvait être le bonheur. Il avait, à sa surprise, retrouvé intactes les délices de leur première nuit, à Versailles, jadis, avec cette différence qu'il n'avait fait, cette nuit-là, qu'éveiller à l'amour une fille neuve. Mais celle qui avait déliré sous ses caresses n'était plus une novice mais une femme ardente, un magnifique instrument d'amour aussi passionné, aussi brûlant que l'avait été la belle comtesse de Balbi, la folle maîtresse qu'il avait laissée en France.

En se rendant sur le terrain, tout à l'heure, il avait gardé au fond des yeux l'image adorable de Judith endormie au milieu du désordre charmant de ses draps froissés et de sa chevelure traînant presque jusqu'au tapis. Sa bouche, gonflée par trop de baisers, s'entrouvrait en un léger sourire tandis que sa main reposait doucement, comme une étoile de mer, sur la douce rondeur de son sein. Devant Rendières, il s'était battu avec une froideur apparente qui cachait bien sa rage impatiente. Il n'allait pas, tout de même, renoncer à de telles joies à cause de cet imbécile qui osait les convoiter... A présent, tout en se mêlant machinalement à la conversation détendue de ses amis, il pensait qu'avec un peu de chance, il la trouverait encore endormie, qu'il pourrait la réveiller et partager avec elle cette ardeur de vivre qu'il sentait bouillonner en lui... Après cette nuit, il en venait à penser que le corps de Judith était sans doute le meilleur antidote contre son impossible amour pour Madalen...

Il eut hâte, tout à coup, de retrouver ce coin de paradis. Le déjeuner copieux et la chaleur du brûlot faisaient couler en lui une ardeur nouvelle et, prétextant un rendez-vous, il abrégea le repos paresseux qui suivait toujours, à Saint-Domingue, les repas du jour, dans la fumée odorante des cigares. Laissant les deux beaux-frères lézarder à leur aise sous l'ombre fraîche de la vigne, face à l'activité du port, et sautant en voltige sur Merlin, il reprit le chemin du cours Villeverd.

Un somptueux havane calé dans le coin de sa bouche, La Vallée le regarda partir avec une commisération heureuse.

– Ces nouveaux débarqués se croient toujours obligés à une activité fébrile, soupira-t-il. Je me demande combien de temps celui-là mettra avant de comprendre qu'ici il faut avant tout jouir de la vie et ne jamais se hâter... en rien. Si ce n'est, toutefois, pour commander à boire. Encore un brûlot ?

Henri de Sélune, toute raideur disparue et visiblement en pleine béatitude, approuva d'un battement de paupières et s'installa encore plus commodément pour regarder une file d'esclaves, tout juste sortis des cases de remise en état après la traversée et qui, brillants de bonne santé apparente, s'en allaient placidement vers le bâtiment de la criée où ils allaient être vendus...

En arrivant chez lui, Gilles ne trouva plus que Zébulon qui, aidé de Justin, remettait les malles dans la voiture. Dans son parler zézayant, le jeune Noir expliqua que la maîtresse était déjà repartie à cheval, pour rentrer à la plantation après l'avoir envoyé, lui, Zébulon, s'assurer discrètement de l'issue de la rencontre.

– Elle n'a rien dit?

– Non, 'ien!... Ah! Si... Elle di'e : C'est bien...

Déçu, mécontent, Gilles haussa les épaules puis, à tout hasard, monta chez sa femme en pensant que peut-être elle aurait laissé un mot pour lui. Mais à l'exception de Fanchon, la chambre était vide. Par les fenêtres grandes ouvertes, le soleil du matin l'éclairait en plein mais seul le chant des oiseaux s'y faisait entendre. Debout devant le lit dévasté, la camériste était rigoureusement immobile. Elle n'avait pas entendu venir son maître qui se déplaçait toujours avec la grande légèreté héritée des Indiens et elle restait là, perdue dans une contemplation qui devait être amère car des larmes roulaient sur ses joues...

– Eh bien, Fanchon? Que faites-vous là?

Elle tressaillit, tournant vers lui un visage luisant de larmes où le regard se chargeait de crainte.

– Moi?... Mais rien... Je...

– Vous pleurez. Etes-vous souffrante?...

Elle saisit la balle au bond et passa sur son front une main tremblante.

– Je... oui. Que Monsieur m'excuse, j'ai un peu de migraine ce matin.

Elle mentait et il le savait. Jamais elle n'avait, à ce point, respiré la santé. Le séjour dans l'île lui convenait. Son teint s'était doré légèrement et elle avait perdu la maigreur de chat affamé qu'elle avait lorsqu'on l'avait trouvée dans l'entrepont du *Gerfaut.* Dans le décolleté carré de sa robe d'Indienne fleurie, sa gorge était appétissante comme une corbeille de brugnons mûrs à point et Gilles se souvint, non sans plaisir, de certaines nuits en mer...

Il entra dans la chambre et, d'un geste presque machinal, ferma la porte.

– Madame est partie?...

– Oui... elle a envoyé Zébulon faire une course et puis quand il est revenu, elle a ordonné qu'on lui selle Viviane et elle m'a dit de la rejoindre à la maison avec les bagages. Elle a dit aussi qu'elle avait besoin de galoper ce matin. Comme d'autres matins d'ailleurs. C'est souvent que Madame monte ces temps-ci... Elle a dû avoir envie d'aller à sa cabane...

Depuis qu'elle était installée à *Haute-Savane,* Judith, en effet, s'était prise d'une véritable passion pour les promenades à cheval. Pour la mer aussi et elle avait obtenu de Gilles qu'il lui fît construire une petite maison, une sorte de carbet (1) de bois et de palmes, dans une petite anse déserte près de Port-Margot. Elle s'y rendait presque chaque jour sans jamais permettre qu'on l'y suivît.

– Passez-moi cette fantaisie, Gilles, avait-elle dit à son mari. Je suis une fille de la mer, vous le savez, et là-bas, j'ai l'impression de retrouver mon enfance sauvage, lorsque je courais les landes et me baignais dans le Blavet...

En évoquant le souvenir de leur première rencon-

(1) Légère construction où les pêcheurs rangent habituellement lignes, filets et autres objets de navigation.

tre, elle avait touché une corde sensible et Gilles avait volontiers consenti à cette fantaisie, mais l'anse étant éloignée de l'habitation de plus d'une lieue, il avait chargé Moïse de surveiller discrètement les visites qu'y faisait sa femme. Le géant noir vouait en effet à Judith un dévouement de chien fidèle et Gilles savait qu'en cas de danger il était de taille à la défendre contre une douzaine d'hommes.

– Eh bien, dit-il, je vais repartir moi aussi. Vous rentrerez avec la voiture et Zébulon, comme à l'aller...

Il parlait d'une voix impersonnelle, comme dans un rêve et sans quitter des yeux Fanchon qui rougissait lentement. Le départ imprévu de Judith le laissait frustré. Il lui fallait dépenser cette ardeur qui bouillonnait toujours en lui et il se découvrait une brutale envie de cette fille. Une envie qui lui faisait oublier qu'en renouant, même momentanément, des liens qu'il avait si fermement rompus, il commettait une imprudence.

Quelque chose qui ressemblait à un espoir brillait à présent dans les yeux bruns de la jeune femme tandis que lentement il s'approchait d'elle. La joie le remplaça quand, posant ses deux mains sur les épaules rondes, il fit glisser le décolleté de la robe tout en attirant Fanchon à lui.

Un instant plus tard tous deux roulaient, emmêlés, sur le lit qui gardait encore l'empreinte du corps de Judith. Gilles avait à dépenser le regain d'ardeur né du danger écarté et Fanchon la passion de longs mois de famine envieuse. Il n'était pas loin de midi quand enfin ils tirèrent de nouveau le verrou de la porte...

– Tout compte fait, dit Gilles en quittant Fanchon, rentrez sans moi et dites à Madame que je ne reviendrai que demain. Je passerai la nuit chez M. de la Vallée...

– Pourquoi pas ici? hasarda la jeune femme qui s'efforçait de cacher sa triomphante exultation.

Mais Gilles, dégrisé, n'entendait pas lui laisser espérer une quelconque reprise d'influence.

– Je ne crois pas avoir de comptes à vous rendre, ma chère, dit-il doucement. Puis, tirant sa bourse, il la lui lança.

– ... Tenez! Allez vous acheter quelques fanfreluches et puis rentrez. Et merci pour cet agréable moment. A demain.

Elle prit la bourse avec une sorte de rage et la fourra dans la poche de son tablier. Toute joie s'était éteinte dans son regard et Gilles qui sortait ne vit pas qu'une haine brûlante s'y allumait...

Parti avant l'aube Gilles atteignit *Haute-Savane* quand le soleil était déjà assez haut. Rentrer chez lui était toujours une joie, sans cesse renouvelée. Il aimait parcourir, au galop de Merlin, la longue et majestueuse allée de chênes, importés de France à grands frais plus de cent années plus tôt. Il aimait découvrir la longue maison rose surtout lorsque, comme ce matin, elle souriait au soleil de toutes ses fenêtres largement ouvertes en montrant le gentil bataillon des petites servantes en train de procéder à un vigoureux ménage sous la direction impérieuse de Charlot, le majordome.

Haute-Savane avait perdu sa mine distante et triste de Belle au Bois Dormant cachée sous les ronces. Dans le grand bassin soigneusement récuré, la fontaine de bronze, briquée à grand renfort d'huile de coude, brillait presque autant que le jet scintillant qu'elle faisait exploser dans le soleil. Les jardiniers, dont Pongo, repris par sa passion des plantes contractée à Versailles, s'était institué le chef, faisaient merveille, alternant dans le parc redessiné les bouquets fulgurants de plantes tropicales et les douces pelouses sous les grands arbres où il faisait si bon boire le punch ou le café aux heures chaudes et, le soir, fumer un cigare en respirant la fraîcheur venue de la mer.

Toujours installé dans l'habitation même auprès de la chambre de Gilles, Pongo n'y paraissait plus guère que la nuit. Une partie du jour, à présent, il s'occupait des jardins, plantant, sarclant, bouturant ou s'affairant dans la serre que Gilles lui avait fait construire, s'efforçant de se souvenir des leçons que lui avait prodiguées le vieux jardinier de Mlle Marjon (1). Une troupe de négrillons, ses « élèves », le suivait comme son ombre, gentil troupeau d'agneaux noirs, aussi grave et aussi appliqué qu'une théorie d'enfants de chœur suivant l'officiant d'une grand-messe.

Ses soirées, Pongo les passait la plupart du temps avec Moïse auquel le liait à présent une amitié silencieuse mais si vraie qu'elle éveillait parfois un peu de jalousie au cœur de Gilles.

Pongo n'ignorait plus rien du sombre et sanglant chemin qui avait mené le chef tribal Loango – c'était le nom véritable de Moïse – roitelet d'un territoire congolais situé au nord de Cabinda, jusqu'au canot du *Gerfaut*. Mieux encore que Tournemine, il savait que Loango avait longtemps alimenté, de ses prisonniers de guerre, les capitaines négriers qui, du fleuve Sénégal au fleuve Congo et même plus loin encore, fouillaient les côtes de l'Afrique à la recherche de cet or noir, vivant, qui leur assurait la fortune. Il savait qu'il avait appris à connaître certaines langues de l'homme blanc et aussi l'homme blanc lui-même dans ce qu'il avait de pis : son appétit d'or assouvi à n'importe quel prix.

Et le roi Loango, grand guerrier, justicier impi-

(1) Cf. *Un collier pour le diable.*

toyable, eût peut-être continué longtemps encore un négoce qui l'enrichissait si sa propre femme Yamina, prise au piège par l'Espagnol don Esteban Cordoba de Quesada, l'un des bons clients de son époux, n'avait été enlevée et embarquée de force sur la *Santa Engracia.* Loango aimait Yamina d'une inguérissable passion et, abandonnant tout derrière lui, il avait choisi de la rejoindre dans l'entrepont puant du négrier espagnol où l'attendaient les chaînes. Mais ils n'étaient pas restés ensemble. Yamina était belle et don Esteban l'avait voulue dans son lit. C'est alors que Loango avait fomenté la révolte dont ceux du *Gerfaut* avaient pu voir la dramatique conclusion.

– Loango est mort avec Yamina, avait dit le rescapé à Gilles. L'homme que tu as tiré de l'eau sanglante de l'océan est un autre. C'est pourquoi je désire conserver le nom que tu m'as donné. Je suis Moïse. L'autre n'est même plus un souvenir.

A *Haute-Savane,* Moïse avait pris la place de « commandeur » qui avait été celle du Maringouin. De même que son patron Legros qu'il avait dû rejoindre, l'homme avait disparu en même temps que les autres surveillants. Quant à Tonton, que Gilles avait oublié dans la maison du bord de l'eau, il n'avait pas profité de la délivrance de ses compagnons. C'était Désirée qui s'était chargée de lui. Elle l'avait proprement poignardé avant que quiconque ait pu intervenir et il avait eu pour sépulture la maison en flammes.

Véritable meneur d'hommes, l'ancien roi-congo avait été d'une aide inappréciable pour la remise en ordre de la plantation. Assisté de Liam Finnegan pour la partie sanitaire, il avait examiné chaque esclave, l'interrogeant longuement pour essayer de démêler, d'après la mentalité et les besoins de chacun, la meilleure manière de réapprendre à ces malheureux à vivre comme des hommes. Sa stature, son calme et la profondeur d'une envoûtante voix de basse lui assuraient sur ses frères misérables un ascendant irrésistible et Gilles devinait, en le voyant agir, que l'ex-Loango essayait de panser à *Haute-Savane* quelques-unes des blessures ouvertes sur la rive fiévreuse du Congo.

L'ennemi le plus pénible à combattre avait été la saison des ouragans. Les abris de fortune que l'on avait construits pour remplacer les cases incendiées ne résistaient guère et l'on avait momentanément abrité les femmes et les enfants dans les quartiers des domestiques et dans les écuries en attendant les cases nouvelles construites par les esclaves eux-mêmes, ceux chez qui Moïse avait découvert des talents de charpentier ou de maçon car Tournemine exigeait des habitations solides au lieu des huttes de palme ou de bois léger que le moindre charbon transformait en torche ou que la plus petite tempête emportait. A présent, chaque famille disposait d'un jardin et d'une case suffisante pour qu'elle pût s'agrandir et, pour les célibataires, le maître avait fait venir, de la Nouvelle-Orléans, les nouveaux éléments de grandes cases préfabriquées qui, tout en étant solides, offraient l'avantage de pouvoir se déplacer aisément suivant les besoins de l'exploitation (les champs qu'il fallait faire reposer en alternant les cultures.) Si un homme prenait femme, il quittait alors la grande case dont s'occupait une « ménagère » et recevait sa propre maison, son propre bout de terrain.

Pour ses esclaves qu'il voulait les mieux traités de l'île, Tournemine avait dépensé sans compter. Il avait tenu à ce que leur remise en forme passât avant l'installation de sa propre maison. C'est pourquoi le premier bâtiment reconstruit avait été affecté à Liam Finnegan pour l'infirmerie-hôpital qu'il souhaitait.

Le médecin irlandais n'avait pas chômé, lui non

plus et, pendant ces trois mois, quand il s'accordait sa détente préférée en compagnie d'un boujaron de rhum, c'était tard dans la nuit. L'état de santé des esclaves était assez lamentable, surtout ceux des cases les plus proches de l'habitation. Ceux du second groupement, sur les flancs du morne, où Legros avait concentré ses troupes de choc, étaient en meilleur état mais, pour les premiers, la malnutrition était générale et se doublait souvent de séquelles de sévices graves qui avaient posé de sérieux problèmes au médecin.

Heureusement pour lui, car il eût sans doute succombé à la tâche, il avait trouvé en Pongo un assistant de valeur qu'il avait pris plaisir à initier à ses techniques personnelles de thérapeutique qui faisaient largement appel aux plantes médicinales que Pongo-Jardinier s'attachait à faire pousser dans un enclos étroitement surveillé où ses petits élèves n'avaient pas accès.

Grâce aux efforts de tous, *Haute-Savane* avait surmonté le désastre avec une étonnante rapidité. La fertilité fabuleuse de l'île avait fait le reste et l'abondance revenait dans les petits jardins comme sur la plantation. Depuis un mois, le capitaine Malavoine était reparti pour Nantes, ses cales pleines d'indigo et un autre navire nantais, le *Solide*, avait emporté le coton que l'on avait pu sauver de l'incendie. Le produit de leurs ventes allait permettre à Tournemine de réparer les brèches sérieuses que la restauration de *Haute-Savane* et de ses travailleurs avait taillées dans sa fortune car il avait dépensé sans compter pour cette terre qui à présent lui collait à la peau.

Quand il jeta sa bride à Cupidon, le jeune palefrenier accouru au bruit du galop, Gilles reçut presque dans ses bras Pongo qui dégringolait l'escalier du perron en donnant tous les signes d'une agitation parfaitement insolite chez lui.

– Enfin toi rentrer? Grand temps! s'écria-t-il. Venir vite.

– Où ça? Qu'est-ce qui se passe?

– Chez homme-médecine! Toi voir!

– A l'hôpital?

Pongo fit signe que oui sans cesser d'ailleurs de courir vers le bâtiment neuf élevé à flanc de colline. Sa construction était simple, mais Finnegan avait demandé qu'on le mît sur pilotis afin d'éviter les visites des animaux sauvages ou domestiques qui pullulaient dans l'île. Bâti en L, il comportait une première salle contenant une trentaine de couchettes et une autre plus petite qui servait de maternité et sur laquelle veillait plus spécialement Désirée chez qui Finnegan avait découvert une vocation d'infirmière sage-femme. A l'intersection de ces deux ailes se trouvaient la salle de soins, le cabinet du docteur et une petite pièce servant de pharmacie. Bien éclairé et d'une impeccable propreté, ce petit hôpital était l'une des fiertés de Tournemine et l'orgueil de Finnegan.

Le spectacle qui s'y donnait était parfaitement inattendu. Sous l'œil orageux de Finnegan qui se rongeait les ongles, un religieux, qui était l'un des frères de l'hôpital de la Charité du Cap, avait fait aligner devant lui cinq jeunes négresses qui riaient à belles dents d'ailleurs et les examinait l'une après l'autre, palpant leur ventre et même y collant l'oreille d'un air docte qui semblait taper considérablement sur les nerfs du médecin.

– Qu'est-ce que cela veut dire? Que faites-vous là, mon Père? demanda Gilles sans amabilité excessive. Pourquoi tripotez-vous ces jeunes femmes?

Le frère était un homme déjà âgé, aux traits durs, aux cheveux et à la barbe gris, passablement sales d'ailleurs.

– Je vous salue, monsieur de Tournemine, mais je

vous demande de me laisser faire mon office ainsi que le veut la loi de l'Eglise.

– J'ignore ce que la loi de l'Eglise vient faire chez moi, fit Tournemine toujours aussi abrupt, mais je vous serais reconnaissant de m'apprendre d'abord qui vous êtes?

– Je suis le frère Ignace, l'un des médecins de l'hôpital de la Charité. On nous a rapporté qu'il y a chez vous de grands abus sur le plan des relations sexuelles et que la décence n'y est pas toujours respectée. Ces femmes sont enceintes, n'est-ce pas?

– Je n'ai jamais dit le contraire mais je cherche encore en quoi cela regarde les gens de la Charité? explosa Finnegan. Dans toutes les plantations où travaillent ensemble des hommes et des femmes, il y a des naissances. C'est une bénédiction pour le maître et pour les familles noires qui s'agrandissent. Et j'aimerais bien savoir...

Gilles posa une main qui se voulait apaisante sur le bras du médecin qui commençait à s'agiter de façon inquiétante.

– Calme-toi, Liam! Le frère Ignace va se faire un plaisir de nous expliquer ce petit mystère. Allons, frère, je vous écoute. Que prétendez-vous faire?

– Vous reconnaissez que ces femmes sont enceintes?

– Naturellement. C'est d'ailleurs visible.

– Alors je vous prierai de les faire conduire à mon chariot : je les emmène à l'hôpital.

– Vraiment? Et pourquoi, s'il vous plaît?

– Pour qu'elles y attendent leur délivrance. Je sais aussi bien que vous qu'il y a des femmes enceintes sur toutes les plantations. Mais reste à savoir de qui? Ces femmes m'ont dit qu'elles n'étaient pas mariées.

– En effet. Pas encore. Qu'est-ce que cela change?

– Ce que cela change?

La voix de frère Ignace prit un ton feutré, apitoyé et vaguement méprisant.

– Vous n'êtes pas là depuis longtemps, monsieur, sinon vous sauriez que toute femme noire convaincue d'avoir eu des relations avec un Blanc et d'en porter le fruit est confisquée par l'Eglise et doit travailler pour elle.

– C'est possible. Mais pourquoi ces femmes-là mettraient-elles au monde des mulâtres?

– Mais... parce que vous ou les autres Blancs qui habitent ici avez fort bien pu les engrosser.

– Moi?

Gilles dut se freiner durement pour ne pas empoigner le religieux par sa robe poudreuse pour le jeter dehors.

– Si ces femmes étaient enceintes des œuvres d'un Blanc, ce ne pourrait être des miennes. Voilà trois mois seulement que je suis ici, avec mon ami Pierre Gauthier et le docteur Finnegan. Or toutes sont enceintes de plus de trois mois. Les géniteurs pourraient, en effet, être le sieur Legros ou certains de ses hommes, mais, d'après leurs déclarations, il n'en est rien...

– Vous en êtes bien sûr? On dit, au Cap, que peu de femmes vous résistent, monsieur de Tournemine, et que la chair de couleur ne vous répugne pas. Au jour même de votre arrivée, on vous a vu monter dans le palanquin d'une métisse...

– On m'a vu? Vraiment? Je n'aurais jamais cru que le Cap avait à ce point les yeux fixés sur moi. A présent, frère Ignace, je désire que cette conversation s'achève. Nous avons à travailler ici et guère de temps à perdre en palabres...

– Je n'en disconviens pas mais j'emmène ces femmes.

– Il n'en est pas question.

– La loi de l'Eglise...

– La loi de l'Eglise? Tu parles! intervint Finnegan. Ces bons apôtres se procurent, par ce moyen, des esclaves sans bourse délier... Ne les laisse pas faire, Gilles. Il n'a aucun droit.

– Vous avez entendu le docteur, frère Ignace? dit Gilles froidement. Je n'ajouterai rien à ce que j'ai dit. Ces femmes sont ma propriété et elles resteront ici. Mais si l'Eglise a besoin de serviteurs supplémentaires, permettez-moi de vous offrir cette obole qui vous permettra d'acheter deux ou trois esclaves au prochain marché. Un navire en provenance de la Côte de l'Or est arrivé hier soir, les cales pleines.

Il avait tiré quelques pièces d'or de sa bourse et les offrait sur sa main étendue. Le regard du frère s'alluma sous la broussaille de ses sourcils. Il hésita un instant, pris sans doute entre son désir de dignité et sa cupidité. Ce fut cette dernière qui l'emporta. Sa main, pareille à une griffe, rafla les pièces qui disparurent sous la toile tachée de sa robe grise.

– J'accepte cela comme une avance de denier à Dieu. Il n'empêche que ces femmes...

– Resteront ici! Je vous l'ai déjà dit. Je vais avoir l'honneur, frère Ignace, de vous raccompagner à votre chariot. Vous avez sans doute d'autres plantations à visiter car je n'ose espérer que vous ayez fait, pour la seule *Haute-Savane*, ce long chemin?

– Il en est pourtant ainsi car vos agissements ont été signalés à monseigneur l'évêque ou tout au moins à son coadjuteur car ainsi que vous le savez, monseigneur...

– ... ne quitte guère la France, acheva Finnegan narquois. On ne peut pas dire que nous soyons gâtés sous le rapport du clergé. Depuis que les Jésuites ont été chassés, nous n'avons plus guère que de la racaille.

– Laisse-moi parler! coupa Gilles. Vous avez dit, frère, que l'on m'a signalé? Qui, par exemple?

J'aimerais le savoir? Et que sont ces « agissements » si suspects aux yeux de l'Eglise?

Les paupières grises du moine se resserrèrent comme s'il cherchait à ajuster le tir d'une arme.

– On trouve un peu étrange votre arrivée et votre prise de possession de cette terre si peu de temps, somme toute, après le départ du jeune de Ferronnet, plus étrange encore le départ si rapide de celui-ci aussitôt après la mort... supposée de ses parents.

– La mort supposée? Qu'entendez-vous par là?

– Un bruit étrange est venu jusqu'à l'évêché. Le vieux monsieur ne serait pas véritablement mort. On l'aurait enlevé et séquestré afin que son fils puisse hériter et assouvir ses grands appétits d'argent.

Gilles sentit la colère enfler en lui et s'efforça de n'en rien montrer, sachant combien une explosion pouvait être dangereuse sur un terrain ainsi miné.

– En admettant que ce soit vrai, en quoi pourrais-je être concerné par ce qui s'est passé ici avant ma venue?

– En quoi? Mais... cela semble évident. Si le vieux monsieur vit toujours – et certains prétendent l'avoir reconnu, travaillant comme un esclave dans une solitude du Gros Morne – la vente que vous a faite son fils ne tient pas. Il a dû reculer, sans doute, devant un parricide, mais il n'en a pas moins porté sur son père une main sacrilège pour le voler et vous, son ami de longue date sans doute, vous êtes son complice. Vous êtes venu ici récolter les fruits du crime et, aussi sans doute, assurer la surveillance du malheureux vieillard.

En dépit de ses belles résolutions, Gilles faillit s'élancer sur cet homme qui osait l'accuser de tels crimes. Ce fut Finnegan qui le retint, bien qu'à la pâleur de son visage et aux éclairs meurtriers de ses yeux verts, on pût deviner qu'il avait, lui aussi, beaucoup de mal à contenir les bouillonnements de son sang irlandais.

– Avant d'accuser on se renseigne, frère Ignace! Né en Bretagne, officier aux Gardes du Corps de Sa Majesté le roi Louis, seizième du nom, M. de Tournemine n'a jamais eu l'occasion de connaître Jacques de Ferronnet avant la rencontre qu'il en a faite à New York, ce printemps...

– Qu'en sait-on? Chacun sait qu'il a combattu, de ce côté-ci de l'Atlantique, pour cette rébellion impie des colonies anglaises contre leur légitime souverain...

– Cela ne tient pas debout! coupa Gilles que l'intervention de Liam avait mis à même de se ressaisir. Nous avions autre chose à faire, dans l'armée de M. de Rochambeau, que de nous occuper des affaires privées de Saint-Domingue. A présent, expliquez-moi donc une chose, saint homme? Comment se fait-il, si vous êtes si bien renseigné, que vous ayez attendu que je sois installé ici pour venir porter vos accusations mensongères? Pourquoi n'êtes-vous pas venu, dès que vous avez été informé, interroger le sieur Legros, actuellement recherché et pratiquement condamné à mort pour ses crimes? On m'a dit, à moi, que M. de Ferronnet avait été sa victime, ainsi que sa femme, et si son fils s'est enfui, car il s'est enfui, en effet, c'était uniquement pour rester encore vivant. Moi-même, j'ai été attaqué à peine débarqué...

– La couleur des choses et des événements dépend uniquement de l'éclairage qu'on leur donne, monsieur de Tournemine. Il est facile d'accuser un homme absent, peut-être déjà mort. L'Eglise, pour sa part, n'a jamais eu à se plaindre de lui. Il s'est toujours montré pour elle un fils respectueux et...

– ... et généreux sans doute. Dites-moi, frère Ignace, auriez-vous porté sur moi vos accusations si je vous avais permis d'emmener mes esclaves?

– Je les aurais peut-être différées, considérant que vous faisiez preuve de bonne volonté. Je constate avec douleur qu'il n'en est rien et que vous appartenez déjà tout entier à l'esprit détestable, à l'endurcissement qui règne en généralité sur cette terre. Je pars à présent, vous accordant quelques jours de réflexion. Si vous venez à composition, si vous décidez de vous soumettre à l'Eglise et à son jugement infaillible, vous pourrez nous le faire savoir... dans une semaine par exemple. Faute de quoi...

– Me soumettre à l'Eglise, cela veut dire quoi : vous amener moi-même les femmes enceintes de ma plantation?

– D'abord. Ensuite apporter à M. le coadjuteur tous les éclaircissements possibles touchant la façon bizarre dont vous êtes devenu propriétaire de *Haute-Savane,* enfin laisser l'Eglise libre d'agir comme elle l'entend sur vos terres...

– ... et y prélever tout ce qui lui conviendra? Je comprends! Eh bien! n'y comptez pas, frère Ignace. J'ai mon droit, ma conscience pour moi et je ne passerai pas par vos fourches caudines. Dès demain, je verrai le gouverneur...

Le sourire du religieux découvrit des dents d'une vigueur étonnante chez un homme déjà âgé. Blanches et solides, elles semblaient de taille à dévorer n'importe quoi.

– M. le gouverneur nous quitte, vous le savez bien, et comme son remplaçant n'est pas encore arrivé, nous allons être en intérim. Quant à l'intendant général, ses pouvoirs ne lui permettent pas de s'opposer à l'Eglise. N'espérez donc pas d'appui de ce côté.

– Finissons-en! gronda Finnegan. M. de Tournemine vous a dit qu'il n'obtempérerait pas. A vous de jouer! Qu'allez-vous faire? Prendre *Haute-Savane* d'assaut?

– Les armes de l'Eglise ne crachent pas le feu. Il sera facile de faire la preuve de la mort réelle... ou supposée de M. de Ferronnet : il suffira d'ouvrir sa tombe. J'en obtiendrai sans peine l'autorisation. Je vous salue, messieurs. Voilà de belles constructions neuves, il me semble ? ajouta-t-il d'un ton tout différent en regardant autour de lui. C'est votre domaine, docteur Finnegan, si j'ai bien compris ? Qu'y faites-vous ? La distillation du rhum ?

– Il y sauve des vies humaines... celles de tous ces malheureux dont votre précieux Legros avait fait des martyrs. Ce digne fils de l'Eglise n'était qu'un bourreau et il faut que vous soyez singulièrement dur d'oreille pour vous illusionner encore sur ce que fut son comportement. Les Noirs...

– ... Sont les fils de Cham et leur sort est tel que Dieu l'a voulu. Chacun sait qu'ils sont tous des adorateurs de Satan auquel ils sacrifient la nuit au cours d'orgies infâmes. Il faudra voir aussi ce qu'il en est ici.

Cette fois, Gilles était à bout. Saisissant le frère Ignace par son maigre bras, il l'entraîna un peu plus vite peut-être qu'il n'aurait voulu vers le chariot qui attendait sur la route, au portail neuf qu'il avait fait ouvrir pour atteindre directement les bâtiments d'exploitation sans passer par l'habitation.

– En voilà assez ! Allez-vous-en ! Et quand vous reviendrez, prenez bien garde à ce que vous ferez. Dieu sait que je suis son humble et fidèle serviteur... mais je n'hésiterai pas un instant à combattre, les armes à la main, des chrétiens de votre genre.

– Un soldat de Dieu ne recule jamais devant le danger ou la menace. Vous vous en apercevrez rapidement, monsieur de Tournemine. Pour l'instant, vous ne faites rien d'autre qu'aggraver votre cas. A bientôt...

En rejoignant Finnegan et Pongo dans la salle de soins où le médecin était occupé à enduire de baume la brûlure que s'était faite, en repassant, l'une des servantes de la lingerie, Gilles tremblait encore de colère. Il réussit à se contenir jusqu'à ce que, son pansement achevé, Liam eût renvoyé sa jeune patiente d'une débonnaire claque sur les fesses, mais dès que la petite eut disparu dans un envol de jupon rayé, il explosa :

– Quelle sorte de prêtres peuvent être ces gens qui abritent leurs appétits sous une robe sacrée?

Finnegan haussa les épaules.

– Des hommes, sans plus. Je ne te croyais pas assez naïf pour croire encore qu'une soutane est fatalement une étiquette de sainteté. Simplement, les appétits varient suivant la hiérarchie et tel prince de l'Eglise rêvera de puissance et de faste quand un frère hospitalier se contentera de chercher des esclaves pour faire son travail à sa place.

– Il existe pourtant de véritables hommes de Dieu. J'en connais au moins un, lança Gilles fougueusement en songeant à son parrain, le recteur d'Hennebont. Des hommes qui, nés riches et nobles, se dépouillent entièrement au service des pauvres, ne gardant qu'à peine le nécessaire.

– Je sais. J'en ai rencontré aussi... mais pas encore ici. Il est vrai que je ne connais pas toute l'île. A présent que vas-tu faire? La menace est sérieuse...

– Allons donc! Tu vas encore me parler, comme Maublanc, de cette folle histoire de défunts enlevés de leur tombeau et ramenés artificiellement à la vie? Ce n'est pas ma faute, je n'arrive pas à y croire.

– Il faut y croire! Et avant qu'il ne soit trop tard.

– Qu'appelles-tu trop tard?

– Avant que cet Ignace et ses confrères ne t'obligent à ouvrir la sépulture Ferronnet. Admets un seul instant que la tombe du vieux monsieur soit vide et tu as une grande chance de te retrouver en prison et tes biens mis sous séquestre jusqu'à complément d'enquête.

– Mais n'importe qui peut enlever un corps.

– Je sais. Il faut tout de même y aller voir. Tu es breton et je devine ce que tu éprouves à l'idée de violer une sépulture car je suis irlandais. Mais il faut y aller voir.

Un instant, Gilles regarda son ami. Aucune trace d'ironie dans ses yeux couleur d'herbe. Finnegan était mortellement sérieux. Il tourna les yeux vers Pongo et vit qu'il n'avait pas davantage envie de rire.

– Qu'en penses-tu? demanda-t-il.

– Docteur avoir raison. Tout plutôt que pas savoir...

– Eh bien, soupira Gilles, nous irons cette nuit, tous les trois, en priant le Ciel que personne ne nous voie, car je ne donnerais vraiment pas cher de notre peau si nous étions pris en flagrant délit de violation de tombe. A présent, je vous laisse travailler et je rentre. As-tu vu Judith, ce matin?

– Oui. Elle partait à cheval vers la mer. On ne la reverra que ce soir et, si tu veux permettre au médecin de s'exprimer, je dirai que je n'aime guère ces grands besoins de solitude chez une femme si jeune et si belle. Ce n'est pas bon.

Gilles haussa les épaules.

– Elle n'est pas seule : elle a la mer d'où elle est, un soir, sortie pour moi. Judith est une femme étrange, tu sais. Chez elle la sauvagerie est encore à fleur de peau et, en fait, je ne sais trop jusqu'où elle va. Mieux vaut la laisser libre. D'autant que Moïse la surveille sans trop avoir l'air d'y toucher.

– Il n'a pas que ça à faire. Ainsi, ce matin, il est allé aux cases du Morne où il avait un différend à régler entre deux travailleurs...

– Ne sois pas si pessimiste et laisse-la vivre à sa

guise. Au fait, je ne t'ai pas demandé de nouvelles d'Anna Gauthier. Comment va-t-elle?

– Mieux. Une mauvaise digestion qui a failli tourner à l'empoisonnement. Je lui ai prescrit d'être plus prudente. Tout ce qui ressemble à de la salade n'en est pas forcément ici...

La sépulture des Ferronnet s'élevait aux confins du parc de *Haute-Savane* dans la partie qui montait le premier contrefort du Morne. C'était, au centre d'une clairière, une petite chapelle de style baroque fermée par une grille de fer. Après sa prise de possession du domaine, Gilles était venu jusque-là et avait donné des instructions pour que clairière et chapelle fussent entretenues convenablement. Ce jour-là, en dépit de la pluie qui tombait à verse, le petit temple déjà assailli par une végétation exubérante lui avait paru paisible et charmant.

Il n'en était pas de même par cette belle nuit d'automne, cependant douce et claire, tandis qu'en compagnie de Liam Finnegan et de Pongo, il montait silencieusement le sentier menant à la chapelle. C'était la seconde fois qu'il allait s'attaquer à la demeure d'un mort et, si la première avait été purement bénéfique, il augurait mal de celle-ci et se sentait mal à l'aise. Il est vrai qu'en se rendant, jadis, à l'abbaye de Saint-Aubin-des-Bois, il n'en voulait qu'à l'ornementation d'un tombeau, non à la sépulture elle-même, et la seule idée qu'il allait falloir tout à l'heure troubler l'éternel sommeil d'un pauvre mort inconnu lui glaçait le sang.

Il était un peu plus de 11 heures quand les trois hommes avaient quitté la maison, sous le fallacieux prétexte de surprendre des maraudeurs qui leur avait permis d'emporter des armes. Mais on avait fait un détour par la resserre à outils pour y prendre certains instruments dont Pongo s'était chargé. Une lanterne sourde éteinte pendait au bout du bras de Finnegan. On l'allumerait tout à l'heure quand on serait à l'intérieur car, pour l'heure présente, la lune suffisait à éclairer le chemin au long duquel personne ne parla, chacun des trois hommes demeurant enfermé dans ses pensées.

La grille de la chapelle que l'on avait huilée et repeinte s'ouvrit sans peine au moyen de la clé que Gilles avait apportée dans sa poche. L'un derrière l'autre, les trois hommes pénétrèrent dans le minuscule sanctuaire meublé d'une pierre d'autel et de deux prie-Dieu d'où partait un étroit escalier de pierre s'enfonçant dans le sol. Finnegan posa sa lanterne à terre, l'ouvrit, battit le briquet et l'alluma, puis s'engagea dans l'escalier, suivi des autres dont il éclairait le chemin.

Quelques marches seulement au bout desquelles les visiteurs nocturnes se trouvèrent dans le caveau proprement dit : une crypte assez longue et étroite de chaque côté de laquelle étaient rangés, dans des niches, de lourds cercueils de cuivre vert-de-grisé surmontés de croix d'argent terni, gravés aux armes de ceux qui y reposaient.

– Quatre générations de Ferronnet reposent ici, chuchota Finnegan assourdissant involontairement sa voix. Il suffit de chercher le cercueil le plus récent.

– C'est celui-là, dit Gilles qui, en vérité, avait soigneusement visité le tombeau, en désignant la longue boîte qui se trouvait la plus proche de l'escalier.

– Pas être facile ouvrir boîte sans laisser traces, marmotta Pongo qui passait sur le couvercle gravé un doigt précautionneux.

– Plus facile que tu n'imagines, dit Finnegan. Le couvercle n'est retenu que par des points de soudure à l'étain, qu'avec un peu de soin on doit pouvoir faire sauter et remplacer ensuite. J'ai là ce qu'il faut...

Dans le sac, il prit un ciseau, un maillet solide et, avec soin en effet, il entreprit de décoller le haut du cercueil, faisant chauffer continuellement, sur un réchaud qu'il avait apporté, le bout acéré du ciseau. Ce fut tout de même un rude effort. En dépit de la fraîcheur humide qui régnait dans cette cave, l'Irlandais transpirait à grosses gouttes mais, après une heure de travail patient, le coffre qui était censé contenir les restes de M. de Ferronnet père s'ouvrit.

Mais au lieu du corps élégamment vêtu de soie d'un vieux monsieur de la bonne société créole, on ne trouva dans la grande boîte garnie de coussins de taffetas bleu qu'un morceau de tronc d'arbre emmailloté dans un morceau de toile...

Pendant plusieurs minutes, les trois hommes, accablés, contemplèrent l'étrange spectacle.

– C'est bien ce que je craignais, soupira Finnegan en épongeant du bras la sueur qui mouillait son front. On l'a enlevé. Mon pauvre ami, ajouta-t-il en se tournant vers Gilles, j'ai peur que nous n'ayons du mal à nous tirer de là... à moins de retrouver ce cadavre fugitif. Il va falloir fouiller le Gros Morne, le passer au peigne fin...

Tournemine haussa les épaules. Il s'était laissé choir sur la dernière marche de l'escalier et fourrageait à deux mains dans ses épais cheveux blonds, oscillant entre la rage et le désespoir.

– Allons, Finnegan! Tu n'ajoutes tout de même pas foi à ces sornettes. On a enlevé le cadavre de M. de Ferronnet pour me mettre dans un mauvais cas et on a dû l'enterrer ailleurs. Malheureusement, on ne peut pas retourner la terre dans toute la région...

– Pourquoi pas chercher vieil homme mort et mettre à la place? coupa Pongo. Doit être possible dans vilains quartiers du port?

– Ce serait en effet une solution, dit Finnegan, et

mon ami Tsing-Tcha nous trouverait certainement ce qu'il nous faut, mais il faudrait un sosie du mort qui nous manque et ce n'est pas facile à trouver. M. de Ferronnet avait, sur la joue gauche, une large tache de vin et son profil était assez particulier.

– La corruption naturelle pourrait expliquer des différences, dit Tournemine qui se raccrochait déjà à cet espoir mais Finnegan hocha la tête.

– Cela ne marchera pas. Le frère Ignace s'est montré trop sûr du fait. Il a dû être bien renseigné, par Legros lui-même sans doute ou, mieux encore, par Olympe, sa diabolique maîtresse. Tu refuses de croire à l'existence des zombis, Gilles, et tu as tort. Je sais, moi, un médecin, un rationaliste, qu'ils existent et je crains une chose : que ces maudits prêtres ne sachent très bien, eux, ce qu'est devenu notre défunt. Admets que nous fassions ce que conseille Pongo, que nous nous procurions un cadavre que je suis très capable d'arranger convenablement, mais que le jour où ces vautours viendront ouvrir ce cercueil ils amènent le vrai Ferronnet? Nous aurions bonne mine.

– Dans ce cas, dit Gilles, découragé, il n'y a plus rien à faire... sinon prévenir Maublanc que je vends *Haute-Savane* et repartir avec toute ma maisonnée. Le *Gerfaut* est en France mais La Vallée trouvera bien au moins le moyen de nous faire passer à Cuba.

– Ce serait t'avouer coupable. C'est tout ce que souhaitent tes ennemis.

– Alors quoi faire?

Calmement, Finnegan replaça le couvercle du cercueil mais négligea de le ressouder. C'était inutile pour le moment.

– Aller porter le problème à Celina! Elle est puissante, tu sais? Au moins autant qu'Olympe car il n'y a pas un Noir dans tout le Nord qui ne la respecte et ne la vénère. Si quelqu'un peut retrouver Ferronnet, c'est elle.

– Soit! Allons la voir. Mais je me demande si je ne suis pas en train de devenir fou...

– Quand tu auras vécu dix ans ici, ou bien tu en seras certain ou bien tu auras totalement oublié cette impression... Finissons-en.

Dix minutes plus tard, Gilles refermait la grille et respirait avec délices l'air frais de la nuit qui lui parut divinement pur après les odeurs de moisissure et les relents de l'étain fondu. Comme lui parut délicieux le rhum que Finnegan lui tendit et qu'il portait à sa ceinture dans une gourde! Délivré des phantasmes qu'avaient fait naître en lui cette tombe, ce cercueil vide, il se retrouvait avec bonheur les deux pieds sur la terre de Dieu, sous le ciel de Dieu, de Dieu à qui, seul, appartenait le pouvoir de résurrection.

– C'est impossible! soupira-t-il enfin. Il y a une explication rationnelle. Aucun homme, aucun sorcier si puissant qu'il soit n'a le pouvoir de rappeler à la vie une homme mort, vraiment mort. Comment se fait-il qu'un homme aussi savant que toi n'ait pas réussi à trouver une réponse à cette question?

Finnegan haussa les épaules.

– Je ne suis pas savant. Je ne suis qu'un manieur de scalpel et j'ai, crois-moi, cherché à comprendre. Je pense comme toi qu'il y a peut-être une explication mais, jusqu'à présent, personne ne l'a encore trouvée. Allons voir Celina.

– A cette heure? Elle doit dormir et si on la réveille, on va réveiller tout le quartier des domestiques.

– Celina est une vieille femme qui ne dort pas beaucoup. En revanche, elle sait fort bien employer le temps que les autres consacrent au sommeil.

Le roulement éloigné d'un tambour en peau de

vache lui coupa la parole. Au souvenir de ce qu'avaient signifié ces battements lugubres la dernière fois qu'il les avait entendus, Gilles sentit ses cheveux se dresser sur sa tête. Allait-il falloir faire face à une nouvelle révolte? Ses deux compagnons s'étaient arrêtés et écoutaient eux aussi. Cette fois, le bruit ne venait pas des terres de *Haute-Savane* à la limite desquelles ils se trouvaient, mais des profondeurs sauvages de la montagne. Ce n'en était pas plus rassurant pour autant et Finnegan grogna :

– Je ne me ferai jamais à ces damnés tambours. Qu'est-ce que cela nous réserve encore?

– Rien, dit Pongo tranquillement. Tambours dire moment venu pour danser en honneur dieu-serpent Damballa.

– Comment? fit Gilles en considérant l'Indien avec effarement. Tu comprends le langage des tambours, à présent?

Le sourire de Pongo découvrit largement ses grandes incisives de lapin géant.

– Bien sûr! Moïse apprendre... Facile!

Ainsi que l'avait prédit Finnegan, Celina ne dormait pas. Les trois hommes arrivaient au bas du sentier conduisant vers l'habitation quand ils la rencontrèrent. Escortée des deux fillettes que Gilles avait vues porter les chandelles devant la « mamaloï » au moment où celle-ci était venue le sauver, elle marchait appuyée sur son bâton au serpent et portait son impressionnante robe rouge et sa coiffure de plumes. De toute évidence, elle se rendait à cette réunion à laquelle les tambours avaient appelé.

Voyant apparaître le maître, elle ne marqua aucune frayeur, aucune surprise. Elle s'arrêta simplement. Gilles savait déjà qu'il y avait, dans cette étrange femme, deux personnalités bien distinctes et que la cuisinière habile, gourmande et joyeuse de sa maison, n'était que la doublure d'une puissance étrange, mystérieuse et forte mais essentiellement bénéfique, habitée parfois par un don singulier de double vue.

La rencontrant sous ses habits de prêtresse, il ne s'y trompa pas et la salua avec déférence, imité par les deux autres.

– Nous te cherchions, Celina. Nous avons besoin de toi et de ton grand pouvoir car, depuis le milieu de ce jour, nous sommes tous en grand danger. Cette maison, dit-il désignant les grands toits bleus de l'habitation qui brillaient doucement sous la lune, ces terres où plus personne ne souffre cependant, nos vies mêmes sont en péril. Un péril que toi seule as peut-être le pouvoir de conjurer.

– Tu es un bon maître et tu sais que tu peux compter sur Celina. Parle!

– Un homme est venu, ce matin, un religieux de l'hôpital de la Charité...

Rapidement, il raconta ce qui s'était passé entre lui et le frère Ignace, puis la visite sacrilège qu'avec Finnegan et Pongo il venait de rendre à la sépulture Ferronnet et l'étrange découverte qu'ils y avaient faite.

Celina hocha sa tête emplumée, mais son visage sombre demeura aussi impassible, aussi figé que du basalte. Du bout de son bâton elle dessinait machinalement des figures sur le sable de l'allée et gardait le silence.

– Tu ne sembles pas surprise? fit Tournemine. Qu'as-tu à dire?

– Rien. Je me doutais que le maître avait été enlevé du tombeau mais je ne pouvais rien faire. D'ailleurs, je n'étais pas sûre et puis j'ai dû me sauver. Olympe est puissante, dangereuse comme un serpent à sonnettes, mais personne n'aurait imaginé qu'elle oserait s'en prendre au cadavre d'un grand Blanc. Les Noirs qui craignent que l'on prenne le corps de ceux qu'ils aiment et qui meurent gardent les tombes pendant trois ou quatre jours, jusqu'à ce que la corruption ait commencé car, après, on ne peut plus faire un zombi... Mais Madame ignorait tout cela. Elle aurait fait fouetter celui ou celle qui aurait parlé de garder la tombe du maître.

– Mort vivant ou mort véritable, il faut retrouver M. de Ferronnet avant huit jours. Crois-tu la chose possible?

Les gros yeux couleur de chocolat de Celina considérèrent son jeune maître avec une tristesse où entrait de la pitié.

– Si les dieux sont avec toi, tout sera possible et tu éviteras les pièges des méchants. Laisse-moi aller mon chemin, à présent. Je vais le leur demander.

– Et s'ils ne sont pas avec moi?

– Il te faudra prier le tien et t'en remettre au pouvoir de tes armes d'homme. Mais ne désespère pas. Nous combattrons tous avec toi car il n'y a pas ici un Noir qui ne te soit reconnaissant d'avoir compris qu'il était aussi un homme et de lui permettre de vivre comme un homme.

Au loin, le roulement doux des tambours reprenait.

– On m'appelle, dit Celina. Va en paix et dors. Je vais parler là-bas de ce qui se passe ici. Le Gros Morne sera fouillé trou par trou, feuille par feuille, ravin par ravin et, si les dieux le veulent, le vieux maître sera dans sa tombe quand ceux qui veulent ta mort viendront pour te perdre.

Sur un dernier signe qui ressemblait curieusement à une bénédiction, la prêtresse en robe rouge, couleur du sang du sacrifice, reprit son chemin, suivie de ses deux jeunes compagnes qui avaient attendu sagement assises dans l'herbe qu'elle eût fini de parler.

Les trois hommes regardèrent avec un respect

mêlé d'espoir son imposante silhouette disparaître sous le couvert des arbres dans ce chemin en pente qui semblait monter vers le ciel et se perdait dans la nuit.

Le lendemain, un bûcheron de la plantation Guillotin trouva en travers d'un chemin le corps de Celina, égorgée. On lui avait enlevé sa belle coiffure de plumes et sa robe rouge avait été lacérée. Quant à ses deux jeunes compagnes, elles avaient disparu.

UN FANTÔME EN PLEIN JOUR

En dépit du soleil, des fleurs, du tendre roucoulement des tourterelles et du vol étincelant des oiseaux-mouches qui brillaient comme des joyaux sur le vert profond des plantes et des arbres, la mort de Celina tomba sur *Haute-Savane* comme une chape de plomb. Elle accabla Gilles comme sous le poids d'une malédiction car la « mamaloï » emportait avec elle son plus sûr espoir – le seul peut-être – de déjouer à temps les diaboliques machinations qui se tramaient dans l'ombre pour lui arracher finalement le beau domaine venu à lui par les bizarres chemins du sort, et qu'il avait cru longtemps un don de Dieu. A présent, il en venait à se demander si les roses murailles qu'il aimait tant ne constituaient pas en réalité le plus souriant, le plus mortel des pièges car il s'en prenait à son âme et à ses croyances.

Pour les femmes de sa maison, qu'il savait fragiles et mal préparées aux étrangetés de cette terre inconnue, il avait préféré laisser ignorer la menace du frère Ignace et aurait souhaité que la mort de Celina passât pour un accident. Mais quand Moïse et Charlot avaient rapporté sur une civière le corps exsangue enveloppé dans une épaisse couverture, suivis par lui et par Pongo, ils avaient trouvé, en arrivant vers le quartier des domestiques, un groupe d'une cinquantaine de travailleurs agricoles qui attendaient sous la conduite d'un de leurs contremaîtres, un grand Yolof nommé François Bongo.

Apparemment, la nouvelle avait fait le tour de la plantation à la vitesse d'une traînée de poudre. Gilles en fut contrarié mais n'en montra rien. La douleur silencieuse de ces braves gens était émouvante et aussi leur colère qui, bien entendu, n'était pas dirigée contre lui mais contre le ou les mystérieux assassins d'une femme que beaucoup de Noirs, dans toute l'île, révéraient comme une sainte. Ce fut François Bongo qui traduisit le sentiment de ses compagnons.

– Nous trouver assassin! Nous tuer sans pardon! Toi pas nous empêcher! ajouta-t-il, s'adressant à Tournemine d'un ton où perçait une menace.

– Je ne vous en empêcherai pas, je vous en donne ma parole! J'aimais Celina. Je lui dois la vie et j'entends que son meurtrier soit châtié. Et le plus tôt sera le mieux. Mais, auparavant, il faut lui rendre l'hommage qu'elle mérite. Bongo, tu iras jusqu'aux cases du Morne Rouge dire que personne ne travaillera demain, jour où elle sera portée en terre et, cette nuit, vous pourrez veiller son corps comme vous l'entendrez. Moïse réglera tout cela. Dès à présent, vous pouvez commencer les préparatifs.

Ils le remercièrent d'un murmure unanime, puis se formèrent en cortège derrière la civière pour conduire Celina dans la cour qui s'étendait entre l'habitation et les cuisines où, sur une sorte de catafalque de branches, de feuilles et de fleurs, elle passerait la nuit.

Gilles ordonna que la tombe soit creusée dans la petite clairière où s'élevait la tombe des Ferronnet car il lui semblait convenable que la fidèle Celina reposât auprès de ses anciens maîtres. Quatre hommes armés de pelles et de pioches, partirent aussitôt, mais ils avaient à peine disparu que Désirée venait frapper à la porte du cabinet de travail où Gilles s'était enfermé pour essayer de voir clair dans ces catastrophes successives qui s'abattaient sur lui. L'ancienne servante de Simon Legros venait demander qu'après l'inhumation la tombe fût gardée pendant plusieurs nuits, afin que le corps de celle qui avait été une grande prêtresse ne fût pas volé.

Gilles haussa les épaules avec lassitude, excédé par cette histoire de cadavres tirés de leurs cercueils et se promenant à l'air libre.

– Celina a été tuée d'un terrible coup de machette, dit-il. Sa tête a été presque séparée de son corps et elle a été vidée de tout son sang. Elle est au-delà de toute possibilité de résurrection factice, aussi bien que si son corps se décomposait déjà. Mieux encore peut-être!

– Tu as raison sur ce point, dit Désirée, mais tu ne sais pas tout. Ceux qui ont tué Celina ne la laisseront certainement pas reposer en paix. Ils violeront sa tombe, emporteront son corps pour en faire des petits morceaux qui serviront à la préparation de philtres, de charmes d'autant plus redoutables qu'elle était plus puissante. Il ne faut pas qu'elle serve, elle qui était si grande, aux sales affaires de la magie noire.

En écoutant Désirée, Gilles se surprit à penser qu'il y avait, entre des religions situées aux antipodes les unes des autres, d'étranges similitudes. Désirée craignait que le corps de la prêtresse du Vaudou ne soit morcelé... exactement comme les chrétiens morcelaient les corps saints pour en faire des reliques, mais il se secoua vigoureusement, se reprochant de se laisser gagner par les coutumes étranges et l'atmosphère quasi païenne de Saint-Domingue.

– Il en sera fait comme tu le souhaites, dit-il. La tombe de Celina sera gardée. Moi-même je participerai à cette garde mais à une seule condition : ceux qui veilleront seront cachés et personne, hormis toi, ne saura qu'il y a une garde. C'est à cette seule condition que j'accepte... Ne me demande pas pourquoi et veille à tenir ta langue.

La grande fille noire s'inclina.

– Je ne dirai rien, maître! Il me suffit de savoir que tu veilleras toi-même car je crois te comprendre : tu espères ainsi prendre au piège ceux qui ont tué Celina.

– Exactement...

C'était, en effet, l'idée qui lui était venue et cette idée lui rendait courage et confiance en l'avenir. S'il parvenait à s'emparer de l'assassin, peut-être arriverait-il par lui à remonter jusqu'à Legros et à son infernale Olympe car, il en était persuadé, tous les coups qui l'accablaient venaient de ce misérable. Tant pis pour celui ou celle qui tomberait entre ses mains! Ce serait sans le moindre remords qu'il le remettrait aux mains de Pongo pour obtenir des aveux.

Avec la perspective d'une action directe revenait le goût du combat, le besoin de se défendre jusqu'au bout et s'il fallait faire de *Haute-Savane* un camp retranché il y lutterait jusqu'à son dernier souffle, mais ne se laisserait pas chasser de chez lui par qui que ce soit, prêtre ou démon. A aucun prix! Et peu à peu, un plan de bataille s'esquissait dans son esprit.

La première chose à faire était de mettre à l'abri les femmes de la maison puis d'aller voir si, tout de même, il ne serait pas possible d'obtenir une aide des autorités constituées. Et, tandis que s'ordonnaient les funérailles de Celina, il écrivit une lettre à Gérald de La Vallée lui demandant s'il pouvait recevoir chez lui durant quelques jours non seulement Judith et sa femme de chambre, mais encore les dames Gauthier. Sans douter d'ailleurs un seul instant de la réponse, les La Vallée étant les gens les plus hospitaliers du monde et leur maison de *Trois-Rivières* assez vaste pour abriter au moins quatre familles. Or, le couple y vivait seul pour l'instant, les deux fils étant absents, l'un effectuant son tour d'Europe et l'autre, entré à l'école des pages de la Grande Ecurie, entamant à Versailles une carrière à la fois mondaine et turbulente comme il était de règle chez messieurs les pages.

Sa lettre dûment sablée, cachetée et partie pour *Trois-Rivières* dans les fontes de Cupidon, le valet d'écurie, Gilles alla seller lui-même Merlin et partit pour le Cap.

Quand il y arriva, le canon de partance tonnait encore pour le vaisseau de 80 canons qui sous toute sa toile courait vers la ligne bleu sombre de l'horizon, tandis que claquaient au vent les pavillons joyeusement colorés de son grand pavois. M. de La Luzerne s'en allait rejoindre son maroquin de ministre de la Marine. Le port déjà l'oubliait et avait repris son trafic dans le vacarme des cabrouets qui faisaient continuellement la navette entre les navires à quai et les magasins où s'affichaient les prix des marchandises à vendre et les listes des cargaisons que l'on débarquait.

Habitué, Gilles traversa la foule bruyante et colorée sans y prêter attention, gagnant les bâtiments de l'Intendance où il n'eut d'ailleurs aucune peine à obtenir audience, les personnages officiels étant, à Saint-Domingue, infiniment plus accessibles que leurs confrères de la métropole.

Vêtu comme un planteur riche de toile blanche

impeccablement repassée, une cravate noire nouée lâchement autour du col de sa chemise de fine batiste, M. de Barbé-Marbois reçut Tournemine dans la vaste pièce lambrissée d'acajou, à la mode anglaise, qui lui servait de bureau. Une bibliothèque, une large table où les dossiers étaient rangés dans un ordre parfait, une grosse mappemonde posée à même le sol et des gravures de navires en composaient, avec le pavillon royal et quelques fauteuils, l'ameublement. Dans un coin, un négrillon dormait à moitié auprès des cordes, inutiles par cette chaleur douce, du grand panka dont l'aile de toile occupait une partie du plafond.

– Que puis-je pour vous, monsieur de Tournemine? demanda courtoisement l'Intendant général en offrant une tabatière que Gilles, non moins courtoisement, refusa.

Il n'avait jamais été capable de priser sans éternuer et ne comprenait pas le plaisir que l'on pouvait trouver à cette pratique. Ce n'était pas le moment de se rendre ridicule.

Posément, calmement, il raconta la visite du frère Ignace et sa menace de faire ouvrir la tombe du précédent propriétaire de *Haute-Savane*. Sans toutefois mentionner le fait qu'il avait déjà ouvert lui-même cette tombe qui ne contenait qu'un tronc d'arbre drapé dans un linceul, ni l'assassinat de Celina. La mort d'une esclave n'offrait aucun intérêt pour l'Intendant général.

Celui-ci écouta son visiteur avec l'attitude impassible qui lui était familière, mais à certain pli qui se formait au coin de sa bouche, au jeu lent de ses doigts autour d'un coupe-papier d'argent, Gilles devina qu'il n'aimait guère ce qu'il entendait.

Barbé-Marbois laissa le silence s'installer un instant quand Gilles se tut, réfléchissant visiblement. Puis, relevant brusquement les paupières pour darder son regard sur son visiteur, ce qui était encore dans sa manière, il soupira :

– Je ne vois là rien de particulièrement inquiétant, monsieur. Auguste de Ferronnet est mort et sa mort a été dûment enregistrée. Il n'y a aucune raison pour qu'il ne soit pas couché dans sa tombe aussi bien que sur les papiers de son notaire. Laissez faire le frère Ignace qui est un homme simple et qui a peut-être un peu trop tendance à prêter l'oreille aux contes fantastiques dont cette île est peuplée. Vous serez tranquille ensuite.

– Mais je n'admets pas, monsieur l'Intendant général, que l'on vienne troubler ainsi, pour un racontar venimeux, la paix des morts, s'écria Gilles non sans hypocrisie. Je suis breton et d'un pays où l'on n'admet pas ce genre de pratique.

– Je suis lorrain, monsieur, et d'un pays où l'on ne l'admet pas davantage mais, en l'occurrence, je ne peux rien faire pour vous. L'Eglise ne fait guère de bruit ici. Mieux vaut la laisser tranquille quand elle se manifeste un peu. Au surplus, je n'ai aucun pouvoir sur elle. Seul le gouverneur pourrait peut-être intervenir mais il est déjà en mer. En outre, je doute qu'il eût accepté de se mêler de cette affaire. Comme toutes les minorités, l'Eglise est jalouse de sa dignité.

– Je ne vois pas ce que sa dignité peut gagner à l'ouverture de cette tombe. En revanche, je vois très bien ce que sa bourse pourrait y gagner au cas, par exemple, où l'on aurait enlevé le corps de M. de Ferronnet. Ce Legros que l'on ne retrouve pas n'a certainement pas renoncé à s'approprier mes terres...

– Allons! Allons! Ne fabulez pas! Quel pouvoir peut encore garder ici un homme pourchassé et condamné à mort?

– Pourchassé très mollement. Quant à la condamnation, elle tomberait d'elle-même si je pouvais être impliqué dans une affaire aussi nauséabonde que celle dont on m'accuse. Je suis un des principaux planteurs de Saint-Domingue et je crois avoir fait du bon travail à *Haute-Savane*. Enfin, je ne me livre à aucune contrebande. J'espérais que le représentant du gouverneur, ou même le Conseil du Cap, pourrait m'aider. Ne fût-ce que par solidarité...

Barbé-Marbois quitta son fauteuil et vint s'adosser à son bureau, face à son visiteur et beaucoup plus près.

– Je vais être franc, monsieur de Tournemine, et brutal. Si graves que puissent être les ennuis qui vous assaillent, vous n'avez rien à attendre de la solidarité de vos pareils. On vous reproche beaucoup de choses ici...

– Je vois mal ce qu'on pourrait me reprocher? J'entretiens d'excellentes relations avec les autres planteurs...

– En apparence, sans doute. Mais – et là j'excepte M. de La Vallée qui, je crois, vous porte une amitié sincère – on vous reproche en général vos méthodes par trop... révolutionnaires. On sait, dans les plantations, que vous n'avez plus un seul esclave véritable mais des « libres de savane », que vous n'en achetez que pour leur offrir le même statut. On dit que vous gâchez le métier, que vous apportez un exemple déplorable. Enfin, on vous reprocherait plutôt de ne vous livrer à aucune contrebande comme le font la plupart des autres, d'ailleurs.

– Comment? fit Gilles abasourdi. On me reproche de respecter la loi et c'est vous qui me le dites?

– Ce n'est pas ici l'Intendant général qui parle et je ne fais que vous exposer la situation. On trouve étrange qu'un ancien combattant d'Amérique ne brûle pas de commercer avec ses anciens frères d'armes, et comme on se souvient parfaitement de votre superbe arrivée sous l'uniforme des Gardes du Corps de Sa Majesté, on en déduit tout doucement que vous pourriez bien être – passez-moi le mot mais c'est le seul qui convienne ici, tout brutal qu'il soit – un espion de Versailles.

Le visage de Tournemine s'empourpra sous la poussée de la colère.

– Moi? Un espion? Qui ose dire cela?...

– Mais... presque tout le monde hormis La Vallée qui a bien du mal, croyez-moi, à vous défendre au Conseil, dit tranquillement l'intendant. Allons, calmez-vous! Personnellement, je n'en crois rien et je vous demande de ne pas vous jeter sur le premier planteur venu pour le provoquer en duel. On se demande déjà ce que ce malheureux Rendières avait bien pu vous faire pour que vous lui enleviez la main.

– Il avait insulté ma femme. Cela ne suffit-il pas comme raison? lança Tournemine très raide.

– Eh oui! Vous avez une trop jolie femme, mon pauvre ami. Les hommes vous l'envient, les femmes la jalousent. Tout cela n'arrange rien et j'en sais beaucoup qui applaudiraient, discrètement d'abord puis à tout rompre, si l'on réussissait à vous chasser... ou pis encore peut-être. Dès l'instant où les Noirs vous portent aux nues, vous n'avez guère de chances d'être l'ami des Blancs! Etes-vous bien en cour?

– Très bien. Le roi aussi bien que la reine m'ont donné de grandes preuves de leur protection.

– Et M. de Vaudreuil? Il est né ici, vous le savez, et c'est l'un des grands noms de la colonie. S'il était votre ami, cela pourrait vous servir...

Gilles revit, dans le cadre élégant de l'entourage de la reine, le créole insolent et frondeur qui était l'un des plus chers amis de la souveraine et qui, le premier, avait offert son hôtel pour la première représentation, encore défendue, du *Mariage de Figaro* (1).

(1) Cf. *Le Trésor.*

– Nous ne sommes pas intimes, dit-il, mais nous nous connaissons et nous avons des amis communs, ajouta-t-il, pensant aussi bien à Marie-Antoinette qu'à Beaumarchais.

– Je le ferai savoir. La chose pourrait vous servir et vous faire regarder avec moins de méfiance. A présent, chevalier, je vous laisse vous retirer... en regrettant de ne pouvoir faire davantage.

– Vous m'avez éclairé sur ma situation réelle, monsieur l'Intendant général. C'est un précieux service dont je vous remercie...

Le service était précieux sans doute mais l'impression détestable. En quittant l'Intendance générale, Gilles voyait les choses sous un éclairage tout différent de celui qu'elles avaient à son arrivée. Tandis qu'au pas noble de Merlin il traversait la ville pour reprendre la route de son domaine, il croyait lire à présent la méfiance, la malveillance, parfois même le mépris sous les saluts qu'on lui adressait ou qui répondaient aux siens. Seules les femmes lui souriaient immuablement, mais il n'aimait pas la lueur trouble qui se montrait dans certains de leurs regards car cette lueur, il l'avait parfois observée chez d'autres en face de condamnés à mort marchant à l'échafaud. Un espion! On le prenait pour un espion! Le mot brûlait son orgueil, éveillant en lui une impuissante fureur. Il eût voulu provoquer en duel tous ceux qui osaient penser cela de lui...

Passant devant la cathédrale, il s'arrêta, entra. Les messes du matin étaient dites et l'église vide. Seules, deux ou trois femmes agenouillées priaient devant les bouquets de flammes brûlant devant les statues des saints. Aucune ne fit attention à lui. Chacune devait avoir ses propres soucis car il put voir sur deux visages à demi cachés par les mantilles de dentelle à la mode espagnole des larmes coulant silencieusement.

Les laissant à leurs supplications, il alla droit à l'autel latéral où brillait la veilleuse rouge du saint-sacrement, mit un genou en terre et appela Dieu.

« Seigneur, dit-il, je suis venu par avance réclamer votre clémence car je vais combattre ceux qui vous représentent sur cette terre. Bien ou mal, ce n'est pas mon problème. Vous m'avez donné *Haute-Savane*. C'est ma maison et je l'aime comme j'aime tous ces malheureux qu'avec votre aide j'ai pu arracher à leur noire misère, à leurs souffrances. Je suis venu vous dire que je ne les laisserai pas retomber dans une servitude pire qu'auparavant, car elle suivrait une période de retour à l'espoir. Je me défendrai, je les défendrai au besoin par les armes. J'espère, en agissant ainsi, entrer dans les plans que vous avez formés pour ma famille et pour moi. Sinon, pardonnez-moi ! »

C'était à peine une prière. Plutôt une mise en demeure dont eût été bien incapable, quelques années auparavant, le fils de Marie-Jeanne Goëlo. Mais, en quittant l'église, Gilles se sentit réconforté par sa propre résolution et par la certitude intime d'avoir raison contre les prêtres aux vues étroites du genre d'Ignace et contre cette société d'exploitation de l'homme par l'homme abritée sous le futile prétexte d'une différence de pigmentation. Si Dieu avait créé des hommes rouges, jaunes ou noirs, pourquoi donc laissait-il les seuls Blancs empoisonner la vie de tous les autres ? De quel droit ceux-ci s'arrogeaient-ils l'autorisation de décréter que celui-ci ou celui-là devait le servir à genoux ? Et comment ces gens qui le croisaient, roulant ou chevauchant vers leurs belles demeures enfouies dans des jardins de rêve, portant des habits élégants, des bijoux et se gorgeant de tout ce que la nature ou le travail des hommes pouvaient offrir de plus délectable et de plus raffiné, comment ces gens ne comprenaient-ils pas qu'ils dansaient sur un volcan et que leurs jours étaient comptés? Ils n'étaient qu'une poignée : trente mille en face d'un demi-million de Noirs suant avec leur misère la haine et le désir de vengeance... Un jour, quelque chose quelque part éclaterait et ce serait la fin d'un monde.

Otant son chapeau, Gilles passa sur son front humide une main qui lui parut glacée. Il venait d'avoir la vision effrayante, née peut-être du récent souvenir de la nuit passée dans la maison condamnée de Legros, de hordes noires se jetant à l'assaut de ces belles demeures, de ces riches plantations, pillant, violant, brûlant. Il avait vu couler le sang des têtes coupées par les lames meurtrières des machettes, entendu crépiter les flammes des incendies... Peut-être tout cela pouvait-il encore être évité mais il aurait fallu, alors, qu'au lieu dc s'en prendre à lui, les riches planteurs du Conseil se penchassent sur leur propre conduite et cherchassent honnêtement comment remédier à trop de misère auprès de trop de richesse. Mais il savait que personne ne l'écouterait s'il essayait de se faire entendre.

En atteignant le portail d'entrée de sa propriété, Gilles leva les yeux vers les lions de pierre qui couronnaient les piliers. Il allait falloir leur donner des griffes, à ceux-là, et leur faire cracher des flammes car, même s'il devait affronter l'île tout entière, Tournemine était fermement décidé à rester le maître ici...

Il était déjà tard. C'était l'heure où les travailleurs rentraient des champs. Le soleil baissait sur l'horizon dorant au loin le bleu intense de la mer. Les voix de ses Noirs montaient de tous les sentiers, chantant comme ils avaient appris à le faire spontanément depuis que leur sort avait changé. Ce soir, le chant était empreint de tristesse parce que Celina venait de mourir et que demain on la porterait en terre, mais ce n'était pas une plainte. A travers le rythme, inhabituel pour des oreilles européennes, passait encore le contentement du travail achevé et de l'approche du repos pris en famille et dans sa maison, si petite soit-elle. Oubliant un instant ses soucis, Gilles sourit. Ce chant, c'était sans doute la meilleure réponse de la Divinité. Il ne fallait pas qu'il redevînt sanglot, cri de souffrance ou appel à la révolte. Il fallait qu'il continuât longtemps encore et pût s'élever, toujours aussi paisible, lorsque ce serait à lui d'être porté en terre.

L'heure du souper était proche. Dans la maison, les petites servantes achevaient de mettre le couvert et portaient des lampes allumées. Gilles escalada l'escalier quatre à quatre. Il avait juste le temps de se changer et Zébulon l'attendait déjà, dans le cabinet de bains, auprès du cuveau de cuivre rempli d'eau froide où son maître se débarrassait chaque soir des poussières de la journée. Il s'accordait alors, tout en barbotant, la détente d'un cigare et d'un verre de punch à la cannelle bien glacé.

Ce soir, il avait juste le temps de se laver, d'enfiler des vêtements propres et de lire la lettre que Zébulon, impavide, lui tendait sur un petit plateau d'argent. Comme il le pensait, les La Vallée acceptaient de grand cœur de recevoir les habitantes de *Haute-Savane* et Gérald annonçait sa visite pour le lendemain : il ramènerait lui-même les dames à *Trois-Rivières*. Mais, à travers les lignes, Gilles devina qu'il brûlait de curiosité.

Fourrant la lettre dans sa poche, il descendit rejoindre Judith dans la salle de compagnie où elle l'attendait avec Finnegan. Quand il ne se sentait pas d'humeur à passer la soirée en compagnie d'un flacon de rhum, le médecin prenait ses repas du soir dans l'habitation. Il se révélait alors un convive disert et lettré dont la compagnie était fort agréable.

On se mit à table en silence. L'atmosphère, ce

soir-là, était étrange. La maison silencieuse était enveloppée par la tristesse des chants qui se faisaient entendre continuellement à l'extérieur autour de la dépouille de Celina. A l'intérieur, les petites servantes se déplaçaient sans bruit sur leurs pieds nus sous la direction de Charlot qui, pour une fois, oubliait sa dignité pour, de temps à autre, essuyer une larme.

En face de lui, par-dessus le bouquet de bougies allumées bien que la nuit ne fût pas encore complète, Gilles jetait de temps en temps un regard au visage pâle de sa femme qui touchait à peine aux plats présentés. Contrairement à son habitude, elle ne s'était pas rendue à son carbet, ce jour-là, parce que la mort de Celina désorganisait la marche habituelle de la maison et Judith, tout naturellement, avait accompli son devoir de ménagère en veillant à remettre les choses en ordre. Vêtue très simplement, ce soir, d'une robe de léger taffetas vert sombre avec pour seul bijou une croix d'or portée au ras du cou sur un mince ruban de velours noir, ses magnifiques cheveux tirés en un énorme et sévère chignon qui rendait pleinement justice à la grâce de son long cou et à la structure parfaite de son visage, elle paraissait étonnamment fragile et juvénile.

Le silence devenait pesant. Elle en eut conscience et, quand les servantes eurent remporté le potage presque intact, elle posa tour à tour sur les deux hommes le calme regard de ses larges yeux sombres.

– J'ai pensé que Coralie serait celle qui conviendrait le mieux pour prendre la place de notre pauvre Celina, dit-elle doucement. Qu'en pensez-vous? Il y a longtemps qu'elle travaille avec elle.

La question s'adressait à Gilles qui s'efforça de sourire.

– Les soins de la maison vous appartiennent, ma

chère. Mais si vous me demandez mon avis, je crois que vous avez bien choisi.

Le silence étant rompu, Finnegan prit le relais :

– Tu as été au Cap? demanda-t-il en tendant à Charlot un verre qu'il ne laissait jamais longtemps vide.

– Oui. J'ai vu l'Intendant général. La situation n'est guère brillante. Nous n'avons aucune aide à attendre de ce côté. J'ai appris aujourd'hui une dure leçon. Il paraît que, dans la colonie, on voit généralement en moi un... espion (Dieu que le mot avait du mal à passer!) de Versailles et que mes méthodes ne rencontrent guère d'assentiment.

Entre le cuir tanné de leurs paupières, les prunelles vertes de Finnegan se permirent un éclair de gaieté.

– Cela t'étonne? Si c'était ce que tu souhaitais entendre j'aurais pu t'en dire tout autant sans courir chez l'Intendant général. Bien sûr, tu ne peux guère être apprécié des planteurs d'ici. Tu réprouves l'esclavage et ils en vivent. Néanmoins, tel que je connais le marquis de Barbé-Marbois, il a dû exagérer son impuissance.

– Crois-tu?

– J'en suis certain. Bien sûr, l'île est privée de gouverneur pour quelques jours mais s'il ne craignait pas de mécontenter le Conseil, il t'aurait envoyé de la troupe. Seulement, c'est un homme qui n'aime guère se mouiller. Surtout en faveur d'un révolutionnaire.

Sourcils légèrement froncés, Judith avait suivi la conversation des deux hommes avec la mine mi-inquiète mi-curieuse de qui n'est pas au courant.

– Si vous m'appreniez de quoi il est question, messieurs? Je vous trouve bien sibyllins, ce soir. Un autre drame nous menacerait-il?

Repoussant à la fois son assiette et sa chaise, Gilles se leva et alla fermer les fenêtres. A la longue, ces chants funèbres l'agaçaient car il avait l'impression d'entendre chanter, à l'avance, ses propres funérailles.

– Dis-lui! fit-il sobrement, s'adressant à Finnegan.

En quelques mots, le médecin eut mis Judith au courant de ce qui s'était passé depuis la veille et de la grave menace qui pesait à présent sur le domaine.

Judith l'avait écouté avec un grand calme apparent. Seule sa main fine ornée du seul anneau de mariage dénonçait une légère fièvre en jouant, comme par mégarde, avec une boulette de pain. Quand ce fut fini, elle se contenta de regarder son mari.

– Qu'allez-vous faire? dit-elle d'une voix toujours aussi calme.

– Me défendre. Mais, avant tout, vous mettre à l'abri. J'ai là une lettre de notre ami La Vallée. Il viendra vous prendre demain, avec votre femme de chambre et les dames Gauthier pour vous conduire à *Trois-Rivières* où Denyse vous attend. Vous y resterez jusqu'à ce que les choses soient rentrées dans l'ordre.

– Et si elles ne rentrent pas dans l'ordre?

– Mais... il n'y a aucune raison. J'ai du monde avec moi et je suis de taille à me défendre. Contre quoi, d'ailleurs? Une poignée de prêtres plus ou moins valables qui prétendent me mettre en accusation? Je n'aurai aucune peine à les chasser de chez moi.

– Alors il n'y a aucune raison que je parte. Mais peut-être pensez-vous sans le dire que ces prêtres pourraient avoir l'idée de demander la protection de la troupe. Cela se fait lorsque l'on veut porter le fer sur un homme que l'on sait dangereux.

– Que je le pense ou ne le pense pas est sans importance. Je ne veux pas que le moindre danger vous menace. Vous partirez demain avec Fanchon, Anna Gauthier et...

– Et votre chère Madalen? Mais comment donc! Croyez-vous que je sois dupe de votre sollicitude? C'est elle, avant tout, que vous voulez mettre à l'abri mais comme, tout de même et ne fût-ce que pour le monde, il vous faut d'abord sembler songer à votre épouse, vous avez décidé de nous expédier toutes en chœur. Eh bien, n'y comptez pas!

Elle aussi s'était levée. Sa tête rousse fièrement dressée au-dessus de sa gorge fine qui battait d'émotion, elle faisait face à son mari.

– Ne soyez pas stupide, Judith! Vous avez beaucoup trop d'imagination. Il est normal que je veuille épargner les femmes de ma maison. Que deviendriez-vous si l'on m'arrête?...

– Les femmes de la maison? Pourquoi donc pas alors les Noires aussi bien que les Blanches? Que deviendront-elles, elles aussi, si l'on vous arrête? On les renverra à la criée aux esclaves pour y être de nouveau vendues? Non, Gilles, mettez à l'abri Mme Gauthier et sa fille, Fanchon aussi; j'y consens car elle n'est pas brave. Après tout, ce sont femmes de même sorte. Moi, je reste!

– Il n'en est pas question, Judith. Je désire que vous partiez...

Elle lui tournait déjà le dos, se dirigeant vers la porte de son allure royale, suivie comme d'une traîne de son ample jupe verte mais, avant d'atteindre le seuil, elle se retourna.

– Que vous souhaitiez préserver votre maîtresse, rien de plus naturel, mon ami! Moi, je ne suis que votre femme mais j'entends l'être jusqu'au bout. Vous ne me ferez pas partir car je ne suis pas, moi, une Madalen Gauthier. Je suis Judith de Tournemine de La Hunaudaye, maîtresse de *Haute-Savane* et j'aime cette terre autant que vous. On m'y enterrera peut-être dans quelques jours mais, sur la mémoire de mon père, on ne m'en fera pas partir!...

Cette fois, elle sortit et la porte, précipitamment ouverte par Charlot qui s'inclina avec un respect quasi prosterné, retomba derrière elle. Les deux hommes demeurèrent seuls en face de la table encore servie et abandonnée. Gilles sentait sur lui le regard insistant de l'Irlandais mais ne se décidait pas à le croiser. Les mains nouées derrière le dos, il marchait lentement de long en large, faisant crier le parquet sous le talon rouge de ses souliers. Un instant, il s'arrêta près de la table, saisit une carafe de cristal et se versa un plein verre de bourgogne qu'il avala d'un trait. Ce fut alors que vint ce qu'il attendait.

– Elle est vraiment ta maîtresse? demanda la voix impersonnelle de Finnegan.

Gilles haussa les épaules.

– Non! Sur mon honneur, je jure que non. Madalen est... la pureté, l'innocence... Il faut être Judith pour imaginer...

– Imaginer quoi? Comment n'imaginerait-elle pas le pis en voyant son époux se détourner d'elle pour se soucier d'une autre? Car tu l'aimes, n'est-ce pas? Une femme amoureuse ne se trompe pas sur ces choses-là...

– Amoureuse? Il y a longtemps que je ne crois plus à l'amour de Judith.

– C'est parce que tu es un rude imbécile. Ou bien parce que cela t'arrange...

La voix de Finnegan avait claqué comme un coup de fouet et Gilles, surpris par sa violence, se retourna, le regarda.

– Tu es fou... dit-il.

– Crois-tu? Au fait, tu n'as pas répondu à ma question. Aimes-tu Madalen?

Un bref silence et puis :

– Oui...

– Et elle? Elle t'aime aussi?
– Je crois que oui.
– Ah!

Charlot était sorti par discrétion et Finnegan ouvrit lui-même la porte qui claqua derrière lui. Gilles entendit le bruit de ses bottes décroître sur le dallage du vestibule. Puis il n'y eut plus rien que le chant assourdi des pleureurs funèbres. Gilles était seul, plus seul qu'il ne l'avait jamais été, avec une horrible impression de malaise. Se pouvait-il vraiment qu'il eût, en quelques mots, perdu un ami qui lui était devenu cher?

Un moment plus tard, le galop d'un cheval l'attira à la fenêtre donnant sur le devant de la maison. Le temps d'un éclair, il aperçut Finnegan qui, à bride abattue, embouquait le tunnel obscur formé par les grands chênes de l'allée. Il s'en allait. Il l'abandonnait, lui aussi, retournant sans doute à son ivrognerie et à la crasse du port.

Incapable de supporter plus longtemps la solitude de la grande salle luxueuse avec sa nappe brodée, ses flambeaux d'argent et l'étincellement de ses cristaux, il sortit à son tour, hésita un instant au pied de l'escalier, taraudé par l'envie de rejoindre Judith, ne fût-ce que pour se prouver, en la soumettant à son désir, qu'il était toujours le maître. Mais il devina que, ce soir, il lui faudrait enfoncer sa porte pour qu'elle consentît à l'accueillir. Et encore...

Plus désemparé qu'il ne voulait l'admettre, il gagna la cour de derrière où, à la lumière dansante des torches, une foule noire veillait le corps de Celina. Elle reposait sur son catafalque de branches fleuries, vêtue d'une belle robe rouge toute neuve et casquée du diadème de plumes noires et rouges. Un épais collier de fleurs cachait l'horrible blessure que des mains pieuses avaient recousue de leur mieux. Devant elle, des corbeilles contenaient des fruits, des poissons séchés, des biscuits que se partageraient tout à l'heure, à la fin de la nuit, ceux qui veillaient là. Dans un coin, Coralie surveillait une énorme marmite posée à même un feu de branches, sur le sol. Et puis, tout autour de la morte, des hommes arborant leurs meilleurs habits, des jeunes filles vêtues de blanc chantaient doucement, au rythme doux d'un tambour que frappaient les longues mains noires de Cupidon, assis par terre. Certains commençaient à danser.

Adossé à un tulipier, les bras croisés, Pongo regardait lui aussi. Il tourna à peine la tête quand Gilles le rejoignit mais sourit, chose rare chez cet impassible personnage.

– Eux faire belle fête pour vieille Celina! Chez nous aussi faire fête quand grand chef partir pour forêts éternelles parce que grand chef aller vers grande joie et grande puissance.

Il était très rare que Pongo fît allusion à sa tribu indienne qui l'avait condamné à mort et jeté au fleuve, ce dont apparemment il ne lui gardait pas rancune. Il fallait qu'il fût très ému...

– Ils feront la fête encore demain. J'ai dit à Moïse de leur distribuer un peu de tafia après l'enterrement.

Puis, changeant de ton :

– ... Je crois qu'il va falloir que tu t'occupes seul de l'hôpital. Finnegan est parti.

– Pongo savoir. Lui très malheureux. Grande douleur d'amour pour fille aux cheveux de lune. Elle pas aimer lui, aimer toi...

– Comment le sais-tu? Il te l'a dit?

– Non, mais Pongo avoir yeux pour voir. Et puis Finnegan parler tout seul tout à l'heure en sellant cheval. Pas te tourmenter. Lui revenir!

– Je ne crois pas. Il ne reviendra pas.

– Si. Lui bon médecin et bon médecin jamais abandonner malades.

Gilles haussa les épaules.

– L'hôpital est presque vide en ce moment. Tu peux parfaitement t'en charger.

– Malade plus important pas à l'hôpital.

– Que veux-tu dire?

– Toi malade! Malade mauvais amour et grands malheurs peuvent venir de mauvais amour. Homme médecine le savoir. C'est pourquoi Pongo dire : lui revenir.

Mais le lendemain s'écoula sans que Finnegan reparaisse.

Les funérailles de Celina furent une belle chose dont on parla longtemps dans la région. Afin de ne pas aggraver son cas vis-à-vis de l'Eglise autant que pour la satisfaction de ses propres convictions, Gilles avait fait chercher l'abbé Le Goff qui servait plus ou moins de curé à Port-Margot et qui desservait aussi la petite chapelle du Limbé. Dès son arrivée, il lui avait fait un don généreux, y avait ajouté un solide mulet qui permettait au bonhomme de se déplacer facilement et de venir, justement, assurer le service de la chapelle, ce qui en faisait en quelque sorte l'aumônier de la plantation.

L'abbé Le Goff était sourd comme un pot mais il n'en remplissait pas moins ses devoirs sacerdotaux avec une grande exactitude, du moins quand la goutte, cette calamité des gros mangeurs et des grands buveurs, le laissait tranquille. C'était un homme déjà âgé, une vocation tardive car il avait beaucoup bourlingué sur les mers et dans les îles, piratant même quelque peu, avant d'être touché par une grâce divine qui lui assurait une vieillesse paisible et assez confortable. C'était aussi un homme aimable mais tellement ami de sa tranquillité qu'il était bien inutile d'essayer d'obtenir son aide contre ses confrères du Cap-Français. D'ailleurs, il n'aurait certainement rien entendu...

La défunte « mamaloï » n'étant que baptisée,

l'abbé se contenta de bénir le corps, de l'encenser puis retourna à ses occupations, un peu plus riche d'une pièce d'or, laissant les funérailles se dérouler comme l'entendraient les gens de la plantation. Et ce fut au milieu des chants et des danses que Celina fut portée en terre, le visage toujours découvert, par quatre solides Noirs, suivie de Gilles, des siens et de tous les esclaves auxquels s'étaient joints d'ailleurs de parfaits inconnus, des fidèles sans doute si l'on s'en tenait aux larmes abondantes qu'ils versaient et à l'ardeur avec laquelle ils chantaient.

Toute la nuit, comme ils avaient veillé le corps, les Noirs veillèrent la tombe en buvant du tafia et en mangeant puis, au matin, chacun retourna à son travail.

Cette journée-là, qui était la troisième du délai accordé par frère Ignace, parut à Gilles aussi pénible qu'interminable. Finnegan n'avait pas reparu et l'espoir de le voir jamais revenir s'amenuisait d'heure en heure. Judith, muette, murée dans un silence désapprobateur, vaquait à ses devoirs de maîtresse de maison, enseignant à la grosse Coralie ce qu'elle pouvait encore ignorer et mettant, avec ses servantes, de l'ordre dans ses armoires à linge. Aux repas, elle n'adressait pas la parole à son époux et, s'il arrivait à celui-ci de lui parler, elle ne répondait pas, le laissant admirer la grâce tranquille de ses gestes sans laisser supposer, même une seconde, qu'elle s'aperçût de sa présence.

Ainsi qu'elle l'avait décidé, Gérald de La Vallée était reparti seul, soulagé peut-être secrètement de n'être point mêlé à ce qui allait se passer à *Haute-Savane*, mais non sans avoir vivement conseillé à Gilles d'user de toutes les ressources de la diplomatie avant de recourir à la force.

– Faites donc cadeau de quelques esclaves à ces rapaces. Vous êtes assez riche pour le faire et la paix, croyez-moi, n'a pas de prix !

– Je le ferais volontiers si je pensais, en effet, acheter la paix à ce prix, mais je crains que l'on ne s'en contente déjà plus. C'est tout le domaine qu'ils veulent à présent.

– Alors, que Dieu vous aide! Si vous avez besoin de moi, vous savez où me trouver.

Quand la nuit tomba de nouveau sur les collines du Limbé, Gilles en éprouva une sorte de soulagement en pensant que, peut-être, il allait pouvoir passer à l'action, faire autre chose que tourner en rond à la recherche d'un moyen de défense efficace. Ce fut avec une joie sauvage qu'il prit ses armes et, flanqué seulement de Pongo et de Moïse, se dirigea vers la clairière où reposait Celina. Si son assassin osait la moindre tentative contre sa tombe, il allait le payer de sa vie. De toute façon, s'il parvenait à mettre la main dessus, Gilles était bien décidé à ne pas lui faire quartier.

Il était 10 heures et demie environ quand Gilles, Pongo et Moïse atteignirent le tombeau des Ferronnet. La nuit, pour une fois, était sombre grâce aux lourds nuages qui s'étaient installés dans la soirée, chassés par la tempête qui, dans la journée, avait éclaté au nord de l'île, sur les îles Turques.

Aussi silencieux qu'un chat, Moïse escalada l'un des grands arbres qui bordaient la clairière tandis que Gilles ouvrait la grille, faisait passer Pongo et refermait. Personne ne disait mot et aucun bruit n'avait décelé leur passage.

Avec un grand luxe de précautions, les deux hommes s'installèrent pour une attente qui serait peut-être longue... qui serait peut-être vaine... Mais de leur poste d'observation, ils avaient une vue parfaite sur la tombe de Celina visible, même dans cette nuit obscure, grâce au monticule de pierres blanches qui la signalait.

Le temps coula, interminable. Dans son arbre, Moïse avait totalement disparu. L'atmosphère, à l'intérieur du petit temple, était lourde en dépit de la grille découpée sur la nuit et qui laissait passer un peu d'air. Habitué dès l'enfance aux longues stations de guet rigoureusement immobile, Pongo semblait changé en statue mais Gilles sentait le sommeil le gagner. Qui pouvait dire si les nécrophages viendraient cette nuit... ou même s'ils viendraient un jour? Après tout, Désirée avait pu se tromper.

Il allait faire part de ses réflexions à Pongo quand celui-ci attira son attention :

– Sh!... sh!...

Du doigt, il montra trois silhouettes qui s'avançaient, venant du couvert des arbres, l'une enroulée d'un tissu clair qui la faisait ressembler à un fantôme, les deux autres étant des Noirs qui devaient être à peu près nus pour mieux se fondre dans la nuit. Ceux-là portaient une pelle et une pioche, plus des machettes.

Ils allèrent droit à la tombe de Celina. Puis, tandis que la forme blanche, debout, attendait, les deux hommes se mirent à enlever rapidement les pierres qui couvraient la tombe. Déjà, sous la main de Gilles, la grille s'était rouverte sans bruit et les deux hommes rampaient dans l'herbe, doucement, tout doucement...

Le silence total qui régnait sur la clairière dut rassurer les violeurs de tombe car, soudain, une lanterne sourde s'alluma et fut posée près de la tombe. Cette lumière apparue servit de signal. D'un même élan Gilles et Pongo tombèrent sur les deux hommes, deux Noirs aux muscles imposants tandis que Moïse, dégringolant de son arbre, s'emparait de la silhouette blanche – qui était celle d'une femme – qui fuyait déjà.

La surprise aidant, les deux Noirs furent facilement maîtrisés mais Moïse dut livrer un rude combat, en dépit de sa force, contre une créature qui se battait avec la souplesse et la force nerveuse d'une panthère. Laissant Pongo garder les deux hommes à demi assommés, Gilles courut lui prêter main-forte, armé de la lanterne.

– Maintiens-la ferme! cria-t-il. Je veux voir son visage!

La femme poussa un cri de douleur car Moïse était en train de lui tordre le bras à la limite du supportable et se calma un peu. Gilles leva sa lanterne et retint un cri de surprise : il avait en face de lui la belle mulâtresse qui l'avait accueilli dans son palanquin au jour de son arrivée.

En dépit de la fureur qui déformait ses traits, elle était parfaitement reconnaissable à ses yeux couleur d'ambre, à la forme triangulaire de son visage de chat sauvage, à la forêt des cheveux crépus qui s'étaient échappés pendant sa lutte avec Moïse du madras où elle les tenait serrés.

Les yeux jaunes dardaient sur lui tant de haine que Gilles eut l'impression désagréable de se trouver en face d'un crotale. Mais il n'eut même pas le temps de lui poser la plus petite question. La femme lui cracha au visage puis, détournant la tête, enfonça ses dents acérées dans la main de Moïse, si férocement que le sang jaillit. Moïse hurla, desserra instinctivement son étreinte. La femme glissa de ses bras et, arrachant la robe blanche peinte de fantastiques figures noires qui la recouvrait, s'enfuit, rapide comme une gazelle vers l'abri des bois où elle disparut instantanément. Lancés à sa poursuite, Gilles et Moïse furent incapables de la retrouver. Furieux et déçus, ils revinrent vers Pongo.

Chemin faisant, Gilles ôta sa chemise et la déchira pour bander la main de Moïse qui saignait. La femme n'avait pas seulement le comportement d'une panthère, elle en avait aussi les dents.

– On ramène ceux-là, dit Gilles désignant les Noirs qui revenaient lentement à la conscience. Je ne crois pas que la femme tentera encore quelque chose cette nuit mais on va tout de même envoyer une garde.

Moïse chargea sur une épaule l'un des deux hommes encore incapable de marcher, tandis que Gilles guidait l'autre du canon de son pistolet enfoncé dans ses reins. Mais les deux captifs n'avaient rien de héros et il ne fut pas difficile de se faire confirmer par eux ce que Gilles pensait bien avoir deviné : la belle sauvage n'était autre qu'Olympe, la dangereuse maîtresse de Legros.

En revanche, il fut impossible d'apprendre quelque chose concernant le lieu de retraite de l'ancien gérant. Les deux prisonniers étaient des « marrons » appartenant à une bande, celle de Macandel le Manchot, pour qui la belle Olympe avait des bontés et qui, en échange, pouvait en recevoir toute l'aide dont elle avait besoin le cas échéant. Ses compagnons d'aventure savaient qu'elle avait une maison au Cap (où d'ailleurs elle n'avait pas remis le pied depuis la révolte) mais rien d'autre...

Gilles hésita un instant sur la conduite à tenir envers ces deux-là mais, après tout, ils n'avaient commis aucun crime en venant enlever, de nuit, les pierres d'une tombe et ils juraient en pleurant qu'ils n'avaient participé en rien au meurtre de la mama-loï : c'était Olympe qui, d'un coup de machette qu'elle maniait habilement, avait à demi décapité la vieille femme. Après avoir demandé l'avis de Pongo et de Moïse, il les relâcha purement et simplement.

– Allez dire aux autres que le maître de *Haute-Savane* vous a tenus entre ses mains et qu'il vous a rendu la liberté. Mais ne servez plus cette Olympe.

Ils détalèrent sans demander leur reste. L'un d'eux néanmoins revint brusquement sur ses pas, prit la main de Gilles, la posa sur son front puis repartit en courant suivi par le regard méditatif de Moïse.

– Nous avons eu raison peut-être... ou peut-être pas, dit le géant, mais je crois qu'ils ont dit la vérité...

Lentement, *Haute-Savane* et ses habitants s'enfonçaient dans une anxiété qui peu à peu se résignait à l'inévitable. Il n'y avait aucun moyen de remplir cette tombe vide ou de retrouver son occupant escamoté. Tous attendaient, chacun à sa manière, que sonne l'heure du destin. Gilles veillait comme d'habitude aux affaires de la plantation, Judith vaquait avec un zèle nouveau à ses devoirs de maîtresse de maison, ne faisant plus qu'une courte promenade à cheval chaque matin et n'allant même plus jusqu'à son carbet. Moïse surveillait ses travailleurs car c'était le temps des labours et, à travers la plantation, les charrues ouvraient la riche terre noire, y traçaient les vagues profondes d'où surgiraient bientôt les prochaines moissons porteuses d'abondance. Pongo se consacrait tout entier à l'hôpital, négligeant, non sans quelque regret, son cher jardin pour s'efforcer de remplacer le médecin disparu. Ses jeunes aides s'efforçaient, eux, de le remplacer de leur mieux et accomplissaient ses ordres avec une touchante bonne volonté. Quant à la famille Gauthier, à l'exception de Pierre qui s'occupait plus spécialement de la petite ferme que Gilles avait installée pour subvenir aux besoins de la plantation, elle avait été tenue dans l'ignorance de la menace qui pesait sur le domaine. Connaissant la piété, un peu étroite, de Madalen et de sa mère, Gilles avait préféré qu'elles ne sachent rien de son conflit avec l'Eglise.

Tout ce monde accomplissait sa tâche comme si de rien n'était, uniquement occupé des soins qu'exigeait *Haute-Savane* et Tournemine, retrouvant son fatalisme breton, choisissait de s'en remettre à un Dieu de justice et d'équité pour le tirer d'affaire, espérant seulement que le moment venu il consentirait à lui dicter les mots, les gestes nécessaires.

Vint le dernier soir et jamais soir n'avait été plus doux. Assis sous la véranda, un verre de punch à la main, Gilles regardait avec une sorte d'angoisse le gros soleil rouge s'enfoncer dans un océan qui ressemblait à de l'or en fusion, souhaitant de tout son cœur qu'il ne reparût jamais si ses rayons matinaux devaient éclairer la ruine de ses efforts et de ses espoirs. Derrière le grand rideau de cactus se faisaient entendre des bribes de chansons, le cliquetis des traits et, parfois, le rire pointu des nègres rentrant des champs avec leurs mules. A l'intérieur de la maison, c'était la voix grave de Charlot gourmandant son bataillon de petites servantes en train de disposer le couvert et le tintement léger de l'argenterie et du cristal... Que resterait-il de tout cela demain ?

Avec un soupir, Gilles vida son verre, se leva et s'étira. Ce n'était pas le moment de se laisser aller aux pensées déprimantes mais au contraire celui de se préparer à la lutte. Il allait rentrer dans la maison quand un martèlement pressé de sabots, les sonnailles d'un couple de mules et le roulement des roues le retinrent dehors : un chariot chargé de meubles remontait l'allée de chênes. Deux hommes étaient sur le siège.

Mais déjà Gilles courait vers l'insolite attelage de déménagement qui lui arrivait. L'homme qui tenait les rênes d'une main ferme, c'était Liam Finnegan. Auprès de lui, un petit Chinois à barbiche blanche, en robe de soie bleu nuit, était assis avec une grande dignité, les mains au fond de ses larges manches.

Le maître de *Haute-Savane* était si heureux qu'il

arrachait pratiquement l'Irlandais de son siège et l'embrassa.

– Tu es revenu! Dieu soit loué!

– J'ai faim, dit sobrement Finnegan, et j'ai encore plus soif. Voici mon honorable ami, M. Tsing-Tcha, qui veut bien honorer, pour ce soir, ta misérable maison de sa présence. Tu devrais dire à Charlot de faire ajouter deux couverts...

Mais l'ordre était inutile. Le majordome, lui aussi, avait vu les arrivants et criait, depuis le perron :

– Vous dînez avec nous, docteu'?

– Oui, Charlot. Et ce gentleman aussi.

– Qu'est-ce que tous ces meubles? demanda Gilles. Tu as fait un héritage? Ou bien tu as pillé une vente?

– Mon logis manquait de meubles, dit gravement l'Irlandais. Mon ami Tsing-Tcha m'en a procuré de bien solides. Il y a surtout ce grand coffre qui me sera très utile pour ranger mes instruments, ajouta-t-il, désignant une longue boîte d'ébène incrustée de fleurs et d'oiseaux de nacre dont le bout apparaissait sous un empilement de tables et de chaises. Je vais ranger le chariot derrière les cuisines pour qu'il ne gêne pas. On déchargera demain...

Bien qu'intrigué par cette soudaine passion d'un oiseau migrateur pour une bourgeoise installation, Gilles ne posa pas d'autre question, se contentant d'accueillir le vieux Chinois avec cette politesse raffinée de Versailles qui était presque aussi compliquée, bien qu'un peu moins fleurie, que celle du Céleste Empire.

Judith reçut M. Tsing-Tcha avec la grâce qu'elle déployait en toutes choses. La parfaite éducation que Mme de La Bourdonnaye lui avait dispensée jadis au couvent Notre-Dame de la Joie lui permettait de recevoir aussi bien, et sans lever un sourcil, un prince du Saint-Empire ou un apothicaire chinois fleurant l'opium, l'encens et le girofle. Mais, en l'honneur de Finnegan, elle laissa de côté tout protocole pour donner libre cours à l'amitié.

– Enfin, vous voilà! s'écria-t-elle en allant vivement à lui les deux mains tendues. Vous n'imaginez pas, cher docteur, comme nous avons été en peine de vous! Je pensais, comme Gilles, que vous nous aviez oubliés.

Finnegan prit ses mains et y enfouit son visage que la joie faisait aussi rouge que ses cheveux.

– Comment pourrait-on vous oublier quand on vous a vue une fois, madame? J'avais à faire chez M. Tsing-Tcha, tout simplement, et je vous supplie de me pardonner si je vous ai causé quelque inquiétude. Mais je ne dirai pas que je le regrette car vous venez de me donner une grande joie.

– Alors, oublions tout et passons à table. Je ne connais pas vos coutumes, monsieur, dit-elle en se tournant vers le Chinois qui la regardait avec admiration, mais notre usage veut que l'hôte principal donne la main à la maîtresse de maison pour gagner sa place. Me donnerez-vous la vôtre?

– Très indigne je suis de pareil bonheur! articula Tsing-Tcha en se livrant à une série de cérémonieuses courbettes. Ma vile main dans celle, de nacre et d'ivoire, de la déesse du Soleil? Je ne saurais.

Et, tirant de sa manche un ample mouchoir de légère soie bleue, il s'en couvrit la main avant de l'offrir à la jeune femme, puis tous deux se mirent en marche vers la table fleurie, dont les cristaux étincelaient sous la longue flamme des bougies de cire fine. Gilles et Finnegan suivirent l'étrange couple, vigoureusement disparate car Judith dépassait son hôte d'une bonne tête.

– J'ignorais, souffla Gilles, que les Chinois avaient un tel respect pour les dames européennes. C'est joli cette idée du mouchoir de soie...

– C'est surtout commode si l'on ne veut pas

souiller un épiderme céleste au contact d'une diablesse étrangère, fit l'Irlandais mi-figue mi raisin.

Il était tard et tout dormait dans la maison quand Gilles, Finnegan, Pongo, Moïse et Tsing-Tcha quittèrent le logis de l'Irlandais où ils étaient allés finir la soirée sous prétexte de goûter un fabuleux whisky rapporté du Cap par le médecin. Sans faire plus de bruit qu'une bande de chats, ils allèrent jusqu'au chariot de meubles, en tirèrent le coffre d'ébène et de nacre qui glissa sans peine de sous l'enchevêtrement ingénieusement équilibré des chaises et de la table qui le surmontaient. On ouvrit le coffre, on en tira un objet long et lourd, enveloppé d'une étoffe noire, que Moïse chargea sur son dos tandis que le coffre reprenait sa place. Puis, toujours en silence, le petit cortège prit le chemin creux qui menait vers la clairière et la tombe des Ferronnet.

Une heure plus tard, Gilles refermait la grille du tombeau. Le lourd cercueil renfermait à présent le corps d'un vieux marin hollandais, assommé quelques jours plus tôt dans une rixe de cabaret et dont M. Tsing-Tcha avait discrètement récupéré le corps comme la chose lui arrivait parfois quand il souhaitait poursuivre ses expériences chimiques. A la demande et sur les indications de Finnegan, il s'était contenté de lui faire subir certaines transformations qui pouvaient l'aider à passer aisément pour le corps à demi momifié d'un homme enseveli depuis une grande année. Ainsi, la fameuse tache de vin sur la joue gauche avait été habilement imitée grâce au procédé usité normalement pour les tatouages de marins. Le corps avait été revêtu d'habits de soie, semblables à ceux dont l'Irlandais avait gardé le souvenir, coiffé d'une perruque blanche convenablement ternie, ainsi d'ailleurs que les vêtements, et l'on avait même poussé le souci du détail jusqu'à orner l'annulaire du pseudo-Ferronnet d'une chevalière gravée à ses armes.

Avant de rabattre le couvercle, Finnegan avait longuement contemplé le résultat de l'industrie chinoise.

– Tu crois que cela va marcher? avait soufflé Gilles.

– Je l'espère bien. Pour moi qui ai connu le vieux monsieur, c'est tout à fait étonnant. Vous êtes un grand artiste, monsieur Tsing-Tcha.

Le Chinois s'inclina avec le large sourire d'une prima donna sous les applaudissements, visiblement ravi.

– Merci grandement! L'homme misérable et maladroit peut se dépasser lui-même et atteindre au chef-d'œuvre quand il est convenablement stimulé. Pour l'indigne Tsing-Tcha, il n'est de meilleur stimulant que l'or, cette forme terrestre du soleil, et son ami aux yeux couleur d'herbe lui en a promis s'il réussissait.

– Je tiendrai sa promesse dès que nous serons rentrés à la maison. Puis, je vous ferai ramener au Cap. Mieux vaut que mes visiteurs à venir ne vous trouvent pas ici.

– La sagesse parle par votre bouche, noble seigneur.

Avant de quitter le tombeau, Pongo et Finnegan se livrèrent à une sorte de ménage à l'envers. A grand renfort de poussière, ils s'efforcèrent d'effacer toute trace des visites récentes reçues par la petite crypte. Mais soudain Pongo s'immobilisa, désignant du doigt les soudures neuves.

– Ça trop brillant! Quoi faire?

Tsing-Tcha eut un petit rire.

– Très facile. Marchands de curiosités chinoises très bien savoir comment donner grand âge à toutes choses...

Du petit sac en velours qu'il avait apporté avec lui

et dont il avait extrait ce qu'il fallait pour parfaire le maquillage du faux Ferronnet, le vieux Chinois tira un flacon et, à l'aide d'un pinceau, en étendit le contenu sur les soudures qui, instantanément, se ternirent et même s'ornèrent de l'espèce de légère mousse blanchâtre que l'on pouvait voir sur les sarcophages plus anciens.

Tout à fait rassurés, cette fois, les visiteurs nocturnes quittèrent le tombeau dont Pongo balaya l'herbe d'alentour à l'aide de branches feuillues afin d'en effacer les traces de leurs pas.

Le Chinois reparti pour le Cap convenablement rétribué et confié à la garde vigilante de Moïse, Gilles et Finnegan retournèrent au logis du médecin pour finir la bouteille de whisky. Ni l'un ni l'autre n'avait sommeil, l'anxiété chassant, chez l'un comme chez l'autre, la simple idée de pénétrer dans une chambre et de s'étendre sur un lit.

– Pourquoi ne m'as-tu pas dit ce que tu voulais faire, l'autre soir ? demanda Tournemine. Nous nous serions moins tourmentés, nous autres.

– Mais parce que je l'ignorais encore. L'autre soir, je suis parti sans esprit de retour mais, en arrivant chez Tsing-Tcha, j'ai vu ce vieil homme mort étendu sur sa table, prêt à servir ses expériences et, au vu d'une vague ressemblance avec le vieux Ferronnet, l'idée m'est venue qu'il pourrait nous servir...

– Sinon, tu ne serais pas revenu ?

– Non. Je me serais contenté d'essayer de te tirer de prison si l'on avait eu le mauvais goût de t'y jeter.

Gilles haussa les épaules et considéra son verre vide comme s'il espérait le voir se remplir de nouveau spontanément.

– Je comprends. Pourtant je te croyais mon ami ?

– Je n'ai pas cessé un instant de l'être et c'est parce que je voulais le rester que j'avais choisi la fuite. Il n'est jamais bon que le sourire d'une femme se glisse entre deux hommes. Si étroitement liés qu'ils soient, ils finissent toujours par se haïr. D'autant que, dans la circonstance, je ne te comprends pas. Judith est si belle! Jamais, je crois, je n'ai vu femme plus belle, plus désirable...

– La réponse est dans ta question. Tu as cent fois raison mais, en ce cas, pourquoi n'es-tu pas amoureux d'elle mais de Madalen?

Il y eut un silence qu'emplit un instant le cri d'un oiseau de nuit et, dans la salle de l'hôpital, le gémissement d'un malade en proie à un cauchemar.

– Que vas-tu faire... après? murmura Gilles.

– Je ne sais pas. D'ailleurs, de quoi sera fait cet après? Si tout se passe bien demain, je crois tout de même que je resterai. C'est difficile de renoncer à voir, simplement à voir, la femme que l'on aime. Tu dois le savoir, toi? ajouta-t-il avec une amertume involontaire qui n'échappa pas à Gilles.

Il préféra changer de sujet, le terrain devenant trop brûlant.

– Crois-tu réellement que notre... mascarade va marcher? Ne m'avais-tu pas dit, l'autre jour, que les prêtres te semblaient trop bien renseignés, que peut-être ils détenaient, eux, le véritable Ferronnet?

– Je sais. Mais, après tout, c'est peu vraisemblable. Si Legros et sa sorcière ont enlevé le corps, mort ou en catalepsie – ce qui à la réflexion expliquerait assez bien le cas des zombis puisqu'il faut les retirer de la tombe très rapidement – ils n'auront pas été assez bêtes, tout de même, pour le remettre à des gens d'esprit aussi borné. C'eût été entasser eux-mêmes le bois de leur bûcher. Non, le frère Ignace a dû apprendre que la tombe ne contenait qu'un tronc d'arbre, rien de plus. Oh! Et puis, au point où nous en sommes, c'est un risque à courir...

Pour mieux affirmer sa conviction, Finnegan vida la dernière goutte de whisky à la régalade et jeta la bouteille dans un coin. Puis, comme, dans le lointain, un coq se mettait à chanter, annonçant le jour, il sortit sur la véranda pour voir se lever le soleil de ce jour incertain.

Il était près de midi quand un carrosse de couleur amarante relevé de filets d'or autour duquel galopait un escadron de la milice embouqua l'allée de chênes centenaires et vint s'arrêter dans un nuage de poussière rouge devant le grand perron où attendaient Gilles et Judith. Le jeune couple descendit les quelques marches et Gilles ouvrit lui-même la portière tandis que Judith s'agenouillait comme elle l'eût fait devant un prince de l'Eglise. Cette petite flatterie eut son effet : l'abbé Collin d'Agret n'était que le coadjuteur de l'évêque de Saint-Domingue et il eut un regard approbateur pour cette très belle jeune femme, sévèrement vêtue de taffetas noir, une dentelle noire sur les cheveux comme pour une audience papale et qui n'hésitait pas à mettre genou dans la poussière pour recevoir une bénédiction impossible à refuser. Mais le regard dont il enveloppa la haute silhouette du maître de *Haute-Savane* était beaucoup moins bénin et Tournemine devina qu'il avait là un ennemi bien décidé à ne repartir qu'avec sa livre de chair.

Gontran Collin d'Agret était un homme gras au physique mou, ce qui ne le prédisposait nullement à l'indulgence pour les hommes minces et musclés. A l'exception d'un grand nez arrogant, tous les traits de son visage étaient féminins : petit menton douillet, petite bouche ronde et boudeuse, fins sourcils soigneusement épilés, peau délicate visiblement entretenue à grand renfort d'onguents et préservée du soleil avec un soin jaloux : à peine le visiteur eut-il posé à terre son pied court chaussé de soie noire à boucle d'or, que le valet qui se tenait assis auprès du cocher se précipitait armé d'un grand parasol pour abriter son maître d'un soleil qui, en cette saison, n'avait cependant rien de meurtrier.

En descendant de carrosse, le coadjuteur offrit sa main grassouillette, ornée d'une superbe bague de perles et d'améthyste, aux lèvres de Judith, l'invita à se relever mais déclina son invitation à prendre place à table pour se rafraîchir et se restaurer :

– Nous sommes ici, ma fille, pour accomplir un devoir grave et faire toute la lumière sur les accusations qui pèsent sur cette maison. Nous ne saurions nous asseoir à votre table tant que nous n'en aurons pas fait justice.

Son regard avide, fouillant les ombres fleuries de la véranda, démentait ses paroles, trahissant ses regrets mais, derrière sa robe de soie, venaient d'apparaître la toile grise et la barbe tout aussi grise du frère Ignace qui avait eu l'honneur d'accompagner la coadjuteur dans son carrosse.

La voix claire de Judith s'éleva :

– Quelles que soient les accusations qui pèsent sur nous, dit-elle, je prends Dieu à témoin de leur fausseté. Nulle maison n'est plus fidèle que la nôtre à sa loi et j'espère de tout mon cœur que Votre Révérence, dans sa sainte clairvoyance, s'en rendra compte très vite et pourra, l'esprit tranquille, prendre quelque repos sous un toit innocent. Le dîner qui lui est destiné ne perdra rien à attendre.

Collin d'Agret ne put retenir un soupir.

– Dieu vous entende, ma fille, Dieu vous entende ! Allons, monsieur de Tournemine, montrez-nous le chemin qui mène à cette tombe que nous avons le cruel devoir de violer au nom du Seigneur. Votre bras, frère Ignace...

Mais Gilles intervint.

– Le chemin qui y mène monte. Je crains qu'il ne soit un peu pénible pour les souliers de Votre Révérence.

La mise en scène de cette petite comédie avait été bien réglée. Un simple claquement de doigts fit apparaître un charmant palanquin d'acajou défendu par des rideaux de mousseline brodée que portaient quatre Noirs athlétiques et sur les coussins duquel Sa Révérence s'étendit avec un soupir de soulagement mais sans daigner articuler le moindre remerciement. Le frère Ignace, lui, dut faire le chemin à pied car il n'y avait qu'une place dans le palanquin.

Le petit cortège se mit en marche. Gilles, Judith, Finnegan et Pierre Gauthier suivirent le palanquin dont les rideaux voltigeaient doucement sous la brise venue de la mer. Le premier se surprit à penser qu'ils avaient l'air de porter en terre leur visiteur mais garda son impression pour lui-même. Il n'aimait guère les figures de bois des soldats qui, armés jusqu'aux dents, fermaient la marche.

Quand on déboucha dans la clairière, une surprise l'attendait : rangés autour du mausolée en un sombre demi-cercle, tous les travailleurs mâles de ses plantations étaient là, vêtus de leurs meilleurs habits, bras croisés et observant un profond silence. Leurs mains étaient vides mais, à leurs ceintures, les sabres d'abattis pendaient dans leurs gaines de cuir brut et Moïse, gigantesque et majestueux, se tenait devant la grille du tombeau comme pour en défendre l'entrée. Et Gilles, envahi par une profonde vague de joie, comprit que ces hommes étaient là pour lui, pour affronter s'il le fallait les mousquets des miliciens avec leurs machettes et leurs poitrines sans rempart, pour empêcher que les vautours ne plantent leurs griffes dans ce qui était à présent l'œuvre commune. Il comprit qu'il avait gagné cette bataille-là et qu'à cette minute décisive les Noirs auxquels il avait rendu leur fierté d'être des hommes venaient lui apporter sa récompense.

Le regard brun du coadjuteur, abrité sous une épaisse frange de cils, parcourut les rangs serrés.

– Que veulent ces esclaves? demanda-t-il d'un ton où perçait la méfiance.

– Rien d'autre que rendre hommage à Votre Révérence, répondit Gilles, suave. Ils espèrent seulement qu'une fois achevé le vilain ouvrage auquel la contraignent mes ennemis, elle voudra bien leur donner sa bénédiction... ainsi qu'à moi-même, d'ailleurs.

Sur un signe de Moïse, deux hommes munis des outils nécessaires à l'ouverture du cercueil de cuivre sortirent des rangs tandis que Gilles ouvrait la grille. Puis il s'écarta pour livrer passage aux ouvriers et aux deux religieux tandis que Judith se laissait tomber à genoux dans l'herbe et commençait à prier. Gilles resta debout auprès d'elle, bras croisés, attendant. Seul Finnegan avait suivi le coadjuteur à l'intérieur du tombeau.

Les minutes qui coulèrent parurent à Gilles durer une éternité. Son imagination lui présentait tout ce qui pouvait se passer dans la petite crypte qu'il connaissait si bien et, sous son jabot de dentelle, son cœur battait la chamade.

Soudain, Judith releva vers lui un visage blêmissant dont les narines palpitantes se pinçaient.

– Mon Dieu! Quelle... quelle horrible odeur...

En effet, par l'étroit soupirail auprès duquel la jeune femme était agenouillée, une atroce puanteur filtrait. Vivement, Gilles se pencha, enleva dans ses bras sa femme qui était en train de s'évanouir et l'emporta à l'écart. Au même moment le coadjuteur reparaissait, étayé d'un côté par le frère Ignace et de l'autre par Finnegan dont les prunelles vertes pétillaient de gaieté contenue à grand-peine. Dans ses mains tremblantes, Collin d'Agret tenait un mouchoir parfumé qu'il appliquait sur son nez, visiblement au bord de l'évanouissement lui aussi.

Abandonnant Judith, qui d'ailleurs revenait à elle, aux soins de Pierre, Gilles se précipita.

– Votre Révérence n'est pas bien?

Tandis que Finnegan le réinstallait dans son palanquin avec des soins de mère, le coadjuteur entrouvrit les paupières, montrant une prunelle vacillante.

– Faites... faites-moi ramener chez vous, monsieur de Tournemine. J'ai... j'ai grand besoin de réconfort. Quelle... quelle affreuse chose!

– Si Votre Révérence avait daigné m'écouter, elle se serait évité cet instant atroce. J'étais persuadé que M. de Ferronnet était bien dans son tombeau.

– Vous... vous aviez raison! Frère Ignace, ajouta-t-il à l'adresse du moine qui, les yeux à terre et les mains au fond de ses manches, rongeait visiblement son frein, tâchez à l'avenir de ne plus nous imposer de telles épreuves. Quelle horreur, doux Jésus! Cette odeur abominable nous colle à la peau...

Tandis que les porteurs noirs hissaient le palanquin sur leurs épaules et prenaient, presque en courant, le chemin de la maison, suivis par le frère Ignace, Gilles interrogea Finnegan qui visiblement retenait héroïquement un fou rire.

– Si tu m'expliquais?

– Il n'y a rien à expliquer, sinon que Tsing-Tcha a vraiment bien gagné l'or que tu lui as donné. Juste avant que nous ne refermions le couvercle, il a crevé une petite vessie de porc dissimulée dans une poche de l'habit et qui contenait un morceau de viande en putréfaction. Ce détail a dissuadé le coadjuteur et ce rat de frère Ignace de se pencher trop longuement sur le cadavre...

Trop ému pour parler, Gilles se contenta de serrer avec force le bras de son ami. Le sentiment de délivrance qu'il éprouvait alors l'étouffait presque par sa violence. D'un seul coup, le sombre voile de brume qui couvrait sa maison et les siens venait de se déchirer.

– Je pense qu'un bon repas et un présent intéressant achèveront la déroute de nos adversaires et nous concilieront définitivement le coadjuteur, soupira-t-il enfin.

– Cela ne fait aucun doute mais dépêchons-nous de rentrer. Il faut que tu sois là pour le recevoir à sa descente de palanquin. Ce bonhomme est terriblement attaché aux formes extérieures.

Entraînant entre eux Judith, tout à fait remise de son léger malaise, les deux hommes prirent leur course vers l'habitation, coupant à travers un champ en jachère pour arriver avant le cortège de Collin d'Agret qu'ils doublèrent juste avant qu'il ne tournât le coin de la maison.

Un étrange spectacle les y attendait : sur la pelouse, amoureusement entretenue par Pongo et ses aides, qui faisait suite au grand bassin, une troupe de cinq ou six hommes en guenilles armés de pioches et de pelles étaient en train d'y creuser des trous. La vue de ces hommes arracha à Finnegan un cri sourd et inarticulé. Gilles vit alors que cinq de ces hommes étaient noirs mais que le sixième, incontestablement un vieillard, était blanc... et qu'une large tache de vin s'étalait sur l'une de ses joues.

– Bon Dieu! gémit Finnegan. Des zombis!... Qui les a amenés ici?

Son regard, chargé d'horreur, se tourna vers l'angle de la maison que le palanquin tournait à cet instant précis. Le coadjuteur et surtout le frère Ignace ne pouvaient manquer de voir ces fantômes de chair et d'os et, parmi eux, ce Blanc dont la présence allait signer l'arrêt de mort de Tournemine, la fin de *Haute-Savane*... Puis il revint se poser sur son ami.

– Tu es perdu, dit-il, et nous avec toi. Seul celui qui conduit les zombis peut les emmener... ou encore un des damnés prêtres vaudous.

Mais Gilles ne l'écoutait pas. Il courait déjà vers ces envahisseurs d'un nouveau genre qui, insensibles à ce qui se passait autour d'eux, continuaient, avec des gestes d'automates, leur travail de destruction. Parvenu auprès d'eux, il essaya de les entraîner, saisissant le bras maigre du vieillard à la tache de vin et manquant crier d'horreur quand le regard mort de celui-ci, semblable au regard de pierre d'une statue, se tourna vers lui sans paraître le voir. Mais avec un grognement sourd, les zombis le repoussèrent.

Affolé, il allait peut-être frapper, essayer sa force contre ces malheureux mais une voix essoufflée se fit entendre derrière lui.

– Ecarte-toi, maître... Je crois que je sais ce qu'il faut faire. Celina m'avait dit...

C'était Désirée qui venait à la rescousse, couverte de sueur d'avoir couru à s'en briser le cœur quand, depuis la terrasse sur pilotis de l'hôpital, elle avait vu ce qui se passait sur la pelouse. D'une main ferme, elle saisit la main du vieillard, murmura quelques paroles incompréhensibles puis fit un geste qui ressemblait un peu à une bénédiction. Alors, laissant tomber sa pioche, le zombi tourna vers elle son visage figé sur lequel, heureusement, retombèrent ses longs cheveux gris et, docilement, se laissa emmener vers le rideau de cactus. Les autres laissèrent aussi tomber leurs outils et suivirent.

Le cœur cognant encore dans sa poitrine sur un rythme enragé, Gilles ferma les yeux un instant, passant sur son front trempé de sueur la manche de son habit. Pour la première fois de sa vie il avait eu peur, vraiment peur, de cette peur viscérale qui efface tout raisonnement sain et engendre la panique. Un instant même il avait cru s'évanouir... comme une femme.

Quand il rouvrit les yeux, Désirée et ses zombis disparaissaient dans la direction des bâtiments d'exploitation et de l'hôpital, et le palanquin s'arrêtait devant le perron. Rassemblant ses forces, Gilles courut le rejoindre et arriva juste à temps pour aider le coadjuteur à en descendre.

– Je suis rompu, lui confia celui-ci. Quelle horrible expérience, mon cher ami!

– Nous allons essayer de vous la faire oublier, Votre Révérence, fit Gilles qui avait noté avec plaisir le « mon cher ami ». Ma maison et mes serviteurs sont à votre service...

– Qu'était-ce que ces gens de si mauvaise mine que j'ai aperçus il y a un instant? coupa le frère Ignace, acerbe. Ils semblaient bien loqueteux pour appartenir à une plantation où, à ce que l'on dit, les esclaves sont choyés, dorlotés...

– Aussi n'étaient-ce pas des esclaves mais bien des malheureux que le docteur Finnegan a recueillis, en fort mauvais état, dans la campagne. Il s'efforce de les soigner mais ils sont à peu près insensés...

– Vraiment? J'aimerais les voir. A l'hôpital de la Charité nous soignons aussi les fous...

– En les enchaînant et en les privant de nourriture? coupa Finnegan. Je préfère mes méthodes. Et puis...

– Et puis en voilà assez! coupa le coadjuteur à qui le mot nourriture venait de donner des idées. Vous nous avez tous suffisamment tourmentés pour aujourd'hui, frère Ignace. Après avoir dérangé les morts, souffrez que je refuse de vous voir déranger les fous... Monsieur de Tournemine, j'ai grand faim et je crois qu'un punch bien glacé me ferait le plus grand bien. A moins qu'un peu de vin de France, si vous en avez...

– J'en ai, Votre Révérence, j'en ai ! Et je crois que vous en serez content.

Superbe sous sa perruque blanche et sa livrée flambant neuve, Charlot venait d'apparaître sous la véranda.

– Monseigneu' est se'vi ! clama-t-il de toute sa voix.

La magnifique introduction acheva de réconcilier Collin d'Agret avec le nouveau maître de *Haute-Savane*. Passant son bras sous le sien, il s'y appuya avec abandon.

– Parfait ! Eh bien, allons donc nous restaurer. J'ai hâte à présent de faire plus ample connaissance avec vous, cher ami.

Le coadjuteur et frère Ignace repartis, l'un avec un présent royal et l'autre avec une substantielle aumône, Gilles et Finnegan allèrent rejoindre Désirée. Elle avait enfermé ses zombis dans l'une des réserves de l'hôpital et ils attendaient là, assis sur le sol, sans faire le plus petit mouvement, pareils à des statues de chair grise. A les regarder, Gilles retrouva le frisson d'horreur qui, tout à l'heure, l'avait mené si près de la panique. Le pis résidait dans ces regards de pierre, ces yeux morts qui avaient connu les ténèbres du tombeau.

Surmontant son dégoût, il posa la main sur l'épaule du Blanc, de cet homme dont il savait à présent qu'avant de tomber sous l'empire d'une créature démoniaque, il avait été un planteur, comme lui, riche et puissant, le maître de cette terre de *Haute-Savane* qui lui était si chère à présent... Mais le vieillard ne bougea pas.

Finnegan, pour sa part, examinait les six hommes avec une attention toute professionnelle mais, enfin, se redressa, découragé.

– Je ne comprends pas. L'organisme de ces hommes paraît à peu près normal, pourtant ils ne sont plus que des machines sans pensées et sans volonté. Une simple période de catalepsie n'expliquerait pas cela...

– Qu'allons-nous en faire? murmura Gilles. Si ce vieillard est bien M. de Ferronnet, je devrai lui rendre son bien, sa maison...

– Non, coupa Désirée avec un mélange de dégoût et d'horreur. Il n'est plus le vieux monsieur. Ce n'est qu'un zombi, un mort qu'il faut rendre à la terre.

– Mais c'est impossible. Cet homme n'est pas mort et nous n'avons pas le droit de le tuer pour nous en débarrasser. Qu'allons-nous faire alors?

En dépit de son courage et de la douceur de ce crépuscule, Désirée frissonnait. Elle resserra autour de ses épaules le châle d'Indienne qu'elle y avait drapé.

– Celina m'a dit que, si l'on donne du sel à un zombi, il retourne de lui-même à son tombeau et y meurt pour de bon. Mais je... je n'ose pas. J'ai peur, maître! J'aimerais mieux que l'on conduise ces... choses chez Prudent.

– Qui est Prudent?

– Un ami de Celina, un puissant « papaloï » qui habite le Morne Rouge du côté de Plaisance. C'est chez lui qu'elle s'était réfugiée. Je sais y aller mais ne me demande pas de m'en aller la nuit seule dans la montagne avec eux...

– Personne ne te demandera une chose pareille, Désirée, s'écria Gilles. Tu as déjà tant fait! Sans toi je perdais tout et peut-être même la vie. Tu peux demander ce que tu veux : ta liberté d'abord et puis...

Elle l'arrêta du geste.

– Rien! Je suis heureuse ici. Une seule chose pourtant : apporte-moi la tête de Simon Legros et tu m'auras fait le plus beau présent du monde.

La sauvagerie du ton frappa Gilles mais il n'en montra rien. Il fallait que Désirée eût durement souffert quand elle servait le gérant de la plantation pour exiger un tel paiement.

– Je ferai tout pour te donner satisfaction. En ce qui concerne ces malheureux, indique-moi le chemin : c'est moi qui les conduirai.

– Non, coupa Finnegan. Il vaut mieux que ce soit moi et Pongo. Si par hasard quelqu'un te reconnaissait accompagnant ce genre de bonshommes, tout pourrait être remis en question. Et puis, j'avoue que la curiosité me pousse. Je voudrais voir ce que va faire ce papaloï.

– En ce cas, dit Désirée, j'irai avec vous. Le vieux Prudent me connaît alors qu'il ne vous connaît pas.

Une demi-heure plus tard, Gilles regardait s'éloigner le chariot, conduit par Pongo, qui emmenait les six morts-vivants. Quand la nuit les eut engloutis, il eut l'impression qu'on venait d'ôter, de sur sa poitrine, un pesant quartier de roc. L'air nocturne lui parut plus pur, les étoiles plus brillantes et plus puissante l'odeur de la terre remuée par les charrues. Après cette plongée dans les eaux troubles de la plus noire magie, après un regard jeté par la porte entrebâillée de l'enfer, il se sentait à la fois accablé de fatigue et merveilleusement vivant, merveilleusement libre sous le ciel d'un Dieu à qui force venait de rester contre les puissances des ténèbres...

Quand il rentra chez lui, il vit Judith. Pâle et inquiète, drapée dans un grand peignoir de batiste blanche qui lui donnait l'air d'un fantôme, ses cheveux croulant librement sur ses épaules, elle l'attendait en haut de l'escalier, un bougeoir à la main, semblable à quelque génie familier veillant dans l'obscurité.

Il monta vers cette lumière comme vers le jour lui-même après un parcours souterrain.

– Viens, murmura-t-il en refermant ses bras sur sa fragilité parfumée. Viens! Tout est fini!... Nous avons gagné le droit de vivre.

Mais la tension de tous ces jours avait été trop forte pour la jeune femme et ce fut une Judith inconsciente qu'il emporta jusqu'à sa chambre.

MORT D'UNE JUMENT BLANCHE

Assis de guingois sur l'une des lucarnes à chien-assis qui trouaient le grand toit d'ardoises de sa maison, une longue-vue soigneusement adaptée à son œil droit, Gilles examinait les alentours de *Haute-Savane,* principalement les terrains boisés qui, plus haut que la clairière-cimetière, escaladaient les flancs du morne.

Ces terres appartenaient au gouvernement qui n'en faisait rien et Gilles se proposait de les acheter. Il souhaitait, en effet, agrandir son domaine et suivre les conseils de Gérald de La Vallée qui lui proposait des plants de café. Selon le maître de *Trois-Rivières,* le café était, en effet, la denrée d'avenir pour Saint-Domingue bien qu'il fût alors considéré, par les rois de la canne à sucre et de l'indigo, comme une culture mineure. Les hautes terres de l'île produisaient un grain large, d'un beau brun clair une fois torréfié et qui dégageait un parfum sublime, et Gilles pensait qu'il serait bon d'en faire pousser sur ces terrains bien exposés. Mais, s'il voulait se lancer dans ce genre de culture, il fallait faire vite et négocier l'achat au plus tôt : il fallait compter, en effet, quatre années avant que les jeunes plants ne portent des fruits et, avant de planter, il fallait défricher...

Cette perspective fit sourire le maître de *Haute-Savane*. Il aimait de plus en plus son métier de planteur et, à présent que le grave danger dont le domaine avait été menacé commençait à reculer dans le temps – il y avait environ deux mois – il s'y donnait avec une véritable passion, débordant chaque matin de nouveaux projets.

Ainsi, il avait décidé d'abandonner la culture de l'indigo qui selon lui présentait de moins en moins d'intérêt. Il y avait beaucoup d'indigoteries à Saint-Domingue et le marché français, le seul officiellement ouvert aux planteurs, était saturé. En revanche, la culture du tabac qu'il avait espéré pratiquer en Virginie sur les rives de la Roanoke, était beaucoup plus prometteuse et quand le *Gerfaut*, actuellement au carénage, serait en mesure de reprendre la mer, il comptait passer avec lui dans l'île voisine de Cuba pour s'y procurer les plants qui viendraient remplacer l'indigo. En attendant que ces nouvelles cultures commencent à donner, on étendrait les plantations de coton qui se révélaient d'un excellent rapport et auxquelles Pierre Gauthier s'intéressait tout particulièrement.

Habitué à la dure terre bretonne, le jeune homme s'émerveillait de la prodigieuse fertilité de cette terre du bout du monde. Il s'était pris d'amour pour le pays... et peut-être aussi pour l'une de ses habitantes, la gentille Marie Vernet, fille d'un cordier de Port-Margot. Et Gilles savait déjà qu'il amputerait peut-être *Haute-Savane* d'une partie de ses terres à coton afin que Pierre eût sa propre plantation. Raison de plus pour agrandir sur d'autres plans...

Il était tôt et Gilles aimait cette heure entre toutes. De temps en temps, comme ce matin, il montait jusqu'aux combles de la maison afin de voir les premiers rayons du soleil se répandre, roses encore, sur l'étendue de ses terres. Ensuite, il descendait pour le petit déjeuner dont l'odeur, celle du pain frais, du café et des œufs au jambon emplissait déjà la cage de l'escalier et montait jusqu'à lui.

Il le prenait seul, la plupart du temps. Judith mangeait peu : un peu de café et quelques fruits, avant de partir pour sa promenade à cheval quotidienne, qu'elle faisait très matinale afin de pouvoir ensuite consacrer son temps aux soins de la maison, ceux tout au moins qui relevaient de sa compétence : ordonnancement des menus, décision des achats à effectuer, surveillance de l'entretien et des vivres, secours à porter aux nécessiteux de la région, surveillance des travaux de couture ou de tapisserie, etc. C'était l'heure, aussi, où Madalen allait à la messe, seule la plupart du temps car la santé d'Anna ne s'arrangeait pas en dépit des efforts de Finnegan. La mère de Pierre et de Madalen semblait minée par un mal intérieur qui la rongeait et qui, peut-être, était le mal du pays. Anna, Gilles le soupçonnait, n'aimait pas Saint-Domingue et regrettait La Hunaudaye mais ce n'était qu'une hypothèse : cette femme silencieuse ne livrait jamais rien d'elle-même. Là où ses enfants étaient bien, il fallait qu'elle le fût aussi.

Jamais plus, depuis qu'il avait découvert l'amour de Finnegan, Gilles n'avait essayé d'approcher la jeune fille seule, en dépit de la tentation que lui faisaient endurer ses courses solitaires vers la chapelle du Limbé. Il savait que le médecin, en dépit de leur amitié, ne pouvait s'empêcher de l'observer discrètement et il craignait, se retrouvant seul avec Madalen, de ne plus pouvoir contenir le désir qu'il avait d'elle. C'était une sorte de faim que le temps passé rendait douloureuse et que n'apaisaient pas les heures passées auprès de Judith.

Il s'était efforcé, vainement, de mettre son amour sur le plan spirituel : Madalen était un ange de pureté et on ne touche pas à un ange de pureté, on l'adore à genoux. Malheureusement, cet ange-là avait des cheveux de soie claire, une peau de pêche, des seins drus et provocants et des hanches dont le doux balancement donnait à Gilles des idées de viol. Il avait honte, certains matins au réveil, des rêves qu'elle lui inspirait. L'ange y devenait une bacchante nue qui se tordait, délirante, sous ses caresses et s'offrait, ouverte, impudique et sublime, à sa possession. Alors, il évitait Madalen et s'efforçait d'y penser le moins possible car elle représentait pour lui une perpétuelle tentation et un problème insoluble tout à la fois. Il en venait à penser qu'il ferait peut-être mieux de la renvoyer en France avec sa mère, car il se voyait mal vivre sa vie entière à côté de ce délicieux instrument de supplice. Loin d'elle, il finirait bien par l'oublier, mais comment demander à Pierre de vivre éloigné des deux femmes qu'il aimait le plus au monde? Et puis, en vérité, le cœur lui défaillait à l'idée de voir partir Madalen...

L'odeur du café chaud se faisait de plus en plus insistante et Gilles allait replier sa lorgnette quand la silhouette élégante de sa femme montée sur Viviane s'inscrivit dans la petite fenêtre ronde. Le tableau valait la peine d'être contemplé un instant, car Judith était une excellente cavalière et sa mince silhouette couronnée d'or rouge se détachant sur la robe blanche de la jument et sur le vert dense de la végétation pouvait ravir l'œil le plus difficile. L'une portant l'autre, elles descendaient d'un trot guilleret le chemin menant vers la chapelle du Limbé et vers Port-Margot.

Et soudain ce fut le drame. Au moment précis où Madalen et son âne apparaissaient sous l'arceau vert des grands eucalyptus, la jument se cabra puis, prenant le mors aux dents, fonça droit sur la jeune fille tandis qu'un épais nuage de poussière rouge se levait derrière ses sabots furieux.

Avec un cri d'horreur, Gilles, laissant tomber sa longue-vue, se jeta dans l'escalier et se précipita hors de la maison. Cupidon à cet instant ramenait Merlin qu'il venait de promener autour des champs d'indigo. Il vit son maître se jeter littéralement sur le dos de l'animal qui n'était même pas sellé et, talonnant furieusement les flancs du cheval, le lancer dans le chemin.

Il n'eut pas de mal à rejoindre le lieu du drame. Là où il l'avait vue disparaître dans la poussière, Madalen gisait à quelques pas de son âne qui, le plus calmement du monde, broutait l'herbe du talus. Judith et sa jument avaient complètement disparu. Seule se voyait dans la poussière la trace des sabots.

Sautant à bas de son cheval, Gilles courut jusqu'à la jeune fille dont le front saignait et la saisit dans ses bras. Elle était très pâle mais elle respirait encore faiblement. Affolé, il chercha autour de lui un secours, une aide, aperçut un négrillon, l'un des élèves de Pongo qui, armé d'un petit couteau, cueillait des herbes sous le couvert des arbres et l'appela :

– P'tit Jeannot!...

Le gamin accourut et ses yeux s'arrondirent devant la jeune fille étendue, du sang sur le front.

– Quoi a'ivé? Demoiselle mo'te?...

– Non, elle n'est pas morte mais elle peut mourir. Cours à l'hôpital! Ramène-moi le docteur Finnegan. Tu le connais bien, le docteur Finnegan?

– Oui missié! P'tit Jeannot bien connaît'e docteu'... T'ès gentil docteu'...

– Alors va vite! La demoiselle est bien malade...

Le gamin partit comme une balle de fusil, abandonnant là sa cueillette tandis que Gilles, désespéré, essayait de ranimer Madalen. L'abandonnant un instant sur l'herbe, il alla tremper son mouchoir dans l'eau d'un des canaux d'irrigation du champ de coton voisin, essuya le sang qui coulait, tamponna le front blessé, les lèvres blanches et froides qu'il s'efforçait de réchauffer sous des baisers qu'il ne pouvait plus retenir, partagé entre le chagrin et la fureur. Il avait vu, vu de ses yeux, Judith lancer sa jument contre la jeune fille. Elle avait voulu la tuer... elle l'avait peut-être tuée. Si Madalen mourait, Judith elle aussi mourrait, il en faisait le serment. Il la tuerait de ses mains, cette misérable meurtrière qui avait déjà assassiné sa vieille Rozenn et qu'il n'avait pas punie comme elle le méritait, simplement parce que son corps savait lui faire oublier bien des choses.

A demi agenouillé, tenant la jeune fille embrassée, il essayait de réchauffer tour à tour ses mains et son visage. Finnegan, qui accourait, le trouva dans cette position et lui jeta un regard sans tendresse.

– Curieuse façon de soigner un blessé! grogna-t-il, hargneux. Au lieu de la laisser là dans la poussière et de m'envoyer ce gamin, tu ne pouvais pas la mettre sur ton cheval et la ramener?

– Je n'ai pas réfléchi. J'étais affolé... Je t'en supplie, dis-moi qu'elle ne va pas mourir?

– Que s'est-il passé?

– C'est Judith!

– Judith?

– Oui... J'étais à la lucarne du grenier, j'ai tout vu. Elle a lancé Viviane sur Madalen et son âne qui revenaient de la chapelle. Elle l'a renversée et puis elle a disparu...

A genoux auprès de la jeune fille, Finnegan palpait sa tête avec une extrême douceur, examinait la plaie qui cessait peu à peu de saigner, tâtait le pouls et finalement tirait de sa poche un petit flacon de sels d'ammoniac.

– Pourquoi aurait-elle fait ça? dit-il enfin.

– Pourquoi? Mais parce qu'elle la hait... parce qu'elle sait que je l'aime et afin de s'en débarrasser comme elle s'est débarrassée de ma vieille nourrice. C'est une folle! une meurtrière et je...

– Assez!

Il y eut un silence stupéfait de la part de Gilles qui, au bout d'un instant, articula :

– Qu'as-tu dit?

– Je t'ai dit de te taire. J'ai déjà entendu bien des âneries dans ma vie mais une de cette taille, jamais! Judith, une meurtrière? A qui le feras-tu croire?...

– Je te dis que j'ai vu, tu m'entends? Je l'ai vue lancer Viviane sur Madalen et son âne et je te dis qu'elle a voulu la tuer.

– Drôle de façon de tuer quelqu'un! La jument a dû prendre peur, rencontrer un serpent par exemple, et tu ne l'as sûrement pas vu de ta lucarne. D'abord, elle ne l'a pas tuée. Tiens! elle revient à elle. On va l'emporter chez elle. J'ai demandé un brancard avant de venir...

– Si elle n'a pas tué c'est que Dieu l'en a empêchée! D'ailleurs, elle a fui, son coup fait. Elle ignorait que je la voyais, cette garce...

Brusquement relevé, Finnegan saisit Gilles par le col de son habit et l'amena tout contre son visage devenu pourpre de fureur.

– Tu as vu, hein? Tu as vu la jument de Judith s'emballer... Parce que c'est ça qui a dû se produire, pour une raison ou pour une autre! Seulement ça t'arrange qu'elle ait voulu tuer parce que ça te donne bonne conscience pour couvrir Madalen de tes baisers, sous couleur de la ranimer. Et Judith n'est pas là, hein? Et il ne te viendrait même pas à l'idée que ta femme, emportée par sa monture emballée, gît peut-être, à l'heure qu'il est, la tête fracassée contre le tronc d'un palmier. A moins que ça aussi ne fasse ton affaire...

– Tu oses?

– Oui, j'ose! Et j'oserai encore bien autre chose...

– C'est inutile, Liam... vous ne le convaincrez pas.

La voix qui venait de se faire entendre était celle de Judith elle-même. La jeune femme venait d'apparaître, sous le couvert des eucalyptus, boitant légèrement. Elle était couverte de poussière et, par la manche arrachée de son amazone, son épaule blessée apparaissait, saignante. Elle semblait ne se soutenir qu'à peine et, lâchant Gilles, Finnegan se précipita vers elle pour la soutenir.

– Judith! Vous êtes blessée... Où est votre jument?

De son bras valide, la jeune femme désigna le tunnel végétal tandis que des larmes roulaient sur son visage, traçant des rigoles rouges.

– Un peu plus loin... les reins brisés. Elle s'est jetée du haut d'un rocher. Elle était devenue folle et je n'ai eu la vie sauve qu'en me laissant tomber à terre juste à temps. Pauvre Viviane! Je... je l'aimais, vous savez?

– Comment est-ce arrivé? demanda Gilles un peu penaud tout de même. Vous avez rencontré un serpent?

Le regard noir de Judith l'enveloppa d'un mépris sans nom.

– Je n'ai pas rencontré de serpent. Et puis ne savez-vous pas mieux que tout le monde ici comment les choses se sont passées? J'ai voulu, vous l'avez dit vous-même, tuer cette dinde! Allez donc vers elle. Je l'entends vagir. Elle vous réclame... Et moi vous n'avez plus à vous soucier de moi : je lui laisse la place. Je vous laisse à vos amours paysannes.

– Judith! dit Finnegan, il faut vous soigner... Je vais vous faire porter chez vous. Il faut que je voie ce bras et vous tenez à peine debout.

– Je tiendrai bien jusque-là, mon cher docteur, si

vous voulez bien continuer à me soutenir. Vous ne pensez tout de même pas me coucher sur ce brancard à côté de cette fille?

Tandis que l'on emportait Madalen qui avait repris connaissance, Judith regagna l'habitation appuyée au bras de Liam Finnegan et sans vouloir accorder un seul regard à son époux qui ne savait plus trop que penser. Il se souvenait si bien de ce qu'il avait vu! Tout ceci pouvait-il n'être qu'une habile mise en scène? Judith pouvait très bien s'être blessée elle-même après avoir emballé sa jument.

Songeur, il remonta à cheval, aperçut Pongo qui averti du double accident, accourait et le rejoignit. Après lui avoir brièvement expliqué ce qui venait de se passer, il lui tendit la main.

– Monte en croupe! dit-il. Allons voir la jument...

Comme l'avait annoncé Judith, Viviane était, en effet, morte sur le coup après une chute de trois mètres qui lui avait brisé les reins. La vue de cette jolie bête morte serrait le cœur de Gilles et il laissa Pongo l'examiner.

– Regarde si tu vois quelque chose qui a pu lui faire prendre le mors aux dents : une trace d'éperon peut-être? fit-il accroché encore à l'idée de la culpabilité de sa femme.

L'examen de Pongo fut rapide. Au bout de quelques minutes, il rejoignit Gilles à l'ombre du grand pin.

– Alors?

– Pas d'éperon, rien... mais curieuse blessure à une oreille. Ressemble à blessure faite par balle.

– Par balle? Mais je l'ai vue s'emballer et je n'ai pas entendu le moindre coup de feu...

L'Indien réfléchit un instant puis :

– Tu peux dire où était cheval quand lui s'emballer?

– Oui... Juste devant le bosquet de lataniers qui marque la fin du jardin de Pierre...

Pongo fit signe qu'il voyait.

– Nous rentrer, dit-il seulement.

Madalen n'était pas gravement blessée, ainsi que l'expliqua un peu plus tard à Gilles un Finnegan froidement réticent. Bousculé par la jument emballée, son âne l'avait envoyée rouler contre le tronc rugueux d'un cocotier où elle s'était à moitié assommée. Elle avait eu très peur, bien sûr, mais après un ou deux jours de repos il n'y paraîtrait plus sauf sur son front qui garderait peut-être une légère cicatrice.

– Et Judith? demanda Gilles.

Finnegan lui jeta un regard noir.

– Heureux que tu y songes! Son épaule n'a rien ou peu de chose, mais elle a une côte cassée... et je ne vois pas comment elle aurait pu faire cela volontairement, ajouta-t-il, allant au-devant des réflexions de Tournemine. En outre sa jument est morte et elle en souffre davantage que de ses blessures.

– Je ne comprends pas. Je ne comprends plus...

– Pourquoi? Parce que ce qu'on te dit ne cadre pas avec ce que tu appelles le témoignage de tes yeux... ou ce que tu imagines? Je te dis moi que Judith n'est pour rien dans cet accident qui a bien failli lui coûter la vie à elle plus encore qu'à Madalen.

– Tu as sans doute raison mais Judith est capable de tant de choses! Tu ignores tout, ou presque tout, de ce qu'a été notre vie depuis que nous nous connaissons. C'est une femme étrange, violente et secrète, d'un équilibre fragile...

– Qui ne le serait après avoir été enterrée vivante? riposta le médecin qui savait au moins ce terrible épisode de la vie de la jeune femme. Et tu ne la ménages guère...

– Je ne crois pas qu'elle s'en soucie. Et puis, si elle n'a rien tenté aujourd'hui, il reste la mort de Rozenn.

– Tu y as fait allusion tout à l'heure. Qu'est-ce que cette histoire?

En quelques mots, Gilles retraça pour Finnegan ce qui s'était passé à l'aube d'un jour de printemps sur les bords de la Harlem River et comment les preuves accusant Judith s'étaient peu à peu déposées dans son esprit. Finnegan l'écouta sans rien dire mais quand il eut tout dit, il regarda son ami avec une sorte de commisération qui mit celui-ci mal à l'aise.

– Une fronde? dit-il. Et tu as sérieusement imaginé Judith se servant d'une fronde?

– Pourquoi pas? Elle a été élevée comme une sauvageonne, avec des garçons qui eux étaient de vrais sauvages. Presque tous les gamins qui courent les grèves ou les landes bretonnes, normandes ou picardes ou quoi que ce soit d'autre, savent se servir d'une fronde...

– Et pourquoi pas les gamines, en effet? Et pourquoi pas la fille d'un pauvre paysan d'Aubervilliers qui aurait appris à chasser les oiseaux, aussi bien pour protéger la maigre récolte paternelle que pour ajouter à la marmite familiale?

– Que veux-tu dire?

– Qu'un matin, il n'y a pas si longtemps, où je revenais de Port-Margot après avoir accouché la femme d'un pêcheur, j'ai aperçu la camériste de ta femme qui s'amusait à faire tomber des noix de coco... à l'aide d'une fronde. Je n'ai pas attaché d'importance à ce qui m'était apparu comme un passe-temps innocent mais, à présent, je trouve que ce passe-temps innocent apporte un curieux éclairage à ton histoire...

L'entrée de Pongo lui coupa la parole. Dans sa

main, l'Indien tenait deux petites pierres tranchantes qu'il tendit à Gilles.

– Trouvé ça près de tronc d'arbre renversé derrière haie. Quelqu'un monté sur tronc d'arbre a lancé pierre. Blessure oreille jument faite avec pierre, pas avec balle...

Gilles était devenu très pâle. D'un geste machinal, il referma ses doigts sur les pierres qu'il contempla un instant. Fanchon! C'était Fanchon, la meurtrière de Rozenn! C'était Fanchon qui venait de tenter de tuer à la fois Judith et Madalen! La découverte en était amère car elle se doublait du remords d'avoir si longtemps accusé une innocente qu'après l'aventure de la Folie-Richelieu il était tout disposé à charger de tous les péchés imaginables.

La voix amère de Finnegan troua le silence qui s'était installé :

– Est-ce si dur de reconnaître qu'on s'est trompé?

Il regarda l'un après l'autre l'Irlandais et l'Indien puis, se décidant :

– Venez avec moi! dit-il seulement.

Etendue sur une chaise longue devant la fenêtre ouverte de sa chambre, Judith regardait les lointains légèrement brumeux de la mer couleur indigo. En dépit des objurgations du médecin, elle avait refusé son lit afin de ne pas se sentir plus malade qu'elle n'était. Et puis elle respirait mieux sur cette chaise longue où elle était à demi étendue que complètement couchée. Depuis que Finnegan l'avait bandée serrée, sa côte cassée la faisait moins souffrir et la déchirure de son épaule, enduite d'un baume adoucissant, ne la brûlait plus guère mais elle n'en demeurait pas moins attentive, jusqu'à l'angoisse, à ce qui se passait en elle, à la moindre impression de malaise qui pouvait traverser son corps. C'était déjà une chance que le choc brutal qu'elle avait subi ne se fût pas traduit par une hémorragie immédiate qui aurait emporté avec elle son espoir tout neuf d'un héritier pour *Haute-Savane*...

Cet enfant à naître, c'était son arme secrète à elle contre cette Madalen dont elle craignait à chaque instant qu'elle ne lui arrachât Gilles, une arme qu'elle était seule à connaître avec Finnegan à qui elle avait formellement interdit d'en parler à son époux, une arme dont elle n'entendait se servir que s'il n'y avait réellement plus rien à faire car, avec sa sensibilité quasi animale, elle sentait qu'une crise approchait, que quelque chose allait se passer... Il arrivait à Gilles de rêver tout haut et Judith savait bien qu'il ne pourrait pas demeurer sa vie durant entre deux femmes dont l'une, celle qu'il désirait le plus sans doute, se refusait toujours à lui attendant Dieu sait quoi! Sans doute qu'il rejetât son épouse légitime pour faire d'elle Mme de Tournemine... car Judith ne faisait guère crédit à l'humaine nature.

Jamais elle n'avait haï personne comme elle haïssait Madalen. Et surtout elle en avait peur. Que faisait cette fille ainsi installée à sa porte, confite dans une dévotion spectaculaire, vivant pratiquement comme une nonne et refusant de regarder les jeunes hommes qui l'approchaient et dont plus d'un souhaitait l'épouser? Il y avait Pierre Ménard, le second du *Gerfaut*, il y avait le jeune commandeur de *Trois-Rivières*, Louis Lefranc, dont Denyse de la Vallée lui avait dit qu'il aimait Madalen. Il y avait Liam Finnegan, enfin, dont le secret n'avait pas longtemps échappé à l'œil perspicace de Judith. Mais non, la belle Bretonne ne voulait d'aucun. Celui qu'elle voulait, c'était Gilles lui-même, Gilles et le superbe domaine qui lui appartenait, et elle restait là, araignée blonde, tapie douillettement dans sa toile, attendant que la faim amoureuse du maître l'y précipitât corps et biens.

Peut-être n'était-elle plus très éloignée de réussir.

En se traînant tout à l'heure au long de ce chemin de sable rouge, Judith avait vu son époux tenant la jeune fille évanouie étroitement embrassée, baisant ses mains, ses lèvres, son visage... Si le malheur voulait qu'elle-même perdît le fruit auquel elle était déjà si tendrement attachée, Judith savait qu'elle serait vaincue, qu'elle devrait partir, laissant tout ce qu'elle aimait, cette maison qui lui était devenue si chère car elle représentait le foyer dont elle avait toujours rêvé depuis son enfance misérable, cet homme qu'un coup de folie lui avait un instant ôté du cœur et qui s'en était de nouveau emparé avec plus de force que jamais...

Fanchon, qui allait et venait silencieusement dans la chambre, rangeant des pièces de lingerie, l'avait enveloppée d'une ample et douce robe de chambre de fine laine blanche et elle avait disposé sous elle les coussins les plus moelleux, mais Judith se sentait à cette minute curieusement absente de son corps. Son esprit vagabondait dans les profondeurs ensoleillées du jardin pour essayer de retrouver, par la splendeur apaisante de sa verdure, le calme dont il avait si grand besoin.

Elle y était presque parvenue lorsqu'un doigt autoritaire frappa à sa porte et l'ouvrit sans attendre de réponse. Gilles, suivi de Finnegan, s'encadra sur le seuil, mais elle n'eut même pas le temps d'ébaucher un geste de protestation. Le regard glacé du jeune homme ne s'attardait pas à elle mais bien à Fanchon qui se précipitait pour l'empêcher d'entrer comme elle en avait reçu l'ordre.

– Excusez-moi, Judith, dit-il sans la regarder, mais je viens ici rendre justice. Fanchon, dites-nous donc où vous rangez votre fronde, cette fronde avec laquelle vous avez tué Rozenn et tenté aujourd'hui, de tuer votre maîtresse, sans parler de Mlle Gauthier?

Le cri de protestation indignée de Judith s'étrangla dans sa gorge devant la pâleur verdâtre qui envahit le visage de sa camériste, comme si une soudaine bouffée de fiel s'y infiltrait.

– Une fronde, moi? dit Fanchon soutenant fermement, non sans insolence, le regard de son maître. Quel est ce conte?

– Ce n'est pas un conte et vous le savez très bien. Inutile de mentir plus longtemps car, par la mémoire de ma vieille Rozenn que vous avez impitoyablement abattue, je vous jure que vous allez avouer... et que vous allez payer.

– Etes-vous fou? gronda Judith. Comment pouvez-vous accuser ainsi sans preuve?

– Voilà preuve!

Pongo, à son tour, venait d'entrer dans la chambre, une fronde entre les mains, et il vint la déposer sur la chaise longue de Judith.

– Trouvée dans chambre Fanchon, dans manteau...

Devant cette poche d'aspect innocent et qui, cependant, pouvait donner la mort, la jeune femme eut un mouvement de recul plein de répulsion. C'était bien la preuve, en effet, et devant elle Judith découvrait une rivale haineuse dans cette fille qu'elle avait protégée, défendue et qu'elle croyait dévouée. Elle en avait fait sa confidente, presque son amie, et le résultat était là, devant elle.

Son regard las se détourna pour revenir vers les frondaisons des arbres, vers les lointains bleus de la mer.

– Enlevez cela, s'il vous plaît, Pongo! Et emmenez aussi cette femme...

Mais Fanchon, profitant de la diversion qu'avait créée involontairement Pongo en apportant l'arme meurtrière, s'était esquivée. Le bruit de sa course affolée résonnait encore dans l'escalier.

– Cours, Pongo! Rattrape-la. Et enferme-la dans sa chambre sous bonne garde.

L'Indien partit comme une flèche.

– Que vas-tu en faire? demanda Finnegan qui s'était approché de Judith et, la voyant si pâle tout à coup, s'emparait de son poignet.

– Je vais la ramener au Cap pour la faire embarquer à destination de la Louisiane. Elle ira rejoindre là-bas ses semblables, les filles de mauvaise vie qu'on y déporte. Le nouveau gouverneur, M. de Vincent, s'en chargera volontiers. Elle mérite trois fois la mort mais je ne me vois guère devenir ici juge et bourreau.

Brusquement, Judith se retourna vers lui.

– Vous n'en avez pas le droit. Faites-la embarquer, soit, mais pour la France et sans entraves. Si, quand nous avons traversé l'océan, vous n'aviez pas mis cette malheureuse dans votre lit, elle ne serait peut-être jamais tombée amoureuse de vous et, en tout cas, elle n'aurait jamais eu l'idée d'essayer d'éliminer les femmes qui vous entouraient pour prendre leur place...

– Eliminer les femmes qui m'entouraient? Prendre leur place? Songez-vous à ce que vous dites? Il faudrait que cette fille soit devenue folle.

– Et pourquoi donc? Dans ces pays où n'importe quelle mulâtresse peut espérer amasser une fortune grâce à sa beauté, où les servantes parfois deviennent maîtresses et sur cette terre de liberté et d'égalité que se veut l'Amérique, pourquoi donc une jolie fille n'aurait-elle pas imaginé devenir votre femme? Tant que vous n'êtes pas entré dans notre vie, Fanchon m'a servie avec dévouement. C'est vous qui en avez fait une meurtrière et, si vous voulez mon sentiment tout entier, c'est vous le principal coupable. Alors laissez-la repartir librement vers son pays!

Pensant qu'il était temps pour lui de laisser seuls les deux époux, Finnegan reposa doucement la main de Judith sur sa robe blanche et, opérant un silencieux mouvement tournant, gagna la porte qu'il referma derrière lui.

– Bien qu'elle ait tué celle qui m'était aussi chère qu'une mère, il en sera fait comme vous le désirez, Judith. Je ne peux pas vous le refuser. Je n'en ai même pas le droit après les torts immenses que je me suis donnés envers vous...

– Les torts? Quels torts? Celui d'avoir cru que j'avais voulu tuer cette fille? Ah, c'est vrai : je vous ai aussi entendu dire, tout à l'heure, à Finnegan, que j'avais tué cette pauvre vieille Rozenn? C'était nouveau pour moi, cela...

– Comprenez-moi, Judith. Fanchon avait fait tout ce qu'elle pouvait pour diriger mes soupçons sur vous. Pongo avait trouvé accroché à un buisson, à l'endroit où elle s'était tenue pour manier sa fronde, un fragment de dentelle provenant d'un de vos jupons...

Elle eut un petit rire plein de tristesse et d'amertume.

– Et sur ce bout de dentelle vous avez conclu que je pouvais tuer froidement une vieille femme qui ne m'aimait pas sans doute, mais qui ne m'avait rien fait, une femme de mon pays? fit-elle avec une fierté douloureuse qui emplit Gilles de honte. Fallait-il que vous me détestiez et que vous me méprisiez!

– Ne le croyez pas, je vous en supplie...

– Allons donc? Ne vous avais-je pas donné, d'ailleurs, toutes les raisons de me mépriser pour cette folie qui s'était emparée de moi et qui m'avait jetée dans une existence qui eût tué mon père de honte s'il avait seulement pu l'imaginer? Je n'étais plus moi-même, je crois. Le suis-je vraiment, d'ailleurs, depuis que le comte de Cagliostro m'avait fait l'honneur de me prendre pour assistante? Il est des moments où je ne le sais plus...

– Judith, vous vous faites du mal. Je vous en supplie, ne...

Mais elle ne l'écoutait pas. Le regard à nouveau perdu dans l'horizon bleu, elle continua :

– Pourquoi m'avoir emmenée, Gilles, si vous ne m'aimiez plus? Pourquoi ne m'avoir pas laissée à ma misère, à ma folie? Vous seriez libre puisque je croyais notre mariage nul...

– Mais il ne l'était pas. Devant Dieu, devant ma conscience vous êtes toujours ma femme et vous le serez...

– Jusqu'à ce que la mort nous sépare? Je sais, je sais... A présent, je vous en prie, laissez-moi, j'ai besoin d'être seule.

Il hésita un instant à s'approcher d'elle, à prendre cette main que Finnegan avait abandonnée mais il n'osa pas.

– Me pardonnerez-vous mes injustes soupçons et le mal qu'ils vous ont fait?

Sous le moelleux tissu blanc de sa robe, ses épaules eurent un mouvement plein de lassitude.

– Je n'ai plus de colère contre vous, si c'est cela que vous souhaitez entendre. Je n'ai que des regrets auxquels vous ne pouvez rien. Laissez-moi seule, je vous en prie...

Il obéit sans insister et quitta la chambre sur la pointe des pieds. Il ne vit pas, sur le visage détourné de Judith, les larmes qu'elle ne pouvait plus retenir...

Contrairement à ce que l'on aurait pu supposer, Pongo ne rattrapa pas Fanchon et en ressentit une grande indignation. La disparition inexplicable de la jeune femme, qu'aucune trace ne signalait hors de la maison et que personne n'avait vue, lui avait fait l'effet d'un atteinte à sa science des pistes et à son flair de chasseur. Fanchon semblait s'être volatilisée dans le vestibule même de *Haute-Savane* et ce ne fut que le lendemain, après avoir fouillé maison et jardin avec acharnement, que Pongo découvrit, dans une des caves, un étroit passage caché par des fagots qui débouchait dans une petite grotte au flanc du morne. Curieuse comme un chat, la camériste de Judith avait beaucoup fureté dans la maison et avait dû garder pour elle sa découverte.

– Laissons-la à son destin, dit Gilles quand l'Indien vint lui rapporter le résultat de ses recherches, mais fais boucher ce souterrain. Je n'aime pas beaucoup savoir qu'un chemin d'invasion arrive jusque dans la maison. Legros ne devait pas le connaître car il n'aurait certainement pas négligé pareil atout.

– Lui plus se manifester? Peut-être parti? Ou bien renoncé?

– Cela m'étonnerait. Ce genre d'homme ne renonce guère. Bien sûr, il n'a rien tenté contre nous depuis deux mois mais cela ne veut pas dire, crois-moi, qu'il est enfin décidé à nous laisser en paix. Je croirais plutôt qu'il prépare autre chose...

– Peut-être mort? suggéra Pongo avec un espoir si visible que Gilles se mit à rire.

– Tu aimerais bien et moi aussi! Tu as peut-être raison, après tout. Il arrive qu'un bandit finisse par se prendre à son propre piège et, de toute façon, il ne doit pas avoir que des amis...

Mais Simon Legros n'était pas mort.

UNE GROTTE À LA TORTUE

– Ma mère est morte et Madalen a été enlevée...

Le visage couleur de craie sous la broussaille de

ses cheveux blonds en désordre, Pierre Gauthier, appuyé de tout son poids sur sa canne et au bord de l'évanouissement s'efforçait visiblement de ne pas s'abattre sur le tapis.

Repoussant sa chaise qui se renversa, Gilles courut vers le jeune homme, le soutint et, doucement, l'amena jusqu'à un fauteuil dans lequel il le fit asseoir. Il était temps. Les jambes de Pierre ne le portaient plus et pliaient sous lui tandis que ses yeux commençaient à se révulser.

– Charlot! De l'eau-de-vie! cria le chevalier.

Mais déjà Judith avait quitté la table où, en face de son époux, elle achevait le repas du soir, et elle avait empli un verre de vieux cognac qu'elle apporta à Gilles en constatant, non sans chagrin, qu'il était presque aussi pâle que Pierre. Mais elle ne dit rien. A eux deux, ils réussirent à faire avaler au malheureux garçon quelques gouttes du généreux breuvage et un peu de couleur revint à ses joues blanches. Un instant plus tard, il rouvrait les yeux.

– Donnez-lui encore un peu de cognac, conseilla Judith qui s'efforçait de réchauffer entre les siennes les mains glacées du jeune homme.

De lui-même, cette fois, Pierre vida le verre. Il eut un long frisson comme si un courant électrique le parcourait.

– Ça va mieux! dit-il enfin. Merci, madame... Je... je suis désolé de vous déranger...

– Ne dis pas de sottises! Que s'est-il passé?

– Je ne sais pas exactement... Je me suis attardé à Port-Margot ce soir, à causer avec M. Vernet qui souhaitait d'ailleurs me garder à souper, mais j'ai refusé : je ne voulais pas que ma mère et ma sœur s'inquiètent et j'étais déjà en retard. Et c'est en revenant que j'ai vu... Oh! Monsieur Gilles, la maison est bouleversée comme si l'on s'y était battu.

Ma mère gît au pied de son lit, assommée. Elle a dû vouloir défendre Madalen...

– Mais comment sais-tu qu'elle a été enlevée?

– Il y avait ça sur la table.

Pierre tira de sa poche un morceau de papier plié qu'il tendit à Gilles.

Je tiens la fille, Tournemine, lut celui-ci. *Ne me cours pas après si tu ne veux pas que je la livre à mes hommes. Je te ferai savoir où et comment tu pourras la récupérer vivante.*

C'était signé Simon Legros...

Un nuage rouge passa devant les yeux de Gilles. Furieux, il froissa l'insolent billet et allait le jeter quand Judith le lui ôta des mains.

– Donnez! dit-elle seulement. (Puis, quand elle eut parcouru les quelques lignes :) Qu'allez-vous faire?

– Que voulez-vous que je fasse? hurla-t-il. Rien! Je ne peux rien faire! Non seulement, ce misérable a tué une femme pratiquement sous mon toit, il en a enlevé une autre, mais encore je dois attendre son bon plaisir sous peine de...

– Je conçois, murmura Judith, que cette idée vous soit insupportable, mais il y a peut-être tout de même quelque chose à faire...

– Quoi? Voulez-vous me dire quoi? Si je lance mes hommes sur sa trace, il...

– Bien entendu. Aussi ne s'agit-il pas de « lancer vos hommes » comme vous dites mais bien d'en lancer un seul. Dieu vous a donné la chance d'avoir à votre service un homme pour qui les pistes les plus embrouillées se lisent à livre ouvert, un homme qui sait passer partout sans coucher l'herbe, sans froisser les feuilles, un homme qui sait se rendre invisible, silencieux. Vous avez Pongo et vous osez dire que vous ne savez pas quoi faire? Où sont passés le Gerfaut et son habileté à la guerre d'embuscade?

Gilles regarda sa femme comme s'il la voyait pour la première fois, presque foudroyé par sa soudaine violence.

– Vous? C'est vous qui me dites cela? Vous vous souciez donc du sort de cette pauvre enfant?...

– Je me soucie surtout de *Haute-Savane*. Ne comprenez-vous pas ce que signifie le chantage de ce Legros? Ne devinez-vous pas quel prix il vous faudra payer pour qu'on vous la rende vivante... et intacte? Seule l'habileté de Pongo peut nous sauver. Alors qu'attendez-vous?

– Vous avez raison... Cent fois, mille fois raison! Pongo! Pongo!

Et Gilles, criant à pleins poumons, sortit en courant de la maison laissant Pierre seul en face de Judith.

– Madame, dit le jeune homme d'une voix altérée, vous ne voulez pas dire que ce Legros oserait exiger qu'on lui rende le domaine en échange de la vie de ma sœur?

– Inutile de se leurrer, mon pauvre Pierre. C'est certainement cela. La plantation a été le but de tous les agissements de cet homme depuis que nous sommes arrivés. Mais inutile aussi de vous tourmenter. Madalen ne craint rien tant que Legros n'a pas fait connaître ses exigences et que mon époux ne les a pas refusées... ce qu'il ne ferait certainement pas, d'ailleurs. Ce qu'il faut, c'est le prendre de vitesse et, grâce à Pongo, la chose est possible, croyez-moi... Vous allez rester ici cette nuit. Je vais dire que l'on vous prépare une chambre...

– Non, je vous remercie. Je ne veux pas laisser seul le corps de ma mère.

– Dans une maison dévastée? Non, Pierre. Je vais aller chez vous avec Désirée et des servantes. Nous rapporterons ici votre pauvre mère et je vous promets qu'elle y recevra tous les soins, tous les honneurs qui sont la tradition chez nous, gens de

Bretagne. Nous ferons la « chapelle blanche » dans la bibliothèque.

L'évocation des vieux usages de leur pays commun fit jaillir les larmes des yeux trop secs de Pierre. En quelques mots, Judith venait d'effacer les distances sociales et de tisser entre elle et le jeune homme des liens qu'il n'aurait jamais cru pouvoir exister. Elle avait dit « chez nous, gens de Bretagne » et c'était un peu comme si, à la voix de l'ex-Judith de Saint-Mélaine, la vieille terre ancestrale qui, depuis l'aube du monde, ouvrait sur les larmes vertes de l'océan sa gueule de granit, venait de mordre au plein de l'île tropicale pour y affirmer son emprise et sa suprématie.

Silencieusement, il prit la main de la jeune femme, y posa un instant son visage humide.

– *Doué d'ho pennigo en ti!* (1) murmura-t-il, retrouvant d'instinct la langue du terroir en face de celle qui venait de s'affirmer sa sœur de race. Il ne permettra pas qu'elle soit le prix du salut de ma sœur...

Une heure plus tard, tandis que Judith faisait tendre de draps blancs trois des côtés de la bibliothèque, Pongo qui avait longuement examiné les traces de la maison ravagée s'enfonçait dans la nuit, armé d'une lanterne sourde, un long couteau et un tomahawk passés à sa ceinture. Il avait quitté la toile blanche du planteur pour ses culottes de daim indiennes et ses mocassins qui le faisaient aussi silencieux qu'un chat.

Dans la nuit, Anna Gauthier, revêtue de son plus beau costume à bandes de velours et de son corsage brodé d'or, une coiffe de dentelles cachant la blessure de sa tête, fut étendue sur un lit de parade devant lequel on alluma une bonne partie de la provision de chandelles de la maison.

(1) Dieu vous bénisse en cette maison.

Contemplant la forme rigide, sous ses superbes habits bretons, de cette femme dont toute la vie n'avait été que silence et obéissance, et sur laquelle Judith jetait un brin de jasmin, Finnegan hocha la tête, soucieux.

– Vous devriez envoyer dès maintenant un coureur chez l'abbé Le Goff, dit-il. Il faut qu'il vienne demain matin et que l'enterrement se fasse au plus vite.

– Déjà? Mais pourquoi tant de hâte?

– La nuit est chaude et la journée de demain le sera plus encore. Le sang n'a presque pas coulé de la blessure. Dans quelques heures le visage noircira... sans parler de l'odeur qui sera vite pénible.

– On ne peut pas l'enterrer en l'absence de sa fille, protesta Gilles qui entrait à cet instant et qui avait entendu.

Le regard calme du médecin enveloppa le jeune homme.

– Nous ignorons quand sa fille reviendra mais je peux t'assurer que demain soir, la vue de ce cadavre sera pénible...

– Je vais faire ce qu'il faut, Liam, coupa Judith. J'envoie tout de suite Cupidon chez l'abbé Le Goff. Puis j'irai tout expliquer à Pierre.

– Ne prenez pas cette peine, fit Gilles avec un soupir. C'est à moi de le faire.

Et il s'en alla à la recherche du jeune homme, poussé autant par le besoin de le rejoindre que par le désir de fuir cette pièce qu'il aimait où la mort, pour un temps, venait de s'installer. De fuir aussi le regard indéchiffrable de Judith qu'il ne pouvait rencontrer sans malaise. Il ne savait pas ce qu'il y avait au fond de ces deux grands lacs noirs. Etaient-ce les larmes retenues qui les faisaient si brillants? Et quand ils se posaient sur lui, exprimaient-ils la colère, la pitié ou une immense indifférence?

Mais comment pouvait-il espérer deviner les sentiments secrets de sa femme quand il était incapable de s'analyser lui-même? Quand il imaginait Madalen, si blonde, si douce, si fragile livrée aux mains brutales de ce Legros, il se sentait devenir fou. Son imagination lui montrait des images si abominables qu'il avait envie de crier, tout seul dans la nuit comme un loup malade. Il fallait qu'il pût la sauver, l'arracher à cet homme avant qu'il se fût approprié ce que lui n'osait même pas demander à genoux... Il le fallait s'il voulait pouvoir encore dormir...

Pourtant les paroles de Judith lui revenaient, accablantes comme les prophéties de Cassandre. Allait-il vraiment devoir abandonner *Haute-Savane* son domaine bien-aimé à ce misérable qui n'avait reculé devant aucun crime? *Haute-Savane* et les trois cents travailleurs qui lui donnaient sa richesse et qu'elle faisait vivre? Ce n'était pas possible! Il ne pouvait pas permettre que Legros revienne avec son arsenal de bourreaux, de fouets, d'instruments de torture en tout genre, qu'il replante un mancenillier dévoreur de chair humaine, qu'il chasse la paix et la liberté de ce coin de terre rendu à sa douceur naturelle pour y rapporter la terreur, la violence et la haine... Pourtant, si Pongo échouait dans sa mission, s'il ne revenait pas à temps pour qu'avec tous les siens Gilles puisse aller enfumer la bête sauvage dans sa tanière, c'était à cela qu'il faudrait en venir : livrer cette terre, cette maison qu'il aimait plus que lui-même ou bien laisser Madalen mourir après avoir subi les pires souillures. Cela non plus il ne pouvait pas l'admettre. Alors?

Il s'efforça de se reprendre. Pongo était l'habileté même. Il n'avait jamais échoué dans une mission. Pourquoi donc, pour la première fois et quand tant de choses importantes étaient attachées à sa réussite, aboutirait-il à un échec?

Mais les heures coulèrent sans ramener Pongo.

Le jour se leva, illumina le monde. Anna Gauthier fut portée en terre, après une messe dite par l'abbé Le Goff dans le grand salon de *Haute-Savane*, suivie par son fils qu'encadraient Judith et Gilles, mais le chemin demeura désert. Tout au moins jusqu'à l'heure précédant le coucher du soleil. Malheureusement, ce ne fut pas l'Indien qui gravit alors les marches du perron en haut duquel Gilles, debout, guettait inlassablement, ce fut le Maringouin...

En le voyant paraître, Gilles, déçu et furieux, ne fut pas maître de son premier mouvement. Empoignant l'homme par sa veste, il le souleva jusqu'à ce que sa figure de taupe fût à la hauteur de son propre visage.

– Comment oses-tu reparaître ici, misérable? gronda-t-il. Comment oses-tu venir me narguer jusque dans ma maison?

– Hé là! hé là! señor! Lâchez-moi donc! En voilà des façons... Ça n'arrangera pas les affaires de la jolie petite si vous m'étranglez! Je... je viens en ambassadeur.

Le dégoût faucha net la colère de Gilles qui ouvrit les mains, laissant l'homme rouler sur les dalles de la véranda.

– Un ambassadeur, toi? Alors, parle! Que viens-tu me dire?

Le Maringouin découvrit ses dents gâtées dans un sourire narquois, mais ses prunelles couleur de granit se firent encore plus dures si la chose était possible.

– Que la demoiselle va bien, que tout le monde chez nous en est déjà amoureux... et que M. Legros attend avec impatience que vous lui fassiez l'honneur de lui rendre visite. Il vous attend.

– Il m'attend? Vraiment! Et où?

– Où je vais avoir l'honneur, moi, de vous conduire, señor, sans armes... et les yeux bandés quand il le faudra.

– Vous me prenez pour un enfant? Je vais vous suivre désarmé, aveugle? Et dans quel but? Une fois dans ce mystérieux endroit, qu'est-ce qui empêchera votre patron de me tuer, car au fond c'est ma mort qu'il veut et ensuite celle de sa prisonnière?

Le Maringouin se gratta la tête, un peu embarrassé tout de même.

– Faut pas prendre les choses ainsi, señor! M. Legros n'a pas du tout l'intention de vous tuer. Il sait bien que ça lui coûterait trop cher. Et puis, ça n'arrangerait pas ses affaires. Ce qu'il veut, c'est conclure avec vous un bon arrangement, signer des papiers officiels...

– Et s'approprier mes terres, n'est-ce pas?

– Ça, je n'en sais rien! D'honneur! Il ne m'a pas fait de confidences. Tout ce qu'il a dit c'est que si vous n'êtes pas là au lever du soleil, la fille mourra... après avoir été un peu violée bien sûr, parce qu'elle est un peu belle!...

Derrière Gilles la voix de Judith s'éleva, chargée d'angoisse.

– Vous n'allez pas y aller, Gilles? Chassez cet homme... ou plutôt faites-le parler : obligez-le à vous dire où se cache ce misérable Legros.

L'apparition de Judith parut plonger José Calvès dans la stupéfaction.

– Par la Madone! C'est votre femme?

– Oui, pourquoi?

Les yeux rivés à la fière silhouette de la jeune femme, l'homme haussa les épaules.

– Et c'est de l'autre que vous êtes amoureux? Faut être fou...

– Mêlez-vous de ce qui vous regarde! Qui vous a dit que je...

– Que vous en teniez pour la belle blonde? Une petite, pas mal du tout d'ailleurs, que notre Olympe a trouvée quelque part au bord de la rivière Salée et qu'elle a ramenée chez nous. Mais je me demande si elle a eu raison. C'est Madame qu'on aurait dû enlever.

– Taisez-vous! coupa Gilles, furieux. Faites-nous grâce de vos réflexions! Je vais vous suivre dans un instant...

– Non! Je vous en supplie! s'écria Judith. Vous n'allez pas commettre une telle folie? Je sais que vous l'aimez. Mais, songez qu'il n'y a pas qu'elle, qu'un monde dépend de vous...

Il alla vers elle et, doucement, prit ses deux mains qu'il baisa rapidement.

– Il faut que j'y aille, ma chère. Mais je vous demande de croire que ce n'est pas simplement parce qu'il s'agit de Madalen. J'en ferais autant pour n'importe quelle femme innocente... peut-être même pour cette misérable Fanchon qui, après avoir tenté de vous tuer, nous a trahis. Nous ne pourrions pas payer de son sang notre prospérité et connaître encore la paix. Dites à Cupidon de me seller un cheval, n'importe lequel sauf Merlin!

Vaincue par l'émotion, elle se détourna, enferma brièvement son visage entre ses mains puis les en arracha et, relevant la tête dans un sursaut d'orgueil désespéré, elle ramassa ses jupes et partit en courant chercher le jeune palefrenier.

Lorsqu'elle eut disparu, Gilles appela, d'un signe, Charlot qui, inquiet et roulant de gros yeux où se lisait clairement la haine que lui inspirait le Maringouin, se tenait à l'entrée de la salle de compagnie, dans l'attitude figée d'un bon serviteur mais, visiblement, prêt à bondir sur l'ancien commandeur de Legros. Le majordome s'approcha tandis que le Maringouin, instinctivement, reculait de quelques pas sans le quitter des yeux. Sa main déjà cherchait un couteau à sa ceinture.

Son attitude arracha à Tournemine un sourire de mépris. Calmement, il tira de sa poche un pli cacheté qu'il tendit à Charlot.

– Remets cela au docteur Finnegan! Ce sont mes ordres au cas, toujours possible, où je ne reviendrais pas vivant. Dis-lui que je compte sur lui pour exécuter à la lettre mes instructions... et puis dis-lui adieu pour moi. Tu le trouveras à l'hôpital en train de soigner Léon Bambou qui s'est pris une main dans l'égreneuse.

– Vous 'eveni', Mait'e? Vous 'eveni', n'est-ce pas?

– Je l'espère bien, Charlot. Mais il faut toujours tout prévoir. Veille bien sur ta maîtresse.

– Je ju'e! Et toi, sale mulât'e, ajouta-t-il en se tournant vers José Calvès, sans plus pouvoir retenir sa colère, tu peux di'e à ce bandit de Leg'os, que s'il ose mont'er ici un jou' sa vilaine figu'e, ou si le maît'e ne 'evenait pas, nous sommes t'ois cents qui l'attend'ont, qu'on a des a'mes... et qu'on l'éco'che'a tout vivant! Et toi avec!

– Bon, bon! Ça va! On lui dira! Pas la peine de te mettre dans cet état.

Emu, Gilles serra la main de son majordome puis, comme Cupidon, les yeux gros de larmes, apparaissait devant le perron menant un cheval par la bride, il descendit vers lui, sauta en selle et fit volter sa monture.

– Eh bien, je vous attends! lança-t-il avec insolence tandis que José Calvès se glissait le long de la balustrade de la véranda afin d'atteindre l'escalier sans passer trop à portée de Charlot.

Mais il ne réussit pas à lui échapper tout à fait et ce fut propulsé par un magistral coup de pied au derrière qu'il quitta l'habitation Tournemine et rejoignit le cheval qu'il avait attaché au tronc d'un latanier.

Le soleil était couché à présent. La rapide nuit tropicale tombait comme un rideau foncé mais un dernier éclat de jour caressait encore la façade rose de *Haute-Savane*. Avant de s'engouffrer sous le tunnel dense des chênes centenaires, Gilles se retourna sur sa selle pour regarder une dernière fois sa maison... C'était un adieu. Il savait qu'il ne reviendrait pas, qu'il allait mourir et que Madalen mourrait avec lui car il n'accepterait jamais de signer les actes sans doute préparés par Legros pour lui enlever légalement son bien... même pour sauver la femme qu'il aimait. Jamais il ne remettrait au bourreau, contre quelque monnaie d'échange que ce soit, la terre qui était sienne et surtout les hommes et les femmes qui en étaient la substance...

Puisque Pongo n'était pas revenu c'est que quelque chose n'avait pas marché et, à mesure que coulaient les heures de cette terrible journée, c'était à cela qu'il s'était résolu : se rendre à Legros et se laisser tuer par lui. C'était la seule façon de sauver *Haute-Savane* que Judith et Finnegan continueraient après lui. La jeune femme, il le savait, était capable de poursuivre son œuvre quand il ne serait plus. Simplement, il essayerait, tout à l'heure, de tuer Madalen de sa main afin de lui éviter la torture qui allait sans doute faire partie de l'arsenal de Legros. Et puis il essaierait de se tuer lui-même s'il en avait le temps car, apparemment sans arme, il dissimulait dans sa botte la mince lame d'un des scalpels de Finnegan qu'il y avait glissée sur le conseil de son ami quand, à tout hasard, il s'était tout à l'heure préparé pour cette visite qu'il attendait.

Le voyage à cheval dura plus de deux heures car le chemin, peu facile, ne permettait guère le galop et s'acheva dans une petite crique, près de la pointe d'Icague où débouchait la rivière des Bananiers. Un bateau attendait là, monté par six hommes et gréé d'une voile latine. Gilles comprit alors qu'en définitive c'était dans l'île de la Tortue que Legros avait cherché refuge, la Tortue, l'ancien repaire de pirates et de boucaniers, truffée de grottes et de cachettes secrètes où il était bien certain que personne ne tenterait jamais, à moins d'être fou, de venir le déloger.

Il comprit aussi que personne ne réussirait à le sauver, mais ce fut tout de même sans la moindre hésitation qu'il sauta dans le bateau, que les hommes repoussèrent dans le courant de la rivière.

Assis à l'arrière près du Maringouin qui le surveillait avec l'avidité inquiète d'un avare couvant son trésor, Gilles regarda les marins embarquer en voltige, puis hisser la voile. La mer était belle, à peine ridée par une légère brise qui portait avec elle toutes les senteurs de la terre que le soleil avait chauffée dans la journée. Le ciel, d'un bleu profond, n'était qu'une coulée d'étoiles et il se surprit à penser qu'on ne pouvait rêver plus belle nuit pour quitter la vie.

– Puis-je fumer? demanda-t-il soudain.

– Pourquoi pas? Vous avez les mains libres, n'est-ce pas?

– Oui. C'est assez inattendu d'ailleurs.

– Pourquoi? On n'a pas besoin de vous lier. Nous sommes sept, vous êtes seul. Et puis vous n'êtes pas notre prisonnier. Vous venez seulement discuter affaires avec notre chef. Nuance!

– Croyez que je l'apprécie.

Tirant de sa poche sa fidèle pipe de terre fine, Gilles la bourra soigneusement, permit au Maringouin, décidément aux petits soins, de l'allumer, tira quelques bouffées voluptueuses qui, jamais, ne lui avaient paru meilleures, puis demanda presque distraitement :

– Cette fille qu'Olympe a trouvée dans les bois...

– La Fanchon?

– Oui. Qu'en avez-vous fait? Je suppose que vous l'avez conduite chez Legros?

– Bien sûr. Olympe la connaissait déjà pour lui avoir dit la bonne aventure. Quand elle l'a trouvée elle a compris que c'était une bonne affaire pour nous et elle l'a emmenée chez nous...

– Où elle se trouve à présent, j'imagine?

– Mon Dieu non! Où elle ne se trouve plus.

– Qu'en avez-vous fait?

– Que vouliez-vous qu'on en fasse? On l'a tuée. Après qu'elle nous eut guidés jusqu'à la maison de la fille blonde, elle ne pouvait plus servir à rien. Bien plus, elle pouvait être dangereuse si un goût de revenez-y l'avait prise pour ses anciens maîtres. Elle était fièrement amoureuse de vous... et elle connaissait le chemin de la cache à Legros. A l'heure qu'il est elle doit commencer à pourrir quelque part dans les roseaux de la rivière des Bananiers. On laisse jamais rien au hasard chez nous...

– Je vois! fit Gilles maîtrisant à grand-peine son dégoût.

L'horreur du sort qu'elle s'était choisi effaçait en lui la rancune qu'il éprouvait pour cette malheureuse Fanchon et faisait place à la pitié. Elle avait conçu des rêves trop grands et elle les avait payés durement. C'était affaire, à présent, entre Dieu et elle. Lui-même ne pouvait plus que lui pardonner humblement. Judith n'avait pas tout à fait tort quand elle l'accusait d'être la cause première de la folie de Fanchon...

Poussée par une bonne brise, la barque marchait bien et bientôt le cap le plus oriental de la Tortue, la Tête-de-Chien-au-Maçon, se silhouetta résolument sur le ciel étoilé.

– L'est temps que je vous bande les yeux, monsieur le chevalier, dit José Calvès en tirant de son cou le foulard crasseux qui y était noué.

– Si cela ne vous fait rien, j'aimerais mieux ça, dit Gilles en lui offrant son propre mouchoir, que l'autre examina soigneusement pour s'assurer qu'il n'y avait pas de trou.

– Je veux bien vous le mettre en dessous, mais je mettrai l'autre par-dessus. Ça m'a l'air un peu transparent ce bout de chiffon.

– Comme vous voudrez...

L'île chevelue de cocotiers et d'une dense végétation tropicale dont le dos arrondi, porté sur des falaises, trouait la mer Caraïbe comme l'écaille géante d'une tortue, disparut sous la double épaisseur de tissu. Gilles se surprit à penser qu'il aurait aimé visiter en d'autres circonstances cette Tortue légendaire où les ombres des grands flibustiers français ou espagnols devaient hanter encore les quelques tavernes demeurant au port de Basse-Terre qui, à ce qu'on lui avait dit, donnait jadis accès à huit vaisseaux de ligne rangés de front et dont les canons du fort avaient jadis donné bien du fil à retordre à messieurs les Anglais de la Jamaïque. Il savait qu'une poignée de soldats y tenait encore garnison pour le roi, mais se contentait d'y vivre paisiblement en se gardant bien de chercher à savoir ce qui pouvait se passer sur les côtes ou dans l'arrière-pays. Et, d'après la direction suivie, car le bateau continuait à filer droit, ce n'était pas à Basse-Terre qu'on le conduisait...

Peu de temps après, le fond du bateau raclait les galets. Aidé d'un marin, le Maringouin aida Gilles à franchir le bordage puis à prendre pied sur une plage de sable doux. L'ancien commandeur lui prit le bras.

– Laissez-vous conduire...

On remonta la plage. Le sable fit place à la dureté caillouteuse d'un chemin puis, au bout d'un moment, à un sol plus moelleux, tapissé de feuilles et d'herbe. A une plus grande fraîcheur, au parfum de bois de santal, de citronnier et de fougères qui montait à ses narines, Gilles comprit que l'on cheminait sous bois. Le chant d'un rossignol, contrepoint ironique au pas pesant des hommes qui l'escortaient, monta dans la nuit avec un doux froissement de feuilles puis s'éteignit...

Le chemin semblait étrangement capricieux. Il montait, descendait, tournait au point que Gilles en vint à se demander si on ne lui faisait pas effectuer plusieurs fois le même parcours. Puis brusquement, il y eut une descente par un sentier évidemment rocheux, une odeur de bois brûlé et de viande rôtie qui s'accentua à mesure que le chemin devenait à nouveau pente douce et sable. A travers la double épaisseur de son bandeau Gilles perçut la lumière d'un feu dont la chaleur lui sauta au visage.

– Le voilà, dit le Maringouin. Il n'a pas fait d'histoires pour me suivre.

– Il a aussi bien fait, grogna une voix profonde. Enlève-lui son bandeau et fous le camp! Je te paierai plus tard.

Enlevé d'une main nerveuse qui lui griffa la tempe, le bandeau quitta les yeux de Gilles. Debout de l'autre côté du feu dont la fumée montait droit vers un orifice percé dans la haute voûte de la grotte, un homme le regardait.

Debout auprès d'une table de bois doré, chargée de liasses de papiers, d'un pichet et de gobelets d'argent, Simon Legros apparut à Gilles comme le prototype du meneur d'esclaves, l'homme dont la vocation se sentait, des bottes poussiéreuses à la chemise tachée de sueur, de vin et de traînées plus sombres qui étaient peut-être du sang séché. La cravache à la ceinture cloutée d'or, les deux pistolets à long canon – un sous chaque aisselle – étaient presque superflus : l'image était complète et le visage épais, mangé de barbe, n'apparaissait que comme un détail supplémentaire.

Tournemine soutint le dur regard qui, sous des sourcils noirs et broussailleux, le fixait sans ciller et ne bougea pas, attendant...

– Heureux que vous ayez accepté mon invitation, chevalier! fit Legros affectant avec insolence de s'adresser à un égal. Il y a longtemps que j'espérais une telle entrevue.

– Il n'a tenu qu'à vous qu'elle ait lieu plus tôt, Simon Legros. J'avoue, pour ma part, que je ne suis pas fâché de vous rencontrer. Il y a, entre nous, un compte qui ne cesse de s'allonger... et je n'ai jamais aimé les comptes qui traînent.

– Voilà un langage qui me plaît. J'avoue d'ailleurs que vous aussi me plaisez, chevalier, et j'en suis le premier surpris. En d'autres circonstances, j'aurais aimé m'assurer vos services.

– Je ne vous retournerai pas le compliment. Même si vous n'aviez fait tout ce que je suis en droit de vous reprocher, je ne vous aurais jamais gardé à mon service car vous appartenez à la race d'hommes que je déteste le plus au monde : les tortionnaires...

– Serez-vous surpris si je vous confie que votre opinion m'est indifférente ? Mais laissons à présent les politesses à l'entrée. Un verre de vin d'Espagne ?

– Certainement pas ! Je ne bois qu'avec mes amis... Et finissons-en, s'il vous plaît. Vous avez enlevé Mlle Gauthier et je suis venu négocier sa liberté. Que voulez-vous pour me la rendre ?

Legros se versa un gobelet de vin, le but à petites gorgées tandis que ses yeux sombres épiaient son visiteur par-dessus le bord brillant.

– Ce que je veux ? dit-il enfin. Je veux que vous me rendiez *Haute-Savane*. Rien de plus.... mais rien de moins.

– Non.

Les sourcils broussailleux se relevèrent, puis Legros s'assit à demi sur le coin de la table, et se penchant, y prit un grand papier qu'il se mit à parcourir des yeux.

– Je crois que vous n'avez pas bien compris. Vous n'avez pas le choix, monsieur de Tournemine : ou bien vous me donnez *Haute-Savane*... ou plutôt vous me la vendez car je vous la paierai. Vous voyez que je suis honnête. Je vous en offre... disons dix mille livres. Je ne peux pas faire plus : ce sont toutes mes économies. Ou bien donc vous me la vendez ou bien je tue la fille.

– Et vous supposez que je vais accepter pareil marché ? Alors écoutez-moi bien, monsieur Legros : je ne suis pas venu vous échanger Mlle Gauthier contre mon domaine. Je suis venu vous l'échanger contre ma vie. Tuez-moi et laissez-la libre.

Cette fois, les sourcils se haussèrent démesurément.

– Qu'est-ce que vous voulez que je fasse de votre vie? Votre mort ne me donnera pas *Haute-Savane* légalement. Bien sûr, privée de sa principale défense naturelle, elle tomberait sans doute plus facilement entre mes mains.

– N'en soyez pas si sûr. *Haute-Savane* n'a même plus besoin de ma protection car elle n'a plus d'esclaves. Cela lui vaut d'être défendue désormais par près de trois cents hommes armés qui savent bien qu'en la protégeant ils défendraient du même coup leur vie et leur liberté.

– Pauvre fou! Je n'aurai guère de peine à trouver de l'aide chez les autres planteurs qui vous considèrent comme un insensé dangereux... et peut-être même auprès des troupes gouvernementales. Mais ce serait une grave perte de temps et j'ai des installations à faire avant la belle saison maritime.

– Des installations? Quel genre?

– Cela vous intéresse? Eh bien, mon cher, je pense me lancer dans le commerce des esclaves en grand. Je vais raser la plupart des plantations pour établir de grands enclos où les esclaves bruts amenés d'Afrique seront dressés, entraînés, éduqués pour toutes sortes de travaux, depuis ceux des champs de coton jusqu'aux domestiques, après quoi ils seront revendus, à un gros prix, croyez-moi, en Louisiane et dans les Etats du Sud des Etats-Unis. Vous voyez que je vois grand mais, croyez-moi, ma fortune le sera aussi. Alors, vous signez?

– Jamais! A aucun prix.

– Vraiment? C'est ce que nous allons voir. Venez donc un peu par ici.

Machinalement, Gilles le suivit. Le fond de la grotte, qui était d'ailleurs aménagée assez confortablement, était caché par un rideau que Legros empoigna et tira d'un seul coup, révélant un spectacle qui sécha d'un coup la gorge de Tournemine et lui mit le visage en feu : attachée à la muraille par une chaîne reliée à un anneau de fer bouclé autour d'une de ses chevilles, Madalen était recroquevillée sur un matelas, sans autre vêtement que ses blonds cheveux dénoués. Assise en tailleur auprès d'elle, Olympe, drapée dans une barbare soierie rouge et noir brodée d'or séparait gravement à l'aide d'une baguette, un tas de cailloux blancs en plusieurs petits tas réguliers.

L'apparition soudaine de Gilles arracha un cri de détresse à la jeune fille qui roula à plat ventre, cachant désespérément son visage sur ses bras repliés. Olympe se contenta de sourire aimablement.

– Bienvenue, monsieur le chevalier. Venez-vous déjà nous reprendre votre jolie maîtresse? Nos hommes vont être tristes car elle leur plaît beaucoup.

– Je crois qu'ils vont pouvoir l'admirer de plus près, dit Legros.

Se baissant vivement, il ramassa à terre une sorte de maillet et en frappa un gong pendu à la roche, qui emplit la grotte d'une puissante vibration sonore.

Instantanément, parurent une vingtaine d'hommes dont quelques-uns sans même qu'un signe quelconque leur en eût donné l'ordre tombèrent sur les bras et les épaules de Gilles, profitant de l'espèce de stupeur où l'avait plongé la vue de la beauté enfin révélée de celle dont il rêvait depuis si longtemps. Il ne réagit qu'en se sentant touché et lutta alors furieusement pour retrouver sa liberté mais, si grande que fût sa force, il ne put lutter contre le nombre. Un instant plus tard, les bras liés derrière le dos, il était posé comme un paquet auprès de Legros.

– Puisque vous ne voulez pas conclure affaire avec

moi, dit celui-ci avec un sourire de loup, je vais donc tuer cette belle enfant. Mais elle va mettre assez longtemps à mourir pour que vous ayez tout le temps de réfléchir.

– Misérable! Qu'allez-vous lui faire? C'est une enfant innocente...

– Une enfant innocente? Avec ces seins appétissants, ces fesses rondes? Allons donc! Vous ne seriez pas l'homme de votre réputation si vous n'y aviez déjà goûté? A présent, il est temps de partager. Vous êtes, je crois, pour l'égalité? Alors, écoutez bien : j'ai choisi pour cette belle enfant une façon assez agréable... du moins dans les débuts, de quitter cette vie. Je vais, devant vous, la livrer à mes hommes... à tous mes hommes et autant de fois qu'ils le désireront. Ensuite, si cela ne suffit pas à vous convaincre, c'est un âne que je ferai monter dessus. Après, peut-être, elle ne sera plus en très bon état. Alors, nous commençons?

– Vous ne pouvez pas faire une chose pareille. Tuez-moi et finissons-en!

– Vous priver d'un pareil spectacle? Jamais de la vie... Allez, qu'on retourne cette fille et qu'on l'attache.!

La grotte s'emplit des hurlements de la malheureuse Madalen. Aidés par Olympe, un vieil homme et un autre plus jeune la retournèrent sur le matelas, offrant, dans la lumière des torches plantées dans des crocs de fer, toute la grâce de son corps, la peau nacrée du ventre souligné d'une mousse d'or, les seins de crème blonde couronnés de rose, les cuisses douces que des mains brutales écartèrent.

Olympe alors intervint.

– Attends! dit-elle. Laisse au moins cette pauvre fille prendre un peu de plaisir.

Relevant la tête de Madalen, elle lui fit avaler le contenu d'un gobelet d'or puis, le rejetant comme une chose sans importance, se mit à faire courir ses doigts habiles sur le corps de la jeune fille dont les cris cessèrent peu à peu pour se changer en gémissements heureux. Stupéfait, les yeux exorbités, Gilles vit tout à coup la pure Madalen, la prude Madalen ronronner et se tordre comme une chatte en folie sous les caresses de la sorcière qui brusquement se releva.

– Elle est à point! Le premier va être le bienvenu. A qui l'honneur?

– Ce n'est pas l'envie qui m'en manque mais je suis en affaires avec monsieur. Alors, chevalier, vous me la cédez cette plantation? Dites seulement un mot et c'est vous qui pourrez profiter des bonnes dispositions éveillées par Olympe. Regardez-moi cette petite caille si elle est en appétit!

Personne ne tenait plus Madalen à présent. Les yeux noyés elle vagissait, les mains crispées sur ses seins tandis que son bassin allait et venait à la recherche d'un accomplissement. Malade à la fois de désir et d'impuissante fureur, Gilles ferma les yeux pour essayer de retrouver un peu de raison car il se sentait au bord de la folie. Combien de temps allait-il tenir? Et pourquoi tenir? Aucun secours n'était possible et il n'avait même plus le moyen de tirer de sa botte le scalpel qui l'eût sauvé en lui donnant la mort.

– A toi, le Maringouin! Je te la donne en premier. Tu l'as bien mérité.

Les yeux de Gilles se rouvrirent. Il vit José Calvès se ruer littéralement sur Madalen, s'enfoncer en elle mais, avant que lui-même ait pu protester, le râle de plaisir de l'homme se muait en un hurlement de douleur. Venue on ne savait d'où une flèche indienne venait de se planter dans son dos...

Se retournant, Gilles vit Pongo, debout sur un rocher, ajuster à nouveau le tir de son arc près de l'entrée d'où dévalait une troupe de Noirs armés de machettes mené par François Bongo. Le grand Yolof, d'un seul revers de son arme, fit sauter la tête d'un des hommes qui lui barrait le chemin, ouvrant un geyser rouge.

La seconde flèche de Pongo s'enfonça dans la gorge d'Olympe tandis que Legros disparaissait sous une marée noire hérissée de lames meurtrières avant même d'avoir pu tirer l'un de ses pistolets.

– Détachez-moi! hurlait Gilles qui luttait de toutes ses forces pour se débarrasser de ses liens. Détachez-moi donc!

D'un coup de machette, François Bongo le libéra et, sans même remercier, il se rua sur la masse noire qui s'était abattue sur Legros.

– Laissez-le-moi! Je veux le tuer moi-même! Laissez-le-moi!...

Mais quand les anciens esclaves qu'il avait tant fait souffrir s'écartèrent, Legros n'était plus qu'une masse sanglante dont François, d'un coup de sa terrible lame, trancha la tête.

– Pour Désirée! dit-il seulement en fourrant son trophée dans un sac.

Gilles, déjà, se détournait pour tomber dans les bras de Pongo qui, oubliant pour une fois sa légendaire impassibilité, riait et pleurait tout à la fois.

– Heureux être arrivé à temps, tu sais?...

– Pongo! Mon vieux Pongo! Je t'ai cru mort! Comment as-tu fait pour amener tout le monde ici? Comment as-tu trouvé la cachette?

– Facile! Beaucoup de chance aussi. Quand Pongo parti sur traces meurtriers de dame Gauthier, lui suivre traces jusqu'à rivière des Bananiers et là trouvé fille Fanchon pas tout à fait morte. Essayé de la soigner... C'était impossible. Mis longtemps à mourir mais bien expliqué chemin de grotte...

Après avoir pieusement enterré Fanchon, Pongo était revenu à *Haute-Savane.* Sur le chemin, caché derrière un buisson, il avait vu le Maringouin emmener Gilles mais, devinant que ce serait une folie de tuer le messager de Legros, il l'avait laissé passer et s'était précipité ensuite jusqu'à l'habitation où, soutenu par Finnegan, il avait réuni les hommes de la plantation. Tous, d'un seul mouvement, avaient réclamé l'honneur d'aller combattre Legros. Alors à la tête de sa troupe, Pongo était descendu à Port-Margot où il n'avait eu aucune peine à trouver trois bateaux pour charger son monde.

– Le reste, facile! Nous abattre sentinelles et tomber sur Legros comme toi voir.

Jamais Gilles n'avait vu le visage de lapin de l'Indien s'illuminer d'une pareille joie, d'une si grande fierté. Il l'étreignit avec chaleur.

– Tu m'as sauvé, Pongo! Tu as sauvé *Haute-Savane* et tous ses habitants! Tu as sauvé Madalen...

Avec étonnement il s'apercevait que la fièvre du combat et de la délivrance avait détourné son attention de la jeune fille. Elle gisait toujours sur son matelas, à demi inconsciente cette fois. Les Noirs qui faisaient cercle autour d'elle s'étaient contentés de la débarrasser du Maringouin mais n'avaient pas osé la toucher.

En se penchant sur elle, Gilles vit qu'un peu de sang tachait ses jambes et comprit que la sauvage poussée de Calvès l'avait déflorée. Avisant alors une sorte de draperie de soie jetée à terre il en enveloppa doucement le corps de la jeune fille, après l'avoir libérée de sa chaîne, et voulut l'enlever dans ses bras pour l'emporter mais Pongo l'arrêta.

– Non. Laisse-la reposer! Nuit pas finie et mer un peu grosse. Nous repartir seulement au jour.

– Tu veux que je la laisse ici? Au milieu de tous ces cadavres? protesta Gilles désignant du menton la jonchée de corps qui constellaient le sol de la grotte.

– Nous enlever et enterrer. Toi rester là te reposer. Veiller sur elle. Elle très peur...

– Tu as raison... Je suis aussi fatigué que si on m'avait battu. Merci, Pongo!

L'Indien s'éloigna avec un demi-sourire que Gilles jugea un peu bizarre mais il savait que quand Pongo avait une idée derrière la tête il était inutile d'essayer de l'en faire sortir. Et puis il était vraiment éreinté.

Tandis que les hommes emportaient les cadavres de Legros, d'Olympe et du reste de la bande, il s'assit au bout du matelas où reposait Madalen pour la regarder dormir. Depuis quelques instants, après lui avoir adressé un vague sourire, elle avait fermé les yeux et semblait dormir...

Pour qu'elle pût reposer plus tranquillement, il se releva, piétina le feu qui d'ailleurs n'était plus que braise et éteignit presque toutes les torches, n'en laissant brûler qu'une seule, puis il revint prendre son poste, s'emplissant les yeux du doux spectacle de ce joli visage au repos et s'efforçant de chasser loin de lui le souvenir du corps en folie qu'il avait contemplé comme du fond d'un cauchemar si peu d'instants plus tôt.

La main de la jeune fille, abandonnée paume en l'air comme un coquillage rose sur une grève, reposait auprès d'elle, si attirante qu'il ne résista pas à l'envie de la prendre doucement entre les siennes. Il ne la serra pas, se contentant de la tenir délicatement comme une chose fragile, mais, soudain, il s'aperçut que les yeux clairs de Madalen étaient grands ouverts et posés sur lui. Il se pencha légèrement.

– Reposez-vous, Madalen, murmura-t-il. Vous en avez besoin. Il faut dormir un peu. Le chemin est long pour rentrer.

Elle ne répondit pas, se contenta de sourire tandis que ses doigts, doucement, s'enlaçaient à ceux du jeune homme. Elle se redressa sur un coude, laissant couler sa chevelure couleur de lin d'un seul côté de sa tête puis lentement, elle s'agenouilla sur le matelas, abandonnant la soierie dont elle était enveloppée et qui la dévoila. De sa main libre, elle caressa la joue de Gilles dont le cœur se mit à battre sur un rythme forcené.

– Tu es beau! Si beau, mon amour... et je t'aime tant! Tu as dit un jour que tu m'aimais? Est-ce que tu m'aimes toujours?

Elle parlait comme en rêve, d'une voix assourdie, voilée. Des larmes roulaient sur ses joues, mouillant les lèvres tendres qu'elle approchait déjà des siennes. Gilles n'eut qu'à tendre la main pour toucher une peau de soie, des épaules rondes et satinées, des seins qui, cette fois, non seulement ne se refusèrent pas mais allèrent au-devant de sa caresse.

– Si je t'aime? Tu demandes si je t'aime? Madalen... je suis fou de toi.

– Alors aime-moi, prends-moi! Cet homme m'a souillée, purifie-moi...

– Mais tu ne voulais pas de mon amour... Il te faisait horreur.

– Plus maintenant! Il y a trop longtemps que je lutte contre moi-même. Viens, Gilles, viens!

Elle se laissa glisser de nouveau sur le matelas, l'attirant à elle de toute la tendresse de ses deux bras noués à son cou. Il se laissa entraîner avec ivresse. Cette nouvelle Madalen, nue et ardente, c'était celle de ses rêves insensés. Elle était venue à lui comme il l'avait toujours désirée et il repoussa loin de lui l'idée désagréable que l'infernale potion d'Olympe était peut-être pour beaucoup dans le soudain déchaînement sensuel d'une vierge à peine ouverte. Elle l'appelait de toute sa chair offerte. Il s'en empara avec une joie sauvage...

Quand il s'éveilla sous la main de Pongo qui le secouait il ne trouva plus Madalen auprès de lui.

– Où est-elle? demanda-t-il.

De la tête l'Indien lui désigna l'entrée de la grotte.

– Là, dehors! Elle attendre. Nous prêts à partir.

Elle était là, en effet, habillée de pied en cap car elle avait pu retrouver ses vêtements dans un coin de la grotte. Les bras croisés sur la poitrine, le vent du matin jouant dans ses cheveux blonds qu'elle n'avait noués que lâchement, elle regardait les hommes achevant de tasser la terre sur les tombes fraîchement recouvertes et ne se détourna qu'à peine quand Gilles la rejoignit.

– Vous avez bien dormi? dit-elle.

Mais quand il voulut la prendre par la taille pour poser un baiser dans son cou, elle se déroba.

– Je vous en prie. Nous ne sommes pas seuls...

– Nous serons toujours seuls, Madalen, toujours. Il n'y a plus au monde que toi et moi.

– Vous savez bien que non. Il est temps de partir à présent.

– Comme vous voudrez.

Blessé par cette étrange froideur, il s'écarta d'elle, chercha Pongo.

– Tu as préparé quelque chose pour Madalen? un brancard, un palanquin de fortune...

– Pourquoi? Mer être là, tout près derrière petit bois...

En effet, l'océan bleu était tout proche et Gilles comprit qu'il avait deviné juste en supposant qu'en l'amenant on avait intentionnellement allongé et compliqué le chemin. Après quelques minutes de marche à travers un bois de pamplemoussiers, de santals, de citronniers et d'eucalyptus, on déboucha sur une plage de sable noir sur laquelle reposaient trois grosses barques à voiles que les Noirs étaient déjà en train de repousser à l'eau.

Pongo conduisit Gilles et Madalen vers la plus petite et aida la jeune fille à monter à bord. Mais, avant de s'asseoir à l'abri du plat-bord, Madalen demanda :

– Où allons-nous?

– Mais... où voulez-vous que nous allions? A la maison, bien sûr! Nous rentrons.

Alors, les yeux bleus s'affolèrent comme devant une vision d'horreur et Madalen se mit à trembler.

– Non! Non, je vous en prie! s'écria-t-elle. Ne me ramenez pas là! Je ne veux pas retourner là-haut... je ne veux pas revoir cet horrible endroit.

– Cet horrible endroit? *Haute-Savane*? souffla Gilles scandalisé.

– Oui. Cet abominable endroit. Ma mère est morte, Pierre va bientôt fonder une famille. Il n'a plus besoin de moi. Je ne veux pas retourner chez votre femme.

– Soyez raisonnable, Madalen. Où voulez-vous que je vous emmène, sinon chez moi... chez vous puisque vous y avez votre maison?

– Non, ce n'est pas ma maison. Emmenez-moi ailleurs... au Cap, tenez! Oui, au Cap! Là, je serai mieux...

– Quoi faire, alors? demanda Pongo voyant que Gilles, soucieux, ne savait que répondre.

Le jeune homme réfléchit un instant puis haussa les épaules.

– Dis à François de ramener les hommes à la plantation, garde seulement ce qu'il faut pour le bateau et conduis-nous au Cap. Après ce qu'a subi Madalen, après avoir vu tuer sa mère sous ses yeux, il est assez normal qu'elle n'ait pas envie de remonter là-haut tout de suite.

– Toi venir aussi?

– Oui. Je la confierai à Thisbé et à Justin qui prendront soin d'elle puis nous rentrerons à la maison.

Tout en parlant, une idée commençait à poindre dans sa tête. Après ce qui s'était passé entre eux, il n'était plus possible, en effet, que Madalen continuât de vivre sous le même toit que Judith et il s'en voulait de n'avoir pas eu la délicatesse d'y penser plus tôt. Cette adorable enfant avait trouvé d'elle-même la solution car, très certainement, elle n'avait pas plus que lui envie de renoncer à leur amour tout neuf. Il ne la ramènerait jamais à *Haute-Savane*. Il allait lui acheter, au Cap même ou aux alentours, une jolie maison qu'il meublerait avec amour et dans laquelle il pourrait venir, le plus souvent possible, s'enivrer longuement de la beauté de sa maîtresse. Cela, en attendant que Judith consente, peut-être, à une séparation qui lui permettrait d'officialiser ses amours avec Madalen...

Ce plan lui parut si séduisant que ce fut avec un éclatant sourire qu'il vint prendre place auprès de la jeune fille.

– Soyez heureuse, mon amour. Nous allons au Cap...

Le bateau bondit sur la lame, la voile se gonfla et s'emplit du vent frais du matin, et piqua vers l'est tandis que les deux autres embarcations se rapprochaient de la côte et s'éloignaient d'autant de lui...

En aidant Madalen à descendre d'une voiture de louage devant la jolie maison du cours Villeverd, Gilles lui baisa la main et déclara :

– Voilà où vous allez habiter désormais, ma douce. Cette maison est la vôtre autant qu'il vous plaira. Vous pourrez y oublier les jours sombres et nul ne viendra vous y importuner... pas même moi si vous l'exigez, ajouta-t-il d'un ton tendre qui attendait visiblement une protestation mais qui lui attira un coup d'œil glacé de Pongo.

Madalen, pour sa part, le regarda avec surprise.

– Habiter ici seule, moi? Oh! non Gilles, je ne peux pas... je ne pourrai jamais.

Il l'entraîna sous la véranda chargée de fleurs là où, seule, la fenêtre du petit salon ouvrait et où l'on ne pouvait les voir. Il la prit dans ses bras, l'embrassa avec passion.

– Tu habiteras où tu veux, mon aimée... Si tu ne veux pas de cette maison, tu en auras une autre.

Elle se laissa embrasser et même il la sentit trembler dans ses bras tandis qu'avec une étrange timidité ses lèvres s'entrouvraient enfin à son baiser. C'était comme si elle était vaincue après une longue lutte.

– Comprenez-moi, gémit-elle en se dégageant enfin. Je ne veux pas rester ici mais, en disant cela, je ne parle pas de cette maison. Je parle de ce pays tout entier. Je ne l'aime pas. Je ne l'ai jamais aimé. Je voudrais rentrer chez moi, en Bretagne.

– En Bretagne?

Interdit, Gilles lâcha la taille de la jeune fille, s'écarta.

– Tu veux me quitter déjà? T'en aller si loin?... Je croyais que tu m'aimais.

– Mais je vous aime. Oh! oui, je vous aime mais je mourrais si je restais ici. Je vous en supplie, faites-moi repartir pour la France. Je ne pourrais jamais être heureuse ici... Je vous ai entendu dire l'autre jour que le *Gerfaut* a quitté le carénage et qu'il est prêt à repartir. Confiez-moi au capitaine Malavoine et...

Brusquement, il la reprit dans ses bras, l'enleva de terre et l'emporta en courant à travers la maison, grimpa l'escalier deux marches à la fois, poussa du pied la porte de sa chambre et déposa finalement son doux fardeau sur le lit.

– Non, mon amour, tu ne partiras pas sans moi. Je ne te confierai à personne qu'à moi-même. Je t'aime, je t'aime, je t'aime! Tu as raison : partons tous les deux sur le *Gerfaut*. En quittant *Haute-Savane* j'étais persuadé que j'allais mourir avec toi et j'avais donné toutes mes instructions à Finnegan. Après tout, la plantation peut tourner sans moi puisqu'elle l'aurait fait si j'étais mort. Nous allons rentrer en France ensemble... Des jours et des jours seuls, tous les deux, entre la mer et le ciel. Oh! je vais t'aimer, tu sais, je vais t'aimer comme personne ne t'aimera jamais! Je me séparerai de ma femme, je t'épouserai... tu seras à moi, toute à moi, pour toujours...

Tout en parlant, il la couvrait de baisers et dégrafait sa robe, dénouait ses jupons, arrachait sa chemise pour se gorger de cette douce chair qui déjà ne se défendait plus et sombrait dans la même folie que lui, roulée par la même et brûlante vague de désir...

Tard dans la nuit, il quitta doucement le lit dévasté, enfila une robe de chambre et, après un regard tendre à la forme blonde qu'abritaient les rideaux du baldaquin et que la veilleuse teintait de rose, il descendit dans la petite pièce qui lui servait de cabinet de travail quand il venait au Cap, s'assit devant son bureau, prit une feuille de papier, une plume neuve, réfléchit un instant et se mit à écrire.

« Adieu Judith, je pars... Dieu a permis que je puisse sauver Madalen d'un sort abominable et j'ai découvert, en face de la mort, que je ne pourrais plus vivre sans elle. Je l'emmène en France où je demeurerai à ses côtés tant qu'elle voudra de moi. Pardonnez-moi le mal, léger, je crois, que je vous fais. Haute-Savane, *que je vous donne et que vous aimez bien plus que vous ne m'avez jamais aimé, vous consolera. Vous en serez désormais la maîtresse, libre de tout danger et de toute crainte, et j'espère que vous y serez heureuse, plus que vous ne l'avez jamais été et que vous n'auriez jamais pu l'être auprès de celui qui, malgré tout, pensera souvent à vous et aux heures divines qu'il vous doit. Que Dieu vous garde! – Gilles de Tournemine. »*

Sa lettre achevée, Gilles la relut soigneusement, corrigea une légère faute, la sabla, la plia et la cacheta au moyen du chaton de sa bague puis, remontant s'habiller rapidement, il se mit finalement à la recherche de Pongo, qui, fidèle à une habitude qu'il avait prise récemment à *Haute-Savane,* dormait dans la véranda sur une banquette de rotin.

– Quand le jour sera levé, dit-il, tu rentreras à la maison et tu donneras cette lettre à Judith.

Comme presque tous les Indiens, Pongo possédait la faculté de passer sans transition du sommeil à une conscience très claire. Il fronça les sourcils, regardant le rectangle blanc taché de rouge avec méfiance.

– Quoi dire dans lettre? demanda-t-il d'un ton soupçonneux. Pourquoi si pressé? Où toi aller à cette heure?

– Au port. Je vais dire au capitaine Malavoine que nous embarquerons tout à l'heure pour la France, Madalen et moi.

– Quoi? Pongo mal compris?...

– Non. Tu as très bien compris. Je pars, Pongo, je l'emmène! Elle ne veut plus vivre ici et moi je ne veux plus vivre sans elle. Elle est pour moi...

Il s'arrêta devant l'expression de colère et de mépris qui bouleversa soudain le visage tanné de l'Indien. Il eut l'impression que Pongo le voyait pour la première fois et que ce qu'il voyait ne lui plaisait pas du tout.

– Elle est femelle dont toi avoir envie! gronda-t-il. Il y a longtemps Pongo savoir ça. C'est raison pour laquelle lui te laisser seul avec fille dans grotte. Pongo espérer toi guéri de folie une fois désir assouvi.

– Ce n'est pas ça, Pongo. Je l'aime!

– Non! Toi pas aimer! Toi vouloir baiser encore et encore mais toi pas aimer parce que... toi aimer « Fleur de Feu »... ta femme... seule femme digne de toi! Seule digne compagne de guerrier! Cette fille pâle comme lune et froide comme elle, pas capable aimer vraiment... Elle regretter bientôt t'avoir donné amour.

De ses deux mains posées sur les épaules de son compagnon d'aventures, Gilles essaya de l'apaiser.

– Tu ne peux pas comprendre, Pongo. Le cœur de l'homme...

– Cœur de l'homme partout pareil! Envies de l'homme partout pareilles aussi! Toi fou pour abandonner maison, serviteurs, noirs et blancs, ami Finnegan, femme belle comme déesse... et Pongo par-dessus marché! Tout ça pour fille en fromage blanc!

– Je ne t'abandonne pas, Pongo. Dès que je serai en France, je te dirai où tu pourras me rejoindre.

– Non, jamais! Si toi partir, toi plus jamais revoir Pongo!

Et, arrachant la lettre des mains de Gilles, Pongo sauta en voltige par-dessus la balustrade de la véranda puis se dirigea à grands pas vers l'écurie. Mais, au seuil, il se retourna, cria dans la nuit d'une curieuse voix enrouée :

– Toi vouloir vraiment Pongo porter lettre?

– Oui... Il le faut!

– Alors, adieu! Pongo préférer servir grande dame que mari méprisable!

Le galop de son cheval quand il résonna sur la terre durcie du cours Villeverd résonna aussi, lourdement, dans le cœur de Gilles plus meurtri qu'il ne voulait l'avouer. Pongo, depuis tant d'années avait pris en lui une place si grande qu'en s'en séparant, il sentait un déchirement cruel, prélude d'un vide que seul l'amour de Madalen lui permettrait de supporter. Il ferma les yeux un instant, essayant de toutes ses forces d'évoquer le visage de celle qu'il aimait pour tenter d'oublier celui, à la fois furieux et douloureux de son vieil ami. Fallait-il qu'il l'aime pour sacrifier ainsi tant de choses : sa terre bien-aimée, sa belle demeure, son fidèle compagnon... une femme telle que Judith et jusqu'à son cheval, son beau Merlin qu'il n'avait pas voulu hasarder dans l'aventure de la Tortue et qui l'attendrait vainement dans son écurie sous les palmes... Mais aussi elle allait lui donner tant d'amour...

Se secouant, comme un bœuf qui cherche à se débarrasser des mouches, pour chasser toutes ces pensées déprimantes qui renaissaient sans cesse, s'efforçant de l'empêcher de vivre cet amour tant désiré, il gagna à son tour l'écurie, sella un cheval et se rendit au port où il donna ses instructions à un Malavoine tellement pétrifié qu'il ne trouva rigoureusement rien à répondre sinon :

– Eh ben!... Eh ben!...

– Vous mettez à la voile à quelle heure? demanda Gilles.

– Eh ben... à 10 heures, avec la marée mais...

– Parfait! Nous y serons! Faites préparer ma cabine et une autre... pour une dame. A tout à l'heure.

Et, toujours courant, Gilles repartit vers Madalen et ce qu'il croyait bien être son bonheur. Le soleil se levait sur le Cap, déchaînant déjà sur le port l'agitation colorée et brouillonne qui allait y régner jusqu'à la nuit close.

Il espérait trouver la jeune femme à peine éveillée, sortant tout juste du lit, s'étirant paresseusement et mirant dans une glace le large cerne bleu de ses beaux yeux. Il la trouva debout au milieu du grand salon, sévèrement coiffée, strictement vêtue d'une robe et d'une cape que lui avait procurées Thisbé. Un petit sac était posé à terre, près d'elle. Elle avait l'air d'une domestique qui attend son congé.

Il la regarda sans comprendre.

– Mais... que fais-tu là? Pourquoi es-tu ainsi habillée? Qu'est-ce que cela signifie?

– Que je m'en vais.

– Que tu... allons, mon cœur, c'est une plaisanterie? Nous allons partir tous les deux, bien sûr. Je viens du port où le capitaine Malavoine nous attend...

– Non. J'ai dit que je m'en allais et c'est exactement ce que je voulais dire : je pars... et je pars seule.

Il voulut s'approcher d'elle mais elle le repoussa avec une sorte d'horreur qui le frappa.

– Ne m'approchez pas!

– Voyons, Madalen! Explique-moi. Pourquoi me repousses-tu? Nous étions d'accord, il me semble? Nous nous aimons et...

– Non. Nous n'étions pas d'accord. J'étais folle, je crois. Cette femme... cette Olympe m'avait fait boire une potion diabolique qui avait fait de moi une autre... une autre qui me fait horreur!

– Horreur? Parce que tu m'as aimé et permis de t'aimer? Es-tu devenue folle?

– Oui je l'ai été! Mais grâce à Dieu je ne le suis plus. Avais-je assez lutté contre moi-même pourtant, l'avais-je assez supplié, le Dieu de Justice, de m'arracher du cœur cet amour maudit, cet amour qui me faisait délirer, la nuit, auprès de la chambre où dormait ma pauvre mère! Cette fille du Diable a fait, pour un temps, ressurgir cela des profondeurs de mon être mais je suis dégrisée à présent et je me juge... je me fais horreur!

– C'est ridicule! Quel genre d'amour est donc le tien, Madalen Gauthier? Qui t'a appris à fuir ainsi les joies du cœur qui magnifient celles du corps? Tu es éveillée, dis-tu? Alors regarde autour de toi! Regarde comme la terre est belle, regarde la nature. Elle n'est qu'amour. Regarde-moi, moi qui t'aime... qui abandonne tout pour toi!

Avec stupeur, Gilles reçut le double jet glacé d'un regard méprisant.

– Je ne vous ai rien demandé, dit-elle froidement, sinon de me faire place et de me laisser partir.

– Mais où vas-tu?

– A bord du *Gerfaut* puisque le capitaine Malavoine veut bien m'emmener. Puis, une fois en Bretagne, j'irai demander à Dieu, en lui consacrant ma vie, de me pardonner l'abominable péché de la chair que vous m'avez fait commettre.

– Le couvent? Tu veux entrer au couvent?

Elle releva orgueilleusement la tête, fixant sur lui un regard étincelant d'un feu fanatique.

– Si l'on veut bien de moi, oui! Je me ferai

conduire chez les Bénédictines de Locmaria... Là, j'expierai tant qu'il me restera un souffle de vie, j'expierai ces moments insensés où, poussée par le diable, j'ai vécu avec vous l'adultère, où je me suis roulée dans la fange et la luxure et en y prenant un plaisir infâme.

Foudroyé par cette violence inattendue, Gilles se laissa tomber dans un fauteuil, le cœur battant la chamade et ferma les yeux. Ce qu'il venait d'entendre faisait resurgir, des jours lointains de son enfance, tout ce qu'il avait souffert auprès d'une mère, persuadée comme Madalen elle-même que l'amour n'était que honte et péché, une mère qui s'était abandonnée un soir, elle aussi, aux caresses d'un homme qui avait su la séduire et qui, devenue mère, n'avait eu de cesse qu'elle n'expie sa faute, aussi bien elle-même que l'enfant qui en était né. Il revoyait la figure pâle de Marie-Jeanne Goëlo, cernée par la toile blanche de sa coiffe, il entendait sa voix âpre l'accabler de sa malédiction parce qu'il n'était qu'un bâtard : « Je n'ai pas choisi d'être mère. On me l'a imposé! Aucun forçat n'aime son boulet. »

Elle avait dit ça! Elle lui avait jeté au visage, comme une insulte, le récit de ses brèves amours et comment elle n'avait plus songé, n'y voyant qu'une malédiction, qu'à les expier par la prière et le renoncement au monde. Oui, il revoyait trop nettement Marie-Jeanne Goëlo, sa mère... sa mère qui le croyait mort et qui priait pour lui, d'un cœur allégé, justement dans ce couvent des Bénédictines de Locmaria, le plus sévère de toute la Bretagne, où Madalen voulait s'enfermer.

– Pourquoi, gémit-il douloureusement, pourquoi Dieu habille-t-il de tant de beauté des âmes si dures, si fermées? Je t'en supplie, Madalen, écoute-moi encore! Il faut...

N'entendant aucun bruit, il ouvrit les yeux, vit le salon vide et la porte ouverte. Madalen était partie...

Combien de temps demeura-t-il ainsi, prostré au fond de ce fauteuil, la tête vide et les yeux lourds de larmes qu'il refusait farouchement de laisser couler? Longtemps sans doute. Il ne voyait plus rien, ne sentait plus rien qu'un goût amer dans la bouche et l'envie de rester ainsi jusqu'à la fin des temps, changé en pierre. Il ne souffrait même pas, constata-t-il non sans surprise, sinon de cette douleur vague que l'on éprouve après la crevaison d'une tumeur qui vous a fait longtemps damner.

Enfin, il se redressa, s'étira jusqu'à sentir craquer ses os, avec l'impression bizarre de sortir d'un mauvais rêve ou peut-être de revenir des confins de la folie. A Thisbé qui s'encadrait dans la porte, il jeta un regard vague.

– Oui, Thisbé?

– Il est ta'd, déjà! Le maît'e veut pas manger?

– Manger? Non, mais je boirais bien du café, Thisbé. Du café très fort et très parfumé, comme tu sais si bien le faire...

La blancheur de son sourire illumina le fin visage noir.

– Tout de suite, Maît'e! Un bon café, y a 'ien de mieux pou' consoler les cœu's t'istes.

Il but, brûlant, l'odorant breuvage dans lequel, à la mode de la Nouvelle-Orléans, Thisbé avait fait cuire de la cannelle, de l'écorce d'orange et qu'elle avait flambé au rhum. Par-dessus les frondaisons vertes du jardin, ses yeux se posèrent sur la mer. Là-bas le *Gerfaut*, toutes voiles dehors, doublait la première passe, emportant l'amour le plus fou qui lui eût jamais traversé le cœur. Il y laissait une trace empoisonnée qu'il fallait chasser au plus vite. Avec une sorte de rage, il lui tourna le dos, vida le reste du pot de café puis, arrachant une branche de jasmin fleurie, il l'écrasa presque contre ses narines. Les parfums de la terre, sa force profonde devaient pouvoir venir à bout de tous les maléfices. Et, tout au fond de lui-même, commençait à poindre quelque chose qui ressemblait à un peu de soulagement. Peut-être était-il temps, à présent de rentrer à la maison?

La pensée de *Haute-Savane*, dont il faisait si peu de cas il y a seulement quelques heures, traversa son esprit, l'illumina. Là était la vérité, là était le devoir, là était peut-être le bonheur. Et puis... là était Pongo, Pongo qui allait être heureux de le revoir. Et ce fut au grand galop qu'il reprit le chemin qui le ramenait chez lui...

Pourtant ce ne fut pas Pongo qu'il rencontra en premier. Ce fut Finnegan qui débouchait de derrière le rideau de cactus et qui s'arrêta net, sans même songer à cacher le chagrin inscrit sur sa figure. Le malheureux avait dû endurer toutes les tortures de l'enfer en croyant celle qu'il aimait partie avec son ami... Mais Gilles vit aussi que ses yeux, si semblables un instant plus tôt à des cailloux verts sans éclat, se remettaient à briller.

– Te voilà! soupira l'Irlandais sans rien trouver d'autre. Te voilà! (Puis, au bout d'un instant :) Tu n'es donc pas parti?

– Non. Mais elle, elle est déjà loin. C'est mieux pour tout le monde, crois-moi... surtout pour elle. Madalen ne veut pas vivre sur terre...

– Tu crois?

– J'en suis sûr! N'aie pas de regrets. Aucun de nous ne l'intéresse : elle a choisi ce qu'il y a de mieux.

– Quoi donc?

– Dieu! Le capitaine Malavoine l'emmène dans un couvent breton.

– Ah!

Pareil à une plante en voie de dessèchement et qu'une averse arrose, Finnegan parut reprendre vie. Si aucun homme ne devait posséder Madalen, il se consolerait de l'avoir perdue et Gilles se jura que jamais, au grand jamais, il n'apprendrait ce qui s'était passé dans la grotte de la Tortue ni dans la chambre du Cap.

Sachant que le sang britannique de son ami ne lui permettait pas d'attendrissement, Gilles rompit les chiens pour couper le chemin à l'émotion qui les gagnait tous deux.

– Où est Judith? demanda-t-il. Il faut que je la voie tout de suite. J'ai beaucoup de choses à lui dire, beaucoup de pardons à lui demander...

– Je ne sais pas. Depuis le retour de Pongo elle est enfermée chez elle, défendant qu'on la dérange sous quelque prétexte que ce soit. Je la crois très malheureuse, Gilles...

Celui-ci allait s'élancer pour gravir le perron quand Charlot, énorme et radieux, s'encadra dans la porte.

– Bienvenue au maît'e s'écria-t-il. Mââme Judith pa'tie à cheval il y a une heu'e! M'a dit qu'elle allait à son ca'bet...

– A cheval? fit Gilles. Quel cheval?

– Vo't cheval, Missié Gilles : le beau Me'lin!

Finnegan se mit à jurer avec une extraordinaire luxuriance.

– Elle est partie à cheval? Et avec Merlin encore? Dans son état?

– Si sa côte cassée ne la fait plus souffrir, commença Gilles pensant que c'était à cela que le médecin faisait allusion mais Finnegan le regarda avec une fureur concentrée.

– Quel damné imbécile tu fais! Il s'agit bien de ça! Elle est enceinte!

Gilles reçut le mot en pleine figure, comme une gifle.

– Enceinte? articula-t-il.

– Oui... enceinte! Elle attend un bébé, si tu préfères d'autres mots, et si tu me demandes de qui, je t'aplatis la figure! Elle ne voulait pas que tu le saches parce qu'elle espérait toujours que tu lui reviendrais sans cela. Maintenant courons! Un cheval, Cupidon, un cheval! Il faut la rejoindre.

– Que crains-tu? demanda Gilles qui pâlissait. Une nouvelle chute?

– Non. Le désespoir!

Il se mit à courir vers les écuries mais déjà Gilles partait comme un boulet de canon, talonnant furieusement son cheval qui l'emportait à un train d'enfer. La peur, une peur horrible lui tordait à présent les entrailles après la bouffée de bonheur que lui avait donnée la nouvelle de l'enfant à venir. Ce n'était pas possible? Judith n'allait pas faire ça? Elle ne pouvait pas l'aimer au point de vouloir se détruire et détruire avec elle l'enfant de Gilles?

Quelque chose de salé lui mouilla les lèvres et il comprit que c'étaient des larmes. Des branches lui griffèrent le visage tandis qu'il se précipitait à tombeau ouvert, coupant à travers bois et ravins pour gagner du temps, arriver plus vite... Plus vite, plus vite! Encore plus vite!

Des bribes de prières désordonnées, presque oubliées lui remontaient aux lèvres tandis qu'il courait, chasseur forcené lancé à la traque de la mort. La terre des sentiers, l'herbe des talus volaient sous les sabots de son cheval.

Ce fut en atteignant sa longue descente sinueuse qui menait à la petite crique entourée de cocotiers, qu'il aperçut Judith. Vêtue d'une ample robe blanche, elle se tenait debout au bord de la mer tournant le dos à l'île, face à l'immensité bleue sur laquelle sa blanche silhouette se détachait, pareille à quelque nuage que sa chevelure empourprait comme un soleil couchant.

De toute sa voix, se dressant sur ses étriers, Gilles l'appela :

– Judith! Judith!

Mais il était trop loin encore et la brise était contraire. Elle ne l'entendit pas. Il la vit laisser glisser de ses épaules la légère robe et s'avancer lentement dans la mer. Un pas puis un autre pas...

Les vaguelettes léchèrent ses chevilles fines, ses genoux, puis ses cuisses... Envahi d'un terrible pressentiment, Gilles précipita sa course sans quitter des yeux la mince silhouette dorée qui avançait, toujours en diminuant. Puis il ne la vit plus. Elle venait de plonger.

Quand il déboucha en trombe sur la plage dans une tempête de sable, elle était déjà loin. Ses bras minces plumaient la surface de l'eau et, derrière elle, sa chevelure s'étalait sur la mer qu'elle teintait de roux, comme une moirure. Elle piquait droit vers le large... Bientôt elle serait au-delà de tout retour possible.

Alors, arrachant son habit, tirant ses bottes, Gilles se jeta à l'eau et se mit à nager furieusement. Et le sablier du temps d'un seul coup se retourna...

La mer bleue, l'île du bout du monde s'effaçèrent pour le jeune homme. Il avait quinze ans, il n'était qu'un petit paysan bâtard qui pêchait sur les bords du Blavet, regardant descendre les bateaux pour la pêche du soir. Il y avait une barque, derrière laquelle brillait, étalée sur l'eau, une chevelure d'or rouge...

Il n'était pas possible que tout cela disparût, anéanti par sa propre sottise, son propre aveuglement? Rien ne s'était passé, ni guerre, ni fortune, ni grandes aventures! Il n'était pas le chevalier de Tournemine et Judith, Judith de ses quinze ans, était toujours la petite sirène de l'estuaire qui avait si joyeusement mordu au plus chaud de son cœur...

Pour voir où elle en était, il se dressa sur l'eau, à la manière d'un marsouin, l'aperçut à une trentaine de brasses. Elle nageait toujours. Alors il l'appela, de toutes ses forces, de tout son désespoir.

– Judith! Judith! Je t'en prie. Arrête-toi! Attends-moi...

Un faible cri lui répondit tandis qu'à nouveau il fonçait vers elle. Mais quand il regarda de nouveau il n'y avait plus rien...

Nageant à s'en faire éclater le cœur, il força sa vitesse, les yeux dans la profondeur transparente de l'eau, priant éperdument le Seigneur de lui permettre d'arriver à temps. Et soudain il la vit devant lui, descendant doucement, comme une longue herbe marine vers les profondeurs bleues : elle coulait...

Avec un grondement de joie qui lui fit avaler de l'eau, il la saisit, l'élevant au-dessus de la surface dans ses bras fatigués vers l'air pur, vers la vie. Mais elle ne bougeait plus... et la plage, soudain, lui apparut si loin, si loin... Jamais, avec le poids du corps de Judith, il ne pourrait y revenir.

Bien sûr, il allait essayer mais Dieu seul jugerait s'il méritait encore qu'on lui accordât le surcroît de forces qui lui permettrait d'y arriver.

Tenant la jeune femme d'un bras, il commença à nager sur le dos pour lui garder la tête hors de l'eau, lui parlant doucement comme si elle pouvait l'entendre, parlant aussi à cet enfant qu'il savait là, si près de lui, à l'abri sous la douce peau de sa mère, cet enfant qui ne demandait qu'à vivre, les adjurant de l'aider à les ramener jusqu'à la plage.

Comme il les aimait, tous les deux, à cette minute où la mort allait peut-être les lui reprendre avec sa propre vie !

La voix de Finnegan lui parvint comme du fond d'une épaisseur de coton.

– Tiens bon ! J'arrive !

Il se retourna, aperçut, dans un étincellement de soleil, la proue d'une barque qui fonçait sur lui et comprit que Dieu l'avait entendu, qu'il avait encore droit à la vie et que la superbe *Haute-Savane* allait enfin devenir un vrai foyer, ce paradis impossible d'un petit paysan aux yeux tristes qui avait un soir, dans le soleil couchant, pêché son rêve sur les bords du Blavet...

TABLE DES MATIÈRES

PREMIÈRE PARTIE

LIBRE AMÉRIQUE...

DEUXIÈME PARTIE

UNE ILE SOUS-LE-VENT...

TROISIÈME PARTIE

LE SABLIER DU TEMPS

2209
★★★★★

Impression Brodard et Taupin à La Flèche (Sarthe)
le 7 décembre 1987
1248-5 Dépôt légal décembre 1987. ISBN 2-277-22209-7
1er dépôt légal dans la collection : octobre 1984
Imprimé en France

Editions J'ai lu
27, rue Cassette, 75006 Paris
diffusion France et étranger : Flammarion